KB263465

민둥산을 푸른숲으로 가꾼 이야기

민둥산을 푸른숲으로 가꾼 이야기

초판 1쇄 발행 2013년 10월 1일

지 은 이	김주일
발 행 인	권선복
편집주간	김정웅
기록정리	박정준
디 자 인	박연주
전 자 책	신미경
마 케 팅	서선교
발 행 처	도서출판 행복에너지
출판등록	제315-2011-000035호
주 소	(157-010) 서울특별시 강서구 화곡로 232
전 화	0505-613-6133
팩 스	0303-0799-1560
홈페이지	www.happybook.or.kr
이 메 일	ksbdata@daum.net

값 38,000원
ISBN 978-89-97580-15-6   03800

Copyright ⓒ 김주일, 2013

도서출판 행복에너지는 독자 여러분의 아이디어와 원고 투고를 기다립니다. 책으로 만들기를 원하는 콘텐츠가 있으신 분은 이메일이나 홈페이지를 통해 간단한 기획서와 기획의도, 연락처 등을 보내주십시오. 행복에너지의 문은 언제나 활짝 열려 있습니다.

도서출판 행복에너지 홈페이지에 방문하여 회원가입을 하시면 신간발행 소식과 함께 (주)휴넷 조영탁 대표님의 '행복한 경영이야기' 소식을 전송해 드립니다.

실무 중심으로 記錄한
개발연대의 산 證人, 청록 김주일의 回想錄

민둥산을 푸른숲으로 가꾼 이야기

| 김주일 지음 |

『나의 지나온 삶과 걸어온 길을 되돌아 보며』

앞·에·부·치·는·말·씀

청록 김주일(靑綠 金周鎰)을 기록하면 이런 사람?

▲ 서산에 지는 태양이 하루를 마감하는 붉은 석양(夕陽)으로 다시 한 번 밝은 빛을 발하고 있다. 인생의 늘그막에 서 있는 본인 역시 저 석양처럼 아름다운 빛을 발하며 퇴장하고 싶다.
(2011년 9월 5일 개포면, '한맥골프장'→'풍양참우마을본가식당'으로 이동하는 차 안에서 본인이 직접 촬영한 가을 노을. 유명환 전 외교통상부 장관 내외분 동승)

누구에게나 지금의 순간은 생생하다. 하지만 그것이 언제까지나 또렷하고 정확하게 기억될 수만은 없다. 시간이 지나면 인간은 늙고 기억력은 퇴화되어 지금 이 순간역시 기억 속에서 완전히 잊혀지거나, 전혀 다른 사실로 기억될 수 있다. 때문에 과거는 기록되지 않으면 잊혀지고, 변질되고 만다는 아쉬움을 늘 동반한다. 이것은 지금을 놓치면 오늘의 생생한 기억도 언젠가는 잊혀지게 될지 모른다는 말이다.

나의 지나온 삶과 걸어온 길을
되돌아보며

다섯 가지 목표

공직생활 후반기부터 나는 퇴임 후 꼭 하고 싶은, 하지 않으면 안 될 다섯 가지 목표를 마음에 새겨두고 있었다.

그 첫 번째는 지나온 삶의 굽이굽이를 되돌아보면서 이를 기록으로 남겨두기 위한 『회상록』을 발간하겠다는 것이고, 두 번째는 국가, 국민, 사회로부터 받은 많은 혜택에 보답하기 위한 『사회 봉사활동』에 임한다는 것이었다. 그리고 세 번째는 아름다운 자연경관自然景觀을 벗 삼아 『본가 정원을 더욱 청아하고 푸르게 가꾸어 놓는 일』이며, 네 번째는 본가 뒷동산에 『청록靑綠(필자의 호) 숭조공원崇祖公園』을 조성하는 일이었다. 마지막으로 건강과 시간, 여비와 파트너 등 여행의 4대 조건을 다 갖추고 있을 때, 국내외를 가리지 않고 우주에서 '가장 아름다운' 지구 이 구석 저 구석을 실컷『여행』해 보고자 하는 것이었다.

이와 같이 작심한 5대 목표가 공직을 마감한 지 10여년이 지난 지금, 하나하나 잘 실행되어가고 있으며, 그것에서 제2의 삶의 보람을 느끼고 있다는 것은 참 다행스러운 일이다. 그러나 아직도 완성에 이르기까지는 많은 시간과 노력이 끊임없이 필요하므로 늘 책임감과 중압감을 느끼고 있는 것 또한 사실이다.(여기서 한 가지, 『회상록』을 발간하는 데 있어 사진 선별을 하는 작업에 많은 심혈을 기울였다. 사진은 '지나온 길의 보증인'이면서 '기록의 증인'이기 때문이다. 이 중 어느 것을 버리고 어느 것을 선택하느냐는 참으로 고뇌에 찬 작업이 될 수 밖에 없었다.)

▲ 2012년 10월 1일,
회상록(민둥산을 푸른 숲으로 가꾼 이야기) 집필 中

▲ 봉사활동의 일환으로 초등학교에서 '기초경제교육' 강의를 하고 있다.

▲ 본가 정원을 아름답게 꾸며 놓았다.

▲ 2012년 7월 1일,
4형제가 힘을 합쳐 숭조공원을 조성하고 있는 모습

▲ 2009년 7월 14일,
실크로드 화신산(火信山) 여행 中

▲ 2013년 6월,
청록 숭조공원에서 바라본 본가와 고평들과 내성천

기억과 기록

벤저민 프랭클린은 가난한 집 17남매 중 열다섯째로 태어나 학교 교육이라곤 2년밖에 받지 못했다. 그러나 미국 헌법의 기틀을 잡고, 대학을 세우고, 우편과 도서관 제도를 만들고, 피뢰침을 발명했다. 그의 노년에 친구가 등을 떠밀었다. "자서전을 쓰게. 그럼 다른 많은 사람들도 자서전을 쓰게 될 것이네. 그래서 사람들이 자서전에 실릴 만한 삶을 살고자 노력한다면 플루타르크영웅전을 다 합친 것보다 더 가치 있지 않겠는가."

프랭클린은 자서전에 20대에 정했던 열세 가지 도덕적 목표를 나열했다. 절제, 침묵, 질서, 결단, 검약, 근면, 진실함, 정의, 온건, 청결, 침착, 순결, 겸손. 그는 이 목표를 어떻게 실천하려고 노력했는가를 썼다. 그러면서 "작가가 개정판에서 초판의 오류를 바로잡듯 나도 내 삶에서 고치고 싶은 부분이 있기는 하다"고 했다. 그의 자서전은 200년이 지난 지금도 젊은이들에게 소중한 인생 지침서다.

일본 작가 시바 료타로司馬遼太郎는 100권이 넘는 명작품을 남겼지만 자전적自傳的 소설은 끝내 쓰지 않았다. "나를 이야기하는 건 어렵다"는 이유에서였다. '톰소여의 모험'을 쓴 미국 작가 마크 트웨인의 자서전은 작년 봄에야 나왔다. 그는 자서전에서 자기와 정치·종교적으로 입장이 다른 사람들을 신나게 비판하고는 "나 죽고 100년 뒤에 책을 내라"고 유언했다.

인생의 황혼에 이르면 누구나 자기가 지나온 이 굽이 저 굽이를 돌아보게 된다. 그러나 자기를 정직하게 드러내고 남과의 관계를 숨김없이 글로 쓰기란 쉬운 일이 아니다. 잘난 점은 내세우고 허물은 감추려는 함정에만 빠지지 않는다면 자서전은 남은 인생을 살아갈 자세를 가다듬는 데 좋은 계기가 될 수 있을 것이다.

과거와 현재를 잇는 오늘 하루, 지금 이 순간은 나의 생애에 단 한 번뿐이다. 이 어찌 소중하지 않겠는가?

누구에게나 지금의 순간은 생생하다. 하지만 그것이 언제까지나 또렷하고 정확하게 기억될 수만은 없다. 시간이 지나면 인간은 늙고 기억력은 퇴화되어 지금 이 순간 역시 기억 속에서 완전히 잊혀지거나, 전혀 다른 사실로 기억될 수 있다. 때문에 과거는 기록되지 않으면 잊혀지고, 변질되고 만다는 아쉬움을 늘 동반한다. 이것은 지금을 놓치면 오늘의 생생한 기억도 언젠가는 잊혀지게 될지 모른다는 말이다.

그래서 나는 '지금의 단 한 번뿐인 이 순간'을 기록해 두는 것을 매우 의미 있는 일로 생각하며, '세상에서 단 하나뿐인 나 자신'의 하루하루를 기록해 두는 것 역시 좋은 습관이라 생각한다.

내가 '회상록을 집필하는 이의'도 여기에 있다.

나의 일대기와 공직생활을 중심으로 그동안의 순간들을 기록한 것을 정리하면서 유년기의 성장 과정, 어려운 환경 속에서의 교육 과정, 나의 청춘기, 나의 삶, 경제관료·외교관으로 국가에 봉직했던 나의 일생을 되돌아보고자 한다. 이에 더하여 공직에서 물러난 후 봉사 중심의 자유로운 사회생활의 이모저모도 기록해보았다.

어느 틈에 벌써 희수喜壽(2013년 7월 23일)를 넘긴 나는 가난한 농가에서 6남매 중 장남(맏이)으로 태어났다. 유년기를 가난과 배고픔, 보릿고개를 겪으면서 오직 정직과 성실, 창의력, 정열, 근면, 통찰력, 책임감을 신조로 하여 남보다 한발 앞서 가려고 노력하였다. 그리고 일상생활에서 구습을 타파하고 실익 위주의 새로운 발상을 꾀하면서 성장해왔다. 이는 '하면 된다', '할 수 있다'는 신념이 있었기에 가능한 일이었다.

돌이켜 보면 한 세대 동안에 성공적인 산업화와 근대화, 민주화의 압축성장 과정에 직접 참여하기도 했고, 몸소 겪어 본 세대는 바로 지금의『후기 고령자세대(75세 이상)』인 나의 세대라고 확신한다.

이런 점에서 우리는 고난과 역경 속에서도 행운아다. 개개인의 관점에서는 아픔도 슬픔도 있겠지만, 다른 한편에서는 기뻤던 각자의 경험, 체험, 지식을 기록하여 우리 후손들에게 물려줌으로써 우리와 우리 앞선 세대가 부끄럼 없이 피땀 흘리며 경제개발과 조국 근대화에 진력하였다는 것을 천추만대에, 특히 나의 가계家系에 길이 남기고 싶은 마음 간절하다. 그리고 우리 다음 세대(후손)가 앞으로 닥칠 새로운 차원의 장애와 제약을 극복하고 삶의 행복지수가 높은 일류 선진국으로, 또 한 번의 도약을 할 수 있게 되기를 내심 기대해 본다.

나는 여태껏 살아오는 동안 많은 것을 보고 느끼며 체험했지만 내 생각과 똑같은 사람은 찾기 어려웠다. 사람들의 생김이 각자 다르듯 살아가는 모습 또한 너무 다르다. 서로 맞춰가며 살아가는 게 세상사는 현명한 삶이겠지만, 내 생각과 사고만 고집하고 남의 잘못된 점만을 들추지 않았는지, 우선 남을 탓하기 전, 나 자신을 한번 돌아본다면 나 자신도 남들의 입에 오를 수 있는 행동과 말로 상처를 주었다는 사실을 깨달을 때가 있다. 더구나 본인은 유년기 농촌관습에서 성장하였으나 직장 따라 중앙관서에서, 선진국 외교관으로 공직생활을 수행해 왔고, 국제화에 익숙한 인사들의 사고와 논리에 뜻을 같이한 면이 있다. 그러나 이제는 향리에서 지역 인사들과의 인간관계에서 문화와 사고의 차이점을 실감할 때가 허다하기 때문에 더욱 조심스럽다.

내 속내를 있는 그대로의 기록으로 남겨두기 위해서, 예천군청, 경제기획원을 모체로 하여 청구권 및 경제협력사절단(동경), 청와대, 보건복지부, 88서울올림픽 조직위원회 및 일본 경제기획청 파견 근무, 통계청, 서울특별시, 국회사무처, 외교통상부 등 공직생활 40년 동안 그때그때의 감동과 체험을 기록에 담았다. 또 신문이나 잡지에 게재한 시론時論, 논설論設, 수필隨筆, 제언提言과 각종 정책 토론회에 참석하여 특기할 가치가 있다고 판단되는 기록도 실었다.

1999년 말 공직에서 물러난 후 정당政黨, 사기업 및 공기업사외이사, 몇 개의 연구기관, 각종 위원회 임원, 대한적십자사 경영합리화 추진위원 겸 간사, 경상북도투자유치 자문관, 우리 지역(예천군) 각종 정책위원회(봉사활동) 등 지금까지 사회활동 참여에서 익힌 경험과 사안들, 그동안 나 자신의 삶과 걸어온 발자취, 아직도 사고思考는 젊다고 생각하고 있는 본인이 가야 할 길을 가감 없이 진솔하게 기록한 회상록回想錄을 남기고자 결심한 것이다.

자서전自敍傳이든, 회고록回顧錄이든, 기록집記錄集이든, 또는 회상록回想錄이든 반드시 성공한 사람만이 쓰는 것은 아니다. 성공한 사람이 쓰는 문학적, 학문적 가치가 있거나 역사적으로 기록될 만한 사건들이 수록된 것은 아니지만, 다만 내가 걸어온 길을 뒤돌아보면서 나의 열정과 소망, 고난과 역경을 극복한 노력이 담긴 기록집을 펴내기로 했다. 지금 소중한 친구, 지인, 동료, 친척이 곁에 있다면 나누고 싶은 이야기, 남겨 두어야 할 것이 바로 세상에 단 하나밖에 없는 나의 기록서이다. 지금까지 나를 사랑하고 돌봐준 수많은 사람들에게 그들과 함께했던 시간과 기억을 떠올리려고 갖은 애를 썼다. 또한 실무자들이 개발연대의 경제정책을 이해하는 데에 도움이 되고, 후대들이 선대들의 공과功過를 거울삼는 계기가 되었으면 하는 것이 나의 바램이다.

나에게 힘을 실어 준 가족

물 따라 50년, 세월과 함께 50년, 나의 공직생활, 나의 사회활동에 나의 인생의 동반자가 되어준 아내 장명대張明代, 사랑스럽고 자랑스러운 장한 아들 준구駿求와 며느리 정은숙鄭恩淑, 딸 성은成恩과 사위 위승훈魏承勳, 그리고 형을 신뢰하고 언제나 형의 뜻에 고분고분 따라준 선善하고 성실한 누이동생 원자元子와 매부 권대철權大哲, 동생 정일正鎰과 제수 배경숙裵京淑, 병일炳鎰과 제수 박위남朴爲男, 경영학 박사이며 한국세무사협회 임원(대학겸임교수)인 완일完鎰과 제수 안경희安京熙, 언제나 자기를 희생犧牲해 가면서도 남에게 베푸는 것을 즐거움으로, 배왕梨王이 되어 보겠다는 꿈을 펼쳐보지도 못하고 아까운 젊은 나이에 하늘나라로 먼저 간 막내 동생 종일宗鎰과, 제수 남홍숙南洪淑, 그녀는 천성이 강인하고 문학 저술에 소질이 있어 우리와는 밤낮과 계절이 다른 저 멀리 호주(브리스번)까지 가서도 세 자녀를 의젓하게 키우고 가르치면서 문단에 등단한 신사임당申師任堂과 같은 대표적인 어머니상이다.

나의 직계가족과 동생들, 그리고 2세들 모두가 나에게 힘을 보태주어 오늘의 나를 있게 한 내 인생의 활력소活力素가 되어 준 데 대하여 늘 감사하고 있다.

회상록이 나오기까지 도움을 주신 고마운 분들

마지막으로 '내 일생의 기록'을 세상에 내놓는 데 많은 도움을 주신 도서출판 행복에너지 권선복權善福 대표와 박정준 작가 및 박연주 디자이너에게도 감사의 의義를 전하고 싶다.

특히 바쁜 일정 속에서도 헌신적인 자세로 시안 원고를 전산에 입력해주신 예산군청 전웅걸 주사와 박호숙 주사 및 권은진 직원의 노고에 다시 한 번 감사드린다.

[집필자 주註]

문장 첫머리에는 집필연도가 표기되어 있습니다. 따라서 글(사진)의 내용에 있어서 그 시대의 잣대에 비추어 이해하여 주시기 바랍니다. 또한 회상록의 본질에 따라 등장인물은 모두 실명으로 하였습니다. 혹시라도 글을 읽거나 사진을 보고 불쾌감을 느끼는 분이 계신다면 너그러운 이해를 바랍니다.

▲ 1995년 7월 23일 본인의 고희연(古稀宴) 후,
동생(正鎰, 炳鎰, 完鎰, 宗鎰(亡), 누이동생 원자(元子)가족(2세포함)과 동서(박수환 씨, 전석락 씨, 이광수 씨(해외여행 중), 처남(장정우 씨), 아들(준구) 가족, 딸(성은) 가족 모두 한자리에

『하면 된다, 할 수 있다』는
자신감의 소유자

1936년 7월 23일, 예천 고평의 한 농가에서 5남 1녀 중 맏이로 태어났다.[고창(지금의 안동) 성주였던 안동김安東金의 시조 김선평金宣平의 31세世 손孫] 이 당시 우리의 삶이 보릿고개로 표현되던 어려운 시절, 농사일을 거들면서 유년을 보냈다. 초등학교 입학 전 (日政期) 3년간 서당에서 한문漢文을 배웠고, 예천에서 초·중학교를 졸업했다.

1. 배움의 길: 자비·국비·원조자금에 의한 3번의 유학

• 서당에서 한문漢文 공부를 하느라 한 살 늦은 1945년(우리나라가 해방되던 해)에 예천초등학교(당시 예천서부공립국민학교)에 입학하였다. 그리고 1950년 6월 25일, 소련과 중국의 사주를 받은 북한의 계획적인 남침으로 6·25 한국전쟁이 발발했다. 그리하여 전쟁의 영향으로 인해 제때(39회) 졸업을 하지 못하고 1년을 더 수학한 결과, 예천초등학교 40회(1952년)로 졸업할 수 있었다.

• 1952년 예천중학교에 입학, 3학년 때 담임선생님(故 이기선李磯善)의 권유로 안동사범학교에 진학하기로 결심하였다. 특차인 사범학교(고교 3년 과정과 동일)는 전국의 우수생들이 모이는 엘리트 학교이자 최고 인기 학교였다. 이에 응시를 해

서 합격은 하였으나 졸업 후 '선생님'이 되어야 한다는 것이 본인의 성격과는 맞지 않았다. 그리하여 사범학교를 포기하고 곧바로 사업을 하는 5촌 아저씨가 계신 부산행 열차를 탔다. 여기서 본인의 인생행로는 또 한 번의 큰 전환기를 맞는다. 그 시절에는 졸업과 동시에 취직이 되는 직업 고등학교(철도고교, 체신고교, 공업고교, 상업고교 등)가 많은 주목을 받고 있었는데, 본인 또한 5촌 아저씨의 권유로 부산상고에 입학하게 되었다.

- 부산상고 졸업과 동시에 서울 국민대학 야간부에 입학하였다. 그리고 대학을 입학하던 해 '제14회 보통고시'에 응시하여 합격(1959년)했다. 이때의 국가시행시험 합격 덕택에 예천군청을 거쳐, 중앙정부의 경제기획원에 입사하게 되었다.(1961년 9월 16일)

- 1961년 9월, 경제기획원 물동계획국 시설투자과로 발령되었고, 1963년 3월부터 경제기획원 예산국 행정예산과에 근무하게 되었다. 그러던 중 1966년『청구권 및 경제협력 사절단』에 선발되어 일본 동경에서 근무를 하게 되었는데 이것은 본인의 인생에 크나큰 전환점이 되었다. 일본에서 근무를 하면서 와세다대학 대학원(재정학 전공)에 2년간 재학할 수 있었고(자비), 그 후 1982년 일본정부 개발원조자금에 의하여 '제18회 동경 올림픽개최 실적조사' 및 경제기획청 파견근무(동경)로 와세다대학 대학원에 재입학(1년간)하여 석사 학위를 받게 되었다. 이러한 경력과 학력 덕택으로 본인은 일본에 많은 인맥이 형성되어, 국내에서는 소위 일본통日本通으로 불리게 되었다.

- 1972년 2월, 콜롬보플랜(남아시아 및 동남아시아에 대한 협동적 경제개발을 위한 국제협약)에 의하여 호주 시드니대학 부설 어학(영어)연수원에서 1년간 수학하였다.

2. 공직생활에 임하는 자세

나라 살림을 꾸려 가는 국가 예산 업무를 오랫동안 맡다 보니, 본인은 원칙과 기준, 공평성과 균형성 유지를 중시하는 성격을 갖게 되었다. 하지만 원칙과 기준을 중요시하는 속성과 관습이 때로는 고집이 되어 독선적이거나 자만심으로 비춰질 때가 있고, 소통을 소홀하게 여기는 융통성 없는 함정에 빠질 때도 있었다. 이러다 보니 자칫 권위주의에 물들기 쉽고 우문愚問, 쓴소리, 귀에 거슬리는 소리에도 현답賢答을 찾으려는 노력이 부족하였거나, 비판과 질책에도 부드럽고 겸손한 자세로 이를 받아들이려는 마음가짐이 부족해지는 순간이 많았다.

『하면 된다, 할 수 있다』는 긍정적 사고와 성취욕

그러나 본인은 언제나 『하면 된다, 할 수 있다』는 낙관적인 사고와 긍정적인 자신감, 한 번 하려고 마음먹으면 기필코 이를 달성해야만 직성이 풀리는 성취욕과 추진력이 강하다고나 할까? 이에는 물론 사명감과 책임감도 함께 품는다. 그러다 보니 때로는 남과 부딪힐 때도 없지 않았다.

모든 일을 할 때 가능하다고 생각하고 가능한 목표를 향해 노력하는 자만이 성취할 수 있다고 생각했다. 길이 없으면 길을 찾고, 찾아도 없으면 새로운 길을 만드는 자세로 새로운 발상을 시도해 왔다. 이리하여 남보다 한발 앞서 가려는 창조적 발상과 도전과 혁신에의 꿈, 상상력, 이룰 수 없는 공상의 세계에서 헤맬 때도 많았다. 그러나 이를 실천하려는 노력이 있었기에 결과적으로 말석(9급)에서 출발하여 열 번의 승진과 열 번의 과장 보직, 열 곳의 독립기관에 근무한 희귀한 경력을 남겼다.

열 번의 승진과 열 번의 과장 보직, 그리고 열 곳의 독립기관을 거친
희귀한 경력의 소유자

본인은 무슨 일이든 "해보지도 아니하고 처음부터 부정적인 자세로 안 된다"고 하

는 사고를 가진 자를 가장 싫어한다. 열심히 접시를 닦다가 실수로 접시를 깨뜨리는 사람이 미리부터 접시를 깰까 봐 아무 일도 안 하는 사람보다 더 질책받는 일은 없어야 한다고 주장한 사고에 전적으로 동의한다. 개발연대와 한국경제 개발의 한 축을 이룬 故 정주영鄭周永 회장의 "자네 그거 해보기나 했어?"라고 되묻는 독려, 분발, 추진을 강조하는 질책성 명언이 주는 교훈과 같이…

이젠 본인의 나이 후기 노령자(75세 이상)에 이르고 보니, 그동안 본인 자신이 인정하는 권위주의적 사고와 자만심을 버리고, 인생의 뒤안길에 서서 대인관계에서 조용히 원활한 소통과 겸손한 자세로 그간의 걸어온 길을 뒤돌아보며 반성의 기회를 갖고자 한다. 플라톤은 "현명한 사람은 할 말이 있을 때만 말한다"고 했다. 또 스위프트는 『걸리버여행기』에서 "듣기보다 말하기를 좋아하면 늙었다는 증거"라 했고, "자기 말 많이 하는 것 보다 남의 이야기 잘 들어주는 사람이 환영받는다"고 했다. 이는 다른 사람 이야기에 공감共感해 주고, 그러기 위해서는 상대방에 대한 어떤 판단이나 비판도 하지 말고, 상대방 입장에서 생각하고 이해하려고 노력하라는 가르침과도 맥을 같이 한다. 또한 젊은 세대에게 각자의 경험에 근거한 충고와 훈계를 함에 있어서도 늘 조심스럽게 하라 했다. 이 모두는 본인의 가슴에 와 닿는 교훈들이라 이 가르침에 따라 행동하도록 노력하기를 다짐해 본다.

지역발전에 기여한 애향심(愛鄕心)의 실체는?

본인의 이러한 성품, 즉 성취욕, 자신감, 사명감, 창조적 발생에서 오는 새로운 시도는 결과론적 교훈과 업적으로 나타날 수 있었다. 태어난 고향 집 본가에서 성장하면서 외지에 나가서 학교를 다닐 때나 직장에 몸담고 있을 때에도 부모님이 살고 계시는 고향 집에 내린 뿌리는 흔들림이 없었고, 이는 곧 애향심愛鄕心의 발로發露로 나타났다. 그 정신과 자세는 지금도 변함이 없다.

본인이 경제기획원 예산국 및 국회예결위 수석 전문위원 등, 국가 예산 관련 업무를 수행하는 과정에서 향토애鄕土愛를 보여준 사업들은 다 열거할 수 없을 만큼 많다.

3. 공직 생활의 지나온 길을 뒤돌아보며:
   뜻이 있는 곳에 길이 있더라

- 1960년 초에 예천군청에서 3개월 근무한 후 군軍에 입대하였다. 본인이 논산훈
  련소에서 훈련을 받고 있던 중 '4·19 학생민주화운동'이 일어났다. 본인은 훈련
  을 마치고 부산 군수기지사령부 비서실에서 최말단 사병으로 근무를 시작했다.
  그때의 사령관은 박정희朴正熙 소장이었고 직속상관은 윤필용尹必傭 비서실장이
  었다. 곧이어 사령관을 포함하여 직속 참모 등 모든 간부들이 광주교육사령부로
  전출 가게 되었고 비서실에는 본인 혼자만 남게 되었다.

- 1961년 5·16 군사혁명이 일어났고, 그해 7월 22일에 경제기획원이 발족되었
  다. 본인은 국가고시考試에 합격한 덕택으로 그해 9월 16일에 경제기획원 물동
  계획국(1961년 10월 1일 자로 『조정국』으로 명칭 변경) 시설투자과에서 중앙관서 공
  직의 첫발을 들여 놓게 되었다. 1962년 7월부터 1963년 3월까지 총무과를 거쳐
  같은 해 3월 31일 자로 예산국 행정예산과로 전보되었고, 문교부 예산 담당관으
  로, 동시에 국민대학(야간부)을 졸업했다.

- 1964년 12월 2일 제일물산에서 약사로 근무하고 있던 장명대張明代와 결혼했다.
  그 당시는 국회의 예산심의의결 법정기일(헌법규정에 회계연도 개시 30일 전에 국회
  가 예산을 심의 확정해야 한다)을 준수해야 했다. 12월 2일 새벽에 1965년도 예산
  이 국회 본회의에서 통과되고, 곧바로 이발과 목욕을 하고 예식장으로 직행했
  다.(세종문화회관 소회의실, 주례: 차균희車均禧 농수산부장관, 전 경제기획원 차관)

경제와 함께 살아온 인생

- 1966년 5월, 뜻밖에 행운이 찾아왔다. '청구권 및 경제협력사절단'(동경 주재) 근
  무 발령을 받게 된다. 집 정리, 일본어 공부 등 제대로 준비가 안 된 상태에 있었
  지만 어찌 되었든 일본행 비행기에 몸을 싣는다. 약국을 운영하고 있던 내자는

약국을 처분한 후 동경에 오기로 기약하고 본인 홀로 5월 13일 현지에 부임하였다. 내자는 만삭의 몸으로 7월 5일에 동경에 합류하였고, 8월 29일에 아들 준구駿求가 태어났다.

• 『사절단』에 부임하던 다음 해인 1967년, 사절단에 근무하면서 와세다무稻田대학 대학원(재정학 전공)에 입학하였다.(한국인 경쟁률 7:1, 지도교수: 토코야마츠네사부로 時山常三郎, 1년 후 총장으로 선출됨) 대학원 2년 재학 중 석사학위 논문 제출에 필수적인 단위학점(24학점)과 논문제출 종합시험까지의 과정을 전부 마친 채로 1969년 말 인사발령 되어 귀국하였다.

• 1970년 1월 22일 5배수 승진시험을 거쳐 최 말직인 9급에서 출발하여 8년 4개월 만에 드디어 사무관(5급)으로 승진 발령을 받았다. 하지만 고등고시 출신은 수습을 거쳐 바로 5급으로 임명되므로 이제부터는 고시합격자와의 업무수행능력, 창의적인 노력, 실적과 업적을 바탕으로 한 승진경쟁을 하게 된다. 본인은 예산총괄과(과장: 강경식姜慶植) 신임 사무관으로 예산 편성 업무의 전산화 작업을 전담하였다. 이때 우리나라에서 최초로 예산국에 컴퓨터 터미널 1호가 설치되었다. 이를 기록·홍보하기 위하여 국립영화제작소(소장: 정연구鄭然九)와 공동으로 '예산 편성의 전산화' 교육용 기록 영화를 만들었다.

• 1970년, 1971년: 과학기술처(1967년 발족) 예산담당관으로 근무하였다. 이 시절은 40~50년 후 국가의 미래를 과학기술에서 찾기 위한 투자를 중요시하던 때였다.(과학 대통령 박정희의 리더십이 본격적으로 발휘되던 시점)

• 1972년 1월~12월 콜롬보플랜에 의해 호주 시드니대학 부설 어학연수원에서 영어연수를 한 결과 부족한 영어 실력에 다소 도움이 되었다.

• 1973년 건설부 예산담당관: 건설(토목 및 건축)공사 예산 편성의 표준화를 위한

단위 단가와 표준품셈제도 도입을 위하여 청와대 경제비서실에 파견 근무하였다. 이때 『건설공사 표준화 단위 단가 및 표준품셈』 책자를 발간하였다.

• 중화학공업기지(포항종합제철, 온산비철금속기지, 창원기계공업기지, 울산조선소·자동차·석유화학기지, 여천석유화학기지, 한발 늦게 구미전자공업단지 등)의 본격적인 지원시설(진입도로, 공업용수, 항만건설, 단지조성, 공항건설) 예산 편성 담당관으로 근무하였다.(지원시설이 본격화된 것은 유신(1971년) 이후 1970년대 중반 전후임)

의료보험제도 도입의 주역으로

• 일본 와세다대학원 재학 시 사회보장론과 사회복지론을 공부한 것이 크게 도움이 되어, 본인은 보건사회부 연금관리국 수리조사과장으로 전출(서기관 승진)될 수 있었다. 이때 본인은 신현확申鉉碻 장관을 모시고 우리나라의 첫 의료보험제도 도입을 시도하였다. 우리나라는 당시 선진국이었던 일본의 의료보험제도를 벤치마킹하기로 하고, 본인을 포함한 의사, 의사협회 사무총장, 종합병원 사무국장 등 일행 6명을 일본에 파견하였다.

우리는 1976년 11월 21일부터 15일간 일본에 머물면서, 일본후생성, 사회보험청, 사회보장연구소, 지역·직장의료보험조합, 종합병원에서 의료보험을 실제로 관리·운영하는데 이르기까지 법규, 규정, 양식 등 64종의 관련 자료를 입수했다. 이때만 해도 우리나라는 경제후진국이었기에 '의료보험제도 도입'은 시기상조라는 분위기가 지배적이었다. 또 '의료보험'은 전全 국민 건강과 관련이 있고, 가입이 강제되는 제도이기 때문에, 신현확 장관께서는 신중에 신중을 거듭하며 많이 망설이고 계셨다. 하지만 우리가 수집해 온 자료를 다 검토하신 후 자신을 얻으셨는지, 눈빛이 달라지면서 이를 강하게 밀어붙이기 시작하였다.

결국 신현확 장관의 현명한 판단력과 확고한 의지, 그리고 본인을 포함한 보건사회부의 피와 땀이 섞인 노력에 의해, 우리나라는 '의료보험제도'를 성공적으로 도입할 수 있었다. 그리고 30년이 넘은 지금 대한민국은 의료보험제도의 선진국 반열에 올라 있다.

• 1977년 3월, '외자도입'이 철저하고 신중한 검토 없이 이뤄지고 있다는 여론이 불거지면서 외자계약심의관(국장급)실이 신설되었고, 본인은 외자계약조사관(과장)으로 전보되었다.

• 1980년~1982년, 전두환金斗煥 대통령과 스즈키 젠코鈴木善幸 ‐ 나카소네 야스히로中曾根康弘 2대에 걸친 일본 총리 간에(미국의 협조를 받아) '한국에 대한 경제원조 금액'을 놓고 줄다리기가 벌어졌다. 100억$로 시작하여 60억$, 최종적으로 ODA개발원조자금 40억$, 민간차관 20억$로 결론이 났다. 이에 따라 한국 측에서는 이 금액에 해당하는 사용계획서(주로 사회간접시설 투자)를 일본 측에 제출해야 했다.

• 1981년 1월, 본인은 경제협력1과장으로 발령이 났다. 경제협력1과장은 이전 공공차관과장(초대 황병태黃秉泰 후일 총장·대사·국회의원)의 변경된 명칭이었다. 처음에는 100억$에 상당하는 거대 프로젝트 및 상품 차관으로 시작하였으나, 후에는 '사회간접시설 투자사업'으로 그 용도가 굳어졌다. 이와 같은 SOC예산사용계획서는 건설교통예산과장(중화학기지 지원시설 등)인 본인이 작성해 본 경험이 많이 있기 때문에 그 일을 수행하는데 적격자라고 판단한 최창락崔昌洛 차관의 뜻에서 이 일을 맡게 되었다.

• 1981년 3월 7일~20일, 도로·항만·댐 건설을 위한 IBRD 차관 최종 협의차 워싱턴으로 출장을 다녀왔다. 그리고 그해 말경 조직개편으로 인해 경제협력국이 폐지되면서 본인은 '88서울올림픽 조직위원회' 재정담당과장으로 발령되었다. 이와 관련하여 일본으로 파견근무를 나가게 되었다. 이는 1964년도에 개최됐던 동경올림픽 조직위의 운영 상황과 재원 조달 방안, 선수촌과 경기장 시설에 대

한 자료 조사가 주목적이었다.

• 한편, 1982년 국제기술협력규정에 의거 일본 기술협력자금을 지원받아 와세다 대학원에서의 공부를 마무리할 수 있었다.(경제기획청 파견근무 겸) 와세다대학원에서의 수업과정은 매주 일어로 논문을 작성해 지도교수에게 제출해야 했다. 당시에는 직접 손으로 쓴 논문만 인정하였기 때문에, 일본어와 문장실력이 부족한 본인에게는 무척 힘든 과제였다. 또한 직장을 다니면서 학교 공부를 병행해야 했기에 대학원 과정을 이수해 가는데 많은 노력을 기울여야 했다. 결국 본인은 2회에 걸친 재입학, 당시 엄격한 학사관리 등의 어려움을 이겨내고 취득한 석사학위이기에 본인에게는 남다른 값진 보람으로 남아 있다.

88서울올림픽 재정담당관

• 88서울올림픽 개최와 관련하여 64동경올림픽에 대한 자료 조사가 마무리되고 귀국을 준비할 무렵, 당시 문희갑文熹甲 예산실장으로부터 "내무법사예산과장으로 발령이 났다"(1983년 4월 1일 자)는 연락을 받았다. 내무법사예산과[1]는 예산실 내에서도 중요한 여러 부처 예산을 담당하는 곳이기 때문에(총무과 다음으로) 업무내용과 중요도 면에서 책임이 막중한 곳이다.

• 1985년에는 지방자치제 실시 논의가 본격적으로 대두됨에 따라, 이에 미리 대처하기 위하여『지방자치제실시연구위원회 지방재정분야 실무작업단』을 설치하고 단장직 임명을 받았다.(1985년 4월부터 1년간 한시적) 또, 이 시기에 실무중심으로 펴낸『일본의 지방재정제도 해설』시판용 저서를 냈으며, 신설된 경찰대학(1기 및 2기)에서 재정학 강의를 하였다.

---

1) 내무법사예산과는 청와대, 국무총리실, 감사원, 법제처, 국회, 대법원, 내무부(지방예산, 경찰청 포함), 외무부, 법무부(검찰청 포함), 선관위, 헌법재판소 등의 예산 편성을 관장하는 곳이다.

- 1985년 7월 9일 자로 본인은 경제기획원 주무과인 총무과장으로 발령받았다. 이때 본인은 일본 대장성(지금의 재무성) 주계국(우리나라의 예산실)과의 교류협력을 위해 일본 동경에 출장 중이었다. 김흥기金興起 차관께서 신병현申秉鉉 경제부총리의 말씀을 인용 "출장 용무를 계획대로 다 마치고 귀국하라"는 당부 전화를 걸어오셨다. 이로써 장단長短의 근무기간을 불문하고, 본인은 열 번의 과장 보직을 거친 이례적인 기록을 세우게 되었다.(보사부 연금 수리조사과장, 외자관리1과장, 외자계약조사과장, 건설예산과장, 건설교통예산과장, 경제협력1과장, 88서울올림픽조직위 재정담당관, 일본경제기획청파견, 내무법사예산과장, 총무과장) 또한 열 곳의 독립관청에서 근무를 한 독특한 이력도 갖게 되었다.[예천군, 경제기획원, 청구권 및 경제협력사절단, 청와대, 보건복지부, 88서울올림픽 조직위원회 및 일본 경제기획청, 통계청, 서울시, 국회사무처, 외교부(주일본 대한민국대사관 및 요코하마 총영사 특2급 대사직)]

- 1986년 7월 30일, 조사통계국 통계기획관으로 영진하였다.(부 이사관 승진)

성취욕을 마음껏 이룬 서울시 근무의 보람

- 1986년 8월 14일, 서울시 투자관리국장으로 전출되어 '서울시'에서의 공직생활을 시작하였다. 그 후 1989년 7월 3일~22일, 서울시 경제교육홍보관으로 임명되어 7월 4일 종로구청 전 직원을 시작으로 19일 동안 25개 구청 및 시 산하 기관 경제교육을 시행하였다.(교육대상 30,700명, 염보현廉普鉉 시장 재임 시) 그로부터 1990년 5월 17일 경제기획원 경제교육기획국장으로 복귀할 때까지 3년 9개월 간의 서울시 근무가 본인 일생의 공직생활 중, 맡은 업무의 성취에 가장 보람을 느낀 기간이었다.

- 서울시에서 근무하는 동안 수행한 업무
  - 기존 지하철 건설을 위해 도입한 외자를 조건이 유리한 장기저리로 차환借換

−제2기 지하철 건설 재원 조달 방책(공청회에서 발표) 제안/일본 ODA(선진국에서 개발도상국이나 국제기관에 공여하는 원조)자금 5억$ 도입
−서울시⇔동경도 간 우호협력도시결연 체결(1988년 9월 3일) [제2차 세계대도시정 상회의(1988년 5월 25일 터키 이스탄불 개최) 시 서울시장 김용래金庸來와 동경도지사 스즈키 순이치鈴木俊一 간의 최종 합의]
−서울시 지하철 전동차 구입과 관련 하여 국내 업체의 단합(과점)으로 13회 입찰 연기. 이를 국제 입찰로 해결
−서울시 간부급 공직자부터 솔선하여 지하철을 이용하게 함으로써, 시청 내의 주차장을 민원인용으로 활용
−서울시가 직접 관장하고 있던 각종 시설물(시영 주택 건설, 도로시설물 관리, 세종문화회관 관리 등) 관리를 '서울시 시설관리공단'을 설립하여 공단으로 이관

이와 같은 업적을 인정받아 1988년 12월 31일『홍조근정훈장』을 수상하게 되었다.

경제기획원으로 복귀

• 1990년 5월 17일 경제교육기획국장으로 발령을 받아, 경제기획원으로 복귀하였다. 경제교육기획국장 재임 시, 과천청사 민원실 내에『경제자료홍보실』을 설치해 경제부처 관련 자료를 민간에 공개하였다.(이승윤李承潤 경제부총리 재임 시) 또한 경제부처 정책담당 실무자가 직접 집필하는『나라경제』발행인으로 1990년 12월 창간호를 발행하였다.

• 1991년 11월 28일, 제40회 국가정책세미나에서『경제난 극복을 위한 재정 운용의 과제와 방향』(한국 재정의 현황과 과제) 강의를 했다: 서울대학교 행정대학원 국가정책과정

• 1991년 3월 8일, 예산실 예산총괄국장으로 전보되었다. 이때부터 정부 예산 편성 및 대국회 예산심의 관련 업무를 총괄하였다.

- 1991년 7월 22일, 경제기획원 개원 30주년 기념 공로표창장을 수상하였다.
  ('경제기획원의 위상과 금후과제' 논문작성: 경제기획원 창설 30주년을 맞이하여)

- 1991년 8월 29일, 한·일 비교연구회(일본에 유학했거나 주재관으로 근무한 경제 관료 및 특파원 친목회) 조직, 본인이 초대 회장으로 취임하였다.(월 1회 일본경제전문가 초청 강연)

- 1992년 9월 22일~24일 미국 워싱턴에서 열렸던 '제47차 IMF 및 IBRD 연차 총회'에 한국대표의 일원으로 참석하였다.

국회사무처에서 일한 보람

- 1993년 3월 15일 국회예산결산특별위원회 수석전문위원(차관보급)으로 승진 전보되었다. [국회의장 발령(지금까지의 관례상 예산총괄국장이 승진하여 본 직책에 전보됨)] 그리고 1994년 2월 3일, 국제경쟁력강화 및 경제제도개혁에 관한 특별위원회 발족과 동시에 본인이 수석전문위원 겸직.

- 1993년 9월 16일, 국회보좌관협의회(정기국회 준비를 위한 보좌진 세미나 개최)에서 1994년 예산심의와 관련하여(국가 예산의 의의, 범위와 체계, 각종 회계의 체계, 세입·세출 구조, 예산 편성 심의절차, 중점 심의사항 등) 초청 강의를 하였다.

- 1993년 11월 19일, 국회예결위 전체회의장에서 '1994년도 정부예산(안) 수석전문위원 검토 보고'를 하였다. 본인이 평소 생각해오던 행정부의 예산 편성 및 집행과정에서 제도적으로 개선되어야 할 시정사항과 국회의 예산심의 방향 및 재정의회주의 원칙 등에 관한 제도상 문제점을 소신껏 개진하였다. 현행 제도에 대한 문제점과 시정사항을 담은 비판적 견해를 가지고 있었던 이 날 본인의 검토 보고 내용은 MBC-TV 및 각종 경제지에 보도 수록되었다.

- 1993년 12월 29일부터 1994년 1월 12일까지 예결위원장 김중위金重偉 간사, 이강두李康斗 의원, 박계동朴啓東 의원과 함께 중요국 예산제도 시찰을 목적으로 독일, 멕시코, 이집트, 미국, 터키, 베네수엘라, 싱가포르, 일본 등을 방문했다. 이때 첫 기항지 프랑크푸르트 호텔에서 잠시 방을 비운 사이, 방문을 따고 침입한 괴한에 의해 서류가방을 도난당하는 사건이 일어났다. 이 충격적인 사건은 전全 여행일정을 궁지에 몰아넣은 쓰라린 경험이었다.

외교관으로 변신

- 공직생활을 하면서 일본日本과 맺은 많은 인연因緣들이 사람들 사이에서 본인을 '일본통'이라 회자膾炙되게 만들었다. 이런 사연들이 얽혀 1994년 3월 23일 자로 본인은 외무부 외무관리관으로 수평전출되었다.(부임 전: 외교안보연구원 경제통상 연구관)

- 1994년 7월 6일, 『한국의 사회간접자본시설 확충을 위한 민간자본유치 촉진』을 주제로 프레스센터에서 강의를 했다.[주한일본상공인회(회장: 다카스키高杉) 주최]

- 1994년 7월 12일, 『국제화시대에 한국경제의 당면 과제와 정책 방향』을 주제로 내무부 지방연수원에서 강의를 했다.[대상: 고급공무원 연수과정]

- 외교통상부로 전출된 사연
  예결위 수석전문위원은 정무직(차관급)으로 영진 되는 것이 관례였다. 이때 본인은 조달청장을 희망하고 있었으나, 한·일 간 무역 역조가 점차 심화되면서 주일본 한국대사관의 경제담당공사는 일본통이며 경제 전문가를 보내야 한다는 정부 방침에 따라 본인이 선발되었다.

- 외교안보연구원 재임 시(일본으로 부임하기 전)『외무부 조직개편 및 인사운영제도 개선방안』연구 보고서를 작성하였다.(1994년 12월 5일) 이 보고서는 청와대 외교안보수석(유종하柳宗夏: 후일 외교부장관)께는 본인이 직접, 외교부장관(공노명孔魯明)

께는 외교안보연구원장(이정빈李廷彬: 후일 외교부장관)이 장관주재 간부회의 석상에서 보고하였다. 다행히도 두 분 모두 긍정적 반응을 보여주었다.

유종하 외교안보수석: "95%는 내 생각과 일치하네"

공노명 외교부장관: "김 관리관 보고서는 현황을 똑바로 본 것이니 법이나 규정을 고쳐서라도 시행할 것은 시행하라"[간부회의 석상에서 이렇게 지시하였다고 반기문潘基文(현 유엔사무총장) 차관보로부터 연락을 받음]

- 외교안보연구원이 지급 기준 이하로 받고 있는 차량 유지비와 직원 해외연수 경비를 타 부처 지급 기준과 균형이 맞게끔 예산을 확보하였다.(총무처 조정, 1995년 예산에 반영)

- 1995년 1월 16일(부임은 2월 24일) 주일본국 대한민국대사관 경제담당공사로 발령이 났다. 그리하여 이때부터 일본정부 경제부처와의 교류 활성화 및 일본 주재 한국 상사의 애로사항을 해결하기 위해 갖은 노력을 쏟기 시작했다.

- 1997년 2월 28일, 엔도圓藤 도시오 지사(철도청 국장 출신)의 초청으로 『도쿠시마 국제화와 한국⇔도쿠시마 교류협력』을 주제로 강연을 하였다.(도쿠시마德島현 및 상공회의소 주최) 이를 계기로 부산⇔도쿠시마 간 정기 화물선 항로가 개설되었다.

- 1997년 3월 15일, 주駐 요코하마橫濱 총영사로 부임하였다.

- 1997년 9월, 『지방화와 국제화 시대 한·일 양국의 지방자치단체 간 교류 활성화의 중요성』건의문을 본부에 제안하였다.

- 1997년 4월 25일, 요코하마橫濱 및 시즈오카靜岡 상공회의소의 초청으로 『국제화와 지방 교류협력, 한·요코하마 교류협력(투자부문 및 물류 상호 교류협력) 활성화』를 주제로 강연을 하였다.

• 이 시기 '국제화, 세계화, 지구촌 시대에 있어서 한·일 간 청소년 교류협력의 중
  요성'을 주제로 요코하마 초등·중학교에서 몇 차례 강의를 했다.

• 1997년 11월 14일, 외무관리관(1급)에서 특2급 대사로 승진하였다.

• 1999년 7월 10일, '총영사관 운영과 관련된 문제 해결을 위한 건의사항'을 외교
  부 본부에 제출하였다.

• 1999년 9월 17일, 외교통상부 본부대사로 귀임하였다.

• 1999년 9월 21일, 부산↔울산 간 민영쾌속民營快速 전철 건설을 구상하고 이를
  정몽준鄭夢準 의원에게 우선 보고하였다.

• 1999년 10월 31일, 38년간(군 경력 포함 40년)의 공직생활을 마감했다.

나는 국가와 사회, 국민으로부터 많은 혜택을 받았다

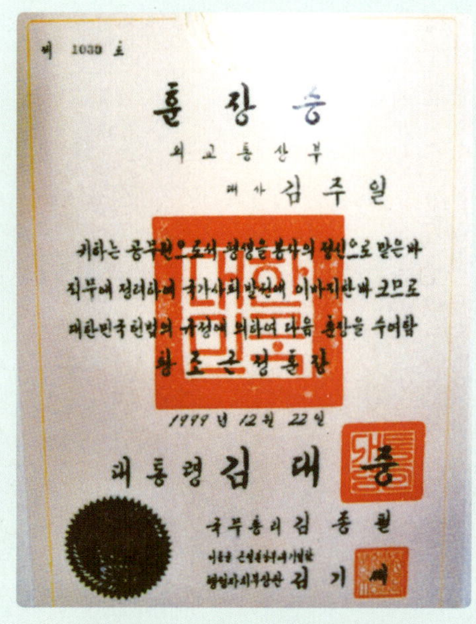

▲ 황조근정훈장증(공직2등급: 차관급)

▲ 1999년 12월 22일, 황조근정훈장 수상 후 내자
와 함께

　　본인은 어느 누구보다 국가와 사회, 국민으로부터 많은 혜택을 받은 공직자 중의 한 사람이다. 이는 공직에서 오랫동안(38년간) 근무를 하며, 나라의 녹祿을 받아왔기 때문이다. 본인의 청춘과 정열, 노력과 집념, 성취욕을 통해 개발연대의 행정·경제 관료로서, 외교관으로서 우리나라의 근대화에 일조할 수 있었다는 것은 본인에게 큰 영광으로 남아 있다. 그간의 경험, 지식, 성향, 인격, 연륜을 토대로 이제는 남은 여생을 봉사활동을 통해 국가와 사회, 국민에게 받은 혜택에 보답하는 일을 하고 싶다.

- 1999년 12월 22일 : 『황조근정훈장』 수상(차관급에 수여되는 2등급)

국가와 국민으로부터 받은 혜택에 보답하는 길(봉사 중심의 사회활동)

- 2001년 5월 28일 ~ 2002년 8월

   : 한나라당 국가혁신위원회위원[위원장: 이회창李會昌 총재, 민생복지 분과위원], 중장기 교통정책의 금후 과제 발표(2001년 7월 27일)

   : 한나라당 대통령 후보 이회창 후원회 운영위원(부국팀, 사무실이 여의도 부국富國 증권 빌딩에 위치해 붙여진 이름)

- 2001년 3월 17일 ~ 2004년 3월 17일: ㈜현대미포조선 사외이사

- 2001년 3월 26일 ~ 2004년 3월 25일: 농림부 농정발전기획단 자문위원(농산물 가격, 유통, 복지, 직불제, 수출확대 분야 중·장기 발전방향 자문 담당)

- 2001년 3월 ~ 현재: 국가경영전략연구원NSI 연구위원, 회원

- 2001년 3월 ~ 2002년 2월: 국립안동대학 대학원 강사(지방정부개혁론)

- 2002년 8월 ~ 현재: 한·일 협력위원회 위원 ⇒ 운영위원 ⇒ 이사

• 2003년 12월 ~ 현재: 와세다대학 한국 총동창회 운영위원 ⇒ 감사 ⇒ 부회장

• 2003년 2월 ~ 2006년 2월: 경북도립대학 강사, 겸임교수(지방재정론, 지방자치론)

• 2004년 1월 1일 ~ 현재: ㈜삼한C1 고문(국내 제일의 품질을 인정받은 '삼한 황토 벽
돌' 일본에 수출 길을 열다.)

• 2004년 4월 20일 ~ 2007년 6월 25일: 한국농어촌공사 비상근이사(사장추천 위
원장), 낡은 예천지사(청복동)를 현대식 건물로 신축(우계동)

◀ 2006년 4월 5일, 한국 농어촌공사의 안종운 사장과 이사 일행이 새만금사업 현장을 시찰하고 있다.(본인 한국농어촌공사 비상근 이사 재임 시)

• 2005년 3월 30일: 한·일 우호 친선 증진을 위한 양국 지도자 결연식장(동경 오
쿠라 호텔, 560명 참석)에서 한국대표로 축사

• 2006년 2월 5일: 『21세기 세계평화 일본사회 여성지도자 세미나』(메리어트 호
텔, 500명 참석) 참가자 환영 만찬회에서 '한국의 효孝 문화와 일본의 충忠 문화의
특질' 특강

• 2006년 3월 29일 ~ 2006년 12월 20일: 주일본 민단중앙본부 서울사무소장

• 2007년 ~ 현재: JA코리아 청소년 경제교육 강사

  초·중·고등학생을 위한 봉사활동(주로 서울시)

  예천초등 6학년 전원, 예천중 및 예천여중 3학년 전원 경제교육

• 2007년 12월 7일: '자랑스러운 와세다 대학인' 수상(한국 총동창회 창립 60주년 기

  념식장, 박태준 전 포항제철 회장과 함께)

• 2008년 6월 1일 ~ 2009년 5월 31일: 경상북도 대일투자통상자문관 – 일본 니

  가타현新潟縣과의 금후 교류협력 합의

• 2009년 1월9일 ~ 2011년 1월 9일: 대한적십자사 경영합리화 추진위원회 위원

  겸 간사(병원, 혈액, 혈장분장센터, 간호대학, 모금 등 문제점 개선)

• 2010년 6월 3일: 한국외교협회 추천 대국민외교홍보요원으로 국민대학교에서

  강의(제목: 실무중심으로 살펴본 개발연대 이야기)

• 2010년 8월 26일 ~ 현재: 예천군 정책자문위원회 위원장

• 2010년 10월 14일 ~ 2011년 12월 26일: 「한국의 재정 60년」 건정재정의 길 편

  집위원(예우회 엮음)

• 2011년 7월 11일 ~ 현재: 예천곤충바이오 엑스포조직위원회 이사

• 2011년 ~ 현재: 안동김 대종회 중앙 부회장 및 안동김 예천군화수회 회장

• 2012년 9월 26일 ~ 현재: 『건전재정포럼』 창립 발기인

제1부

청록의 일생(一生)

제2부

청록의 시론(時論)과 제언(提言)

4장 언론 기고문(예천군 관련) · 367

제3부

청록의 신변잡기(身邊雜記)

1장 나의 사랑, 나의 향리 '예천' · 432

2장 지나온 길을 돌아보며(내 삶의 이모저모) · 461

3장 박정희(朴正熙) 대통령에 대한 향수 · 505

목 차

사진화보 '청록의 신변잡기(身邊雜記)' · 632

浦項州

청록의 일생(一生)

나의 유년 시절과 보릿고개

▲ 1940년대의 고향 마을: 본가(가운데 초가집)와 멀리 고평들, 민둥산, 내성천 금모래가 보인다. 좌측 길에는 늘 소똥이 널려 있었다.

고등학교 2학년, 나는 부산에서 자취생활을 하고 있었다. 방학 때마다 본가에 들러 농사일을 거들어드리고 쌀을 받아 돌아가곤 했는데, 지난해 벼농사의 흉작으로 곳간에는 쌀 한 말의 여분도 남아있지 않게 되었다. 아버지는 나에게 들려 보낼 쌀을 꾸기 위해, 걸어서 20분 거리에 있는 새골로 향하셨다. 새골(통명동 자연부락명)에는 지주地主로 있는 동성동본, 항열行列 높은 친척 3형제가 살고 있었다.

나의 유년(幼年) 시절

　1936년 여름, 나라는 일제에 수모를 당하고 농촌은 가난에 허덕이고 있을 때 본인은 작은 농가의 5남 1녀 중 장남으로 태어났다. 유년 시절은 말 그대로 가난, 배고픔, 보릿고개, 춘궁기, 이 시절 대다수 농민이 그러했듯 살기 어려웠던 농촌생활상과 고난을 몸소 겪어야 했다. 농사일을 거들면서 4Km를 걸어서 초·중학교를 다녀야 했고, 어린 나이에 많은 농사일을 직접 해봤기 때문에 농촌의 생활상, 농민의 생활고生活苦에 대해서는 그 내면적 실정 또한 잘 알고 있다. 이와 같이 농사일과 먹거리 마련하기에 전전긍긍하였는데 학교는 어떻게 다녔으며 공부는 언제 하였겠는가.

　본인은 3년간 서당에서 한문을 배운 다음, 1945년 4월 1일 일본 제국주의 강점기 日本帝國主義 强占期에 예천서부공립국민학교(지금의 예천초등학교)에 입학하였다. 비록 일본식민지日本植民地 지배 하에서의 짧은 학교생활이었지만, 본인은 이곳에서 일생에 기억될만한 많은 일화逸話를 만들고 경험經驗을 할 수 있었다.

　1945년 8월 15일 일제로부터의 해방, 1948년 5월 10일 총선거, 그해 8월 15일 대한민국정부수립大韓民國政府樹立 (제1공화국: 초대 이승만 대통령 취임), 1950년 6월 25일 전 국토를 생지옥으로 몰아넣은 피비린내 나는 공산침략共産侵略전쟁이 일어났다.

　1960년 자유당의 장기집권長期執權

▲ '우리 농촌 주부의 애환'
땔감을 머리에 이고 내성천 외나무다리를 건너 강변 제방을 지나고 있다.

을 위한 3·15 부정선거不正選擧, 곧이어 4·19 학생혁명學生革命이 봉기하였다. 이후 민주당 정권탄생(1960년 8월 23일: 제2공화국)과 동시에 당내 신·파 간의 갈등으로 나라의 혼란이 극에 달하자 마침내 1961년 5월 16일 군사혁명軍事革命이 발발하게 되었다. 이후 5월 18일 '장면내각'은 총사퇴했다.

오늘날 최첨단기술의 개발과 보유, 수출의 대종大宗인 중화학제품, 이로 인한 무역규모(2011년 1조불) 세계 7위권, 국민 총생산GNP 세계 13위권, 1인당 국민소득 2만 달러 시대로, 선진국 문턱까지 온 것도 5·16 혁명에 의한 군사정부의 『국민경제의 부흥개발에 관한 집념』의 산물産物임은 부인 할 수 없다.

▲ 1951년 1월, 예천중학교 1학년 재학 당시

▲ 1952년 1월, 예천중학교 2학년 재학 당시

▲ 1956년, 부산상업고등학교 3학년 재학 당시

▲ 1956년, 국민대학교 입학 기념

▲ 1952년 9월 30일 포항, 예천중학교 3학년 수학여행 中 (뒷줄 오른쪽 두 번째부터 본인, 세 번째 이기선 담임선생님) 이때 난생처음 직접 바다를 보게 되었는데, 끝없이 펼쳐진 수평선이 너무도 신기하고 아름다워 보였다.

▲ 농사일을 돕느라 공부를 할 수 있는 시간적 여유가 없었기 때문에 잠시라도 틈이 나면 교과서나 참고서를 들여다보곤 했다. 이것이 오늘날에도 보행 시나 버스, 비행기 탑승 중에 항상 무엇인가를 읽는 습관으로 몸에 뱄다.(오른쪽 본인, 왼쪽 박찬국)

　유년 시절, 홋골·신골·소망실·오암·오치·댕대이산 등지에서 친구들과 뛰어 놀며 산나물, 고사리, 쑥뿌리, 소나무껍질, 가재를 잡아 허기진 배를 채우곤 했다. 먹을 것이 귀했던 춘궁기 보릿고개 시절이었기에 이들 산채는 우리 모두의 훌륭한 대용 식량이었다. 어린시절 철없이 마구 따 먹었던 목화열매(다래)는 이들 산채와 사정이 좀 다르다. 아직 피지 아니한 목화 열매는 새콤하고 달콤한 맛으로 아이들에게 큰 유혹의 대상이었다. 특히 이 열매는 일명 '다래'라고 하여 목화 꽃이 지고난 후 밤알만한 크기에 이르러 살짝 여물기 전에 맛이 참 좋았는데, 그 이전에 따먹으면 시큼한 쓴맛이 나서 눈살을 찌푸리게 만들었다. 하지만 문제는, 이 목화 열매가 시간이 지나면 백색 털 모양의 섬유로 변하여 우리의 의복에 없어서는 안 될 귀한 자원인 면사綿絲를 제공해준다는 것이다. 맛이 좋다 하여 이 열매를 따먹어 버리면 먹은 열매만큼의 목화의 수확이 줄어드는 것인데 이는 목화 농사를 짓는 농장 주인에게도 여간 손해를 끼치는 일이 아니다.

　인생을 살면서, 본인은 저런 '목화 열매'와 같은 경우를 자주 마주하게 된다. 이는 인생의 진정한 성공을 달성하기 위해 고통과 유혹의 시간을 견뎌낼 줄 알아야 한다는 말이다. 이것은 마치 가장 맛 좋은 시기의 목화 열매(다래)를 따지 않고 참는 것과 같은 인내심을 요한다. 당장에 먹으면 없어져 버릴 한 떨기 '열매'. 하지만 이 열매를 먹지 않고 보전한다면 열매는 훗날 우리의 삶을 윤택하게 해주는 귀중한 자원이 되어 돌아온다. 우리 모두 당장의 만족에 이끌려 훗날의 값진 자원을 낭비하는 짧은 안목보다는, 장기적인 시각으로 미래를 위해 지금의 고통을 견뎌내고 노력을 게을리 하지 않는 현명한 사람이 되어야 하지 않을까.

소는 풀을 먹고
나는 지식을 먹고

(2000년)

농촌생활에서는 모든 일이 인력으로 돌아가기 때문에, 공부를 할 수 있는 시간적 여유가 많지 않다. 그러나 소에게 풀 먹이는 일만은 달랐다. 소고삐를 발에 매어두고 소를 들판에 풀어놓으면 소는 알아서 풀을 뜯는다. 그러면 나는 그동안에 영어 단어를 외우거나 책을 읽을 수 있었다. 가끔 장소만 옮겨주면 소는 더 많은 풀을 뜯어 먹을 수 있고, 나는 더 많은 공부를 할 수 있었다. 그리하여 해 질 무렵 집으로 돌아갈 때면 소는 풀로 배를 채워 배가 빵빵하고, 내 머릿속은 암기된 영어 단어와 지식들로 쌓여갔다. 이렇게 나는 내 꿈을 키워갈 수 있었다. 마굿간에 갇혀 있던 그 일소가 나를 마주할 때마다 반가워서 킁킁거리며 웃는 모습이 지금도 내 눈에 선하다.

어느 날은 독서 삼매경에 빠져, 소고삐를 제대로 발에 감지 않는 바람에 소가 옆 보리밭에 들어가 무성하게 자란 남의 소중한 보리들을 꽤 많이 뜯어 먹어버린 일이 있었다. 지금까지도 그 보리밭 주인에게는 죄송한 마음을 갖고 있다.

▲ 1953년 여름, 소에게 풀을 먹이면서 공부를 하는 모습. 소개천은 곱고 하얀 모래가 깔려 있어 씨름 장소로 인기가 좋았다. 지금은 모래를 다 퍼가서 하상이 드러나 있다.

▲ 1962년 10월, 경제기획원 입사 후에도 휴가 등 틈만 나면 본가(本家)에 들러 소년 시절 정든 소에게 풀을 먹였다.

　농경 생활에 고착하신 본인의 할아버지는 한문 공부만이 학문의 전부라는 굳은 신념을 가지고 계셨다. 때문에 할아버지는 신식新式 학문인 한글을 배우기 위하여 학교에 가는 데에는 부정적인 생각을 갖고 계셨다.

　그래서 본인은 초등학교(당시 국민학교) 입학 전 마을 서당書堂에서 상투 머리를 한 무서운 훈장님에게 3년간 한문 수업을 받을 수밖에 없었다.

　서당 수업은 주로 강강講으로 이루어졌는데, 강강講이란 지난 날 배운 분량을 책을 덮어 놓고 벽을 향하여 눈을 감은 채 허리를 좌우로 흔들면서 줄줄 외우는 것을 말한다. 완벽하게 다 외우면 '통通', 술술 외우다가 약간 막히면 '약略', 많이 막히면 '조粗', 낙제를 하면 '불不'의 성적을 받는다.

　농촌 소년이었던 본인은 별다른 재능은 없었지만, 암기하는 데 있어서만은 뛰어난 재능을 지니고 있었던 것 같다. 또한 당시 공부라곤 한문 공부가 유일했기에 본인은 이에 남다른 열성을 갖고 임했다. 그리하여 서당에서의 내 성적은 늘 좋은 편이었고, 후일 각종 시구詩句 등 좋은 문장을 잘 외우는 학생으로 이름을 날렸다.

1946년 12월, 앞줄부터 본인(초등학교 2학년) ▲
할아버지, 동생 정일을 안고 있는 어머니(생후 처음 찍은 사진)

그러나 본인 혼자 잘한다고 모두가 즐거운 것은 아니었다. 문제는 생각지도 못한 곳에서 찾아들었다. 한 달 동안 배운 분량을 다시 날을 받아 강講을 하였을 때, 제대로 다 못 외운 학동學童이 본인 때문에 매를 맞게 되는 경우가 생겨나기 시작하였다.

"주일이는 줄줄 다 외우는데 너는 왜 못 외우느냐?"

본인이 강講을 더 잘하면 잘할수록, 다른 학동學童들이 외우지 못하였을 때, 회초리의 매의 빈도와 강도는 더욱 드세졌다.

어찌 보면 어린 마음에 '나 때문에 동료 학동들이 매를 맞는구나'라는 죄스러운 생각이 들었다. 그래서 궁리 끝에 서당 방구석에 언제나 보관되어 있는 버드나무 회초리에 미리 몇 군데 칼침을 새겨 두었다. 이리하여 그 회초리는 한두 번 때리면 모두 부러져 더 많은 매를 맞는 것을 면할 수 있었다. 지금 생각해보면 그 훈장 선생님은 본인이 그런 짓을 한 것을 알고도 모르는 척해주신 건지, 정말 칼침 새긴 것을 모르셨는지 영원한 미스터리로 남아 있다.

책거리 시루떡의 추억

서당에는 '책거리'라고 하는 것이 있다. 서당에서 한문책 한 권을 뗄 때마다 시루떡 잔치가 벌어지는 즐거운 날이다. 물론 배움의 기쁨과 보람도 크겠지만, 보릿고개 시절 허기진 배를 채울 수 있는 다시없는 기회였기 때문에 나를 비롯한 학동들은 늘 이 날이 오기를 손꼽아 기다렸다. 천자문千字文, 동몽선습童蒙先習, 명심보감銘心寶鑑, 자치통감資治通鑑(기초만)을 각각 다 외우고 나면 그때마다 어머니께서 정성 들여 만들어 주신 따끈따끈한 시루떡을 맛볼 수 있었다. 훈장 선생님과 학동들이 함께 둘러앉아 나누어 먹던 그때 그 날의 추억은 오늘날의 어느 성찬과도 비교할 수 없다.

한글+한문 병기(竝記) 예찬

(2006년)

너무 어린 나이에 한문을 어렵게 익힌 탓일까? 본인은 한글+한문 병기 예찬론자이다.

혹자는 '한문'보다는 우리나라의 문자인 '한글'을 중시해야 한다고 하지만, 한문을 익힌다는 것은 우리 생활에 많은 도움을 준다. 한문을 익히는 것은 일어나 중국어 등을 배우는 데 필수적이다. 또한 아름다운 유교권 전통문화를 이어 나갈 수 있으며, 이를 이해하는 데 큰 도움이 될 수 있다. 또한 요 근래 부상하는 한문 문화권에 동참할 수 있다면, 글로벌 문화를 향유하는 데에도 큰 역할을 할 수 있을 것이다. 물론 우리 한글은 세계 문자 중 가장 우수한 표음문자表音文字이다. 핸드폰으로 문자메시지를 보낼 때마다 이 지구상에서 가장 과학적이고 합리적인 문자가 바로 한글이라는 것을 실감 나게 한다. 더구나 문자 창제의 목적과 의의, 필용성을 담은 서문序文이 있는 문자는 세계 문자 중 우리 '한글'만이 유일하지 않은가 생각된다. 이것은 우리의 보물이요, 위대한 유산이다.(본인은 오래전부터 우리나라 국보 1호 숭례문에서 '훈민정음 서문'으로 바꾸어야 한다고 주장해온 바이다.)

이러한 가장 이상적인 문자 '훈민정음'과 오랜 역사적 전통을 담고 있는 '한문'을 겸용하여 풍부한 어휘를 구사해야 한다는 것이 본인의 일관적인 주장이다. 이런 의미에서 본다면, '한글전용법'이 폐지된 것은 참으로 다행스러운 일이 아닐 수 없다.

복숭아 장사

(1995년)

　어릴 적, 우리 집에서 이어진 약 9천 평의 복숭아 과수원이 있었다. 특히 우리 집 복숭아는 맛이 좋아 『일본 복숭아 과수원』으로 불렸다. 복숭아나무는 워낙 오래된 고목古木이라 높이도 높아 복숭아 따는 일은 여간 어려운 일이 아니었다. 주로 밑에서 장대나무로 두들기거나 위험을 무릅쓰고 나뭇가지로 올라가서 따야 했다. 일단 복숭아가 어느 정도 모이면, 인근에서 과일을 파는 것을 전업으로 하는 아주머니들에게 내어 드리고, 그 대가로 보리를 받아오곤 하였다. 그리고 남은 것들을 내다 팔았다. 재 넘어 산 너머 읍내로, 특히 오일장이 열리는 날은 몇 차례고 지게를 지고 산을 넘었다. 문제는 지게에 복숭아를 가득 지고 읍내에 가서 팔 장소를 선택할 때에 많이 신경 쓰이고 눈치를 봐야 하는 것이었다. 우선 지게를 지고 갈 때나 복숭아를 팔고 있을 때 아는 사람이나 학교 친구가 주변에 있지 않는지, 혹시나 누가 나를 보고 있는 것은 아닌지, 복숭아를 파는 것보다 여기에 더 신경이 쓰였다. 나는 될 수 있으면 대로변을 피하고 샛골목으로 가서, 주변을 수차례 확인한 후, 지게를 내려놓고 팔기 시작했다.

　지금 생각해보면 집에서 직접 생산하여 시장에 가 소비자에게 판매하는 것은 시장 경제 원리상 당연한 일이지만, 그 시절 어린 마음에는 부끄럽고 창피스러운 마음이 으레 앞섰고, 누군가가 내게 복숭아 장사를 한다고 손가락질하지는 않을까 두려운 마음이 더 컸었다. 그것이 내가 경험한 첫 경제활동이었고 복숭아 장사를 시작으로 나는 '시장 경제'(물론 당시에는 '시장 경제'라는 개념조차 몰랐겠지만)에 대해, 몸소 부대끼며 배울 수 있었다. 길에서 복숭아를 팔던 소년이, 훗날 국가의 예산을 편성하고 집행·관리하는 공무원의 길을 걷게 될 줄은 그 누구도 몰랐을 것이다. 그렇게 아무도 모르게, 나 자신도 모르게 '공직'을 향한 내 첫 발걸음은 시작되고 있었다.

초등학교 7학년
졸업
(2010년)

　　1948년 8월 15일 반공, 자유민주주의, 시장경제를 기본 이념으로 한 대한민국 정부가 수립되었다. 이때를 전후하여 북한의 사주를 받은 남한의 좌익들은 남로당을 주축으로 무장 투쟁과 함께 많은 사건들(5·10 남한 단독 정부수립 선거 반대투쟁, 제주 4·3 사건, 10월 대구 폭동, 여수 반란사건 등)을 일으킨다. 그러다 드디어 1950년, 한반도를 피비린내 나는 생지옥으로 만든 6·25 전쟁이 발발하게 되었다.

　　1950년 봄, 가뭄도 없이 모내기도 잘 넘기는듯하여 농민들의 마음은 한결 여유로웠다. 자료에 의하면 북한이 겉으로는 남북회담을 제의하는 등 평화 공세를 이어왔기에 남한 사람들은 전쟁의 기미를 전혀 눈치챌 수 없었다고 한다. 꼭 본인이 초등학교 6학년이 된 지 4개월째 되는 날이었다. 그 아담한 단층 목조건물, 유구한 역사를 자랑하며 인재를 그토록 많이 배출해 낸 모교의 교사校舍는 모두가 순식간에 잿더미가 되고 말았다.

　　학교 교사가 불타버린 흔적을 옆에 두고, 플라타너스나 미루나무 그늘 밑, 천막 등지에서 임시로 학교가 운영되었다. 하지만 전시의 어려운 환경 속에서 공부가 제대로 될 리 만무했다. 전쟁 와중에 먼 거리에서 통학해야 하는 부담감에 결석하는 학생이 많아졌고, 본인 또한 그 중 한 명이 될 수밖에 없었다. 결국 우리 학년은 정규수업을 제대로 받지 못했고, 중학교 진학을 위한 준비에도 많은 차질을 가져왔다. 본인은 결국 1년을 다시 재학한 후에야 무사히 초등학교를 마칠 수 있었다.

　　이런 연유로 예천초등학교 39회(1951년 졸업)는 다른 기수에 비하여 정계, 재계, 학계, 관계 등 중앙무대에 진출한 교우가 적은 편이다.

새끼 돼지 한 쌍의
빚

(2011년)

초등학교 6학년 담임 선생님이었던 우석암禹石岩 은사님은 우리 반 급우들이 졸업할 때 졸업비용에 충당코자 학교 축사에서 새끼 돼지 한 쌍을 기르고 있었다. 그러던 중, 6·25 전쟁이 발발하자 가장 먼 농가에서 통학하고 있는 본인에게 새끼 돼지 한 쌍을 맡기며 잘 길러달라고 당부하였다. 선생님의 말씀에 따라 집으로 새끼 돼지를 가지고 와, 되도록 잘 길렀으나 전쟁으로 인한 혼란과 피폐했던 삶 속에서 그 새끼 돼지를 다시 학교로 가져다 놓지는 못한 것 같다. 이것은 늘 본인의 마음 한 켠에 빚으로 남게 되었다.

세월이 한참 지나 1991년, 본인이 경제기획원 예산총괄국장 재임 시 전국 각 초등학교에 순차적으로 빈 교실(학생 수 감소로 빈 교실이 늘어나고 있는 실정)을 개조하여 학생급식당으로 활용하는 방침이 정해졌다. 본인은 이와 같은 기준에 따라 한 학교당 4천만 원 정도의 예산을 배정하고 있는 중이었다.

당시 본인은 모교 김성일金成鎰 교감(교장: 박병준)의 열정과 극성적인 부탁으로 이 기준을 훨씬 뛰어넘어 별채의 독립된 식당건립에 약 3억여 원의 예산을 예천초등학교에 투입하게 하였다. 물론 기준(원칙)을 어겼다는 질타와 타 학교와의 균형 문제(예천초등학교에만 특혜를 준다는) 시비도 있었던 것이 사실이다. 하지만 고향에 올 때마다 후배들이 깨끗한 식당에서 밥을 먹는 것을 보면 참 잘했다는 생각과 함께, 새끼 돼지 한 쌍을 키워서 못 돌려준 것과 관련해 모교에 대한 빚을 갚은 셈이 되어 한결 마음이 편안해진다.

▲ 예천초등학교 급식소 건설 현장(왼쪽 두 번째 본인)

▲ 1992년 10월 18일, 예천초등학교 급식소 건설 현장을 둘러보고 박병준 교장, 김성일 교감과 함께

감 사 패

경제기획원예산실
예산총괄국장
김 주 일

귀하께서는 본교 졸업생으로서 학교 급식의 중요성을 깊이 인식하시고 어려운 여건 속에서 남다른 열성으로 본교 후원 사업인 학교 급식소를 신축하는데 큰 지원을 하여 주시어 이제 공사를 마쳐 급식을 갖게되어 앞으로 교육급식 발전에 크게 공헌하게 되어 그 공이 지대하여 학부모 및 전 교생들의 감사한 마음을 이 패에 새겨 드립니다.

1993년 3월 5일

예천국민학교장 박 병 준
예천국민학교학부형회장 권 상 국

▲ 1993년 3월 5일, 학교 급식소 신축 지원에 대한 감사패 (모교 예천초등학교로부터)

가난은 나의
주춧돌
(2004년)

가난, 고통 그 자체가 성장의 자양분이 되다

1953년, 전쟁의 황량함 속에 엎친 데 덮친 격으로 극심한 가뭄이 찾아왔다. 벼와 보리의 생산량은 극감했고, 곳간의 묵은 곡식도 바닥을 보이기 시작했다. 모든 농가의 삶은 점점 피폐해졌고, 이는 우리 가정도 예외는 아니었다.

고등학교 2학년, 나는 부산에서 자취생활을 하고 있었다. 방학 때마다 본가에 들러 농사일을 거들어드리고 쌀을 받아 돌아가곤 했는데, 지난해 벼농사의 흉작으로 곳간에는 쌀 한 말의 여분도 남아있지 않게 되었다. 아버지는 나에게 들려 보낼 쌀을 꾸기 위해, 걸어서 20분 거리에 있는 새골로 향하셨다. 새골(통명동 자연부락명)에는 지주地主로 있는 동성동본, 항열行列 높은 친척 3형제가 살고 있었다. 그 어르신들은 늦봄이 되어도 "이거 보아라"는 듯이 벼를 탈곡하지 않고 노적露積가리를 마당 한가운데 쌓아 놓고 외면적으로 부富를 과시하는 상징물로 삼고 있었다. 아마도 3분의 1 정도는 쥐의 양식이 되었을 것으로 생각된다. 나는, 내가 배움의 길에 있는 종가의 장손이며 그 부잣집의

▲ 1956년 진해 이순신 장군 동상 앞에서. 부산상업고등학교 재학 당시 가장 친하게 지냈던 이성태(오른쪽 첫 번째)와 차원주(오른쪽 두 번째), 이욱희(앉은 이), 그리고 본인(오른쪽 세 번째).

형편으로 보아 아버지께서 쌀을 꾸어 오실 것을 의심의 여지없이 믿고 기다렸다. 그러나 아버지는 그 날 오후, 해가 다 지고 어두워졌을 무렵 어깨가 축 처진 모습을 하시고 빈손으로 돌아오셨다. 이때 부모의 마음은 어떠하셨을까? 그때의 아버지의 심정을 다시 반추反芻해 볼 때마다, 가슴이 미어지는 것 같다. 결국 다른 방법은 생각해보지도 못하고, 집에 있는 보리쌀과 책가방을 짊어지고 나는 부산행 기차에 몸을 실었다. 막상 자췻집으로 돌아갈 생각을 해보니 앞일에 대한 걱정보다는, 본가에서의 상심이 앞섰다. 그리고 자췻집으로 가는 몇 시간의 어둠 속에서 많은 생각들을 해보았다.

"나는 그냥 그렇고 그런 사람이 되면 안 되겠다. 나도 성장을 해야겠다."

"빨리 자생·자립하여, 부모님의 어깨를 펴 드려야겠다."

그날의 가난은 가슴 아프고 처량했지만, 지금 생각해보면 나에게 강한 의지, 결행決行의 동기부여를 선사해 주었고, 오늘날의 나를 있게 해준 좋은 계기가 되었다. 혹자에게 '가난'이란 '걸림돌'이 될 수 도 있지만, 그것은 마주하는 사람에 따라 '디딤돌' 아니, 더 나아가 '주춧돌'이 될 수도 있는 것이다.

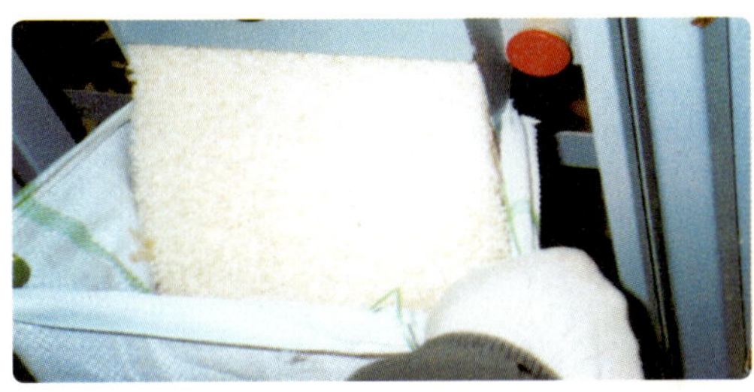

▲ 예천 본가에서 정성 들여 농사지은 햅쌀. 유년 시절 농가에서 자라며, 보릿고개를 거쳤기 때문에 쌀 한 톨의 소중함을 누구보다 잘 알고 있다.

▲ 현재는 과잉 생산되고 있는 쌀이지만, 어려웠던 시절의 형편을 생각하면 쉽게 낭비할 수 없게 된다.

◀ 1992년 11월 7일, 본인이 경제기획원 예산총괄국장 재임 시 고교동기회 전국단합대회에서 인사말을 하고 있다.

본고는 모교인 예천초등학교 '100년사(P.339)'에 기고한
동문 회상록 중 본인의 기고문

2011년 9월 10일

예천초등학교 39회의 애환(哀歡)

앞에 부치는 말씀

역사는 사실의 기록이요, 소설은 가능한 세계의 기록이라고 한다.

예천초등학교(우리 39회가 1945년 입학할 때의 교명은 '예천서부공립국민학교')가 1911년 9월 16일에 개교되었으니 올해로 꼭 백 주년이라는 한 세기世紀를 맞게 된다. 유서 깊은 인재 양성의 요람인 모교 백 주년 기념사업을 뜻있고 알차게 마련하기 위하여 진력하고 있는 권광남 추진 위원장을 비롯한 집행위원, 또한 모교 개교 100년사 편찬 책임을 맡고 있는 편집위원 여러분께도 이 자리를 빌려 노고에 대한 감사의 말씀을 드린다. 또한 지금은 칠십 대 중반의 후기노령층에 와 있는 66년 전, 일정기日政期에 함께 입학한 39회 동기생 중에는 이미 유명을 달리한 교우도 상당수 있다. 그러나 아직도 사회 각 분야에서 활약하거나 노년기에 접어들어 행복한 삶을 누리고 있을 유능한 동문이 많이 있음에도 부족한 본인이 39회를 대표하여 희로애락을 같이 한 사연들을 기록으로 남기고자 필筆을 잡고 보니 무거운 책임감과 동시에 송구스러운 마음이 앞선다.

돌이켜보면 우리가 살아온 시대는 일본 식민통치로부터의 해방, 광복과 정부 수립, 6·25 전쟁, 4·19 학생혁명과 5·16 군사혁명, 세계사에 유례없는 압축 고속성장, 민주화 등 우리 민족사에 커다란 족적을 남긴 역사적인 변천의 시기였음이 분명하다. 대한민국이 새롭게 태어나서 성장 발전해온 과정 속에서 우리도 성장 발전해왔다. 특히 본인이 공직에서 일했던 40년이 대한민국의 국운 상승기國運 上昇期와 일치한다는 것은 부인할 수 없는 사실이며, 나는 그 시대에 일했던 것을 자랑으로, 또 보람으로 여긴다.

일정기(日政期), 초등학교에 입학(入學)하다

66년 전, 1945년 일제가 미국을 위시한 연합국에 무조건 항복했던 그해, 우리 39회의 선배가 다 그러했듯이 우리는 일본말을 해야 하며, 긴 칼을 찬 일본 순사가 나타나면 다들 죄지은 사람처럼 벌벌 떨어야 했고, 매일 아침 학교조회 때마다 동쪽을 향해「황국신민皇國臣民의 칙어勅語」를 외치며 일본 국왕에게 90도로 허리 굽혀 절하는 것으로 하루의 수업을 시작했다.

그 시대에는 미국, 영국은 쳐부숴야 하는 나라, 일본은 하늘을 대신하여 지구상에서 선善을 베푸는 나라로 배워왔기에, 그러한 일본이 패망하고 우리나라가 독립을 했다는 소식에 어린 1학년 학생이었던 본인은 그저 어리둥절할 뿐이었다.

본인은 그 당시에 예천읍도 아닌 보문면 고평동에서 산 넘고 고개 넘어 험한 길 4km를 도보로 통학해야 했다. 때로는 학교 가는 도중 공습경보, 경계경보를 알리는 사이렌이 울리면 몸을 피해 숨거나 그냥 집으로 돌아갈 때도 가끔 있었다. 학교 부근에 가까이 오면 군대식 대열을 지어 상급생 누군가의 후령에 맞춰 팔을 크게 흔들며 행군, 교문 안으로 들어서면 곧바로 좌측 신사神社에 세 번 손뼉 치며 묵념하고 들어갔다.

수업시간에 한국말을 하면 옆에 일본말 잘하는 급우가 일본 선생한테 이 사실을 일러주어 그 학생은 앞에 나가 두 손을 들고 꿇어앉는 벌을 받곤 했다. 예외 없이 일본 이름으로 개명했기에 출석부를 때 자기 일본식 이름을 알아듣지 못해 쩔쩔매던 급우의 모습이 지금도 본인의 머리에 생생히 각인되어 있다. 그 엄격했던 수업장면과 오늘날의 자유분방한 초등학교 1학년 수업 분위기는 필연 역사적 변혁이다.

해방의 기쁨과 정치적 혼란, 가난, 배고픔

1945년 8월 15일 일본이 패망하고 우리의 국권은 되찾았으나 36년간 일본식 교육을 받아온 까닭에 우리식 교육 제도가 있을 리 만무했다. 기억을 더듬어보면 그해 9월 말 미군정청美軍政廳에서 통달이 내려와 정식 수업이 시작되기 전에는 선생님들이 개별적으로 준비하여 한글과 우리 역사 등을 가르치며 수업시간을 메우고 있었다.

한편 그로부터 3년 후인 1948년 8월 15일 대한민국 정부가 수립되기 전후, 혼란기를 틈타 속박과 통제에서 벗어나 맹목적으로 자유라는 미명아래 밀주와 도축, 도박, 도벌, 마약이 성행하였고 가난과 배고픔, 굴뚝에 연기 나지 않는 집이 수두룩했다. "하늘이 무너져도 솟아날 구멍은 있다"는 말뜻과 같이 미국의 피 점령 지역 구호원조의 일환으로 잉여 농산물(주로 옥수수, 밀가루) 배급에 의하여 겨우 연명하는 가정이 많았다.

국권 회복과 동시에 이때 초등학생들이 즐겨 부르던 '해방가' 1절을 소개한다.

"어둡고 괴로워라. 밤이 길더니, 삼천리 이 강산에 먼동이 튼다. 동무여 자리 차고 일어나거라. 산 넘어 바다 건너 태평양까지 아~아~ 자유의 자유의 종이 울린다."

▲ 1992년 5월. 국방부 예산 편성 실태 파악을 위해 최전방 22사단 방문.
(왼쪽 첫 번째 정연우 사단장(예천초등학교 39회 동기)과 오른쪽 첫 번째 본인) 정 사단장은 국방부 인사참모부장을 거친 유능한 직업 군인이었으나, 아까운 나이에 작고하고 말았다.

산업화, 근대화, 선진화의 주역

가난과 배고픔, 보릿고개 시절에 유년기를 보내고 굽이굽이마다 어려운 교육 환경에서 초등학교, 중·고등학교, 또는 그 이상의 고등교육을 받은 것이 우리 예천초등학교 39회다. 그러나 우리 39회는 우리나라 반만년 역사상 가장 빠르게 급변한 산업화와 근대화, 민주화를 겪고 지금 선진국 문턱에 우뚝 서 있다. 그리고 그 중심에서(농업에서, 기업에서, 자영업에서, 또는 공직에서) 다 함께 근대화의 역군으로, 개발연대의 산 증인으로 일익을 담당해 온 것 또한 사실이다.

▲ 1994년 8월 9일 본가에서.
고향에 있는 초등학교 동기들과 함께.

▲ 1994년 1월.
고향(고평동)에 있는 초등학교 동기들과 즐거운 한 때. 새로 개축한 본인의 본가에서 다 함께 차 한 잔을 나누는 모습이다.

6학년에 6·25 전쟁으로 정규수업을 못 받다

1910년 한·일 강제병합, 그다음 해인 1911년 9월 16일 예천초등학교 개교, 1945년 39회 입학, 1948년 8월 15일 대한민국 건국, 1950년 6·25 전쟁 발발, 1960년 3·15 부정선거와 이것이 동기가 된 4·19 학생혁명, 허정許政 과도정부를 거쳐, 같은 해 7·28 선거를 통해 9월 16일 제2공화국 탄생(장면정부張勉政府), 이날은 본인이 경제기획원에 입사한 날짜(1961년 9월 16일)와도 우연히 일치한다.

1961년 5월 16일, 군사혁명으로 인하여 대한민국은 지금도 억압과 굶주림으로 고통받고 있는 북한과 거의 동시에 출발하여 제2차 세계대전 이후 독립한

150여 신생국 가운데 유일하게 산업화와 민주화, 근대화에 성공한 나라로 부상했다.

1945년 해방과 동시에 남·북 좌우대립, 정치적 혼란, 미국의 원조, 1961년을 기준 시점으로 하여 1962년부터 1986년까지 5차에 걸친 경제개발 5개년 계획의 수립·시행, 월남파병특수, 중동건설 붐, 중화학공업건설 등으로 세계 10위권 경제 강국으로 부상했고, 교역규모로는 1조 달러를 넘어 세계 7위이다.(2011년 기준)「원조를 받던 나라에서 원조를 하는 나라」로 등극한 나라는 세계에서 우리가 처음이다.

앞에서 서술한 바와 같이 역경과 고난 속에서도 이러한 업적을 이룩한 근대화의 주역이자 역군이 바로 우리 39회다. 칠십 대 중반의 연령에 다다른 우리 39회는 역사의 새로운 문을 열게 한 삶의 순간순간을 거쳐 오늘 이 자리에 와 있다.

▲ 예천초등학교 개교100주년 기념사업 후원자 기념비 앞에서(본인과 내자)
기별 40회(39회지만 졸업은 40회) 첫 번째에 본인의 이름이, 기별 40회 여덟 번째에 내자(장명대)의 이름이 보인다.

지일파(知日派) 경제관료로서 인식도 높은 인물
김주일 동문(45회): 부산상고 동창회지 '백양'에서

2004년 2월

얼굴

경제기획원(後 경제교육기획국장, 예산총괄국장)을 시발로 청와대, 보건복지부, 서울특별시, 국회(예결위 수석전문위원), 외교통상부를 거치며 Seoul Olympic 조직위원회 재정담당관과 주일대사관 경제담당공사, 요코하마 총영사(특2급 대사) 등 정부의 요직을 두루 거치는 엘리트로 활약하고(10번의 승진) 1999년에 퇴임함으로써 40년간의 공직생활에서 물러났다.

1957년에 모교를 졸업하고 다음 해에 보통고시와 고등고시예시에 각각 합격한 노력파였으며 이후 일본 와세다대학교 대학원에서 일본재정전공의 석사학위를 취득하고 다시 호주 Sydney대학에서 수학하였다.

대개의 공무원은 주어진 영역 안에서 활동하다가 퇴임하는 것이 태반인데 김주일 동문의 경우는 위에서 보듯 여러 기관을 거쳐 다녔던 경력을 지닌 특수한 이력의 소유자이다. 일본에서는 관계, 학계와 정·재계에 많은 지기를 두고 있는 지일파 경제관료로서 인식도가 높은 인물이다. 더욱이 일본경제관계 저서도 발간했을 정도로 일본경제에는 조예가 깊으며 많은 논문들도 주로 일본에 관한 것이 많다.

동문사회에서 일본통이라 하면 20회 출신의 김상영 동문이 계시는데 김상영 동문은 고위직 경제분야 인사들을 많이 아시는 것으로 유명하나 이미 한 세대 이전의 인사들인데 비하여 김주일 동문의 경우는 현재 활동 중인 인사들이 주를 이루고 있어 그 비중은 높은 편이다. 따라서 일본지역 교역을 기획하는 동문이나 혹은 대일교역 중인 동문이라면 일단 김주일 동문의 자문이 많은 도움이 될 것이다.

김주일 동문은 지식 영역의 폭도 넓어 대학과 고위직 공무원을 상대로 한 강의 교과목도 한국의 경제발전과 금후과제, 금융, 조세제도, 투자유치환경조성, 일어강의 등 다양하여 많은 지식을 제공받을 수 있다. 현재 ㈜현대미포조선의 사외이사, 농림부 농정발전기획단 자문위원, 한·일 협력위원회 이사, 삼환 C1의 고문역을 맡고 있다.

2장

공직의 출발점, 경제기획원

▲ 정든 광화문 청사를 떠나는 날. 김만제 경제부총리, 문희갑 차관을 중심으로 개발연대의 주역들이 한자리에 모였다.(오른쪽 첫 번째 본인)

본인이 경제기획원에서 30년 동안 공직생활을 하며 절실히 느낀 바는 '정부의 재정권'은 철저히 보호되어야 한다는 점이다. 이 말은 권위주의는 불식되어야 하지만 예산 편성권에 대한 권위는 살아있어야 한다는 말이기도 하다. 예산 편성은 원칙과 기준. 균형과 공평. 우선순위를 중요시하기 때문이다.

5·16 군사혁명과
경제기획원 설립

(2008년)

    5·16 군사혁명정부軍事革命政府는 과거 어느 왕조도 해결하지 못했던 일정기日政期 이전 누적된 민생고(가난, 배고픔, 보릿고개)의 근원적 해결과 6·25전쟁 이후 고양된 반공反共 의지 등이 어우러져 경제개발 욕구를 더욱 고양되게 만들었다. 이러한 경제개발에 대한 의지는 당시 혁명정부로서의 당위성 확보라는 정치적 차원에서도 더욱 절박한 과제로 부각되었으며, 이러한 임무를 총괄적으로 수행해 나갈 강력한 경제개발추진 기구를 필요로 하였다. 이리하여 1961년 7월 22일 5·16이 발발한 지 두 달 남짓한 짧은 기간에 예산豫算, 물가조정物價調整, 외자도입外資導入이라는 3대 핵심 경제개발 기능을 갖고, 국민경제의 부흥復興, 개발開發에 관한 종합적인 계획수립과 그 실시에 따른 관리 및 조정에 관한 업무를 총괄하는 강력한 힘을 가진 '경제기획원經濟企劃院'(부흥부→건설부를 거쳐)이 발족하게 되었다. 본인의 인생행로人生行路의 갈림길은 여기서부터 시작되었다. 5·16 군사혁명 이전에는 각종 국가 공무원 채용, 또는 자격시험 등에 합격해도 실제로 현직에 채용採用되기란 '하늘의 별 따기'처럼 어려웠다. 더구나 시골 가난한 농촌 출신이었던 본인은 인맥人脈, 학맥學脈, 혈연血緣, 지연地緣 등 아무런 배경이 받쳐주지 않았기에 더욱 그러하였다. 그러나 1961년 5월 16일에 발발한 군사혁명정부軍事革命政府는 과거 국가고시에 합격한 공직 예비후보자 모두를 국무원 사무국에 등록케 하고, 인력人力을 필요로 하는 정부 각 부처에 배치하는 시책施策을 펴나갔다. 이때는 기존 부처部處의 조직이 확장되기도 하고, 새로운 부部가 신설新設되기도 하여 많은 인력을 추가로 필요로 할 때였다.

    이와 같은 공직자 채용계획에 의하여 본인은 이해 9월 16일에 경제기획원에 입사하게 되었다. 이때 본인은 국민대학 야간부에 적籍을 두고 있을 때였다.

▲ 1962년 5월, 중앙청 옆 적선동 하숙집에서 아침운동 中

▲ 1961년 11월 10일 금곡, 경제기획원 입사 후 첫 나들이(왼쪽부터 신훈식 선배, 방석목 선배, 본인, 서창희 선배)

▲ 1961년 11월 금곡 입구, 경제기획원 시설투자과 나들이(왼쪽부터 본인, 김형국 사무관, 길경숙 사무관, 정윤구 씨, 성선어 씨 등)

▲ 1961년 9월 16일, 경제기획원 입사

▲ 1962년 7월, 경제기획원 총무과 경리계 차석

일본으로 발령

(1998년)

1965년 6월 22일 한·일 국교가 정상화되면서 『청구권 및 경제협력사절단』을 한시적(10년)으로 동경東京에 두기로 한 한·일 양국 간의 협정에 따라 우리나라에서는 단장(주일본 대한민국대사관 경제공사 겸임)을 포함한 11명의 인력이 일본으로 파견되었다. 이 가운데 예산·회계담당 요원의 자리도 1명 포함되어 있었다. 그 시절만 해도 해외에서 근무한다는 것은 꿈같은 이야기며, 가문의 영광이기도 했다.

이때 본인은 예산국에서 문교부 예산을 담당하고 있었을 뿐 인원선발을 하고 있는 사실조차 모르고 있었다. 다만 본인의 경력(총무과 회계담당, 곧이어 예산국 근무)이 객관적으로 인정받아 당시 유병호俞炳皓 총무과장의 추천을 통해 전혀 예상치도 못했던 선발의 행운을 얻게 되었다. 이것이 본인이 일본日本과 관련되는 첫 번째 인연因緣이었다.

▲ 1987년 8월 26일, 20여 년 전(청구권 사절단 근무를 위해 일본으로 떠나기 전까지) 본인의 내자가 운영했던 약국을 다시 찾은 감회

1966년 5월 3일에 발령을 받고 5월 13일에 임지(동경)로 떠나게 되었으니, 사전 준비며 기초적인 일어조차 공부할 시간적 여유는 주어지지 않았다. 이때 우리 내외는 전기도 안 들어오는 마을, 안양천 건너 신정동 제방提防 밑에 땅을 구입, 그 자리에 초라한 이층집을 지

어 위층은 주택으로 아래층은 약국으로 사용하고 있을 때였다.

본인이 부임한 지 2달 후에 내자는 약국이 처분될 때까지 약학대학 동기 친구에 인계하고, 만삭의 몸으로 현지(동경)에 합류하게 되었다. 그때만 해도 항공편은 노-스 웨스트(서북항공)가 하루 한 편, 김포↔동경하네다 간을 운항하고 있었다.

◀ 1966년 5월 13일,
김포공항에 출영 나오신 장인, 장모

◀ 1966년 7월 5일 하네다공항에서(내자는 만삭의 몸으로). 당시 국제선은 노스웨스트 항공 한 편뿐이었다.

▲ 1966년 8월 15일(광복절) 오쿠라 호텔, 청구권 사절단 창설 기념 리셉션
(왼쪽 두 번째 본인, 그 뒤 정재석·우용해 부장)

◀ 1966년 10월 3일, 청구권 사절단 단장 댁에서 (11명 전원 참석, 왼쪽 두 번째 본인)

▲ 돌맞이 시모다(下田) 여행(영순 이모와 함께), 본인이 8mm 카메라를 들고 뽐내고 있다.

▲ 아들 준구(駿求) 100일 기념 식사 자리(제일 호텔). 오혁종 총무과장(왼쪽 두 번째) 내외분이 자리를 마련해 주셨다.(왼쪽 첫 번째 본인, 두 번째 오혁종 총무과장, 세 번째 이강우 씨, 오른쪽 첫 번째 내자와 준구)

▲ 1967년 8월 29일(돌날), 아버지와 아들

▲ 1967년 6월, 민충식 단장을 수행(隨行)하여 큐슈 나가사키 조선소 방문 후 구마모토 아소 활화산에서(민단장은 구마모토5고 출신으로 학창시절 일본 만토 옷을 입고, 이곳을 산책했다고 한다.)

일본인 가정집
입주
(2001년)

　동경에서는 아자부주반 니노하시麻布十番二の橋의 단독주택 2층에 세 들어 살았다. 집주인은 한국에서 날아온 이국적인 신혼부부였던 우리에게 언제나 한가족처럼 친절함과 상냥함을 잊지 않았다. 또한, 결과적으로 일본인 가정에 세를 든 것은 우리나라와는 생활 습관이 많이 다른 일본의 생활 문화와 일상생활에 사용되는 일본어를 익힐 수 있는 좋은 기회가 되었다.

　지금 같으면 해외로 발령이 났을 때 2개월 정도의 준비기간을 갖겠지만, 앞에서 언급한 바와 같이 본인의 발령은 예기치 않던 일이었다. 또 발령으로부터 10일 만에 부임하게 되었으니 미리 일본의 언어, 문화, 역사, 지리 등 무엇을 준비할 수 있었겠는가? 일본어 교육이라고는 1945년 일본이 패망하던 해 4월 1일부터 8월 15일까지 초등학교에서 일본식 교육을 받은 것이 전부였으며 제대로 배운 것 또한 별로 없었다. 본인은 그야말로 맨손으로 일본 생활을 시작해야 했다. 이때 어린 시절의 '서당 공부'는 본인에게 많은 도움을 주었다. 그저 서당에서 외우기만 했던 '한문'과 그에 따른 '암기능력'은 일본어를 배우는 데 더없이 좋은 밑바탕이었으며, 와세다대학원에서 수학한 덕분에 본인의 일본어 실력은 날이 갈수록 성장할 수 있었다. 더욱이 아내는 약학대학에서 일본의 약학 서적을 참고서로 활용한 결과 일상생활에서 사용되는 생활용어는 물론, 제반 일본어 실력까지 본인보다 월등히 빠른 속도로 앞서 나갔다.

　1969년 9월 임기를 마치고 한국에 귀국하였을 때, 우리 부부는 상당한 수준의 일본어 실력을 구사할 수 있었다. 물론 우리의 노력이 뒷받침되었기에 이룰 수 있었던 성과였지만, 이 자리를 빌려 어릴 적 '서당 훈장님'과 당시의 일본인 집주인 '다카하시高橋 부부'에게 감사의 마음을 전하고자 한다.

신세계(新世界)
일본
(1998년)

　1966년 5월 동경에 막 부임했을 때, 일본의 모든 것은 본인에게 신선한 충격이었다. 일부는 수동手動 방식이었지만, 빨래를 해주는 기계 '전기 세탁기'라는 것을 사용하고 있는 것을 처음 보았다. 또한, 하루에 저녁 2시간 '칼라 TV 방송'을 방영해주었다.(이를 시청하기 위해 일찍 귀가하는 사람도 많았다.) 특히 고온다습한 기후 탓에 일본은 냉장고, 선풍기, 공중목욕탕 시설의 발전이 많이 돋보였다. 그중 가장 인상적이며, 신기하게 느껴졌던 것은 일본의 '자동 전화 시스템'이었다. 오늘날의 입장에서 바라보면 조금도 신기할 것은 아니지만, 당시 우리나라만 해도 국내 통화를 하려면 먼저 교환원에게 "어느 지역 전화번호 몇 번으로 연결해주세요"라고 주문을 해야 했다. 하지만 일본은 모든 지역에 지역 코드를 붙임으로써 통화자가 교환원을 거치지 않고 직접 다이얼로 전화를 걸고 있었다. 이것은 당시의 시각으로 보았을 때 '혁명'이었다. 일본의 고도성장도 이때부터 시작이었다.

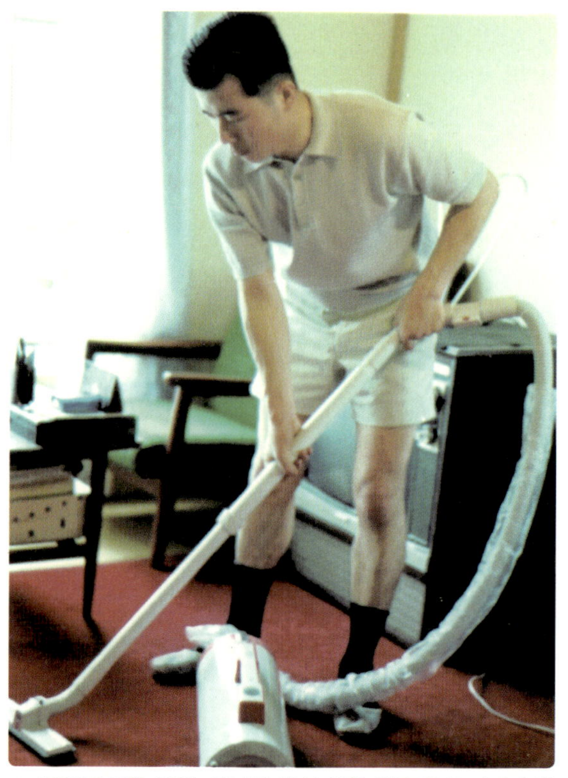

▲ 1966년 7월 20일, 일본에 와서 처음 사용해보는 '전기 청소기'로 거실을 청소하고 있다.

▲ 1966년 7월 20일, 내자 역시 일본에 와서 처음 본 '전축'과 '선풍기'를 신기하게 쳐다보고 있다.

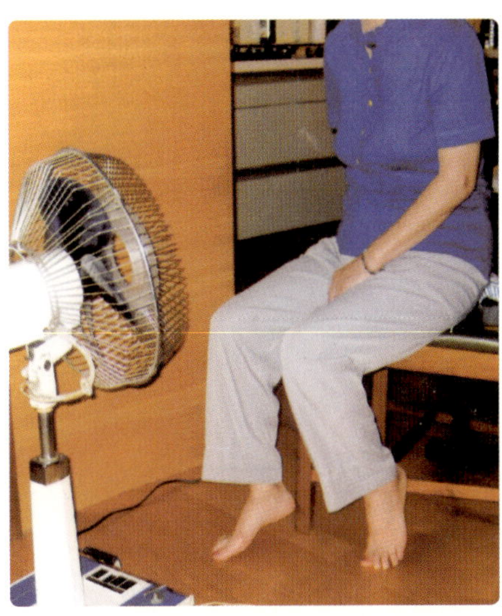

▲ 2013년 7월, 1966년에 구입한 도시바 선풍기(일본 동경). 지금도 예천 본가에서 사용하고 있다.

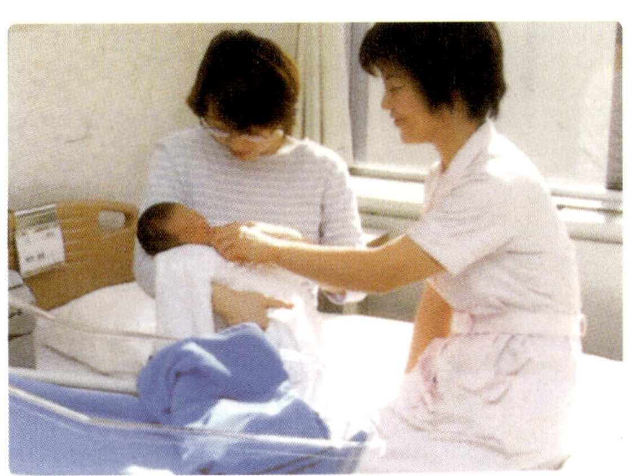

▲ 1966년 8월 29일,
일본 적십자의료센터 산원(産院)에서 아들 준구 출산

직을 걸고 저지한
안정항(安井港) 확장과 경인운하 건설

(2009년)

직함을 걸고 예산책정을 거부한
두 가지 사업

국가발전을 위한 사회간접자본시설이나 생활편익시설 건설, 미래에 대비한 대형 국책사업 등은 경제성이 타당하고 재원이 허용된다면 예산지원을 함이 당연하다. 이를 조장행정助長行政이라 한다. 본인 역시 공직생활을 하면서 특별히 재원의 제약이 없다면 예산을 이와 같은 곳에 지원하는 방향으로 일 처리를 해왔다. 그러나 주변 고위층의 압력은 물론, 상·하위직의 독촉·건유도 물리치면서, 본인의 직함을 걸고 예산책정을 거부한 대표적인 사업이 두 가지 있다.

그 하나는 청정한려해상의 중심부에 있는 안정항安井港을 부산항의 2배 규모로 확장하는 계획이었고, 다른 하나는 인천항과 마포를 잇는 경인운하건설 계획이었다.

안정항(安井港) 건설

부산항은 동명목재 자리를 포함하여 3단계 개발(세계은행차관 포함)사업이 완료될 무렵, 머지않아 포화상태에 이를 것이므로 더 이상 확장 개발할 여지가 없었다. 그리하여 그 대안으로 해운항만청에서 1979년(본인이 건설교통예산과장 재임 시) 발표한 신규항만 개발계획은 안정항을 부산항의 2배 규모로 확장 건설한다는 것이었다. 이때 해운항만청(청장 정연세鄭然世)에서 세운 개발계획은 오원철 청와대 중화학담당 경제수석을 거쳐, 박정희 대통령의 최종결재까지 이미 받은 상태였다.

우선 타당성 조사비 20억 원을 예산에 책정하라는 상부의 지시가 내려왔다. 그리고 사업의 예산책정을 시행할 용역회사까지 정해졌다.

이때 본인은 이 사업을 반대하고 나섰다. 본인이 이 사업을 강력히 반대하는 논거는 정당하고 분명했다. 한려해상은 우리나라가 영구히 보전해야 할 청정해상 국립공원이다. 이런 천혜의 해상공원에 부산항 2배 크기의 항구를 건설한다면 한려해상국립공원의 청정해역은 영원히 사라질 것이고, 주변은 기름투성이로 오염될 것이다. 물론 한려해상은 다도해多島海이기 때문에 방파제를 별도로 시설할 필요 없는 좋은 조건의 항만입지임에는 분명하다. 하지만 이는 곧 후세에 전해주어야 할 아름다운 자연유산이 사라지는 것이기에 옳지 않은 일이라고 판단했다.

이 무렵 정재석丁哉錫 차관으로부터 본인을 다른 자리로 전보시키라는 명을 받았다고 김용한金容瀚(후일 과기처 차관, 아웅산에서 작고) 예산실장과 박종근朴種根(현 국회의원) 경제개발예산국장으로부터 전갈을 받았으나 전보는 없었다.

하루는 정 차관께서 오늘 저녁 최재구崔在九(안정항관활구역인 고성, 거제 국회의원) 의원과 이 문제를 협의하기로 약속되어 있으니(기분 좋지 않은 음성으로) "나도 왜 이 사업을 해서는 안 되는지 잘 모르겠다. 반대하는 이유를 만들어오라"고 하셨다. 그 뒤로는 이 문제와 관련하여 아무 말이 없었다.

그 후 많은 사연이 있었지만, 결국 이 사업 시안은 본인과 본인의 의견에 동참해준 많은 사람들에 의하여 폐기되었고(이때 건설부 유호문柳浩文 산업기지 개발국장을 비롯해 많은 공원학자들이 본인의 의견에 힘을 보태어줌으로써, 본인은 많은 격려와 함께 용기를 얻을 수 있었다.) 그 대안으로 광양만을 개발하게 되었다. 30여 년이 지난 지금, 그때를 돌이켜보면 본인의 고집스런 행위가 과연 옳은 행동이었는지 그릇된 행동이었는지 판단이 애매하다. 다만 한려해상국립공원의 아름다운 청정해역이 개발연대의 희생물이 되지 않고, 아직도 푸르고 아름다운 자태를 뽐내고 있다는 것에 남다른 뿌듯함을 느낀다.

경인운하 건설

경인운하京仁運河의 건설 목적에는 두 가지 이유가 있었다. 그 하나는 인천항에 입항하는 대량화물(석탄, 시멘트, 컨테이너 등)을 소형선박에 옮겨 싣고 경인운하를 이용 마포나루에 하역하는 것이고, 다른 하나는 관광객을 실은 유람선을 띄운다는 것이었다. 하지만 본인의 의중에는 두 가지 목적 모두 큰 오류를 지닌 것으로 비춰졌다. 우선 첫째, 물동량을 인천항부두에 하역한 후 도어 투 도어Door to Door로 그곳에서 바로 목적지로 수송하면 될 텐데(국제관례도 그러함), 굳이 서울(마포)로 싣고 와 다시 화물차로 옮겨 싣는다면 이중하역 작업으로 수송비용과 시간이 낭비될 것이다. 또한 이 와중에 대형화물차의 증가로 서울의 교통혼잡도 가중될 수 있다. 그리고 둘째, 이때만 해도 경제개발에 치중하고 있었던 우리나라의 현실상 관광 유람선이라는 것은 경제성이 전혀 없어 보였다.

그리하여 본인은 많은 외압(굴포천 개량사업을 시공 중에 있는 대우건설)에도 불구하고 반대 의견을 내세우기 시작했다. 물론 평탄한 과정을 거칠 순 없었지만, **논리가 정연하면 원칙과 기준은 힘을 실어주기 마련이다.** 결국 본인의 이 같은 논리적인 근거에 의하여 경인운하 건설계획은 중단될 수 있었다.

그 이후 본인이 가장 존경하는 이진설李鎭卨 장관이 1990년 건설부 장관으로 부임하였다. 그는 예산실 국·과장, 실장을 역임했기 때문에 특히 예산관련 사업에 대해서는 이해가 빠르다. "김 국장! 경인운하를 개발해야겠는데 김 국장이 반대해서 계획이 중단되었다고 보고를 받았소. 이를 추진하는 것이 어떻소?" 이에 대한 반대 이유를 위와 같이 설명했더니 "그건 김 국장 생각이 맞다"고 해서 이 사업은 일단락되었다.

40여 년이 지난 지금, 다시 경인운하 건설계획의 필요성이 그 목적을 달리하여 논의되고 있기에 그때를 되새겨 보았다.

▲ 1973년 7월 7일, 인천항 갑문 설치 채절 현장.
지금의 장비와 기술로는 손쉽게 건설할 수 있지만, 당시로서는 많은 시행착오와 사건(배에 타고 작업하던 3인 익사)를 거친 뒤에 완성할 수 있었다. 이날은 우리나라 토목공사의 역사적인 날로 기록된다.(왼쪽 본인, 오른쪽 성백전 항만시설 국장)

▲ 한려해상의 아름다운 모습

한·일 비교연구회 창립:
초대 회장으로

(2006년)

일본에 유학했거나, 주재관(특파원 포함)으로 근무한 경제관료 모임인 한·일 비교
연구회를 창립(1991년 8월 29일), 초대 회장에 취임하였다. 월 1회 일과 후 일본재정경
제 전문가를 강사로 초빙해 활발한 토론회를 가졌다. 강사는 일본 정부의 사무차관,
국장, 언론사 서울특파원 등 다양한 인사를 초빙했다.

◀ 한·일 비교연구회에서 강사 소개를 하고 있다.(오른쪽 다섯 번째 본인, 왼쪽 첫 번째 배인준 전 동아일보 동경 특파원)

◀ 1992년 2월 27일, 엔도 일본 자치성 사무차관 초청 강연 후(왼쪽 세 번째 엔도 사무차관, 왼쪽 네 번째 본인, 다섯 번째 정해방 과장, 오른쪽 첫 번째 이수원 씨 등 간부)

▲ 1992년 12월 26일, 한·일 비교연구회 회장으로서 본인이 사토 도
시유키(佐藤俊行) NHK 서울지국장에게 감사패를 전달하고 있다. 오른
쪽 끝 오종남(吳鐘南) 과장, 왼쪽 끝 소일섭(蘇佾燮) 과장

▲ 감사패(한·일 비교연구회)

경제기획원 창립 30주년을 맞아 본인(예산총괄국장 재임 시)이
단편으로 발행한 회상록(回想錄)

1991년

지난날의 회고와 향후 경제기획원의 위상

창립 30주년의 감회

1991년 7월 22일 자로 경제기획원이 발족 된 지 꼭 30주년을 맞았다. 이날 아침에는 기획원 전全 직원이 한자리에 모여 기념행사를 가졌고, 저녁때는 한 지붕 밑에서 동고동락을 같이 했던 경우회經友會 회원과 언론인, 대학교수, 연구원관계관 등 저명한 인사들을 초청한 가운데 야외 리셉션도 가졌다. 20주년을 맞았던 1981년 때와는 달리 진지함과 엄숙함이 있었으며, 이제는 경제기획원이 또 한 번의 도약을 위하여 탈바꿈을 해야 한다는 충고도 있었다.

이번에 당원 창설 30돌을 맞아 본인은 어느 누구 못지않게 많은 감회를 갖고 있다. 경제기획원이 창설되던 30년 전 오늘, 7월 22일부터 근무를 한 것은 아니지만(첫 출근은 창설되던 해, 9월 16일) 경제기획원의 역할과 기능이 정형화되어 있지 않던 어수선한 상태에 있을 때부터 이곳에 몸담았기 때문에 사실상 창설멤버라는 생각으로 지금까지 일해 왔다. 지난 30년 동안 경제기획원은 많은 변모를 겪었다. 경제기획원은 '국민경제의 부흥개발에 관련된 종합계획의 수립과 실시에 따르는 관리 및 조정에 관한 사무를 처리'하기 위하여 건설부의 종합계획국, 물동계획국, 내무부의 통계국, 재무부의 예산국을 통합하여 발족하였다. 처음 여기에서 일하는 직원 수는 고작 228명에 불과하였다. 그러나 이곳에서 나라의 예산이 편성되고, 경제개발계획이 수립되는 등, 경제 정책을 종합 조정하는 많은 일이 이루어졌다.

◀ 1991년 7월 22일, 최각규 장관으로부터 경제기획원 창립 30주년을 맞아 공로 표창장 및 감사패를 수여받고 있다.

그 뒤로 경제기획원은 시대적 상황변화에 따라 새로운 국局이 생겼다가 없어지기도 하고, 조직이 커지는 등 많은 변화가 있었다. 예컨대 경제기획원이 발족한 지 얼마 안 되어 부족한 투자재원 조달을 위해 외자도입국을 신설(1961년 10월)하여 외자를 적극적으로 유치하였으며, 투자의 효율을 높이기 위하여 투자심사국을 신설(1977년 12월)하기도 하였다. 또 점진적인 민간주도의 경제운용으로 바꾸어 나가기 위해 공정거래실이 설치(1981년 4월)되었다. 이러한 변화를 거쳐 지금은 실室이 3개(기획관리실, 예산실, 대외경제조정실), 국局이 5개(경제기획국, 정책조정국, 경제교육기획국, 물가정책국, 심사평가국), 그리고 경제기획원 소속 독립 행정기관으로 확대 개편된 공정거래위원회와 청으로 승격된 통계청이 있다. 직원 수도 창립 당시보다 무려 4배나 늘어난 1,613명(본부 및 공정거래위원회 813명, 통계청 800명)이 되었다.

▲ 1991년 9월 16일, 휘하 과장들과 함께 본인의 E·P·B 입사 30주년을 기념하며(오른쪽부터 이영근 씨, 이상훈 씨, 송재빈 씨, 본인, 박화수 씨, 배철호 씨 등 예산총괄국·과장)

청사 이전 세 번

사무실 근무 환경도 많이 바뀌었다. 본인이 첫 출근한 창설 당시의 경제기획원은
현재 국립박물관으로 바뀐 옛 중앙청 돌집과 그 옆에 있었던 2층 목조 건물이었다.
건물이 많이 낡아 걸음을 옮길 때면 삐거덕삐거덕 소리가 나 불안감마저 느낄 정도였
다. 경제기획원은 발족한 지 2년여가 지난 후인 1963년 12월 16일에 당시 국가재건
최고회의의 청사로 사용하던 쌍둥이 건물(현재 문화공보부가 사용, 다른 하나는 미국대사
관)로 이전했다. 그 당시 서울에서 8층 이상의 높은 건물은 경제기획원 청사 이외에는
없었고, 냉난방 시설까지 갖춘 손색없는 훌륭한 서구식 건물이었다.

◀ 1986년 2월 22일,
광화문 청사에서 과천 청
사로 이전하기 위해 23년
동안 한자리에 있었던 경
제기획원 명판을 내리고
있다.(명판을 기준으로 가
운데 본인, 오른쪽 첫 번째
조경식 실장, 오른쪽 두 번
째 김만재 부총리, 그 다음
손명현. 비서실장, 왼쪽 첫
번째 문희갑 차관, 왼쪽 두
번째 이진설 예산실장, 왼
쪽 끝 진념 차관보)

그 후 20여 년 뒤 광화문 청사도 정부의 경제부처청사 통합계획에 따라 과천 청사
로 이전(1986년 2월 14일~2월 22일)해야 했다. 본인은 당시 총무과장으로 재직했기 때
문에 청사 이전의 실무 책임을 맡아 이삿짐을 직접 챙겨야 했다.

하지만 이삿짐 챙기는 것보다 더 중요한 일이 눈앞에 닥쳤다. 그것은 경제기획원
이 재무부와 함께 독립청사를 사용하고 있었기 때문에 청사관리와 관련된 경비원, 청
소부, 전화교환수 등 유휴 인력의 고용문제였다. 20여 년 동안 같이 생활해 온 정든
이들이 청사 이전으로 인해 실업자가 되는 것을 눈 뜨고 볼 수 없었던 본인은 특별히
애를 써(상위층의 힘을 활용하기도 하고, 예산실 특단의 협조를 얻어) 정부산하기관이나 공
기업 쪽에 이들 모두(약 25명)의 일자리를 마련해 주었다.

「지난 63년말 경제기획원 현청사에 첫출근한것이 엊그제 같은데 어언 4반세기가 지났읍니다」 14일 果川로 청사이전에 나선 경제기획원의 살림책임자인 金周鎰총무과장의 변. 金과장은 61년 7월 경제기획원발족과 함께 발을 디디며 현재 몇안되는 기획원창립멤버중의 한사람이다.

기획원발족 2년이지난 63년 12월 16일 中央廳돌집에서 당시 국가재건최고회의청사로 사용하던 현청사로 이전했다.

金과장은 정부수립 이후 중앙관서가 이처럼 장기간 한곳에 체류한 것은 기획원뿐이라며 果川이전을 못내 아쉬워한다. 「그동안 이곳에서 다섯차례에 걸쳐 경제개발5개년계획을 성공적으로 추진, 61년 1인당국민소득 82달러가 이젠 2천달러를 넘보게 되었지요」

金과장은 기획원청사가 워낙 현대적으로 지어졌기때문에 근간 시대적변천에도 내부시설은 거의 변화가 없었다고 말한다.

경제기획원은 韓國의 엘리트경제집단답게 우리경제 발전과정에 기여하면서 많은 人材를 배출했다. 「이 청사에서 가장 슬펐던 일은 지난 83년 10월 故徐錫俊부총리가 아웅산참사로 운명한 것이고 가장 보람된 일은 지난 70년 예산담당사무관시절당시 張禮準차관, 金鼎濂예산국장, 姜慶植예산총괄과장등을 모시고 컴퓨터터미널을 설치한 것입니다」

이제 20여년간 정든 光化門청사를 떠나면서 그간함께 한 장관 및 부총리만도 金滿堤부총리를 포함, 20대 열일곱분이라고 설명하는그는 초창기 기획원청사가 서울에서 가장높고 훌륭한 건물이었다고 회상한다. 가장 섭섭한것은 기획원청사 경비원들과 헤어지는 것이라며 金과장은 이들의 앞날을 걱정한다.

〈沈鴻燮기자〉

金 周 鎰氏
〈廳舍옮기는 총무과장〉

초창기 中學川이 복개되기전엔 통나무다리를 건너 주변한옥집에서 점심식사를 하기 일쑤였다면서 오늘날 빌딩가로 변한 모습엔 隔世之感을 느낀다고.

▲ 1986년 2월 13일, 매일경제신문 기사

이 일은 아직도 본인의 마음에 뿌듯한 기억으로 남아 있다. 비록 맡은 일에 비중의 차이는 있겠지만, 직업에는 지위 고하가 없다. 그래서 그들 모두는 본인이 책임져야 하는 경제기획원의 '가족'이었다고 생각한다.

스물두 분의 장관 겸 부총리

본인이 모신 장관 겸 부총리는 모두 스물 두분이다. 현재 재임 중인 최각규崔珏圭 부총리가 25대째지만, 3회 역임하신 김유택金裕澤, 2회 역임하신 신병현申秉鉉 전 부총리가 계시기 때문이다. 초대에서 7대까지는 부총리가 아닌 경제기획원 원장院長이었고, 8대(장기영張基榮)부터 부총리 겸 경제기획원 장관으로 승격되었다. 30년에 걸쳐 25대 22분이니까 장관 겸 부총리의 평균 재임 기간은 1년을 약간 넘는다고 볼 수 있다. 그러나 남덕우南惠祐 전 부총리처럼 4년이 넘게 재임한 분도 계시고, 한 달 또는 6개월을 넘기지 못한 분도 계셨다.

스물 두분의 장관 겸 부총리 모두 인품이 훌륭하고, 개발연대에 걸맞게 경제부처를 잘 이끌어 나갔다. 특히 故 장기영張基榮 전 부총리와 故 김학렬金鶴烈 전 부총리의 경우는 서로 다른 아주 이질적인 유형의 지도력을 보이며 업무처리 과정에서 우리 공무원 사회에 많은 일화와 신화를 남겼다. 현 25대 최각규 부총리는 경제기획원 발족 당시 예산국 투자예산과장이었으며, 본인은 최 부총리가 과장, 차관으로 재임할 때를 포함하여 총 3회에 걸쳐 직접 모시게 되는 깊은 인연을 갖고 있다.

예산 편성의 전산화 시도, 컴퓨터 터미널 첫 도입과 뒷이야기

경제기획원 창설 초기에 본인은 물동계획국 시설투자과에 배치되어 외국에서 받은 원조자금(주로 미국 잉여농산물 판매대금)을 중소기업에 배정(쿠리 기금: 한국산업은행 관리)하는 일을 맡았다. 그 뒤 총무과를 잠시 거쳐 예산국 투자예산과로 자리를 옮기면서 예산과 인연을 맺어 30년 근무 기간 중 그 반을 넘게 예산 업무를 다루었다. 이러한 과정에서 숨은 뒷이야기는 많지만 한 가지 일화를 이야기해 볼까 한다.

60년대 말 컴퓨터가 처음으로 보급될 무렵이었다. 미국 유학 시절 남들보다 먼저 EDPS 교육을 받은 강경식姜慶植 총괄과장(후일 예산국장, 재무부 장관)의 극성으로 우리나라 최초의 컴퓨터 '터미널 1호'가 예산국에 설치되었다. 그 시절만 하더라도 예산 편성과 집행관리에 있어 단순한 숫자의 계산과 자료의 작성 등을 수작업에 의존하던 때라 업무를 전산화한다는 것은 '혁명' 그 자체였다. 본인은 당시 전산처리가 무엇인지도 모르면서 강경식 과장의 지시에 따라 예산총괄과 전산담당 사무관으로 예산 편성업무를 전산화하는 작업을 진행하였다. 예산과목에 장, 관, 항, 세항, 목별 코드를 부여하고, 예산내용을 정보 체계화하는 방향으로 예산구조와 과목을 재분류하였으며, 이를 홍보하기 위하여 교육용 영화까지 만들었다. 이 모든 작업들이 오늘날의 복잡다기한 예산업무 전산화의 근본根本이자 시초가 되었으니, 이는 참으로 보람 있는 일이 아닐 수 없다. 지금은 일반가정에도 퍼스널 컴퓨터가 널리 보급되고 있으므로 대단치 않게 생각하겠지만, 그 당시에 '컴퓨터'라는 것은 단어조차 생소한 신비스러운 존재였다. 1970년 2월 컴퓨터 '터미널'이 우리나라에서 최초로 가동되던 날, 당시 장예준張禮準 차관(후일 상공·동자부 장관), 김주남金周南 예산국장(후일 건설부 장관), 강경식姜慶植 예산총괄과장(후일 재무부 장관), 조경식曺京植(현 농림수산부 장관), 진념陳稔(현 동자부 장관), 이진설李鎭卨(현 건설부 장관), 강현욱姜賢旭(현 기획원 차관) 사무관과 함께 예산국 직원들이 컴퓨터 '터미널' 앞에서 돼지머리를 놓고 사고 없이 잘 작동하게 해달라는 고사를 지냈던 기억이 생생하다. 그 다음 날은 김학렬 부총리가 박정희朴正熙 대통령을 모시고 컴퓨터 작동 시운전을 하였다. 컴퓨터를 보고 나가시던 중 블루 프린터 앞에서 신기한 듯 눈을 떼지 못하던 두 분의 모습이 눈앞에 선한데 이제는 두 분 모두 고인이 되었다.

기획원이 배출한 인재들과 경제개발의 성과

지난 30년 동안 경제기획원은 우리나라를 이끄는 많은 인재를 배출하였다. 국무위원을 지낸 분들만 해도 故 김학렬, 서석준徐錫俊 부총리를 비롯하여 장예준張禮準 전 상공·동자부 장관, 이희일 전 농수산·동자부 장관, 강경식 전 재무부 장관 등 16명이나 되고, 현직에 있는 최각규 부총리, 조경식 농림수산부 장관, 이진설 건설부 장관, 진념 동자부 장관 역시 경제기획원에서 잔뼈가 굵었다. 노인환盧仁煥, 문희갑文憙甲, 황병태黃秉泰, 이응선李應善, 조경목趙庚穆씨와 같이 국회의원으로 정계에 진출한 분들도 많고, 김흥기金興起, 이형구李炯九 전 차관을 비롯한 많은 저명인사들이 금융계, 재계, 언론계, 학계 등 각계각층에서 활약하고 있다.

이러한 훌륭한 인재들이 있었기에 그간의 경제기획원이 한국의 엘리트 경제관료 집단이라는 호칭을 받게 되었으며, 우리나라 경제발전의 핵심적 역할을 도맡을 수 있었다. 경제기획원이 첫 간판을 올릴 때만 하더라도 한국경제는 그야말로 '보릿고개'로 통용되는 빈곤의 악순환 속에 있었다. 인구 증가율(2.63%)을 밑도는 저성장률, 3% 미만의 낮은 저축률, 실업자가 제조업체에서 일하는 사람보다 많았을 정도의 높은 실업률, 해를 거듭할수록 심해가는 인플레, 인구의 70%가 농업 등 1차 산업에 종사하면서도 쌀을 수입해야 하는 극빈 국가였다. 재정 사정도 극도로 나빠지고 있었다. 6·25동란 이후 미국 등 선진국의 원조로 나라 살림을 꾸려왔을 정도였는데 국가 세입의 50% 이상을 차지하는 미국의 원조도 나날이 감축되어 갔다. 한국경제를 어디서부터 어떻게 손대야 할지 암담했으며, 사실은 절망에 가까울 정도였다.

1950~1960년대 초의 한국경제가 너무 어려웠기 때문에 1960년에 출범한 제2공화국(장면정부)은 경제 제일주의를 표방하고 나섰다. 하지만 그럼에도 불구하고 사회적·경제적 혼란은 거듭해 갔다. "절망과 기아선상에서 허덕이고 있는 민생고를 시급히 해결하고 국가자립경제재건에 총력을 경주한다"는 5·16혁명 공약에서도 잘 표현된 바와 같이 우리 경제는 이 시절 최악이었다.

이러한 시점에서 기획기능과 예산기능을 동시에 갖추고 개발계획을 강력하게 추진할 수 있는 경제기획원의 탄생은 잘 살아보겠다는 국민적 열망과 신의 가호가 있었기에 가능했던 것으로 사료된다. 기획과 예산 등 자원동원 양기능의 통합은 우리나라 경제개발계획이 성공할 수 있었던 가장 중요한 요인 중의 하나로 평가되고 있다. 이렇듯 기획과 예산기능을 통합하면서 경제기획원 장관이 부총리를 겸하게 되었고, 이는 곧 강력한 리더십으로 구현되어 경제개발계획을 성공리에 수행할 수 있게 되었다.

또 경제기획원은 각 부처 경제정책의 종합 조정을 통하여 경제부처를 총괄하며, 경제제도를 개발하고 실효적으로 개편하는데 선도적 역할을 해왔다. 국내 보존자원이 빈약하고 국내 시장규모가 협소한 소규모 경제구조라는 특성을 살려 1960년대에는 『수출지향 공업화 전략』을 추진함으로써 급속한 수출 신장과 함께 국민들의 전반적인 소득 수준을 높일 수 있었다. 특히 국내 저축률 3%밖에 안 되는 상황에서 외자도입의 추진은 경제개발을 뒷받침하는 촉매 역할을 했다.

1970년대에는 중화학공업의 획기적 육성 등으로 자력 성장기반을 다져 나갔으며,

1980년대 이후에는 시장기능의 활성화와 공정거래질서를 확립하기 위해 노력하는 한편, 개방화·국제화 추세에 부응하여 경제제도를 재정립하는 등 선구적 역할을 담당해왔다. 이러한 노력의 결과로 1961년에 82달러에 불과하던 1인당 GNP가 1990년에는 무려 68배 늘어난 5,569달러가 되었다. 수출도 같은 기간 동안 41백만 달러에서 65,016백만 달러로 무려 1,568배나 늘었으며 예산규모도 480배나 신장되었다. 불과 30년이라는 짧은 시간 동안 이러한 성장은 세계 경제사에서 결코 찾아볼 수 없는 기적이다.

만약 경제기획원이 창립되지 않았다면 한국경제는 어찌 되었을까. 한국의 기적 같은 경제발전에 대한 경제기획원의 기여는 결코 간과되어서는 안 될 만큼 중요하고 핵심적이다. 본인은 그동안 한국 경제발전을 이끌어 온 '경제기획원'에서 우리나라의 경제 성장을 몸소 느끼며 일할 수 있었다는 사실에 감개무량함과 함께 가슴 뿌듯한 보람을 느끼고 있다.

경제기획원 위상을 둘러싼 논란

지난 30년 동안 경제기획원에 근무하면서, 다른 부처 공무원들로부터 "경제기획원은 너무 간섭을 많이 해 시어머니 같다"는 소리를 자주 듣는다. 이는 경제기획원이 독자적으로 하는 일도 많지만, 경제부처를 총괄하는 업무를 주로 다루다 보니 다른 부처와 잦은 접촉과 마찰이 생길 수밖에 없기 때문이다.

경제정책을 종합적으로 조정한다거나, 예산 편성 등을 통한 자원 배분과정에서는 각 부처의 요구사항이 그대로 수용되지 못하는 경우가 허다하다. 이는 어쩔 수 없는 일이다. 만약 경제기획원이 각 부처의 다양한 요구를 그대로 수용한다면 나라의 살림살이는 어떻게 되겠는가. 경제정책이란 국민 모두가 가급적 골고루 혜택을 받을 수 있도록 하는 것이 중요하다. 그렇기 때문에 경제기획원은 가장 중립적인 입장에 서서 어느 한쪽에 편향되지 않게끔 국민 대다수의 생활 수준을 높일 수 있는 정책을 펴나가야 한다. 다른 선진국에서도 중앙관서의 명칭만 다를 뿐, 이와 같은 조정기능을 수행하는 경제부처는 필히 존재한다.

한편 경제정책을 수립하고 종합 조정해 나가는 과정에서, 좋은 평가를 많이 받기도 하지만 국민의 이해가 엇갈리는 새로운 정책을 입안 조정할 때는 여론의 화살을 맞게 될 때도 있다. 그러면서도 경제기획원이 중심이 되어 중장기적인 비전을 가지고 경제정책을 꿋꿋하게 추진하였기에 지금과 같은 경제발전이 가능하였던 것이다.

그런데 일부에서는 우리나라가 이만큼 발전했으니 정부주도의 경제개발시대를 끝내고, 자유시장 경제체제로 나아가야 한다면서 계획경제를 실천하는 경제기획원은 더 이상 필요치 않다고 주장한다. 그러나 이러한 주장은 경제기획원의 역할을 제대로 이해하지 못한 데서 나온 것이라고 본다. 사실 경제기획원의 역할은 경제발전 속도와 시대적 환경변화에 따라 매 순간 바뀌어 왔다. 1960~1970년대에는 수출 드라이브 정책이나 중화학공업육성 정책 등과 같이 정부주도하의 경제개발전략을 추진하여 경제정책의 성과를 높일 수 있었다. 정부가 수출이나 경제성장률 같은 목표를 미리 정해 놓고 이를 달성하기 위해 온갖 노력을 다하는 등 정부가 세운『경제개발 5개년계획』이나, 1년 단위의『경제운용계획』에 제시된 목표를 실천하는 위주로 정책을 펼쳤던 것이다. 그러나 이러한 목표달성 위주의 경제정책이 1980년대 이후에는 많이 바뀌고 있다. 1980년대 이래 경제기획원에서는 경제운용방식을 정부주도에서 민간주도로 바꾸기 위하여 시장기능을 대폭 보강하고 있다. 또 정책 목표를 제시하기보다는 정책의 방향과 비전, 전망을 제시하고자 노력을 기울이고 있다.

이와 같이 경제기획원은 계획경제를 실천하기 위해 존재하는 것이 아니라, 현재의 시점에서 시장경제의 원리를 우리 경제에 보다 확고히 심어주기 위해서 그 존재가치가 있다고 보아야 한다.

경제기획원이 해야 할 일, 나아갈 길

최근 몇 년 동안 사회적으로 지방화·민주화·자율화·국제화·개방화가 급속히 진전되고 있다. 이에 발맞추어 상황변화에 적합하도록 각종 경제제도 역시 바꾸어 나가

招待席

경제企劃院 역사의 證人
金周鎰 예산심의관

"30"년간 국가豫算 4백80배로

1人소득은 80弗서 5천弗 넘어서
부총리 25명째… 잦은 교체에 아쉬움

「경제기획원 창설 직후 첫 출근한 때가 엊그제 같은데 벌써 30년이 됐습니다. 그때만 해도 1인당 국민소득이 80달러에 불과했으나 이젠 5천달러가…」

예산심의관(54·국장급)은 오는 22일로 경제기획원 창설 30돌을 맞게되는 감회가 남달리 깊다. 金국장이 경제기획원에 첫발을 들여놓은 때는 창설된지 51…

설 당시 청사는 중앙청(현국립 중앙박물관)안에 있는 2층 건물이었는데 너무 낡아 지나다닐때 삐거거리는 소리가 나 불안하기조차 했습니다」경제기획원의 수…

그 때만 해도 언제 우리나라가 외국의 원조를 받지않고 자력으로 산업을 부흥시키고 경제가 정부주도 아래 5개년계획의 수…

"62년에 시작된 1차 경제개발 5개년계획이 처럼 엄청나게 늘어난 예산규모만 봐도 그동안의 경제발전도 실감하게 됩니다」국민 및 행정예산 편성과 예산심의업무를 총괄하고 있는 金국장은 나라살림을 건전하게 꾸려나가기 위해서는 예산이 엄격한 기준과 원칙에 의해 편성돼야 하고 예산편성권은 철저히 보호되어야 한다고 강조했다.

「그동안 1인당 국민소득은 4백80배로 증가했습니다」이처럼 30년간 국가예산도 4백80배가 늘었지만 예산규모…

금국장은 경제기획원 30년간 예산업무를 다뤄온 15년간 여러차례 일본에 유학한 경과 국내 투자관 기관으로 파견나갔던 기간을 빼면 30년동안 줄곧 경제기획원을 떠난 적이 없다.

〈楊埈杰기자〉

▲ 경제기획원 30年 史의 證人, 김주일 예산총괄국장

야 한다. 그러나 각 부처에서는 개선하는 것을 꺼리는 경우가 많다. 이런 경우에 경제기획원은 '변화'의 촉매제 같은 역할을 해야 한다. 말로만 자유시장 경제체제를 내세운다고 국민의 관행이나 각종 제도가 저절로 바뀌지는 않는다. 그래서 중장기적인 관점에서 보았을 때 정부가 일일이 간섭하지 않더라도 민간경제가 스스로 굴러갈 수 있도록 만들기 위해서는 경제기획원의 역할이 더욱 중요하다.

이제는 민간경제규모도 어느 정도 성장을 이뤘기 때문에, 더 이상 성장 위주의 경제 정책은 바람직하지 않다. 대신 경제기획원은 민간 경제가 발전해 나갈 수 있도록 각종 제도를 개선하는 데 앞장서야 한다. 목표관리 위주의 탁상정책보다는 포괄적인 방향과 비전을 제시해 주는데 경제운용의 중점을 두어야 한다. 또한 민간경제와 직접 소통할 수 있도록 살아 숨 쉬는 현장감 있는 정책을 펴나가야 할 것이다. 아울러 각 경제부처와는 원만한 협조관계를 유지하면서 각 부처를 잘 이끌어 나가는 것도 중요하다.

그리하여 앞으로 30년 뒤인 경제기획원 창설 60주년이 되는 해에는 우리나라가 선진국 문턱을 넘어 대다수 국민이 행복한 복지국가가 될 수 있도록 보다 많은 노력을 기울여야 하겠다.

◀ 1970년 4월 1일 거행된 포철1기 공사 착공식(오른쪽부터 김학렬 부총리, 박정희 대통령, 박태준 사장이 버튼을 누르고 있다.)

　본인이 경제기획원에서 30년 동안 공직생활을 하며 절실히 느낀 바는 '정부의 재정권'은 철저히 보호되어야 한다는 점이다. 이 말은 권위주의는 불식되어야 하지만 예산 편성권에 대한 권위는 살아있어야 한다는 말이기도 하다.

　국가의 예산을 담당하는 공직자들은 흔히 『재정은 최후의 보루』라는 말을 자주 쓴다. 이 말은 한편으로는 국민이 낸 세금을 사용함에 있어 예산의 편성과 집행이 엄격한 기준과 원칙의 잣대에 의하여 공정하게 균형을 이루어 나가야 한다는 뜻이며, 다른 한편으로는 국가가 수행하여야 할 필요한 사업에 대해 이들 사업이 효율적(우선순위에 의하여)으로 추진될 수 있도록 지원해 줄 재정적 책임을 다할 것을 의미한다.

　지금 우리 사회는 지방화·민주화·자율화·국제화·개방화를 추구하는 과도기로서 집단 이기주의와 지역 이기주의가 과거 어느 때보다 강하게 팽배해 있다. 재정부문에 있어서도 부처별로 자기 몫만 많이 챙기면 된다는 부처 이기주의가 강하게 작용하고 있다. 예산 편성은 기준과 원칙, 균형과 우선순위에 따라 끝까지 밀고 나가야 한다는 것이 본인의 신조다. 한쪽 측면만 보면 타당하다고 볼 수 있으나 그렇지 않은 경우도 있다. 만약 전체적인 재원배분에 관한 기준과 원칙을 벗어나서 특정부처의 특정사업에 불균형적으로 예산이 편성된다면 그것은 단지 '하나의 사안'으로 끝나지 않고 하나의 '전례'가 될 수 있다. 이때 이 나쁜 전례는 새로운 '기준'이 될 수가 있는데, 만약 그렇게 된다면 그 역순의 파급효과는 걷잡을 수 없을 만큼 심각해진다.

본인은 일본의 대학에서 일본 재정에 관하여 공부할 기회가 있었다. 일본도 우리와 같은 여건 속에서 매년 예산 편성을 하고 있지만 대장성大藏省 주계국主計局의 예산 편성에 대한 권위는 절대적이라 할 수 있다. 이는 예산 편성 시 정해진 기준과 원칙이 잘 지켜지고 있기 때문이다. 아마도 오랜 재정운용의 경험을 통해서 그렇게 하지 않으면 안 된다고 하는 공감대가 전체적으로 형성된 산물일 것이다.

우리도 이 점은 크게 본받을 만하다.

경제기획원 창립 30주년을 맞아 '경우회지'에 게재

▲ 1991년 7월 22일, 경제기획원 창립 30주년 기념(국장급 이상 간부, 앞줄 왼쪽 네 번째 최각규 부총리, 다섯 번째 한갑수 차관, 가운뎃줄 왼쪽 네 번째 본인)

「나라경제」 창간호(1990년 12월 1일)에 실은
본인의 '경제수상(隨想)' 칼럼

1990년

작은 정성으로 큰 도약(跳躍)을

본인이 경제기획원 경제교육기획국장 재임 시, 전全 경제부처에서 정책수립의 실무를 맡고 있는 정책담당관들이 직접 집필하는 월간 「나라경제」를 창간하였다.

▲ '나라경제' 창간호

이는 정부가 추진하고 있는 경제정책을 모든 일반 국민에게 소상히 알려주는 징검다리 역할을 하게 될 것으로 기대된다.

과거 우리 경제는 '외국인이 몰려 온다', '한강의 기적', '4마리 용의 선두주자', '한국이 일본을 따라 잡는다' 등등 외국으로부터 과분한 찬사를 받을 때가 있었다. 그러던 우리 경제가 88서울올림픽의 뜨거운 열기가 채 식기도 전에 '용이냐 지렁이냐', '침몰이냐 부상이냐', '선진국 진입이냐 선진국 진입의 문턱에서 주저앉느냐', '한국 경제는 괴질에 걸렸다'는 등 한국경제에 대한 비판의 소리가 국내외의 신문지상에 심심찮게 오르내렸다.

우리 경제가 왜 이 같은 소리를 듣게 되었을까? 앞으로 어떻게 하면 우리 경제가 다시 과거의 활력을 되찾을 수 있을까? 그 해답은 무엇일까? 묘안은 좀처럼 떠오르지 않는다. 그러나 금방 떠오르는 아이디어가 없다고 해서 두 손을 놓고 있을 수는 없는 일이다. 우선 가능한 것부터 하나씩 시작하는 것이 문제 해결의 왕도가 아닐까 생각한다.

우리 상품의 국제경쟁력을 키우는 지혜를

우리 경제가 안고 있는 구조적 문제 해결, 즉 산업구조의 조정, 국제화 시대의 대처 등 해야 할 일은 산더미처럼 쌓여 있지만 이런 일들은 하루아침에 해결되는 문제가 아니다. 이 같은 근본적인 문제는 오랜 시간과 많은 투자를 요한다. 예컨대 지금처럼 수출이 잘 되지 않을 때 기술이 모자라 외국에 내다 팔만한 물건이 없다고, 기술개발이 될 때까지 언제까지나 기다리고만 있어서는 아니 된다.

외국에서 기술이전을 기피한다고 해서 남의 탓만 하며 그들의 처분을 마냥 기다릴 수는 없는 것이다. 이때 우리는 외국 상품과 경쟁하여 더 많이 팔릴 수 있도록 우리 상품의 경쟁력을 키우는 데 힘써야 한다.

우리 상품은 끝마무리가 철저하지 못하다는 이야기를 외국 바이어로부터 자주 듣는다. 이러한 사소한 불만은 지금 당장이라도 우리가 조금만 신경을 쓰면 품질을 향상시켜 제값을 받고 물건을 내다 팔 수 있는 여지가 있다.

▲ 뒷줄 오른쪽부터 이승윤 경제부총리, 본인(경제교육기획국장), 김중수 KDI 원장(현 한국은행 총재)

▲ 1990년 9월 5일, 캄비아 대통령 비서실장(왼쪽 두 번째) 일행 접견

페만 사태로 국제유가가 오르고 있어 에너지문제가 심각한 국가정책의 기본으로 대두되고 있다. 이 역시 정부가 근본적인 에너지 대책을 세우는 것도 중요하지만, 우리 국민 각자가 물 한 방울, 종이 한 장, 전등 하나도 아껴 쓰는 마음으로 절약하는 정신을 갖는다면 유가 10% 상승을 상쇄할 수 있을 것이다.

요즘 같이 차가 밀리는 서울 시내 출·퇴근 길은 가능하다면 대중교통수단을 이용하는 것이 좋다. 이는 혼자서 자가용을 타는 것보다 건강에 좋을 뿐만 아니라 교통체증을 줄이고, 주차난도 덜고, 기름도 절약하는 일석사조一石四鳥의 효과를 거둘 수 있다. 또한 농민들은 우루과이라운드 협상으로 인하여 입을지도 모르는 피해 때문에 두려움에 떨고 있다. 하지만 우리 농산품의 품질개량과 상품화에 정성을 들인다면 시장개방의 어려움을 극복하고 전화위복의 계기로 삼을 수도 있을 것이다.

일본 농민들은 고기 맛이 좋도록 일본 와규소和牛(한국 소를 韓牛 라고 하듯이 일본 소는 和牛라고 함)의 육질을 개량했기 때문에 일본 내에서 값싼 수입 쇠고기가 팔리지 않을 뿐만 아니라, 거꾸로 미국의 최고급 레스토랑에서 쓸 고급 쇠고기용으로 수출까지 하고 있다.

어려울 때는 서로 책임을 남의 탓으로 돌리고 싸우기 십상인데, 어려울 때일수록 서로 양보하고 힘을 합하여 어려움을 벗어나는 것이 현명한 처사일 것이다. 우리 모두 헝클어진 문제의 실마리를 내가 먼저 풀겠다는 마음으로 각자가 자기 일에 정성을 쏟는다면 이러한 작은 정성이 모여 우리 경제는 다시 한 번 큰 도약을 이룰 수 있을 것이다. 양쯔 강의 큰 물도 한 방울의 작은 빗물에서 시작되듯이, 모든 커다란 변화는 작은 실천에서 시작된다는 것을 잊지 말아야 하겠다.

3장

자비·국비·원조자금에 의한
세 번의 유학

▲ 1969년 3월 22일, 일본 와세다대학원 유학 시절. 재정학 전공 급우들과 지도교수 토코야마츠네사부로(오른쪽 세 번째 그 다음이 본인)

▲ 1967년 5월 5일, '일본과 세계연방' 출판 기념회에서 저자 토코야마츠네사부로 지도교수와 함께

『山代昌希氏と私』
기고문

(1996년 11월)

본인이 야마시로 마사키山代昌希 씨를 처음 만난 것은 와세다대학 대학원에 입학할 때였다. 본인은 대학원의 '외국인 유학생'이었고, 마사키 씨는 (유학생과 관련된) 대학 국제교류 업무를 관장하는 외사과장外事課長이었다.

그 후 그는 와세다대학早稻田大學 상임이사, 평의원을 끝으로 정년퇴임하였다. 본인은 본 대학원 재학 중(1967년 외국인 유학생 환영식에서 신입생을 대표하여 인사말을 함)은 물론, 귀국 후에도 그와 각별한 교우관계를 유지해왔다.

때마침 본인이 주일 한국대사관 공사로 부임한 후였다. 야미시로 선배로부터 대학 국제교류사시大學國際交流事始의 원고청탁을 받게 되었다. 나는 흔쾌히 승낙하였고, 이에 탈고한 '야마시로 마사키 씨와 나' 제목의 원고를 (원안 그대로)기록에 남기고자 한다.(1997년 1월 출간)

여기에는 본인의 대학원 입학부터 졸업까지의 역경이 담겨 있다. 지금 돌이켜 보면 아련한 추억이 되었지만, 아직도 내 머릿속엔 어제의 장면처럼 그때의 기억들이 또렷하다.

山代昌希氏と私

金　周鎰

母校早稲田大学の発展、国際化・世界化の為にその殆どの生涯を通して活動してこられた山代昌希常任理事が本年十一月をもって名誉なる退任をなさるという。これを祝って刊行される定年退職記念集に私も寄稿を依頼され、彼の功績を称える一欄に参加させていただくと共に、彼と私の間での思い出深い話を書けることを大変うれしく思う。

私が山代さんに初めてお会いしたのは、今からちょうど三十年前、私が早稲田大学の経済学研究科（財政学専攻）に留学生として入学したばかりの頃で、彼は当時外事課長として留学生たちの世話を担当していた。彼と私との間には特別な縁があって、その一つは、私が入学した年（六七年）の総長主催留学生入学歓迎レセプションで留学生代表挨拶を彼から頼まれたことである。私はさっそく歓迎会の挨拶文の原稿を書き覚えはじめた。今も時々その挨拶文のはじめを読んでみたりする。「尊敬する阿部総長ならびに教職員の皆さん、日本で最も伝統を誇る早稲田での勉学を志して集まった我々新入生は…」。

そしてもう一つの彼との縁は、それから十五年後私が修士課程論文の最終チェックの為の再入学を希望した際に、前の在学期間中取得した単位認定の可否が問題となった時、彼に助けられたことである。学則等の絡みも含んだ複雑な問題ではあるが、母校の後輩留学生たちの立場に配慮した教学制度の発展のためと考え、これを機会に記しておきたい。

私は一九六七年早稲田大学に入学し、約二年間自分なりに勉学に励んだが、言葉の障害と力不足そして職場

171

▲ 국제교류사시(大學國際交流事始) 기고문 '야마시로 마사키 씨와 나'-1

の事情（国家公務員という身分で韓国経済企画院在職中に留学）等で、修士課程卒業の為の四十四単位を取得
し論文提出資格総合試験までは終わらせたものの修士論文は出せないまま帰国しなければならなかった。当時
日本は、学問の国際化を目指してはいたが、まだ発展の段階であったため外国人留学生として、その学問の内
容を日本人学生と同じように十分理解し又単位を取るということはとても難しく、生活面においても言葉、風
習等でいろいろ不便さを感じていた。このような辛い時、山代さんは留学生の苦情にいつも誠意を持って対応
し、解決へと導いてくれたのである。

それから十五年が過ぎ、一九八〇年私は一年期限で来日し修士号のための復学を試みた。私は当然十五年前
の単位の取得と修士課程論文提出資格総合試験の合格がまだ有効であり、これから一年間論文作成だけに専念
すれば卒業できると思い込んで、久しぶりに訪ねた母校の懐かしさに酔いしれていた。今考えてみると学則を
きちんと分っていなかった自分の愚かさに気づく。現実は在学時取得した単位は五年経過すると認定されない
ということであった。学則は学生が守るべき規範であり、当然従わなければならないという考えから、一時期
は諦めてはいたものの心残りはあった。一度取得した学問上の知的水準を認定する資格に時効があってはいけ
ないと改めて思い、結局私は学校当局はもちろん文部省関係者に対する説得作業をはじめた。
私の主張の論拠は次のようである。社会各分野で与えられる資格は時効に拘束されないはずであり、まして
学位という資格においては学問の国際化のためにも外国人留学生に学位取得の道を広げることが重要であろう。
私はアメリカの例まであげながら、このような学問の閉鎖性は日本の〝国際大国化〟のためにも、大学の
〝グローバル化〟のためにも望ましくないという自分の考えを披瀝した。このような私の意見に同調してくれ
る方もなかにはいたが、規定を重要視する日本社会では受け入れてくれないのが全般であった。最後に私は十
五年前特に私たち留学生に対してやさしかった山代外事課長を思い出し、彼を訪ねこの状況を説明してみるこ
とにした（この当時事務システム開発室勤務中）。彼は私の事情を聞いて、十五年前私の指導教授だった時子

172

▲ 국제교류사시(大學國際交流事始) 기고문 '야마시로 마사키 씨와 나'-2

山常三郎先生（九代総長、故人）を訪ね相談してみるようアドバイスしてくれた。その慈しみ深い恩師は何らかの方法を見つけてくださるような表情で私の説明を丁寧に聞いていた。

結局外国人留学生に限っては一度取得した単位に対して時限性をおかない旨の学則改正がなされた。このような経緯で私には再入学が許可され（私のようなケースは殆どないであろう）、その後一年間「日本の財政硬直化の打開方策」について論文を書き、修士の学位を取った。修士学位そのものはとるに足りないものかも知れないが、頓才の私にとってはやっとの思いで得た非常に価値のある学位であったといえよう。

現在、私は駐日本国大韓民国大使館で経済担当公使を務めている。今度は韓・日両国間の経済通商外交及び経済協力の為の仕事で日本に来て、そして今ここで山代昌希氏に感謝の言葉を表することができ、なおさら感慨無量なのである。

もう一度、今までの生涯の大部分を母校の発展と学問の国際化を成し遂げるため日夜苦心してきた氏の前途に幸運と健康が絶えないことを祈願する。これは、山代氏がやさしい気持ちで見守ってくれた恩恵をいつまでも忘れず世界各国で活動している早稲田出身留学生全ての希望でもあり、我々は大いなる祝福を送るものである。

〈駐日本国大韓民国大使館公使（経済担当）〉

173

▲ 국제교류사시(大學國際交流事始) 기고문 '야마시로 마사키 씨와 나'-3

목적과 수단: 이발관 운영과 대학원 공부

(1968년)

와세다 대학원에서 재정학을 공부하고 있을 때의 일이다. 하루는 같이 공부하고 있던 일본인 친구(북해도대학 출신)에게 네 장래 꿈이 무엇이냐고 물어보았다. 그 친구는 고향으로 돌아가 선대로부터 이어받은 이발관을 운영하는 것이라고 대답했다.(이것이 일본의 진정한 장인정신匠人精神이기도 하다.) 본인이 놀라서, 대를 이어 '이발관'을 운영할 것이라면 굳이 대학원에서 재정학이며 사회보장론 등 어려운 공부를 하는 이유가 무어냐고 묻자, 그 친구는 단지 '지식을 얻기 위해서' 공부를 하는 것이라고 말했다. 생각해보면 그 말이 정답이다. '공부'는 공부일 뿐이다.

우리는 세상을 살면서 흔히 '공부'라는 것이 어떤 일의 수단 쯤 되는 일이라고 생각한다. 대학에 가기 위해서 하는 것. 자격증을 취득하기 위해 하는 것. 공직자, 외교관, 의사, 판·검사가 되기 위해 하는 것. 시험성적을 잘 나오게 하기 위해 하는 것. 성공한 인생을 살기 위해 하는 것. 단지 공부를 ~을 얻기 위해 하는 '수단'이나 '방법'으로 치부해 버리고 마는 것이다. 하지만, 공부는 '수단'이기 이전에, '목적'이 되었을 때, 더 가치 있고, 재미있는 일이 된다. 단순히 어떤 분야에 대해서 더 많은 것을 알고 싶을 때, 우리는 저절로 공부의 필요성에 대해 공감하게 되고, 자의적으로 노력을 기울이게 된다. 그것은 타의적이거나 강압에 의해 피동적으로 구현되는 수단적 공부보다 더 많은 것을 우리에게 안겨 준다.

어쩌면 우리는 끝없는 경쟁의 압박감과 강제성을 띠고 있는 입시·주입식 공부에 길들여져, 진정한 공부라는 의미의 보물寶物을 잊고 산 것이 아닌가 생각해본다. 공부는 더도 덜도 말고 '지식을 얻기 위해 하는 행위'이며, 그것은 '수단'이기보다 그에 앞선 '목적'일 뿐이다.

　일본 와세다대학 한국 총동창회(회장: 조석래 전국경제인연합회 회장)는 지난 12월 7일 롯데호텔에서 개최된 '2007년도 총회 및 한국 총동창회 창립 60주년 기념식'에서, 김주일 전 외교통상부 대사(한·일 협력위원회 이사)와 박태준 전 총리를 '자랑스러운 와세다대학인'으로 선정, 시상식을 가졌다.

　김주일 전 대사는 개발연대(산업화, 근대화)에 한·일 국교정상화, 대일청구권사절단, 한·일 양국의 경제협력 및 인적·물적·문화 교류 등 우호 증진에 기여한 공로와 와세다대학 출신 한국인으로 일본의 관계, 학계, 재계, 정계 등에 폭넓은 인맥관계 형성으로 한국 내 와세다 동문 전체의 명예를 드높인 점을 인정받아 박태준 포항종합제철 명예회장(전 총리)과 함께 수장자로 선정됐다.

　이 자리에는 일본 와세다대학 전·현직 총장을 비롯하여 한국 및 재일교포 동문, 일본인 동문 등 5백여 명이 참석했다.

▲ 2007년 12월 7일,
조석래 회장으로부터 '자랑스런 와세다인 상'을 수여받고 있다.

▲ 2007년 12월 7일,
'자랑스런 早稻田人'상 수상

▲ 1990년 6월 27일, 와세다대학 동문회 총회(첫 번째 줄 오른쪽 첫 번째 조석래 회장, 다섯 번째 박태준 회장,
여섯 번째 김상만 총동문회 회장, 세 번째 줄 왼쪽 열 번째 본인)

▲ 2001년 12월, 니시하라 하루오 와세다대학 총장이 서울에서 열린 한국 동문회 총회에 참석했다.(앞줄 왼쪽부터 김상만 회장, 니시하라 하루오 총장, 그 뒤 본인)

▲ 1991년 1월 10일 롯데 호텔, UR 협의차 방문한 가이부 일본 수상과 와세다 동문회 회장단 간 만찬회 中(오른쪽부터 가이부 수상, 본인, 그 뒤 김상만 동문회 회장)

▲ '축소지향의 일본'(상당 기간 일본의 베스트셀러)의 저자 이어령 교수는 일본 각지를 순회하며 '축소지향형과 비즈니스'를 주제로 강의를 하였다. 이때 본인이 이어령 교수를 직접 수행했다.(본인이 일본 경제기획청 파견 겸 와세다대학원 재학 中)
왼쪽부터 사세휘(謝世輝: 대만인) 동해대학 교수, 본인, 이어령 교수

▲ 1982년 5월 24일, 와세다대학 유학 시절 교내에서

◀ 1982년 7월 26일(15년이 지난 후 와세다대학원 재입학 당시), 와세다대학원 지도교수였던 토코야마츠네사부로(전 와세다대학교 총장) 은사님 댁에 방문(오른쪽 내자, 본인, 성은, 왼쪽 은사님 내외분)

▲ 1983년 3월 25일, 와세다대학원 학위 수여식

▲ 1983년 3월 25일, 와세다대학원 학위 수여 기념 축하 연회

▲ 1995년 3월 31일, 본인의 주일본 대한민국 대사관 공사 부임 축하 연회 자리. 와세다대학원 은사님과 동기생이 함께 참석해 뜻 깊은 모임을 가졌다.

▲ 1982년 6월 17일 수업 장면, 지방재정 과목은 동경대학 사이토 교수로부터 이수했다.

▲ 1982년 8월 와세다대학원 재학 중, 라면으로 요기를 하며 논문 작성에 전념

▲ 1982년 12월 15일, 왼쪽부터 본인, 이어령 교수, 도바겐이치로 와세다대학 상경대 학장

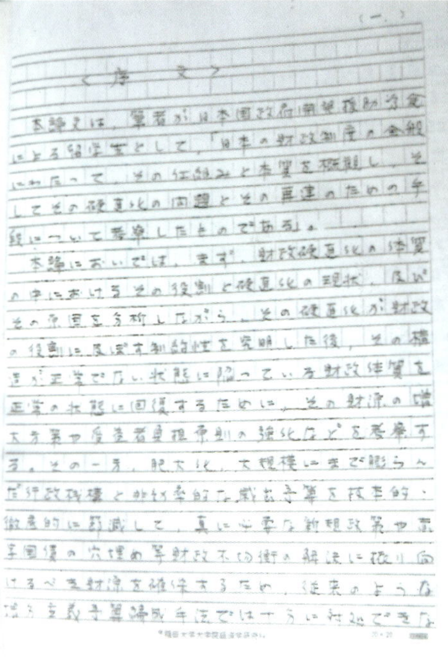

▲ 본인의 논문 '일본 재정의 선택'(일본 재정 경직화의 해결방책)
당시에는 논문을 반드시 수기(手記)로 작성해야 했다.

호주 시드니 유학 시절
이모저모

(1986년)

▲ 1972년 9월 호주(시드니) 유학 中, 영어 말하기·듣기 교육을 받고 있다.

▲ 1972년 2월 호주(시드니) 유학 시절, 클래스메이트들과 함께(오른쪽 두 번째 본인)

◀ 1986년 6월 18일, 본인의 호주 유학 시절, 식사와 빨래 등 많은 도움을 주었던 도로시 할머니가 서울을 방문하였다. 내 자와 도로시 할머니, 준구와 성은이 즐거운 한때를 보내고 있다.

▲ '무어 파크'에서 골프 라운딩을 하며 친해진 노부부. 라운딩이 끝난 후, 저녁 식사를 대접받기도 하였다.

◀ 1972년 10월 5일, 도로시 할머니와 따님, 그리고 친구 분들과 함께 나들이

▲ 런던→희망봉→멜버른→시드니→브리스번을 경유하는 'FAIR STAR' 크루즈 여행(영국을 출발해 40일 만에 멜버른 도착). 본인의 오른쪽 여성은 영국 간호사인데 이 여행을 위해 4년간 저축을 했다고 한다. 본인은 멜버른에서 승선하여 브리스번에서 하선했다.(호주 유항 중 홀로 방학 여행)

◀ 1972년 1월 호주 유학 시절, '무어 파크' 퍼블릭 코스에서

4장

나라 살림살이를 꾸려가다

▲ 개발연대 건전재정 수호의 주역들이 한자리에(전현직 예산실 실국장들: 앞줄 오른쪽부터 이양순 씨, 조경식 씨, 문희갑 씨, 최동규 씨, 강경식 씨, 이진설 씨, 강현욱 씨, 뒷줄 오른쪽부터 김병일 씨, 본인, 이석채 씨, 김선옥 씨)

예산 편성은 하나를 건드리면 그것만으로 끝나는 일이 아닌 경우가 허다하다. 그래서 공평성을 유지해야 하고 균형을 맞추어야 한다. 박 대통령이 강경식 국장에게 직접 답변하라고 했을 때에는 아마 "예, 그렇게 하겠습니다." 또는 최소한 "검토해 보겠습니다." 정도의 대답을 당연히 기대했을 것이다. 오늘 날 대통령 앞 즉석에서 "안 됩니다."라는 답변은 상상도 하지 못 할 일이 아닌가. 하물며 그 시절에 있어서…

공직의 절반을
나라 살림살이 꾸려가는
자리에서 일했다

(2011년 4월)

▲ 1992년 11월 19일, 국회 예결위 본회의장에서 예결위원 질의를 메모하고 있는 장면(앞줄 오른쪽부터 한갑수 차관, 이석채 예산실장, 본인(예산총괄국장), 두 번째 줄 오른쪽부터 김광림 총괄과장, 정해방 총괄사무관, 김주영 과장)

[집필자 주註]: 예산맨은 예산 편성에 있어서 균형과 원칙, 기준을 중요시 해야 하며, 동시에 재정 건전화에 중심을 둬야 한다. 이는 쓸 돈은 적고 국가가 해야 할 사업은 무한정하기 때문이다. 본인은 경제기획원에서 근무하는 동안 늘 내 돈보다 나랏돈이 더 소중하다는 생각을 갖고 일해 왔다. 이런 점에서 본인이 강경식 전 경제부총리 휘하에서 오랫동안 예산 관련 업무에 종사해 왔기 때문에 이에 대한 이론과 실제에는 공통점이 많다. 따라서 이 장章에서는 강경식 전 경제부총리의 저서 『국가가 해야 할 일, 해서는 안 될 일』 예산 관련 부분을 발췌 인용한 내용이 상당수 있다. 이에 미리 저자의 양해를 구하는 바이다.

"

말직에서 시작된 공직생활 38년 중, 본인은 그 절반이 넘는 시간을 ‘예산국·실’에서 일했다. 때문에 나라 살림살이를 꾸려가는 국가 예산 편성과 집행·관리에 관하여 많은 일화와 애정, 미련을 가지고 있다. 그 중에는 예천지역 사업에 관련된 예산지원도 상당수가 있다. 본인은 과학기술, 중화학공업 관련 시설과 사회 간접 자본 시설의 예산 편성에 오랜 기간 종사했다.

*중화학공업 관련 시설=단지조성, 진입도로, 공업용수, 항만 등
*사회 간접 자본 시설=도로(고속도로 포함), 일반공업항만, 공항, 하천, 관광단지조성, 국립공원, 댐 건설, 상하수도, 광역 상수도, 일반공업용수 공급시설 등

본인은 공직생활을 하는 동안, 일을 처리함에 있어 제대로 검토도 안 해보고 무조건 안 된다는 부정적인 사고를 가진 직원을 가장 싫어하고 경계했다. 매사를 긍정적으로 적법한 절차에 따라 ‘되는’ 방향으로 검토할 것을 요구했기 때문이다.

그러나 예산 편성에 있어서만은 사정이 조금 다르다. 예산 업무를 담당하는 예산맨은 때때로 노No맨이 될 수 있어야 한다. 이것은 나라 살림을 맡고 있는 공직자의 기본자세이다. 나라 살림살이를 맡은 사람은 낭비적인 요소에 돈을 쓰려고 해서는 안 된다. 나라가 가지고 있는 재원에는 분명한 한계가 있기 때문이다.

예산국·실에서 근무하다 보면 해마다 각 부처에서 요구해오는 액수는 쓸 수 있는 가용재원을 훨씬 뛰어 넘는다. 담당 실무자가 심사를 마친 단계에서도 가용 재원에 비해 배가 넘는 것이 보통이다. 이를 해결하기 위해서는 어떻게 해서라도 재원이 허용하는 규모에 맞도록 줄여야 한다. 내용이 좋은 사업을 찾아 예산을 지원하는 일은 생각조차 할 수 없고 무슨 구실이든 찾아내 예산을 삭감하지 않을 수 없다. 사정이 이러하기 때문에 사업 내용이 아무리 좋아도 새로이 예산을 요구하면 ‘신규 사업은 곤란하다’는 말로 시작할 수밖에 없는 것이다. 그래서 예산 담당자는 예산 편성을 앞두고는 사업 현장에 가지 않는 것을 불문율로 여겨왔다. 현장을 보게 되면 사업비 지원의 불가피성을 인정하지 않을 수 없기 때문이다.

▲ 1983년 12월 27일 '1984 내살림 나라 살림 토론회' MBC 생중계 中
(오른쪽부터 본인, 강봉균 씨, 문희갑 실장, 신무성 씨, 김병일 씨)

　예산 요구를 검토하고 삭감 조정하는 작업은 예산국의 자기 소관 담당관이 한다. 담당관이 조정한 예산 요구를 심사해서 '예산에 반영하는가'의 여부를 결정하는 작업은 예산총괄국장 또는 예산실장이 주재하는 회의에서 진행된다. 여기서 예산총괄과장과 총괄사무관은 고정 멤버다. 특별한 일이 없는 한 다른 과장들도 참여한다. 이들에게 부처 담당 사무관과 과장이 검토한 예산 내용을 설명한다. 담당관은 담당 부처 예산에 대한 변호인 역할을 하지만 실제로는 마치 피고가 되어 심문받는 것처럼 쏟아지는 질문에 대해 열심히 설명한다. 그런 험난한 과정을 통과해야 비로소 예산안에 반영될 수 있다.

　예산심의실에서 예산을 심사할 때는 적당히 조정하는 일은 결코 없다. 자잘한 대패질이 아닌, 뼈도 안 남을 정도로 도끼로 쳐내듯 무자비하게 삭감 조정하는 것을 원칙으로 한다. 해당 부처 예산 담당관은 사색死色이 되어 예산을 조금이라도 더 확보하기 위해 여기저기 다니면서 지원을 부탁하기도 한다.

이리한 과정을 거치면서 예산에 대한 각 부처의 요구 강도를 파악한 후 어느 정도의 선으로 재조정할 것인가를 놓고 예산국장과 각 담당관들이 협의해 삭감된 예산 중 일부를 부활시켜 부처의 반발을 무마해간다. 각각의 사업 설명을 들으면 다 필요한 사업이다. 그러나 가용 재원 규모와 아귀를 맞추려면 삭감 조정을 하지 않을 수 없다. 전체를 보면서 취사선택取捨選擇을 하지 않을 수 없는 것이다. 여기서 늦출 수 있는 것은 가능한 한 뒤로 미룬다.

눈을 딱 감고 무자비하게 삭감하는 냉혈한들이 모인 곳이 예산실이다. 그런 연유로 예산 담당자는 인심을 잃기 십상이다. 예산을 나누어주는 역할을 맡고 있으므로 얼핏 산타클로스처럼 생각하기 쉽지만 실제는 그 반대다. 때로는 "자기 돈도 아니면서 생색을 낸다"든가 "인정사정없이 인색"하다는 욕도 많이 먹는다. 그것은 턱없이 모자라는 재원 때문이다. 인심 얻기가 최우선인 정치인들의 선심성 행정과는 정반대가 될 수밖에 없다.

▲ 1984년 2월 13일 추풍령휴게소에서
(오른쪽부터 신무성 씨, 안병우 씨, 오세민 씨, 박동진 씨, 한이헌 씨, 김병일 씨, 본인, 정재호 씨)

▲ 1991년 4월 27일, 농촌진흥청 벼 종자 개량 진행과 정에 대해 설명을 듣고 있다.(오른쪽 두 번째부터 본인, 진념 차관, 농진청 차장)

▲ 1991년 5월 30일, 예산총괄국장 당시 국방예산 편 성을 위한 현장 시찰. 본인의 초·중 동기생 정연우 소 장이 사단장으로 복무 중인 7사단 방문(오른쪽 첫 번째 본인, 세 번째 정연우 사단장)

▲ 1992년 10월, 제16 공군부대(예천 소재) 현장 시찰 中

▲ 1991년 6월 1일, 일월산 공군기지에서 현황 설명을 듣고 있다.

◀ 1991년 5월 31 일, 해군 제1함대 사령부 전함 시찰 (강덕동 사령관, 허 태범 소장의 안내 를 받고 있다.)

균형과 원칙, 기준을 중요시 한다

(2011년)

예산을 짤 때 가장 신경을 쓰는 부분은 균형을 맞추는 일이다. 예산의 부처별 배분, 또 전년 예산 대비 증감 등의 변화를 늘 염두에 두고 편성 작업을 진행한다.

균형을 맞추는 일은 이 밖에도 특수직 공무원이 받는 수당의 균형이라든지 업무 수행할 때의 여비 산정, 시설물 건축비 책정 등 수 없이 많다. 이러한 각 부처 공통 지출 항목 등에 대해서는 '예산 편성 기준'을 미리 정한다. 당시에는 예산 편성기준과에서 이 일을 전담해 연중 끊임없이 자료를 모으고 실태를 파악하는 일을 했다. 이 세상에 정확히 공평한 것이 어디 있겠냐마는 예산 편성 과정만큼 공평한 기준을 만들고 적용하려고 노력하는 것도 없을 것이다.

본인이 1973년도 대통령 비서실 파견 근무 당시 시설비(건축 및 토목) 예산의 잣대가 되는 '시설비 기준 단가 및 표준 폼셈'을 정한 것도 이러한 노력의 한 부분이었다.

또 하나, 예산 편성에 균형을 맞추기 위하여 공평한 기준을 적용코자 모두를 한바탕 웃게 만든 기억에 남는 일화가 있다.

1978년, 예산안의 국회 제출을 앞두고 박정희 대통령을 비롯해 모든 장관과 공화당(여당) 간부들 전원이 참석한 연석회의(본인은 중화학공업지원시설과 사회간접자본시설 예산을 담당하는 건설교통예산과장으로 참석)가 청와대 대회의실에서 열렸다. 당시 강경식 예산국장이 예산 내용에 관한 브리핑을 마치고 회의를 마무리 할 즈음이었다. 법무부 장관이 자리에서 일어나 "각하! 교도관들이 고생을 많이 하고 있습니다. 이 사람들에 대한 수당을 좀 인상해주십시오."하고 건의했다. 그 자리의 누구도 법무부 장관이 그런 요청을 할 것을 예상하지 못했다. 마지막 보고 회의에서는 통상 대통령이 보고를 듣고 그대로 승인하는 것이 관례였다. "강 국장. 거기서 바로 얘기해"하고 대통령이 말했다. 그는 그 자리에 서서 "안 됩니다."라고 대답했다. 노No맨의 근성을 그대로 드러낸 것이다. 그러자 회의 참석자들로부터 폭소가 터져 나왔고 회의실은 일시에 웃음바다가 되었다.

그는 개의치 않고 그 이유를 설명했다. "교도관 수당을 인상하면 그와 유사한 업무에 종사하고 있는 다른 업종의 수당들도 함께 인상해주어야 합니다." 그러면서 파출소 순경, 해양경찰대, 등대수 등 교도관과 똑같은 금액의 수당을 받는 각종 유사 업종들을 차례대로 열거했다. 그러자 회의실은 조용해졌다. 그가 수당 인상에 반대한 것은 교도관 수당만 인상해서 될 일이 아니고 다른 유사 직종 수당도 함께 인상해야 하는데 그럴 경우 너무 많은 재원이 추가로 필요하기 때문이었다.

예산 편성은 하나를 건드리면 그것만으로 끝나는 일이 아닌 경우가 허다하다. 그래서 공평성을 유지해야 하고 균형을 맞추어야 한다. 박 대통령이 강경식 국장에게 직접 답변하라고 했을 때에는 아마 "예, 그렇게 하겠습니다." 또는 최소한 "검토해 보겠습니다." 정도의 대답을 당연히 기대했을 것이다. 오늘 날 대통령 앞 즉석에서 "안 됩니다."라는 답변은 상상도 하지 못 할 일이 아닌가. 하물며 그 시절에 있어서…

그리하여 훗날 교도관, 파출소 순경, 해양경찰대, 등대수 등의 수당이 연차적(재원 관계상)으로 인상될 수 있었다.

▲ 1985년 경제기획원 조회시간. 신병현 부총리의 훈시 말씀을 본인(총무과장: 사회자)이 메모하고 있다.

우선순위 결정의 전환 시기: 스티븐 코비의 실험

예산은 두 개의 얼굴을 갖고 있다. 한쪽의 얼굴에서는 수없이 많은 사업을 통해 나라 살림살이의 모습을 보여준다. 다른 한쪽의 얼굴에서는 국정운영 방향과 정책 우선순위에 대한 정부의 의사 결정을 보여준다. 국민들은 보통 첫 번째 얼굴을 주로 보지만 사실은 두 번째 얼굴이 더 중요하다. 동전의 양면과 같은 예산내용과 정책의 연계가 여기에 담기기 때문이다.

'성공하는 사람들의 7가지 습관'을 쓴 스티븐 코비Stepheon Covey의 실험을 살펴보자. 작을 돌들로 어느 정도 채워져 있는 투명한 그릇에 큰 돌을 넣으려면 한 두 개밖에 넣지 못한다. 이는 이미 작을 돌들로 그릇 속이 채워져 있기 때문이다. 그러나 방법을 전혀 달리해 같은 크기의 그릇에 큰 돌들을 먼저 집어넣은 후 작은 돌들을 흔들어 넣으면 더 많이 들어간다. '우선순위(단위사업과 규모사업) 정하기'의 중요성을 알려주는 실험이다.

예산 편성은 한정된 재원을 배분하는 과정이기 때문에 우선순위 매기기가 특히 중요하다. 정부 예산안을 편성할 때는 적어도 두 가지 측면에서 우선순위에 대한 분명한 판단이 필요하다.

첫 번째는 재정 건전성 문제다. 나라 살림이라는 '그릇'의 가장 밑바닥에 깔 '큰 돌'은 잠재적 미래위험에 대비하기 위한 재정 건전성 확보다. 우리는 이를 통해 균형재정을 위한 발판을 만들 수 있다.

두 번째는 여러 개의 큰 돌 중에서 어떤 돌들을 '예산'이라는 한정된 용량의 그릇에 담느냐 하는 것이다. 지금은 세 개의 큰 돌을 우선 선택할 때이다. 바로 일자리 창출, 맞춤형 복지, 경제 활력이 그것이다.

일자리는 최고의 복지

일자리는 최고의 복지인 동시에 성장과 복지가 만나는 접점이다. 일자리를 통해 성장이 이루어지고 복지 수준도 향상된다. 청년 창업, 고졸자 취업, 문화·관광·글로벌 일자리를 창출하는 예산을 대폭 확대하고 저임금 근로자에게 사회보험료 일부를 지원해야 할 때다.

복지를 통해 일할 여건이 만들어지고 사회통합이 이루어진다. 또한 경제가 지속적으로 성장해야 일자리가 창출되고 복지재원도 마련할 수 있다. 신성장동력 확충, 녹색기술 투자 등 경제 활력을 높이고 미래에 대비할 투자를 늘리는 것도 중요하다.

무상급식, 대학등록금 인하 등 굵직한 사회 이슈의 초점이 온통 예산으로 모아지고 있다. 예산의 두 번째 얼굴을 어떻게 그릴 것인지, 예산이라는 '투명한 그릇'에 어떤 큰 돌을 담을 것인지, 국가 예산을 심의·확정하는 국회에서는 생산적인 심의로 이를 결정해야 할 것이다.

▲ 1992년 2월 20일, 울산상공회의소 주최 간담회에서 본인(토론장 앞줄 가운데)이 1992년도 경제운용방안을 설명하고 있다.

내년 예산 38兆5백억 확정

党政, 올보다 14.6% 늘려
방위비增額은 내일 결정

◀ 1992년 9월 15일 조선일보, 탁상 위 왼쪽 첫 번째 최각규 부총리가 자민당(여당) 당사에서 1993년도 정부 예산안에 대해 여당 예결위원에게 설명하고 있다. 그 오른쪽 옆에 본인이 조언 또는 자료를 챙겨드리고 있다.

▲ 본인(왼쪽 첫 번째)이 작성한 답변 자료를 최 부총리가 검토하고 있다.

▲ 1992년 11월 8일 국민일보(오른쪽부터 김한곤 차관, 조경식 농수산부 장관, 본인)

蔚山 도로豫算등 대폭지원

18일 蔚山상공회의소 초청으로 蔚山지역 상공인과의 조찬간담회에 참석차 蔚山에 온 金周鎰경제기획원예산 총괄국장을 만났다.

蔚山과 인연이 많은 金국장은 「이 지역은 공업단지 조성 당시부터 사회간접시설을 제대로 갖추지 않아 현재 蔚山지역 기업체들은 사회간접자본 부족으로 인한 어려움이 가장 클 것」이라고 지적하고 「이에 따른 사업추진을 위해 정부예산을 최대한으로 배정하고 있다」고 말했다.

金周鎰 기획원豫算 총괄局長

工團조성때 부터 蔚山과 인연
문제점 파악 政策에 적극반영

金국장은 「蔚山은 우리나라 제一의 공업도시인 蔚山에 대보다 지역민들의 애로 해여건이 허락하는 한 절을 수립해 蔚山에도 경제운용방안을 보다 긍정적으로 검토할 계획」이라고 밝혔다.

이와 관련 金국장은 「정부가 예산부족을 감안해 항만등 각종 사회간접자본에 대한 투자를 최대한으로 지원하겠다」고 강조했다.

또 「蔚山지역 상공인과의 조찬간담회에서는 92년도 경제운용방안 설명과 함께 실질적인 문제점들을 파악, 정부정책운영에 최대한으로 반영하도록 하겠다」고 말했다.

金국장은 이에 따라 「올해 정부예산편성에서도 항만과 도로 그리고 하수처리시설 확충을 위해 대폭적으로 간접자본에 대한 투자를 희망하는 민간단체가 있으면 적극적으로 권장할 방침이며 민자유치에 대한 정책을 펴겠다」고 말했다.

釜山商高를 거쳐 慶北대학교 경제학과를 졸업한 金국장은 와세다대학 대학원과 호주 시드니대학에서 경제학을 전공한 정통 관료로 경제교육기획국장등 요직을 두루 거쳤다.

공평한 예산 편성은 거의 불가능하다

(2011년)

공평하게 예산을 편성하는 일은 실제로는 거의 불가능하다 할 수 있을 만큼 매우 어려운 일이다. 본인은 예산 편성을 두고 '불만의 공평 분배'라는 말을 즐겨 썼다. 이는 편성된 예산에 대해 만족해하는 부처가 거의 없기 때문이다. 따라서 모든 부처를 골고루 만족시킨다는 것은 처음부터 기대할 수 없다. 예산 책정에 대한 불만은 어느 부처나 갖게 마련이다. 예산에 대한 불만에 큰 차이가 없도록 예산을 편성한다면 그것이 곧 최선의 길이다. 예산을 편성하는 과정은 이러한 사실을 염두에 두고 진행된다.

예산안을 확정하는 방법에는 두 가지가 있다. 우선 타당한 예산사업을 인정한 뒤 이를 집계한다. 그 결과 재원(세입)보다 세출(지출) 총액이 클 경우, 일단 인정한 예산이라도 다시 삭감 조정하는 방법이다. 그러나 일단 인정한 예산을 다시 깎는 것은 반발이 커 실제로는 거의 불가능하다. 그렇기 때문에 처음에는 무자비할 정도로 삭감한 뒤 반발 정도를 보면서 조금씩 늘려주는 방법으로 조정한다. 그러면서도 일부 사업 예산은 여전히 미결로 남겨둔다. 장·차관 선에서 각 부처 장·차관과 협의할 여지를 남겨두어 최종 담판에서 결정짓기 위해서다.

이렇게 밀고 당기는 과정을 거치면서 각 부처 예산 담당관들은 "할 수 없지. 이 정도만 해도 다행이다"하며 체념한다. 이런 면에서 볼 때 예산 편성 과정은 '예산에 대해 체념시키는 과정'이라고 볼 수도 있다.

재정 건전화

(2011년)

1997년 외환위기 수습 과정에서, 빚 없이 꾸려온 나라 살림 덕분에 우리나라는 재정자금을 투입하여 빠른 시일 내에 외환 위기에서 벗어날 수 있었다. 대다수 일반인들은 인지할 수 없었겠지만, 이것은 우리나라가 수입 내 지출(세입 내 세출)이라는 건전재정을 운영해왔기 때문이다.

현재 유럽의 여러 나라들이 학비, 급식비, 의료비, 교통비 등 소위 복지비 지출의 방만한 재정 운용으로 인해 곤욕을 치르고 있다. 재정 건전화 문제는 비단 유럽 몇 나라뿐 아니라, 이웃 일본을 비롯해 미국 등 여러 나라가 이 문제로 골머리를 앓고 있다. 우리나라는 아직 재정이 건전한 상태에 있다고 하지만 재정 적자가 매년 큰 폭으로 늘어나면 '복지병'에 걸려 어려움에 직면한다는 경고도 심심치 않게 나오고 있다.

본인은 예산국 예산총괄과, 투자예산과, 행정예산과, 예산 편성기준과, 건설교통예산과, 내무법사예산과에서 주사, 사무관, 과장, 국장에 이르기까지 18년간 예산 편성 업무를 담당해오는 동안 세입범위 내에서만 세출을 정하는 균형예산을 유지해 왔다. 세입이 부족하여 국채를 발행해 이에 충당하는 일은 결코 없었다.

정부 예산은 자칫하면 임자 없는 돈처럼 여겨지기 쉽고, 또 예산 요구를 들어주지 않고 거절하기란 생각보다 어려운 일이다. 특히 한정된 재원으로 살림을 꾸려가는 것은 나라 살림이나 가정 살림이나 어렵기 매한가지이다. 빚지지 않고 이를 꾸려가는 것은 더욱 그럴 것이다.

쓸 돈은 적고
국가가 할 일은 산더미처럼 많다

(2011년)

지금은 한 해 예산이 200조 원이 넘지만, 정부 예산 규모가 첫 '조'(원) 단위에 이른 것은 1976년 예산 편성 때였다. 그때는 1조 원이라는 돈이 얼마나 큰돈인지 실감이 나지 않았지만, 예산이 1조 원 규모에 다다르자 예산 요구를 조정하기가 훨씬 수월했던 기억이 생생하다.

본인이 1961년 경제기획원 물동계획국 시설투자과에 입사해 처음 맡은 보직이 '대충자금을 재원으로 하는 쿠리기금' 관리였다. 이는 쿠리기금을 산업은행에 예치해놓고 중소기업에 필요 자금을 대부 해주는 일이었다.

지금은 대충자금對充資金, counterpartFund과 쿠리기금이 무슨 뜻인지 이해하는 공직자도 거의 없겠지만, 그때만 해도 대충자금 없이는 예산 편성을 하기 어려웠다.

대충자금은 미국이 원조해준 물자(주로 잉여 농산물)와 달러를 매각해서 생긴 원화이다. 경제개발 예산은 거의 전부가 대충자금으로 충당되었다. 이때만 해도 경제기획원 안에서 경제협력국(대외원조 및 외자도입)이 각광을 받고 있을 때였다. 당시 나라의 예산 규모는 작았고 경제개발재원을 확보하기 위해서는 외자도입이 더 절실했기 때문이다.

이것은 사담이지만 경제협력국은 하룻밤만 새워 일해도 당시 장기영張基榮 부총리가 '수고한다'며 위로금을 주었고, 예산국은 거의 석 달을 밤 새워가며 일해도 위로금은커녕 관심조차 받지 못했다.

<h3 style="text-align:center">예산 편성 막바지에 상사로부터 저녁 대접을 받은 일화</h3>

그러나 이때 예산국에 대한 김학열金鶴烈(예산국장 출신) 차관의 관심은 좀 달랐다. 일을 처리하는 과정이며 정책수립방식에 있어서도 두 분은 확연히 다른 리더십을 가지고 있었다.

한여름, 밤을 새워가며 예산 편성이 한창일 때 김학열 차관이 사무실에 나타났다. 그리고는 이런 말을 하였다. "여러분. 지금이 연중 머리를 가장 많이 쓰는 시기입니다. 이렇게 두뇌의 회전이 왕성할 때 집에 가서 2세를 만들면 천재적인 머리를 가진 아이를 낳을 수 있습니다. 오늘 집에 돌아가거든 다들 그렇게 해보십시오. 참고로 나는 그렇게 해서 성공했습니다." 이에 사무실 내에 폭소가 쏟아졌다. 그러고 나서 "오늘 저녁은 내가 살 테니 모두 일손을 멈추고 나를 따라오십시오."하며 말하는 것이었다. 이에 우리 모두는 '오늘 저녁은 진수성찬으로 제대로 먹겠구나.'하는 기대감에 부풀었다. 하지만 안내받아서 간 곳은 중국집이었고, 김 차관은 앉자마자 "나는 우동!"이라고 주문을 했다. 본인은 그 당시 중국집에서 가장 인기 있는 탕수육, 난자완스 등의 요리가 먹고 싶었지만, 차관이 '우동'을 주문하는데 누가 감히 우동보다 값비싼 음식을 주문할 수 있겠는가. 모두들 김 차관의 주문에 따라 "우동" "짜장면" "우동" "우동"의 주문을 이어갔다. 결국 본인을 포함한 모두는 우동 가격 이하의 음식을 주문할 수밖에 없었다.

식사를 마치고 사무실로 돌아오는 길에 많은 생각을 하였다. 진수성찬의 기대가 빗나간 것은 서운했지만, 그래도 예산국 직원의 수고를 알아주는 김학열 차관의 아량과 관심이 참으로 고맙게 느껴졌다.

당시에는 재정규모도 보잘것없었다. 1967년 이낙선李洛善 국세청장이 취임하면서

승용차 번호를 700으로 바꿨는데, 세금 징수 목표를 700억 원으로 정하고 이를 기필
코 달성하겠다는 각오로 관용차 번호를 700으로 바꾼 것이다. 당시 국민들이 내는 세
금은 이렇게 형편없이 적었다.

▲ 1992년 8월 30일, 여당과 다음 연도 예산 최종협의 中(왼쪽부터 김광림 예산총괄과장, 본인, 김봉조 예결위원
장, 이석채 예산실장, 강우혁 의원, 김선옥 국장)

▲ 1992년 7월 7일, 김영삼(金泳三) 14대 대통령 당선자(취임 전)가 1992년 회계연도 예산 편성이 한창일 때 예
산실을 방문. 하계휴가도 없는 예산실의 고된 업무를 치하하고 장관 이하 관계관을 위로하고 있다. 대통령이 예
산실을 방문한 것은 이번이 두 번째이다.(첫 번째는 박정희 대통령: P. 135 참조) 한여름, 절전을 위해 에어콘을
끄고 부채질을 하는 김영삼 대통령 당선자의 모습이 인상적이다.
위로의 말씀을 하는 김영삼 대통령 당선자(오른쪽 첫 번째)와 최각규 경제부총리(오른쪽 두 번째), 이석채 예산실
장(오른쪽 세 번째) 그리고 본인(오른쪽 네 번째)

나랏돈은 '내 돈보다 더 소중하다'는 생각을 갖고 일한다

(2012년 8월)

나라 살림살이나 가정 살림이나 기본적인 성격은 다를 바 없다. 살림살이를 맡은 사람은 손이 커서는 결코 안 된다. 통 큰 씀씀이나 헤픈 씀씀이를 감당하기 어려운 것은 가정이나 나라 살림이나 똑같기 때문이다. 가정이든 기업이든 나라든 '씀씀이'에는 냉혹해져야 한다. 이는 허비나 낭비가 없어야 된다는 말이다. 무엇보다 돈 쓰는 일에는 간(?)이 작아야 한다. '나랏돈인데, 공공기관 돈인데' 하면서 예산 삭감 조정에 불만을 토로하는 경우를 종종 겪는다. 이는 "네 개인 돈도 아닌데 왜 그리 인색하게 구는가?"라는 생각에서 나오는 말이다. 이에 대해서 "내 돈 같으면 얼마든지 주겠지만 나랏돈이기 때문에 그럴 수 없다"가 본인의 한결같은 대답이다. 나랏돈은 마치 주인 없는 돈처럼 생각하는 사람이 많은데, 공금이야말로 제대로 써야 하는 것이다. 지금도 이런 사고는 본인의 몸에 흠뻑 배어 있다.

한국 재정은 전통적으로 적자 없이 건실하게 운영되어 왔다. 나라 살림을 알뜰하게 운영한 덕분에 재정은 건실했고, 금융 부실채권을 재정에서 감당할 수 있었다. 공적자금 투입이 외환 위기 때 부실채권 처리에 얼마나 큰 기여를 했는지에 대해서는 긴말이 필요 없을 정도다. 안타까운 것은 그 후의 재정운용이 '빚지는 것을 겁내지 않고 생색내는데 열을 올린 것'에 있다. 빚지는 것에 대해 자기 일처럼 걱정하는 살림꾼들이 열쇠 꾸러미를 꽉 틀어쥐고 살림살이를 챙기게 하려면 무엇을 어떻게 해야 할까? 우리 모두의 힘과 지혜를 하나로 모아야 할 때다.

수입(세입)과 지출(세출) 균형 맞추기

(2011년)

양출제입(量出制入)과 양입제출(量入制出)

예산은 일반재정, 특별회계, 기금 등으로 구분된다. 독자적인 수입이 있어 이를 따로 구분하여 운용할 필요가 있는 사업은 특별회계를 만들어 일반 예산과는 구별해 독립채산제로 운영한다. 기금운용도 일반회계와는 구분해서 수입收入, 지출支出 예산을 따로 편성해 운용한다. 독자적 수입 원천이 없는 경제 관련 사업예산은 일반경상비 예산과 구분해 '경제개발특별회계예산'으로 운영한다. 여기서 일반회계와 경제개발특별회계를 합쳐 '일반재정'이라고 한다. 균형예산, 적자예산이라는 말은 일반재정의 수입과 지출이 균형을 이루는지 적자인지를 두고 일컫는 말이다.

재정학 교과서는 "나라 살림은 양출제입量出制入을 원칙으로 한다"고 말한다. 이에 반해 가계는 양입제출量入制出을 기본으로 한다.

양입제출量入制出은 수입 범위 안에서 지출하는 것을 원칙으로 한다는 뜻이고, 양출제입量出制入은 지출을 먼저 정하고 수입액은 그에 맞춰 정한다는 얘기다. 나라 살림은 세출 소요를 정하면 그에 맞춰 세금을 걷거나 빌려서 쓴다. 그러나 국가라 할지라도 세금을 함부로 늘려 거둘 수 없고, 국채國債를 발행하는 등 빌린 돈으로 재정수요를 메워 가는 것도 결코 간단한 문제가 아니다.

우리나라는 6·25 전쟁 이후의 만성적인 인플레이션과 1960년대 초 5·16 군사혁명 이후 몇 년 동안 의욕적인 개발정책 추진으로 인해 발생한 극심한 재정 인플레이션에 시달려왔다. 금리 수준 또한 높아, 높은 금리로 국채를 발행한다는 발상 자체가 비현실적이고 낮은 금리로 국채를 발행해서는 강제로 떠맡기는 것밖에 되지 않았다.

정부가 국채를 발행하면 한국은행에서 이를 인수할 수밖에 없다. 그럴 경우 통화량이 늘어나 인플레이션으로 직결된다. 때문에 다른 대안으로 세금을 늘리기 위하여 국세청을 만들었지만, 전체적으로 국민 소득이 적었던 시기라 이 또한 매우 어려운 실정이었다. 결국 '없는 돈은 못 쓴다'는 양입제출量入制出의 원칙이 한국 재정 운용의 전통으로 굳어졌다. 학설에 앞서 현실적인 제약에 의해 자연스럽게 전통으로 굳어진 셈이다.

적자재정(빚)은 한번 발을 들여 놓으면
다시 건전재정으로 되돌아가기 어렵다

적자예산은 한번 발을 들여 놓으면 다시 균형예산으로 되돌아가기가 매우 어렵다. 예산요구에 대한 가장 강력한 조정 이유인 '돈이 없다'라는 핑계를 더 이상 쓸 수 없을뿐더러, 차입하면 된다는 손쉬운 해결 방법이 생기기 때문이다. 건전재정을 고수하는 것을 원칙으로 해야 균형예산은 지켜진다. 한 번 적자재정의 길로 들어서면 영원한 적자재정이 되기 십상이다. "외상이면 소도 잡아먹는다" 는 우리의 옛 속담이 이를 잘 설명해 주고 있다.

이 같은 균형예산에 대한 집착은 일반재정 수지 균형뿐만 아니라 총재정수지의 균형 여부를 판별할 수 있는 통계를 만들도록 했다. 일반재정, 여타 특별회계뿐 아니라 기금 수지까지 포함하는 전체 적자 여부를 분명히 하기 위해서였다.

건전재정이
경제위기 막았다

(2011년 1월)

글로벌 위기는 재정의 위기

예산당국자는 정부 개별 부처로부터 욕을 먹기 십상이다. "예산실을 향해 대포를 쏴서 박살을 내야 한다"는 극단적인 말부터 "자기 돈 주는 것도 아닌데 왜 그리 인색하냐"는 하소연까지 별별 말을 많이 듣는다.

각 부처가 세입은 고려치 않고 경쟁적으로 많은 지출 요구를 하고 있기 때문에 이 모든 요구를 들어줄 수 없는 것이 현실이다. 어찌 보면 한정된 재정수입을 재원으로 빚(국외 차입 또는 국채 발행)지지 않고 균형예산을 편성하기 위해서는 욕을 먹는 것이 당연하다 할 것이다.

지금 글로벌 위기는 재정의 위기이다. 이는 정부가 빚을 지면서 돈을 펑펑 썼기 때문에 생긴 위기이다. 복지비 지출과 낭비가 심했던 나라들의 국가부채가 급증하면서 이 같은 위기가 찾아왔다. 2010년 미국의 국가 부채 잔액이 국민총생산GDP의 100%, 이탈리아 120%, 그리스 152%나 되는 이유이다.

빚이 많으면 신용을 잃게 되는 것은 개인이나 국가나 마찬가지다. 본인이 1960년대, 1970년대, 1980년대 예산 편성 실무담당관으로 일하고 있을 때는 철저한 균형재정을 유지해 왔다.(박정희 대통령의 철학이 있었기에) 이와 같이 균형예산 편성에 심혈을 기울인 결과 최근 4년간 국가채무가 50% 가까이 급격히 늘었으나 GDP대비로 보면 2007년 33.2%, 2010년에는 35.2%의 수치를 유지할 수 있었다. 이는 미국과 서구 선진국에 비하면 크게 양호한 편이다. 하지만 국가 채무의 증가 속도로 보면 세계에서 빠른 축에 속하므로 한편으로는 나라의 장래가 심히 걱정된다.

더 큰 문제는 앞으로다. 세계에서 가장 빠른 고령화와 정당 간의 무상복지 경쟁이 우리나라 재정의 뿌리를 위협하고 있다. 최악의 사태를 미연에 방지하려면 지금부터라도 건전재정으로 되돌아가기 위한 백방의 지혜를 짜내야 할 것이다.

재원(세입) 없는 예산 편성

최근에 재원 없는 적자 예산 편성의 대표적인 예로 2009년 4월 제1회 추가경정예산 편성을 들 수 있다. 당초 수입으로 예상했던 세수가 계획대로 안 맞춰져 18조 원을 감액(사업축소)하고, 중소기업지원 및 저소득층 생활지원과 취업알선 등 소위 복지비로 11조 원을 지출함에 있어 재원 전액을 차입에 의존했다는 것은 대표적인 건전재정의 역행이라 할 수 있다.

▲ 1986년 경제기획원 직원조회(사회: 본인), 김만제 부총리의 훈시를 듣고 있는 장면

예산 제도를
개선하기 위한 노력

(2011년 3월)

현행 예산회계법은 경제규모와 재정규모가 성장한 현실을 감안 할 때, 시대에 뒤처진 구조로 되어 있다. 본인은 우리와 예산운영제도 골격이 유사한 일본에 출장(1974년 2월 25일부터 3월 10일까지, 이양순李良淳 예산총괄과장 대동)하여 예산회계제도 운용 현황을 연구, 조사한 바 있다.

예를 들면 예산을 1년 단위로 편성하는 회계연도 독립원칙을 들 수 있다. 한 해 예산은 그해 12월 31일까지 모두 다 써버리고 그 다음 해 1월 1일부터는 새로운 예산으로 운영하게 되어 있다. 그 결과 12월 31일만 되면 마치 나라의 문을 닫고 다시는 살림을 하지 않을 것처럼 남은 예산을 몽땅 다 지출하는 데 기를 쓴다. 나라의 경제규모는 자꾸만 커지는 마당에 이러한 예산운영은 분명 문제가 있다.

회계연도 독립이 원칙이긴 하지만 예산의 이월, 국고채무부담행위, 계속비 등의 제도가 있음에도 이들을 예외적인 것으로 둬 엄격한 제한을 가한다. 이제는 대형사업이 그해에 계획돼서 그해에 완공되거나 마무리되는 경우가 오히려 예외가 된다. 이와 같은 문제점을 개선하기 위해서 일정규모 이상의 투자가 필요한 대형사업에 대하여는 사업착공에 앞서 시설비 총액과 공기工期, 운영 유지비를 포함하여 사전검토를 철저히 하도록 '사전조사예비비' 제도를 도입하였다.

또 예산을 합리적으로 편성하기 위한 제도개혁 논의가 끊이지 않았다. 당시 예산은 이른바 품목별 예산Line Item Budget 방식이었다. 인건비, 물건비, 시설비, 여비 등

지출 항목별로 소요 예산을 따져 책정하는 방식을 기본으로 했다. 구체적으로 사업의 성과와 효과에 대한 검토에 역점을 두어야 한다는 뜻에서 실적 예산 제도Perfomance Budget System로 가야 한다는 주장이 대세였지만 실제로 사업성과와 효율성을 따지기에는 어려움이 많았다.

예산 과목의 재분류 작업은 예산 과목의 분류 차원이 아닌, 정부조직과 기능자체에 대한 재검토를 하는 빌미가 되기도 했다. 예를 들자면 정부 내에서 비슷한 일을 하는 기관이 여럿 있다는 사실을 알게 되었다.

범죄수사 업무는 검찰 수사국과 경찰 수사부서에서 함께 하고 있다. 이에 대검 수사업무와 경찰 수사업무는 무엇이 어떻게 다른지 따져보게 되었다. 이처럼 예산과목 재분류 작업은 정부조직을 보다 합리적으로 개편하는 일에 쓰일 수도 있게 된다. 당시 재분류 작업은 국방부 예산만을 방위비로 하던 것을 내무부의 해안경비예산도 방위비로 분류하는 작업 수준에서 마무리했다.

▲ 1992년 2월 26일 KDI, 일본 대장성 주계국 국장(타나미 고지: 田波耕治) 이하 과장 등 간부 초청. 예산제도 개선을 위한 세미나 개최 후(오른쪽부터 사카 아키라 심의관, 본인, 타나미 고지 주계국장)

第40回　國家政策세미나

經濟難 克服을 위한 財政
運用의 課題와 方向

－ 韓國財政의 現況과 課題 －

1991年　11月　28日

서울大學校 行政大學院

國家政策課程

▲ 본인의 『경제난 극복을 위한 재정 운용의 과제와 방향』 강의 원고 표지(2시간 강의, 2시간 토론회)

목　　　차

▲ 본인의 『경제난 극복을 위한 재정 운용의 과제와 방향』 강의 목차

예산과목 재분류와 예산업무의 전산화

예산 편성작업의 전산화

본인은 1966년부터 1969년 말까지 일본(동경)에서 「청구권 및 경제협력사절단」 근무를 마치고 6급 고참으로 귀국하였다. 후에 승진시험을 거쳐 1969년도 말 사무관으로 발령받아 강경식 예산총괄과장 밑에서 예산과목 재분류와 예산업무의 전산화 작업을 전담했다.

본인은 상업고등학교를 졸업했기 때문에 주산(3급) 실력이 앞섰고, 한문을 외운 머리가 있어 계수를 암기하는 기억력은 누구에게도 뒤지지 않았다. 지금은 주판을 구경조차 하기 어렵지만 당시에는 주판 없이 예산작업을 하는 것은 상상할 수 없었다.(주판 대용으로 기계식 계산기가 쓰이기도 했다.) 예산 편성작업이 끝나갈 즈음이면, 상고 출신 주산 고단자 여자 은행원들이 예산총괄과에 와서 며칠 동안 주판으로 예산 집계를 위한 작업을 도와주곤 했다.

이때 예산 편성 중에 기능별 배분 상황을 파악해 활용하기 위해서는 예산 편성작업의 전산화가 필수적이었다. 주판 등 수작업으로는 도저히 감당할 수 없는 작업량이었기 때문이다. 전산화를 위한 프로그램 개발은 KIST(한국과학기술연구소) 전산실장 성기수成基秀 박사와 안문석安文錫 팀장이 맡아서 했다. 성기수 박사는 컴퓨터와 관련해서 저명하지만 미국 하버드대학교로부터 단 2페이지의 논문으로 항공 우주학 박사학위를 받은 것으로도 유명하다. 이들과 한팀이 되어 1969년 하반기(1970년 예산안을 국회에 제출한 직후)부터 예산업무 전산화 작업에 착수했다. 전산화가 확실히 성공한다는 보장도 없고 과외의 일을 하고 있다는 동료, 직원들의 불만도 컸지만 강경식 과장은 그대로 밀고 나갔다.

강경식 예산총괄과장은 일찍이 1962년 미국 시러큐스 맥스웰syracuse Maxwell 행정대학원 수학과정에서 예산 전산화의 전제가 되는 OR, EDPS 관련 공부를 했기 때문에 이러한 시도가 가능했다.(안문석 팀장과 함께 업무를 추진하는 일에도 아무런 문제가 없었다.) 예산총괄과 사무실 한쪽에 컴퓨터 터미널실을 설치했다. 터미널을 개통하는 날, 돼지머리를 놓고 당시 장예준張禮準 차관과 김주남金周南 예산국장이 큰절로 고사까지 지냈지만 생각지 못한 문제들이 연이어 불거졌다. 특히 전화선이 문제였다. 컴퓨터 본체는 홍릉 KIST 전산실에 있고 광화문의 경제기획원과는 전화선으로 연결해 터미널을 설치 운영하기로 했는데 당시 전화선은 비가 오면 불통이 되곤 했다. 우회 전화선을 설치했지만 이 역시 마찬가지였다. 이때는 모든 예산정보를 키 펀치에 입력시키기 위해 예산 편성 관련 자료들을 화물차로 실어가는 일이 비일비재했다. 전산처리에 자신이 없는 직원들은 수작업을 병행하게 되어 불평도 더 심해졌다.

컴퓨터 활용 홍보영화 제작

본인은 직속상관인 강경식姜慶植 예산총괄과장의 지시를 받아, 컴퓨터에 대해 이해를 높이기 위한 홍보영화 '컴퓨터의 활용'을 제작하는 일을 맡았다. 이를 위해 우선 국립영화제작소(소장: 정연구鄭然九)에 의뢰를 하였는데, 제작담당 PD는 컴퓨터에 대한 이해가 전혀 없었다. 시나리오를 써주는 등 함께 협력해서 연말에는 15분짜리 영화가 완성되었다.

한편, 예산 재분류와 전산화 작업이 일단락될 때까지 김학렬 부총리에게 이 일에 대해 한 번도 보고 할 기회가 없었다. 섣달 그믐날, 종무식을 끝내고 간단한 회식을 마친 뒤에 겨우 시간을 얻어 강경식 총괄과장이 장관에게 보고하였다. 보고를 받은 김 장관은 큰 관심을 보이면서 "대통령 연도순시 때 컴퓨터 활용을 보고하라"고 지시했다.

1970년 1월 연두 업무계획 보고 후, 박정희 대통령이 방문해 컴퓨터 터미널을 직접 둘러보았다. 이때 박 대통령은 복사기(블루 프린터)가 작동되는 것이 신기한 듯 한참을 눈여겨 보았다. 박 대통령이 건설 현장이 아닌 사무실을 방문한 것은 극히 이례적인 일이었다. 박 대통령은 이후 고등학교에서 컴퓨터 프로그램에 대한 교육을 실시하라는 지시를 내렸지만 이는 흐지부지되고 말았다. 컴퓨터에 대해 알고 있는 교사가 거의 없던 시절에 COBOL, FORTRAN 같은 교육을 실시하는 것은 사실상 무리였다.

예산 전산화 업무를 담당하면서 얻은 가장 값진 교훈은 '될 수 있는 한 많은 사람들이 참여하고, 광범위한 토론을 이끌어 모두가 공감할 때까지 문제의식을 공유하도록 노력하는 과정이 중요하다'는 것이었다.

제로 베이스(ZERO-BASE) 예산 편성 시스템 시도 ▲

상고(商高)출신 관료의 약진

(2005년)

본인의 공직생활 38년 중, 그 절반이 넘는 시간을 국가 예산 편성 및 집행 관리업무에 종사해오는 동안 여기서부터 잔뼈가 굵기 시작하였다. 이에는 계수計數에 밝고 공통적으로 일에 대한 집념이 강하다는 것을 인정해 준 상고商高 출신의 특색도 있었다고 생각된다. 故 장기영張基榮, 故 김학열金鶴烈, 故 태완선太完善, 최각규崔珏圭 경제부총리가 모두 상고商高 출신이며, 그 뒤로도 김태승金泰昇, 이영택李永澤, 김정국金正國, 반장식潘長植, 김동연金東兗 등 예산실국장 간부에 상고 출신이 많이 등용登用되었다.

이는, 그들이 가정사정이 어려워 대학진학을 위한 인문 학교에는 진학하지 못했지만, 일 처리에 대한 집념執念, 열정熱情과 통찰력通察力, 책임감責任感면에서 경쟁력이 있고, 능률能率을 발휘하는 데 노력을 게을리하지 않았기 때문이 아닌가 생각된다. 현 이명박 대통령을 포함 3명의 대통령(김대중, 노무현)이 상고商高에서 배출된 것도 어쩌면 이와 무관하지 않을 것이다.

본인 역시도 그러한 환경과 주인의식의 집념이 있었기 때문에 예천군청 최 말직末職 촉탁에서 공직생활公職生活을 시작하여 10번의 승진을 거쳐 외교통상부 고위직 외교관(특2급대사)으로 자랑스럽게 퇴임退任할 수 있었다고 나름대로 해석해 본다.

5장

서울특별시 근무의
보람과 성과

▲ 1988년 5월 26일 이스탄불 힐튼 호텔, 서울시⇔동경도 간 우호협력도시 결연 최종협의 모습(뒷줄 왼쪽에
서 첫 번째 본인, 두 번째 김용래 시장, 앞줄 왼쪽에서 세 번째 스즈키 순이치 동경도지사)

본인은 서울시 투자관리국장으로 재임 시, 서울 올림픽 및 제2기 지하철 건설
재원 조달, 일본 ODA 자금 5억 달러 도입, 기 도입한 악성차관 차환, 서울⇔동경
도 간 우호협력도시 결연, 서울시 시설관리공단 설립 등 꽤 많은 업적을 쌓을 수
있었다. 그 결과, 김용래 전 서울시장은 1988년 우수공무원 훈포장(홍조근정훈
장) 시 본인을 추천해 주셨다.

일하는 보람을 가장 많이 간직한
서울시 근무

(1987~1990년)

　본인은 텃밭인 경제기획원을 떠나 1986년 8월(염보현廉普鉉 시장 당시)부터 1990년 5월까지 3년 9개월 동안 서울특별시 투자관리국장으로 재임하였다. 이때의 서울시는 자체 재원 조달, 중앙정부 지원, 외자 도입 등 막대한 자금을 필요로 하는 사업들이 가로놓여 있을 때였다. 서울시의 당면 과제로는 제24회 88서울올림픽 개최를 위한 준비작업, 특히 재원 조달 문제가 있었고, 제2기 지하철(5·6·7·8호선) 건설을 위한 방대한 재원 조달도 큰 과제였다.

　본인은 공직생활 38년 중, 서울시에서 일한 것이 가장 보람 있고 값진 것이라고 생각한다. 경제개발을 위한 기획재정정책 수립 집행 위주에서 일하다가 일선 기관에서 피부에 와 닿고 손에 잡히는 업무를 맡게 된 것은 본인에게 색다른 경험이자 기쁨이었다. 또한 창조적 발상(아이디어)과 합리적 논리에 의하여 일을 적극적으로 추진해 온 결과 노력努力한 만큼 성과와 실적이 바로 나타나는 것이 (지자체 사업인)서울시의 일이었다.

　당시 임명직 고건高建 시장의 뜻에 따라 제2기 지하철 건설의 재원 조달 방안을 수립하여 세종문화회관에서 열린 '공청회'를 통해 발표하였다. 이는 꽤 좋은 호응을 얻었고 각종 매스컴에 많이 오르내리게 되었다.

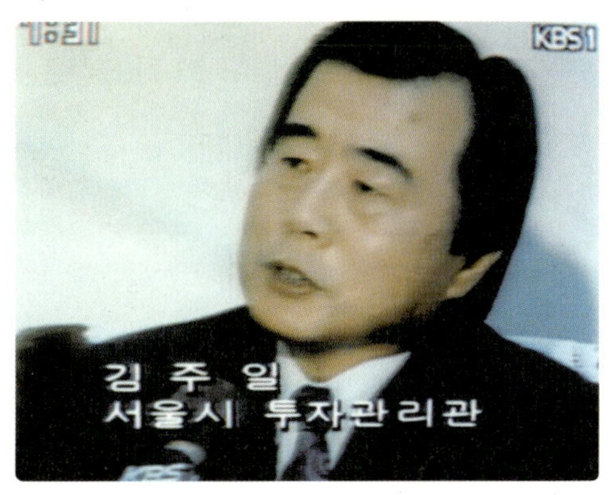

▲ 1989년 4월 20일, 순시차 서울시를 방문한 노태우 대통령과 악수를 하고 있는 장면

段임을 잘 말하여 주고 있다.

昨今의 서울市 交通問題야말로 우리가 가장 時急히 解決해야 할 절실하고도 重且大한 問題가 아닐 수 없다.

1. 地下鐵 및 都市高速道路建設의 必要性과 그 效果

날로 심각해지는 路面交通의 滯症과 道路投資效果가 날로 줄어들고 있는 點에 비추어 볼 때 서울의 大衆交通體系를 都市高速道路의 擴充으로 幹線交通體系를 形成함과 아울러 地下鐵을 追加 建設함으로써 地下鐵 위주의 連繫輸送網을 構築해야 한다는 論議가 活潑히 展開되고 있음은 매우 多幸한 일이라 아니 할 수 없다.

都市形成 初期부터 構造와 道路交通網體系 및 區部人口에 있어 서울과 類似한 東京部에서는 62年 前에 銀座1號線을 開通한 以來 中斷없이 軌道電鐵工事를 繼續하여 온 結果, 現在는 地下鐵 및 私鐵이 558km에 달해 輸送分擔率이 54%에 이르고 있고 國鐵이 追加로 32%의 交通量을 分擔함으로써 무려

加建設을 하지 못한 結果 機構, 人力, 經驗과 技術의 蓄積面에서 많은 아쉬움이 남아있음은 말할 것도 없다.

지금까지의 地下鐵 總 延長은 4個路線 116.5km로서 輸送分擔率에 있어서는 最近의 道路交通 滯症을 피하기 위한 電鐵乘客의 增加에 힘입어 17%에 이르고 있으나 이 物量만으로는 地下鐵이 大衆交通網으로서의 連繫輸送을 원만히 擔當하고 있다고 보기 어려우며, 輸送誘發效果도 크게 期待하기 어렵다고 여겨진다.

路面交通의 滯症을 緩和하기 爲한 道路의 新規開設, 擴張, 및 改修에는 土地補償問題 等 많은 社會問題가 惹起될 뿐 아니라, 그 費用에 있어서도 道路 1km 建設費가 4~5百億원인데 비하여 地下鐵은 절반 정도밖에 所要되지 않고 있다. 그러나 地下鐵은 輸送能力面에 있어서는 6車線道路의 5倍에 相當하는 能力을 發揮하는 것으로 評價되고 있다.

또한 地下鐵과 都市高速道路의 建設은 一點集中型都市構造에서 多心型構造로 再編되는 效果를 期待할 수 있고, 政府의 內需主導型經濟運用施策에도 발맞추어 都市의 大型土木事業에의 投資는 時

79

▲ 1989년 4월 20일,
'서울시 제2기 지하철 건설 재원 조달 방안' 공청회 발표 내용—1

期適切한 對應方案이라고 할 수 있다.

2. 財源調達의 基本構想과 그 前堤

서울地下鐵建設과 都市高速道路建設이 아무리 重大하고 時急한 課題라 할지라도 이를 뒷받침할 수 있는 資金調達이 여의치 못하다면 어떠한 計劃도 容易하게 실행될 수 없다. 그것은 國家나 地方自治團體는 勿論, 企業이나 家計에 있어서도 마찬가지다.

더구나 地下鐵과 都市高速道路와 같이 先行投資的 色採가 강한 大型프로젝트 建設에는 本來부터 巨大한 資金이 일시에 투여되는 社會간접시설로서 施設의 利用에 따른 便益이 後世代에도 이어진다는 점을 감안할 때, 建設 당시의 世代만이 그 費用의 全部를 負擔한다는 것은 世代間 負擔의 衡平維持라는 側面에서 볼 때에도 適切치 못한 것으로 볼 수 있다. 따라서 負擔이 世代間에 걸쳐 공평히 분산될 수 있는 良質의 負債性 資金의 借入은 市民의 긍정적인 共感을 얻을 수 있으리라 여겨진다.

그러나 서울市는 2兆億원이나 되는 旣存地下鐵建設負債를 안고 있음을 特히 留意하면서, 追加建設을 위한 좋은 條件의 借入資金이라 하더라도 償還能力의 範圍內에서 資金調達計劃이 樹立되어야 할 것이다.

'89~'92年間에 우선 一段階로 約 50km의 地下鐵을 追加建設한다고 가정 할 때 1兆2千億원이 所要될 것으로 보이며 이로 인한 地下鐵의 輸送分擔率은 25%로 늘어날 것으로 예상되고 있다. 또한 96年까지 都市高速道路 230km를 建設 하는데는 追加로 約 1兆6千億원이 所要되어 이 兩大事業完工을 위하여는 모두 2兆8千億원의 資金이 必要한 것으로 보인다.

3. 受益者負擔原則의 强化와 具體的 方案

80

財源調達의 方法으로서 우선 첫째로 생각해 볼 수 있는 것은 地下鐵 및 都市高速道路建設로 因하여 直接, 間接으로 惠擇을 받을 受惠者가 이를 負擔해야 할 것이라는 點이다. 西歐福祉國家에 있어서는 國民所得 中 租稅負擔과 社會保障負擔率 卽, 國民負擔이 50~65%에 이른다. 따라서 國家나 地方自治團體는 이와같은 國民負擔金으로 國防, 外交는 勿論 敎育, 醫療, 交通 等 國民의 基本的 福祉需要를 直接 充足시켜주는 高負擔→高福祉國家의 형태가 주류를 이루고 있는 것이다. 그러나 韓國이나 홍콩 및 日本과 같이 國民에게 낮은 비율의 國民負擔을 지우고 있는 나라에서는 受益者負擔原則이 强調되지 않을 수 없다. 89年度에 우리나라의 租稅負擔率은 18.1%이나, 이 中 地方稅負擔率은 國家收入이었던 專賣納付金이 地方稅化하여 地方自治團體自主財源이 되었음에도 불구하고 3.2%에 불과하다. 專賣納付金이 地方稅로 전환되기 이전인 '88年에는 그것도 훨씬 낮은 수준인 2.1%에 불과했었다. 이렇게 볼 때 앞으로 本格的인 地方自治制實施와 關聯하여 볼 때 自治團體收入의 大宗인 地方稅 收入增大와 地方財政自立度提高에 關하여 획기적인 措置가 있어야 할 것으로 여겨진다.

이와같이 취약한 地方財政構造下에서는 地下鐵 및 都市高速道路建設로 因하여 直, 間接으로 惠擇을 받을 受惠者의 追加費用負擔을 강조하지 않을 수 없다. 이들 施設로 因한 受惠者의 範圍는 보는 觀點에 따라서 多樣한 階層이 있을 수 있다. 특히 自動車 所有者들은 이들 交通施設利用의 가장 큰 受惠者일 뿐더러 都市空間을 점유하고 排氣가스 및 소음公害 發生은 물론 人間의 生命에까지 危害를 끼치는 加害者의 位置에 있기도 하므로 이에 對한 社會的 費用을 支拂해야 마땅할 것으로 사려된다. 現在 地方稅인 自動車稅에 一定率을 目的稅로 하여 限時的으로 賦課한다면 '90~'96年 사이에 約5千億원의 資金을 調達할 수 있다고 본다.

둘째로 中央政府로부터는 間接的인 支援이 있어

▲ 1989년 4월 20일,
'서울시 제2기 지하철 건설 재원 조달 방안' 공청회 발표 내용-2

야 할 것으로 여겨진다. 오늘날 서울의 交通問題는 首都圈 全體를 一體로 한 根本的인 解決策이 강구되어야 한다. 乘客移動은 廣域的인 交通網을 通한 連繫輸送이기 때문에 서울에 局限하여 自治團體地域 中心의 交通問題 解決로 보아서는 안될 것이다. 따라서 서울, 仁川, 水原, 城南, 議政府 等을 一體로 한 圈域的 廣域的으로 推進되어야 한다.

이러한 관점에서 일찍이 首都圈電鐵(交通)公社와 같은 機構를 政府投資機關으로 設立하여 政府 次元에서 都市圈 交通問題를 解決하고자 한 시도는 의미 있다고 본다.

外國의 例에서도 보면 大衆交通手段인 地下鐵建設費用의 50% 以上을 中央政府가 支援하고 있으나 우리나라에 있어서는 政府財政形便上 그 支援이 微微한 水準에 그쳐 왔음이 사실이다.

그러나 앞에서 言及한 바와같이 담배消費稅의 地方稅와 關聯하여 中央政府에 對한 依存은 불가피하나 그 支援規模에 있어서는 限界가 있을 수밖에 없다. 그렇기 때문에 서울市는 담배消費稅로 因한 自主財源 確保와 關聯하여 政府의 間接的 支援으로 財政投融資特別會計에서 '90~'93年間에 約2千億원의 地方債를 引受해 주어야 할 것으로 여겨진다.

셋째로 地下鐵建設로 因하여 發生되는 開發利益金을 還收하여 建設費用에 充當하여야 한다.

政府나 地方自治團體의 投資나 地方利用計劃의 決定에 依하여 發生한 土地價値의 增加는 私人의 勞力과는 無關하게 創出된 것이므로, 그 發展利益은 當然히 社會에 還元되어야 한다는 것은 설득력을 가지고 있으나, 막상 實踐段階에 이르면 우리 社會의 傳來的인 慣行과 行政技術上 대단히 어려운 문제에 부딪쳐온 것이 샤실이다. 特히, 地下鐵 通過路線周邊과 驛勢圈地域에서 發生하는 土地價值의 增加에 對한 評價對象과 測定方法에 있어서 客觀的이고 普遍安當한 基準의 設定과 승복할 수 있는 原則이 定立되어야 할 것이다.

이와 關聯하여 地下鐵 4號線引込과 同時에 韓國 住宅公社가 마들平野의 宅地開發과 住宅供給을 實施한 바 있으나 이로 因한 開發利益이 地下鐵財源 調達에는 아무런 기여도 하지 못했다는 前例는 記憶되어야 할 것이다.

넷째, 터널, 교량 等 有料道路의 通行料運用制度를 改善하여 都心을 向한 交通需要를 抑制하면서 收入增大 效果도 이룩하여야 한다

즉, 外國에서 施行하고 있는 例와 같이 都心地域을 向한 交通需要를 抑制하는 手段으로 乘車人員數에 따라 通行料를 차등징수하여 彈力的으로 運用하는 것이 要請된다.

이렇게 하면 '90~'96年 사이에 約3千億원의 資金增收 效果를 期待할 수 있을 것으로 보인다.

다섯째, 外國政府의 經濟協力資金 및 좋은 條件의 外國資本을 導入할 수 있다.

昨今에 있어서는 韓國의 外換政策 및 通貨管理 側面에서 外國으로부터의 借入을 嚴格히 規制하고 있으나 向後 資本自由化가 이룩되고 國際間의 資本移動이 自由스러울 것이 期待됨으로 國際金融市場을 通하여 最長期 低利의 外資를 約5千億원 정도를 調達할 수 있을 것으로 보인다.

여섯째, 國民年金基金 및 石油事業基金 等 公的資金에서 서울市債를 引受하여 줄 수 있을 것이다. 올해부터 國民年金制度 施行으로 積立되는 기여금이 20年 后에 가서 급여로 극히 一部를 活用하거나 造成與件은 다소 어려우나 石油事業基金 中에서도 一部 支援받을 수 있을 것으로 여겨진다.

일곱째 서울市 一般會計可用財源을 이 部分에 最大한 投入하는 일이다.

앞에서도 言及한 바와같이 서울市 一般財政의 硬直化로 이의 실질적 기여도에는 다소 限界가 있으나 本事業의 높은 優先順位에 따라 他事業에 우선하여 集中投資되어야 할 것이다. 市財政形便에 비추어 每年 2千億씩 投入할 수 있다고 보아 '90~'96年間에 1兆4千億원을 負擔할 수 있을 것으로

▲ 1989년 4월 20일,
'서울시 제2기 지하철 건설 재원 조달 방안' 공청회 발표 내용―3

본다.

4. 끝맺음

　이와같이 巨大한 資金이 所要되는 서울地下鐵과 都市高速道路의 建設財源調達方案에 關하여 몇 가지 實現可能性이 높다고 여겨지는 方案을 提示하였으나 基本的으로는 서울市 一般財政 以外에 費用負擔源의 多樣化와 世代間 費用負擔의 衡平을 維持하면서 多角的인 資金調達方案이 모색되어야 한다고 要約될 수 있다.

　이상과 같은 財源調達方案이 앞으로 서울市 政策으로 채택된다 하더라도 그 實踐段階에 이르면 해결해야 할 問題點이 헤아릴 수 없이 많다는 點은 우리가 유의깊게 짚고 넘어가야 할 部分이다.

　이와같은 政策代案中 어느 하나도 서울市 單獨으로 實現될 수 있는 것은 없으며 法令 및 制度의 改定, 關聯中央部處의 支援과 協調는 물론, 結局 이 모든 施設들은 市民의 財産이 된다는 인식하에 市民들이 自發的으로 協助하는 가운데에서만 비로소 可能하다고 본다.

　過去에 實現可能한 確實한 財源調達計劃을 充分히 考慮함이 없이 于先 着工하고 보자에서 始作하여 그후 借入爲主로 資金을 調達한 結果, 그 負債償還에 어려움을 겪고 있는 前轍은 또다시 밟지 않아야 할 것이다.

　지금까지 所要財源調達에 關하여서만 言及하였으나 地下鐵터널斷面의 縮小라든가 車輛 및 驛舍의 小型化 等 새로운 先進工法의 導入으로 建設費用의 節減努力과 아울러 利用者 서어비스 向上에도 留意하여야 할 것으로 본다.

(筆者 : 서울市 投資管理官)

▲ 1989년 4월 20일,
'서울시 제2기 지하철 건설 재원 조달 방안' 공청회 발표 내용—4

◀ 1990년 2월 12일, 제2기 지하철 건설을 위한 외자 5억 달러를 일본 OECF로부터 도입키로 양국 간 방침 결정. 고건 시장이 OECF 조사단을 영접하고 있다.

▲ 1988년 8월, 기존 고금리 차관을 장기저리 외자로 차환하기 위해 세계은행 방문

▲ 1987년 5월, 세계은행 총재 면담

◀ 지하철 선진국 일본(동경)의 지하철 운영, 운행 시스템에 대해 설명을 듣고 있다.(왼쪽부터 마니다 동경도 부지사, 본인, 고건 시장)

서울시⇔동경도 간
우호도시 협정 체결 주역

(2011년 10월)

　　1988년 2월 26일 본인이 동경도 고바야시 세츠오小林節夫 생활문화국장을 예방했을 때 두 도시 간 제휴협력 방안이 논의되었다. 이러한 내용을 그 자리에서 김용래金庸來 시장께 보고 드린바 "적극적으로 추진할 것"을 지시받았다. 그 후 몇 차례의 양도시 간 실무협의를 거쳐 드디어 1988년 9월 23일 서울 프레스센터 국제회의실에서 본인의 사회(한국어·일본어 동시통역)로 두 도시 수장首長 간에 '서울특별시와 동경도의 우호협력도시 결연에 관한 협정'이 체결되었다.

　　이에 앞서 1988년 4월 25일 본인이 수행원 3명(그중 1명은 원세훈元世勳 법무담당관)과 함께 동경도를 방문, 오는 9월 동경도지사가 서울을 방문해 우호도시 협정 체결 조인식을 갖기로 고바야시 생활문화국장과 각서교환을 하였다.

▲ 서울시⇔동경도 간 우호도시 협정 체결 장면
(뒷줄 왼쪽에서 두 번째 본인)

▲ 1988년 5월 26일
이스탄불 힐튼 호텔, 서울시⇔동경도 간 우호
협력도시 결연 최종협의 장면(왼쪽부터 본인,
김용래 시장)

▲ 1988년 4월 25일 동경도 도지사실, 서울시⇔동경도 간 우호협력도시 결연을 위한 사전협의 장면

▲ 스즈키 동경도지사와 서울시장의 위임을 받은 본인 간의 협정서(안) 교환(왼쪽 첫 번째 원세훈(元世勳) 과장)

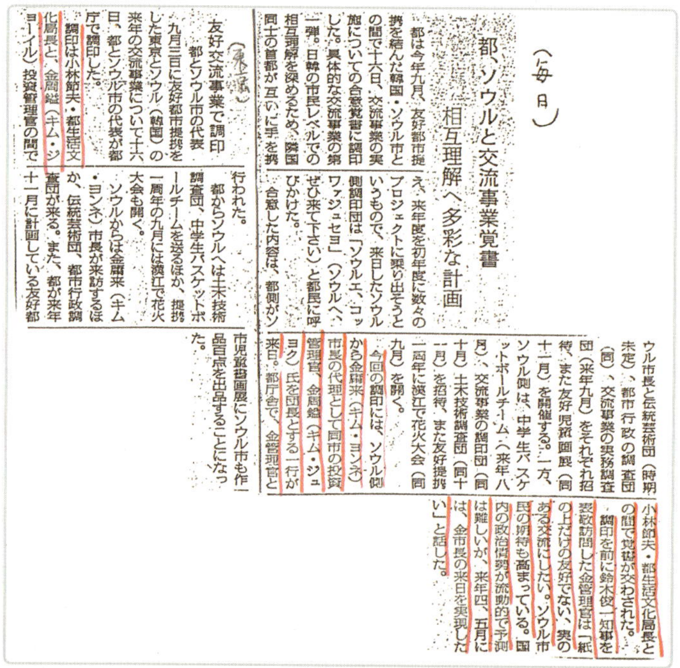

（毎日）

都、ソウルと交流事業覚書
相互理解へ多彩な計画

都は今年九月、友好都市提携を結んだ韓国・ソウル市との間で十六日、交流事業の実施についての合意覚書に調印した。具体的な交流事業の第一弾。日韓の市民レベルでの相互理解を深めるため、隣国同士の首都が互いに手を携え、来年度を初年度に数々のプロジェクトに乗り出そうというもので、来日したソウル側調印団は「ソウルエ、コッ ワジュセヨ」（ソウルへ、ぜひ来て下さい）と都民に呼びかけた。合意した内容は、都側がソウル市長と伝統芸術団（時期未定）、都市行政の調査団（同）、交流事業の実務調査団（来年九月）をそれぞれ招待、また友好児童画展（同十一月）、交流事業の調印団（来年八月）、土木技術調査団（同十一月）を招待、また友好提携一周年に漢江で花火大会（同九月）を開く。一方、ソウル側は、中学生バスケットボールチーム（来年八月）、交流事業の調印団、友好児童画展（同十月）、土木技術調査団（同十一月）を招待、また友好提携一周年に漢江で花火大会（同九月）を開く。

今回の調印には、ソウル側から金順来（キム・ヨンネ）市長の代理として同市の投資管理官、金順鎬（キム・ジョヨク）氏を団長とする一行が来日。都庁舎で、金管理官と都からソウルへは土木技術調査団、中学生バスケットボールチームを送るほか、提携一周年の九月には漢江で花火大会も開く。ソウルからは金順来（キム・ヨンネ）市長が来訪するほか、伝統芸術団、都市行政調査団が来る。また、都が来年十一月に計画している友好都市児童画展にソウル市も作品百点を出品することになった。

調印を前に鈴木俊一知事を表敬訪問した金管理官は「一紙の上だけの友好でない、実のある交流にしたい。ソウル市民の期待も高まっている。国内の政治情勢が流動的で予測は難しいが、来年四、五月に、金市長の来日を実現したい」と話した。

友好交流事業で調印

九月三日に友好都市提携をした東京とソウル（韓国）の来年の交流事業について十六日、都とソウル市の代表が都庁で調印した。調印は小林節夫・都生活文化局長と、金順鎬（キム・ジョーイル）投資管理官の間で行われた。

◀ 1988년 4월 26일 일본 매일신문, 서울시⇔동경도 간 우호협력도시 결연 내용과 추진 경위를 보도한 기사

◀ 1988년 9월 23일, 서울시와 동경도 간 우호협력도시 결연식을 마치고 기념촬영(앞줄 오른쪽 세 번째부터 곤도 동경도의회 의장, 김용래 서울시장, 스즈키 순이치 동경도지사, 김진억 서울시 부시장, 동경도 부지사, 백상승 실장, 두 번째 줄 왼쪽 첫 번째가 본인)

제2기 지하철 건설자금 조달과 일본 ODA 자금 5억 불 도입

(1987년~1989년)

사용기한이 지난 '일본 ODA 자금' 도입

▲ 국제 고금리 시절 도입한 외자 액수가 약 5억 달러였다. 이를 일본 IBJ, OECF, WB 자금 등 저리외자로 대부분 차환했다. 홍콩 호텔에서 협정 조인식을 마치고(앞줄 오른쪽 네 번째 본인, 왼쪽 첫 번째 김우석 씨(후일 서울시 부시장), 본인 바로 뒤 김백준 현대투자금융 사장)

전두환金斗煥 대통령과 스즈키 젠코鈴木善幸, 나카소네 야스히로中曽根康弘 수상 간에 합의(1981년 1월 10일)한 일본 ODA 자금 40억 달러(본인이 경제기획원 경제협력과장 재임 시 협의 결정) 중 사용 잔액 5.8억 달러는 이미 사용기한이 일 년 지나 있었다.

그래서 본인은 일본 현지에 출장하여 5개 관련 부처 담당과장을 개별적으로 만나 잔액 사용계획에 관련된 현안을 타진하였다. 그 결과 "서울의 교통문제를 근본적으로 해결할 수 있는 데 사용한다면 협력할 수 있다"는 공통된 의견을 받아냈다. 당시 고건 시장께 결과를 보고 드렸더니 적극 추진하라는 지시를 받았고 곧 이를 성사시키게 되었다.

• 제1기 지하철(1·2·3·4호선) 건설에 투입된 외자 자금 중 국제 고금리 시기에 차입한 약 5억 달러 상당의 외채를 장기저리의 유리한 다른 외자로 차환借換하였다.(5건/국제금리가 도입 당시에 비하여 크게 떨어짐. 6~7%→3%대)

• 서울특별시(시장: 김용래金庸來)⇔동경도(도지사: 스즈키 순이치鈴木順一) 간 우호협력 도시 결연(1988년 9월 23일)은 양 수도 도시 간에 행정, 인적, 물적, 문화적 교류의 교두보가 되었고 지금도 활발하게 교류가 진행되고 있다.

◀ 협정 조인식 장면

▲ 1987년 4월 16일 홍콩, 서명식 장면

▲ 1987년 4월 16일 홍콩, 서명식이 끝나고 축배

▲ 1988년 10월 17일 워싱턴, 제2기 지하철 건설 외자 조달을 위한 세계은행과의 협상 장면

▲ 1988년 11월 24일,
고건 시장이 가이후 수상과 면담하고 있다.

▲ 1988년 11월 25일,
고건 시장이 동경도 의회를 방문해 양 도시 간 교류 협력 증진을 위한 의회 연설을 하고 있다.(왼쪽 끝 본인)

◀ 1989년 1월 9일 홍콩, 기존 지하철 건설 차입 외자 차환 서명식 장면(연리 6~7%→3%로 차환) 제1기 지하철 외자 부채 차환 협정에 앞서 다시 한 번 계약 본안을 검토하고 있다.

▲ 1989년 11월 24일,
고건 시장 일행이 이원경 대사를 예방했다.(앞줄 오른쪽부터 고건 시장 내외분, 이원경 대사 내외분, 뒷줄 오른쪽
첫 번째 본인, 세 번째 류래형 경무관, 네 번째 이한춘 공사, 왼쪽 첫 번째 조태영 참사관, 두 번째 이효조 국장,
네 번째 박종우 본부장)

◀ 1989년 11월 26
일,
공사비 절약을 위한
동경도 지하철 건설
현장(12호선 소규모
터널) 시찰(왼쪽 첫
번째 본인, 두 번째
고건 시장)

시설관리공단 설립

• 서울시가 직접 관장하고 있던 각종 시설물, 즉 시영 주택건설, 도로시설물 관리,
세종문화회관 관리 등(상하수도 관리도 공사화할 계획이었으나 지하철 노조가 장기 파업 중이
라 수도공사가 파업할 시 주민 생존과 직결된 문제이기 때문에 계획 중 중단) 사업성격상 민간
의 활력을 활용 또는 공기업이 관리하는 게 더욱 효율적일 것으로 판단되는 사업들을
'서울시시설관리공단'을 설립하여 공단으로 이관하였다.

무위로 끝난 주차료 징구 계획

• 제24회 서울올림픽 및 제2기 지하철 건설 재원 조달 방안으로 ①서울시로 진입하는 터널의 통행료를 1백 원⇒5백 원으로 인상, ②자가 전용주차장이 없는 자동차 소유자에 대하여 주차료 징수徵收, ③용산공원 103만 평 중 일부 매각(용산우체국 뒤) 등을 포함하여 이와 관련된 부수사업 등의 재원 조달 시안을 마련하여 고건 시장께 보고 했다. 시장의 명을 받아 이를 공청회에서 발표한 그 날의 보람은 지금도 잊을 수가 없다. 이와 같은 업적과 공적 때문에 연말 포상 시 (김용래 서울시장의 선정에 의하여) 외부에서 파견되어 온 본인에게 '홍조근정훈장'이 수여되었다.

이들 사업 추진에 대한 각각의 회고담이 있을 수 있으나 1988년 9월 17일부터 그 막을 올린 88서울올림픽 개최 준비 과정에서 있었던 에피소드 한 가지를 소개하고자 한다.

1988년 초(염보현 시장 당시), 서울시는 그해 9월에 개최될 서울올림픽에서 시市의 역할을 홍보하는 40분짜리 영상물을 제작하였다. 그리하여 시市 간부회의에 부의, 시정·수정을 요하는 부문이 있으면 각자 의견을 제시하라고 하였다.

각자로부터 여러 의견이 제시되었다. 서울을 찾는 손님에 대한 교통수단, 특히 대중교통 안내에 관한 부분이 많았다. 하지만 이때만 해도 안전벨트 착용에 대해서는 아무도 관심을 두지 않았다.

택시 기사는 안전벨트 착용 후 출발을

본인이 보기에 제일 먼저 눈에 거슬리는 장면은 안전벨트 미착용이었다. 공항에서 손님을 태운 택시기사가 안전벨트도 착용하지 않은 채 그냥 출발하는 것이 아닌가. 말 그대로 '안전벨트 생명벨트' 인식이 몸에 밴 본인으로서는 이 장면을 지적하지 않을 수 없었다. 즉 "택시 운전기사가 손님을 태운 다음 안전벨트를 착용한 후 떠나는 것으로 바꾸었으면 좋겠다."고 제의했으나 시장은 물론이거니와 아무도 이해하여 주는 이가 없어 그냥 넘어가고 말았다.

자동차 선진국의 승객, 기사가 이 장면을 봤다면 분명 본인과 같은 생각을 했을 텐데…

▲ 다케시타 일본 대장대신이 신병현 경제부총리와 회담하기 위해 광화문 청사로 입장하고 있다.(가운데 다케시타 일본 대장대신, 오른쪽 본인) 본인이 왼손을 뒤로한 채 악수를 한 것은 전날 저녁 교통사고로 손을 다쳐 깁스를 하고 있기 때문이다.

본인(경제기획원 총무과장)은 안전벨트를 착용하고 운전한 결과 생명生命을 구한 경험이 있다. 1985년 10월 9일 서울에서 IMF 총회가 열린 바 있다. 그 때 일본 대표로 다케시타 노보루竹下登(후일 총리가 됨) 대장성(지금의 재무성) 대신大臣이 참석했다. 본인은 다케시타 노보루 대신의 실제實弟 비서관(다케시타 와타루竹下亘)과는 30년 지기로 가족 간에도 교우를 돈독히 하고 있었다. 그를 포함한 수행원 3명과 본인이 한 조가 되어 오산CC(지금의 한원CC)에서 골프를 치고 강남에서 저녁 식사를 마친 뒤 숙소인 플라자 호텔로 가는 중이었다. 테헤란로 라마다 호텔 앞 언덕길에서 만취한 젊은이가 횡단보도(빨간불)로 달려오는 것을 보고 다케시타 와타루(현 3선 국회의원, 자민당이 여당일 때 재무성 대리대신) 씨가 큰 소리로 "앗! 아부나이(아! 위험하다)"하고 외치는 것이 아닌가. 본인은 급브레이크를 밟으며 차를 멈추었다. 그 순간 가슴으로 핸들을 쳐 핸들이 휘어졌고, 왼손이 앞유리를 쳐 지금도 그 흉터가 그때의 사고를 입증해 주고 있다. 하지만 '안전벨트 생명벨트'를 착용한 덕택에 본인은 더 큰 부상을 피할 수 있었다. 만약 그때 안전벨트를 착용하지 않았다고 가정해보면 본인의 몸 전체가 앞 유리를 치고 보닛 위로 나가 떨어졌을 것이다. 참으로 아찔한 순간이었다. 정말 '안전벨트 생명벨트' 말 그대로였다.

외부에서 온 직원에게 훈장을 수여하다
(1988년)

본인은 서울시 투자관리국장으로 재임 시, 서울 올림픽 및 제2기 지하철 건설 재원 조달, 일본 ODA 자금 5억 달러 도입, 기 도입한 악성차관 차환, 서울↔동경도 간 우호협력도시 결연, 서울시 시설관리공단 설립 등 꽤 많은 업적을 쌓을 수 있었다. 그 결과, 김용래 전 서울시장은 1988년 우수공무원 훈포장(홍조근정훈장) 시 본인을 추천해 주셨다. 이때 서울시에 장기간 근속한 대상간부들의 불만이 대단했다. 우리는 30년 넘게 근무했는데 왜 외부에서 온 직원에게 훈장을 주느냐는 불만이었다.

하루는 간부회의(이때는 임명제 구청장) 때의 일이다. 매월 한 번씩 열리는 전체 간부회의에는 본부실·국장, 구청장을 합해 70명 정도가 참석한다. 여기서 김용래 시장은 『요즘 훈장 대상자 선정에 말이 많은 모양인데 훈장은 오래 근무한 순서대로 주는 것이 아니다. (포상 소관부인 총무처 장관을 역임했기 때문에)한 해 동안 서울시를 위해서 가장 많은 업적과 성과를 올린 직원을 발굴해서 선발하는 것이다. 지금 이 순간 김주일 국장보다 내가 거둔 업적이 더 많다고 생각하는 간부가 있으면 손들어봐라. 비교해서 지금 당장 바꿀 수도 있다』고 말하였다. 그러자 회의장의 분위기는 숨소리 하나 들리지 않을 정도로 조용해졌고, 물론 손드는 자도 없었다.

이리하여 1988년 12월 31일 자로 본인은 「홍조근정훈장」을 받게 되었다.

본인이 겪은 故 김용래 시장님은 매사 일 처리가 치밀하시면서도 폭이 넓고 활동적이셨다. 또한 남을 배려할 줄 아시며, 부하를 아끼고 사랑해 주시던 좋은 상사였다. 지금은 못다 한 과제를 남겨 두고 하늘나라로 떠나신 존경하는 故 김용래金庸來 시장님의 영전에 다시 한 번 머리 숙여 명복을 빈다.

▲ 서울시로부터 받은 재직기념패 ▲ 홍조근정훈장증

▲ 1988년 5월 27일, 서울시와 동경도 간의 우호도시 협정 체결 장면
본인(오른쪽 첫 번째)이 이 행사에 통역 없이 사회를 보고 있다.(오른쪽 두 번째 김용래 서울시장, 세 번째 스즈키 순이치 동경도지사)

지하철 건설과 운행에 얽힌 몇 가지(首題) 이야기들

(1987년~1989년)

본인은 1966년도 중반부터 4년간 동경에 근무하면서 주로 지하철을 이용하는 습관이 몸에 뱄다. 전용자동차를 두고 지하철을 이용하게 된 습관은 교통정체도 없고, 정거장 외에는 정차와 신호도 없어 신속·안전·정확하게 이동할 수 있는 지하철의 특성 때문이다. 그래서 지금까지 40여 년 동안 본인은 지하철 궤도 전철의 애용자면서 수혜자이며, 또한 예찬론자이다. 본문 중 일부는 지하철 공사가 '지하철 운행과 관련된 승객의 승차 소감, 승차 시의 일화' 공모에 응모한 내용을 소개한 것이다.

경로우대권 받을 때마다 송구스러운 마음이 든다

우리나라에서는 만 65세가 되면 경로우대라 하여 소득에 관계없이 획일적으로 '무임승차권 이용 대상'이 된다. 5년 전(2001년), 본인이 만 65세가 되고부터 몇 년간은 매표소 앞에 서면 응당 승차권 판매원이 본인의 얼굴을 힐끗 쳐다보고는 신분증 제시를 요구하거나 안내문을 읽어 보라고 권유한다. 신분증을 꺼내는 성가심이 있긴 하지만, 오히려 나이보다 젊게 봐준다는 생각에 기분이 별로 나쁘지는 않았다. 그러나 몇 년 전부터는 매표소 앞으로 다가가면 신분증 제시는커녕, 벌써 창밖으로 흰색의 우대권 한 장을 슬쩍 내밀고 있다. 이럴 때마다 '아, 나도 이젠 늙었구나'하는 생각이 앞서 마음 한구석 석양빛을 바라보는 슬픈 느낌이 든다.

현재 서울의 두 지하철공사는 수입 재원 부족으로 인해 부채상환과 운영 면에서 많은 적자를 내고 있음이 사실이다. 국고와 시 재정에서 그 부족분을 지원해 주고 있음을 모르는 바 아니지만 그 자금은 결국 국민의 세금으로 보전되는 것이다. 그렇기 때문에, 본인은 으레 매표소 앞에 서면 "죄송합니다. 우대권 한 장 부탁합니다. 감사합니다."라고 황송한 마음으로 감사의 의意를 표한다.

서구 복지국가와 같이 국민부담율(조세부담율+사회보장부담율)이 50%를 넘는 나라는 국민들의 많은 부담에 비례해 많은 복지 혜택을 돌려주는 것이 당연하다. 하지만 우리나라의 국민부담율은 26%에도 못 미치고 있으니, 이는 심각한 일이 아닐 수 없다.

경로우대권의 지급대상을 생활보호자에게 국한하거나, 저소득층에 대해서는 할인 혜택을, 소득능력이 있는 승객에 대해서는 수익자부담원칙에 따라 연령과 관계없이 일반인과 동일하게 부담하는 등의 제도개선이 반드시 있어야 할 것으로 생각된다.

자사 제품 구입을 못하게 하는 노조원

1987년 11월, 서울지하철공사 노조(위원장: 배일도)의 극심한 분규 속에 파업이 일어났다. 이때 노조의 극단적인 대항수단의 일환으로 노조원이 조직적으로 매표소 앞을 가로막고 승객에게 표를 사지 말고 그냥 타라고 강요한 때가 있었다.

지나간 일이지만 사원(노조원)이 소비자에게 자사自社 제품(승차권)을 구입하지 못하게 한 행위는 전무후무前無後無한 기록을 남긴 것으로 후일 노사관계의 선진화에 진일보進一步할 수 있는 교훈을 남겼다. 하지만 이 와중에도, 표를 사지 못하게 가로막는 노조원을 야단치면서 손수 표를 사 승차하던 아름다운 승객들의 모습이 지금도 본인의 눈에 선하다.(물론 본인도 그렇게 하였다.)

승·하차 시간 단축해야

선진국 도시의 지하철을 이용해 보면 역 구내에서의 통행방향, 차례를 지키는 질서도 매우 훌륭하지만, 타고 내리는 속도가 굉장히 민첩하다. 이에 비하면 우리는 지하철의 역사가 짧은 까닭도 있겠지만 승·하차하는 속도가 너무나 느리고 산만하다. 휴대전화 통화를 하면서 어슬렁어슬렁 승·하차하는 승객이 있는가 하면, 때로는 잡담雜談하면서 출입구에 기대거나 가로막고 있는 승객도 있다.

이 같은 행위는 열차 시간 지연이나 안전사고로 이어질 수 있는 제법 커다란 문제이다. 이처럼 우리나라 지하철 이용에 대한 시민의식은 아직 많이 부족한 상태이다. 지하철 시설이 날로 첨단화되어가는 만큼 지하철 이용에 대한 시민의식도 한 단계 업그레이드될 날이 오기를 기원해본다.

약속시간을 지키려면 지하철을 이용하라

잘 알려진 바와 같이 동경은 오래전부터 지상 교통체증이 매우 극심한 도시이다. 그렇기 때문에 사철, 도영都營, JR이 함께 연계 교통망을 형성하여 지하철의 교통 분담률이 전체 교통률의 50%를 넘는다. 따라서 일본에는 '바쁘거든, 빨리 가려거든, 약속시간에 맞추어 가려거든 지하철을 이용하라'는 지하철 예찬용어가 공식화되어 있다.(지금의 서울도 그렇다고 할 수 있다)

1989년 11월 23일, 당시 고건高建 시장을 모시고 서울시와 동경도 간의 우호협력 도시 결연에 대한 답방을 하였다. 이는 제2기 지하철 건설 재원 조달 방안의 일환으로 일본 ODA(OECF자금) 5억 달러 도입 최종 교섭 및 건설비 절약을 위한 소형터널공법으로 건설되는 동경 12호선 건설현장을 시찰하기 위한 목적도 가지고 있었다.

다음 날 교외로의 순환선인 12호선 건설현장을 시찰하고, 전용버스로 18시에 열리는 동경도지사 주최 만찬장으로 이동하게 되었다. 이때 신주쿠新宿 부근에서 교통정체가 시작되었는데 아무리 기다려도 차는 조금도 앞으로 나아갈 수 없었다. 교통체증이 너무 심각해 약속시간까지는 도저히 도착할 수 없다고 판단한 본인은 지하철을 이용하기를 제안하였다. 동경도의 안내관을 포함하여 모두의 동의를 얻어 지하철을 이용한 덕택에 우리는 겨우 약속시간 내에 만찬장에 도착 할 수 있었다.

▲ 약속 시간을 지키기 위해 전용버스에서 내려 지하철역으로 가고 있다.
(왼쪽부터 이효조 국장, 박종우 본부장, 고건 시장, 본인)

서울시 청사 내 주차장은 시민에게 돌려주자

본인이 서울시청 근무 당시 구청장도 참석하는 본청, 구청 간부회의 석상에서 "우리 간부들이 전용차로 출·퇴근하면 좁은 주차장을 하루 종일 깔고 앉아 있게 됩니다. 그 대신 지하철을 이용하면 민원인이 하루에 10회 이상 그 자리를 이용할 수 있으므로 우리 간부들이 솔선하여 지하철로 출·퇴근하는 것이 좋을 듯합니다."라고 제안하였다. 지금의 서울시 교통사정이라면 쉽게 받아들여졌겠지만 20여년 전에 있었던 일이라 그렇게 할 필요성 부족으로 이행되지 못하였던 아쉬움이 남는다.

지하철 10량 시설에 6량으로 운행했던 사연

1980년대 지하철 2·3·4호선의 역 시설은 모두 전동차 10량 이용이 가능한 용량으로 건설되어 있었다. 하지만 전동차는 오랜 기간 6량으로 운행되어야 했다. 왜 그랬을까?

혼잡도가 날로 심해지고 따라서 승객의 불편과 불만 역시 늘어만 가고 있었으나 전동차가 6량으로 운행되고 있는 까닭을 아는 이는 별로 없었다. 그것은 바로 제때에 전동차를 구입할 수 없었기 때문이다.

전동차 구입을 국제입찰에 부치기로

서울시에서는 전동차 구입의 시급성 때문에 매년 구입에 필요한 예산을 우선적으로 책정해 놓고 있었다. 그러나 전동차 제작을 과점하고 있는 현대전공과 대우중공업은 서로 담합하여 13번의 입찰을 번번이 유찰流札시키고 말았다. 이는 두 회사가 독과점의 지위에서 위력을 발휘해 국제시세보다 더 높은 가격으로 제품을 판매하기 위한 단합 때문이었다.

20년 전의 일이지만 본인은 경제기획원에서 잔뼈가 굵어 온 체질이라 국제화, 세계화로 가는 길목에서 국제경쟁의 효과를 어느 정도 알고 있었다. 그리하여 전동차 구입을 국제입찰에 부치는 안을 마련하였다. 이는 독과점기업의 단합에 압박을 주고, 동시에 값싸고 질 좋은 양질의 전동차를 폭넓은 국제시장에서 신속히 구입할 수 있게 하기 위함이었다.

본인은 즉각 국제입찰에 의한 전동차 구입의 장·단점, 야기될 문제점 등을 담아 시안을 작성하였다. 그리고 당시 고건 시장께 보고한바 "good idea!"라 하시며 이 시안을 언론에 흘리라고 말씀하셨다. 시장실을 나왔을 때 마침 복도에서 동아일보 기자를 만나 위와 같은 요지의 말을 꺼냈더니 그는 그 뜻을 재빨리 알아차리고는 본인의 방까지 따라와서 책상 위에 어지럽게 놓여있는 시안자료를 메모했다.

퇴근할 무렵 동아일보 1면 톱에 (당시 동아일보는 석간) '전동차 구입 국제입찰에' 기사가 실렸다. 이로 인하여 다른 언론사로부터 항의를 받기도 하였고, 전동차 메이커들은 본인이 일본통이라 일본업자와 짜고 일본제품을 구입하기 위한 사심私心에서 나온 안이라고 요로에 진정하기도 했다. 지금까지 공직생활 20여 년 동안 언론에 흘리라는 말은 처음 들어 보았고 모략·중상을 받아 보기도 처음이었다.

여기에 그치지 않고 (위 양사의 로비에 의하여)이 국제입찰 시안은 정치권까지 파급되었다. 국회 내무위원회(89년 2월 28일, 위원장 박용만)에서 김우석(고인, 대우계열 옥포건설사장 출신, 후일 YS 정부 때 내무·건설부 장관 역임) 의원의 질의와 본인의 답변을 요약하면 다음과 같다.

김우석(金佑錫) 의원(송파구 출신)의 질의와 본인의 답변

김우석 의원: 대일對日무역 적자가 심한데 전동차를 국제입찰에 부치면 일본 전동차가 낙찰될 것이고 그렇게 되면 일본과의 무역역조는 더 벌어지지 않는가. 서울시 투자관리국장이 일본통이란 말을 들었는데, 일본상사와 결탁하여 일본 전동차를 구입하기 위해 국제입찰에 부치는 것 아닌가?

고건 시장: 본 답변은 내용을 가장 잘 알고 있는 담당국장으로 하여금 답변토록 하겠습니다.

박용만朴用萬 위원장: 그럼 담당국장 답변하세요.

본인(김주일 국장): (…중략中略) 칼라 TV, 자동차 등 오늘날 수많은 종류의 제품이 일본에서 수입되고 있습니다. 그런데 왜 유독 전동차의 수입은 반대하는지 그 까닭을 모르겠습니다. 서울시의 교통문제 해결에 도움을 주고, 서울 시민의 교통편익을 가져 올 수 있는 길은 하루속히 전동차를 구입해 10량 시설에 6량으로 운행되고 있는 현 실정을 해결해야 합니다. 이는 독과점 전동차 메이커의 (높은 가격 판매를 위한)담합에 그 원인이 있다고 생각합니다. 서울시(송파

구) 출신이신 김 의원님께서 앞장서서 이 문제(전동차를 구입하지 못
해 6량으로 운행되고 있는 현실)를 해결해 주셔야 합니다. 또한 국
제입찰에 부칠 경우, 넓은 세계시장을 상대로 하기 때문에 값싸
고 양질의 전동차를 신속히 구입, 투입할 수 있습니다. 그리고
반드시 일본제품이 낙찰된다는 보장도 없습니다.

백남치白南治(노원구. 김우석 의원과 같은 당) 의원: 전동차 국제입찰 건은 서울시 국
　　　　　　　　　　　　　　　　　　　　　　　　장 얘기가 맞다고 생각합니다.

(…이하 생략) 분위기가 뒤숭숭

박용만朴用萬 위원장: 정회를 선포합니다.

국회 속기록 中

나중에 내무위 전문위원이 본인에게 다가와 국회의원한테 그런 식으로 답변하는
것은 예禮가 아니라고 경고성 언질을 주었다.

우여곡절 끝에 현대전공, 대우 중공업이 값싼 일본 가와사키사의 부품을 들여와
조립하는 방식으로 전동차 구매는 일단락되었다. 가격은 서울시 구입 예정 단가보다
저렴했고, 제작 속도도 빨라 모두에게 윈윈WinWin하는 효과를 가져 올 수 있었다.

그때의 얽히고설킨 연결고리(두 회사의 로비) 때문에 곤경困境에 처한 바도 있었으나
성취감에 대한 위로와 보람이 훨씬 더 컸던 것 같다.

6장

국회사무처에서
근무한 보람

▲ 1993년 11월 19일 국회 예결위총회. 본인(전문위원)이 국회 발언대 위에서 1994회계연도 예산(안) 전문위원 검토 보고를 하고 있다.

　　재정지출의 증가는 민간부문의 자원을 제약하여 그 부문의 경제활동을 위축시키고 통화증발을 유발하여 물가상승을 자극시킬 우려가 있으므로 긴축재정의 운용을 요구하는 견해가 있는 반면, 국민 생활의 기본수요와 삶의 질 향상에 따라 급격하게 증가하고 있는 재정수요에 대응하기 위해서는 다소 높은 증가율의 예산을 편성하더라도 사회간접자본시설의 확충이나 산업구조조정·치안 등을 통하여 국민에게 양질의 공공서비스를 적정수준으로 제공받게 하는 것이 우선이라는 견해도 있습니다.

행정부의 예산 편성,
국회의 심의·의결 과정

　　우리나라 살림은 예산회계법에 따라 1년 단위로 편성, 집행된다. 또 예산은 1년 전에 편성 준비 단계에 착수한다. 예산국은 1년 앞당겨 사는 격이 된다. 그리고 4월 말까지 예산 편성지침을 각 부처에 시달한다. 예산 편성지침(안)은 국무회의 의결을 거쳐 대통령의 재가를 받아 확정한다. 내용에 대해 각 부처와는 물론 집권당과도 사전 협의를 한다. 정책사업 등 편성의 큰 방향을 정하는 것 외에 예산 요구액은 전년 예산의 20%를 넘을 수 없다는 등의 요구 상한上限도 편성지침에서 명시한다. 이 지침에 의거 각 부처는 2개월 동안 예산요구서를 작성해 6월 말까지 예산국실에 제출하도록 되어 있다. 예산요구서가 접수되면 이를 집계한 뒤 각 부처의 요구 총액을 발표한다. 전년 예산 규모보다 배가 훨씬 넘는 경우가 대부분이다.

▲ 1993년 11월 10일, 1994회계연도 예산심의와 관련해 국회의원 보좌관 협의회가 열렸다. 전 보좌관을 대상으로 예산(안) 내용 및 심의 방법, 문제점 등에 대해 설명하고 있다.(가운데 본인)

　　예산요구서 내용을 검토, 조정해서 예산안을 마무리하는 편성 작업을 9월 말까지는 대충 끝낸다. 3개월 동안 조정 작업을 마치는 것이다. 예산 편성작업이 막바지에 이르면 밤샘 작업을 빈번히 하게 된다. 한여름이지만 일과시간 후에는 냉방을 모두

*끄*기 때문에 창문을 열어놓고 철야 작업을 한다.

통금시간이 가까워지면 버스들이 굉음을 내면서 질주한다. 마치 사무실 안으로 버스가 몰려오는 것 같은 느낌이 들 정도다. 그러다가 어느 한순간에 온 천지가 조용해진다. 통금이 된 것이다.

얼마간 일하다 보면 다시 버스 달리는 소리가 들리기 시작한다. 새벽 4시, 통금이 해제된 것을 알게 된다. 그리고 얼마 있으면 사무실 주변이 어수선해진다. 출근 시간이 된 것이다. 예산조정 작업은 밤샘 작업과 함께 마무리된다.

이렇게 해서 확정된 정부 예산(안) 내용에 대해 집권당과 협의를 한다.

당정협의를 마친 예산안은 당정연석회의 보고를 끝으로 행정부 안으로 확정한 뒤 국무회의 의결을 거쳐 대통령 결재를 받아 국회에 제출한다. 예산안을 국회에 제출하고 나면 국회에서 예산 심의에 들어가기 전까지 예산국은 모처럼 한가한 시간을 갖게 된다.

국회는 먼저 각 상임위원회에서 심의를 거친 다음 예산결산위원회 전체 회의에 앞서 계수조정소위원회(각 당에서 선발한 11명으로 구성: 위원장은 여당 의원)에서 정부예산(안)을 증액하기도 하고 감액하기도 한다. 이를 토대로 예결위 전체회의에서 본격적으로 심의에 들어간다. 이에 앞서 예결위 수석전문위원은 정부예산(안) 전반에 걸쳐 누구의 구애도 받지 않고 소신껏 시시비비是是非非를 검토한 결과 예결위 전체회의에 보고한다.

예결위 전체회의 심의 때 예결위원은 수석전문위원 검토 보고서를 많이 인용하기도 한다.

각 상임위원회와 예결위에서는 국민의 부담을 줄여준다는 명분에서 정부예산(안)의 일부를 삭감한다. 야당의 증액 요구를 받아들이는 것과 삭감 규모를 정하는 것을 둘러싸고 여야 간에 막후 절충이 이루어진다. 예산안은 다음 회계연도 시작 30일 전,

즉 12월 2일까지 국회 본회의에서 확정하도록 법에 정해져 있다. 그러나 이 시한은
잘 지켜지지 않는다. 회계연도 시작 때까지도 예산안이 확정되지 않을 경우에 대비해
정부의 기본기능은 수행할 수 있도록 법으로 제도적 장치가 마련되어 있다. 예산이
확정되면 집행 계획을 작성한 뒤 집행에 들어간다.

▲ 1993년 3월 15일, 박준규 국회의장으로부터 수석전문위원(차관보급) 임명장을 받고 있다.

◀ 본인의 외무부 전출을 축
하하는 자리(앞줄 가운데 이
만섭 국회의장, 이만섭 의장
기준 왼쪽 입법차장, 오른쪽
행정차장, 뒷줄 오른쪽 첫 번
째 장승우 위원(본인 후임),
두 번째 본인, 네 번째 강만수
위원, 다섯 번째 이정수 위원,
여섯 번째 김영섭 위원)

1994회계연도 예산(안)
본인 검토보고서 요약

(예결위 본회의장 1993년 11월 19일, 국회예결위 수석전문위원 재임 시)

(…중략中略)

1994회계연도 중 예산회계 제도상의 주요 변경내용을 먼저 요약 정리해서 보고드리겠습니다.

• 도로, 지하철, 공항, 항만 등 부족한 수송시설의 확충을 위하여 유류 관련 특별소비세의 목적세 전환과 함께, 수송시설투자를 종합관리하기 위한 도로 등「교통시설 특별회계」를 신설하고, 교통세 신설에 따른 중앙·지방간의 재정조정을 위하여 지방재정교부금의 감소분은 잉여금의 추가이양(주세 60%→80%: 3,100억 원 증수)으로 보전함과 동시에, 노인교통비·광역 상수도 정수장시설 등을 지방에 이양할 계획에 있습니다.

• 정부청사시설의 확충 및 통합관리를 위하여 사법시설 등 특별회계·정부청사시설 특별회계, 국유임야관리 특별회계 및 군용시설 교외이전 특별회계를 통합하여「국유재산관리 특별회계」를 신설하였습니다.

• 또한, 등기 관련 업무의 급증에 따른 등기소 신설, 증·개축 및 등기 관련 업무 전산화에 소요되는 비용을 수익자부담원칙에 따라 조달하기 위하여「등기 특별회계」를 신설하였습니다.

• 양곡관리 제도의 개선을 위하여 양곡의 매수·방출업무는 양곡관리 특별회계로

일원화하고, 양곡관리기금을 폐지하여 종전에 기금이 보유하고 있던 재고 및 양곡증권 부채를 정리하기 위하여 「양곡증권 정리기금」을 신설하였습니다.

• 「공공자금 관리기금」을 신설하여 현재 금융자산으로 운용되고 있는 연금·기금, 체신예금 등의 여유자금을 동 기금에 예탁하도록 의무화하여 예탁된 자금을 재정투융자 및 정책금융의 재정분담 전환재원으로 활용할 계획에 있습니다.

• 「국채 관리기금」을 신설해 국채의 단일표준화를 통하여 국채의 상품성을 높이고, 국채의 발행·상환 등을 통합적으로 관리할 계획에 있습니다.

• 그리고 현행의 113개 세출예산 비목을 45개 비목으로 단순화하는 등 예산과목 구조를 개편하여 집행의 탄력성과 투명성을 제고하는 것으로 편성되어 있습니다.

이상과 같은 내용으로 편성된 1994회계연도의 예산안에 대한 검토의견을 보고 드리겠습니다.

먼저, 재정규모의 증가와 그 적정성 및 편성방향에 대한 의견입니다.

1994년도는 금세기 최후 10년의 중간에 해당하는 귀중한 한 해이기도 하며, 1994회계연도의 예산안은 신정부가 출범한 후 처음 편성하는 국가재정계획 실천의 청사진이기도 합니다.

지난 몇 년간의 재정운용은 전망 이상의 경제성장에 따른 세계잉여금의 발생으로, 정상적인 재정운용에 별다른 어려움이 없었으나, 작금에 와서는 그동안의 거품경제의 붕괴로 세수결함마저 전망되고 있는 상황에서, 국가경쟁력을 키우는 일과 경기대책 및 고령화 사회에의 대응을 요구하고 있습니다.

이와 같은 여건하에서 편성된 1994회계연도 일반회계 예산안의 규모증가율은

13.7%로서 1993년도 예산규모증가율 13.6%나 1994년도 GNP 경상성장률 12.8% 보다는 다소 높은 수준을 유지하고 있습니다.

재정지출의 증가는 민간부문의 자원을 제약하여 그 부문의 경제활동을 위축시키고 통화증발을 유발하여 물가상승을 자극시킬 우려가 있으므로 긴축재정의 운용을 요구하는 견해가 있는 반면, 국민 생활의 기본수요와 삶의 질 향상에 따라 급격하게 증가하고 있는 재정수요에 대응하기 위해서는 다소 높은 증가율의 예산을 편성하더라도 사회간접자본시설의 확충이나 산업구조조정·치안 등을 통하여 국민에게 양질의 공공서비스를 적정수준으로 제공받게 하는 것이 우선이라는 견해도 있습니다.

재정규모의 적정 여부는 외형적 규모로 판단하기보다는 국민이 정부로부터 받는 공공서비스와 국민이 부담하는 조세를 비교하여 세입범위 내에서의 재원배분이 어느 정도 합리적으로 이루어졌느냐에 따라 판단되어야 한다고 생각합니다.

1994년도 세입예산의 96%를 차지하고 있는 국세가 13% 증가하였으나, 이 중 내국세는 경기의 하향안정추세를 감안하여 7.1% 수준의 증가에 그쳤고, 도로 등 교통시설의 투자확대를 위한 유류 관련 특별소비세의 목적세 전환과 세율 인산에 따른 교통세의 세수가 금년도보다 74.3% 늘어난 규모를 반영하고 있습니다.

이렇게 하여 조성된 재원으로 사회간접자본 확충에 전년대비 29.9%를 증액하였고 농어촌부문 지원에 18.6%, 중소기업지원에 90.8%, 과학기술진흥에 32.1%, 교육 및 산업인력양성에 34.1%를 증액하는 등 국가경쟁력을 키우고 성장잠재력을 확충할 수 있는 분야에 중점 배분하고 있습니다.

다만, 국민복지증진 등 사회개발분야, 문화·예술 등 생활환경 개선과 국민 생활의 질적 향상을 위한 투자는 상대적으로 소폭 증가에 그치고 있으며, 격변하는 국제정세 하에서의 국익 신장과 보호를 위한 외교·통일부문에 대한 지원과 공무원에 대한 처우개선, 저소득층 및 민생문제해결을 위한 지원에는 다소 미흡한 측면도 없지 않으나 이는 재원의 한계성으로 인한 부득이한 조치라고 생각합니다.

따라서, GNP 경상성장률을 크게 상회하지 않는 규모증가율로 편성된 1994회계연도의 일반회계 예산안은, 늘어나는 재정수요와 시급히 해결하여야 할 과제가 산적되어 있는 점 등을 감안할 때 과다한 예산규모라고는 생각되지 않습니다.

우리나라의 예산회계 구조가 일반회계 외에도 재정투융자 특별회계, 농어촌구조개선 특별회계, 도로 등 교통시설 특별회계(1994년 신설계획) 등 기존의 일반회계 기능으로 보아야 할 특별회계가 많이 운용되고 있고, 또한 정부 관리기금도 국가재정활동의 일환이기 때문에 재정규모의 적정 여부는 이들 특별회계와 기금을 포함하여 종합적으로 판단되어야 한다고 생각합니다.

둘째로, 예산회계제도의 개편과 이에 따른 예산 편성 및 그 부수법안의 제정 또는 개정과 관련한 의견입니다.

앞서 말씀드린 바와 같이 1994년도에는 「국유재산관리 특별회계」, 「도로 등 교통시설 특별회계」, 「등기 특별회계」의 신설과 기존 특별회계의 폐지, 양곡관리 제도와 농어촌 구조조정사업의 개편, 공공 여유자금과 국채의 통합관리 등 재정 전반에 걸쳐 광범위한 개편이 전제되어있고, 이를 제도적으로 뒷받침하기 위한 관련 예산 부수법률의 제정 또는 개정을 전제로 1994회계연도의 일반회계 및 20개 특별회계의 예산안이 편성되어 있습니다.

예산안의 규모나 내용수정의 경우에도 이들 관련 법률안의 내용과 상충되거나, 그 법안의 처리 여하에 따라서는 집행할 수 없는 예산이 성립될 수도 있고, 또한 예산확정 후 예산안의 내용과 상충되는 관련 법률안의 의결이나 또는 회기 내에 처리하지 못할 경우가 있을 수도 있으므로 예산결산특별위원회의 예산심사과정에서 동 관련

법률안의 심사결과를 예산안의 심사와 연계하여 상호 상충되는 일이 없도록 하여야 할 것입니다.

다음은「도로 등 교통시설 특별회계」의 신설과 그 재원 조달을 위한 휘발유 등 특별소비세의 목적세 전환과 관련한 의견입니다.

현행의 도로사업 특별회계와 도시철도사업 특별회계를 폐지하는 대신, 새로이 수송시설을 총괄하는「도로 등 교통시설 특별회계」를 1994년도에 신설하여, 목적세로 전환된 교통세를 주된 수입으로, 도로, 지하철, 공항, 항만 등 사회간접자본투자의 확충에 충당토록 하고 있습니다.

그동안 우리 경제규모의 확대에 따른 사회간접자본시설의 확충이 제때에 이루어지지 못하여, 교통 혼잡과 물류비용증가에 따른 경제적 손실 등 경제성장의 장애요인으로 작용하고 있는 현실을 감안할 때, 도로, 항만, 지하철 등 교통시설을 확충하기 위하여 지금까지 내국세에 포함되어 운용해 온, 휘발유·경유에 대한 특별소비세를 목적세인 교통세로 전환함과 동시에, 세율을 인상하여 교통시설의 투자재원을 대폭 확충(1993년 대비 39.2% 증가)하려는 것은 시의적절한 조치라고 생각합니다.

다만 투자재원의 배분에 있어서 심각한 도시교통난을 근본적으로 해결할 수 있는 길은 오직 쾌속·대량·안정 수송이 가능한 지하철의 조기 건설에 있다고 생각하기 때문에, 도로·도시철도·고속철도 및 공항, 항만의 4개 계정 중 도시철도계정이 전년도보다 증가율 면에서는 많은 배려가 있었습니다만, 4대 도시가 기착공한 도시궤도전철의 사업량과 사업비의 추가요소·공기 등을 감안해 볼 때, 보다 더 적극적인 지원이 있어야 한다고 생각합니다.

아울러 내국세에 포함된 유가 관련 특별소비세의 목적세인 교통세로의 전환과 관련하여 한 말씀 드리겠습니다.

현행의 내국세인 유류 관련 특별소비세를 목적세로 전환하는 과정에서, 세법상의 법률적 개념이 아닌 내국세의 일정비율과 관련되어 있는 현행 지방교부금의 감소분에 대한 보충방법과 관련하여, 일정수준의 지방행정을 유지하기 위한 지방재정의 안정적인 재원확보 측면과 특정한 산업 정책적 목표실현을 위한 조세 정책상의 선택문제를 놓고, 중앙정부와 지방정부 간은 물론 이와 관련된 이해관계 기관 간의 장기간에 걸친 찬반논쟁이 있었음이 사실입니다.

그러므로 차제에, 재정수입목적의 조세 중 소득세, 법인세 등 경상재원 조달 수단인 일반세와 토지초과이득세, 특별소비세 등 특정한 경제정책목표의 수행을 위한 조세가 혼재하는 등 11개 세목으로 다양하게 구성된 내국세의 일정비율로 교부금을 배분하고 있는 현행체계에서, 이웃 일본의 예와 같이 경상재정수입을 목적으로 신장률이 안정적인 소득세, 법인세 등 3~4개 개별 세목의 세수를 법정률로 단순화함으로써, 앞으로도 있을 수 있는 금번과 같은 산업 경제적 정책목표 실행을 위한 조세정책상의 선택을 둘러싼 논란의 소지를 없애고, 지방자치단체 단위 지역의 납세자가 납부하는 가시화된 세목에서, 그 일부가 교부금 형태로 다시 당해 지역으로 환류되어 온다는 인식을 심어주게 되며, 지방재정의 자립성 확보와 지방자치활동의 자주성 담보를 위한 안정적인 국가 재정지원이 이루어질 수 있도록 하기 위하여 이와 관련한 현행 제도의 개선이 있어야 한다고 생각합니다.

다음은 양곡관리제도의 개편과 그에 따른 1994년도 예산안 및 기금의 운용에 관한 의견입니다.

정부는 예산회계 제도 개편의 일환으로 양곡관리 제도의 일대 개편을 단행하여 1993년도 이후 양곡의 수매, 방출업무는 「양곡관리 특별회계」로 일원화하고, 1993년도 수매 시부터 정부수매분을 포함한 수매 전량을 농협에서 인수 판매하되, 적정수준의 계절진폭을 허용하여 민간유통기능을 활성화하고, 양곡증권 부채를 정리하기 위한 「양곡증권 정리기금」을 신설하는 등 양곡관리 제도의 개선으로 불필요한 관리비용의 축소와 시장기능 회복을 통한 농협 판매 이차증대 등으로 재정부담 완화 등의 효과를 기대하고 있습니다.

한편, 1994년도 양곡관리 특별회계의 예산안에 계상된 양곡의 수매는 추곡의 경우 정부수매 600만 석, 농협수매 300만 석에 수매가는 동결된 금액으로 계상하는 반면, 판매는 600만 석 전량을 가격 인상 없이 계상하고, 이에 따른 결손분 보전을 위하여 일반회계 지원금 5,843억 원을 책정하였으며, 양곡증권 정리기금에서는 제고미 중 370만 석을 판매하고 기 발행증권 차환을 위한 양곡증권 5조3,020억 원과 동 증권이자 상환요소 보전을 위하여 재정투융자 특별회계에서 5,587억 원을 지원하도록 하고 있습니다.

그러나 추곡 등 양곡의 수매가와 수매량은 예산안과는 별도로 국회의 동의사항이기에, 국회의 심의과정에서 그 내용이 변경될 경우 관련 예산안의 수정이 불가피하게 됨을 미리 말씀드립니다.

또한 양곡관리 제도 개선에 따르는 기정의 양정 기구와 관련 공무원 정원의 적정 여부 등에 대해서도 재검토가 있어야 한다고 생각합니다.

다음은 예산 과목구조의 축소개편에 따른 예산 집행상의 통제의 범위와 관련한 의견입니다.

세출예산의 과목에 있어서 적산근거의 기초가 되는 「목」을 현행의 113개에서 내년도에는 45개로 대폭 단순화하였으며, 특히 16개로 세분되어 있던 관서운영과 관련된 「목」은 「관서운영비」 1개 목으로 통합하는 등 세출예산과 목 구조를 대폭 축소 조정하여 예산집행의 권한과 책임을 갖고 있는 중앙관서의 장으로 하여금 능동적으로 대처할 수 있도록 예산집행의 탄력성과 신축성을 부여함과 동시에 이용·전용의 소지를 대폭 축소함으로 인하여 예산집행에 있어서는 중앙관서의 장에게 폭넓은 재량권을 갖도록 하였습니다.

재정제도 발전 초기에 있어서는 예산집행의 결과에 대한 성과측정의 당위성보다는 입법부가 행정부에 대하여 엄격한 재정적 통제를 가하기 위하여 예산집행의 합목적성, 재정운용의 감독·통제기능을 중시했기 때문에 「목」을 세분류하여 「목」을 중심으로 예산을 편성하고 결산을 승인하며, 이를 통제수단으로 삼아왔습니다.

그러나 작금에 와서는 국가기능의 확대, 다양화와 분화에 따라 정책목표달성을 우선하며, 이를 위해서는 투입비용에 대한 효과분석과 성과측정 그리고 능률과 효과를 중요시할 수밖에 없으므로, 기존의 세분류細分類된 통제 위주 「목」의 과목구조를 대폭 단순화한 것은 진일보한 제도개선이라고 생각합니다.

그러나 예산을 최종적으로 심의·확정하고 최후에 결산을 승인하는 국회차원에서 볼 때에는 입법과목 밑에 최하단위인 「목」을 중심으로 예산의 편성 및 집행근거를 확인하며, 또한 결산에 있어서도 세출예산액, 전년도 이월금, 예비비 사용액, 전용 등 증감액, 불용액 등이 모두 「목」을 중심으로 작성되기 때문에 이들 개별 「목」의 성격과 집행범위 등을 명료하게 정립할 필요가 있다고 생각합니다.

또한 통합 전에는 목간 전용에 대한 예산장관의 승인으로 광범위한 통제가 가능했으나, 새로운 과목구조하에서는 대부분이 중앙관서장의 집행권한으로 이관되기 때문에, 단일 「목」에 계상된 다수의 지출목적별 경비가 편의적으로 집행되거나, 목적 외 사용이 되지 않도록 과목통합의 장점을 살리면서 집행관리와 관련해서는 통제와 감독을 할 수 있는 명확한 운용지침이 마련되어야 한다고 생각합니다.

다음은 금융자산 등으로 운용되는 연금·기금 등 공공 여유자금을 통합 관리하는 데 대한 의견입니다.

주요 연금·기금 및 체신예금 등 공공자금이 금융자산 등으로 운용되는 여유자금을, 신설되는 「공공자금 관리기금」으로의 예탁을 의무화하고, 동 예탁자금에 대해서는 자율화된 국공채 금리기준을 보장하며, 이에 따라 마련되는 공공자금을 종합 관리하여 재정투융자, 정책금융 흡수 및 국공채 인수재원 등에 사용하도록 함으로써, 정책금융을 재정에서 분담, 민간금융의 자율화를 촉진하고, 그간 단기자금으로 운용되던 공공자금을 경제 활성화를 위한 장기투융자재원으로 활용하게 하였습니다.

해를 거듭할수록 증가일로에 있는 재정투융자 및 정책금융자금 수요에 충당하기 위한 연금·기금 등의 여유자금을 통합 관리하려는 것은 불가피하다고 하겠으나 의무 예탁대상의 개별기금 설치목적과 자율성을 저해할 우려도 있으므로 예탁조건 및 금액의 결정에 있어서는 관련 기금의 운용계획과 목적을 달성하는데 지장을 주지 않는 범위 내에서 이루어져야 할 것입니다.

셋째로, 각종 공공요금인상과 관련한 의견입니다.

내년 중에 수업료 및 입학금, 철도요금, 우편요금 등 일반요금과 항만시설사용료, 등기부 등초본 발행수수료 등 특수요금 외에도 의료보험수가, 고속도로통행료, 지하철요금, 상하수도요금 등 국민의 일상생활과 직결되는 각종 공공성 요금이 인상될 것으로 전망됩니다.

공기업은 공공성은 물론 기업성도 함께 갖고 있기 때문에 각종 공공성 기업을 운영함에 있어 원가에 못 미치는 요금체계로 인하여 적자가 발생하였을 때 재정에서 이를 전액 보전해 주지 못하는 한, 공기업의 원활한 경영을 위해서는 원가보전을 위한 요금의 적정가격 유지는 불가피하다 하겠습니다.

공기업제품이라고 하더라도 전반적인 물가수준을 고려하지 않고, 인위적으로 가격 인상을 억제할 경우 그 부작용이 더 크다는 사실을 그동안 많이 보아왔습니다. 적자가 몇 해이건 계속 누적되어 뒤늦게 이를 치유하려다가 오히려 부담이 더 커질 수도 있기 때문에 공공요금일지라도 적정가격유지를 위한 가격 인상은 제때에 하는 것이 옳다고 생각합니다.

그러나 이 경우에도 가격 인상에 상응하는 대민 서비스의 개선과 미래에 대비한 자체투자가 적절히 이루어져야 하며, 방만한 경영에서 오는 낭비적인 요소를 제거하는 등 철저한 원가분석이 있어야 할 것입니다.

또한 공공요금 인상은 그만큼 국민의 추가부담과 함께 물가에 영향을 미치게 되어, 이는 곧 국가경쟁력의 약화를 가져오는 측면도 함께 검토되어야 한다고 생각합니다.

한편, 단순히 재정에서의 부담을 줄이기 위해서 무리하게 요율인상을 높게 잡거나 인상시기를 앞당겨 책정하였다가 계획대로 시행이 안 되었을 경우, 거기에서 오는 수입재원의 결함발생에 대한 대책도 함께 생각해야 할 것입니다.

예를 들면, 1993년도에 철도요금을 1월 1일부터 12.1% 인상할 것으로 예산에 반영하였으나 실제로는 2월 10일부터 9.5% 인상함에 따라 415억 원의 세입결함이 발생하고 있음을 간과하여서는 아니 될 것입니다.

넷째로 세입예산안의 추계방법에 관한 의견입니다.

1994회계연도 일반회계 세입예산안의 목적별 추계에 있어 교통세는 1993년도 휘발유 특소세 전망에 1994년도 제조업 경상성장율 14.5%와 세율인상 효과를 반영한 11개월분을 추계하여 3조 394억 원을 계상하였으며, 특별소비세는 휘발유, 경유에 대한 1개월분으로 1,850억 원을 계상하였습니다.

그리고 과년도 수입은 국내분, 수입분 공히 1992년도 미수납액에 1993년도 경상성장율과 3년 평균 현금징수비율을 적용하여 추계하였습니다.

그러나 교통세는 제조업 성장률보다는 유가에 대한 소비증가율과 자동차의 등록대수 증가율 등을 기준으로 추계하는 것이 합리적이라고 생각하며, 과년도 수입은 기체권이 확정된 것으로 성장률과는 직접 관련이 없으며 1993년도 미수납액 중 정리유

예, 불납결손 등의 요인을 제외한 징수대상액에 대해 현금징수비율을 적용하여 추계하는 것이 합리적이라는 의견을 말씀드립니다.

(…중략中略)

아울러 금후 재정운용에 있어서 재정의 기능과 역할에 관하여 한 말씀 더 드리겠습니다.

본예산 성립 후에 새로운 재정운용여건의 중대한 변화가 있을 때에는, 예산 편성 절차를 거쳐서 이에 대처해야 한다는 의견입니다.

정부는 예산 편성 후에 생긴 새로운 사유와 법률상, 계약상 국가의 의무에 속하는 경비의 부족 또는 변경을 가할 필요가 있는 경우, 이에 대처하는 재정운용을 하고자 할 때에 그 내용을 추가경정예산안에 반영하여 국회의 심의·의결을 얻어 시행하는 것이 예산회계법의 관련 규정과 「재정의회주의」의 원칙에 부합된다고 생각합니다.

이미 진행된 1993회계연도의 재정운용은 신정부 출범과 함께, 과거 어느 해 보다도 본예산 성립 후에 새로운 변화가 많이 있었다고 봅니다. 연초에 고통분담계획에 의한 본예산의 광범위한 절약운용과 공무원봉급의 동결, 중소기업 구조개선자금공급을 위한 중소기업 금융채권발행, 그리고 경기침체에 따른 세수결함의 발생전망과 금융실명제 실시의 영향으로 경제주체들의 반응과 정부의 대응 여하에 따라 재정운용여건이 크게 달라질 수 있다는 것을 그 예로 들 수 있습니다.

더구나 작금의 경기가 계속 침체국면에서 벗어나지 못하고 있음은 물론, 농작물 작황의 부진 등으로 올해의 경제성장률 목표도 하향 조정하지 않을 수 없는 상황에 와 있다고 생각합니다.

이상과 같은 경제적 여건의 변화에 비추어 볼 때, 재정도 이에 탄력적·신축적으로 대처해 나가야 하며, 재정의 경기조절기능 또한 강화되어야 할 때라고 생각합니다.

지금까지의 추경편성에 대한 인식은, 재정운용여건변화에 따른 추경편성의 당위성 논의보다는 세계잉여금을 재원으로 하는 추경편성과 그 편성시기 등에 관한 부정적 시각이 있었기 때문에, 가급적이면 추경편성의 절차를 거치지 않고 자체적으로 이를 대처해 왔습니다. 그 결과, 때로는 재정운용의 효율성을 저해하고 그 다음 해의 예산 편성과 심의를 어렵게 만든 예가 많이 있었다고 생각합니다.

따라서 예산회계법에 규정한 바와 같이, 정부는 경제여건 변화 등에 따라 예산 성립 후에 생긴 사유로 인하여 이미 성립된 예산에 추가 또는 변경을 가할 필요가 있을 때, 회수와 규모에 관계없이 새로운 예산 편성의 절차를 거쳐 국회의 심의·의결을 얻어 이에 대처하는 것이 「재정의회주의 원칙」에 부합되고, 대국민과는 재정운용의 방향과 내용 및 그 당위성에 대한 공감대를 이룩할 수 있게 되므로, 이것이 곧 「재정민주화」의 길이라고 생각합니다.

이상으로 1994회계연도 예산안에 대한 검토보고를 모두 마치겠습니다. 대단히 감사합니다.

국회 속기록 中

1994회계연도 예산(안) 검토보고의 이모저모

(1993년 11월 19일 예결위 본회의장)

▲ 예결위 전체회의에서 1994회계연도 예산(안)을 검토 보고하고 있다.

▲ 본인의 1994회계연도 예산(안) 검토 보고 TV 보도 모습

[편집자 주註]

1994회계연도 예산(안) 국회심의는 예년에 경험할 수 없을 만큼 험악한 분위기 속에서 비정상적으로 통과되었다.(국회 예산심의의결 법정 시한인 12월 2일을 훨씬 넘긴 12월 18일에 통과) 여·야는 첫 심의 과정부터 본회의 통과 시까지 극한 대립을 펼쳤다. 극한 대립의 주요 원인 중 하나는 **"예결위에서 청문회를 열 권한이 '있다·없다'"**와 관련된 논쟁이었다.

본인은 "이 자리는 예산심의를 위한 특별위원회이기 때문에 예산심의와 관련이 없는 청문회는 열 수 없다"고 단호하게 결론 내렸다. 그러자 최영석 민주당 의원이 본인에게 강력히 항의하기 시작했다. 이와 관련하여 본인은 김중휘 위원장과 김운환 간사와 청문회 개최 권한 유무를 두고 협의하였다.

그 후 김병오 민주당 간사가 본인을 고발할 의사를 밝혔다. 이때 민주당 공동대표 (다른 한 분은 김대중 의원)인 이기택(본인의 부산상고 1년 선배) 의원의 중재로 사건은 겨우 일단락되었다.

▲ 1993년 11월 22일, 본인이 '예결위에서 예산심의와 관련이 없는 청문회를 열 수 없다'고 결론 내리자 최영석 의원이 강하게 항의하고 있다.

▲ 1993년 11월 18일, 본인이 '예결위에서 예산심의와 관련이 없는 청문회를 열 수 없다'고 국회예결위원장에게 보고하고 있다.

▲ 1993년 11월 18일, 예결위 운영 방안을 협의하고 있다.(왼쪽부터 본인, 김중위 위원장)

◀ 본인이 김운환 간사와 의사(議事) 진행, 청문회 개최 권환 유무를 놓고 숙의하고 있다.

▲ 1993년 11월 23일, 야당의 청문회 개최 요구와 관련해 예결위 의사 진행을 숙의하고 있다.(오른쪽부터 김중위 위원장, 본인, 이석채 예산실장, 손학규 간사 대리)

▲ 1993년 11월 23일, 정부 측 인사들에게 예결위 진행 상황에 대해 설명해 주고 있다.(오른쪽부터 본인, 이회창 감사원장, 이경식 경제부총리, 한완상 통일부총리)

▲ 중앙일보 1996년 7월 9일, 예산심의부터 개혁하자(신문 스크랩)

국회예결위 전문위원분석

내년도 예산안 문제점 수두룩

= 尹炯鎬기자 =

새 정부가 추구하는 新경제 5개년 계획의 주력 부문 중의 하나가 재정개혁임은 널리 알려진 사실이다.

우리 예산은 43조원을 넘어선 일반회계에다 20개의 특별회계를 합칠 경우 이미 94년 추정 GNP 289조원의 4분의 1인 70조원을 넘는 매머드 규모지만, 아직도 경직적인 구조에서 벗어나지 못하고 있기 때문이다.

따라서 새 정부 첫 예산은 규모와 내역에서의 개혁을 넘어 구조적인 문제점의 해결 의지가 얼마나 담겨 있느냐에 주목하지 않을 수 없는 상황이다.

'세목·세수 단순화하자'

이런 점에서 지난 11월 19일 가진 국회 예결위 金周鎰 전문위원의 내년도 예산안에 대한 검토보고서는 앞으로의 예산제도 개선과 관련 몇가지 시사점을 준다. 보고서는 우선 내년도 예산안의 규모에 대해 늘어나는 재정수요와 시급히 해결해야 할 과제가 산적돼 있는 점 등을 감안할 때 과다한 예산은 아니라고 전제했다.

그러나 일련의 문제점들이 객관적으로 지적됐다.

우선 내국세에 포함된 유류관련 특소세의 목적세인 교통세로의 전환과 관련, 내국세의 일정비율과 연계돼 있는 현행 지방교부금의 감소분에 대한 보전 방법이다. 이는 지방재정의 안정적인 재원 확보 측면과 특정한 산업정책 목표 실현을 위한 조

▲ 전문위원 검토보고에 관한 언론계 반응

세 정책상의 선택 문제를 놓고 중앙정부와 지방정부간은 물론, 이와 관련된 이해 관계 기관간에 장기간에 걸친 찬반 논쟁이 있어 왔기 때문이다.

보고서는 이에 따라 차제에 현재 교부금 배분 대상 11개 내국세 중 아예 일본과 같이 경상재정 수입을 목적으로 신장률이 안정적인 소득세·법인세·부가세 등 3~4개 개별 세목의 세수만을 대상으로 단순화하자고 제안하고 있다.

이럴 경우 지방재정의 자립성도 안정적으로 확보되고 지방자치단체 단위 지역의 납세자 납

연기금통합관리 자율성저해
교부금制 개선
방위비중 인건비 절약

부액의 일부가 교부금 형태로 다시 해당 지역에 환류돼 온다는 인식을 심어줄 수도 있어 이중의 효과가 있다는 주장이다.

둘째, 내년부터 새로 신설되는 공공자금관리기금 운용에 대한 부분이다. 이는 이번에 제정되는 공공자금관리기금법에 의거해 주요 연·기금 및 체신예금 등 공공자금 중 여유 자금을 공공자금으로 의무 예탁시켜 국공채금리 수준을 보장하면서 종합관리해 재정투융자, 정책금융 및 국공채 인수 재원 등으로 사용

토록 하는 내용이다.

그러나 보고서는 재정투융자 등의 늘어나는 수요 충당을 위해 연·기금 여유 자금의 통합관리가 불가피하기는 하지만, 의무 예탁 대상 개별 기금의 설치 목적과 자율성을 저해할 우려가 있다는 점을 지적하고 있다. 따라서 의무 예탁 및 금액의 결정이 관련 기금의 운용 계획과 목적 달성에 지장을 주지 않는 범위내에서 이뤄져야 할 것임을 강조하고 있다.

'계속사업비 확대적용돼야'

셋째, 보고서는 금후 재정 운용에 있어서 계속사업비가 확대 적용돼야 함을 역설하고 있다. 즉 장기 대형 투자 사업 등에 대해서는 사업비 총 소요액, 年賦기간, 연차별 투입액 등에 관해 미리 국회의 동의를 얻음으로써 예측 가능한 안정적 예산 집행이 될 수 :있도록 해야 한다는 것이다. 특히 새 정부가 新경제 5개년 계획과 함께 지금까지의 단년도 위주 예산 편성에서 중기 재정계획에 바탕을 두고 예산을 짠 만큼 이같은 필요성은 더욱 절실해지고 있다는 논리다.

넷째, 정부 출연 기관의 증가 억제와 출연금 및 보조금의 성격 구분 문제. 내년도 예산안의 경우 일반회계에 책정된 출연기관수는 공단을 포함해 58개이며, 소요 예산은 1조4천876억원

으로 전년대비 24.4%가 늘었다. 보조금은 국가에 의한 재정상의 지원으로 보조 목적외 사용이 금지돼 있고 사업 수행 상황과 실적을 보고토록 하며, 잔액이 있을 경우 반환케 하는 등 법에 의한 엄격한 통제와 감독을 받도록 하고 있다.

반면 출연금은 그 편성과 집행에 있어 이를 특별히 규제하는 법령이 없기 때문에 집행자의 운용 여하에 따라서는 무리한 인력 관리, 사업 확대, 목적외 사용 등 문제점을 야기할 우려가 있다.

나아가 출연 대상이 당초 취지에서 확대돼 기금 적립 및 과학기술 등 연구기관과 단순한 시설물 관리 업무를 수행하는 공단 등에 이르고 있는 실정이다. 따라서 보고서는 국립공원관리공단·공항관리공단·산업인력관리공단 등 단순한 시설물의 설치 관리를 위한 경상적 운영비는 보조금으로 전환돼야 한다고 지적하고 있다.

다섯째, 방위비 중 인건비성 경비의 증가를 최소화할 수 있는 방안 마련이 시급하다고 분석됐다. 방위비 중 인건비·피복비·급식비 등 인건비성 경비의

7장

경제관료에서
외교관으로 변신

▲ 1995년 3월 30일, 김태지(金太智) 대사 신임장 증정 후 궁내성 장관과 기념 촬영
(오른쪽부터 조중표 정부참사관, 권해조 국방무관, 이대성 공사, 본인, 궁내청장관, 김태지 대사, 이정무 공사)

비교적 오랫동안 일본과 관련된 일을 해온 본인은 우리 정부나 기업 차원에서 중간 관리층 이하의 실무선에 대한 이해와 설득을 소홀히 하고, 최고 책임자 위주로만 접근함으로써 성과를 거두지 못하거나 오히려 부정적인 결과를 초래한 사례를 많이 보아 왔다. 그러므로 일본의 정부나 민간 기관과의 접촉에 있어서는 상층부 접촉에 앞서 우선 실무 레벨에서 충분한 협의가 이루어진 후 고위 레벨로 격상하는 것이 바람직하다고 생각한다.

▲ 1995년 2월 22일, 본인의 주일 한국대사관 경제공사 부임 축하연 자리(오른쪽부터 본인, 김한경 기획실장, 이석채 차관, 유종하 외교안보수석, 이시영 차관, 이영택 예산실장)

국가경쟁력이 관건

국가경쟁력이란 무엇인가. 매우 추상적인 개념이긴 하지만 이해하기 쉽게 간단히 말한다면, 우리의 상품이 세계시장에서 다른 나라 상품보다 값싸고 질 좋다는 평가를 받아 소비자로 하여금 선호하게 하는 힘일 것이다.

우선 경쟁력이 있기 위해서는 값이 싸야 한다. 또한 값싸게 팔기 위해서는 생산하는 비용이 낮아야 한다.

값싸고 질(質) 좋아야 팔린다

이번에 부도를 낸 한보철강의 경우, 공장건설에 직접 투입해야 할 재원을 다른 용도에 낭비적으로 사용했다고 한다. 한때 세계적인 경쟁력을 자랑하였던 포항제철이 어떻게 그러한 경쟁력을 가질 수 있었는지 한번 되돌아보자.

포항제철은 물론이고 당시 조선·석유화학·자동차·전자 등도 비슷한 경우로 중화학공업 육성정책에 따라 지원기능인 항만·공업용수·진입도로·단지조성 등 대부분의 기반시설이 정부지원에 의해 조성되었다. 이러한 기반시설의 대부분을 기업이 자기 부담으로 건설하는 외국의 경우에 비해 공장건설 비용을 그만큼 절감할 수 있었으며, 따라서 원가구성에 있어 그만큼 값싸고 양질의 제품을 생산할 수 있는 요인이 되었던 것이다. 이와 같이 건설된 우리의 제철·조선·자동차·전자산업 등이 어떤 연유에서인지 최근에는 기업환경 악화로 일본 등 선진국의 기업들에 비해 경쟁력이 떨어지고 있는 실정이다. 더구나 지금처럼 모든 기반시설을 자기 부담으로 건설하지 않으면 안 되는 상황에서 막대한 투자비를 공장건설 이외의 용도로 전환한 기업이, 국제경쟁력을 갖춘 기업이 될 것으로 생각하는 이는 별로 없을 것이다.

일(日) 은행 경영 논리 입각 대출

최근 뜨거운 이슈로 부각되고 있는 금융산업의 경우를 보자. 한마디로 말해 은행이 경쟁력 있는 기업에 돈을 빌려 주는 것이 아니라, 검은 뒷돈을 주는 기업에게 대출을 해 주어서는 기업도, 은행도 경쟁력을 가질 수 없으며, 치열한 국제경쟁 사회에서 공멸의 길만을 자초하게 된다. 여기서 정책금융은 예외로 하더라도 성장성이 전망되고 경쟁력이 있는 기업에게 대출을 해야 그 돈으로 투자수익을 올려 원리금을 제대로 상환할 수 있는 것은 너무나 당연하다.

일본의 금융기관은 은행의 윗사람에게 갈 것도 없이 중간 관리층이 철저한 경영논리에 입각해 대출대상 기업을 객관적으로 선정하고 있다. 이러한 선진국의 금융기관에 비한다면 업종·경영 면에서 구멍가게에 불과한 규모를 가진 우리의 금융기관 경쟁력은 도대체 어디쯤 와 있을까.

주일 대사관 경제공사인 본인의 임무 중 하나는 일본 기업의 투자유치를 위해 우리의 개선된 투자환경을 설명하고 다니는 일이다. 그런데 이곳 기업인들이 우리나라에 투자하기를 꺼리는 이유로 제일 먼저 공통적으로 노사문제를 지적하고 있다.

세계는 바야흐로 생산환경이 좋은 곳이라면 국경을 넘어서라도 기업이 이동하는 글로벌 경영시대로 접어들었다. 이러한 시대에 외국의 기업인들이 우리나라에 투자하기를 꺼려한다는 것은 우리나라 경쟁력의 수준과 취약성을 대변해 주는 좋은 예라 할 수 있다. 일본경제가 두 차례의 석유파동을 거치면서도 끄떡없이 버텨온 이유 중 하나는 아직도 일본 근로자의 임금수준이 일본의 전반적 경제수준에 비해 낮다는데 기인하고 있다. 그것은 한 푼 덜 받는 것이 손해가 아니라 결국 그것이 자기 회사의 경쟁력을 증대시키고 궁극적으로는 모두에게 이익으로 돌아간다는 사실을 알고 있기 때문이다.

노사(勞使)·소비자 한마음 돼야

얼마 전 일본의 한 자동차 공장을 방문했을 때 이제껏 임금인상을 위해 파업을 한 경우가 단 한 번도 없었다고 해서 깜짝 놀란 적이 있다. 80년대 이후 전자산업과 함께 일본 경제발전의 견인차 역할을 해 온 일본 자동차산업 발전의 이면에는 근로자 모두가 회사와 더불어 성장한다는 마음가짐, 회사의 발전이 곧 나의 발전과 이익이 된다는 근로자들의 기본정신과 자제력이 있었던 것이다.

국가경쟁력은 정부의 노력만으로 강화될 수 없고 기업의 노력만으로도 올라가지 않는다. 그것은 정부·기업·가계·근로자·소비자 등 모든 경제주체와 각계각층이 한마음 되어 다 같이 노력해야만 가능한 것이다.

우리의 경쟁 상대는 과거처럼 개발도상국이 아니라 이제부터는 일본과 같은 선진국이라는 것을 명심해야 한다. 우리 경제는 이제 축구경기에 비유하면 잘하는 선수 몇 명만 있어도 이길 수 있는 동네 축구의 단계를 지나 어느 선수 하나라도 조금만 실수하거나 수준이 떨어져도 지고 마는 월드컵 본선에 진출해 있는 것과 같다.

따라서 우리의 국가경쟁력을 높이기 위해서는 우리 사회의 전반에 걸친 모든 낭비적인 요소를 제거해 생산성을 높이는 일에 전념해야 한다.

이제 1970년대 전국 방방곡곡으로 번져나갔던 새마을운동처럼, 또 88서울올림픽을 성공적으로 치러 일등 국민임을 세계만방에 보여주자는 국민적 공감대가 형성되었을 때처럼, 21세기를 준비하는 이 시점에서 우리는 우리 상품의 국가경쟁력 높이기 운동에 온 힘을 모아야 할 것이다.

대일외교: 경제, 통상, 교류 협력에 관한 접근 방법

(1998년 4월 22일)

본인은 1997년 3월 주일 대사관 공사(경제담당)에서 일본의 산업, 무역, 해운의 중심지인 요코하마 총영사로 부임한 이래 평소 한·일 양국 간의 경제, 통상, 외교 관계에 있어서 지방 공관을 중심으로 한 접근 방향의 전환을 할 필요가 있다고 생각한 분야를 정리해 보았습니다. 현재 개최 중에 있는 재외공관장회의에 참석할 수 있는 기회가 주어지지 못하여 동 제안 내용을 서면으로 송부해드리는 바 한·일 관계의 실질적인 교류 협력에 참고가 되기를 바랍니다.

〈외교통상부 본부 건의문〉

지방, 지역 중심의 인적 물적 교류의 중요성

외교, 안보, 국방 등의 국제 관계는 전통적으로 국가대 국가의 관계를 기본으로 하고 있다. 그러나 지방화 정보화가 급속하게 진전되고 있는 오늘날에 있어서는 국제 관계가 국가 차원에서뿐만 아니라 지방 차원에서도 활발히 이루어지고 있음을 볼 수 있다. 이러한 지방 차원의 교류는 국가 간의 관계에서 야기될 수 있는 정치 외교적 제약 요인을 뛰어넘어 보다 실질적인 협력관계를 달성할 수 있다는 점에서 그 중요성이 매우 크다고 할 것이다.

최근 우리나라의 각급 지방자치단체들이 지방화 시대를 맞이하여 경쟁적으로 여러 채널을 통하여 외국의 지방자치단체와 교류를 추진하고 있는 것도 이러한 점에서 그 의의가 매우 크다 할 것이다.

본인이 주재하고 있는 일본은 오랜 지방분권과 함께 지방자치의 역사와 전통을 가지고 있을 뿐 아니라, 이미 국가 발전의 전략이 집중에서 분산으로, 각종 경제·사회 활동의 중심이 국가에서 지방으로 옮겨 왔다. 이러한 측면에서 볼 때 우리와 여러 분야에서 밀접한 관계를 맺고 있는 일본과의 교류·협력도 지방 중심 차원에서 접근하는 것이 보다 실질적인 성과를 거둘 수 있는 좋은 방법이라 하겠다. 이러한 관점에서 다음 몇 가지 제언을 하고자 한다.

▲ 1995년 5월, 주일 대사관을 방문한 노태우 전 대통령
(앞줄 왼쪽 두 번째 본인, 네 번째 노태우 전 대통령, 다섯 번째 신현확 전 총리, 여섯 번째 김태지 대사)

한·일 양국의 지방 간에 피부에 와 닿는 실질적인 교류, 협력을 활성화하자

지방자치단체 간에는 물론, 나아가서는 주요 시설물(예: 인천항과 요코하마항, 부산항과 고베항 등)이나 자연물(예: 한라산과 후지산 등)에 이르기까지 우호 자매 관계의 결연을 확대하여 이를 주축으로 하는 실질적인 교류를 해 나가야 할 것이다.

　　그리고 양국의 각급 교육기관(초·중·고·대학) 사이 우호 자매 교결연을 확대하여, 수학여행이나 각종 교류 행사를 위한 상호 방문을 통해 서로에 대한 이해를 증진함으로써 자라나는 청소년들로 하여금 이웃 나라 간에 더불어 살아가는 미래 지향적인 한·일 관계를 구축하는데 크게 기여할 수 있을 것이다.

▲ 1995년 3월 7일 마쿠와리 국제상품전시장, 일본시장 진출 가능성을 파악하기 위해 최인기 농수산부 장관이 방일(訪日)했다.(가운데 왼쪽 최인기 장관, 오른쪽 본인)

▲ 1995년 6월 27일, 대장성(현 재무성) 사무차관 이하 간부를 대사관저에 초청하였다.(오른쪽부터 본인, 신정승 경제참사관, 타나미 이재국장, 가토 주계국장, 김태지 대사, 김우석 재무관, 시노자와 사무차관, 야마무라 주세국장, 김병일 경제참사관, 니시무라 은행국장)

일본에 대한 우리의 접근방식을
바꾸어야 한다

▲ 1997년 4월, 일본 국경일 행사장에 입장하는 본인

우리는 한·일 양국 간의 어떤 이슈가 있을 때마다 우선 상층부를 상대로 문제를 풀어나가려고 시도한다. 그러나 일본의 의사 결정은 정부, 민간을 막론하고 대부분 하의상달형bottom-up의 방식으로 이루어진다. 따라서 대부분의 경우 실질적인 의사 결정은 중간 관리층 이하의 실무선에서 이루어진다고 볼 수 있다. 때문에 이러한 실무 계층에 대한 접근과 설득이 매우 중요한 것이다.

비교적 오랫동안 일본과 관련된 일을 해온 본인은 우리 정부나 기업 차원에서 중간 관리층 이하의 실무선에 대한 이해와 설득을 소홀히 하고, 최고 책임자 위주로만 접근함으로써 성과를 거두지 못하거나 오히려 부정적인 결과를 초래한 사례를 많이 보아 왔다. 그러므로 일본의 정부나 민간 기관과의 접촉에 있어서는 상층부 접촉에 앞서 우선 실무 레벨에서 충분한 협의가 이루어진 후 고위 레벨로 격상하는 것이 바람직하다고 생각한다.

일본의 주요 지방에 주재하고 있는 공관(총영사관)을 양국 간 경제 통상 교류 협력의 기초적인 중심 뿌리로서 새로운 시장 개척의 거점으로 적극 활용해야 한다

특히 IMF 체제 이후 어려움을 겪고 있는 우리 경제의 회생과 구조개혁을 위해서 일본에 거주하는 우리 동포들의 모국 투자와 본국의 외화 예금 또는 외국환평형기금 채권매입 등을 적극 장려하고, 나아가서 일본 기업이나 일본인들의 우리나라에 대한 투자와 관광객을 유치하는 일, 기술 이전 및 기술 연수생 파견에 이르기까지 우리 지방 공관들이 적극적으로 나서야 할 때가 왔다고 생각한다.

또한 새로 발족한 재외동포재단의 협조하에 우리 교포들이 각종 연수회, 도민회, 친목회 등의 모임을 본국에서 개최토록 유도하는 것이 우리 경제 회생에 도움이 될 것이다.

그리고 지금까지 일본의 중앙정계 인사(중·참의원)들은 우리나라의 정치권이나 정부 고위 차원에서 접촉이 이루어져 왔다. 그러나 한 걸음 더 나아가서 이들 정치인들은 대부분 지방에 선거구를 가지고 있기 때문에, 이들의 선거구를 관할하는 지방 공관장들이 이들 정치인들과 적극적으로 접촉한다면 더욱 친근한 우호 협력 관계를 유지해 나갈 수 있을 것이며, 양국 간의 문제 해결을 위해 이들 정치인들의 도움이 필요할 때 평소 이들과 인간적으로 교분을 쌓은 지방공관장들이 중요한 역할을 할 수 있을 것으로 확신한다.

일본 지역사회에 뿌리를 깊이 내리기 위해서는 민간 차원의 한·일 협력위원회, 한·일 친선협회, 한·일 경제인협회 등을 적극 활용해야 한다

일본 내에는 대다수의 지방자치단체가 한국에 관심이 많거나 연결고리가 있는 민간 인사들로 구성되어 있는 일·한 친선 관련 협의회가 있다. 이들 협의회의 구성을 일본 전역으로 더욱 확대해 나가면서 기존조직은 보다 그 운영을 활성화해 나간다면 한·일 양국의 지방 간 문화, 관광, 물자의 교류와 주민 상호 간의 이해 증진을 도모하는 데 이바지할 수 있음은 물론, 우리 동포들이 일본 사회에 거주하면서 겪는 이질감을 해소하고 재일 교포의 숙원사업인 지방참정권 획득에도 큰 도움이 될 수 있을 것이다. 이러한 조직 구성의 확대와 기존조직의 활성화에는 지방 공관이 절대적 역할을 할 수 있을 것이다.

▲ 1995년 4월 27일,
한·일 상공장관 회의 후 일본상공회의소가 주최한 일본 기업과의 면담 자리(테이블 오른쪽에서 왼쪽으로 박재윤 장관, 한 사람 건너 본인)

▲ 1997년 2월 22일 국보중식당, 주일 대사관 경제공사 재임 시 일시 귀국하여 평소 신뢰하며 깊은 인연으로 맺어진 경제기획원 중견 간부들을 초청하여 만찬을 나눴다.(앞줄 오른쪽부터 이영근 씨, 김범일 씨, 정강정 씨, 윤대희 씨, 이혁 씨, 뒷줄 오른쪽부터 박상조 씨, 김광림 씨, 본인, 초대 손님으로 참석한 강경식 장관, 권오호 씨, 김우석 씨)

◀ 1996년 10월 31일, 대사관저에서 홍석현 중앙일보 사장과 함께(가운데 홍석현 사장, 왼쪽 끝 전육 씨, 오른쪽 끝 본인)

대일 투자유치설명회와 각종 상품전시회 등의 개최 지역을 다변화하자

일본 현지에서 우리나라에 대한 투자와 관광객 유치를 위한 설명회 및 부품 등 각종 상품전시회가 매년 같은 도시, 고정된 장소, 낯익은 고객을 상대로 정례적, 형식적으로 개최되고 있다. 그렇기 때문에 고객의 관심도가 낮아 회의장 분위기가 열기 없이 산만하고, 개최 측이나 참석자 간의 연중행사로서의 인식이 일반화되어 있다. 그러므로 참신하고 한 단계 업그레이드된 분위기 조성과 관심도의 제고를 위해서 개최 장소를 다원화해야 한다. 이렇게 함으로써 새로운 시장 개척과 우리 상품에 대한 잠재수요를 창출할 수 있게 될 것이다. 여기에도 또한 관할 지방 공관이 선도적 역할을 할 수 있다고 생각한다. 이처럼 한·일 양국 간의 실질적인 협력 증진과 새로운 시장 개척을 위해서는 지방 중심, 중간 관리층 이하의 저변 중심으로 접근 방식을 바꾸어야 할 것이다. 그리고 관할 지역에서 그 지방 각급 관·공·민 기관이나 상공인, 우리 교민들과 항상 호흡을 같이 하고 있는 총영사관의 이러한 현장 감각이 실제로 활용될 수 있도록 그 역할과 기능을 재정립하고, 인식을 새롭게 하는 등 그 위상을 강화할 것이 절실히 요구된다. 그리하여 총영사관과 진출 기업을 중심축으로 한 시장 밑바닥에서 뛰는 실효적 세일즈맨의 전진기지로서 총영사관을 적극 활용해야 할 것이다.

◀ 1996년 2월 14일 동경 길조(吉兆), (앞줄 오른쪽부터 박용학 대농 회장, 김태지 대사, 네모토 일본 경단련 회장, 지리 일본 무역협회 회장, 뒷줄 오른쪽부터 본인, 하쿠라 일본 경단련 명예회장, 사이토 일본 경단련 명예회장)

◀ 1988년 1월 (강단 앞 왼쪽부터 정상천 전 서울시장, 김종필 총재, 본인, 김흥근 민단 단장 등 교민 간부진)

總領事館運營과 關聯한
改善事項, 本部建議文

(1999년 7월 10일 요코하마 총영사 김주일)

(1) 총영사가 우리 부 이외의 타 부처장, 특히 광역지방자치단체장에게 우리 부 경유 또는 직접 공전公電으로 보내는 공한은 반드시 관련 부처장, 지자체장이 우선 선람하고 그 지침을 실무진에 내려주도록 할 것

중요한 내용을 포함한 공한에 대해 중요도를 인지하지 못하고 밑에서 접수하여 계장, 과장 선 또는 국장 선에서 공람 처리함으로써 중대한 결정의 기회를 놓치거나 지연되는 경우가 있음

예) • 서울시 외자도입 건
　　• 인천시와 요코하마시 간 우호도시 결연 제안 건
　　• 제주도와 시즈오카현과의 결연협의 건

(2) 공무로 출장 오는 정관계 인사 및 공공단체가 지역 간 교류협의 또는 시항조사, 판로개척 등을 위해서 주재국 지방정부 및 공공 단체장의 공식 방문 시 반드시 관할 공관장으로 하여금 주지 할 수 있도록 제도적 장치 강구 요망

예) • 행정자치부 차관의 요코하마 시장 및 시즈오카 지사 방문(지역 간 교류협의차)
　　• 경기도의회 및 인천상공회의소의 가나가와현 의회 및 요코하마 상공회의소 공식 방문

(3) 투자유치 및 상품전시 설명회 등 각종 전시회 개최지의 다양화

부품 등 상품전시회, 농특산물특별전, 투자유치설명회, 한국어능력검정시험 및 관광객유치설명회 등의 개최 도시 및 장소, 대상 고객의 다변화로 새로운 수요 창출

(4) 대일 수출에 임하는 수출상사의 자세전환 유도

지금까지 우리는 중화학제품 위주의 덩치 큰 금액, 한 건의 대량수출에 의존하여 옴. 이에 더하여 이제는 식료품들에 이르기까지 다양한 품목, 적은 금액, 소량 판매도 소홀함 없이, 소비자는 왕이라는 자세로 몸을 낮추어 밑바닥 시장에서부터 위로 쌓아 올라가는 소시민 정신으로 중소기업 제품도 중시하는 다원적 시장개척에 임할 필요가 있다고 생각함

이와 관련하여 우리의 주재상사 및 금융기관은 원화절하 이전의 일본소비재 상품 수입과 일본 돈 빌리기에 급급했던 때의 자성과 함께, 몇천 $ 수출에도 전력투구하는 자세전환이 있어야 할 것임

(5) 주일 대사관 소속 영사부를 분리 독립시켜 총영사관으로 승격, 현재 주일 대사관 관할 동경도 등 수도권 중심 중요 7개 도, 현과의 실효적인 지방 중심의 경제 통상 교류 협력 증진(현재는 영사 교민 관리 업무만도 일이 벅참)을 위해서는 현참사관 겸 총영사를 독립공관장으로 승격시켜, 이들 자치단체를 직접 관할할 수 있도록 전향적인 검토가 있어야 할 것으로 봄(대사관이 지방기관을 직접 접촉하는 것은 논리상, 타 지역 총영사관과의 형평상, 업무의 성질상 이론이 있을 수 있음)

이리하여 동경대사관 관할 지방자치단체와 요코하마 관할 지방자치단체와의 관할 구역 통폐합 제안

(6) 재외공관장회 참석범위의 탄력적 운용

재외공관장 회의가 금년과 같이 '지역 중심', '토의 위주', '형식과 의례'에 구애됨 없이 진행되는 경우, 참석고정 멤버에서 탈피하여 실효성 위주로 참석 범위에 대해서 재고해 볼 필요성이 있다고 봄

총영사 전원의 참석이 어려울 경우, 총영사의 임기가 3년이라고 가정한다면 동 임

기 내에 1회 정도(가령 2년의 경륜을 쌓은 후 3년째 되는 해)에 국한해서라도 동 회의에 동참하는 기회를 줌으로써, 참여의식 및 사기를 고취시키며, 제외공관장으로서 갖는 소외감을 해소하는 효과를 얻을 수 있음

(7) 매주 개최되는 본부의 실·국장회의 결과 통보는 현지 공관의 업무수행에 많은 도움을 주고 있는바, 실·국장 중요 보고서에 본부 보고관의 실명實名을 함께 기재해 주기 바람. 이는 책임소재를 명확히 하고 문서의 기록 보존에도 도움이 될 뿐만 아니라, 모든 문서의 실명화를 하고 있는 우리 부의 방침과도 일치한다고 생각됨

(8) 관저 오만찬의 장려 방안 강구 요망

주재국 관계, 경제계, 사회단체, 언론인과의 관저 초청 오만찬 개최는 외교 효과의 극대화를 위한 가장 좋은 방법임. 그러나 주어진 오만찬 비용관리는 이를 장려·촉진하는 방향이 아니고, 경리 회계상의 집행지침이 통제·억제 위주임

(9) 공관장과 공관원 간의 업무추진비 집행비율 통계작성 시정 요망(왜 이와 같은 자료를 만들어야 하는지 동기가 의문시됨)

• 외교활동의 능률, 효율, 성과의 극대화는 공관 전 직원이 일체가 되어 관저 오만찬 개최, 주재국지방정보, 각종 공공단체 민간사회단체와의 합동간담회 개최, 회식 등 집단적 활동을 함으로써 각종 Idea의 개발, 정보의 교환과 공유 다수 간의 친목 도모 등의 효과를 얻을 수 있음. 때로는 개인 활동도 중요하지만 집단적 공관활동이 더욱 성과를 가져올 수 있다고 확신함

이와 같은 집단적 공관활동이 중요시된다면, 공관장과 공관원과의 업무추진비 사용비율을 작성하는 것은 업무능률의 저하, 경비지출의 비합리화, 공관원 상호 간의 불신초래(개인 활동의 조장)가 되기도 함

따라서 매년 공관장과 공관원 간의 업무추진비 집행비율을 작성하여 공개하는 것은 지양하여 주시기 바람(각 공관의 특수성에 따라 자율, 공관장의 재량에 맡겨야 할 사항으로 생각됨)

(10) 평통 위원 추천, 결정, 통보, 임명장 수여는 총영사 중심(참여)으로 해 줄 것

임명장 수여식(동경) 때는 총영사가 평통 위원과 함께 인솔 참여토록 해 주기 바람

(현재는 언제 어디서 누구에게 하는지 총영사는 부지불식간에 행해짐)

(11) 명예시민증 수여, 자치단체 간 우호도시 결연 등이 논의될 시 총영사가 미리 알 수 있도록 해 주길 바람

(12) 상품 수출입, 투자 유치, 자본 도입 등과 관련된 경제적 활동에 있어서는 관할 구역에 구애됨이 없이 필요에 따라서는 광역적 활동이 가능토록 해 주길 바람

(13) 주재국 관련 인사에 대한 연하장 발송 시 대상자 선정은 총영사의 의견을 그대로 반영해 줄 것

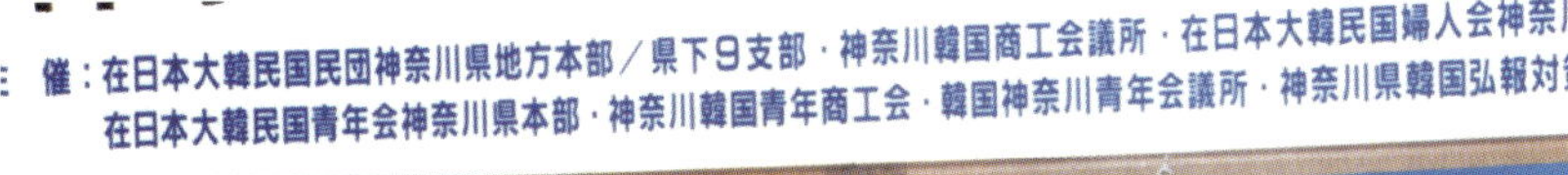

◀ 본인의 요코하마 총영사 부임 인사 및 경제공사 재임 시 강연 장면

(14) 국책 홍보 및 각종 사안의 홍보물 작성 배포에 있어서, 일본 지역은 반드시 일어로 제작해 주길 바람(영어 홍보물은 거의 실효성이 없음)

또한 배포 부수에 있어서도 충분한 양을 송부해주기 바람

▲ 본인의 강연에 대한 신문 기사

▲ 월드컵 한·일 공동 개최 및 인천시와 요코하마시 간 우호도시 결연을 제안하는 요지의 강의

▲ 1999년 5월 13일, 총영사관 관저에 초청한 이치츠루카이(一鶴會) 회원들(왼쪽 끝 본인을 중심으로 뒷줄 왼쪽부터 요코하마 시장, 은행장(전 대장성 사무차관), 일본중앙은행 총재, 앞줄 왼쪽부터 중국가(中國家) 가세이루 사장, 가와사키 학원 이사장)

한·일 간 무역역조를
근본적으로 해결할 수 있는 방책은?

(1996년도 주일 한국대사관 국정 감사장에서)

[필자 주註]: 본인이 국회 예산결산위원회와 국제경쟁력강화 및 경제제도개혁에 관한 특별위원회 수석전문위원으로 재임하고 있을 당시, 국회의장은 이만섭李萬燮 의원이었으며 이 의장의 동의를 얻어 외무부로 전출되었다.(1994년 3월 23일)

질문 요지

1996년 국회외교통일위원회 주일 한국대사관 국정감사반의 일원으로 이만섭 의장이 포함되어 있었다. "김주일 경제공사, 김 공사는 일본통으로 경제통상전문가니까 한·일 무역역조를 근본적으로 해결할 수 있는 방안이 있으면 속 시원하게 한번 말해보시오."하고 질의하였다.

본인 답변 요지

"한·일 무역역조의 내용을 분석해보면 우리가 특히 동남아시아를 위시하여 미주, 유럽 등지에 수출하고 있는 제조업 상품의 중간재와 부품을 일본으로부터 수입하고 있는 것이 가장 큰 원인 중의 하나라고 생각합니다. 이들 중간재 부품들을 하루속히 국산화하는 기술을 우리 스스로가 개발하는 것이 우선 과제입니다. 우리의 수출상품의 중요 부품을 일본으로부터 수입하는 한 우리의 수출증대에 비례해서 일본과의 수입·수출의 격차는 계속 이어지게 될 것입니다. 제가 이 의장님 휘하에서 국제경쟁력강화 및 경제제도개혁에 관한 특별위원회 수석전문위원(겸직)으로 재직하고 있을 때 이 부분에 관하여 분석한 결과도 이와 같았습니다."라고 답변하였다.

노후(老朽)된 외제 차(벤츠)를
국산 차(그랜저)로 대체한 이야기

(1996년 5월)

본인이 경제기획원 예산총괄국장에서 한 급 승진하여 국회 예산결산위원회 및 국가경쟁력강화 특별위원회 수석전문위원(차관보급)으로 전출된 지 1년여가 지났다. 이때 본인은 조달청장으로 보직을 옮기기를 희망하고 있던 중이었다. 때마침 경제기획원 대외경제조정실의 폐지와 더불어 그 업무는 외무부로 이관하는 직제개편이 있었다. 이것이 계기가 되어 외무부가 외교통상부로 확대 개편됨과 동시에 여기에 통상교섭본부가 새로이 발족하게 된 동기가 되었다.

이 시기는 한·일 간의 무역역조가 점점 심해져 가는 추세로 가던 때였다. 그리하여 일본대사관 경제담당공사는 일본 경제 사정에 밝은 일본통 경제관료를 파견하기로 양 부처(경제기획원과 외무부) 간 합의가 있었다. 잘된 일인지 잘못된 일인지 본인 자신도 분간할 수 없었으나 여하튼 여기에 본인이 선정選定되었다.

경제기획원에서 타 부처로 전출 갈 때는 한 직급 올려서 가는 것이 관례였으나, 본인은 외무관리관(1급)으로 직급만 바뀐 채(수평 인사) 외무부로 전출(1994년 3월 23일)되었고 외교안보연구원을 거쳐 1995년 1월 16일 현지에 부임하였다.

이때 때마침 공사公使용 공용차량 벤츠 차의 노후로 새 벤츠 차로 교체할 시기가 되었다. 같은 차종의 벤츠 신차구입 예정가격은 현대 그랜저 차 2대를 살 수 있는 가격이었다. 때마침 공보공사차도 교체할 시기가 되었는데, 주위의 많은 반대(전례가 되면 후임자에 대한 영향을 감안해서)가 있었음에도 불구하고, 한국 차를 처음으로 일본에 들여오게 했다.(그랜저 차 2대) 그랜저 차는 차형이 '미쓰비시 대보니아' 차와 유사하여 한국 차인 줄 모르고 일본 내에서는 대보니아 차로 이름 불렸다.

한·일 간 무역역조를 조금이라도 시정해야 한다는 명분과 상징적 의미 외에 본인의 직책, 정신적 의지, 한국차가 일본에도 들어올 수 있다는 발상의 전환, 한국 차를 타고 다닌다는 전시적 효과 등 여러 가지 생각 끝에 고집을 부려 국산 차를 구입한 것이다.

그런데 이게 웬일인가! 오비이락烏飛梨落이라고나 할까? 한 달도 채 못 가 엔진 고장으로 차를 더 이상 탈 수 없게 되었다. 기사의 전갈에 의하면 일본 내에서는 도저히 수리할 수가 없고, "대보니아 차 수리 공장에도 가져가 봤지만 속수무책이었다."고 전해 들었다.

때마침 한국 경제인협회 요인들이 동경을 방문했을 때 김태지金太智 대사와 경제공사인 본인이 저녁 식사 자리에 초청을 받았다. 그때 현대자동차 사장(당시는 정세영鄭世泳)도 자리를 같이하였다.

바로 앞자리에 앉아 있는 정 사장에게 그랜저 차의 구입 동기와 의의, 지금 차의 상태에 대하여 대충 설명을 하였다. 후일後日 현대자동차의 일본수출을 위한 전초전이라 생각하고, 그 결함의 원인을 밝혀 시정하는 것이 좋겠다고 한 것이 오히려 화근이 되었을까.

옆에 있던 故 최종현崔鍾賢 SK 회장이 "정 사장! 그 차 바로 다른 신차로 바꾸어 드려"라고 해결방안 조로 이야기하였다. 현대자동차 정 사장은 노조의 파업罷業과 불성실로 인하여 그런 차가 만들어졌다는 말을 일관하여 되풀이하니 식사장 분위기는 좋지 않은 쪽으로 흘러갈 수밖에 없었다. 그러자 김태지 대사가 "왜 그런 말을 이런 자리에서 꺼내느냐"고 본인에게 질책성 발언을 함으로 이 사건은 그 자리에서 일단락이 되었다. 그러나 못쓰게 된 엔진을 교체하는 과정에서 숱한 애를 먹었고, 기사를 위시하여 대사관 내부로부터 원망도 많이 들었다.

여하튼 이런 일련의 해프닝으로 현대차는 그 이후 수출품에 대해서는 더 엄격한 검사를 하게 되는 계기가 되었을 것이라고 생각하니 한결 보람을 느낄 수 있었다. 그리고 그 후, 정무공사 김용규金龍圭 씨도 어찌할 수 없이 한 단계 위인 다이너스티 현대차를 구입하게 되었다.

◀ 주일본 대한민국
대사관 경제공사 재직
기념패-1

◀ 주일본 대한민국
대사관 경제공사 재직
기념패-2

월드컵 한·일 공동 개최 어떨까

(1995년 11월 18일 대구 매일신문 기고문)

양국 간 감정 해소, 화합에 일조

한·일 친선 프로야구 경기가 일본 전역에서 여섯 차례 열릴 예정이고, 그 중 첫 경기가 지난 3일 도쿄에서 약 4만 명의 관객이 모인 가운데 개막했다. 이날 특히 인상 깊었던 것은 한국 측 응원단의 질서 정연한 모습과 조직적이고 패기 넘치는 응원 장면이었다. "한국 이겨라"라는 응원의 외침 속에는 양국 간의 얽힌 과거사 외에도 월드컵 유치 경쟁과 관련된 의미를 발견할 수 있었다. 왜냐하면 월드컵 유치 카드섹션도 있었기 때문이다.

모든 스포츠 경기에는 무승부도 가끔 있지만, 대개는 승자와 패자가 나뉘는 법이다. 특히 한·일 경기에 있어서는 야구뿐만 아니라 축구를 비롯하여 권투, 유도, 레슬링, 탁구 등과 같이 선수 간에 몸과 몸이 맞부딪히는 익사이팅exciting한 경기가 자주 펼쳐진다. 그때마다 강한 승부욕이 발동되고 승패가 갈린 뒤 패자나 관객이 갖는 감정은 단순한 승패 이외에 씁쓸한 뒷맛을 남긴다.

스포츠 대회의 진정한 의의

지금 두 나라 모두가 우열을 가릴 수 없을 만큼 축구 열기가 대단한 가운데 '2002년 월드컵 유치'를 놓고 한 치의 양보도 없이 또 한 번의 승패를 가리지 않으면 안 된다. 두 나라 중 어디로 결정된다 하더라도 패자가 갖는 응어리와 불신의 골은 깊어져 갈 것이 명백하다고 본다. 국제축구연맹의 월드컵 조사단이 한국 방문에 이어 일본 시찰을 마치고 가진 기자회견에서 양국 모두 개최준비에 문제가 없으며 충분한 자격을 갖추고 있다고 발표했다.

오늘날 한·일 관계는 한·일 강제병합조약과 관련한 일본 총리의 합법 발언, 식민지 지배를 미화한 어느 대신의 발언, 대북 쌀 지원과 관련한 후유증 등 매끄럽지 못한 상황에 놓여있다. 이러한 현실 상황에서 본인은 첫날 무승부로 끝난 한·일 친선 프로야구 경기의 관람을 마친 뒤 이렇게 생각해 보았다.

스포츠 대회의 의의가 친선과 우호, 협조와 화합의 한마당을 만드는 데 있다면, 한·일 간의 내일을 위하여 '월드컵 공동 개최'는 어떨까. 기왕에 양국의 정치인 사이에 논의되고, 한·일 포럼에서 양국 학자 간에 제안된 바 있는 월드컵 공동 개최에 관해 이들이 앞장서서 기사회생의 지혜를 모은다면, 또 같은 목표로 함께 치르는 협조의 분위기를 만들어 준다면 이 문제가 양국 간에 또 하나의 대립의 요인이 된다든가 국민감정을 손상시키는 일은 결코 없을 것이며, 여러 가지로 얽혀있는 양국 간의 문제를 누그러뜨리는 데 좋은 계기가 될 수 있을 것이다.

▲ 1995년 11월 3일, 일본 동경에서 열린 한·일 축구 경기(이날 경기는 무승부로 끝났다.)

한국 JC특우회, 해외지구 회원 여러분. 일본 각지에서 오신 귀빈 여러분. 그리고 멀리 본국에서 오신 국민 여러분. 1997년도 '제10회 한국 해외지구 우정의 날'의 개최를 진심으로 축하하며 이 자리에서 정부를 대표해서 축사를 하게 된 것을 무한한 영광으로 생각합니다.

금번, 이 행사를 주관하시느라 수고하신 한국·가나가와神奈川 JC특우회 정호승 회장을 비롯한 회원 여러분의 노고를 치하합니다. 그리고 이기섭 한국 JC특우회 해외지구회장을 비롯 일본 각 지역에서 참석해주신 회원 여러분과, 특히 모국에서 오신 한국 JC특우회 김상도 회장을 위시한 회원 내외분께 환영의 뜻을 담아 감사의 말씀을 올립니다.

이 자리에 모이신 여러분들은 그동안 우리나라 내에서, 또 일본 각 지역에서 청년회의소 회원으로서 우리나라는 물론, 한·일 양국의 지역사회 발전을 위해 젊음을 바쳐왔고 지금은 JC특우회 회원으로서, 각 분야에서 지도적 역할을 다하고 있는 것으로 알고 있습니다. 특히, 일본 지역 JC특우회 회원 여러분들은 다가오는 21세기 이곳 우리 동포 사회를 이끌어 갈 주인공으로서의 훌륭한 재목이기에 여러분들에게 거는 기대 또한 매우 크다 하겠습니다.

이 자리에 참석하신 한국 JC특우회 회원 여러분이 아시다시피 요코하마 총영사관 관할인 가나가와현은 일본 전 지방자치단체 중 가장 먼저 국제화에 앞장서서 선구자적 역할을 해나가고 있는 광역자치단체 중 하나입니다. 정주 외국인의 대책에 있어서만도 1995년도에 이미 현 내 38개 지방자치단체의회의 100%가 정주 외국인에 대한 지방참정권 부여 결의안을 채택, 통과시켰고 외국 국적 소지자의 지방 공무원 채용 시 국적 조항도 가장 먼저 철폐하였습니다. 또한 일본 전 지역 자치단체 중 정주 외국인에 대한 각종 규제도 한발 앞서 없앤 바 있습니다.

최근 신문지상에 보도되었듯이 가와사키시川崎市의 1997년도 공무원 채용시험에 한국인 3명이 일반 행정직으로 합격, 채용된 바 있습니다. 한국과의 관계에 있어서도 1994년 가나가와현과 경기도 간의 우호도시 협력 체결 이후 도내 상호 간에도 많은 단체의 자매결연이 이루어져 명실상부한 인적·물적·문화 교류의 중심지로서 모범을 보여주고 있습니다. 가나가와현에 대한 관련 사항만을 예로서 많은 얘기를 했으나, 오늘 이 자리에는 가나가와현 외에도 오사카, 고베, 교토, 후쿠오카, 동경 지역으로부터도 다수의 회원이 참석하고 계신 것으로 알고 있는데, 이들 지구에서도 이와 같은 한·일 양국 지방 간의 교류가 활발히 진행되기를 희망합니다.

본인은 금년 초 주일본 대한민국대사관 경제담당공사 직에서 요코하마 총영사로 부임하였습니다. 정보화, 지방화 시대에 살고 있는 오늘, 국제 간 또는 국가 간 교류의 기본적인 주체는 개인과 기업, 공공단체, 민간단체, 지방자치단체 등이라는 것을 실감하고 있습니다. 특히 민간과 지방자치단체 중심의 한·일 양국의 (경제, 문화, 스포츠 외에)인적, 물적 교류 협력이 양국 간의 친선을 도모하는 데 중요한 역할을 하고 있음을 깨닫게 되었으며 이의 활성화를 위하여 최선을 다하고 있습니다.

끝으로 오늘 이 모임이 한국 내외에 있는 JC특우회 여러분의 돈독한 우정을 더욱 깊게 해주는 자리가 되길 바라며, 우리나라와 일본 각 지역은 물론, 우리 조국과 국가 발전에 큰 활약을 해 주실 것을 기대합니다. 다가오는 21세기에 우리나라 국내외 사회 각 분야에서 중추적 역할을 하시게 될 JC특우회 해외지구 여러분들의 건승과 가정의 안녕을 기원하면서 축사를 갈음하고자 합니다.

▲ 1997년 10월 24일 아타미 뉴-아카오 호텔, 제10회 한국 JC특우회 '해외지구 우정의 날' 기념식전에서 요코하마 총영사 자격으로 축사를 하고 있다.

▲ 한국 가나가와현 청년회의소 회장으로부터 받은 감사패

▲ 1997년 10월 24일 아타미 뉴-아카오 호텔, 제10회 한국 JC특우회 '해외지구 우정의 날' 기념식을 마치고(왼쪽 본인과 내자, 오른쪽 강보영 안동병원 이사장 부부)

IMF 외환위기 당시
'나라사랑 외화예금하기 운동' 앞장

김주일 주요코하마총영사
모국돕기 운동 적극 전개

우리나라가 외화 지불능력 부족으로 국가경제가 어려움에 처하자 김주일(61·예천읍 고평리 출생) 주요코하마 총영사는 지난해 연말부터 모국돕기 운동을 적극 전개해 화제가 되고 있다.

김 총영사는 모국이 금융위기로부터 벗어날 수 있도록 하기 위한 일환으로 △나라사랑 본국외화 예금통장 갖기 △증권투자 및 직접투자 △외평채 구입 △본국 여행가기 운동 등을 적극 전개하는 등 재일동포들에게 지원을 호소하고 있다.

김 총영사가 시작한 이 운동은 재일동포 사회는 물론 전세계 교민사회로 확산됐으며 KBS, SBS, 서울신문 등 국내 각종 매스컴에 실황보도 되기도 했다.

▲모국을 돕자고 호소하고 있는 김주일 주요코하마총영사.(나라사랑 외화예금 및 투자유치를 독려하기 위해 민족계 금융인 요코하마 상은을 방문한 김종필(왼쪽 첫번째) 자민련 명예총재도 보인다.)

▲ 1997년 IMF 국가 외환위기 당시 '나라사랑 외화예금하기 운동' 동참에 적극 앞장섰다.(신문 스크랩)

▲ 재일동포들에게 '모국돕기 운동' 동참을 호소하고 있다.

▲ 1998년 1월 8일, 김종필(金鍾泌) 자민련 명예총재가 DJP연합(김대중 대통령 당선)으로 정권을 잡고 총리로 내정된 상태에서 요코하마를 방문했다.

<h1 style="text-align:center">일본 국민성의 두 가지 속성(俗性),
立前本根와 質實剛健</h1>

(2009년 5월)

다테마에 혼네(立前本根 또는 本音)

우리는 흔히 일본 국민성國民性의 특질을 한마디로 얘기할 때『겉보기와 속심이 다르다』라고 말한다. 좀 더 자세히 설명하면『표면상의 방침, 원칙, 내용이 본심과 다르다』는 뜻으로 '다테마에 혼네'(立前本根 또는 本音이라고도 씀)라는 용어가 있다.

이는 일본 국민성을 별로 좋은 의미로 나타내는 것이 아님을 진작부터 알고 있었다. 그러나 본인과 오랜 인연으로 소통하고 지내는 관계官界, 정계政界, 학계學界, 재계財界의 일본인 인사들과 교우交友, 교감交感 시에는 그런 내면성을 전혀 감지하지 못하였다.

2009년 4월 본인이 대한적십자사 경영합리화추진위원 겸 간사로 봉직奉職하고 있을 때 한갑수韓甲洙 위원장(전 E·P·B 차관, 국회의원, 농수산부 장관), 김성이金聖二 씨(전 보건복지부 장관), 김동기金東基 전 고대대학원장 등 5명이 한팀이 되어 일본 적십자사 총재(고노에 타타테루近衛忠輝: 현 세계적십자연맹총재)를 예방하였다.

저녁 식사장에서 오가는 얘기 중 일본적십자사 회비모금에 대한 일본 국민의 참여도가 매우 높다는 설명이 있었다. 일본은 원래 지진과 태풍, 해일 등 자연재해自然災害가 많은 나라이며, 또한 도지사道知事가 지방지회 회장(우리나라 지회장은 민간인)을 직접 맡고 있을 뿐만 아니라 적십자사 임무任務의 중대성을 국민 모두가 잘 인식하고 있어 호응도가 높다는 이유도 덧붙였다. 본인이 "다테마에 혼네가 정말 일본 국민성을 대변하는 용어냐, 전에 그런 말을 들은 적이 있다"고 했더니 일본 적십자사 총무이사가 본인에게 다음과 같은 사자성어四字成語를 적어 주었다.

시츠지츠고오겐(質實剛健)

'시츠지츠고오겐' 처음 들어보는 어구語句이나 그 의미로 볼 때 무슨 뜻인지 대충 짐작이 갔다.

그는 『가장假裝하거나 꾸밈이 없고, 정직正直, 성실誠實하며 어떤 일을 하려고 할 때에는 마음과 몸이 함께, 힘껏 전력을 다하여 실천에 옮긴다』는 것이라고 그 뜻까지 자세히 설명해 주었다. 다시금 그 뜻과 의미를 되새겨 보니 본인이 일상에서 알고 있는 바 그대로 자국自國의 국민성을 솔직하게 잘 표현한 말이었다. 지금까지 일본인의 일 처리 과정을 곁에서 보아 온 경험에 의하면 이 말은 십분 이해가 되기도 한다. 다시 말하면 일본의 저력底力은 바로 이러한 국민성國民性에 의하여 발휘되는 것이 아닌가 하고 생각해 보았다.

여기에 더하여 질서의식秩序意識, 남을 배려하는 마음, 자신이 맡은 일에 최선을 다하는 장인정신匠人精神, 단결력團結力과 같은 내면內面의 성숙함을 우리는 배워야 한다. 이것은 비행기가 불가피한 사정(천재지변 등)으로 제시간에 안 뜬다고 항의, 데모하는 우리의 국민성과는 사뭇 다르다.

『이와 같은 국민정신이 일찍이 일본의 근대화近代化를 촉진시킨 원동력이 아니었나』하고 다시 생각해 볼 기회를 가졌다.

급격한 엔저를 몰고 온
일본경제구조를 다시 본다

(1998년 6월 16일, 외교통상부 본부에 보낸 시론)

1997년도 GDP 0.7% 부負의 성장과 최근의 급격한 엔저 현상에 이어, 다시 엔 환율의 등락 폭이 난조를 보이고 있는 것과 관련하여 일본경제의 현주소를 놓고 의견이 분분하다. 『일본발 세계공황』, 『비상구가 없는 일본경제』, 『살얼음판 위의 일본경제』, 『침몰하는 일본경제』니 하는 일본경제 위기국면을 표현하는 극단적 용어들이 경고음을 울리고 있는 가운데 일본경제의 현재와 미래가 지나치게 과소평가되는 경향이 있다.

• 경제계획과 정책을 수립하고 있는 일본경제기획청 장관은 "엔저가 일본경제에 마이너스라고는 생각하지 않는다"고 의미 심중 한 말을 남겼다. 특히 해외시장 제조업 분야에서 일본과는 가격경쟁관계에 있는 우리로서는 이 발언에 대해서 그 뜻이 갖는 의미를 깊이 생각해 볼 필요가 있다.

일본경제의 침체를 몰고 온 가장 큰 원인의 하나가 개인소비심리의 위축으로 인한 내수부진에 있기 때문에 현재로서는 단기적으로 내수를 진작시킬 수 있는 적절한 수단이 없다. 그러므로 엔화의 약세를 통하여 수출을 늘려 이로 인한 파급효과로 경기회복의 돌파구를 찾자는 데 일본정부의 본심이 깔려 있다고 볼 수 있다. 그렇다면 세계 각국으로부터 인위적인 외환시장 조작의 외압이 없다면 굳이 엔화 약세를 서둘러 진정시킬 이유를 찾지 않아도 되는 것이다.

• 석유에 대한 의존도가 높은 일본경제는 1970년대 두 번에 걸친 석유파동, 1990년대 초 극도의 엔고 과정을 겪으면서 국제경쟁력을 키우기 위한 구조 조정으로 기업체질을 튼튼한 방석 위에 올려놓은 바 있다.(오일쇼크 당시 "마른 수건에서 물을 짜내야 한

다"는 기업가 정신으로 경쟁력이 있는 질 좋고 값싼 상품을 국제시장에 내놓을 수 있도록 구조조정을 완료한 바는 이미 다 아는 사실이다.)

그리하여 일본경제를 뒷받침하고 있는 가전, 전자 및 정밀기기, 장치산업 등 제조업은 압도적인 국제경쟁력으로 세계시장을 석권하고 있다. 특히 이 분야에는 막대한 연구개발비의 계속적 투입, 우수한 인재의 확보, 자동화에 따른 노동 생산성의 향상 등으로 세계 최강의 기술대국 지위를 확보하고 있다.

이와 같이 국제경쟁력이 높은 산업구조의 바탕 위에서 작금의 엔저가 가세한 상승효과로 무역수지 흑자 폭이 크게 늘고 있음은 너무도 당연한 결과이다.

• 또한 1조 억 달러에 가까운 대외채권과 2천억 달러가 넘는 외화보유고, 매년 1천억 달러가 넘는 무역수지 흑자는 일본경제 펀더멘탈Fundamental의 튼튼함을 잘 말해주고 있다. 이러한 측면에서 볼 때 과연 엔의 급격한 하락만큼 일본경제가 나빠졌다고 볼 수 있을 것인가. 환율의 급격한 등락은 경제 내적인 척도에서 움직이는 면도 있지만 주식과 같이 일시적인 경제 외적인 기대심리의 작용이 보다 크다는 측면도 간과할 수 없다.

• 일본은 1990년대 들어 버블 붕괴 이후 주가와 부동산 등의 가격하락에서 오는 자산 감소로 경제학에서 경기변동을 설명하는 소위 『심리설』이 크게 작용하고 있다. 또한 이 와중에 소비세율의 인상과 특별감세제도의 폐지, 의료보험의 자기부담률 인상, 부의 경제성장과 실업의 증가, 금융시스템 불안, 정치리더십 불안에서 오는 정책의 불신 등이 일본 국민들로 하여금 자국 경제의 장래에 대한 부정적 시각을 갖게 하였고, 이는 곧 개인소비 심리를 위축하게 만들었다. 또한 본인 자신들의 장래에 대한 불안심리가 깊어져, 이로 인해 국민들의 소득은 앞날에 대비한 저축으로 적립되고 있다. 그렇기 때문에 경기부양을 위한 사상 최대의 추경편성(공공사업 지출과 감세)도 내수증대에 별 효과가 없는 것이다.

이러한 결과로 현재 은행에 예치된 개인 금융 자산만도 1,200조 엔, 우편적금 225조 엔이 사상 초유의 초저금리 하에서 금융기관에 축적되어 있다.

• 그렇다면 오늘날 일본경제에 대한 경고음의 발진지와 구조적 취약성은 어디에 있는가. 그것은 두말할 것도 없이 버블 붕괴에서 온 부負의 유산遺産인 금융기관의 불량채권 처리 문제와 그동안 손을 대지 못한 후진적인 금융시스템 불안에 그 원인이 있다고 볼 수 있다.

일본은 국제경쟁력을 키우기 위한 제조업 구조 조정에는 성공하였으나 금융산업의 구조 개혁에는 성공하지 못하였다. 이에 대한 예로, 1990년대 초 거품경기 붕괴와 더불어 불어닥친 패전처리敗戰處理와도 같은 금융기관의 불량채권(주로 담보물인 부동산가격의 급락에서 발생)을 제때에 처리하지 못하고 오늘날까지 미루어 온 정책선택의 실패를 들 수 있다.

• 따라서 금후 일본경제의 국면전환을 위하여 해결해야 할 가장 급박한 과제는 금융기관 부실채권의 신속한 처리와 일본경제 구조에서 가장 낙후된 재래식 금융시스템의 과감한 구조 조정일 것으로 생각된다.

그리고 경기가 회복국면에서 후퇴국면으로 옮겨진 전환점이 소비세율 인상 시점(1997년 4월 1일)이기 때문에 소비세율의 환원 또는 전면적 폐지는 재정수입에서 잃는 효과보다 내수촉진으로 얻는 경기회복 효과가 더 클 것으로 기대된다. 또한 사상 초저금리(년리 0.4%전후)로 금융기관에 예치되어 있는 개인금융자산이 소비지출 또는 부진한 주택투자 및 기업설비투자 등으로 (자금이)흐르도록 하여 내수경기를 활성화한다면, 현재 침체된 일본경제는 그동안 축적된 성장 잠재력과, 엔저의 뒷받침, 강한 국제경쟁력을 등에 업고 또다시 회복국면으로 돌아설 것이다. 이는 곧 다시 찾아올 엔고시대의 도래를 의미한다.

1998년 6월 16일
주요코하마 대한민국 총영사관 총영사 김주일

8장

국가와 사회, 국민에
진 빚을 갚기 위한 봉사활동

▲ 2009년 8월 18일, 반기문(潘基文) 제8대 유엔 사무총장이 '적십자 최고 대장 무궁화장'을 수여받기 위해 대한적십자사를 방문했다. 반기문 총장은 충주고교 재학 때 청소년적십자(RCY) 국제대회에 한국대표로 참석한 바 있다. 반갑게 악수를 하고 있는 본인과는 공직 실무자 시절부터 우정을 나누고 있는 관계이다.(오른쪽 첫 번째 유종하 대한적십자사 총재, 가운데 반기문 총장과 본인, 가장 뒤 이경수 전 숙명여대 총장)

　　본인은 시장 경제에 대한 청소년들의 이해를 돕는 데 일조하기 위하여 봉사단의 자격으로, 지난날에 배우고 익힌 경험과 지식을 후세대에게 전수하는데 미력이나마 도움을 주고자 경제교육봉사단에 참여하게 되었다.

대한적십자사
경영합리화 추진위원 겸
간사로 활동

(2009년 1월 9일 ~ 2011년 1월 9일)

적십자사의 현황과 문제점 해결을 위해 우리가 해야 할 일

1905년에 창립된 대한적십자사는 그동안 인도주의人道主義의 기본정신基本精神 아래 취약계층 및 소외계층의 삶의 질 개선을 위해 노력하고 있다. 하지만 오늘날의 대한적십자사는 사회봉사활동과 재난구호활동의 실천 과정에서 많은 재정상 문제점을 안고 있는 것이 현실이다.

병원(서울적십자병원 등 6개소), 혈액사업(22개소)의 누적적자가 1,041억 원에 달하며, 이에 대한 이자만도 매년 44억 원을 부담하고 있다. 이는 경쟁력 없는 병원과 혈액사업 등에 소요되는 비용을 자체 조달하거나 국고지원금 등으로 충당하지 못함에 기인하고 있다. 또한 우리나라 나눔의 문화(회비, 기부금, 기여금, 후원금, 헌금)가 선진국에 비하여 뒤떨어지는 것도 그 원인 중의 하나이다. 적십자사의 수입에 있어서도 일본은 약 20조 원으로 우리나라의 38배 규모이다.[1]

이와는 별도로 적십자 사원의 자사自社에 대한 애사심에도 문제가 많다. 국제적인 봉사기구에 강성노조가 활동한다는 것이 이를 입증해주고 있다.

---

1) 우리나라 적십자사의 회원과 봉사원이 전 인구의 14%인데 비하여 일본은 96%이고, 우리나라 적십자사 임직원은 3,230명인데 비해 일본은 56,742명임.

이와 같은 누적부채와 이자부담 등 재정수지상의 문제점을 개선하기 위하여 2009년 1월 9일 자로『대한적십자사 경영합리화 추진위원회(위원장: 한갑수)』가 발족되었다.

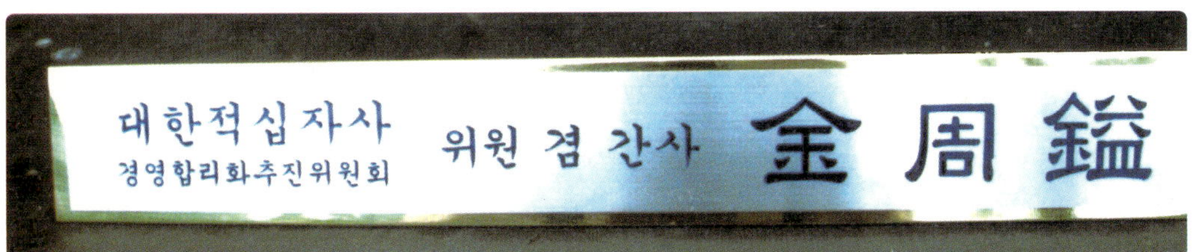

▲ 대한적십자가 경영합리화추진위원회 위원 겸 간사로 활동(2009년 1월 9일 ~ 2011년 1월 9일)

추진위원회 위원 명단(2009년 1월 9일 발족)

위원장: 한갑수

간사위원: 김주일

위원: 김동기, 김동섭, 김성이, 박재갑, 이봉주, 이태교, 최규완, 한규섭

정부위원: 5인(기재부 사회예산심의관, 통일부 통일정책협력관, 외교부 국제기구국장, 행안부 지방재정세제국장, 복지부 보건의료정책관)

본인(간사위원)의 대한적십자사 경영합리화 추진위원회 경과보고

매년 운영적자 발생으로 인해 일천억 원이 넘는 부채가 누적되어 있는 병원, 혈액사업과 현장분회센터의 경영개선방안 마련이 시급하다. 어려운 경제여건 속에서 안정적인 재원확보를 위해서는 국고 지원의 확대, 모금 방식 개선 및 대국민 홍보 활동 등을 통한 '모금확대 방안' 강구가 필요하다.

아울러 적십자간호대학을 4년제로 승격하는 문제와 적십자사가 계속하여 간호대학을 운영해야 할 필요성이 있는지 여부 등 '간호대학운영 방안'에 대한 합리적인 검토가 필요한 상황이다.

이러한 대한적십자사의 긴급 현안에 대한 해결 방안을 모색하기 위해 총재 직속의『경영합리화 추진위원회』를 구성하고, 제시된 문제의 근본적 개선 방안 마련을 위해 외부 전문컨설팅기관에 경영진단을 의뢰할 필요가 있다.

병원 운영

적십자병원의 현재 이용률은 공공병원 중에서도 가장 낮은 수준에 있으며, 의료진에 대한 신뢰도 또한 낮다. 그간 적십자병원은 오랜 역사와 공공성을 강조하며 병원 운영을 해 왔지만, 교수직을 둘 수 있는 대학병원과 거대자본 투자가 가능한 대기업 산하 병원에 밀려 이제는 그 유지조차 장담할 수 없는 상황에 이르렀다.

아울러 매년 상당한 액수의 원금상환과 이자부담, 경영적자가 발생하는 현 상황에서 거대자본을 투입해 최신시설의 병원으로 발전하기도 어렵고, 정부의 의사 수 확대를 제한하는 정책 등을 감안할 때 대학과 연계, 또는 대학병원으로 탈바꿈하는 것도 쉽지 않다.

이에 적십자병원은 그간 오랜 역사와 공공성이라는 상징적 의미에서 탈피하여, 대학병원과 같은 수익성을 고려한 병원으로 변모할 수 있는 방안을 강구해야 한다. 요지要地에 위치한 적십자 서울병원과 대구병원의 부지 개발을 통해 임대 수익 등 고정 수입을 확보하는 것도 좋은 방안 중 하나일 것이다.

혈액사업

국내 혈액 안전성과 관련된 국민들의 욕구는 여타 선진국과 같은 수준이지만, 이 욕구를 충족시킬 수 있는 혈액사업을 달성하기 위한 현재의 수가는 원가수준에 미치지 못하고 있다. 따라서 높은 수준의 혈액 안전성을 목표로 하고 유지하기 위해서는 이에 소요되는 비용 마련 방법을 찾아야 한다.(이는 수가 인상, 정부 보조 등을 포함한 혈액사업의 '원가보진 방안'을 의미) 또한 혈액사업은 포기할 수 없고, 대체 불가능한 특수 사업임을 감안해, 수지를 맞출 수 없다면 정부에 이관하는 방안을 포함한 차선책을 찾는 것도 염두에 두어야 한다.

모금활동

적십자 모금액의 정체停滯는 과거 혈액사고 등과 관련한 이미지 훼손, 헌신적 봉사기관 보다는 관료적인 기관으로(봉사기관에 강성노조가 있다는 점 등) 외부에 비추어지는 것이 그 주요 원인일 수 있다. 이에 대해서는 월드비전과 같이 기금의 사용내역에 대

한 홍보활동 강화, 유니세프 카드 등과 같은 적십자사 이미지 제고를 통한 모금확대
와 수익성을 함께 추구할 수 있는 방안 검토가 필요하다.

적십자간호대학

국내뿐만 아니라 미국 등 주요국가 대부분이 간호사가 부족한 상황으로, 간호사는
졸업과 동시에 취업을 할 수 있고 비교적 좋은 대우를 받고 있다. 하지만 3년제 간호
대학과 4년제 간호대학 출신을 비교했을 때, 그 대우나 인식 면에서 차이가 나고 있
는 것이 현실이다. 때문에 적십자간호대학이 한 단계 진보하기 위해서는 4년제 대학
으로의 승격이 필수적이다. 그러나 적십자사의 현 재정적 여건을 고려해 볼 때, 4년
제로의 전환은 대학 설치 규정상 쉽지 않다. 또한 4년제 간호대학 승격에 대한 대학
시설 기준은 갈수록 엄격해지고 있다. 이에 대해 교육부 등 유관기관과의 협의를 통
해 적십자 간호대학의 발전 방안을 모색하는 노력이 필요하다. 여기에는 4년제 승격
을 전제로 한 타 의과대학으로의 흡수 통합 등 근본적인 해결책이 뒤따라야 할 것이다.

컨설팅 의뢰 검토

적십자사의 당면 과제에 대한 명확한 해결책 마련을 위해서는, 중립적이고 신뢰성
있는 외부 전문기관에 의한 경영진단이 필요하다. 이에 합리적인 가격과 경영진단 능
력이 있는 외부 전문기관의 제안을 받아, 위원회에서 위원들의 의견을 수렴하여 업체
를 선정해야 한다.

기타 사항

각 위원의 전문 분야에 따라 위원회를 소분과 형태로 분류해 운영할 필요가 있다고
판단된다.

결론

대한적십자사는 그간 오랜 역사와 정통성을 고수해 왔지만, 시대의 변화에 적응하
려는 노력이 부족했던 것이 사실이다. 이로 인해 작금昨今에 이르러 재정 상태가 더욱

취약한 형편에 있다. 이에 적십자의 근본이념인 사회 취약계층을 보듬고 그 공공성을 유지하기 위해서는 재정자립도를 높일 수 있는 방안을 찾는 것이 시급하다. 이를 위해 객관적인 시각을 가지고 있는 전문기관과 연계해 적십자사의 문제점 해결과 개선 방향을 면밀히 분석해 방법을 모색해야 한다.

▲ 2010년 1월 21일 청와대 방문, '2010 적십자회비 전달식' 및 봉사단체장과의 오찬 후(앞줄 왼쪽 첫 번째 본인, 가운데 이명박 대통령)

▲ 2009년 3월 3일, 2009년도 경북적십자사 업무보고회 및 인사회(오른쪽부터 안윤식 경북회장, 한삼화 위원, 본인, 김관용 경북지사, 유종하 총재)

'대한적십자사 경영합리화 추진위원회' 주요 업무 현안 파악

대한적십자사 경영합리화 추진위원회 일정

- 경영합리화 추진위원회 1차 회의(2009년 1월): 위원회 발족 및 적십자사 당면과제 토의(간사위원 보고)

- 경영합리화 추진위원회 2차 회의(2009년 2월): 컨설팅 용역업체 선정

- 경영합리화 추진위원회 2차 간담회(2009년 4월): 일본, 스위스, 스페인, 영국 적십자사 출장 보고 및 성과 토의

- 경영합리화 추진위원회 3차 회의(2009년 4월): 컨설팅 중간보고

- 경영합리화 추진위원회 4차 회의(2009년 7월): 컨설팅 최종 보고

- 삼정 KPMG 용역보고서를 통한 적십자사 경영합리화 방안 (병원사업, 혈액사업, 모금사업, 간호대학 등) 마련(2009년 9월)

- 경영합리화 추진위원회 3차 간담회(2009년 10월): 용역 최종보고서에 대한 실행 방향 및 적십자병원과 국방의학원과의 연계 방안 토의

대한적십자사로부터
받은 공로패 ▲

성과 총괄 부문

- 경영합리화 추진위원회 회의 및 간담회 등을 통해 적십자사 경영합리화 및 발전 방안 제시

- 국내외 주요기관 방문을 통해 대한적십자사 주요사업 당면 과제에 대한 해결 방안 및 적십자사 비전 제시
  *현장 방문 기관
  국내: 서울병원 등 적십자사 6개 병원, 간호대학, 혈장분획센터, 중앙혈액원, 적십자사 서울지사, 적십자사 대구지사, 적십자사 광주·전남지사 등
  국외: 국제적십자연맹IFRC 및 위원회ICRC, 일본 적십자사, 영국 적십자사, 스페인 적십자사

▲ 2009년 4월, 국제적십자위원회 사무총장으로부터 위원회 운영상황을 설명 듣고 있다.(왼쪽 세 번째부터 본인, 김성이 전 보건복지부 장관)

적십자 발전 100대 과제 도출 및 실행계획 마련

비전 및 목표 분야: 19개 과제

인사 및 조직관리 분야: 14개 과제

사업역량 강화 분야: 42개 과제

홍보 및 모금 분야: 25개 과제

병원 부문

병원사업 합리화 방안 마련

- 2010년 3월 대구병원 폐쇄

- 병원사업 국고지원 확대(2010년 82억 원, 2011년 90억 원)

- 통영병원 등 BTL을 통한 병원사업 개선안 진행 중

- 서울병원 부동산 활용방안 관련, 삼성건설 등을 통한 무료컨설팅 지원

- 대구병원 내 중앙에 점유하고 있는 국유지 취득

혈액 부문

혈액사업 합리화 방안 마련

혈액수가 인상에 따라 약 5년 내 혈액사업 누적적자 해소 예상(2016년 80억 원 흑자
예상)

모금 및 조직 부문

모금사업 활성화

- 기부금에 관한 법인세법 개정(2010년 12월)

- 당기순이익當期純利益의 5% 범위 내에서⇒50% 범위 내까지 세액공제(공제혜택
  확대: 사회복지 공동모금회와 동일 수준)

- 적십자사 봉사원 및 RCY 단원 확대에 기여

- 봉사원에 대한 대통령, 국무총리 표창 신설

- RCY 봉사활동이 대학입학 사정에 반영될 수 있도록 교육과학기술부와 협의

- 간호대학 4년제 학제 전환을 조건으로 중앙대학과 법인합병 이관 완료

▲ 2009년 4월, 국제적십자연맹 방문(오른쪽부터 이상진 과장, 김동섭 조선일보 논설위원, 한갑수 위원장, 국제적십자연맹 총재, 김성이 전 보건복지부 장관, 본인, 국제적십자연맹 사무총장)

▲ 2009년 4월 6일, 일본 적십자사 방문(왼쪽 두 번째부터 본인, 김동기 위원, 고노에 타타테루 일본 적십자사 총재(현 국제적십자연맹 총재), 김성이 위원, 박재갑 위원, 최규완 위원)

▲ 2009년 4월, 스페인 적십자사 총재(가운데) 예방

실무중심으로 살펴본
개발연대 이야기

'한국외교협회'가 전직 대사를 강사로 하여 '대국민외교홍보활동'의 일환으로 실시한 본인의 강의 원고를 정리한 것. 『숲을 지나온 사람들에게 듣는 소중한 이야기』 국민대학교 목요특강 제10집 405쪽에 수록된 원문임.(강의 시간: 2시간)

방금 소개받은 김주일입니다. 존경하고 사랑하는 모교 후배 여러분을 이 자리에서 보게 되니 감회가 무량하고, 저의 학창 시절이 떠오르기도 합니다.

이번 강의가 개발연대의 경제정책을 이해하는 데 도움이 되고, 후배들이 선대의 공과功過를 거울삼는 계기가 되었으면 하는 것이 저의 바람입니다. 우리나라가 해방된 1945년에 저는 초등학교 1학년이었습니다. 저는 초등학교에 입학하기 전 3년 동안 서당書堂에서 한문을 배웠어요. 그러다 보니 초등학교를 1년 늦게 들어가게 되었습니다. 그때는 한문 문자의 뜻도 제대로 모르면서 무턱대고 외우는 것이 공부였습니다. 천자문千字文부터 동몽선습童蒙先習, 자치통감資治通鑑, 명심보감明心寶鑑까지 외웠는데 요즘에 와서 어렴풋이나마 그 뜻을 알게 되었습니다.

100년 전으로 거슬러 올라가 1910년, 그러니까 우리나라가 일본으로부터 강제로 병합을 당한 해이지요. 그 5년 전에 을사늑약이 있었죠. 일본의 메이지유신明治維新(1867년)이라는 것이 그로부터 50여 년 전에 있었습니다.

여러분, 안중근安重根 의사가 만주 하얼빈 역에서 우리나라를 식민지화하려는 이토 히로부미伊藤博文를 권총으로 저격한 사건을 알고 계시죠?

그런데 일본 입장에서 보면 이토 히로부미는 일본 근대화에 가장 큰 영향을 끼친 인물이었습니다. 이토 히로부미는 5명의 친구와 함께 런던에서 유학을 마치고 귀국하여 본인은 정치가, 다른 한 명은 교육책임자, 다른 한 명은 철도를 부설하는 철도청장, 나머지 한 명은 배를 만드는 조선소 사장, 마지막 한 명은 대학 총장의 역할을 나누어 맡아 일본을 근대화시킵니다. 또한 그는 일본이 선진국의 문물을 더 많이 더 빨리 받아들일 수 있도록 똑똑한 젊은이 100명을 선발해 영국으로 유학을 보냅니다. 훗날 그들이 돌아와서 일본 근대화, 산업화의 주역이 된 것입니다.

저는 학생들에게 이승만 대통령과 박정희 대통령에 대한 평가를 다시 해달라는 부탁을 합니다. 건국과 관련해서 보면, 이승만 초대 대통령은 나름대로 훌륭한 건국의 아버지입니다. 그는 미국에서 자유민주주의, 시장경제를 공부하고 귀국해 1948년 8월 15일에 대한민국정부를 수립하면서 반공反共 민주주의를 채택하게 됩니다.

대륙大陸 세력인 중국, 소련, 베트남, 북한 등 주변 공산주의 국가들로 둘러싸여 있는 한반도에서 자유민주주의, 시장경제를 국시國是로 하는 국가를 건국해 발전의 기초를 다진 것은 뛰어난 안목과 판단력을 지녔기에 가능한 일이었다고 말할 수 있습니다. 물론 이승만 대통령이 하야할 때까지 파란

만장한 삶과 실정, 수많은 사건들이 있었던 것은 부인할 수 없겠지만요.

이승만 대통령이 1960년 4월 19일 민주 학생혁명으로 물러난 후, 장면 정권이 들어서면서 우리나라는 혼란의 극치를 경험하게 됩니다. 이때는 장관의 평균 수명이 2개월 정도밖에 되지 않는 혼돈의 시기였습니다. 민주당 정권이 시작되고, 곧 당 내 신·구파 간의 갈등으로 정치지도력이 상실되자 나라 살림은 더욱 어려워졌습니다. 그런 상황에서 박정희 장군에 의한 1961년 '5·16 군사혁명'이 일어났습니다. 그때 윤보선尹普善 대통령(내각책임제하에서의 대통령은 상징적 존재)이 내뱉은 "올 것이 왔어. 우리나라는 아직 선의의 독재가 필요한 나라야"라는 뜻깊은 말은 지금도 사람들 입에 회자膾炙되고 있지 않습니까.

박정희 장군에 의한 군사혁명의 기치旗幟는 '가난과 배고픔만은 면해보자', '보릿고개만은 면해보자'는 것입니다. 저는 시골에서 지독한 가난을 겪었습니다. 여러분이 지금의 기준으로 보면 낭만적일지 모르지만, 그 시절 나는 산골 개울에서 가재를 잡고, 산나물, 소나무 껍질을 벗겨 먹으며 연명했습니다. 저뿐만이 아닙니다. 1950년 6·25전쟁 전후 우리 국민의 대다수는 이렇게 생활했습니다. 이러한 가난과 배고픔으로부터 우선 벗어나야겠다는 것이 1961년 5·16 혁명을 주도한 박정희 장군의 집념執念이었습니다.

그해 우리나라 국민소득은 82달러였고, 수출은 약 4천만 달러였습니다. 1961년 7월 22일에 경제기획, 예산, 외자도입의 3대 핵심경제개발기능을 갖고 국민경제 부흥 개발을 위한 경제기획원이 발족하였는데, 그해 9월 16일에 제가 여기 입사를 했습니다. 그리고 1961년을 기준으로 1962년~1966년 1차 경제개발 5개년 계획이 시작됩니다. 그때만 해도 북한, 필리핀, 파키스탄 등이 우리나라보다 소득수준이 더 높았습니다. 우리나라는 필리핀에서 다수확 쌀 품종을 수입하여 종자개량을 거쳐 평소의 3배 수확량이 나오는 신품종『통일벼』쌀을 생산하게 되었습니다. 또한 지금도 우뚝 솟아 있는 김포공항 구청사, 장충체육관, 광화문의 쌍둥이 빌딩(현 미국대사관과 문화관광부 건물)이 이 시기 필리핀 기술에 의해서 건설된 것입니다.

1차 경제개발 5개년 계획(1962년~1966년)의 기본 목표는 보릿고개를 면해 보고자 '식량 증산'에 중점을 두었습니다. 식량을 증산하려면 농업의 발전이 필요했고, 박정희 대통령은 농업의 기계화, 경지 정리 등을 통해 농업의 기적적인 발전을 이루는 데 성공할 수 있었습니다. "우리도 한번 잘 살아보세"라는 새마을운동은 이때 탄생한 것입니다. 새마을운동의 기본정신인 '자조, 근면, 협동'을 바탕으로 '우리도 하면 된다'는 믿음과 자신감을 국민들에게 나누어 주었기 때문에 이는 전 국민적인 신드롬으로 발전할 수 있었습니다.

그 후, 박정희 대통령은 경제개발을 위한 자금을 충당하기 위해 '화폐개혁'貨幣改革을 단행했습니다. 이는 경제개발 투자자금을 마련하기 위해 장롱 안의 잠자고 있는 돈을 밖으로 꺼내 보려는 의도였지만, 그 실적은 기대에 미치지 못했습니다. 하지만 기대에 못 미쳤을 뿐이지 이때 실적은 8.5%나 성장하는 좋은 성과를 거두게 됩니다.

2차 경제개발 5개년 계획은 1967년~1971년 사이, 3차 경제개발 5개년 계획은 1972년~1976년 사이에 이루어졌습니다. 이 시기는 우리나라가 경제의 기본 틀을 본격적으로 갖추는 중요한 때였습니다. 오늘날 우리나라의 수출 대종大宗을 이루고 있는 중화학공업이 이시기에 시작되었습니다. 3차 5개년 계획 수립 시 중화학공업의 시설(예를 들어 포항종합제철, 울산조선, 온산비철금속기지, 창원기계공업기지, 여천석유화학기지 등) 건설 계획이 수립되었는데, 이는 엄청난 자금을 필요로 하였습니다. 이에 정부는 외국자본外國資本을 도입할 방법을 마련하려고 했지만, 미국의 대외원조정책이 바뀌는 등 많은 장애물들이 이를 가로막았습니다. 이때 우리나라는 독일 정부에게 광부와 간호사 등 인력을 파견해주는 것을 담보로 돈을 빌려올 수 있었습니다. 이는 그들(광부, 간호사)의 헌신적인 노력과 성실함이 일궈낸 하나의 기적이었습니다.

한편, 중화학공업시설 건설 자금의 또 하나 큰 축이 된 것은 대일청구권자금이었습니다. 1965년 6월 22일 한·일 국교가 정상화되면서, 일본은 우리나라에 대한 배

상금(식민 지배)으로 3억 달러, 장기저리 원조자금ODA 2억 달러, 민간차관 3억 달러를 지불하였습니다.

원래 대일청구권자금은 그 사용에 대해 무상자금은 농업, 임업, 수산업의 진흥과 원자재 및 용역의 도입, 그리고 이에 준하는 것으로 경제발전에 이바지하는 주요사업으로 정해졌고, 유상자금은 중소기업, 광업과 기간산업 및 사회 간접자본 부문의 확충사업으로 정해져 있었습니다. 그런데 정부는 포항종합제철 건설에 대일청구권자금 무상 3억 달러 중 3,080만 달러, 유상 2억 달러 중 8,868만 달러를 투입하였습니다. 이는 단일사업으로는 대일청구권자금에서 가장 높은 비중을 차지한 사업이었습니다. 이러한 사실을 고려해보면 포항제철은 일제 강점기 우리 민족의 희생에 대한 보상으로 이루어진 것임을 알 수 있습니다.

당시 정부는 농민과 어민, 독립운동피해자, 유공자 가족들의 강력한 불만(피해의 대가로 나누어 주어야 한다)을 무릅쓰고 포항종합제철에 일부를 전용함으로써 그 건설비용을 현저하게 감축시켰습니다. 이로 인해 오늘날 우리나라가 철강 강국으로 발돋움하게 된 것입니다.

중화학공업건설 자금조달계획 브리핑 때 박정희 대통령이 재정담당관을 모아 놓고 이런 이야기를 했습니다. "지금 우리가 무리해서라도 하지 않으면 20~30년 후 세대들이 이런저런 사업들을 왜 진작부터 하지 않았느냐며 우리 세대에게 손가락질을 할 것이다." 이 말은 봄에 씨앗을 뿌리지 않으면, 가을에 수확을 할 수 없다는 말과 일맥상통합니다.

오늘날 우리나라 수출의 대종大宗이 무엇입니까? 철강과 철강이 주원료인 자동차, 선박, 기계, 전자, 석유화학 등이 아닙니까? 그때 만일 무리해서라도 이런 중화학공업 시설을 건설하지 않았다고 가정해 본다면 오늘날의 놀라운 발전을 거친 신新경제 대국 대한민국도 없었을 것입니다.

개발 내용에 있어서는 다소 차이가 있지만, 4차 경제개발 5개년 계획은 1977년에서 1981년 사이에 있었습니다. 그때는 중화학공업 시설이 본격적으로 건설되고 한편으로는 제품이 나오기 시작했어요. 하지만 이때 박정희 대통령의 서거 사건이 발생하게 됩니다. 이에 대한 영향인지 몰라도 4차 경제개발 5개년 계획의 원래 성장목표는 9.2%였지만, 실제 성장률은 5.5%에 그치고 말았습니다. 그리고 4차까지는 '경제개발 5개년 계획'이었지만, 5차에 와서는 '경제사회 발전 5개년 계획'으로 명칭이 바뀝니다. 이때부터는 경제의 안정적 성장, 능률, 균형, 도농 간의 소득격차 시정 등으로 정책 목표도 바뀌게 됩니다.

1974년도 우리 예산의 세입이 비로소 1조원을 넘었습니다. 1962년도에 세금을 가지고 세출에 충당하는 것이 35%라고 앞에서 말씀드렸는데, 그때는 인삼, 담배, 소금 등 전매이익금과 원조수입으로 세출의 대부분을 충당하였습니다. 1965년도에 이르러서 드디어 세입의 반을 조세수입租稅收入으로 충당하게 됩니다. 우리는 처음부터 대외개방체제를 지향해서 기간산업 중심으로 개발해 온 것입니다.

돌이켜 보면, 그 당시(1960년대) 우리는 타국의 원조로 생계를 연명했습니다. 미국의 잉여농산물을 들여와 그것을 팔아서 기업에 돈을 빌려주곤 했습니다.(대충자금, 쿠리기금) 그런데 원조가 점점 줄어들었죠. 이때(1965년) 베트남전쟁이 발발하게 되었는데, 우리나라는 베트남에 파병을 보내고 베트남 특수를 누릴 수 있었습니다. 이것은 우리나라가 또 한 번 도약하는 계기가 되었습니다.

베트남 특수가 끝날 무렵인 1976년~1978년도에 제2차 오일쇼크로 중동 국가들의 원유판매 수익이 크게 늘어났었죠. 그 수입은 주로 사회간접시설을 확충하는 데 사용되었는데 이때 우리나라의 건설업, 인력이 중동에 가서 돈을 벌기 시작합니다. 그래서 나중에는 건설기업 진출을 제한할 정도로 외화 조달이 넘쳐나기 시작했고, 이것은 외화부채를 조기 상환하는 결과를 가져옵니다. 그러다 중동 건설 붐이 시들시들해졌을 때 외자도입 시대가 시작됩니다. 외국으로부터 돈을 빌려다 쓰기 시작한 것이지요.

아까 한·일 국교정상화와 관련해서 말씀드렸는데, 1965년도에 한·일 국교정상화가 되고 1년 후 '청구권 및 경제협력사절단'이 동경에 설치되었습니다. 우리는 본인을 포함해서 11명의 인력이 파견되었고, 그 운영비는 일반예산으로 국회의 의결을 받아서 운영했습니다. 그런데 그 당시에 필리핀도 우리와 비슷하게 청구권자금을 도입하고 있었습니다. 필리핀에서 일본에 파견된 인원은 약 300명이나 되었습니다. 이것은 국회의원 한 사람당 자기 사람 한 명씩을 파견한 것입니다. 그에 필요한 운영비의 사용도 청구권자금에서 직접 쓰게 하고, 청구권자금의 용도를 소비성 중심으로 도입한 것입니다.

반면 우리나라는 그 청구권자금으로 포항제철 공장을 건설하고, 경운기 등 농업용 기계와 경부고속도로 건설용 중장비 등을 들여왔습니다. 이것들이 훗날 식량증산과 중화학공업건설, 도로시설 등에 많은 도움이 되었죠.

근대화된 국가가 이웃에 있다는 것은 여러모로 국가의 이익에 많은 도움을 줍니다. 지금 유럽의 그리스, 아일랜드가 국가재정, 금융위기로 불안하지 않습니까? 이에 최근 일본 대장성 재무관(차관급)을 지낸 사카키바라 씨는 '아시아 채권기금'의 창설을 제안했습니다. 한·일·중 3국이 정부 보유 외화의 5%씩을 각출해서 금융 불안, 재정위기 등의 사태가 닥쳤을 때 이에 대비하는 재원으로 활용하자는 것입니다. 저는 이 제안이 대단히 좋은 아이디어라고 생각합니다.

2011년 한·일·중 3국의 채권기금은 약 4조 5천억 달러(중국: 약 3조 1천억 달러, 일본: 약 1조 1천억 달러, 한국: 약 3천억 달러)가 모일 것으로 예상됩니다. 그리고 한·일·중 간의 공업규격 표준화, 통신 문제, 에너지 문제, 물류비용절약 문제, FTA 문제도 조속히 타결되어야 합니다. 이렇게 되면 우리가 중간에 서서 한·일·중 간의 중재, 교량 역할을 할 수 있습니다.

그 이외에 환경문제도 굉장히 중요합니다. 황사, 황해의 오염 문제 해결도 한·일·

중 공동으로 모색해야 하고, 문화적인 문제로서는 청소년의 교류 문제 역시 대단히 중요합니다. 이는 "한·일·중이 앞장서서 아시아 경제공동체를 만들어 보자"는 의견이기도 합니다. 이러한 문제들의 해결책과 결실은 앞으로 이 나라의 주인공이 될 여러분의 몫입니다.

▲ 2010년 6월 3일, '숲을 지나온 사람들에게 듣는 소중한 이야기' 강연 장면(왼쪽 끝 사회자 문창노 교수)

세계에서 행복지수 1위가 어느 나라인지 아십니까? 바로 '덴마크'입니다. 덴마크는 주변에 스웨덴, 프랑스, 독일 같은 강대국이 자리 잡고 있죠. 물가도 너무 비쌉니다. 그리고 국민소득의 60%(조세부담율+사회보장부담율, 한국은 26.3%)를 국가에 납부해야 합니다. 그런데도 국민들은 가장 행복하다고 합니다. 왜 그럴까요? 그것은 바로 국민들의 고高부담이 자신들에게 더 큰 복지가 되어 돌아오기 때문입니다. 덴마크는 의료와 교육(유치원에서부터 대학까지 등록금이 없음), 대중교통 등이 무료입니다. 또한 사회복지 차원에서도 세계에서 가장 수준 높은 복지 제도를 갖추고 있습니다.

하지만 그것보다 더 큰 행복의 비결은 다른 사람을 존중하고, 인정해주는 '사회 분위기'입니다. 덴마크 국민들이 어릴 때부터 가정에서, 학교에서 가장 먼저 배우는 것

은 『남을 존중하자』는 생각입니다. '가는 말이 고우면 오는 말이 곱다'는 우리의 옛 속
담처럼, 자신이 타인을 존중하고 인정해주면, 당연히 타인도 자신을 존중해주고 인정
해줍니다. 그렇기 때문에 덴마크 국민들은 사는 것이 즐겁고 행복할 수밖에 없는 것
입니다. 남을 존중하는 것은 부정이나 불법으로 부당한 이득을 보지 않는 것과도 일
맥상통—脈相通합니다. 그렇기 때문에 존중은 구성원 사이의 신뢰를 만드는 데도 큰
몫을 합니다. 이러한 사회 분위기 조성은 하늘에 의해서 만들어진 것도 아니고, 우연
히 만들어진 것도 아닙니다. 이는 그들 스스로가 노력해서 만들어낸 훌륭한 자산입니
다. 우리 역시 덴마크의 이러한 국민성과 사회분위기를 배우고 답습해나가야 할 필요
가 있습니다.

　이상으로 오늘의 강연을 마치겠습니다. 경청해주셔서 감사합니다.

질문 시간

1학년 여학생의 질문 요지

　"이승만과 특히 박정희 전 대통령은 독재와 인권탄압으로 민주화에 역행을 했
는데 왜 그렇게 찬사 일변도로 긍정적인 평가를 합니까?"

교양강좌 담당교수(문창노 : 文昌魯)

　"오늘은 경제개발과 산업화를 주제로 강의하는 시간이었으므로 그런 인권과
관련되는 정치적 이야기는 하지 않는 것이 좋겠습니다."

본인의 답변

　이에 본인은 잠시 숙고한 후 "의미 있는 질문입니다. 답변하겠습니다. 우리나
라 역사상 가장 위대한 임금님이 어느 분이라고 생각합니까?"라고 되물었다.

(앞줄의 어느 학생이 "세종대왕"이라고 답변했다.)

"본인도 그렇게 생각합니다. 그런데 그 당시 세종대왕의 왕비와 그가 거느린 여인, 그들 여인들의 몸에서 태어난 이복형제異腹兄弟들이 몇 명이나 되는지 아십니까?"

(누구도 답변하는 학생은 없었다…)

"만약 오늘날에 대통령이나 최고지도자가 부인을 그렇게 많이 거느라고 이복자녀가 수십 명에 이른다면 아무리 위대한 업적을 남긴 대통령 또는 최고지도자라 할지라도 (노출된, 숨겨둔 여인문제, 자녀문제 등)부도덕한 문제만 부각되고 그 위대한 업적은 오간데 없이 땅에 묻히고 말 것입니다.

역사적 업적과 공과 및 도덕성은 그 시대의 문화적, 도덕적 사회상의 잣대로 평가해야 한다고 생각합니다. 만약 가난과 배고픔에 허덕이던 보릿고개 시절, 외국시장에서 사와야 할 생필품은 많고 내다 팔 상품은 없었던 바로 그때, 여기저기서 민주화만 외치고, 촛불시위만 하고, 근로자가 일은 하지 않은 채 봉급 올려달라며 자기권익만 주장했다고 가정해 보면 지금 우리는 개발연대 이전에 우리보다 소득과 생활 수준이 높았던 필리핀, 파키스탄, 북한과 무엇이 달라졌겠습니까?

이것은 대통령이나 최고지도자가 애국독재愛國獨裁를 하느냐 탐욕독재貪慾獨裁를 하느냐의 차이에서 오는 것이라고 생각합니다."

(이와 같은 요지의 설명이 끝난 후, 대강당 내의 조용한 분위기로 보아 어느 정도 이해가 된 듯…)

본인이 '경제교육봉사단'에 참여,
가르치는 보람

　기초적 경제논리, 경제이론이 실종되면 매우 위험한 사회적 이념에 빠져들 수 있다. 특히 본인은 "유년기인 청소년 때부터 경제기초교육을 본격적으로 시켜야 한다"고 늘 생각해 왔다. 물자와 물자의 교환, 이후에 이들 물자의 교환수단으로 돈(화폐)이 중간에 끼어들게 되고, 물자가 국경을 넘나들 상대 국가가 있어야 하고, 공통적으로 인정받을 수 있는 기준 통화가 있어야 하고, 교환 비율이 될 환율이 필요하게 된다. 우리가 살아남기 위해서는 지구촌 무역시대에 국가 경쟁력을 키워 나가야 함은 물론, 국가 브랜드의 위상도 높여야 한다.

　본인은 개발연대 초기(1961년)에 경제기획원에 입사하여 산업화 과정에서 익힌 실체적 경험(경제교육기획국장 재임)과 그 추진 과정에서 보강했어야 할 일들이 많이 있었다고 생각한다. 이와 같이 미처 대처하지 못한 아쉬움 등을 정리하여 후세대에 전수해야겠다는 생각을 갖고 있었다. 이때 때마침 '한국 경제교육협의회'가 주관하는 '경제교육에이스봉사단'이 발족(2009년 12월 18일)하게 되었다.

　본인은 시장 경제에 대한 청소년들의 이해를 돕는 데 일조하기 위하여 봉사단의 자격으로, 지난날에 배우고 익힌 경험과 지식을

▲ 2007년 11월 19일, 초·중·고교에서 '경제교육봉사단' 강사로 활동하고 있는 모습

후세대에게 전수하는데 미력이나마 도움을 주고자 경제교육봉사단에 참여하게 되었다.

[편집자 주註]: 본인은 '경제교육에이스봉사단'이 발족되기 이전 2002년 10월부터 'JA코리아'(회장:김태준, 이사장:강경식)가 주관하는 초·중·고 학생을 대상으로 한 기초적 경세논리, 경세이론을 가르쳐 왔다.

"시장경제는 공짜 점심 아니다
뜻모아 유지해야 할 연약한 체제"

한국 경제성장 일군 주역들 초·중·고 경제 교사로 나서
강경식·김주일·신평재씨 등 100명 '에이스 봉사단' 발대

한국 경제성장의 신화를 이뤄낸 주역들이 국민 경제 교육을 위해 교육현장을 직접 찾아나선다.

한국경제교육협회가 주관하는 '경제교육 에이스(ACE) 봉사단'은 18일 서울 소공동 롯데호텔에서 발대식을 열고 내년부터 본격적인 활동을 시작한다고 밝혔다.

봉사단은 강경식(전 경제부총리) JA코리아 이사장, 김주일 전 외교통상부 본부대사, 김문희 전 헌법재판소 재판관, 신평재 교보증권 교육문화재단 이사장, 이태용 아주그룹 부회장, 박상은 전 보험감독원장, 최경선 전 경기부지사, 기병태 대한공조 부회장 등 전·현직 기업인과 공무원·교사·언론인 100명과 이들의 강의자료 준비를 돕는 대학생 100명으로 구성됐다. 이석채(KT 회장) 한국경제교육협회장은 이날 발대식 인사말에서 "그동안 경제가 비약적 성장을 해 왔지만 경제 교육에 대한 관심은 여전히 미미한 수준이다. 한국 경제성장 주역들의 활동으로 경제 교육이 다시 태어나는 계기가 되길 기대한다"고 말했다. 또 "경제교육은 단순히 잘 먹고 잘사는 법을 가르치는 것이 아니라 청소년들이 경제문제를 입체적으로 생각하는 데 초점을 둬야 한다"고 강조했다.

봉사단의 교육 매뉴얼과 콘텐트는 국제 비영리 경제교육기관인 JA코리아가 제공한다. JA코리아 이사장인 강 전 부총리는 발대식 격려사에서 "시장경제는 '공짜 점심'이 아니라 우리가 뜻을 모아 유지해야 할 연약하고 훼손되기 쉬운 체제"라며 "오늘의 번영을 가져온 경제체제를 지키기 위해선 무엇보다 시장경제에 대한 청소년들의 이해를 높이는 교육이 절실하다"고 말했다. 그는 또 앞으로 어려운 경제 수업은 지양한다고 밝혔다. 봉사단원 자격으로 참석한 이태용 아주그룹 부회장도 "교육봉사를 통해 우리나라의 경제발전 과정을 전달하는 것 자체로도 의미가 있다"고 말했다.

봉사단은 내년 2월까지 강의를 위한 자체 교육과 자료 준비 등을 내치고 3월에 시작하는 새 학기부터 전국의 초·중·고교를 방문해 시장경제에 관한 강의를 할 예정이다. 또 소외계층 상대의 연간 교육프로그램을 운영하고 대학생과 일반인 교육도 진행할 계획이다. 봉사단의 강의를 들으려면 한국경제교육협회(02-364-7001)에 수강신청을 하면 된다.

최현철 기자 chdck@joongang.co.kr

▲ '에이스 봉사단' 발대(뒷줄 오른쪽부터 이석채 KT 회장(경제교육 에이스 봉사단 회장), 강경식 전 부총리(JA 코리아 이사장), 신평재 부회장, 본인, 앞줄 봉사단 교사, 조교)

김주일 전 경제기획원 기획국장
모교 예천중학교서 특강

김주일(예천읍 고평리) 전 경제기획원 경제교육 기획국장은 지난 17일 모교 예천중학교에서 1학년을 대상으로 JA코리아 자원봉사교사자의 일원으로 지역 경제의 흐름과 다양한 직업기회의 탐색, 경제개발, 지역사업, 직업선택, 기업활동 및 무역, 환율에 관하여 특강을 하였다.

JA는 1919년 미국에서 설립되어 현재 전 세계 1백10여 개국 7천만명의 청소년(유치원에서 대학생까지) 들에게 경제교육 프로그램을 무료로 제공하는 비영리 단체이다.

JA코리아는 청소년들의 성공적인 삶을 위하여 02년 국가경영전략연구원이 설립하였으며, 시장경제, 기업경영이해, 합리적 소비생활, 다양한 직업선택, 그리고 건강한 기업윤리의식을 청소년들에게 심어주고 있다.

◀ 김주일 전 경제기획원 경제교육기획국장, 모교 예천중학교서 특강

238

◀ 모교 예천중학교서 청소년을 위
한 기초경제교육 특강 장면

김주일 전 경제기획원 경제교육기획국장
예천초등 학생 대상 경제교육 강의

김주일 전 경제기획원 경제교육기획국장
은 지난달 초 예천초등학교 6학년 전원을
대상으로 3시간에 걸쳐 경제교육 강의를 하
였다.

김주일 전 국장의 이번 강의는 'JA코리아'
가 주관하는 봉사하는 교사의 일원으로 청
소년의 성공적인 삶을 위해 시장경제, 기업
경영 이해, 기업과 정신함양, 다양한 직업 

◇ 김주일 전 국장

교육, 합리적 소비생활, 건강한 기업윤리의식 등에 관해 기초적
인 이해를 돕기 위해 마련됐다.

이날 강의는 지역경제 안에서 가족의 경제적 역할, 지역경제
흐름과 다양한 직업기회 탐색, 지역경제와 사업자원에 대한 인
식, 우리나라 기업활동과 경제문제 등 초등학생이 알아야 할 기
초적인 내용들로 채워졌다.

강의 후 참가 학생에게는 JA코리아의 '우리들의 세계' 과정을
수료한 인증서가 주어졌다.

한편 JA코리아는 1919년 미국에서 설립된 주니어 어치브먼트
(약어 JA・세계 1백10개국 가입)의 한국파트너(NSI: 국가경영
전략연구원 이사장 강경식) 주관으로 초・중・고등학생을 중심
으로 2002년 서울 및 수도권부터 시작하여 범위를 전국으로 넓
혀가고 있다.

◀ 김주일 전 경제기
획원 경제교육기획국
장, 모교 예천초등학
교서 기초 경제교육
강의

경제상식이 통하는 사회는
중·고교 경제교육이 밑받침되어야

(1991년 '나라경제' 창간호에 기고한 경제수상)

구태여 '쿠즈네츠'나 '리스트'의 말을 빌리지 않더라도 경제를 움직이는 가장 큰 변수는 '물질'이 아니라 '정신'이라는 것이 역사를 통해 증명되는 것을 본다. 이 '정신'의 문제는 어려움을 겪고 있는 우리 경제의 과제와 쉽게 연결된다.

즉 정신에 문제가 있기 때문에 우리 경제가 어려움을 빨리 극복하지 못하고 있다는 뜻이다. 우리 경제의 안정적 성장을 위해서는 우선 국민 모두가 합리적인 경제행위를 할 수 있는 '정신' 즉 '의식'을 공유해야 한다. 그런데 이러한 의식은 어른이 되어 갑자기 형성되는 것이 아니라 유년시절부터 학교 교육을 통하여 완성된다. 이 학교 교육 중에서도 가치관과 의식이 형성되는, 감수성이 예민한 청소년 시절 즉 중·고등학교 과정의 교육이 중시된다. 매년 봄이면 배출되는 고등학교 졸업자 76만 명 중에는 33만 명이 상급학교에 진학하고 나머지는 사회에 나가서 직접 경제활동에 참여한다.

▲ 2007년 10월 30일, '경제교육봉사단' 강사로 활동하고 있는 모습(이매초등학교 6학년 2반)

중·고등학교 때 배운 것이 이들의 사고와 행동의 기틀이 되는 것이다. 이들이 중·고등학교 교과 과정에서 올바르게 경제교육을 받는다면 이는 곧 합리적인 경제행위로 이어질 것이다. 이들이 장성해가면서, 열심히 일하지도 않은 채 임금을 올려달라는 근로자, 기술을 개발하지 않고 돈을 벌려고 하는 기업가, 소득에 걸맞지 않은 소비를 하는 가계가 사라져 갈 것이며 경제가 정상궤도를 이탈하지 않고 잘 달릴 수 있을 것이다.

▲ 2011년 11월 19일, 4시간의 기초경제교육을 마치고 수료증을 전달하고 있다.(잠현초등학교 6학년)

▲ 2008년 12월 17일, '경제교육봉사단' 강의 모습

외국의 예를 보더라도 유럽 선진국들은 고등학교 과정에서 이미 우리나라의 대학 1·2학년 정도의 경제학 공부를 마치고 대학에서는 경제학을 전공하는 사람들만이 보다 높은 전문지식을 습득하고 있는 것이다. 그러나 우리나라의 학교 경제교육의 형편은 그렇지 못하다.

우리나라의 경우 중·고등학교에서 경제에 관한 교육을 시키지 않고 있는 것은 아니나 그 비중이 문제이다. 경제 관련 수업시간의 비중이 전체 수업시간의 1% 정도로서 지리, 국민윤리, 국사 등 다른 독립 사회과목의 2분의 1 내지 4분의 1 정도로 미미할 뿐만 아니라 이마저도 대학입시에서 출제되는 문제수가 극히 적어 아예 제쳐놓는 실정이다. 일반사회를 가르치는 교사 중에서 경제학을 전공한 교사가 거의 없는 점도 중·고교에서 경제교육이 관심의 대상에서 멀어지고 있는 한 요인이다.

우리가 국어·영어·수학 등 기초학문을 중시하는 것은 그 과목들이 그만큼 다른 학문을 공부하고 사회생활을 하는 데 기초가 되기 때문이다. 이런 관점에서 인간의 삶 즉 사회생활에서 경제가 차지하는 비중에 비추어 볼 때 오늘날 우리나라의 중·고등학교 교육과정에서 경제교육이 너무 등한시되고 있지 않나 생각된다. 중·고등학교 경제교육을 충실히 하기 위해서는 우선 사범대학교에 경제교육학과를 신설하여 경제담당 교사를 양성하면서 경제를 필수과목으로 독립시키는 한편 경제교육의 비중을 높여야 한다. 모든 경제정책은 '국민 개개인들이 합리적인 경제행위를 한다'는 전제하에서 수립·시행된다. 따라서 국민들이 합리적인 경제행위를 하지 않을 때 경제학이론도, 이 이론 위에 세워진 경제정책도 모두 모래성이 될 수밖에 없는 것이다.

금년이 문교부·경제기획원을 위시한 경제부처·한국교육개발원·국민경제제도연구원 등 관련 기관이 같은 인식을 갖고 중·고등학교 경제교육을 획기적으로 발전시키는 학교경제교육 개혁의 원년이 되기를 기대한다.

▲ '경제교육봉사단' 강의를 마치고, 강사로서 아이들과 즐거운 한때를 보내고 있다.

우리가 정말
지켜야 할 것들

(2010년 12월 14일)

전쟁위협 속의 경이적 성장

지난달 북한군의 기습 포격으로 시커멓게 불타는 연평도를 TV로 지켜본 많은 사람들의 심정은 착잡하기 이를 데 없었을 것이다. 우선 민간인을 향한 북한의 무차별 포격에 분노가 치밀었을 테고, 우리 군의 미흡한 대응에 실망감도 컸을 것이다. 그리고 다음 순간 가슴 한편에선 북한의 무모한 도발이 자칫 전면전으로 확산되지 않을까 하는 불안감과 염려가 없지 않았을 것이다. 당장 군에 자식을 보낸 부모의 심정이야 말할 것도 없을 터이고, 그렇지 않더라도 평화롭던 일상을 순식간에 아비규환의 생지옥으로 바꿀지 모르는 전쟁에 대한 공포심이 작지는 않았을 것이다.

전쟁위협 속의 경이적 성장

일부 종북 좌파세력은 시민들의 이 같은 불안감에 편승해 "서울이 불바다가 되는 걸 감당할 수 있겠느냐"며 북한의 도발에 대한 강경대응에 반대하지만, 이번 사태를 계기로 많은 사람들이 그동안 잊고 있었던 전쟁의 위협을 실감하게 된 것은 사실이다. 외신은 휴전선에서 불과 50㎞밖에 떨어지지 않은 수도 서울에서 주요 20개국(G20) 정상회의가 열렸다는 사실에 놀라움을 금치 못한다. 월스트리트 저널(아시아판)은 최근 휴전선에 맞댄 파주에 세계적인 규모의 첨단 LCD 공장이 들어서고 지난 10년간 인구가 80% 이상 늘어날 정도로 경제가 번성하고 있는 게 쉽게 이해가 가지 않는다는 르포 기사를 실었다. 그러나 경제가 활기차게 돌아간다고 해서 시민들이 전혀 불안감을 느끼지 않는 것은 아니다. 불안하지만 우리 군의 전쟁 억지력을 믿고 그래서 전면전은 벌어지지 않을 것이라고 스스로 위안을 삼는 것이다. 하지만 여기에는 실제로 전쟁이 일어나지 않을 것이란 확신보다는 그렇지 않기를 바라는 희망이 간절히 배어 있다.

외신들이 극도의 안보위기 속에 한국인들이 불안과 공포를 느낄 것이라고 짐작하는 것은 당연하다. 북한에 비해 전쟁으로 잃을 것이 훨씬 많은 한국이 전쟁을 더 두려워하고 피하려 할 것이란 예상이다. 맞는 얘기다. 그러나 한국인들은 끊임없는 북한의 도발 위협과 그에 따른 불안감 속에 오늘의 놀라운 경제성장을 이뤄냈다. 잃는 것에 대한 두려움이 없다면 거짓말이겠지만, 그 두려움 때문에 지레 겁먹고 포기할 순 없었던 것이다.

이 대목에서 드는 의문은 과연 우리가 지키려는 것이 가시적인 경제적 성과물뿐이 겠느냐는 것이다. 어쩌면 우리가 정말 지켜야 할 것은 고층빌딩과 아파트, 자동차, 첨단 공장보다 그러한 경제적 성취를 가능하게 한 우리의 경제시스템과 이념, 그리고 국민적인 의지가 아닐까. 건물과 공장은 부서지면 다시 지을 수 있지만 경제시스템과 이념이 무너지고, 국민의 의지가 꺾이고 나면 경제의 재도약은커녕 재건도 어렵기 때문이다.

마침 최근 건국 이후 한국 경제의 성취를 기록한『한국 경제 60년사』발간기념 세미나에 참석할 기회가 있었다. 『한국 경제 60년사』는 주요 국책연구원이 총동원돼 그 동안 한국 경제가 걸어온 발자취를 분야별로 집대성한 기념비적인 저작이다. 그러나 아쉽게도 이 방대한 분량의 책자에는 무엇이 한국 경제의 경이적인 성취를 가능하게 했는지에 대한 답이 없다. 한국 경제의 발전과정을 특징짓는 요소와 원인이 제대로 규명되지 못하면 우리가 그토록 지키려는 한국 경제의 성공 유전자를 후대에 물려줄 수도 없거니와, 다른 개도국들에 한국형 성공모델을 전수해줄 수도 없다.

본인이 그 자리에서 가설적으로 제시한 한국 경제 성공적 발전 요인은 세 가지였다.

한국 경제의 성장·발전 요인

첫째는 한국 경제가 자본주의 시장경제를 택했다는 점이다. 이는 한반도 남쪽에 미군이 진주했다는 우연적 선택의 결과이긴 하지만 사회주의 계획경제를 택한 북한이나 다른 구舊동구권 국가들과 비교할 때 한국 경제 성공을 가능하게 한 근본적인 요인이라고 생각한다.

둘째는 국가지도자의 결단과 리더십이다. 한국 경제의 성공신화는 뭐니뭐니 해도 60년대 이후 빈곤탈출과 산업화를 지상목표로 삼고 국가적 역량을 집중한 박정희 대통령의 결단과 리더십이 없었으면 불가능했다고 본다. 이는 자본주의 시장경제를 택했으나 산업화에 실패한 다른 개도국과 구별되는 결정적 요인이다.

셋째는 선택과 집중을 통한 집약적 산업전략이다. 개발연대에 부족한 자본을 선도 기업에 집중시켜 세계적인 경쟁력을 갖춘 산업군을 키워낸 것 또한 한국 경제 성공사의 한 축을 담당했다고 믿는다.

무엇보다 지난 한국 경제 60년은 후대에 물려줘야 할 자랑스러운 '성공의 역사'임을 분명히 해 둘 필요가 있다. 이것이야말로 북한의 도발에 두려움 없이 맞서 지켜야 할 우리의 자산이다.

▲ 북한의 포격에 파괴된 연평도의 민가

재일동포 3·4세(世) 어린이 서울 방문

(2006년 8월 7일)

재일동포 자녀 3·4세(世) '어린이 잼버리 대회' 참가(서울)

오세훈 시장께서 직접 현장을 방문, 격려해주신 데 대한 본인의 답례 인사문:

주일본 대한민국민단 서울사무소장 김주일

오늘 바쁘신데도 불구하고 오세훈吳世勳 서울특별시장님께서 저희 재일동포 어린이들을 이렇게 친히 맞이하여 격려해주심에 실로 감사한 마음 말로 다 표현할 수 없습니다.

이 자리에 있는 400여 명의 어린이들은 재일동포 3·4세들로서 거의 대부분이 태어나서 처음으로 조국 대한민국 서울을 찾아왔습니다. 특히 오늘은 유서 깊은 청와대 앞길을 돌아 경복궁에서 출발해 인사동, 명동, 남대문시장, 서울시청을 경유하여 청계천에 골인하는 조별탐방활동 스탬프랠리를 진행하였습니다. 오늘 재일동포 어린이들이 말로만 전해 듣던 조국의 발전상과 활기찬 수도 서울의 모습, 그리고 서울의 문화와 역사적 유물을 보고 많은 느낌을 받았으리라고 생각합니다.

잼버리를 통한 조국에서의 소중한 체험을 통하여, 재일在日어린이들은 자신의 뿌리가 한국임을 자각하고, 조국에 대한 긍지와 용기를 잃지 않고 씩씩하게 자라날 것입니다.

오늘 서울특별시장님의 따뜻한 격려야말로 미래에 재일본국 대한민국 민단을 이끌어갈 주인공이 될 재일在日어린이는 물론 그 부모님, 그리고 재일동포들 모두에게 깊은 감명과 용기를 안겨 줄 것으로 확신합니다.

아무쪼록 서울특별시장님께서 앞으로도 재일동포사회에 많은 관심과 지원을 베풀어 주시길 바라며, 이들 어린이 모두에게 추억이 될 선물까지 준비해 주신 시장님께 다시 한 번 심심한 감사의 뜻을 전해드립니다.

▲ 2006년 8월 7일 '어린이 잼버리 대회', 본인이 오세훈 서울시장에게 감사 인사를 하고 있다.

▲ 2006년 8월 7일, '어린이 잼버리 대회' 기념
(세 번째 줄 오른쪽 본인, 왼쪽 오세훈 서울시장, 400명을 몇 개 반으로 나누어 기념촬영했다.)

'국제화 시대의 청소년의 자세' 특강을 마치고

(2012년 7월 13일: 예천여중 3학년 전원 대상)

향리에서의 특강

지금 지방 소도시의 중학교 과정은 의무교육 과정으로 초등학교 졸업생 전원이 중학교로 진학하는 것이 당연시되고 있으나, 50년 전 6·25 전란 중에는 입학금과 등록금을 부담하면서 중학교에 진학한다는 것이 여간 어려운 일이 아니었다. 본인 또한 다섯 형제의 맏이로서 학비조달에 많은 어려움을 겪어야 했다.

그로부터 반세기가 지난 오늘, 본인 인생에서 지식의 기초가 다져졌고, 윤리도덕성과 성격형성에 커다란 영향을 미친 모교 예천중학교에서 「국제화 시대의 청소년의 자세」라는 제목으로 특강을 하게 되었다. 또한 제50회 졸업식에도 참석(축사)할 수 있는 기회를 갖게 되어, 실로 깊은 감회와 영광, 그리고 향리에 돌아온 보람을 느꼈다.

은사님에게 다시 감사하는 마음

그때 우리들에게 그렇게도 정성을 쏟아 글을 가르쳐 주시고, 사회에 유익한 인재가 되도록 지도해 주시던 인자하신 은사님께 다시 한 번 감사를 드리면서 만수무강을 기원하는 마음 간절하다.(이미 고인이 되신 은사님께는 하늘나라에서의 평안을 기원한다.)

또한 오직 선생님의 가르침에만 의존했던 학우들의 면면을 회상해 보는 추억의 한때를 갖게 되었다. 돌이켜 생각해보면 당시 초등학교, 중학교 재학 시에 우리가 몸소 갖추었던 단정한 복장, 수업시간 선생님의 가르침에 열중했던 학습태도, 엄숙한 분위기 속에서 질서정연하게 거행되었던 입학식과 졸업식의 장면 장면이 떠오른다. 하지만 지금의 학교에서는 그러한 분위기를 찾아볼 수 없다는 데 아쉬움이 가득하다.

안타까운 단체규율의 해이

10년이면 강산도 변한다고 했거늘, 그로부터 반세기가 지났으니 교육환경 역시 변하는 것이 당연하다. 하지만 단체행동 의식과 집단적 규율이 너무도 자유분망自由奔忙하게 흐트러진 감을 주는 것이 참으로 안타깝다.

본인은 어렸을 때부터 예의범절을 소중히 여기는 어른들의 가르침을 받아 왔기 때문일까. 아니면 예의 바르고, 정직하고, 규율과 질서를 잘 지키는 것이 몸에 밴 일본 사회에서 오랫동안 생활했기 때문일까.

요즘 청소년들이 차례를 지키지 않는다든가 어른들 앞에서 무례한 행동을 한다든가 할 때에는 그때그때 지적해 줌으로써 잘못을 깨우치도록 타이르곤 한다. 때로는 가치판단의 기준이 다른 청소년으로부터 봉변을 당하는 경우도 더러 있지만, 잘못을 저지른 학생을 대충 봐주는 것은 결코 인정이 아니다. 그렇게 봐주면 그 학생은 '아~ 대충해도 그냥 넘어가는구나'라는 생각으로 점점 더 큰 잘못을 저지르게 된다.

폐를 끼치지 않는 행동과 남을 배려하는 마음

또한 본인은 기회가 있을 때마다 남에게 폐를 끼치지 않는 행동, 남을 배려하는 마음가짐을 강조하면서 몸소 시행하려고 노력한다.

며칠 전, 목욕탕이 마치 수영장인 양 물안경을 착용하고 물놀이를 하는 아이들에게 공중도덕과 예의범절에 대해 지적을 해준 일이 있다.

남에게 폐를 끼치지 않는 것은 예의범절과 공중도덕 그리고 교통법규를 잘 지키는 데에서 출발한다. 이 세 가지를 제대로 지키기 위해서는 어릴 적부터의 가정교육이 중요하다. 남을 배려하는 마음가짐은 가르친다고 하루아침에 솟아나는 것이 아니라 어려서부터 자연스럽게 몸에 배어 있어야 한다. 그러기 위해서는 철저한 가정교육과 유치원 교육 말고는 달리 방법이 없다.

국제화 시대의 훌륭한 청소년이 되려면

본인이 공관장으로 일본에 근무하는 동안, 그곳의 초·중·고등학교로부터 '한·일 간의 역사, 동반자적 교류협력관계' 제하의 강의 요청을 받는 기회가 종종 있었다.

메모하는 습관 길러야

기록 문화에 익숙한 일본 학생들은 하나같이 강의 내용을 메모하는 데 비해 우리나라 학생들은 기록하는 장면이 눈에 띄지 않을 뿐 아니라 경청하는 태도 역시 무척 산만해 보였다.

발표력, 토론 능력 길러야

점수, 성적 중심의 교육에 치중해 창의력, 표현력, 발표력, 토론 능력이 떨어진다면 이는 미래를 바라보는 우리 청소년들의 장래 교육에 큰 문제가 아닐 수 없다.

국제화 시대의 영어 구사력은 생존의 문제

또한 본인은 우리 청소년들에게 외국어 실력을 배양하기를 강조한다. 해외 근무가 많았던 본인은 영어의 구사 능력이 얼마나 중요한지 누구보다 잘 알고 있기 때문이다. 국제무대에 나가면 우리나라 기성세대의 공통된 약점이 발표력, 토론 능력 부족에 더하여 바로 이 영어 구사 능력이다. 이에 더불어 일어와 중국어의 기초를 익히는 것도 미래에 대비할 수 있는 매우 중요한 과제이다.

지구촌 시대의 일원으로 매너도 중요

21세기를 주도할 오늘의 청소년들은 세계화, 국제화, 정보화된 지구촌 시대에 살고 있다. 여기에서 살아남기 위해서는 국제인의 일원으로서 국제적 매너 역시 함께 길러야 한다. 이는 아무리 강조해도 부족하다 할 것이다.

이번 강의가 충·효의 고장, 선비의 고장, 인재의 고장, 예향의 고장인 예천의 청소년들에게 넓은 세계로 발돋움할 야망, 그리고 꿈과 희망을 심어주는 계기가 되었으면 한다.

※ JA KOREA, 한국 경제교육협회가 주관하는 '경제교육에이스봉사단'의 일원으로 모교 예천중학교에 이어, 내자의 모교인 예천여중 3학년 전원을 대상으로 강의한 내용임

나의 유년시절과 보릿고개

▲ 1952년 6월 5일, 대수(代數)의 명교사 김교창 은사님 송별 기념(규율부 등 간부 일동)
(앞줄 오른쪽에서 첫 번째 본인)

▲ 1960년대 초, 비료가 없을 때라 풀을 베서 퇴비를 만들어야 했다. 각
읍면 단위로, 정해진 시간 내에 풀을 가장 많이 벤 지역에 상을 주었다.

▲ 보릿고개를 넘어선 감회(30대 후반)

공직의 출발점, 경제기획원

▲ 1984년, 본인이 집필한 '일본 지방 재정'에 관한 전문 저서

▲ 1979년 11월 28일 미국 로스앤젤레스, 김포공항 대규모 확장을 위한 세계 유명 공항시설 현황 조사 中(오른쪽부터 본인, 교통부 항공국장, 정영훈 실장)

◀ 1975년 10월, 대덕연구단지 개발현황 시찰 방문(오른쪽 두 번째부터 남덕우 경제부총리, 안경모 건설부 장관, 김용환 예산실장, 김의원 건설부 도시계획국장, 뒷줄 본인)

◀ 1979년 11월 25일, 유나이티드 에어라인 부사장과 함께(오른쪽부터 본인, 정영훈 항공국장)

◀ 1981년 4월 5일, '부산항 확장 타당성' 세계은행(W·B) 조사단 일행 방문(왼쪽 첫 번째 본인)

◀ 1978년 10월, 부산항 3단계 확장 사업을 마치고(오른쪽부터 본인, 이명박 현대건설 사장, 정연세 해운항만청장)

◀ 1984년 12월 23일, 1985년 회계연도 예산 확정 후 (오른쪽부터 변진우 검찰1과장, 본인(내무법사예산과장), 정구영 검찰국장, 신승남 검찰2과장)

▲ 1997년 2월 22일, 본인이 요코하마 총영사로 부임하기 전 일시 귀국하여 평소 가깝게 지낸 동료와 같이 일했던 측근 간부를 초청해 저녁 식사(국보 중국집)를 함께 했다. 특히 초대 손님으로 참석한 강경식 장관께서 자리를 빛내주셨다.(앞줄 오른쪽부터 이영근 씨, 김범일 씨, 정강정 씨, 윤대희 씨, 이혁 씨, 뒷줄 오른쪽부터 박상조 씨, 김광림 씨, 본인, 강경식 장관, 권오호 씨, 김우석 씨)

❖

퇴임하는 이승윤 부총리와 부임하는 최각규 신임 부총리

▲ 퇴임하는 이승윤(李承潤) 경제부총리의 아쉬운 표정과 홀가분한 표정이 교차한다. 본인(악수하고 있는 장면)은 경제교육기획국장 재임 당시, 이승윤 부총리를 모시고 '나라경제 창간', '경제자료센터 설치' 등 많은 업적을 남겼다. 현재 이승윤 전 경제부총리는 한·일 협력위원회에서 수석부회장으로 재임하고 계신다.(본인 역시 한·일 협력위원회의 이사로 활동하고 있다.)

▲ 본인(최부총리 왼쪽)은 1963년 최각규(崔珏圭) 투자예산과장을 말석에서 보좌한데 이어, 1974년에는 차관으로 모셨었다. 30년 가까이 지난 1991년, 본인은 경제교육기획국장으로서 최 부총리를 다시 한 번 모시게 된다. 곧이어 본인은 예산총괄국장으로 영전하였고, 1993년 국회예결위 수석전문위원(차관보급)으로 영진하는 은혜를 입게 되었다. 그러니까 본인은 최각규 경제부총리를 총 세 번에 걸쳐 직속상관으로 모시게 된 것이다. 신·구 부총리 두 분 모두 대조적인 성품을 갖고 계셨으나, 참으로 존경스러운 인품을 가지고 계신 것은 마찬가지였다.

나라 살림살이를 꾸려가다

▲ IBRD 및 IMF 제47차 연차총회 한국대표 한승수 장관과 협의를 하고 있다.

▲ 1992년 9월 23일 우래옥, IBRD 및 IMF 제47차 연차총회 참석 후 대사관 반기문 공사 주관으로 저녁식사 자리를 가졌다.(앞줄 오른쪽부터 박병원 주재관, 본인, 문화영 본부과장, 반기문 공사, 장원삼 서기관)

▲ 1993년, 본인의 영진 축하회장
본인은 예산총괄국장에서 국회예산결산위원회 수석전문위원(차관보급)으로 영진(오른쪽 첫 번째 최각규 경제부총리, 세 번째 본인)하였다.

▲ 1991년 4월 27일 농촌진흥청, 원예·화훼·과수 등 종자개량 진행 현장 시찰(오른쪽부터 진념 차관보, 본인)

▲ 1992년 10월 20일, 인도네시아 국회의원 일행 방문. 한국의 예산제도에 관해 설명하고 있다.(왼쪽 첫 번째 본인, 두 번째 김광림 예산총괄과장)

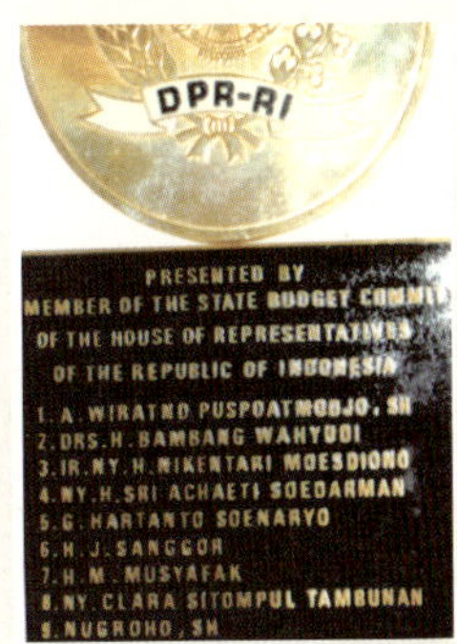

▲ 한국을 방문한 인도네시아 국회의원 일행에게 받은 감사패

▲ 1993년 3월 15일, 예산실 실국장과 직원 일동
이 본인의 영진을 축하하는 글

▲ 영진하면서 받은 표창패

▲ 법원 행정처(법원 행정처장: 김용철)에서
받은 감사패

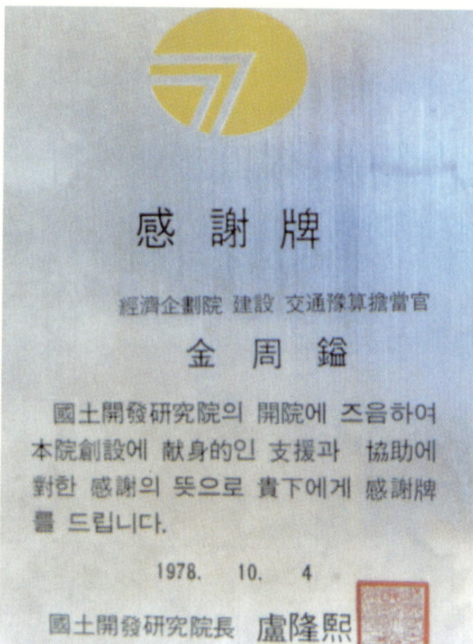

▲ 국토개발연구원장으로부터 받은 감사패

▲ 1992년 4월 28일, 부산항 4단계 건설계획에 대한 브리핑을 최각규 경제부총리가 경청하고 있다.(오른쪽부터 최각규 경제부총리, 본인)

▲ 1992년 9월 23일, 워싱턴에서 개최된 IBRD 및 IMF 제47차 연차총회에 한국대표의 일원으로 참석, 대표단장의 연설을 경청하고 있다.(본인 예산총괄국장 당시)

▲ 1992년 3월 31일, 1993회계연도 정부 예산(안)을 국회에 제출, 대국회 예산심의 대책을 논의하는 자리(오른쪽부터 김병일 국장, 본인, 박청부 실장, 김정국 국장, 이철수 국장, 최경호 국장, 김선옥 국장)

❖

서울특별시 근무의 보람과 성과

◀ 1989년 7월 3일~22일, 전 구청, 보건소 공직자를 대상으로 '우리 경제의 현실 진단과 금후 과제' 교육을 진행했다.(서울시 경제교육홍보관으로 임명)

◀ 1989년 7월 3일, 종로구청 강의 모습

▲ '우리 경제의 현실 진단과 금후 과제' 교육을 진행하는 모습

▲ 1989년 7월 14일, 노원구청 강의 모습

▲ 대도시 행정 세미나 장면. '지방재정 확충방안과 국고지원의 한계'를 주제로 설명하고 있다.(오른쪽 첫 번째 본인)

廣場 독자투고환영　　　　　OPINION PAGE

地下鐵 건설자금은 受益者부담으로

借入위주 조달방식은 負債 악순환만 초래

金周鎰

현재의 심각한 서울교통문제를 해결하기 위해 도시고속도로의 확충으로 간선교통체계를 형성함과 아울러 地下鐵 추가 건설, 지하철위주의 연계수송망을 구축해야한다는 논의가 활발히 전개되고 있음은 매우 다행스런 일이다.

日本 東京都에서는 지난 60여년간 軌道전철30사를 계속해온 결과 현재 地下鐵 및 私鐵이 5백58里、교통인구의 수송분담률이 54%에 이른다. 또 國鐵이 추가로 32%를 분담함으로써 무려 86%나 軌道電鐵에 의존하고 있는 것이다. 또 1백17km의 都市高速高架道路가 있어 도시교통의 체증을 완화하기 위한 도로의 신규개설·확장및 개수에는 토지보상문제등 많은 사회문제가 야기된다. 건설비용도 지금까지 지하철 총연장은 4개노선 1백16·5km에 불과하다. 수송분담률은 약 17%선이다.

路面交通의 체증을 완화하기 위한 도로의 신규개설·확장및 개수에는 토지보상문제등 많은 사회문제가 야기된다. 건설비용도 지하철의 경우 1km건설에 4백억~5백억원인데 비해 지하철은 절반정도밖에 들지 않는다. 그러나 지하철은 수송능력에 있어서 6차선 도로의 5배에 달한다. 그러나 문제는 반대한 지에 약5천억원의 자금을 개선해 도심을 향한 교통...

(서울市 투자관리관)

공무원들 경제교육 열기

경제난국에 대비, 공무원들의 경제교육바람이 불고있다. 서울市의 경우 3일부터 종로구청을 시작으로 22개구청직원 1만 9천 4 백20명을 대상으로 22일까지 경제교육을 하게된다. (3일 종로구청직원들의 교육광경=白賢祐기자)

◀ 서울시 근무 당시 신문 스크랩-2(종로구청 경제교육 장면)

▲ 본인이 서울시에 근무하던 시절, 예시회(醴市會, 예천 출신 서울시 공직자 모임)를 창설하였고 초대 회장으로 추대되었다.
1987년 12월 3일, 예시회 모임에서 회장인 본인이 인사말을 하고 있다.(본인 바로 앞 유학성 의원, 유 의원 기준으로 옆 이영진 보통고시 동기, 그 앞 권오호 인사과장)

국회사무처에서 근무한 보람

▲ 1994년 1월 23일, 1994회계연도 예산(안) 국회 통과 후, 외국 예산제도 시찰을 위해 이집트를 방문했다.(오른쪽부터 무바라크 하원의장, 김중위 예결위원장, 박계동 간사, 이강두 간사, 본인, 박 간사 뒤 정태익 대사)

▲ 1994년 1월 18일 그리스 ACROPOLIS 신전에서(오른쪽부터 박계동 의원, 이승환 그리스 대사, 김중위 예결위원장과 그의 딸, 이강두 의원, 본인)

▲ 1994년 1월 19일, 그리스 에게해 3개 섬(에기나, 포로스, 이드라) 관광(가운데 본인과 이강두 의원, 이 의원과는 경제기획원 말직에서 시작해 국장까지 함께 일했다.)

경제관료에서 외교관으로 변신

▲ 1997년 4월 25일, '국제화와 지방 교류협력, 한·요코하마 교류협력(투자부문 및 물류 상호 교류협력) 활성화'를 주제로 강연을 하고 있다.

▲ 1997년 4월 25일, 본인의 '국제화와 지방 교류협력, 한·요코하마 교류협력(투자부문 및 물류 상호 교류협력) 활성화' 강연을 한국 투자 기업가들이 경청하고 있다.

▲ 1997년 3월 1일, '지방자치단체의 국제화'를 주제로 강의를 하고 있는 모습

▲ 1999년 5월 29일 요코하마에서(오른쪽부터 장원삼 씨, 본인, 김형목 씨)

◀ 1998년 12월 12일 차이나타운, 이치츠루카이(一鶴會) 월례 모임

▲ 1997년 9월 28일, 한국해양대학교 실습선 요코하마 입항을 환영하며 본인이 인사말을 하고 있다.(오른쪽 첫 번째 시미즈 항만관리국장)

▲ 1999년 5월 13일, 이치츠루카이(一鶴會) 회원 부부 동반 관저 초청 만찬

▲ 1995년 6월 16일, 시시토 일본경제신문 부장(오른쪽 두 번째)과 벳츠고로 일본 외무성 북동아시아 과장(오른쪽 세 번째, 현 주한 일본국대사)과 함께

▲ 1996년 6월 19일, 본인 사무실(경제공사)에 모인 우인들(오른쪽부터 김병일 경제협력관, 박청부 예산실장, 이양순 전 예산실장, 배인준 동아일보 동경특파원)

▲ 1999년 5월 29일, 요코하마 인터콘티넨탈 호텔에서(앞줄 오른쪽부터 본인, 내자, 김형목 공사 부인, 김광식 농진청 차장, 뒷줄 오른쪽부터 장원삼 서기관, 김형목 공사, 추규호 참사관, 김상범 과장, 이부철 계리사)

▲ 1999년 1월 16일, 아나토리에서(오른쪽부터 본인, 박정수 장관, 김석규 대사, 유병우 공사)

BUILD THE FUTURE — WITH ACTION AND VISION No. 2081

四つのテスト　Ⅰ真実かどうか？　Ⅱみんなに公正か？　Ⅲ好意と友情を深めるか？　Ⅳみんなのためになるかどうか？

OSAKA ROTARY
Club Weekly Bulletin

第2660地区

創立　大正11年（1922）11月17日　◆復刊週報第1号発行　昭和24年（1949）4月
事務所　〒530　大阪市北区中之島5-3-68　ロイヤルホテル内　Phone 448-1121
例　会　毎週金曜日　12時15分　ロイヤルホテル
会　長　寺田　和之　　幹　事　立野　純三　　会報委員長　中村　精吾

1996年7月12日㈎（第3,649回）例会

韓国経済の現状と日韓経済協力

駐日本国大韓民国経済担当公使
金　周　鎰　氏

　ただいまご紹介にあずかりました駐日本国大韓民国大使館の経済を担当している金周鎰と申します。日本で、あるいはアジアで、世界で最も伝統を誇る大阪ＲＣの柴田先生からお招きいただいて、皆様の前で韓国の経済の現状、韓日経済協力問題に対して説明する機会を持ったことは、私個人としては非常に光栄と存じます。

◇ 増加する交流 ◇

　皆さんご承知のとおり、韓国と日本との間には経済問題だけじゃなく、文化、スポーツ、いろいろな分野で交流がどんどんふえております。人的交流としても、去年（1995年）は日本から韓国に165万、韓国から日本に大体100万の交流があったんです。これは今後どんどんふえると思います。

　わが国の1人当たりＧＮＰですが、95年末にようやく1万ドルを超えております。輸出額は去年基準で1,251億ドル、輸入が1,351億ドル、合わせて2,600億ドルとなって日本の3分の1。数字的には3分の1ですけれども、日本は海外で生産しておるものがあるんだから、それを含めると日本の場合はもっと大きいと思います。

　後で説明しますけれども、貿易のアンバランスというのは、100億ドルが貿易赤字ですけれども、対日赤字は150億ドルになっております。アメリカが日本に対して貿易赤字が500億ドルから600億ドルになっておりますが、それは経済規模の面で見ると、わが国の方がはるかに大きいと思います。

　わが国の経済成長率は、去年9％の成長、ことしは7％から7.5％ぐらいの成長が予想されております。日本は去年0.9％、ことしは

◀ 1996년 7월 12일(경제공사 재임 시) 로얄 호텔, '오사카 로터리' 강연(주제: 한국 경제의 현상과 일·한 경제 협력)

【神奈川】　金融危機の本国を支援する民団中央本部の方針を受け、各地の民団や婦人会、商工会議所などが一致団結し、預金・送金運動が展開されているが、

信用組合も大々的に一線に乗り出している。横浜商銀信用組合（李鍾大会長、朴任根理事長）は、昨年十二月二十六日、県下の民団、婦人会、商工会議所とともに本店で第一次外貨預金送金運動を行い、その日までに韓一銀行横浜支店が集めた三億円と合わせ合計八億円を送金した。

外貨支援　率先垂範する横浜商銀

全職員一丸となって実践

本国支援の5億円を前にして謝辞を述べる金周鎰駐横浜総領事

▲ 민단신문에 게재된 본인의 기사
본인은 IMF 국가 외환위기 당시 요코하마민단을 상대로 '나라사랑 외화예금하기 운동' 동참을 최초로 발의했다. 탁상 위에는 5억 엔의 모금이 쌓여 있고, 이것이 계기가 되어 전 세계로 확산될 수 있었다.(오른쪽 첫 번째 본인이 감격에 넘쳐 인사말을 하고 있다.)

日本経済新聞

1997年（平成9年）6月6日（金曜日）
（33）〔首都圏経済・神奈川〕　【第三種郵便物認可】

発行所　日本経済新聞社

ポイントを聞く

韓国横浜総領事
金　周鎰氏

公共工事費の削減も可能

横浜市発注の市立大学付属浦舟病院の駐車場棟建設工事の入札に、韓国企業の現代建設が参加した。落札にはいたらなかったが、世界貿易機関（WTO）の政府調達協定発効を受けて公共工事への入札に外国企業の参加が増えることが予想される。今後の見通しや韓国企業の狙いなどを韓国横浜総領事の金周鎰（キムジュイル）氏に聞いた。

■韓国企業の公共工事入札参加は増えるか

「韓国の大手建設会社十四社は以前から日本に法人を置いている。阪神大震災後の復興時には神戸で住宅建設を請け負った実績もある。十四の建設会社は神奈川県とか、横浜市の公共工事だけでなく全国の工事に参加できる資格がある」

韓国企業の入札参加

「日本の建設会社は、昔から韓国の高速道路、ダム建設などを手掛けている。それに比べると日本での韓国企業の公共工事への参加は少ない。中長期的に見ると、外国建設会社が日本に進出して、地元企業と共同企業体（JV）などの形で手を結べば、海外の安い建設資材が使えるようになり建設費のコストダウンにつながる。また、地元企業などが韓国の大規模プロジェクトに参加する道も開けると思う」

■外貨不足が韓国企業の入札参加の背景か

「それは、あまりに全体を見ない考え方だ。韓国企業が落札したとしても、建設機械の使用料や労働者への賃金は結果的に日本の市場に落ちる。韓国企業の狙いは建設技術のノウハウや経営を日本で学ぶことが大きい。WTOの市場開放をきっかけに日本に進出した韓国企業がJVで進出する例が増え、JVを通じて横浜の企業が韓国企業と手を結び海外進出することも容易になるのではないか」

■韓国企業の単独入札は

「日本の市場が閉鎖的ということもあって、韓国の建設会社が単独で参加するのは難しいだろう。今までも必ず鹿島などの大手建設会社とJVを組んでいる」

「韓国政府が建設輸出で力を入れているのは、中東やアフリカだが、日本の建設会社の方が進出が早く、設計、管理、監督は日本の建設会社。その下請けを韓国企業というケースが多い。韓国と日本の建設会社とJVを組んでいる」「韓国政府が建設輸出力を入れているのは、日本に進出した韓国の建設会社が一つもないのがその証拠だ」

（27）〔静岡経済〕　【第三種郵便物認可】

韓国横浜総領事
金　周鎰氏

「ソウル大政経大学経済学科卒、早大大学院（日本経済専攻・経済学修士相当）修了。韓国経済企画院の財政金融予算総括課長、国会競争力強化特別委員会首席専門委員、駐日韓国大使館公使などを経て現職。60歳。」

韓国・済州島との提携後押し

「近くて遠い国を近くて近い国にしたい」。韓国横浜総領事の金周鎰（キム・ジュイル）氏は、日韓間に新たな友好関係を築くため、九七年三月の就任以来、関係者の間を飛び回っている。両国とも地方分権の流れが定着しているため「これからは国と国との関係よりも地方都市同士の結び付きが重要になる」とキッパリ。

白羽の矢が立ったのが静岡県。お相手はリゾート地として有名な済州島。就任あいさつで静岡県庁を訪れた際、石川嘉延知事を訪ね、姉妹都市提携を申し入れた。「温泉を核にした観光産業の発展、みかん栽培に適した温暖な自然環境など、両地の間には共通点が多い。姉妹都市になれば韓国から大勢の観光客が押し掛けるだけでなく、企業進出も進むに違いない」と提携のメリットを強調する。

国家間の友好関係を深めるには、「草の根レベルの行き来が欠かせない」が持論。「県内産業界の一部には『済州島と提携すれば韓国全体を相手にできなくなる』といった意見もあるが、それは全く逆。済州島を拠点にして交流が広がるはず」と反論する。企業や商工会議所などを通じた民間交流を足掛かりにして、徐々に行政の対応を促そうという考えだ。

静岡県は「特定の相手との濃密な付き合いよりも、意義のある成果が期待できると見られる分野別の交流を進めたい」（石川知事）という姿勢だけに、姉妹都市誕生は難しい模様。ただ、観光、農業など相互に学び、協力できるテーマは多い。提携という形にとらわれない草の根レベルの活動が活発になれば両国のパイプはますます太く強くなるに違いない。

（陽）

▲ 일본경제신문에 게재된 본인의 기사-2

静岡新聞

〒422　静岡市登呂３丁目１番１号
静岡新聞社

きょうの紙面

交流促進策を提案

韓国総領事　国際化テーマに講演

静岡

本県と韓国との交流活性化について具体的提案をする金総領事＝静岡市黒金町の静岡商工会議所会館

駐横浜韓国総領事館の金周鎔総領事が四日、静岡市黒金町の静岡商工会議所会館で講演し、「静岡県の一層の国際化のために、韓国の済州道と姉妹提携を進めたらいかがか」などと、具体的提案を行った。金総領事は県日韓親善協会と静岡市日韓親善協会の総会に招かれた。講演会は静岡商議所などが共催した。六十人が聴講した。

演題は「静岡と大韓民国との国際交流の活性化について」。姉妹交流について、「これまでは相手地域に縛られてほかを見ない傾向もあったが、これからはそこを拠点にして周辺地域などに交流範囲を広げていくほうがいい」とアドバイス、韓国の九道六指定市のうち唯一、姉妹交流相手が決まっていない済州道（島）を紹介した。

「静岡県は観光県だが、外国人の誘客はこれからの課題。韓国では農業関係者が静岡県の農業技術に高い関心を持っている」などと話した。さらに、静岡空港のような大規模公共事業の建設市場の開放についても言及した。

金総領事は韓国政府で経済企画局長、予算総括局長などを歴任後、一九九五年一月に経済担当の駐日韓国大使館公使に就任した。ことし三月から総領事を務めている。

▲ 시즈오카 지방신문에 게재된 본인의 기사

国際都市横浜に望むこと

駐日本国横浜大韓民国総領事館
総領事　金　周鎰　氏

▷　本稿は去る７月３日に開催した観光・サ　◁
▷　ービス産業部会講演会における金総領事　◁
▷　の内容をとりまとめたものである。　◁

はじめに

　ただいまご紹介に預かりました駐横浜韓国総領事の金　周鎰でございます。
　今、観光・サービス産業部会の副部会長でいらっしゃる小杉先生から韓国語で私のご紹介がございましたが、これから私がお話しする私の日本語よりもっとうまいかもしれません。本当に、私の考え方を日本語で表現するのに単語が足りなくてうまく表現できないこともございます、その辺、あらかじめ私のつたない日本語そのままでこれから１時間かけて、今日のテーマは国際都市横浜に対した提案とか横浜市に望むこと、改正することは何かという意味だと思っております。特に、私はこの場には観光・サービス産業部会員の方々が参席していると思います。
　今、日本の景気は輸出産業の好調で、設備投資とか製造業はうまくいっている。それは円が８０円から１００円台の円高の時に経済構造を改善して、対応してきた為だと思います。それが今１２０円台、１１０円台になって、輸出産業は決算してみると非常に利益が増えているということでございますが、観光・サービス産業に携わっている皆様は私はそうと思えません。今、日本がそういうなかで不景気だという言葉が出るのは、この場に参席した皆さんから出るものではないかと思います。一面にはうまくいきますけれど、観光・サービス産業面では不景気だと私はみております。特に、バブルがはじけた今の影響は一番受けているのは皆さんだと思っております。

－ 1 －

　今日の産業構造の中で観光・サービスの部門がＧＮＰに対する比率は６０％以上になっているし、就労する人の６０％が観光・サービス産業に従事しております。特に、観光・サービス産業は人的要素に依存する割合が高く、労働力に依存する、そういう産業の中小企業が多くのシェアを占めている産業でございます。それが観光関連産業とかレジャー、娯楽産業、電気、ガスとか熱の小売、卸売、宿泊のホテルを含めて旅行、金融、証券、不動産、物理的、知的所有権、情報産業では非常に今景気がよくないんじゃないかと思っております。

国際都市横浜について思うこと

　皆さんの仕事というのはバブルの時は、モノが高いと高級感、満足感を持つ時期でありましたが、今はモノのクオリティはそのままでおいて、サービスの質もそのままでおいて、それでいて価格は下げなければならないということに観光・サービス産業に悩みがあるのではないかということなんです。それは、不況のなかでそういうことを消費者の厳しい選択の中で消費需要を喚起させるためにどうすればいいかということが、今後の国際都市横浜にいかにすればいいかということに結びつくと思います。特に、観光・サービス産業が生き残るためには、あらゆる工夫をしなければならないと思います。
　そのなかで、一番観光・サービス産業の活性化のために大事なのは、国際都市横浜に望まれることは、港湾都市、横浜港湾利用の効率性を高めることと世界的規模の国際会議を多く開催することだと思います。それは私が見た国際都市横浜の現状に若干触れると、横浜市、横浜港湾は、ハードウェアの面ではとても素晴らしいと思います。港湾の設備と都市造り、例えば地下鉄の建設とかみなとみらい２１、国際競技場、ホテル、今サッカー決勝戦誘致のために造っている立派な総合競技場、そういう面でみれば国際都市になって、ハードウェアの面では世界どちらの国際都市に比べても遜色がないように見えております。
　今、２００２年のワールドカップの韓日、日韓共同開催のこととして、決勝戦誘致のために横浜市の役割、横浜市民の願い、それから２００８年のオリンピックの誘致、そういう面では今横浜市の高秀市長をはじめとして、

－ 2 －

　彼は日本一のエンジニアで、そういう都市造りは結果が出てきていると思います。そういうなかで、皆さん先生方よくご存知のように横浜市というのは、今年の末になると１５．１kmの東京湾横断道路も完成になると成田空港がより近くなる。それを走ってくると１時間以内、今東京中心だったら２時間かかるのに横浜の方が近い。今、羽田空港は場所は東京都なんですけど東京都よりは横浜の方が、私もよく出迎えに行きますけど、１５分だったらすっと渋滞なしに羽田まで行けます。ある面では、横浜市の国内空港、国際空港、台湾の飛行機飛んでいます。そういう条件を備えている。世界が最も横浜に近くなる。千葉も近くなるし、そういう面でみると空のコース、伝統を誇る横浜港湾からの海のコース、陸のコースも私は横浜より便利な所はないと思います。そういう自然の条件、歴史的な文化財もたくさん存在している、そういう横浜市でございます。戦前私が地理の時間に勉強したのは京浜工業団地は東京と川崎、横浜。今、横浜はそういう重化学中心の産業はあまりみられない。けれどもそれより今、横浜は国際的な観光・サービス産業としての発展の条件は整備していると思います。
　ハードウェア面ではそう言ったんですけど、ソフトウェア面においての横浜市と港湾のことに対して申し上げますと、それは私的な考えですけど、この前この場の先生方も参席した方もいらっしゃると思っておりますけど、開港１３８年の記念式がパシフィコ国際会議場で開かれて、私もその場に参席したんですが、相当な外交使節団を招待したんですね。あちこちに大使の車、海軍とか欧米の人とかたくさん見えていました。しかし、最初オープンセレモニーの時は日本語があって、英語でこれから１３８年開港記念式をいたしますといってやったんです。その後は、ずっと日本語だけで終わってしまったんですね。それ私後ろで見るとですね、世界の外交使節団たちを招待してきたんだったら、今は県知事がスピーチしますよとか、商工会議所の会頭がスピーチしますよとかいうことは言った方がいいですね、日本語以外で。外国人は日本語知らない人がここに来て、あの人はなんの人か何をする人なのか全然わからないですね。時間の関係で内容の通訳はできないこともあるかもしれませんが。それで、前に行ってみるとみんなスピーチが日本語であって、その横に英語ができてあって、それで留学生の日本人がきて素晴らし

－ 3 －

　い英語ができる人がちゃんといたんですけど、そういう面が見えたのは私の個人的な所感だったんです。そういう面で見ると、まだソフトウェアの面でみると、横浜市が１３８年も前に開港したということは非常に長い歴史を持っている。その歴史と伝統だけでは２１世紀に向かう時代、その自尊心と、プライドだけではいかないですね。それはイギリスのリバプールの港が１９世紀には世界で我々が一番だと言ったんですけど、それが時代の流れに対応できなかった面があったんですね。横浜港と比べるのは失礼かもしれませんが、その面では今横浜港の勢力が衰弱するのではないかという気がするのは、その理由は今、国際化、開放化の流れの中でですね、地域保護主義が強いのではないかという印象を受けるのです。地域保護主義は、短期的にみると利益になるかもしれませんけど、中長期的にみると、いろいろ競争力を弱め生産性が低下する、特に建設業に対してはコストダウンにならない、価格破壊が全然できないんです。物価の下落、需要の拡大にそれはよくないと思うんです。
　私はこの前、日本経済新聞にもインタビュー記事が出たんですけど、これからのＷＴＯのなかで、国、地方にかかわらず公共建設事業もですね、世界にオープンして、一定範囲内での事業は国際入札をするのです。横浜の建設企業は世界公共建設市場の開放の機会を利用して、他の国にもっと積極的に進出した方がいいです。例えば、韓国の建設会社とＪＶをなしてですね、さらに第３国に進出してもいいんですけど、そういった面で横浜はまだ地域保護主義が残っていて、海外から企業が進出して競争することを拒否していることは、横浜市全体で見れば、とくに観光・サービス産業に対してそういう規制はよくないと思うんです。

横浜港の重要性と波及効果

　これから横浜港の重要性にふれてみると、横浜の市民所得の１６％が直接の効果を港から受けるんですよ。波及効果を入れると３０％以上が港と関係あるんです。それは一般平均ですけれど観光・サービス産業面においてはもっと港と関係が多いと私は思うんです。それが規制が多いとか、地域保護主義が強ければ強いほど、その結果多くの外国の船が他の港湾に逃げることに

－ 4 －

よって港湾の利用率が低下し、高コストの体質を改善するのは難しいんじゃないかという考えを持っているんです。

例えば、この前日本経済新聞にアジア港湾の特集があったし、神奈川新聞の5月5日に載ったんですよ。見ると停泊料っていうんですか、駐車料と同じように貨物の入港料、接岸料とかコンテナの税金、コンテナ荷役料、コンテナを荷役、積む能率性ですね、それもハードウェアは非常に素晴らしいものを、持っているんですけど、それを運営するソフトウェアにおいては能力が落ちるのではないかということが新聞記事に出ておりました。それを見てみると、水先案内のコストも非常に高い、組合の力があまりにも強い、働く者も他の所は土日も24時間働く港も多いんですけど、組合の強い規制があってそれも能率が落ちる。シンガポールは、海運の会社の職員が直接荷役することもできるようになっている。今日の世界は、港湾の競争の時代に入っている時期なんです。台湾の高尾、シンガポール、香港、釜山に比べてみると、神戸が倍ぐらい高かった。今言ったいろいろな高コストの原因があるからです。横浜は神戸よりも高いんです。そういうことでは船が逃げちゃう。その結果が、去年の統計に見るとコンテナの取扱量が12.8%減ったんですね横浜は。それは、神戸港が阪神大震災がありまして、その貨物が来たにもかかわらず減ったんですけど、今神戸港の復興が完了してそこに振り替えた荷物がまた向こうに戻るともっと減るのではないか。

それからだいたいですね、今私が言った東南アジアの港は50~60%がトランジットのコンテナなんです。横浜の場合は、輸出が16%、輸入が17%トランジットだけで、ハブ港の役割が果たされてないわけですね。ハブ港になると、そこに倉庫企業とかですね、金融その面の会社がうまくいくんですけど、そういう面で横浜港の能率が落ちるのではないかということもできます。

国際競争力を強化するにはいろいろ要因がありますけど、物流の値段が占める割合がいかにすれば安くすることができるかが大事なもので、今交易商品がどんどん海上運輸の方にまわってくるんです。それは、その時代にですね、駐車場が高いと車が止まらないことと同じですね。それは、船がたくさん入ってくると、その船にのったモノ、物的、人的交流が活発に動くと観光

— 5 —

・サービス産業は波及効果も出てくるけど、荷物船が入ってこないと、港は静かになる事態が来ると思っております。本当にただ今は港湾の大競争時代が始まったといっても間違いないんです。コンテナの取り扱ったモノをみても、香港が年間130万TEU、シンガポール130万TEU、高尾500万TEU、釜山447万TEU、横浜240万TEUですね、量の面においても数が少ない。コンテナのトランジットの貨物量も50~60%トランジットの貨物が来なければならないと思う。横浜は輸入、輸出併せて16.5%では、あまり量が少ないんじゃないんですか。立派なハードウェアに比べてみると量が大きくない。それが、神奈川新聞5月13日の横浜港湾管理運営の現状という記事があって、遅まきながら横浜港のハブ機能の維持を目指すためにいろいろ措置を取る、19の海運会社がすでにターミナル会社を造ってやっているんですけど。それは前、私が言ったそういういろいろ高コストの原因を改善しなくては、港湾の貨物誘致に結びつけるのは難しいと思っております。

世界規模の国際会議の誘致

その後の話はですね、国際会議をいかにすれば横浜でたくさん誘致することができるかという話になるんです。それは本当に重要なことと思うんです。国際会議があると、例えば3日やるといった場合3日だけの効果ではない。3日で終わってもその波及効果、プラス面での後遺症は残っているんですよ、会議があったら。

この前、福岡でADB（アジア開発銀行）の総会があったんです。その場に私も参席したんですけど、56名の大蔵大臣が参加して世界の大手銀行頭取やほとんど金融の関係の人、それは銀行もちろんですけど証券とか保険会社とか参加したんです。ホテルを取ることはできなかったんですよ。私遅く参加したから、どこもいっぱいになっているんですよ。こっちでは、このホテルは中国の大蔵大臣主催でパーティー、そちらは、日本側のパーティーをやる、こちらはある国の中央銀行、あちらはADB総裁がやる。本当あちこち各ホテルをまわらなければならないし、地元にとっては景気が良くなるんじゃないですか。福岡の方うまいですよ。来年またこの会議を福岡でやるんで

— 6 —

すよ。もう決まっている。日本が事前に根回しをしてADBの協議会を作ったんですよ。それを皆さんが同じように事前に根回しして99年度には横浜でやればどうか。横浜は地理的に、私は東京で韓国大使館で経済担当公使を2年間勤めたんですけど、その時にあちこちに国際会議に参加したんですけど、横浜では機会がなく1回も来たことないんです。展示会はあっても、幕張とか有明でやってしまう。横浜は展示場の設備などが向こうより立派かもしれませんが、そういう面で、あまり地理的に東京と近いですね。せっかく横浜に泊まるのならもっと働く場所として横浜を見てもらいたい。ゴミだけは横浜に落ちて、働くのは東京に行って働く、そういう面が多いんじゃないか。みんな先生方ご存知のことでございますけど、あまりにも東京に独占されている。東京がビッグイベントやっている。あまりにも東京中心、この様な現状の中で横浜がいかに東京から独立の経済性をいかにつくることができるか。難しい話なんですけど。

もちろん、横浜がそういう体質、さまざまな国際会議が開かれているんですよ。でも効果面では、国際観光会議、国際的な金融会議ありますね。例えばIBRD（国際復興開発銀行）の国際会議、IMF、ユーロマネー、ADB総会。国際金融会議をこの場に誘致すれば、ハードウェアはすべてそろっていますから、その効果は非常にいいんじゃないかと、その話は皆さんと一番関係が深いことだと思います。金融国際会議は非常に波及効果がある。

国際機構誘致

もう一つは、横浜に国際機構を誘致することも大事なことと思う。東京は今いっぱいになっているから、今後は横浜の方に、東京より空港の交通は便利ですよ。これから成田おりて東京へ行くよりは東京湾横断道路を通ると横浜へ行く方が便利だから、渋滞もないし、だからそういう面では国際機構をこちらにたくさん誘致する努力が必要ではないかと思うんです。既に、ITTO（国際熱帯木材機関）は横浜に設置してあり、WFP（世界食糧計画）のアジア本部が横浜にある。それは非常にいいことだと思います。本年下半期になると、FAO（国連食糧農業機関）日本事務所が横浜に設置される、そういうこともいいんですけど、外交施設もたくさんあればいいんですよ。

— 7 —

福岡と大阪と名古屋はですね、総領事館もあらゆる国があるんですよ。それ波及効果が多いんですよ。残念ながら、横浜は唯一大韓民国の総領事館一つしかないんですね。総領事館があるというのは、両国の地域発展と文化、スポーツ、経済交流の活性化だけでなく、その地域のビザを取るためにも、たくさんこっちに集まってくるんですよ。そうするといろいろ効果を得ることができますけど、その面でわが総領事館の役割も今後皆さんが利用することによって、我々の仕事が増えるもんですから、それを私は待っている次第でございます。

本当に観光・サービス産業の振興のためには、国際機構、外交施設、国際会議をたくさん開いたら、例えばモーターショーがですね、毎年、東京モーターショーやりますけど、そのモーターショーを、例えばこちらで開かれたら、世界の自動車の方々がですね、集まる機会がでてくる。

もっと横浜はアジア指向を目指すべき

横浜はもうちょっとアジア中心的な考えに転化したらどうですか。横浜は長い歴史、伝統を持っているのだから、ヨーロッパとか、アメリカを相手にして、そういう考えが強いんじゃないかと思います。他面、東南アジア、中国、韓国含めてそういう交流がたくさんあればどうかという話なんですよ。我々は、本当に漢字の文化圏ですね、中国、台湾、香港含めて、韓国南北含めて漢字の文化圏を大事にしたらどうでしょうか。

横浜は、チャイナタウンがあるというのはね、今、韓国から年160万人が日本に観光客が来ているのですよ。今逆になっている。前は日本から韓国に来る人が多かった。今、逆に韓国人が日本に旅行するのが多い。来たら一応チャイナタウンに1回行ってみようとして来るんですよ。団体で東京に泊まっても、夕食1回は横浜のチャイナタウンに行ってみる、そういう雰囲気もあるわけです。だからここに観光客たくさん来るんです。その面では、コリアタウンがもし横浜にチャイナタウンみたいにあれば、日本に旅行して東京に行って横浜のコリアタウンに1回行かないと、あなたは日本に旅行した価値がない。だから、私は横浜にヨーロッパの観光客、アメリカの観光客よりですね中国、台湾、香港、韓国といったアジア地域の観光客誘致に力を入

— 8 —

▲ 1997년 7월 3일, 요코하마에서 개최된 관광서비스 산업부회 강연회에서 본인이 강연한 내용(주제: 국제도시 요코하마에 바라는 것)—P. 9∼11

れた方が効果的だと思うんです。それで皆さんが先頭に立ってですね、皆さんも韓国旅行することもいいんですけど、韓国の観光客もたくさん誘致してはどうですか。

欧米中心的な考えの結果、横浜市と横浜港湾含めて１４の世界都市、港と友好姉妹関係、提携関係がありますが、ほとんどヨーロッパとアメリカ中心です。東南アジアは上海一つしかなかったんですね。韓国とは何もまだない。だから今後の時代は、その面では競争の時代でなく協力の時代だと思うんですよ、その面では、韓国の仁川、仁川といったら非常に大きな滑走路４つの国際空港を建設中の都市なんです。開発計画は物凄いものがある。それを仁川市と仁川港、一緒になって友好提携関係をつくったらどうか。あるいは釜山市と釜山港でもいいんです。それをバックにして今後やっていきたいのが私の希望なんです。

観光客の好奇心と言うのは、例えば皆さんがヨーロッパとか南アフリカとか南米に行っても、昔日本との関係が何があるかということは、その関わりを見たいという気持になるんですよ。そういうことをあまりにも欧米中心じゃなくて、そういうことが歴史の縁があれば、それを開拓して見つけてくれれば、観光団体と１回見たら、ああいいなと行ったら、その次の人がすっと行くのが観光の特徴なんです。そういう面でですね、数多くの縁と交流があったアジアの地域に目を向けたらどうですかということなんです。

これからは、２００２年韓日・日韓共同開催することになったワールドカップの話にふれたいと思います。共催は非常にいい機会だと思いますよ。大分で日韓、韓日サッカー協会でのセミナーがあって、いいムードにあがったんですよ。それを横浜も決勝戦を、私は多分横浜になると思いますけど、日本は決勝戦、韓国では開会式をやるように決定したので今後皆さん方が先頭に立ってですね、そういうイベントを作ったらどうですかということなんです。

それから、この前も私言ったんですけど戦前から釜山と下関の間にフェリーが連絡船ていうんですか、釜関、関釜フェリー、連絡船があったんですよ。それが、それから半世紀以上経った今日になってまだ横浜まで来ないんですね。それをですね、海上観光っていうんですか、船の上での泊まりながらの

— 9 —

観光をですね、それが釜山、仁川どちらでも出発、それから瀬戸内海を通って終着は横浜まで来て、それで横浜に泊まって横浜を観光して、東京を観光してまた泊まるは船に戻って来て。そうなれば、本当にわが国と横浜との交流が盛んになるんじゃないかと思っている。それは、青少年の交流はもちろん修学旅行はですね、神奈川県はまだ公立中高校の学生の海外旅行を認めません。海外旅行をしようとすれば許可を取るんですよ。４７の県のうち３２県がこれを行ってもいいと言ったんですけど、まだ、神奈川県は公立中高等学生の海外旅行は認めていないんですよ。今、そういう認める面にはしって行くんですよ、我々もそういうこと希望して言ったんですけど、どんどんですね。我が韓半島と横浜は、昔から歴史的に交流があったのをまたそれを再建して生かしていけばどうということなんです。そういうことは、官、地方自治体、国とかがやるより民間レベルで。横浜商工会議所の観光・サービス産業部会が先頭に立って、そういうことを計画的に推進すればどうかということなんです。

本当に、今の２１世紀との境はですね、競争の時代から協力の時代に変わっていくし、国際化の中で地域分業をした方が両地域に利益になるとそのメリットは多いと思っております。今、わが国も国際化に向って開放政策が早い速度で変わっていくんですよ、横浜もそういう面では積極的ですけど、韓国は今皆さんからの投資と外国人からの直接投資に対してあらゆる方面での規制を緩和し、すでに法律も改定しました。例えば外国人専用の公団には２０年、３０年の安い家賃で貸してあげるとか、租税面でも５年間はタックスなし、その後利益が出ないとまた税金なしで、それから資本財だけではなく一定範囲内での現金導入許可もすっと出るようになっているんです。

本当に韓国は消費市場が広いですよ。隣りに中国の広大な市場があるんだから、特にわが国はよく訓練された高級の労働力を持っている。今、韓国の労働法っていうのは前と進ってですね、国際水準の労働法になっているので、そういう面でのメリットがございまして日本からの直接投資を待っている次第でございます。

今まで通り、来年もビザなしで入国できることも可能にし、特に中高等学校の修学旅行、学校と学校との交流を活性化して友好姉妹関係を作ってスポ

— 10 —

一ツ面にも芸能、芸術、文化交流、いろいろな面で交流があったらどうかという、そういうイベントがあればあるほど、観光・サービス産業にはメリットが出てくる。

特に、私が今まで観光・サービス産業部会での話はですね、それは、生産の重要工程で機械を使う装置産業とは全然違うことで人が直接やる、人の手でやる、人の頭でやる仕事なんですね。

自動車とかそういうことは機械が作るんですけど、本当に労働に依存することが多いのは観光・サービス産業ですから、皆様方横浜、本当に世界で最も伝統を誇る横浜商工会議所のなかでも、観光・サービス産業部会が今後のわが国との交流活性化のためにも、もうちょっと今よりですね、わが国にたくさん進出して来ることを期待しております。

今、私が横浜市と横浜港の国際都市として提案することが、私が自ら見たことは、皆さんもう既に知っているものだと思いますが、そういうことをもうちょっと、地域主義とか保護主義の面をですね、幅広くオープンしたそういう考えを持ったら、もっと国際都市横浜にいい面が多いんじゃないかということを言いながら、私のテーマの話を終わらせていただきたいと思います。

— 11 —

▲ 1999년 10월 31일, 특2급대사로 퇴임

국가와 사회, 국민에 진 빚을 갚기 위한 봉사활동

김주일 전대사 국가혁신위 위촉
8월 28일 한나라당사서

전 경제기획원 예산총괄국장과 국회예산결산위원회 수석전문위원 및 외교통상부 대사를 역임한 김주일(예천읍 고평리 거주)씨가 지난 8월 28일 한나라당 이회창 총재로부터 국가혁신위원회 민생복귀분과위 위원으로 임명되었다.

국가혁신위 민생복지분과위는 장래의 주택, 교통, 사회복지, 보건의료 및 환경문제 등에 관한 정책개발을 수행한다.

◀김주일 전대사(좌)가 한나라당 총재실에서 이회창·총재로부터 국가혁신위 위원 임명장을 수여받고 있다.

▲ '김주일 전 대사 국가혁신위 위촉' 신문기사

◀ 2011년 11월 19일, 'JA KOREA'봉사단 강사로 활동, 신양초등학교 6학년을 대상으로 수업하고 있다.

▲ 2006년 4월 30일, 하병옥 민단 단장과 간부 일동이 한나라당 박근혜 대표를 예방하였다.(왼쪽 첫 번째 본인, 여섯 번째 하병옥 단장, 일곱 번째 박근혜 대표)

民団本国事務所 移転... 金周鑑 新任所長 就任

民団 中央本部는 3月29日字로 本国事務所長에 金周鑑씨를 任命하였다.

新任 金周鑑所長은 高位経済官僚出身으로서 経済企劃院 予算局에서 公職生活을 始作, 서울시 投資管理局長을 거쳐 駐日韓国大使館 経済公使, 駐 요코하마 総領事, 外交通商部 本部大使를 歴任한 후, 70万 在日同胞社会의 球心体인 民団의 本国事務所長으로 일하게 되었다.

新任所長은 "就任一聲으로서 在日同胞들은 지난 역사속에서 祖国経済発展을 위해 많은 貢献을 해왔으며 기쁜일이나 슬픈일이나 恒常 祖国国民들과 呼吸을 함께 하며 韓日親善増進에 있어 매우 重要한 役割을 해왔다. 在日同胞들의 愛国活動에 대해 나는 늘 깊은 感銘을 받았고, 마음속에 큰 빚을 지고 있는듯한 느낌이었다. 오늘날 우리나라가 世界10位 経済大国으로 成長한만큼 이제 祖国이 그들을 위해서 무엇을 해줄수 있는지 配慮하는 길을 찾을 때가 되었다고 생각한다. 그러므로 在日同胞들의 権益과 民団을 위해 奉仕하는 것은 個人的으로도 보람찬 일이고 国益에도 보탬이 되는 만큼, 오랜 公職生活과 日本에서 勤務한 経験을 바탕으로 삼아 주어진 任務遂行에 最善을 다하겠다"고 抱負를 밝혔다.

한편 民団本国事務所는 지난 4월1일 明洞에서 光化門로타리 서남쪽에 位置한 光化門오피시아빌딩 1705호로 移転하였다. 民団 本国事務所는 1972년에 開所하여 그동안 民団과 本国政府 및 関係機関과의 連絡機能을 비롯 在日同胞의 権益擁護를 위한 各種業務, 民団 各級組織의 本国内 行事支援, 在日同胞 青少年 育成 및 民族教育事業 協調, 韓日親善増進을 위한 諸般事業을 側面支援하는 重要한 役割을 해오고 있다.

새 사무실 住所는 서울 鐘路区 新門路1街163 오피시아빌딩 1705호, 電話는 02-734-1165이다.

▲ 주일본 대한민국민단 서울사무소장으로 임명

▲ 2009년 5월 13일, 본인이 경상북도 통상·투자 자문관 재직 시 서울, 부산 등 한국에 파견된 일본의 지방자치단체 책임자들을 경상북도가 초청, 투자환경을 설명했다.(앞줄 오른쪽 일곱 번째부터 본인, 일본 지방자치국제화 서울사무소장, 김관용 경북지사)

▲ 2009년 5월 13일, 경북의 공단조성 현황과 외국기업 투자에 대한 각종 지원 혜택을 설명하고 있다.(가운데에서 오른쪽 첫 번째 본인)

김주일 한.일 협력위원 "경북도자문관" 임명 (08년 6월 19일 매일신문)

〈김 주 일〉

(예천읍 고평리) 한일 협력위원회 운영위원은 지난 6월1일자로 경상북도 자문관(비상근)으로 임명되었다.

김주일 자문관은 지난 65년 한일국교정상화에 참여한 그 이듬해에 동경주재 청구권 및 경제협력 사절단에 근무를 시작으로 일본 와세다 대학원을 졸업했다.

경제기획원 재직시에는 일본과의 경제교류에 창구 역할을 해온 일본경제 전문가로 널리 알려져있다.

또한 주일본 한국대사관 경제공사, 총영사, 본부대사를 역임하는동안 일본의 관계, 학계, 재계, 정계등에 많은 인맥을 형성해 놓고 있다.

경상북도는 앞으로 있을 한.일 FTA협정에 대비(경상북도 농산품의 일본시장 진출)하고 일본으로부터 부품및 소재산업의 유치, 양국의 지방자치단체간 자매결연및 우호증진에 역점을 두고자 김주일 전대사를 공개모집을 거쳐 경북도 자문관으로 영입하게 되었다.

▲ 김주일 한·일 협력위원 '경북도 자문관' 임명(2008년 6월 19일, 매일신문)

▲ 1996년 오사카 호텔, 대구⇔오사카 대한항공 취항 리셉션장에서 본인(대사관 경제공사)이 정부대표로 경축 인사말을 하고 있다.(왼쪽 네 번째 문희갑 대구시장)

▲ 1998년 8월 15일, 광복 경축일 리셉션장에서(오른쪽부터 한창우 마루환 회장, 신용상 민단 단장, 본인(요코하마 총영사))

▲ 경제기획원(이경식 경제부총리)으로부터 받은 재직기념패

▲ 경제기획원(김만재 경제부총리)으로부터 받은 재직기념패

▲ 치안본부로부터 받은 감사패

▲ 한국농촌공사로부터 받은 공로패

酒田港―釜山港間定期航路就航記念祝賀

明政殿

청록의 시론(時論)과 제언(提言)

1장

복지는 아름다운
유혹

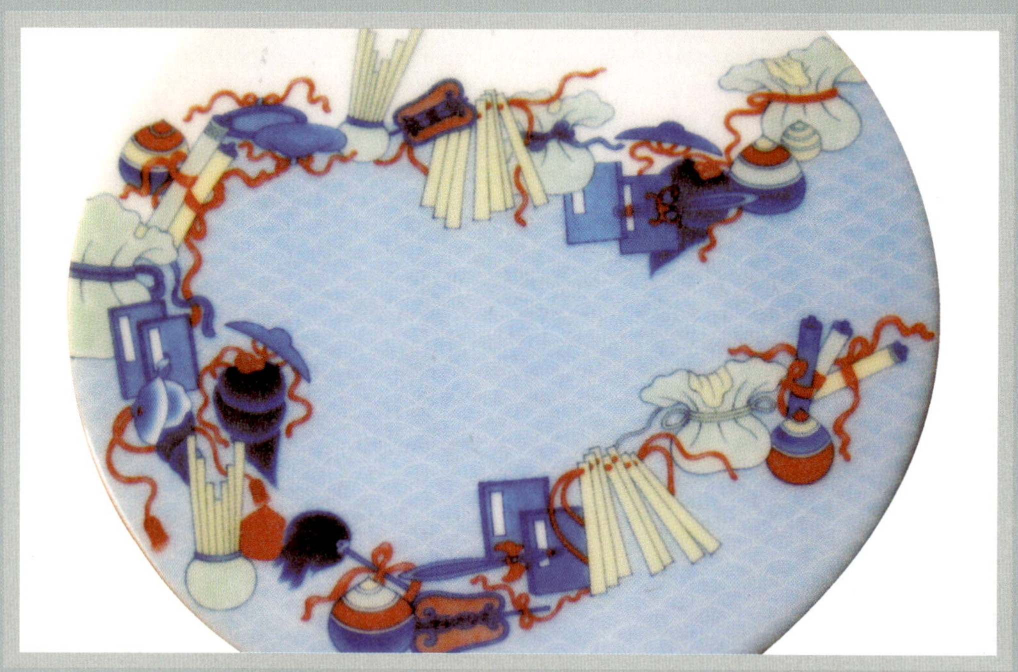

▲ 인간의 행복과 복지

우리가 염려하는 재정건전성은 복지포퓰리즘을 막는데서 비롯되는 것이며, 복지포퓰리즘에 대한 정치적 유혹을 뿌리치려면 우선 경쟁시스템의 공정성을 확보하는 것이 선결과제라고 생각합니다. 이 말은 재벌기업들이 솔선해서 우리 경제구조의 불공정성을 제거해 나가야 정치권의 복지포퓰리즘을 견제해서 국가재정의 건전성을 지켜낼 수 있다는 뜻입니다.

(2011년 9월 10일)

2011년 9월 8일 국회헌정기념관 대강당에서

국회선진화 연구포럼(대표: 유정복劉正福 의원) 주최로 개최된 『복지와 재정

어떻게 마련해서 어디에 쓸 것인가』 토론회에 참석하여 본인이 제언한 내용

이날 참석자는 발제자 2명, 토론자 8명, 자유토론자 3명(본인 포함)으로

복지·사회보험 전문가와 박희태朴熺太 국회의장, 박근혜朴槿惠 전 한나라당

대표 등 국회의원 상당수도 참석했다.

적게 내고 많이 받고자 하는 복지에 대한 인식

지속적인 성장과 복지의 확대는 동전의 양면과 같아 이 문제를 바라보는 시각은 사람에 따라서 혹은 집단과 정당에 따라서 각기 다를 수 있습니다. 그렇다 하더라도 그 중 어느 하나도 경시할 수 없는 데 문제의 심각성이 있습니다.

우리나라는 아직 성장이 더 필요한 단계라고 생각합니다. 분배(복지)는 가지고 있는 부富, 즉 성장에서 얻어진 과실을 한번 나누어 주는 것으로 끝나지만 성장은 일자리를 늘려주고 이를 통해서 계속 수입을 나게 만드는 것임을 간과해서는 안 됩니다. 현실적으로 일자리를 만들 수 있는 주체는 능력 있는 기업들인데, 기업과 기업인들을 부정적으로 보는 사회 분위기 속에 경제평등주의가 번지고 있는 것은 참으로 걱정스

러운 일입니다. 그런 가운데 국민 대다수가 가지고 있는 '적게 내고 많이 받고자 하는 복지에 대한 인식'이 가장 큰 문제입니다.

복지는 정말 아름다운 유혹입니다

한정된 가용재원을 가지고 '복지비로 지출할 것인가', '경제개발에 투자할 것인가' 하는 우선순위는 그 시대의 잣대로 재야 한다고 생각합니다. 복지의 달콤한 유혹을 뿌리치면서, 한정된 재원을 경제개발(성장)에 투자한 성공적인 사례를 하나 들어 보겠습니다.

대일 청구권자금 사용에 관한 것입니다. 대일 청구권자금은 일제 강점기에 우리 민족의 전쟁피해에 대한 보상으로 볼 수 있습니다. 청구권자금은 무상 3억 달러, 공공차관 2억 달러, 상업차관 3억 달러로, 이를 1966년부터 10년간 연차적으로 지불하기로 '한·일 협정(1965년)'이 체결되었습니다. 그 당시 "독립유공자 및 징용 등으로 피해를 입은 그 가족과 농어민에 나누어 주어야 한다"는 강력한 국민적 요구가 있었습니다. 그럼에도 불구하고 무상 3억 달러, 공공차관 2억 달러 중 포항종합제철 공장 건설에 23.9%, 원자재 도입에 26.5%, 소양강 다목적댐 건설 및 경부고속도로 건설에 5.8%, 나머지는 농산물 증산, 관공업을 비롯한 국가 기간 산업 건설에 집중 사용하였습니다.

물론 독립유공자 및 전쟁 피해를 입은 국민들에게 혜택을 돌려주지 못한 점에 대해서는 가슴 아픈 일로 기억될 수 있습니다. 하지만 만약 그때 청구권자금의 대부분을 국민 요구에 따라 전쟁 피해의 보상비로 나누어 주었다면(일종의 복지성) 지금쯤 이는 흔적도 없이 사라졌을 것입니다. 종합제철 공장이 세워지지 않았더라면 자동차와 조선의 주원료인 철강은 수입에 의존할 수밖에 없지 않겠습니까. 본인은 '청구권 및 경제협력사절단'의 일원으로 동경에서 이 업무를 직접 담당했기 때문에 지도자의 결단과 정책의 방향이 얼마나 중요하다는 것을 실감하였습니다. 결과적으로 보면 같은 시기에 우리와 같은 조건으로 도입한 청구권자금을 전쟁으로 피해 입은 국민들에게 몽땅 나누어 준 필리핀의 경우를 보면 알 수 있습니다. 현재 우리나라는 필리핀에 비교도 안 될 만큼 부유한 경제대국이 되어있지 않습니까.

나는 제외하고, 세금부담은 늘려야 한다?

서구 복지국가의 국민부담률(조세부담률+사회보장부담률)은 50%가 넘는 반면 우리나라의 국민부담률은 고작 26.3%(2010년 말 기준)뿐입니다. 서구의 복지병은 심각한 후유증을 대동합니다. 현재 스웨덴은 내부수리 중에 있고 스페인, 포르투갈, 그리스, 이탈리아 등은 국가 부도단계에 이르고 있습니다.(국가부채가 GDP의 2배)

'국민 부담의 증가(추가) 없이 높은 수준의 복지가 가능하다'는 제안에 대해서 '있는 기정예산을 줄여서 하면 된다'고 말씀하셨으나, 기정예산의 내용을 들여다보면 손댈 데가 별로 없다고 보입니다. 일부 손댈 데가 있다 하더라도 그 액수는 미미하여 지금 국민이 기대하는 수준의 복지 재원은 충당하지 못할 것입니다.

둘째, '지방자치단체별로 복지시행 성적을 평가하여 인증제를 실시하자'는 방안에 대해서 말씀 드리겠습니다. 현재 지방자치단체장은 복지예산을 집행함에 있어서 마치 대부분의 단체장이 자신의 돈을 주는 것처럼 득표활동비로 사용하고 있는 것이 현실입니다. 이는 대단히 위험한 발상이라고 생각합니다.(이때 방청석에서 박수가 터짐)
결론을 말씀 드리겠습니다.(제언)

(1) 일반적으로 노인 인구, 고령자하면 65세 이상을 지칭하는 것이 관례이나, 이를 전기 고령자(65세~74세)와 후기 고령자(75세 이상)로 구분하고, 고령자 또는 노인대책 수립 시 차별화하여 적절히 대처함이 효율적이라고 생각합니다.

(2) 복지재원 마련을 위한 세제 개편 및 신설에 대하여

　조세체계와 관련하여 조세감면제도의 정비, 자본소득세, 파생금융상품, 담배, 청량음료, 사행산업 등 외부 불경제 품목에 대한 과세강화 등 조세체계 전반에 대한 개편과 관련된 의견입니다.

　(3) 조세체계는 그 자체가 너무나 복잡하고 다양하기 때문에 전반적인 세제의 개편은 별도의 개선이 필요합니다. 단순한 세수증대 방안으로는 부가가치세의 세율 현 10%를 상향 조정하는 방안과 사회보장세의 신설 등이 효과가 클 것이라고 생각됩니다.(서구 여러 나라의 예)

　(4) 결론적으로 국민 부담 증가 없이 복지 증가는 있을 수 없고 성장 없는 분배는 후세대가 부담으로 떠안을 수밖에 없다는 점을 명심해야 합니다. 공짜 점심은 결코 있을 수 없다는 것을 강조 드리고 싶습니다.

　(5) 사회복지社會福祉, Social welfare와 사회보장社會保障, social security은 엄격히 구분해야 합니다. 여기서 사회보장은 일단 논의에서 제외하고, 아동복지, 노인복지, 장애인복지, 저소득 생활보호자 등 사회복지에 관해서만 재원대책을 마련하는 것이 바람직하다고 생각합니다. 경청해 주셔서 감사합니다.

▲ '유럽 국가들의 정년 연장'과 '세계 각국의 GDP 대비 사회보장 비율'

日本의 地方財政制度解説

金周鎰編著

머 리 말

1. 우리나라는 지난 '60年代初 以來 다섯차례에 걸친 經濟社會發展計劃을 成功的으로 推進하여 세계 여러나라가 부러워 할 정도의 高度成長을 持續함으로써 '80年代에 이르러서는 中進國際列에 進入할 수 있었고 國民모두가 우리의 經濟發展力量에 대한 確固한 自信感을 가질 수 있게 되었다.

그동안 우리國民의 生活水準이 크게 向上됨에 따라 時代的 課業으로서의 地域間均衡發展과 地方化時代에 對備한 生活便益施設의 整備, 社會福祉施設의 擴充 등 財政需要가 急激히 늘어나고 있어 이를 뒷받침하기 위한 地方財政制度의 改善이 절실히 要請되고 있다.

2. 地方財政制度의 改善이라 하면 흔히 地方財政에 대한 財源擴充을 優先的으로 생각할 수 있으나 이를 해결하기 위하여 地方稅率을 引上한다든가 새로운 地方稅源을 發掘하여 財源을 늘리는 일은 現實的으로 그렇게 간단한 일이 아니며 또한 날로 늘어나는 國家財政에 대한 需要를 勘案할 때 中央財政財源의 大幅的인 地方移讓을 통한 地方財政財源의 擴大도 결코 容易한 일이 아니다.

따라서 앞으로 地方財政을 보다 效率的으로 運用할 수 있는 制度를 새로이 摸索하고 이를 導入하여 定着시키는 일에 더욱 더 關心을 가질 必要가 있다.

3. 地方財政制度를 合理的으로 改善하는데 있어서는 무엇보다도 中央과 地方間 機能 및 役割의 分擔이 重要한 課題로 擡頭된다.

최근들어 政府도 漸進的인 地方自治制實施를 위한 計劃을 마련하고 있지만 地方財政의 機能과 役割分擔에 대해서는 보는 視角에 따라 얼마든지 相反된 見解가 있을 수 있다.

따라서 서로 異見의 幅을 좁혀 合意點을 求하는 일이 무엇보다도 先行되어야 하는데 이의 一環으로 우리나라의 地方財政制度와 가장 類似하며 그 骨格에 있어 關聯이 많은 日本의 地方財政制度를 比較研究해 보는 일도 意義있는 일이라 하겠다.

4. 編者는 經濟企劃院 豫算室에서 中央財政과 地方財政을 맡은 實務擔當官으로 오래 勤務하는 동안 中央 및 地方財政의 編成, 執行 및 管理運用에 直接 參與하였으며 지난 '82年에는 日本의 와세다大學 大學院에서 日本의 地方財政과 關聯「財政 硬直化의 原因과 體質分析」을 主題로 한 學位論文과도 密接한 關聯이 있음을 밝혀둔다.

또 지난 '85年에는 日本의 地方財政制度研究를 위해 現地에 出張, 大藏省·自治省 등 中央官署와 東京, 名古屋 등 地方自治團體를 방문하여 日本의 地方財政이 안고 있는 여러가지 問題點에 관한 많은 資料를 얻고 關係官들과 幅넓은 意見을 나눌 機會를 가질 수 있었다.

5. 이러한 實務經驗과 理論的 研究 및 現地踏査를 통해 整理한 日本財政制度의 研究에 관한 本書의 特徵은

대 바쁜 時間을 割愛하여 적극적인 協助와 有益한 助言 및 資料를 提供해 준 日本國 大藏省 主計局 保田博 및 的場順三 兩 次長, 田波耕治 地方財政擔當主計官, 自治省 財務局의 遠藤安彦 交付稅課長, 小林實 財政課長 및 나고야市 大山邦雄 公害對策局長에게 謝意를 表하며 또한 本冊子의 編輯 및 出版過程에서 獻身的인 姿勢로 資料를 整理해준 經濟企劃院 豫算室의 姜鎬根, 姜秀求 韓國開發研究院 張美京 研究員의 勞苦에 感謝를 드리고자 한다.

이들중 어느 한분의 도움이라도 없었다면 未備하나마 本書의 出刊은 어려웠으리라고 생각되며 本書에서 發見되는 어떠한 誤謬도 全的으로 編者의 責任임을 밝혀두고자 한다.

1986. 7

冠岳山 기슭의 事務室에서

金 周 鎰

▲ '일본의 지방재정제도 해설'(본인 편저, 1986년 8월 7일 발행)

복지 논쟁과
'애빌린의 역설'

(2011년 9월 15일)

⑩ 제27570호　2010년 3월 18일 목요일　**동아일보**　A33

무상급식, 경쟁없는 평등으로 각인되진 않을까

세종시와 4대강 개발에 대한 논란으로 온 나라가 떠들썩한 와중에 초중학교 전면 무상급식 시행 문제가 6·2지방선거의 이슈로 등장하고 있다. 교육 대중교통 국민건강 의료와 관련해 거의 무상에 가까운 사회복지정책을 실시하는 서구 선진국가에서는 국민부담, 즉 조세부담과 사회보장부담이 국민소득의 절반 이상을 차지한다.

국민부담이 소득의 25% 정도인 우리나라는 복지 혜택의 폭이 제한적일 수밖에 없다. 오늘날 국민부담률이 높은 서구 선진국이 복지병으로 많은 부작용을 안고 있음은 주지의 사실이다.

사회복지의 형평성과 부담 능력을 따져보자. 나는 지하철을 많이 이용하는 편이다. 소득에 상관없이 65세 이상이면 누구나 무임승차 혜택을 받는다. 도시철도 당국이 장단기 부채와 적자에 허덕임을 잘 알고 있는 터라 기초생활대상자도, 장애인도, 저소득층도 아닌데 무임 혜택을 누리면서 승차할 때마다 죄책감이 앞서곤 한다.

필자는 1960년대 후반 도쿄의 명성 있는 대학원에서 재정학을 수학할 기회가 있었다. 지도교수(후일 그 대학의 총장이 됨)가 초등학교 청소년에 대한 획일적 무상급식 제공의 문제를 언급했다. 혜택을 받은 학생들이 평등 사상에 익숙해 막상 사회에 진출했을 때 부딪칠 갈등에 대한 지적이었다.

학부모의 소득수준과는 상관없이 일률적으로 똑같은 급식을 무상으로 제공받으면 청소년은 의식주 면에서 평등의식에 사로잡힐 수 있다. 그런 상태에서 직업인으로 사회에 첫발을 내디디면 무한경쟁 환경 속에서 능력과 창조성을 요구받는다. 성과 위주의 급격한 변화는 지금까지의 학교생활에서 익숙해진 의식구조와는 거리감이 크므로 청소년이 걱정된다는 강의 내용이었다.

획일적 일률적 동질의 무상급식 제공으로 청소년들이 창조적이고 경쟁적인 사고 대신 형평성과 평등성 의식에 고착될 것을 염려하던 노교수는 수십 년이 지난 작금의 일본 사회를 예견했을까. 일본의 전전(戰前)세대와 무상급식으로 성장한 전후(戰後)세대 간의 국가관과 의식구조가 그렇게도 변했을까.

근대화와 산업화 과정에서 잘나가던 일본 경제가 평등성과 폐쇄성에 물들어 경쟁력을 잃어가고 국제화와 세계화에서 고립된 원인의 일면을 청소년에게 평등성과 동질성 의식을 심어준 무상급식에서 찾는 것은 비약일까. 우리도 이를 타산지석으로 삼으면 어떨까.

김주일
한일협력위 운영위원
전 외교통상부 대사

▲ 2010년 3월 18일,
"무상급식, 경쟁없는 평등으로 각인되지 않을까" 동아일보 기사

초등학교 무상급식, 무상의료, 초·중·고교 아침 무상급식, 기초 노령연금 인상, 고교 의무교육, 대학생 반값 등록금, 군 사병 월급 40만 원 올리기와 적립금 월 30만 원 주기 등 '복지'라는 아름다운 명패를 내걸고 요란하게 호객행위(유권자의 환심 끌기) 경쟁을 하는 것이 작금의 정치계 현장이다.

"믿어도 되나요. 당신의 마음을"이라는 노랫말은 이미 우문愚問이 되어버렸다. 외상이면 소도 잡아먹는다 했던가. 하지만 이렇게 한 번 발 디딘 각종 복지는 뒤로 물러설 방도가 없다. 지나치게 내디딘 복지의 걸음을 몇 발짝 물러서기 위해 몸부림치고 있는 오늘날 서구 복지 국가의 진통은 이 위험성을 잘 말해 주고 있다.

학창 시절 경영학에서 익힌 그 유명한 '애빌린의 역설Abilene's paradox'이 기억난다. 더운 여름날 미국 텍사스주. 한 가족이 집에서 한가롭게 도미노 게임을 하고 있었다. 갑자기 장인어른이 "애빌린에 저녁 식사나 하러 갈까?"라고 제안했다. 애빌린은 집에서 85㎞가량 떨어진 마을. 아내가 "그거 괜찮은 생각이네요"라고 받았다. 남편은 무더위에 차를 몰고 갈 일이 걱정됐지만 장인·아내의 눈치가 보여 "괜찮은데요. 장모님도 가고 싶어 하시면 좋겠네요"라고 말했다. 장모는 "물론이지. 애빌린에 가본 지 꽤 오래됐거든"이라고 맞장구쳤다. 더위와 먼지에 시달리며 애빌린에 도착했지만 분위기는 좋지 않았고, 식당 음식도 형편없었다. 4시간 뒤 집에 돌아와서는 말들이 달라졌다. 장모는 남들이 권해 할 수 없이 따라나섰다고 했다. 남편은 "모두 원하는 대로 했을 뿐"이라고, 아내는 "당신을 위해 간 것"이라고 말했다. 처음 말을 꺼냈던 장인은 "다들 지루해하는 것 같아서 그냥 제안해 본 것"이라고 털어놓았다. 한 집단의 구성원들이 각자 원하지 않으면서도 자기 의견과 상반된 결정에 동의한 셈이다. 이상이 경영학에서 그 유명한 '애빌린의 역설'이다.

복지의 필요성이야 누가 모르겠느냐마는 다투어 돈 뺄 쓸 궁리만 하지 벌 방법은 외면하니 답답한 거다.

의료보험제도 도입을 관철시킨
신현확(申鉉碻) 경제부총리

「젊은이들을 위한 자전적 수상 'WHY를 위해 살아라'」
국가경영전략연구원(NSI)이 발간한 '수필집'에 실린 본인의 글
(2008년 3월 21일)

1975년 초 사회보험의 큰 축을 이루는 의료보험제도 도입을 둘러싸고 찬반 논란이 분분하던 때였다. 사보험(상업보험)이 아닌 공적보험으로서의 의료보험은 소득재분배 효과가 매우 크다. 이는 저소득층에 대한 혜택이 상대적으로 많이 돌아간다는 말이다. 때문에 본 제도 도입과 관련하여 사회복지 차원에서 도입의 필요성을 주장하는 측과 국가발전 단계와 소득 수준에 비추어볼 때 우리나라는 아직 재정 형편 등 여건이 성숙되어 있지 못하여 시기상조라는 의견이 대립하고 있었다. 정관계, 학계, 재계 등 사회 각계각층의 의견 역시 제각각이었다.

당시 고재필高在珌 보건사회부 장관은 후자와 뜻을 같이 하면서 보사부 내에서는 의료보험제도 도입에 관해서 일체 거론하지 말 것을 당부하셨다. 본인은 이때 사회보험국에서 본 제도 도입과 관련된 과의 과장 자리에 있었다. 그해 개각과 함께 신현확(후일 경제부총리, 총리 역임) 의원이 보사부 장관으로 새로 부임하셨고, 신임 장관은 전임 장관과는 달리 사회보장제도의 정착은 지금부터 본격적으로 연구, 검토해야 할 시점임을 역설하셨다. 또한 사회보험 중 의료보험제도 도입에 관하여 높은 관심을 보이셨다. 개발 성장 중심의 국가경제운용 시기에 소득재분배 효과가 큰 사회보험(사회보장, 복지)제도를 도입하려는 의도는 참으로 놀라운 일이 아닐 수 없었다.

이리하여 의료보험제도 도입의 골격을 입안하여 청와대, 경제기획원, 각 정당 등 관련 기관과 본격적인 협의를 시작하였다. 본 제도를 추진하는 과정에서 장관님께서는 이 제도가 전 국민을 대상으로 한다는 것과 가입이 강제된다는 것, 그리고 우리나

라 경제사회에 미칠 영향이 너무나 크다는 것을 아셨는지, 매우 신중하면서도 약간의 의문을 갖고 계신 듯 보였다.

한편 본 제도의 진행 과정을 설명하는 자리에서(일본의 의료보험제도 골격에 관해 말씀 드리는 과정) 신 장관님은 본인이 일본 대학원에서 사회정책론과 사회보장론을 공부한 경력이 있다는 것을 아시게 되었다. 그리하여 장관님의 지시에 따라 의사협회, 의료 전문가, 의료행정가 등 6명의 조사관을 구성하여 20일간 동경에 가서 후생성, 사회보 험청, 사회보장연구소, 일본의사협회, 제일교포중앙의사회, 의료보험조합(직장·지역 조합) 등을 방문하였다. 이때 의료보험제도에 관한 설명을 듣기도 하고 시행에 필요한 제도 골격은 물론, 시행 규정, 서식, 조합 구성 방법 등 아주 구체적인 자료까지 입수 하였다.

귀국하여 동 자료 등을 압축 분석하여 보고 드렸더니, 장관께서는 입수한 모든 자 료를 가져올 것을 명하셨다. 64종에 달하는 1m 높이 정도의 자료를 목차부터 내용 까지 몇 시간에 걸쳐 검토하시더니 "이젠 됐다" 하시면서 장관님 눈빛에 광채가 비쳤 다. 이때부터 자신감에서 나오는 본 제도 도입을 위한 강력한 추진력, 조정력, 설득력 은 정말 대단하셨다.

가장 반대가 심했던 당시 경제기획원에 대해서도 "두 달 전에 검토를 의뢰했으나 여태껏 회답이 없다. 내도 이제 갈 길이 바쁘다"고 당시 남덕우 경제부총리에게 높은 언성으로 긍정적인 해답을 촉구하시기도 했다. 그때의 회의장(속칭 E·P·B녹실) 분위 기가 지금도 눈앞에 선하다.

이때 은행과 보험회사는 각자 자기들이 의료보험의 주체가 되겠다고 관련 부처에 집요하게 로비를 하고 있었다. 그러나 당시 사회보험에 관한 조예가 깊었던 전경련 김입삼金立三 부회장의 적극적인 설득으로 이들을 이해시킬 수 있었다.

의료보험제도 도입의 반대논리는 시기상조 외에 두 가지로 압축된다. 하나는 '왜 강제로 보험에 가입을 하게 하느냐'는 것이고, 다른 하나는 '건강한 사람들은 보험료만 내고 혜택받는 것이 없으니 탈퇴할 때는 탈퇴금을 주어야 하지 않느냐'는 것이었다.

1975년 당시의 보험은 가입자가 자기 능력에 따라 보험사와 보험 계약금액을 임의 선택하는 사보험(상업보험)만이 시행될 때였다. 사회보장제도의 일환으로서의 의료보험은 소득수준에 따라 고소득층의 부담이 많으나 혜택은 소득에 관계 없이 균등하므로, 이는 저소득 환자에게 혜택이 많이 돌아가는 리스크 풀 및 소득재분배 효과가 크다. 하지만 이와 같은 사실에 대한 인식이 부족한 시기였기에 양 계층 간에도 반대 의견이 강하게 제기될 수밖에 없었다.

신 장관께서 직접 당(공화당 의장 박준규朴俊圭) 간부회의에서 이 제도 도입의 필요성을 강조한 바, 보험금만 납부하고 혜택은 못 받은 가입자에 대해서는 탈퇴금을 주어야 한다는 당내 일부 논의에 대해 당시 박 의장께서 "화재보험 가입자가 탈퇴할 때 화재 안 났다고 납부한 보험료의 일부를 내놓으라는 논리는 이치에 맞지 않는다"고 적정한 예를 들어 거들어 주셨기에 잘 넘어갈 수 있었다. 이런 우여곡절 끝에 의료보험법은 결국 햇빛을 보게 되었다. 그 후 오늘날까지 의료보험제도 운영과정에서 많은 시행착오가 있었고, 그때그때 사회변천에 따라 문제점이 야기되고 있는 것도 사실이다. 처음부터 완벽한 법과 제도는 없다. 일본에서도 우리가 의료보험제도를 시도한 1975년도 기준으로 33년 동안 30회에 걸쳐 거의 매년 의료보험법을 개정한 것을 보면 동 제도 운용이 얼마나 어려운가를 잘 말해주고 있다.

그 후 본인은 다시 경제기획원으로 자리를 옮겼고, 신 장관께서도 경제부총리로 영전하시면서 후일 국무총리가 되셨다. 즉 본인이 관직에 있는 동안 신현확 총리님을 두 번 모시게 된 것이다.

그분은 새로운 제도나 정책을 입안하시는 데 탁월한 능력을 갖추고 계셨다. 그분은 처음 시도 단계에서는 매우 신중하게 학계, 정계, 재계, 사회 각 계층의 의견을 폭넓게 청취하신다. 그리하여 한 번 결심이 서면 무섭게 밀어붙이는 행정가요, 정치가이며, 경제 대가이자 이 시대와 세계의 흐름을 꽤 뚫어 보는 선각자 겸 외교관이셨다.

수십 년이 흐른 지금 건강보험이 정착되어가는 과정을 지켜보면서 보험료를 많이 내고 있는 건강한 가입자가 보험료는 적게 내고 그 혜택을 많이 보는 저소득층 병약자보다 훨씬 행복하다는 사실을 알게 되었다. 그때 만약 주무장관이 다른 분이었다면 엄청난 저항을 막아내면서 어떻게 본 제도를 도입할 수 있었을까 하는 의문이 든다.

의료보험(지금은 국민건강보험)제도 도입과 직접 관련이 없는 사안이기는 하지만, 이 기회를 빌려 그분을 (두 번)모시는 동안 있었던 일화 세 가지를 기록으로 남겨 두고자 한다.

그 첫 번째는, 30여 년 전 정초가 되면 실무자는 중간관리층에, 중간관리층은 그 윗전에 (자신의 집안 행사는 대충대충 치르고)떼를 지어 세배 다니는 풍습이 일상화되어 있었다. 그때 그분께서는 간부회의 석상에서 미리 "여러분. 내도 연말연시를 가족과 함께 조용히 보내고 싶습니다. 여러분들이 연초에 우리 집을 방문하면 내도 편히 쉬지 못하고, 여러분도 편히 쉬지 못하게 됩니다. 고맙기는 하지만 연초에 우리 집에 찾아오지 말고 가족들과 함께 오붓한 시간 보내도록 하세요."라고 말씀하셨다. 지금 생각해보면 별것 아닌 것 같지만 그 당시의 전통적 사회 분위기로 보아 매우 어려운 결단을 내리신 것이고, 이는 우리 부하들을 배려해 주신 친절이었다.

두 번째는 외식 금지와 관련된 지시였다. 그때는 툭하면 업자와의 불순한 거래를 의심하여 정부정책 차원의 외식 금지령이 내려지곤 하였다. 이 무렵 그분께서는 "도덕적으로 무장된 자세를 갖는다면 업자와 외식을 해도 상관없습니다. 필요하면 업자와 만나 점심시간을 활용하여 고충이 무엇인가를 잘 들어보고 그들의 민원을 해결해 주는 것이 여러분께 부여된 일입니다."라고 말씀하셨다.

세 번째는 간부회의에서 위생관리국장이 "해수욕장, 등산로 등 관광지에서 음료수 판매에 바가지요금을 받고 있으므로 산하 조직을 총동원해 철저히 단속해야겠다"는 보고가 있었다. 이에 그분께서는 "그들은 해수욕장 등 관광지에서 여름 한 철 벌어 연중 먹고 사는 상인들이고 오지까지의 운반비, 저장시설 등의 추가비용을 감안하면 일반시장과 동일한 가격으로 팔 수 없는 것 아닙니까. 단속은 부작용만 불러일으키고 눈 감고 아웅 하는 것이니 시장경제 논리에 맡겨두세요."라고 말씀하셨다.

위 세 가지 '코페르니쿠스적 전회'와 같은 사고의 전환은 사람마다 받아들이는 감성이 다르겠지만 아마 그때마다 고개를 가장 많이 끄덕끄덕하면서 긍정적 동의(동조)를 표한 것은 본인이 아닌가 생각된다. 지금도 그 말씀을 하시던 장면이 본인의 머릿속에 깊이 각인되어 있다.

이 시대가 낳은 위대하신 거성巨星, 탁월한 지도자이셨던 신현확 전 총리님! 지금은 하늘나라에서도 이 나라의 장래를 걱정하고 계시겠지요. 그리고 새로운 정부 출범과 함께 새 정부 정책에 큰 기대를 걸고 지켜보고 계시리라 믿습니다. 진심으로 존경합니다.

▲ 1979년 12월 30일, 의료보험제도 도입을 관철시킨 신현확 경제부총리와 본인(왼쪽부터 신현확 총리, 본인, 오른쪽 첫 번째 이선기 차관)

강경식 건전재정포럼 회장(국가경영전략연구원 이사장)
개회사에서

오늘날 우리 경제는 심각한 저성장의 늪에 빠져 들어가고 있습니다. 청년실업이 증가하고, 중소기업과 영세 자영업자의 폐업이 속출할 위기에 직면하고 있는 것입니다.

실업증가와 소득감소가 계속되면 가계부채의 뇌관이 위태롭게 될 것입니다. 경제위기 상황에서는 고소득층보다는 중·저소득층, 정규직보다는 비정규직, 대기업보다는 중소기업과 같은 경제적 약자들에게 고통과 불안이 가중될 것입니다. 그래서 사회갈등이 심화되면 정치는 이념적으로 왜곡될 우려가 많습니다.

한국 경제가 1~2%대의 저성장위기를 맞게 된 것은 물론 수출감소 때문입니다. 미국발 세계금융위기의 연장선상에 있는 유럽재정위기는 중국 등 신흥경제권의 실물경제위기로 전이되기 시작하여, 한국의 수출여건이 단기간에 개선될 가능성은 매우 희박하다는 데 문제의 심각성이 있습니다. 수출주도의 성장구조를 내수중심의 성장구조로 전환하는 것도 말처럼 쉬운 일이 아니고 많은 시간을 필요로 할 것입니다.

아무리 국내외 경제 상황이 어렵더라도 국민 각 계층이 대승적으로 협력하면 위기는 얼마든지 극복할 수 있는 것이며, 오히려 각 부문의 구조개혁을 통하여 성장동력을 강화하는 전화위복의 계기도 만들 수 있다고 생각합니다.

우리 국민들은 IMF 외환위기를 비롯한 여러 차례의 경제위기를 그렇게 극복한 국민들입니다. 그러나 지금은 경제위기에 대한 상황인식에서부터 그 원인과 처방에 이르기까지 국민적 공감대가 매우 빈약한 것이 안타까운 현실입니다.

위기 극복의 에너지는 국민 각 계층이 남의 탓만 하지 않고, 자기 스스로를 돌아보고 변화하는 데서 생겨나는 것인데, 권력과 경제력을 장악하고 있는 정치권과 재벌기업들이 스스로 변화할 기미를 보이지 않고 있기 때문에 일반 국민들에게 변화의 동기를 부여하지 못하고 있는 것입니다.

우선 정치권은 재벌과 중소기업, 부자와 서민을 갈라놓는 계층 간 갈등 조장을 중단하고 선심성 복지공약을 남발해서 선거에서 이기면 그만이라는 이기심에서 탈피해야 할 것입니다.

재벌기업들도 중소기업이나 영세 상인들의 어려움을 헤아릴 줄 알아야 하며, 사내하청 형태의 비정규직을 양산해서『고용 없는 성장』의 주범이라는 사회적 비난도 심각하게 받아들여야 합니다.

청년들이 도전의욕을 상실하고 미래희망을 포기하는 근본 원인은 '분배의 격차' 때문이 아니라 '경쟁 규칙의 불공정성' 때문이라고 생각합니다.

한국 경제의 경쟁시스템을 불공정하게 만드는 주된 책임이 재벌 대기업에 있다는 사실을 부정할 사람은 많지 않을 것입니다. 정치권이 경제민주화라는 이름으로 재벌개혁을 들고 나오는 이유도 우리 경제체제의 공정성에 대한 신뢰상실 책임이 재벌에게 있다고 생각하는 국민들이 많기 때문입니다.

우리가 염려하는 재정건전성은 복지포퓰리즘을 막는 데서 비롯되는 것이며, 복지포퓰리즘에 대한 정치적 유혹을 뿌리치려면 우선 경쟁시스템의 공정성을 확보하는 것이 선결 과제라고 생각합니다. 이 말은 재벌기업들이 솔선해서 우리 경제구조의 불공정성을 제거해 나가야 정치권의 복지포퓰리즘을 견제해서 국가재정의 건전성을 지켜낼 수 있다는 뜻입니다.

우리 국민들의 대다수는『일자리가 가장 좋은 복지』라고 생각하는데도,『보편적 무상복지』를 가장 좋은 복지라고 주장하는 사람들이 간혹 있습니다.

저출산 시대의 보육지원, 고령화 시대의 노후보장을 비롯하여 교육·의료·주택 등에서 정부의 역할이 커질 수밖에 없는 상황입니다. 지난 반세기 급속한 산업화 과정에서 부의 분배 구조가 왜곡되고 양극화가 심화되었기 때문입니다. 그러나 보편적 복지확대가 국가의 부채증가를 정당화할 수는 없으며, 일자리 창출을 위한 재정투자기능을 약화시켜서도 안 될 것입니다.

최근 무디스, 피치, S&P 등이 한국의 국가신용등급을 상향 조정한 이유가 재정건전성 때문이라고 하는 것을 보면 오늘날과 같은 글로벌 경제에서 살아남기 위한 필수조건이 '재정건전성'이라는 사실을 알 수 있습니다.

또한 남유럽국가들의 재정위기를 보면서 성장과 고용 창출이 안 되는 나라에서 국가재정이 모든 짐을 짊어지는 복지는 지속 가능하지도 않고 근로의욕을 저하시키고 성장잠재력을 잠식하는 부작용이 있다는 교훈을 얻을 수 있습니다.

재정을 학문적으로 연구하고 교육하시는 재정학 교수 여러분! 공직에 계실 때 나라 장래를 걱정하면서 욕먹을 각오로 재정을 운영했던 선배 동료 여러분! 그리고 우리나라 재정건전성을 지키기 위하여 사회적 공감대를 만드는데 앞장섰던 전·현직 언론계 지도자 여러분!

우리가 청춘을 바쳐서 발전시켜온 한국 경제가 어디론가 잘못 가는 것 같은 우려와 노파심에서 오늘 이 자리에 함께했습니다. 우리 서로 뜻과 힘을 합쳐 이 나라 재정건전성을 수호하는데 앞장섭시다.

우리가 이런 뜻을 모아 오늘 창립하게 된 '건전재정포럼'이 앞으로 하고자 하는 일은 아래와 같습니다.

첫째, 저성장, 고실업 위기를 극복할 재정의 역할 제시
둘째, 사회적 약자와 저소득층 보호를 위한 지속 가능한 복지정책 제시

셋째, 재정적자가 거시경제 안정과 국가신용도 유지에 미치는 영향 분석

넷째, 여야 정당 및 대선후보들의 선거공약이 재정건전성에 미치는 영향 분석

다섯째, 복지재정수요를 뒷받침할 합리적인 재원 마련 대책 제시

여섯째, 여야의 경제민주화 공약이 일자리 창출과 복지재정수요에 미치는 영향 분석

건전재정에 대한 국민들의 공감대를 넓히고 건전재정을 지지하는 세勢를 결집하기 위해 공개토론회, 정책간담회, 대학 순회 토론회, 팟캐스트podcast(인터넷, Mobile 방송), 세금 지키기 100만인 서명운동 등 다양한 활동을 통해 건전재정을 지키는 파수꾼의 역할을 충실히 해나가는 데 최선을 다할 것입니다.

끝으로 오늘 발기인 대회에 참석해주신 재정학회, 언론계 및 전직 경제관료 여러분들에게 감사드리고, 앞으로 우리와 뜻을 같이하는 분들의 회원가입(개인 또는 법인단체)을 위해 힘을 모아주실 것을 간곡히 부탁드립니다.

감사합니다.

▲ 2012년 11월 21일, 건전재정포럼 제3차 정책토론회(오른쪽 두 번째부터 최종찬 전 장관, 장준봉 전 경향신문 사장, 윤증현 전 재경부 장관, 강봉균 건전재정포럼 대표, 본인, 안병우 전 국무조정실장, 정동수 NSI 원장)

❖

2장

한·일 교류 협력

▲ 2009년 9월 18일, 한·일 협력위원회(세 번째 줄 오른쪽에서 첫 번째 본인)

복잡하게 얽힌 한·일 관계를 청산하는 유일한 방법은 장래의 한·일 관계를 떠맡을 젊은 세대들이 상호교류相互交流하는 것뿐이다. 이때 젊은이들에게 자신의 눈으로 직접 확인해 판단할 수 있는 기회를 제공해야 한다. 또 젊은 세대 간의 새로운 관계가 태동胎動할 가능성을 구세대가 가로막지도, 방해하지도 말아야 할 것이다.

한·일 젊은 세대 간의 교류·협력을 활성화하자

(2001년 9월 20일 예천신문 기고문)

우리는 지금 국제화, 세계화, 정보화로 대변되는 지구촌 시대에 살아가고 있다. 하지만 우리는 말로만 지구촌 시대에 산다 할 뿐 현실에서는 그 의미를 체감하지 못하는 경우가 많다. 이는 폐쇄적이고 배타적 감정이 강한 좁은 지역일수록 더 심해진다.

시야를 넓혀 지구촌을 살펴보자. 국내외의 경제 흐름과 전망을 잘 나타내 주는 증권시장이 있다. 어제 미국과 일본의 주식가격 변동이 오늘 바로 국내 증권시장에 그 영향력이 파급될 만큼 지구촌 경제는 세밀한 네트워크와 인과관계로 연결돼 있다. 이러한 연결성은 비단 '경제 분야'에 국한되는 것이 아니기 때문에, 오늘날 우리는 국제관계에 많은 관심과 노력을 기울이고 있다. 하지만 우리는 여기서 한 걸음 더 나아가 이에 대해 조금 더 세심하게 들여다볼 필요가 있다. 국제관계에 있어서 외교, 국방, 안보 등은 주로 국가 차원에서 이루어지고 있으나 지방화, 정보화가 급속하게 진전되고 있는 오늘날에는 지방자치단체 간 또는 민간 차원의 국가 간 교류협력관계가 매우 중요하다.

이런 측면에서 보았을 때, 얼마 전 한·일 간에 일본의 역사교과서 왜곡 기술을 발단으로 야기된 문제로 인해 그간 양국의 우호적 분위기와 지방자치단체 간 교류협력 사업이 냉각 내지 중단 상태에 이르렀음은 참으로 안타까운 일이라 하겠다.

지금 한·일 간에 문제가 되고 있는 일본의 역사교과서는 자신들만의 역사적 관점을 젊은 세대에 전달하기 위하여 '특수한 그룹'이 만든 것이다.

이 교과서에 대한 일본사회의 지지는 썰렁할 정도로 미미하다. 그럼에도 불구하고 한국·중국이 떠들어 준 덕에 이 교과서는 일반 서점에서 베스트셀러bestseller가 되었고, 교과서를 만든 그룹도 짭짤한 재미를 보는 등 소기의 목적目的을 달성하고 말았다.

이 교과서 문제는 한국에도 부정적인 결과를 초래하였다. 이번 사태로 인하여 한·일 민간교류民間交流가 중단되었고 이는 경제적인 타격으로 우리에게 돌아왔다. 내수內需가 침체된 우리에겐 지금 대對일본 관광사업이 큰 효자사업일 수 있다. 하지만 요즘에는 일본 학생들의 한국 수학여행이 취소되는가 하면, 일본의 젊은 층 여성에게 큰 유행이던 한국 여행이 다른 국가로 대체되고 있다.

경제 논리에서 본다면 일본을 잘 이용해 성장하는 것이 우리에게 필요한 자세이다. 일본도 과거 미국의 통상 보복에 시달릴 때, '상인商人국가론'을 내걸고 인내하며 오로지 수출을 늘리는데 전력해왔다. 그 결과 미국 정부는 일본에 불만을 터뜨리지만, 미국 국민은 일본제품日本製品을 좋아한다는 사실을 알게 되었다.

일본 기업은 지금 생산기반의 해외 이전을 급속히 진행시키고 있다. 한국도 당연히 그 후보 대상국 중 하나이다. 하지만 노조문제와 고조된 반일감정反日感情으로 인해 한국으로의 공장 이전을 꺼리고 있다. 우리나라 역시, 온 나라가 나서 공장 유치에 힘을 쏟아야 할 시기임에도 불구하고 일본 기업 유치에 별로 열성적인 것 같지 않다. 이는 아마 한국과 일본 사이에 오래된 감정의 골이 깊어져 생긴 결과물일 것이다.

한국도 일본도 이제 '상대방이 좋으니 싫으니', '사과하라느니 못하느니' 하고만 있을 때가 아니다. 일본의 젊은이들이 한국에 와서 물건을 사고 스포츠를 관전하며, 한국식 피부미용실을 찾고 있다. 이런 것이 이웃 나라 사이의 진정한 우정의 교류가 아닐까?

이번에 불거진 일본 역사교과서 문제는, 양국의 기성세대가 올바른 역사인식을 바탕에 두고 조용히 이야기해 바로 잡아야 할 문제였다. 그런데도 한국과 일본의 정부 및 언론은 다들 감정을 못 이겨 폭주해버렸고, 그 바람에 겨우 새로운 관계를 만들어 가던 두 나라의 젊은이들을 위축시키는 결과를 가져오게 만들었다.

복잡하게 얽힌 한·일 관계를 청산하는 유일한 방법은 장래의 한·일 관계를 떠맡을 젊은 세대들이 상호교류相互交流하는 것뿐이다. 이때 젊은이들에게 자신의 눈으로 직접 확인해 판단할 수 있는 기회를 제공해야 한다. 또 젊은 세대 간의 새로운 관계가 태동胎動할 가능성을 구 세대가 가로막지도, 방해하지도 말아야 할 것이다.

동아일보 1998년 4월 24일 금요일 제23859호 ㊵

일하며 생각하며

韓日 지방교류 실리 '지름길'

김 주 일
(주요코하마 총영사)

日민.관 의사결정 하의상달식

실무진 설득해야 성과거두어

주요한국공관 적극 활용하길

경제담당 공사로 출발해 일본 관계 일을 한 지도 5년이 되었다. 일본에 있으면서 인상 깊게 느낀 것은 이들의 유서깊은 지방 자치 전통이다. 일본은 오랜 지방 분권과 지방 자치의 역사를 갖고 있으며 각종 경제 사회활동의 중심이 되는 것도 국가보다는 지방이다.

외교 안보 통상 등의 국제관계는 국가 대 국가의 관계를 기본으로 한다. 그러나 지방화 정보화가 급속하게 진전되고 있는 오늘날에는 국가뿐만 아니라 지방 차원에서의 국제 관계도 중요하다. 지방 차원의 교류는 국가간의 관계에서 야기될 수 있는 정치 외교적 제약을 넘어 보다 실질적 협력관계를 형성할 수 있다는 측면에서 의미가 있다. 그런 점에서 최근 우리나라 각급 지방자치단체들이 여러 채널을 통해 외국의 지방자치단체와 교류를 추진하고 있는 것은 바람직한 현상이다. 우리나라와 여러 분야에서 밀접한 관계가 있는 일본과의 교류 협력도 지방 차원에서 접근하는 것이 보다 실질적인 성과를 거둘 수 있다는 점에서 몇가지 제안을 하고 싶다.

우선 한일 양국의 지방간에 실질적 교류 협력을 활성화하자는 것이다. 지방자치단체 간에는 물론 경제 사회 교육 문화 스포츠 등 각 분야에서 지방차원의 기관이나 단체 간, 나아가 주요 시설물(예:인천항과 요코하마항, 부산항과 고베항 등)이나 자연물(예:한라산과 후지산 등)을 중심으로 우호적인 자매 결연을 확대해야 할 것이다. 일본내에는 많은 지방자치단체에 한일친선협회 지부가 있다. 이들 협회의 운영을 보다 활성화함으로써 한일 양국의 지방간 교류를 증진시키고 재일 동포들이 일본 사회에 뿌리를 내리고 살아가는 데에도 도움을 줄 수 있을 것이다. 초 중 고교와 대학사이의 우호자매 결연을 늘림으로써 자라나는 청소년들로 하여금 서로에 대한 이해를 높이는 것도 미래지향적인 교류방법이다.

둘째, 일본에 대한 우리의 접근방식을 바꿔야 한다. 우리는 한일간에 어떤 이슈가 있을 때마다 상층부를 상대로 문제를 풀어 나가려고 한다. 그러나 일본의 의사결정은 정부 민간을 막론하고 대부분 하의상달형 방식으로 이루어지기 때문에 실무층에 대한 접근과 설득이 매우 중요하다. 일본에 근무하는 동안 우리 정부나 기업이 일본의 중간관리층 이하 실무진에 대한 설득을 소홀히 하고 최고 책임자 위주로만 접근함으로써 성과를 거두지 못하거나 오히려 부정적인 결과를 초래한 사례를 많이 보아왔다. 따라서 일본의 정부나 민간과 접촉할 때는 우선 실무 수준에서 충분한 협의가 이루어진 뒤 고위 수준으로 넘어가는 것이 바람직하다.

셋째, 일본의 주요 지방에 주재하는 공관을 양국간 교류 협력의 근거지로 적극 활용해야 한다. 특히 국제통화기금(IMF)체제 이후 어려움을 겪고 있는 우리 경제의 회생과 구조개혁을 위해 일본에 사는 우리 동포들의 모국투자와 본국의 외화예금 또는 외국환평형기금 채권매입 등을 장려하고 일본 기업이나 일본인들의 투자를 유치하는 일에 지방 공관들이 적극 나서야 할 것이다. 우리 동포들이 각종 연수회 친목회 등의 모임을 본국에서 개최토록 유도하는 것도 우리 경제 회생에 도움이 될 듯하다.

지금까지 일본의 중앙정계인사(중참의원)들은 우리나라의 정치권이나 정부 차원에서 접촉이 이루어져 왔다. 그러나 이들 정치인은 대부분 지방에 선거구를 갖고 있기 때문에 이들의 선거구에 있는 지방 공관장들과 적극적으로 친분을 맺어둔다면 양국간 문제 해결을 위해 이들의 도움이 필요할 때 중요한 역할을 할 수 있을 것이다.

1998년 4월 24일, "韓日 지방교류 실리 '지름길'" 동아일보 기사 ▲

한 · 일 FTA(자유무역협정) 추진의 의의와 대응 전략

(2005년 3월 9일 농민신문 시론: 기고문)

우리 농민의 강력한 반대에도 불구하고 한 · 칠레 자유무역협정FTA이 지난해 체결되었다. 이로써 칠레산 포도와 포도주 등 많은 농산품이 속속 수입되고 있는 반면, 우리의 자동차, 전자제품, 반도체 등의 공산품은 수출 호조를 보이고 있다.

이번에 정부는 한 · 일 자유무역협정 타결 목표를 연내로 정하고, 지금까지 여섯 차례의 협상을 벌였다. 이는 한 · 일 관계의 미래를 결정할 중대한 요소가 됨은 물론, 동북아시아 경제협력체 구성에도 중요한 계기가 될 수 있다.

협정의 조기 체결을 주장하는 목소리가 높지만 그 피해에 대한 우려도 만만치 않다. 일본과의 자유무역협정은 대對일 무역적자 해결을 위한 것이라기보다는 두 나라 시장의 통합과 경쟁력을 촉진하는 데 목적을 둔 면이 크다. 특히 중국의 급부상에 함께 대응하자는 뜻도 깔려 있다.

최근 중국의 동북공정東北工程이나 역사 왜곡 사건까지 경험한 우리로서는 더욱 중국을 견제하지 않을 수 없다. 특히 중국의 값싼 농산물이 우리의 농산물시장을 교란하고 있는 작금, 일본과 중국이 한국을 배제하고 자유무역협정 등 경제협력에 적극 나설 경우 우리의 농산물시장은 설 땅이 없어질 것이다. 이를 고려할 때 우리 농업의 미래를 위해 한 · 일 자유무역협정에 깊은 의미를 두어야 한다.

현재 한 · 일 FTA는 일본 농민의 거센 반발에 부딪혀 협상이 제 속도를 내지 못하고 있다. 물론 우리로서도 농산물, 섬유, 철강, 석유화학, 황토벽돌 등에서 수출 증대가 크게 기대되지만, 자동차부품, 기계전자부품, 금속 분야 등은 보다 값싸고 질 좋은 일본제품들이 밀려올 수 있어 국내 부품소재기업들의 경쟁력 약화가 우려된다.

관세 철폐로 대일무역 역조逆調가 더욱 커질 수 있다는 목소리도 높다. 그러나 대일무역 역조가 커질수록 우리 농산품은 일본시장으로 진출할 절호의 기회를 맞을 것이다. 왜냐하면 관세가 철폐된 한·일 공동시장이 형성되면 일본은 자국 소비자들의 입맛에 맞는 우리 농산물을 주로 수입하여 무역 역조의 폭을 줄이려 할 것이기 때문이다.

지금과 같이 좁은 농산물 내수시장만을 가지고는 우리 농민의 소득을 보장할 수 없다. 농산물의 특성상 조금만 과잉생산過剩生産되어도 시세가 폭락하는 것을 우리는 매년 경험하고 있지 않는가.

우리 농민이 생산하고 있는 곡물, 채소, 과수, 화훼 등을 내다 팔 곳은 일본시장이 가장 적합하다고 생각한다. 일본은 위치적으로도 좋은 조건에 있을 뿐 아니라, 주로 유럽시장으로부터 이들 농특산물 수입만으로 연간 43조 원(2003년 기준)을 수입하는 거대시장이다. 이같이 매력적인 일본시장을 공략하기 위해서는 한·일 자유무역협정을 전제로 일본 농산물 시황을 면밀히 분석해야 한다. 또한 동시에 일본 소비자들이 선호할만한 농산품을 안정적으로 생산·공급할 수 있는 기획 영농의 틀을 확고히 갖추어야 할 것이다.

한국의 '효(孝)의 문화'와
일본의 '충(忠)의 문화'의 차이

(2000년 9월 21일 예천신문 기고문)

차를 몰고 지방을 다녀보면, 특히 충청도와 경상도 지역에 "여기는 충·효의 고장입니다", "여기는 선비의 고장입니다"라고 적혀 있는 표지판을 많이 볼 수 있다.

충을 중시하는 일본:
법에 의한 지배, 혈연보다 조직을 중시

한국 사회와 일본 사회는 얼핏 보면 비슷한 면이 많지만, 본질적으로는 상당히 다르다는 것을 알 수 있다. 그중 하나가 바로 '유교儒敎사상'을 바라보는 시각 차이이다. 한국과 일본 두 나라 모두 유교적 가치관이 뿌리를 내리고 있는 사회지만, 우리가 유교의 덕목 중 '효孝'를 우선시하는 것에 반해 일본은 '충忠'을 우선시한다.

즉, 우리는 기업과 지역사회, 국가라는 조직에 대해 충성보다 혈통을 우선시하고 조직원리보다 혈연血緣의 정에 이끌리는 경향이 강하다. 그러나 일본인은 조직에 대한 충성 때문에 혈연의 정을 저버리는 일조차 마다하지 않는다. 이러한 일본인의 '충忠'을 그린 에도시대江戸時代의 희곡 '추신구라忠臣藏'는 일본의 모든 국민에게 사랑받는 영원한 스테디셀러이다.

오늘 나는, 조직을 우선시하는 '충'의 정신에 입각한 일본인의 사회상을 두 가지만 짚어 보고자 한다. 우선 첫째, 일본의 직장인들은 "나는 회사와 더불어 발전하고 성장한다"는 기본적인 생각을 가지고 업무에 임한다. 회사가 잘되면 나도 잘되는 것이고, 평생을 자신이 속한 회사와 함께 성장한다는 정신을 갖고 있기 때문에 이는 곧 강한 애사심愛社心으로 나타난다.

다른 하나는 조직을 유지하기 위한, 기본적인 수칙으로 "남에게 폐를 끼치지 말자"는 정신이다. 개인보다 조직을 중시하는 풍조를 띤 일본인들은 일상생활에서 질서와 규범을 잘 지키고 협동하는 마음, 즉 이웃을 사랑하는 마음이 강하다. 우리 사회에서 '법法의 지배'가 그다지 철저하지 못하고 '사람人의 지배'에 빠지게 되는 경향이 있는 것도 어쩌면 '충'보다 '효'를 중시하는 사회에 살고 있기 때문인지도 모른다.

효를 중시하는 한국:
사람에 의한 지배, 혈연과 지연의 정(情)

혈연과 지연의 정情으로 엮인 관계에서는 어떠한 법도, 원칙 그대로를 적용할 수 없게 되는 순간이 온다. 또, 정으로 엮인 관계는 혈연으로 시작해 친척, 문벌, 학벌, 지역감정 등으로 그 범위가 점점 확대되어 간다. 그리하여 마침내 정권政權(정치상의 권력)을 잡는 하나의 집단이 형성될 수도 있다. 이런 사회에서는 자칫하면 법치法治가 아닌 인치人治가 행해지게 될 가능성이 크다.

다른 각도에서 살펴보면 우리 사회는 혈통과 파벌, 동향同鄕밖에 믿을 수 없을 만큼 사람 간의 상호불신이 뿌리내린 사회일지도 모른다. 반복된 왕조의 흥망과 내전, 그리고 이민족에 의한 지배, 이러한 역사는 우리 사회의 상호불신을 만드는 데 큰 일조를 했다. 또한 '효'에 너무 얽매인 결과 혈연·지연 그리고 학연을 중시하는 풍토가 우리 사회에 정착되어버린 것도 오늘날의 결과를 만든 큰 원인이라 하겠다.

충·효의 본뜻 살려야(넓은 가슴으로 조직문화를)

상호불신에서 비롯된 '편 가르기, 덕담보다 악담하기, 칭찬보다 단점 캐내기' 우리 사회가 안고 있는 이 모든 모순과 갈등을 어떻게 풀어가야 할까?

'여기는 충·효의 고장, 선비의 고장입니다'라는 표지판답게 정직한 사회규범이 살아 숨 쉬는 법치 사회, 서로가 서로를 믿고 정담을 오순도순 나눌 수 있는 화목한 사회, 연약한 시민으로부터 나오는 정당한 목소리가 자유롭게 개진되고 수렴되는 소통의 사회, 발전적이며 건설적인 의견이 묵살당하지 않는 창조적 사회를 만들기 위해 우리는 노력해야 한다.

이런 사회가 바로 우리가 바라는 충·효의 고장이며, 이는 곧 선비 기질의 본질이라 할 수 있겠다.

일본 민주당 정권 탄생과 한·일 관계

2009년 9월 18일, 『韓·日協力委員會』 주최로 개최된 『日本의 政權交替와 韓·日關係』 주제의 토론회에서 필자가 질의한 내용임(2009년 韓·日協力誌에서/일본 자민당에서 민주당으로 정권 교체된 후: '민주당 정책토론회'에서)

민주당 정권의 특성과 제언

김주일 위원: 시간의 제약 때문에 간단히 몇 가지 의견만 제시하겠습니다. 우선 민주당에서 여러 가지 복지 차원의 시혜를 베풀겠다고 공약했는데 이를 위한 재원 조달 면에서 몇 말씀 드리겠습니다. 현재 일본의 재정 상태는 매우 경직화되어 있습니다. 예산구조 면에서 국채상환이라든가, 대외협력비, 각종 부담금, 인건비 등의 의무적 지출 경비 점유율이 높아 기정 예산 내에서 사회복지비를 조달한다는 것은 기대할 수 없다고 생각합니다. 이와 같이 삭감할 수 없는 경직성 경비를 제외하고 기존 예산을 10% 줄여야 한다면 남은 가용재원 예산만으로는 50% 정도를 줄여야 한다는 얘기가 됩니다. 때문에 방금 설명하신 바와 같이 민주당이 약 10조 엔의 복지예산을 조달한다는 것은 모순이 있다고 생각합니다. 즉 특단의 재원 조달 조치가 없는 한 실현이 불가능한 일로 사료됩니다.

두 번째는 우리 재일교민의 지방참정권에 관한 설명이 있었는데, 우리는 일반적으로 투표권과 피선거권, 즉 이 두 가지를 포함하고 있는 것을 참정권이라고 하지 않습니까? 우리 재일교민들은 일본주민들과 똑같이 지역활동, 봉사, 세금납부 등의 의무를 다하고 있습니다. 때문에 이 문제는 애초에 '지방참정권'이 아니라 '지방선거 투표권'을 요구했더라면 벌써 해결됐을 문제입니다. 그런데 참정권 획득을 위하여 끊임없이 요구하는 이면에는 한국 국적을 가진 이들이 도·도·부·현·시·정·촌의 민선장으로 입후보하겠다는 뜻도 내포되어 있습니다. 이에 대해서 일본사람들이 내심 거부감을 갖고 있다는 것을 알고서 대처해야 한다고 생각합니다.

이것은 제 개인적인 의견이지만, 앞으로 민주당 정권은 이 문제를 논의할 때 '참정권'에 의의를 두지 말고 우선 '지방선거 투표권'을 요구하는 데 초점을 맞춰야 합니다. 그렇다면 큰 부담 없이 이 문제의 실마리를 풀어나갈 수 있을 것입니다.

세 번째로 민주당 정권 출범의 주역인 오자와 이치로小澤一郎 간사장에 관한 거명이 여러 번 있었는데, 사실 우리는 오자와라는 인물에 대해서 그의 과거와 경력을 좀 더 자세히 살펴볼 필요가 있습니다. 그는 비교적 젊은 나이인 43세에 오부치 관방장관 밑에서 부관방장관을 지냈고, 역대 최연소인 47세에 집권 자민당의 간사장 직을 맡으면서 다나카 가쿠에이, 가네마루 신, 다케시타 노보루 등 3인의 최고 실력자의 총애를 받아 정치 황태자로까지 불렸습니다. 또 이들 밑에서 고도의 정치 훈련을 받았을 뿐만 아니라, 그로 인해 그는 일본 정치의 현재와 미래를 꿰뚫어 볼 수 있는 능력을 갖추게 되었습니다.

오자와 씨가 초선 의원일 때, 그의 정치적 잠재 능력을 인정한 다나카 가쿠에이田中角榮 씨는 나가타현 자신의 후원회인 에스잔카이 회장의 딸과 그를 부부로 맺어 주었고, 후원회 회장 둘째 딸은 다케시타 수당의 동생(자민당 부간사장: 다케시타 와타루)과 결혼하게 한 사실도 있습니다.

그는 47세 간사장 재직 시 총리대신으로 추대되었을 때, 내 나이가 있고 심장도 안 좋기 때문에 뒷날에 가서 하겠노라고 총리대신직을 사양하기도 했던 인물입니다. 당시 다케시타파 약 120명 중 오자와파 100명, 하시모토파 20명 정도였으나, 결국 하시모토 씨가 총리가 되었습니다.

이런 엄청난 정치 감각을 갖춘 오자와 씨에 관하여, 그의 행동방향과 정치철학을 이해한다는 것은 앞으로 민주당 정권의 정책 방향과 자민당과의 막후 관계, 그리고 한·일 관계에 있어서도 상당한 참고가 될 것입니다.

이번에 언론에도 보도되었듯이, 히토야마 수상은 각료 인사를 하는 과정에서 오자와 간사장 후보를 네 번이나 찾아가서 협의했습니다. 이 사실만 보아도 그의 정치적 영향력이 얼마나 넓은지를 잘 나타내 주고 있습니다.

또한 그는 47세 때 여당인 자민당 간사장을 지낸 후, 20년이 지난 오늘에 '민주당 간사장'이 되어 다시 한 번 그 사무실에 들어갈 수 있었습니다. 이때 아직도 '자민당 간사장' 명판이 그대로 걸려있는 것을 보고 깊은 감회를 느꼈다던 그에 대한 기사는 그가 얼마나 오랜 시간 동안 일본 정치의 중심에 서 있었는가를 잘 보여주고 있습니다.

이상 발표를 마치겠습니다. 감사합니다.

민간외교:
한·일(韓日) 협력위원회의 역할

(2008년 6월)

1965년 6월 22일 한·일 양국은 한·일 기본조약을 체결하고 국교를 정상화시켰다. 그러나 오랜 단절이 있었기 때문에 수교 이후에 생길 양국 간의 제반 문제를 원만히 타결하기 위한 대화의 창구가 절실하게 필요했다.

이러한 시대적 요청에 따라, 양국 정부의 합의 하에 당시 한국 측의 김성곤金成坤, 장기영張基榮, 백남억白南檍 씨와 일본 측의 기시노부스케岸信介, 사토에이사쿠佐藤栄作, 후쿠다다케오福田赳夫 전 수상 등이 수차례에 걸쳐 개별 접촉을 거듭한 결과 1969년 2월 정식으로 한·일 협력위원회가 발족되었다. 양측의 회장은 각각 국무총리를 역임한 분이 맡아오고 있다.

본인이 한·일 협력위원회[1]에 참여하게 된 것은 공직생활 중 두 번이나 직접 모셨던 신현확 전 총리가 위원장을 맡고 계시며, 역시 경제부총리로 직접 모셨던 이승윤 전 장관께서 사무총장 겸 수석부회장으로 위원회 업무를 총괄하고 계시기 때문이다. 또한 본인이 실무자 때부터 상관으로 모셨던 강경식姜慶植 전 경제부총리(현 국가경영전략연구원 이사장)가 여기에서 활약하고 계시는 것도 그 이유 중의 하나이다. 그리하여 2002년부터 10여 년간 위원→운영위원→이사로 민간 차원에서 양국의 우호, 교류, 협력 관계를 돈독히 하는데 일조하고 있다.

---

1) 한·일 협력위원회는 1969년 2월에 창립되었다.

2007년 신현확申鉉碻 위원장께서 타계하시고, 그 뒤를 이어 본인이 경제부총리로 직접 모셨던 남덕우南悳祐 전 총리께서 위원장의 자리를 이어받아 이끌어 가고 있다.

또한 본인이 주일본 한국대사관 공사 재임 시 동 위원회의 업무관련 심부름을 몇 차례 한 적도 있다.

그보다 더 중요한 것은 본인의 학력·경력과도 관련이 깊다. △1966년도부터 약 4년간 '청구권 및 경제협력사절단' 근무 △와세다早稻田대학원 졸업 △경제기획원 근무 시 대일 관련 창구역할을 한 점 △한·일 비교연구회(일본에서 연수 또는 유학을 한 경제관료, 특파원 모임)를 창설해 초대회장(1991년)으로 활동한 일 △일본에서 외교관으로 5년간 근무하면서 일본의 관계·재계·학계·정계에 많은 인맥을 갖고 있다는 점 등이 본인이 한·일 협력위원회에 남다른 관심과 애정을 갖게 된 이유이기도 하다.

김주일 한.일 협력위원은 동경에서 열린 한.일 정치, 경제, 외교 포럼에 참석했다.
우측에서 부터 김주일 위원, 남덕우 전총리(한국측 대표), 네 번째 나가소네 전일본총리(일본측 대표), 구범모 전국회의원, 와다나베 이사장, 왼쪽끝이 강경식 전부총리.

제47회 한·일 협력위원회
합동 총회에서

(2011년 6월 6일: 동경)

제47회 한·일 협력위원회 합동 총회
결과 요약

양국 간 인적교류 증진을 위하여 계속 노력하기로 하였다. 특히 총회는 한·일 양국 정부 당국이 Working Holiday 사업에 의한 청소년 교류에 적극적으로 관심을 갖도록 촉구하였다.

총회는 2012년 여수 Expo의 성공적 개최가 한·일 양국 간의 인적·물적 교류의 장이 되도록 상호 협력하기로 하였으며, 또한 2018년 평창 동계올림픽 유치 성공을 위하여 양국이 긴밀히 협력하기로 하였다.

총회는 다음번 제48회 합동 총회를 2012년 중 적절한 시기에 서울에서 개회하기로 합의하였다.

제 47회 한·일 협력위원회 합동 총회
발언 내용

이승윤 의장: 제47회 한·일, 일·한 협력위원회 합동 총회 공동 성명 안을 일본말로 낭독해드렸고, 한국말로는 동시통역을 하였습니다.

그 내용에 대해서 착오나 누락이나 또 말씀해 주실 것이 있으면 해주시고 없으시면 그대로 채택을 하고자 합니다. 어떠십니까? (박수)

김주일 제언자: 한·일 양국 간의 인적·물적 교류 증진을 위하여 계속 노력하기로.(…중략中略) 2012년 여수 Expo의 성공적 개최 및 2018년 평창 동계올림픽 유치 성공을 위하여 양국이 긴밀히 노력하기로.(…중략中略)

같은 취지와 맥락으로 여기에 대구 세계육상경기대회와 인천의 아시아경기대회도 포함시키는 것이 좋다고 생각합니다. 어떻게 보면 대구 세계육상경기대회는 전 세계 200여 개국이 참가하여 지구촌 축제의 장이 될 수 있는 스포츠 행사인데 이것을 빠트린다면 균형의 문제도 있고, 육상을 경시한다는 오해도 받을 수 있기 때문입니다. 또 기왕이면 대구 세계육상경기대회(2011년 8월 27일~9월 4일)와 같은 맥락에서 인천 아시아경기대회(2011년 9월)도 포함시키는 것이 합당하다고 생각합니다. 이상입니다.

이승윤 의장: 자, 그러면 지금 김주일 운영위원이 말씀하신 것처럼 대구 세계육상경기대회와 인천 아시아경기대회도 이에 같이 포함시키도록 하겠습니다. 그렇게 하는 내용에 대해서는 저희 의장단에 맡겨주시고, 자구 수정도 저희 의장단에 맡겨주시면 감사하겠습니다. 이상으로 제47회 한·일, 일·한 협력위원회 합동 총회 공동 성명안을 채택하도록 하겠습니다. (박수) 대단히 감사합니다.

시미즈 의장: 그럼 공동 성명 안을 채택하고 제47회 한·일, 일·한 협력위원회 합동 총회를 마치도록 하겠습니다. 감사합니다.

'제47회 한·일 협력위원회 총회'
토론자로 참석

제47회 한·일, 일·한 협력위원회 합동 총회가 2011년 6월 5~6일 양일간 동경 뉴-오타니 호텔에서 개최되었다. 본인은 오랫동안 한·일 협력위원회 운영위원의 일원으로 매월 개최되고 있는 포럼과 함께 총회에 빠짐없이 참석해 왔다.

우리 측에서는 남덕우南悳祐 한·일 협력위원회 위원장(전임 신현확 위원장)을 위시하여 38명의 위원이, 일본 측에서는 나카소네 야스히로中曽根康弘(전 총리대신) 위원장을 위시하여 120여 명의 위원이 참석한 가운데, 지난 3월 11일 발생한 미증유의 지진, 해일로 인한 후쿠시마福島 원자력 발전 피해에 대한 안전 문제 등 한·일 협력 방안에 대한 집중 토론이 있었다.

본인이 본 총회에서 제안한 내용 중 한 가지만 기록해 둔다. 현재 한·일·중 3국 정부가 보유한 외화 총액은 약 4조 5천억 달러(한국: 3천 3백억 달러, 일본: 1조 1억 달러, 중국: 3조 1천억 달러)에 달한다. 이 중 일정률(3~5%)을 갹출하여 기금을 조성해 '한·일·중 에너지 공동관리기구'를 설치하는 것이다. 이로써 한·일·중이 협력해 거대 자연재해 안정대책 및 복구 공동투자, 금융위기, 통화안전, 원자력 안전성 확보 등 긴급사태에 대처하고, 나아가서는 그린 에너지 공동개발, EU와 같은 공동시장, 공동통화로 가는 연구 등에 사용하는 '공동자금을 조성'하자는 것이었다.

금번의 일본 원전사고는 원자력 안전의 중요성에 대한 재인식의 계기가 되었다. 동북아 지역의 공동관심사로 원자력 안전의 중요성이 부각되어 중국의 원전 건설 계획과 북한 원전 개발에 대해서 안전이라는 관점에서 재평가해야 한다는 움직임이 일고 있다. 한·일·중 삼국이 원자력 안전에 관해서 공동의 문제의식이 생긴다면 원전 안전은 삼국의 협력을 증진시키는 현안이 될 것이다.

    동일본 대지진大地震과 해일海溢(2011년 3월 11일)로 인한 원전 붕괴, 엔화가치 급등, 제조업체의 해외이전, 정치정세의 불안전, 노령인구의 급속한 증가 등등으로 빈사상태瀕死狀態에 처한 것처럼 보이는 것이 작금 일본의 현상이다. 이는 일본의 국민성國民性과 위기의식危機意識에 대처하는 새로운 각성, 이것이 전화위복轉禍爲福의 계기가 되어 일본은 반드시 재기再起할 것으로 본인은 믿고 싶다.

    지난 동일본 대지진으로 1만 5천 명의 사망자와 8천 명의 실종자가 발생했다. 수천 년의 역사와 문명, 삶의 뿌리를 통째로 쓸어버린 엄청난 재앙이었다. 그 후 1년여의 시간이 흘렀다. 커다란 재난을 겪은 탓인지 최근에 와서 일본 젊은 세대의 가치관에 많은 변화가 일어나고 있음을 볼 수 있다. 본래의 일본 국민성은 근검·절약 정신이 몸에 밴 까닭에 돈이 손에 들어오면 이를 다시 불안한 노후대비를 위하여 기를 쓰고 저축한다. 그러나 지금은 내일을 위한 저축보다는 오늘의, 지금의 행복한 삶을 누리기 위하여 하고 싶은 일을 한다고 한다. 지금 일본의 음식점, 백화점, 유흥장은 손님으로 북적대고 있다. 국내 여행객은 물론, 한국을 찾는 관광객 수도 예상을 훨씬 웃도는 것을 봐도 알 수 있다. 이러한 소비생활의 급격한 변화는 곧 일본경제 재기의 활력소가 될 것으로 본다.

▲ 2011년 3월 11일 14시 46분 일본 도호쿠(東北) 지방에서 발생한 일본 관측 사상 최대인 리히터 규모 9.0의 지진(그 여파로 인한 해일의 피해도 엄청났다.)

일본 대재난에서 살펴본 질서 문화의 실체

(2011년 3월 11일)

일본 대재난 속 교훈

일본 대재난이 발생한 후, 재난을 겪으면서도 질서 의식과 남을 배려하는 마음을 잃지 않는 일본 국민들에 대한 존경심은 한국의 여러 매스컴에서도 표현되었다. 이를 통한 대재앙의 현장을 보는 감회는 이러하다.

쓰나미·지진·화산 폭발은 한국인에게 낯설다. 때문에 재해에 대응하는 일본인의 방식은 새롭고 강렬하게 다가온다. 거대한 재앙을 흡수, 극복하는 일본의 문화는 특별하다. 위기 대처에 무기력하지 않으면서 침착하다. 줄 서기와 순번 지키기에 착실하다. 주유소·슈퍼마켓의 새치기·끼어들기도 없다. 상점 약탈도 찾기 힘들다. 개인의 이기적 돌출도 없으며 이웃을 생각한다. 생사의 다툼 앞에서 그 같은 집단적 질서 의식은 경이롭다.

울부짖음, 고함, 절규 없어

국가적 슬픔의 무게는 엄청나다. 하지만 절망의 한복판에서 울부짖음이 없다. 흐느낌은 작고 슬픔을 삭인다. 일본 TV에서 유가족의 통곡을 찾을 수 없다. 시신屍身은 방영하지 않는다. 절규와 분통, 고함과 호들갑에 익숙한 한국인에게 충격적 인상을 남긴다.

일본 동부 대지진 직후다. 인천공항으로 일본에서 한국인들이 귀국했다. 어머니가

딸을 안고 안도의 큰 울음소리를 낸다. 한국의 TV 뉴스 장면이다. 그 어머니의 반응은 이해할 만하다. 우리 TV 카메라는 그런 모습을 찾아 찍기에 충실해 왔다. 하지만 그런 보도 행태의 격조는 형편없이 떨어진다. 그런 취재 관행은 어설프고 초라해졌다.

일본인의 침착과 질서는 배려 정신의 승리다. 남에게 폐 끼치는 것을 일본인은 본능적으로 꺼린다. '메이와쿠 가케루나(폐를 끼치지 마라)' 교육 덕분이다. 탄식과 절규는 전염병처럼 전파된다. 이는 동요와 무질서, 공포와 흥분을 야기한다. 때문에 슬픔을 삭이고 표출을 자제한다. 감정의 전염병을 이웃에게 옮기지 않으려는 것이다. 그 극단적 절제는 감탄을 일으킨다. 세계는 문화 충격을 받고 있다. 일본의 저력이다. 일본인은 그렇게 존재한다. 그것은 일본의 국격과 이미지를 높이고 있다.

그 풍경은 우리 시민의식을 되돌아보게 한다. 천재지변 탓에 비행기 출발이 늦어도 창구에 몰려가 항의하는 가벼움과 어이없음, 준법 대신 목소리 큰 사람이 행세하는 떼 법, 끼어들기 주행, 남 탓하기의 풍토를 부끄럽게 한다. 우리 부모 세대들은 그렇지 않았다. 자기 탓, 자기 책임부터 먼저 생각했고 염치를 지키려 했다. 그들은 한강의 기적과 국가적 풍모를 만든 세대다. 하지만 어느 때부터 남 탓하기와 떼 법의 억지와 선동의 싸구려 사회 풍토가 득세했다. 일본발 문화 충격은 그 저급함을 퇴출시키는 자극이 될 것이다.

일본은 역사적 자극제다. 일본의 성공은 한국을 분발시켰다. 소니, 캐논, 도요타, 일본의 스포츠도 한국을 자극했다. 삼성전자와 현대차, 야구의 성취는 분발과 경쟁의 산물이다.(김연아와 아사다마오의 피겨스케이팅 경쟁도 그 좋은 예 중 하나이다.)

일본은 한국과 함께 동아시아를 경영한다. 역사의 공동 연출자면서 주연이다. 그 역할의 비중이 한쪽으로 기울면 거센 파란이 인다. 전쟁이 나고 비극적 역사가 전개된다. 임진왜란과 한·일 강제병합이 그랬다. 독도 문제는 그 후유증이다. 진정한 평화는 국력이 비슷할 때 유지된다. 이제 한국은 커졌고 성숙해 있다. 우리 국민 사이에 '힘내라 일본(간바레 닛폰)' 운동이 퍼지고 있음이 이를 대변해 준다. 이것은 자발적 확산이다.

임진왜란 7년, 식민지배 36년 빼고는
선린 1,500년

한·일 관계는 참으로 길고 깊다. 양국은 장구한 교류의 역사를 갖고 있다. 역사적으로 양국 관계가 불행한 것은 400여 년 전 일본이 한국을 침략한 7년간(임진왜란)과 금세기 초 식민지배 36년(한·일 강제병합)간이다. 50년도 안 되는 불행한 역사 때문에 1500년 이상 걸친 교류와 협력 전체를 무의미하게 만든다는 것은 참으로 어리석은 일이다.

한국은 대륙세력과 해양세력의 교차점에 있다. 때문에 일본·중국 모두와 친해야 한다. 일본에 대재난이 발생한 이때, 이웃을 돕는 우리 진심을 실감 나게 전달해야 한다. 그것은 국가적, 국민적 투자다. 일본은 우리 동반자다. 양국 서로가 미래를 위한 자극이 돼야 한다. 재난을 극복하도록 격려해 주는 사이가 되어야 한다. 이것이 바로 일본 대지진 이후 양국 친선의 새로운 장場이 되어줄 것이다.

▲ 1997년 3월 '한국 농수산물' 일본 수출 가능성 시항 조사(오른쪽 첫 번째 본인, 세 번째 최인기 농수산부 장관)

역대 일본 총리대신과의
만남

▲ 1990년 8월 10일 롯데 호텔, 가이부 도시키(海部俊樹, 와세다대학 출신) 일본 총리(76~77대)와 함께 (본인 뒤로 김상만(金相萬) 동아일보 회장)

▲ 1998년 4월 27일 일본 수상 관저, 오부치 게이죠(小渕恵三, 와세다대학 출신) 일본 총리(84대)와 함께

▲ 2002년 6월 6일, 한·일 협력위원회 총회에서
앞줄 왼쪽부터 나카소네(中曽根康弘) 전 일본 총리(71대~73대), 남덕우 회장, 뒷줄 오른쪽부터 구범모 전 국회 의원, 이승윤 전 경제부총리, 이대순 전 장관, 엄상호 회장, 본인

▲ 2008년 5월 28일, 한·일 협력위원회 회의장에서
오른쪽부터 남덕우 회장, 아베 신조(安倍晋三) 일본 총리(90·96대), 이대순 전 장관, 본인

▲ 1989년 5월 3일 일본 총리 집무실, 다케시타 노보루
(竹下登) 일본 총리(74대)와 함께

▲ 2008년 5월 28일, 아소 타로(麻生太郎) 일본 총리
(92대)와 함께

일본 정치인·학자·경제인과의 교분

▲ 1999년 9월 14일 본인 송별연장
일본 고위 관료 중 가장 우정이 두터운 친구 시노자와 고츠케(가운데, 대장성 주계국장과 사무차관을 거쳐 OECF 총재, 일본국제협력은행 총재 재직 중)와 함께

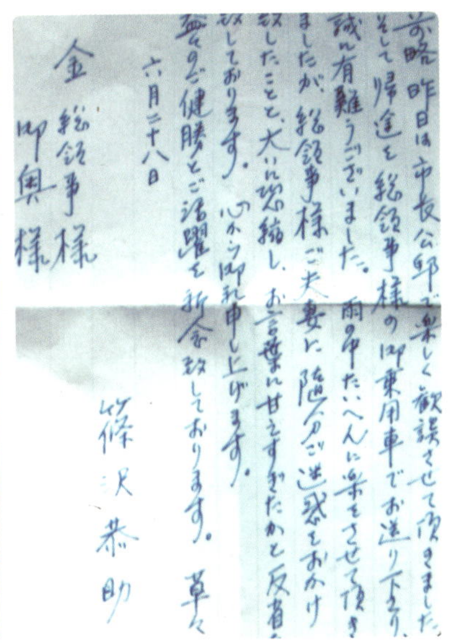

▲ 시노자와 고츠케 일본국제협력은행 총재가 본인에게 보낸 서신

▲ 1999년 9월 24일
본인 이임(요코하마 총영사) 송별회식 자리에서 다카히데 요코하마 시장 부부와 함께

▲ 1994년 6월 1일, 하얏트 호텔에서
(왼쪽에서 두 번째 엔도 사무차관, 세 번째 본인) 엔도 사무차관은 '2002 한·일 월드컵' 당시 일본 측 사무총장을 역임했으며, 그의 한국어 실력은 수준급이다.

▲ 1998년 9월 25일, 타나미 고지 주계국장(본인 기준 왼쪽), 사카 아키라 주세국장(후일 총리 비서관, 본인 기준 오른쪽)과 함께

▲ 1982년 9월 13일, 호시노 신야스 일본 경제기획청 사무차관(본인 기준 왼쪽), 니시후지 노보루 일본 경제기획청 조정국장(본인 기준 오른쪽)과 함께

◀ 자치성 친한파와의 송별 만찬(앞줄 왼쪽 첫 번째 엔도 야스히코 전 자치성 사무차관, 세 번째 본인)

▲ 요코하마 총영사관 관저에 초청한 이치츠루카이 우인들 (앞줄 오른쪽부터 후쿠이 도시유키 일본은행 부총재(후일 총재로 취임), 가세이로 회장, 다카히데 요코하마 시장, 이시이 전 오쿠라성 사무차관, 뒷줄 오른쪽부터 본인, 시노자와 OECF 총재, 이와자키 학원 이사장)

▲ 1998년 12월 17일, 부부 대의원인 니시카와 토모오 중의원 의원(앞줄 오른쪽)과 마츠 아키라 참의원 의원(뒷줄 오른쪽)과 함께

▲ 1982년 12월 17일, 신문명(新文明) 토론회장에서 아이자와 히데유키 전 대장대신(현 돗토리현 국회의원)과 이야기하고 있다.

▲ 1997년 9월, 아키라 중의원 의원(요코하마 출신, 전 노동대신 때 이형구 전 노동부 장관과 한·일 양국 노동부 장관 회의 주선)과 함께

▲ 1998년 12월 17일, 본인이 부부 대의원인 니시카와 토모오 중의원 의원과 마츠 아키라 참의원 의원의 후원회에서 축사를 하고 있다.

▲ 1986년 3월 27일 신라 호텔, 일본 열도개조론의 시안자인 시모고베 선생(가운데)과 함께(왼쪽 끝 김의원 국장)

▲ 1997년 3월 1일, 도쿠시마현 앤도 지사와 운수성 철도국장과 함께(양국 교류협력 증진을 위한 토론을 하고 있다.)

다케시타 가계(竹下 家系)와의 교분

▲ 1988년 3월 20일 울산 현대중공업 영빈관, 현대중공업 대표이사 정몽준 회장이 본인의 일본인 교우 3총사를 초청했다.(오른쪽부터 다다이 NCB은행 상무, 본인, 니시후지 경제기획청 조정국장, 다케시타 대장대신 비서관, 정몽준 회장, 정 회장의 장모)

▲ 1985년 10월 9일, IBRD 및 IMF 연차 총회에 참석하기 위해 내한한 다케시타 대장대신(왼쪽 좌석 첫 번째)과 본인의 오랜 친구 다케시타 와타루 대장대신 비서관(오른쪽 좌석 첫 번째), 하타노 및 와타나베 보좌관 일행이 신병현 경제부총리(가운데)를 예방, 업무협의를 하고 있다. 본인(신 부총리 오른쪽)이 한국 측 통역을 맡았다.

▲ 1996년 4월 1일, 주일 한국대사관 경제공사 재임 시 다케시타 와타루 가족을 공관에 초청, 만찬을 나눴다.(오른쪽부터 첫째 아들 마사루, 둘째 아들 사토루, 와타루 비서관, 그의 아내, 내자)

▲ 1989년 5월 30일 뉴-오타니 호텔, 다케시타 와타루 비서관(오른쪽 첫 번째)과 니시후지 노보루 일본 경제기획청 국장(오른쪽 두 번째), 다다이 요시오 NCB은행 전무(오른쪽 세 번째)와 함께

▲ 다케시타 일본 대장대신이 신병현 경제부총리와 회담하기 위해 광화문 청사로 입장하고 있다.(가운데 다케시타 일본 대장대신, 오른쪽 본인) 본인이 왼손을 뒤로한 채 악수를 한 것은 전날 저녁 교통사고로 손을 다쳐 깁스를 하고 있기 때문이다.

◀ 1995년 7월 3일, 다케시타 노보루 전 총리대신 사무실에서 (오른쪽부터 와타루 비서관, 김우석 참사관, 다케시타 전 총리대신, 본인, 김병일 참사관)

▲ 1988년 11월, 김용래 서울시장 예방(왼쪽부터 와타루 비서관, 니시후지 국장, 다다이 NCB은행 전무, 김용래 시장, 본인)

▲ 1989년 4월 5일, 낙산사에서

▲ 2009년 12월 아카사카 프린스 호텔, 다케시타 와타루 후원회 참석(왼쪽부터 와타루 의원, 그의 아내, 본인)

◀ 1995년 7월 3일, 본인의 주선으로 정영의(鄭永儀) 장관이 다케시타 총리와 면담을 하고 있는 장면

▲ 1987년, 본인에게 보내준 다케시타 노보루 일본국 내각총리대신의 저서(저 산을 넘어서) 속 자필 사인

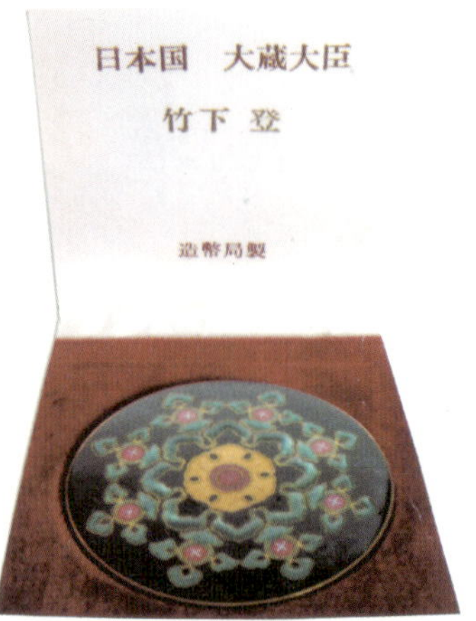

▲ 소화(昭和) 일왕 재위 60주년 기념패

마츠오 가계(松尾 家系)와의 교분

◀ 1995년 5월 10일, 마츠오 회장(앞줄 왼쪽 첫 번째)과 그의 두 딸(뒷줄 왼쪽 첫 번째 히로에, 두 번째 가오리)과 함께 (앞줄 오른쪽 본인 부부, 뒷줄 오른쪽 끝 성은)

▲ 1996년 9월 28일, 마츠오 자택(사가현 칸자키) 방문 저녁 식사

▲ 2006년 4월 2일, 마츠오 회장 내외분 본가 방문

▲ 1996년 9월 28일, 마츠오 회장 자택 정원에서(왼쪽부터 본인 내외, 아들 준구 내외)

▲ 1992년 11월 23일, 마츠오 회장 내외분이 내한했을 때 영주 부석사 대웅전을 관람했다. 박 학예사의 설명을 듣고 있는 모습(가장 오른쪽)

▲ 1995년 7월 20일, 미야자키 시가이아에서(오른쪽부터 마츠오 회장 내외분, 본인 내외)

▲ 1993년 7월 24일, 하우스텐보스에서(뒷줄 오른쪽부터 마츠오 회장 내외분, 본인 부부, 강경식 전 경제부총리 내외분, 앞줄 오른쪽부터 데츠고(마츠오 회장 아들: 현 마츠오 건설 사장), 강영욱(강 부총리 장남: KAIST 교수)

▲ 1993년 7월 24일 하우스텐보스, 마츠오 회장 요트를 뒤로 하고(뒷줄 오른쪽부터 본인 내외, 강경식 부총리 내외분, 마츠오 회장 내외분, 앞줄 오른쪽부터 강영욱, 데츠고)

▲ 1996년 9월 27일, 마츠오 회장 내외분과 덴잔 CC에서

▲ 1993년 7월 24일, 마츠오 회장 요트 내에서 다과회

▲ 2008년 4월 5일, 일본 아소 아카미즈 식당에서(뒷줄 오른쪽부터 본인, 박태화 회장, 노다 쇼이치로 전 구마모토 상공회의소 회장, 강경식 전 경제부총리, 마츠오 회장, 앞줄 오른쪽부터 박 회장 부인, 강 전 부총리 부인, 내자, 마츠오 회장 부인, 노다 전 회장 부인)

▲ 2008년 4월 5일, 구마모토 아소에서(뒷줄 오른쪽부터 노다 쇼이치로 전 구마모토 상공회의소 회장, 마츠오 회장, 앞줄 오른쪽부터 본인, 박태화 회장, 강경식 전 부총리

▲ 2008년 4월 5일, 구마모토 아소에서(왼쪽 사진 인물의 부인들)

3장

언론 기고문
(일반)

中高生 모두에 다시 校服 입혔으면

外部유혹-脫線방지 보호막 역할하게

나의 發言

金周鎰

청소년에 의한 부녀자 납치, 강도, 강간, 제자가 스승을, 자식이 부모를 구타하는 패륜행위 등 과거에는 생각지도 못했던 각종 범죄들이 어느새 우리의 인문사회면을 장식하고 있다. 질서 문란 내지는 청소년 범죄의 흉포화에는 여러가지 이유가 있을 것이다. 예컨대 급속도로 진행된 산업사회화 과정에서 발생한 전통윤리의 붕괴라든가 대도시화에 따른 익명성(匿名性)등 여러가지 면에서 그 원인을 찾을 수 있을 것이다, 중-고등학교의 교복이 없어진 것도 청소년 범죄와 질서문란에 크게 일조(一助)를 한것이 아닌가 생각된다.

한창 자라나는 청소년기에는 몸과 마음 모든면에서 주체하기 어려운 강한 욕구를 갖고 있으나 이를 자제하기에는 인격적으로 덜 다듬어진 상태이기 때문이다. 자율이라는 이름 하에 이들 청소년의 행동을 간섭하지 않고 스스로 모든 것을 결정하여 행동하라는 것은 지나친 요구이며 청소년에 대한 기성세대의 무책임한 방관이 아닐까. 필자의 경험으로는 과거 교복 착용이 청소년기에 갖게 되는 의복의 유혹과 탈선으로부터 차단해 주는 보호막의 역할을 해 줄 뿐만 아니라 교복을 입는 것 자체가 청소년으로 하여금 마음가짐을 바르게 갖도록 만들고 주위의 눈을 의식케 하여 스스로를 억제하게 하는 타율적 억제장치의 역할을 하게 되는 것이라고 생각된다.

교복을 입은 학생이 버젓이 디스코홀을 드나들 수 있을까. 복잡한 지하철 내에서 함부로 떠들고 장난을 칠수 있을까. 벌건대낮에 드러내 놓고 담배를 피우고 술을 마시고 길가는 부녀자를 희롱할수 있을까. 학생들이 교복을 입고있다면 지금과 같이 학생들이 두려워서 그들의 잘못을 보고도 이를 지적할 수 없는 그러한 세태가 되었을까. 그리고 교복을 입고 주변의 눈을 의식하며 자기의 욕구를 억제하면서 자란 사람들이 성인이되어 교복을 벗어 던졌다고 해서 하루 아침에 다른사람을 의식하지 않고 방자한 행동을 할수 있을까.

물론 교복자율화이후 우리 학생들의 모습이 개방되고, 자유스럽고, 활달하고, 개성이 넘쳐흐르고 있다는좋은 점은 부인할수 없는 사실이다. 그러나 과거 교복을 단정하게 입은 학생들의 모습과 우리나라에 수학여행 온 이웃 일본의 교복입은 학생들의 질서정연한 모습이 흐트러진 머리에 신발을 끌면서 옷은 아무렇게나 걸치고 함부로 떠들며 몰려다니는 오늘날 일부 학생들의 모습과 오버랩되면서 웬지 교복자율화의 부작용이 크게 느껴지기 때문이다. 만의 하나 이것이 구세대인 필자의 고루한 생각때문이기를 바라면서 한편으로는 교복자율화가 가져다주는 자유분방함과 교복이 가지고 있는 질서의 미를 조화시키는 방안은 없을까 하고 생각해 본다.

과거의 교복이 특히 남학생의 경우 군국주의시대의 잔재를 연상시키는 검은색 일변도의 멋없고 여유없는 것이었다면, 유니폼은 단정하게 차려입되 촌스런 교복이 주는 획일주의를 피할 수 있는 방법이 있을 것이다. 일부에서는 교복을 입지 않는 것이 민주화인양, 사회발전인양 생각하고 있지만 민주주의를 만든 영국에서도 명문사립학교에서는 교복을 입고 전통을 숭상하는것을 보면 반드시 그렇지만은 않은 것 같다. 그런 의미에서 최근 교복입는 학교가 하나, 둘씩 부활되고 있는 것은 우리사회가 또 하나 제자리를 찾아가는 고무적인 현상으로 받아들이면서 교복입는 학교가 더 많이 생겼으면 싶다.

<경제기획원 경제교육기획국장>

▲ 1990년 2월 12일, "중고생 모두에 다시 교복 입혔으면" 조선일보 기사

민영전철은 부설 초기부터 개발이익으로 건설비 조달, 요금수익보다는 노선연변 대단위 택지개발, 뉴-타운 건설로 호텔 및 백화점, 부동산사업, 레저산업, 석유판매사업 등의 개발 수익확보에 역점을 두고 있다. 이러한 결과 JR이 대부분 승차요금 수입에 의존하고, 다른 영업수익은 전체의 5%인데 비하여 민영전철은 엽업 외 수입이 평균 52%에 달한다. 따라서 승차요금 수입은 전체의 48%에 지나지 않는다.

우루과이 라운드(UR) 유예기간 활용, 발전 계기 삼아야

(1990년 10월 5일 한겨레신문 기고문)

오늘날 우리에게는 안팎으로부터 도전과 시련이 물밀 듯이 밀어닥치고 있다. 이럴 때일수록 우리 모두 합심하여 흩어진 국론을 모아야 한다. 이를 극복하고야 말겠다는 의지와 행동이 있다면 얼마든지 이러한 도전과 시련을 또 한 번의 도약의 디딤돌로 바꿀 수 있을 것이다.

최근 우루과이 라운드UR 협상의 타결을 앞두고 재야와 농민단체에서 이 협상을 거부하자는 의견이 거세게 일고 있다. 이 협상으로 농산물 시장이 열리고 각종 보조금이 줄면 우리 농민은 설 땅이 없다는 것이다.

이에 편승하여 일부 정치인과 지식인들조차 안팎의 여건을 살펴보지도 않고 협상 거부를 부르짖고 있다. 말 그대로 협상을 거부하여 우리 경제가 잘되고 농민을 비롯한 모든 국민들이 잘 살 수만 있다면 얼마나 좋으랴. 하지만 우리의 현실은 그렇지 못하다.

우리가 그동안 어떻게 성장해 왔는가.

이렇다 할 자원 하나 없는 우리 경제가 이만큼이나 성장할 수 있었던 것은 '수출 증대'를 통해서 가능한 일이었다. 이제 와서 농산물 수입개방이 불리하다는 이유만을 내세워 대다수 국가가 참여하는 협상을 거부하고 폐쇄의 담을 굳게 쌓겠다는 것은 현실적인 발상이 아니다.

문을 굳게 잠그고 있던 중국 등 사회주의 국가조차도 협상 테이블에 앉아 있다. 우리가 참여하든 거부하든 협상은 결론이 나오게 마련이다. 따라서 수출을 하지 않겠다면 몰라도 무역을 하는 이상, 이 결론에 따르지 않을 수 없는 것이 현실이다. 그렇다면 협상에 발 벗고 나서 우리 입장을 관철시키려고 노력하는 것이 더욱더 중요하다.

지난 역사를 살펴보면 국가적 시련이 닥쳤을 때 국론이 분열되어 효과적으로 대처하지 못한 예가 많이 있었다. 단언컨대 지금은 협상거부 논쟁에 얽매여 있을 때가 아니다. 정책 담당자를 바꾼다고 해결될 문제도 아니다. 그보다는 흩어진 국론을 정비해 이 협상을 계기로 우리 농업을 어떻게 발전시켜 나갈 것인가에 온 국민의 지혜를 모으는 슬기를 발휘해야 한다. 특히 지도적 입장에 있는 지식인, 정치인들의 역할이 그 어느 때보다도 중요하다. 이상과 감정에 치우쳐 말을 앞세우고 국민의 인기를 생각하기보다는 냉철한 이성으로 국민을 위한 현실적인 대안이 무엇인가를 곰곰이 연구하고 제시하는 자세가 더욱더 요망된다고 하겠다.

나는 우리 농민이 지혜를 모아 대처한다면 우루과이 라운드 파고는 충분히 극복할 수 있다고 믿는다. 우리는 지난 30여 년간 경제개발과정에서 일어난 제1, 2차 오일 파동, 1975년 국제수지 위기, 1980년대 초의 혼란 등 심각한 어려움이 닥쳐왔을 때도 이를 능히 극복하고 발전의 계기로 삼았던 경험을 가지고 있다.

또한 우루과이 라운드 협상의 내용을 살펴보면 우리에게 반드시 불리한 것만은 아니다. 농업 보조금 축소가 그 예이다. 지금까지 우리나라만이 농업에 대하여 보조금을 지급해온 것은 아니다. 미국, 유럽공동체, 캐나다와 같이 농산물을 수출하는 국가의 농민들도 우리와 같이 보조금을 받아 왔다. 따라서 협상 결과 보조금이 줄어들면 우리나라뿐만 아니라 여러 선진국의 농민들도 정도의 차이는 있겠지만 어려움을 겪게 되기는 마찬가지이다. 오히려 적응력이 뛰어나고 세계 어느 나라 농민보다 근면한 우리 농민이 유리한 점도 없지 않다. 현재 농산물 개방 및 보조금 축소의 유예기간으로 10년 정도가 논의되고 있는데, 이 기간을 잘 살려 빈틈없이 대비한다면 그리 두려울 것도 없을 것이다.

이 기회에 우리 농업을 상업농으로 전환하고, 수입에 대한 피해의식에서 벗어나 수세의 농업에서 공세의 농업으로 인식을 달리해야 한다. 이웃 나라 일본은 연간 1백64억 달러의 농산물을 수입하고 있으나 우리는 이 중 고작 3억 달러 정도만을 수출하고 있다. 미국과 같은 농산물 대량 수출국도 또 다른 농산물을 대규모로 수입하고 있다. 이들 나라의 농업시장이 개방된다면 우리 농산물을 수출하는 데 있어 훨씬 더 많은 기회를 얻을 수 있을 것이다.

이와 같은 대외적인 여건 변화와 더불어 우리 농민의 근면성과 우리 여건에 맞는 품목 개발이 합쳐진다면 우리 농업도 제조업과 마찬가지로 수출전략 업종으로 발전할 수 있다.

이것은 우리나라 농업이 한 차원 진화하는 데 큰 전환점이자 시발점이 될 것이다.

경제교육기획국장 재임 시

▲ '우루과이 라운드 체결 반대' 농민 시위

쌀 문제
이렇게 풀어 보자

(2002년 12월 6일 예천신문 기고문)

그렇게도 극심했던 가뭄과 수해를 피와 땀으로 극복해가면서 성취한 풍년의 올해, 마냥 즐겁고 밝은 얼굴로 미소 지어야 할 농사꾼이 연일 울긋불긋한 깃발을 들고 거리에서 시위·농성을 하고 있다. 이 어디 가당키나 한 말인가. 그러나 그들의 시위·농성 속에는 항변의 이유가 있다.

현재 농촌에서는 팔 곳 없는 쌀이 늘어나고 쌀값이 추락하면서 '쌀과의 전쟁'을 진행 중에 있다. 이 와중에 △농산물시장 개방 대폭 확대와 보조금 대폭 감축을 위한 신新농업 협상 착수 △중국의 WTO 가입 △정부 농업정책에 대한 강한 불신과 쌀 산업의 장래에 대한 불안 △이에 따른 농지가격의 하락 △심각한 농가 부채 △어렵게 공부시켜 놓은 지방농촌 학생의 실업률 등의 문제가 불거지기 시작했다. 자신감을 잃은 농업인들은 심리적 패배 상태로 허탈감에 빠져 있는 것이 오늘날의 농촌 현실이다.

우리의 쌀 산업과 농업이 당면한 위기를 헤쳐나가는 데 있어 우리 모두가 경계해야 할 점은 쌀 문제를 정략적으로 '정치 상품화'했던 전철을 또다시 되풀이해서는 안 된다는 것이다. 또한, 현재 국제가격의 4~5배가 넘는 국내 쌀값을 최소화하기 위해서는, 지금부터 뼈를 깎는 독한 마음을 가지고 문제 해결에 임해야 한다.

본인은 지금 한창 진행되고 있는 양곡 수매 현장을 돌아다녀 봤다. 창고마다 예외 없이 1997년도 이후 미곡이 차 있어 이를 안쪽으로 쌓아 둔 채 금년산 미곡을 다시 수납, 비좁은 창고를 메우고 있었다. 어떤 창고에는 1996년산이 남아 있는 경우도 있었다. 평소에도 우리 농업 문제 중 '쌀의 생산과 소비의 조화', '장래에 쌀 문제를 어떻게 끌고 갈 것인가'에 대해 많은 관심을 가져 온 본인으로서는 다음의 세 가지 문제제기와 해결방안을 제시해 보고자 한다.

첫 번째로 재고미在庫米의 과감한 처분이다. 지금은 쌀의 생산원가, 시장가격을 따질 때가 아니다.(미국에서 잉여농산물을 강과 바다에 내버린 과감한 결심을 한 것처럼) 우선 식량 안보 차원에서 적정량만 남겨두고 북한에 아주 긴 장기 상환으로라도 국제가격으로 판매할 수 있으면 팔아야 한다.(무상이 아닌 유상) 북한에는 빚으로, 우리에게는 채권으로 남겨 두면 그만이다. 20년, 30년 후에 상환받거나 다른 자원으로 상환받아도 좋다. 이자 역시 받지 않아도 무방할 것이다.

다음은 묵은 쌀의 용도 전환이다. 수입 밀가루로 만드는 각종 식빵, 면류, 주류 등을 과감히 쌀로 만들어 보는 것은 어떨까. 떡국과 쌀라면 맛은 일미가 아닌가. 그리고도 남으면 가격에 구애받지 말고 사료로 이용하면 된다.

두 번째는 쌀의 생산량 조정이다. 쌀도 상품과 같이 필요량만 생산해야 한다. 현재 농촌은 수리 시설, 지하수 개발이 잘 되어 있어 흉년 걱정이 사라진 지 오래다. 그러므로 쌀 생산량을 줄인다고 큰 문제가 될 것은 없다. 휴경 농지에는 휴경 보조금을 주어 소득을 보장해 주면 그만이다. 이는 결과적으로 보면 쌀의 수요와 공급을 조화롭게 조정하는 '계약 재배'와 같은 이치이다.

세 번째는 쌀의 소비 촉진을 위한 '민족 생존' 차원의 '국민적 의식 개혁'이다. 이는 단순히 '신토불이'身土不二 정신만으로는 부족하다. 쌀의 소비에 관련해서는 가격원리나 비교우위론 같은 경제 원리에 모든 것을 맡겨서는 아니 된다는 말이다.

농사로 우리 역사를 이룩해 온 선조의 뜻을 기리고, 우리 식문화의 시곗바늘을 되돌려 본다면 쌀의 고귀함을 다시 인식할 수 있을 것이라 생각한다.

농림부 농업발전기획단 자문위원 재임 시

농촌경제
IMF 전후보다 더 어렵다

(2000년 11월 2일 농민신문 기고문)

3년 전 정부 외환지불능력 부족으로 거센 IMF 바람이 휘몰아쳐 온 국민이 고통을 감내하고 허리띠를 졸라매던 시기가 있었다. 그때의 위기의식이 아직 가시기도 전에 어느 때부터인가 슬그머니 IMF를 졸업했다는 잘못된 인식이 생겨 부유층의 과소비 풍조가 다시 고개를 들고 있다. 이런 작금의 실태와 맞물려 제2의 IMF가 닥쳐오고 있다느니, 또 한 번의 경제위기가 올 것이라느니 걱정하는 분위기 역시 고조되고 있다.

요즘 향리 예천에서 오랫동안 만나지 못했던 친지, 동료들과 어울려 식사하는 기회가 종종 있다. 그때마다 나는 "요즘 장사 잘되느냐"고 물어보지만, 이에 대한 답변은 늘 한결같다. 모두가 과거 어느 때보다 지금이 제일 어렵다고 입을 모은다. 더러는 마수(그날 첫 번째 상품이 팔리는 것)도 못하는 날이 있다고들 한다. 식사를 하고 있는 식당 역시 옆자리에 다른 손님이 보이지 않는 경우가 허다하다.

이런 마당에 커피숍이나 노래방, 볼링장, 당구장 등 여가 활용 상권의 경기는 오죽할까. 먹고 사는 것은 생활의 기본이지만 차 마시고 노래방 가는 것은 해도 그만 안 해도 그만이니 말이다.

또 택시를 탈 기회가 있으면 택시 기사에게도 같은 질문을 던져 본다. 하지만 돌아오는 답변 역시 마찬가지다. 모두 어려운 시기이니 가까운 거리는 걸어가거나 버스를 이용하는 사람이 늘어났다고 한다.

의약분업 파동으로 병원과 약국은 더욱 어렵단다. 의사와 약사, 일반 소비자인 환자까지 모두가 불편하니 이는 누구를 위한 정책 선택이냐고 불만이 터져 나온다. 지방 공공기관에 근무하는 지방 공직자 역시 공공기관 구조조정의 세찬 바람 때문에 장래가 몹시 불안하단다. 현실이 이렇다 보니 어느 한구석 다리를 쭉 뻗고 자는 마음 편한 사람이 없다.

많은 사람들이 어려움을 겪고 있지만, 그중에서도 가장 어려운 계층은 농민일 것이다.

얼마 전, 정부에서 농민이 안고 있는 부채를 탕감해 준다고 요란을 떨었는데 고작 해준 것은 일정금액 한도 내에서, 그것도 일부 금리를 낮추어 주는데 그치고 말았다.

금년 하반기 들어 소비자 물가가 가파르게 오르고 있다. 국제유가 급등으로 농사용 각종 자재의 값 역시 많이 올랐다. 하지만 농산물 가격은 중국산 등 수입농산물에 밀려 오히려 떨어지고 있다.

예천의 특용작물인 마늘, 고추, 참깨, 토마토, 파 등은 풍년이 들어 과잉 생산되는 바람에 오히려 값이 떨어지는 양상을 보였다. 이러한 현상은 오직 국내시장에서만 작물의 수요 공급이 이루어지고 있기 때문이다. 어떻게 하면 이와 같은 특작물을 거대한 수요를 가진 외국시장(특히 가장 가까운 지리적 여건과 식생활의 동질성 및 식문화가 유사한 일본시장)에 내다 팔 수 있을 것인가 미리부터 그 해법과 방향을 찾아보는 노력이 필요하겠다.

경제현상이란 톱니바퀴처럼 서로 연관성을 갖고 물리고 물고 돌아간다. 우리 고장 예천의 경제가 살아나기 위해서는, 늪에서 헤매고 있는 소小도시 지역 경기의 악순환의 연결고리를 어디에선가 끊어 주어야 한다. 불안한 장래에 대비하여 지혜를 짜내는데, 우리 모두의 중지衆智를 모아야 할 때다.

'21세기 농업개방화시대의 농민의 생존전략' 강연을 듣고

(2000년 12월 11일 예천신문 기고문)

어려운 농촌 환경

지난주 우리 고장에서는 예천농촌지도자연합회 주최로 허신행許信行(전 농수산부 장관, 현 농산물유통공사 사장) 박사를 초청, '21세기 농업개방화시대의 농민의 생존전략'을 주제로 한 강연회가 열렸다.

지금 우리 농촌은 국내외적으로 과거 어느 때보다 어려운 환경에 처해 있다. 값싼 수입 과일에 밀려 우리 과일의 값이 폭락을 거듭하고 있고, 잡곡류는 중국산에 밀려 제값을 받지 못하고 있다. 수입이 없는 배추·무·파 등 채소류 역시 과잉 생산으로 가격이 떨어지고 있는 실정이다.

쌀 개방에도 미리 대비해야

더더욱 무서운 것은 앞으로 2년 후면 쌀의 수입 개방이 시작된다. 이때가 되면 지금의 파동은 새 발의 피에 불과하다. 당장 발등의 불은 아니기 때문에 사태의 심각성이 대두되지 않을 뿐, 훗날 우리 농촌에 거센 폭풍우가 불어 닥칠 것이 불 보듯 자명하다.

설상가상으로 최근 국제 기름값이 가파르게 상승하는 바람에, 이로 인해 각종 농사용 자잿값도 오르고 있다. 이 와중에 농가 부채는 날로 늘어 가고 있으니 농촌의 현실이 암울하게만 느껴진다.

불만에 가득 찬 농민

급기야 농민들의 항의 집회와 시위가 전국적으로 확산되고 있으며, 심지어는 농사용 차량을 동원해 도로를 점거하는 등 그 형태가 점차 과격해지고 있다.

이러한 어려운 농촌 현실 속에서 이번 허 장관의 강연은 실의와 불만에 가득 찬 우리 농민에게 용기를 심어 주고, '하면 된다'는 기대감을 주는 데 큰 힘이 되었다고 생각한다.

강연을 직접 듣지 못한 농업경영인을 위해서 강연의 결론 부분을 요약해 본다.

작은 밭을 농장으로 만들어야

첫째, 개개인이 경작하고 있는 작은 평수의 논밭을 한데 모아 농장(협업이나 농지교환 등으로)을 만들어야 한다. 그리하여 기계화 영농을 가속화하면서 노동력을 덜고 비용을 절감하면 노동생산성이 높아져 경쟁력 있는 농업이 가능해진다.

둘째, 기업농, 농업연구소, 농과대학, 농업 관련 공공기관, 농민이 합심 협력해 농업기술을 선진화해야 한다.

셋째, 각 작물품목별로 전국단위 협동조합을 만들어, 농작물을 판매할 때 제값을 받고 팔아야 한다. 이때 협동조합장은 반드시 농업기술을 겸비한 농업경영전문인으로 영입 선출해야 한다. 제값 받고 팔아야 하는 당위성과 관련해 여기서 한 번 짚고 넘어가야 할 것이 있다. 공산품(제조업 제품)은 생산자가 원가에다 적정이윤을 붙여 책정한 가격으로 판매되는 데 반해 농산물은 도매상 또는 소비자의 수급상황에 따라 그때그때 가격이 결정되고 있으니, 농민의 입장에서 보면 늘 불안할 수밖에 없다. 하루빨리 농산물 가격안정을 보장해주는 선진국 유통 구조가 도입되어 농민이 안심하고 농사짓는 날이 올 수 있게 해야 한다.

넷째, 우리나라는 토질, 기후 조건이 농사짓는 데 세계 제일인 것에 비해 농업의 발전도는 후진국 수준에 머물러 있다는 안타까운 현실이다. 이스라엘과 같이 토질, 일조량, 강우 등의 조건이 그렇게 좋지 못한 나라도 각종 농산물을 세계시장에 수출하고 있는데 비해 우리는 농사짓기에 천국과 다름없는 조건을 갖추고 있으면서도 왜 성공적인 결과를 내지 못하는 것일까? 이에 우리 모두의 반성과 노력이 필요한 시점이다.

농업전문 석학자 강연 필요

본인은 우리 농업의 앞날에 비전을 제시할 수 있는 농업전문 석학자의 강연 필요성을 늘 느껴 왔다. 이번 강연이 실행된 것은 누가 알선, 주관했느냐를 떠나 장기적으로 우리 농촌에 긍정적인 결과를 가져올 것임이 분명하다.

강연을 경청하는 농업지도자들의 진지한 수강 자세, 종료 후는 물론 강의 중간 중간에 터져 나오는 우렁찬 박수, 그 박수 소리가 지금도 귓가에 들려오는 것 같아 마음이 뿌듯해진다.

부(釜)·울(蔚) 민영전철 건설구상 브리핑

(2010년 11월 예천신문 기사)

김주일(예천읍 고평리) 전 외교통상부 본부대사는 지난 27일 오후 2시 울산시청에서 관민도시계획 전문가 및 교통전문가를 대상으로 부산~울산 간 민영쾌속전철 건설 계획에 대한 주제발표를 했다. 이에 앞서 김주일 전 대사는 지난 9일 아토니스클럽에서 부산시장 안상영安相英, 울산시장 심완구沈完九, 경남지사 김혁규金赫圭, 정몽준鄭夢準, 박관용朴寬用, 김진재金鎭載 의원, 부산상공회의소 회장, 울산상공회의소 회장 등이 참석한 가운데 열린 '부·울 신선건설추진협의회'(가칭)에서 부산~울산 민영전철추진 계획에 대해 브리핑했다.

한편 김주일 전 대사는 "부산~울산(직선거리 31km) 민영쾌속전철은 우리나라 최초로 민간에 의해 건설되는 전철로 이는 사람 수송 외에 대량 주택지 공급으로 신도시 건설, 주변 도시정비에 기여하게 된다"고 말했다.

▲ 1997년 5월 21일 하네다 공항, 부·울 민영전철 건설계획에 대해 정몽준 의원과 협의하고 있다.

부산⇔울산
민영전철 건설구상
(1999년 10월)

[필자 주註]

현재 부산과 울산이라는 양대 거대도시 간의 유일한 교통수단은 오직 도로(고속도로, 일반국도, 지방도)를 이용하는 자동차뿐이다. 동해남부선의 국철이 있긴 하지만 이는 신속도迅速度와 승객수요에서 적합하지 않고, 노선의 위치 및 굴곡도屈曲度 면에서 유용한 교통수단이 되지 못하고 있다.

부산이라는 거대(인구: 360만 명) 국제도시, 상업도시, 항구도시와 울산(인구: 130만 명)이라는 산업특화도시 간에 직통쾌속快速전철이 없다는 것은 한참 때 늦은 감이 없지 않다. 두 도시인구를 합하면 500만 명에 이르고, 두 도시 간의 유동인구와 물류량物流量을 살펴볼 때 하루속히 신속한 대량수송 수단이 요구된다. 특히 양 도시 간의 직선거리는 31km밖에 안 된다. 뿐만 아니라 본 전철건설로 인하여 신규 주택지공급(뉴-타운 건설 주택 및 상업지구) 유통시설, 휴양관광시설이 들어서게 될 것이다.

본고本橋는 본인이 과거 건설교통예산과장, 서울시 투자관리국장 재임 시부터 생산성, 능률성, 경영방식의 탄력성, 서비스 면에 있어서 국철 또는 공기업 궤도전철보다 월등히 경쟁력이 높은 민영전철電鐵의 시대가 하루속히 도래해야 한다는 생각을 진작부터 갖고 있었다. 때마침 본인이 주일본 한국대사관 경제담당공사와 몇 개의 사철이 통과하는 요코하마 총영사 재직 시(1994년 4월~1999년 9월) 일본 민영전철의 건설과 운영의 효율성을 타산지석他山之石으로 삼아 본 시안試案을 작성하였다. 그리고 이에 대한 관심이 가장 높았던 정몽준鄭夢準(울산 출신) 의원과 협의를 계속해 왔다. 그러나 울산시 공직자(인구, 물동향 등의 부산 유입을 우려한 피해의식)의 언론플레이 등 조직적인 반발(반대로 부산은 대환영)로 인해 무위로 끝나긴 하였으나, 이를 다음 세대의 참고자료가 될 것으로 믿어 여기에 기록으로 남겨 두고자 한다.

이젠 민영전철(民營電鐵)시대로
경쟁력, 능률, 효율성, 서비스의 선진화를 위하여

작금 수도권은 주택지 공급이 날로 어려워지고 있는 가운데, 광역적 도시개발계획이 불비不備한 상태에서 경쟁적으로 기초 자치단체 중심의 무계획적인 주택단지조성으로 인해 많은 문제점이 야기되고 있다. 자동차 중심의 육로 교통수단만으로는 교통 혼잡의 해소를 근본적으로 해결하지 못하고 있는 것이 실정이다.

한편 우리나라에서는 대중교통수단이라고 할 수 있는 국철과 도시 지하철은 대부분 사람의 수송에서 얻어지는 요금수입에만 의존하고 있어 매년 운영적자가 누적되어 가고 있다. 뿐만 아니라 이와 같은 궤도 철도는 중앙 및 지방 정부에 의하여 그 부설과 운영이 독점되어 있기 때문에 탄력적 운영에 한계가 있고, 승객에 대한 서비스 면에 있어서도 경쟁원리가 적용되지 않고 있다.

포기할 수 없는 미련 민영전철(電鐵) 건설의 시도

이와 같이 중앙과 지방 정부에 의해 궤도 전철의 부설권과 운영권의 독점에서 오는 폐단을 없애기 위해 민간으로 하여금 부설, 운영토록 한다면 경쟁력, 생산성, 능률면, 효율성, 서비스 면에서 우위적 지위를 확보할 수 있는 민영전철電鐵의 시대를 맞이할 수 있을 것이다.

사당·금정 간 한·일 합작 사철 건설 시도

1986년 11월 본인이 서울시 투자관리국장 재임 시, 본인의 주선으로 민영전철電鐵

선진국인 일본의 한신전철阪神電鐵과 우리나라 현대건설(당시 이명박 회장) 간의 합작으로 사당(4호선의 종점)과 경부선 금정역 간 전철 부설 계획을 세웠다. 한신전철 간부 기술진이 서울시의 교통사정과 사철건설의 타당성 등 여러 분야에 걸쳐 경제성 검토를 한 결과 참여할 의사가 있다는 답을 얻었으나, 현대건설 측에서는 처음은 적극적으로 참여의사가 있음을 내비치다가 막바지에 이르러서는 자금 사정(현금)이 여의치 못하다 하여 무산되고 말았다.

그 이후에 사당⇔금정 간 전철은 철도청에 의하여 부설된 까닭에 사당역을 출발하면 철도청 방식에 따라 왕복선이 반대로 선로 방향을 바꾸게 만들어졌다. 그 당시 현대건설 측에서는 "공사工事도 많이 하고 해서 덩치는 크지만, 실제로 쓸 수 있는 가용자금 몇천억 원을 조달하기가 어렵다"는 이유였다. 이때 본인은 한신전철에 우리나라 측(현대건설) 자금이 회전되지 않고 장기로 묶여 있기 때문이라고 그 이유를 설명해 주었다.

▲ 1999년 9월, 사가미(相模) 사철 회장과 사당⇔금정 간 민영전철 투자 협의를 진행하고 있다.

일본의 민영전철과 국철(JR)의 경제성과 편익성 비교

(1986년 10월)

우리는 흔히 일본을 철도의 나라라고 일컫는다.

먼저 일본의 민영전철電鐵의 건설 배경과 운영 현황을 살펴보면 전국 각 지방의 유원지, 관광지(국립공원) 등지를 오가는 단거리 경전철은 논외로 하고, 현재 동경, 요코하마 등 수도권 외에 나고야, 오사카, 고베, 후쿠오카 등 대도시 중심부에 이미 19세기 말에 건설된 5개의 민영전철을 위시하여 16개의 대형장거리 민영전철이 영업 중에 있다. 이들 여객 영업거리만도 3,049km에 달하고 있다.

이들 민영전철이 운행 중에 있는 도시에서는 약 45%의 수송분담률을 나타냈다. 또한 민영전철은 안전·정확·대량 수송의 이점을 가진 교통기관으로서 양질의 서비스 제공과 함께 크나큰 역할을 하고 있다.

이를테면 민영전철과 1983년도에 민영화(공사형태)된 JR과의 경영상태를 분석해보면 영업 km는 민영 3,049km에 비하여 JR은 무려 20,060km로 높지만, 수송인원은 거의 비슷하고 수입은 3:1의 비율을 보이고 있다. 이를 보더라도 민영전철이 압도적으로 그 효율성과 수익성이 높음을 알 수 있다.

여기서 특히 주목할 점은 민영전철 영업수익의 다양성에 있다.

민영전철은 부설 초기부터 개발이익으로 건설비 조달, 요금수익보다는 노선연변 대단위 택지개발, 뉴-타운 건설로 호텔 및 백화점, 부동산사업, 레저산업, 석유판매사업 등의 개발 수익확보에 역점을 두고 있다. 이러한 결과 JR이 대부분 승차요금 수입에 의존하고, 다른 영업수익은 전체의 5%인데 비하여 민영전철은 영업 외 수입이 평균 52%에 달한다. 따라서 승차요금 수입은 전체의 48%에 지나지 않는다.

민영전철은 요금이 통제되어 있음에도 불구하고 요금 외 수익이 많기 때문에, 오히려 요금을 인하하는 경우도 있다. 또한 승객에 대한 서비스 정신은 JR과 비교가 안 될 만큼 승객 중심이다.
이외에도 전국 각지의 구석구석에 장·단거리 민영전철이 운행 중에 있어 주택지 개발과 주민 수송에 크게 기여하고 있다.

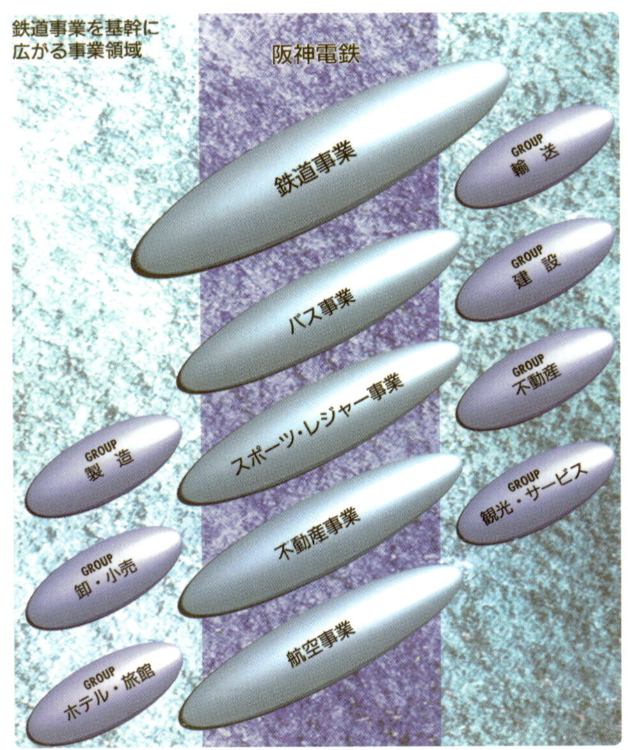

▲ 일본 민영전철 영업수입원의 다양성

지방자치의 선진화와 개발전략

전前회의 '농산물개방화시대의 농민의 생존전략'에 이어 금회는 '지방자치의 선진화와 개발전략'을 주제로 한 한·중 학술세미나 참가소고小考를 기술하고자 한다.

때마침 기초자치단체장인 시장, 군수, 구청장을 선거제에서 임명직으로 전환하는 내용의 지방자치법 개정 법률안이 여·야 다수 의원의 공동제안으로 국회에 제출된 직후라 뜨거운 관심과 논란 속에서 진행되었다. 더구나 이러한 임명제로의 전환이 대다수 여·야 의원과 많은 국민들 사이에서도 심정적으로 공감, 내지는 동조하는 분위기가 고조되고 있기에 더더욱 그러하다.

주제발표자인 정세욱鄭世昱 교수는 이러한 제안에 대한 부당성을 다음과 같이 지적했다. 이를 요약하면 첫째는 민주주의 이론에 어긋나고, 그다음은 미국·영국·프랑스 등 선진국에도 그 예가 없고, 끝으로는 풀뿌리 민주주의 말살이라고까지 강도 높은 역공을 펼쳤다. 본인은 원론적으로는 이에 공감하지만 민선 광역, 기초자치단체장의 자질과 그간 지방 행정운용 실정에 대해서는 아무런 문제 제기가 없어, 여기에 임명제 찬동 이유를 기술해 둔다.

임명제 전환의 대두는 왜?

그렇다면 그동안 기초자치단체장들의 행정행위의 실태가 어떠했길래 다수 국민들의 동조, 지지를 받으면서 이러한 안이 대두되었는지 그 이유에 대해서 구체적인 언급이 없었다. 아마도 개괄적으로 살펴보면 기초단체장들의 상당수가 자신의 권한을 행사함에 있어 그에 대한 책임은 회피하면서 차기를 의식하는 데 행정의 초점을 맞추었고, 많은 예산과 행정력을 비효율적으로, 비능률적으로 소모시키고 있기 때문에 지방자치제 실시에 대한 주민의 회의懷疑와 실망이 크다 할 것이다.

우리나라 지방자치제도의 기본법은 지방자치법, 지방재정법, 지방세법, 지방재정교부금법 등이 일본의 그것과 법의 명칭, 내용 면에서 매우 유사한 골격을 갖고 있다. 그렇기 때문에 본인은 오랜 역사 속에 뿌리내린 일본의 지방자치제 운용의 묘와 실제를 염두에 두고서 이날 방청석에서 발언권을 얻어 의견을 제기하였다. 이에 그 내용을 정리해 보고자 한다.

업적평가는 주민의 몫으로 돌려야

첫째, 기초자치단체장은 주어진 여건을 최대한 활용해, 자신의 능력과 창의력을 발휘하여 주민의 복지증진과 지역개발, 그리고 최상의 행정서비스를 제공하는 데 최선을 다해야 할 것이다. 그리하여 그 업적은 시민이 스스로 평가해 차기를 선택하는 판단의 기준이 되도록 해야 할 것이다. 그러나 작금의 실상은 어떠한가? 대부분의 지자체장은 취임 그 다음 날부터 차기를 의식, 인위적으로 선거민의 환심 사기에 급급하여 소신 행정을 펴나가지 못하고 있는 것이 실정이다. 차기를 의식한 선심행정을 막는 세도적 상치 마련이 금후 논의의 초점이 되어야 할 것으로 전망된다.

둘째, 기초자치단체장은 행정을 수행함에 있어 경영원리와 경쟁의식이 결여되어 있다고 본다. 따라서 행정행위를 함에 있어서 원가개념 즉 비용관념이 별로 없다. 회사는 경영을 잘못하여 부도가 나면 모두가 일자리를 잃게 되고, 전 재산이 날아가 버리는 등 사활 문제가 걸려있다. 그러나 지자체는 경쟁 상대도 없이 독점적 지위에서 행정행위를 한다.

행정도 분명 경영이다

지자체는 경영을 부실하게 했다 하여 부도가 나거나 문을 닫는 일은 결코 생기지 않는다. 그렇다고 기초자치단체장에게 책임지고 물러가라고 재촉하는 이도 없다. 이런 상황에서는 분수에 넘치는 각양각색의 화려한 행사를 자주 개최할 수도 있고, 명분 없는 외유, 인기 위주의 행정이 자행될 수도 있다. 그리하여 예산이 소모적으로 집행되기 마련이다.

참으로 어려운 작금의 농촌 지역 경기, 여기서 받아들이는 세금을 한 푼이라도 절약하고 아껴 쓰는 경영마인드가 절실히 요구된다. 일본에서는 공무원으로 첫발을 들여 놓으면 먼저 세금 받는 일부터 시킨다. 우리 공직사회도 이런 마음가짐을 보편화하기 위하여 그 의미를 깊이 새겨볼 만하다. 또한 '지방행정은 최고의 서비스산업'이란 명언을 남긴 이와쿠니 데츠도出雲市岩國哲人 이즈모시 전 시장의 행정경영철학을 한번쯤 음미해보는 것은 어떨까? 그가 이끌었던 이즈모시는 기초자치단체로서는 최초로 일본 최고의 경영대상[1]을 받기도 하였다.

셋째, 기초지자체 의회의 기초자치단체에 대한 견제기능의 회복이다. 지방의회 본연의 기능인 예산의 심의확정, 결산의 심사수리, 조례제정 감시·감독 기능이 제대로 행사되어야 한다. 또한 집행부의 부당한 행정행위, 방만하고 낭비적인 재정운용에 대한 감시·감독이 제대로 수행되기 위해서는 양자 간에 동업자적 협력관계가 형성되어서는 결코 아니 될 것이다.

넷째, 기초자치단체 내부의 모든 조직이 제 기능을 발휘하게 하여 행정조직이 활성화되도록 해야 한다. 기능직이 할 일, 감독관이 할 일, 계장과 과장이 할 일, 동·

---

1) 경영대상: 일본능률협회가 그해 경영을 가장 잘한 기업체에게 주는 상

읍·면장이 할 일, 각자가 자기 조직 내에서 맡은 일에 대한 책임과 권한을 갖고 일할 맛이 나서 함께 뛸 때에 그 조직은 강한 힘을 발휘할 수 있다.

일부 기초지자체장은 조직시스템과 관계없이 비공식 라인을 통해 권력을 행사하기 때문에 조직 내부에서는 '너 혼자 잘해보라'는 유행어가 등장하고 있다. 조직이 마치 내 전유물인양 독선적, 배타적, 폐쇄적, 이기적인 조직 관리를 해서는 결코 안 될 것이다.

정직한 행정, 투명한 행정, 공개 행정

다섯째, 정직한 행정, 투명한 행정, 공개 행정이 되어야 한다. 행정행위는 한 치의 보탬도 뺌도 없이 모든 주민이 쉽게 알 수 있도록 명쾌하게 공개되어야 한다. 내부에 무엇이 들어있는지조차 모르는 상품(행정행위)이 과장誇張 포장되어 시중에 나돌고 있지는 않은가?

여섯째, 공사公私가 엄격히 구별되는 행정을 해야 한다. 공금에서 지출되는 것인지, 개인 돈을 주는 것인지 혼돈이 없도록 하여야 할 것이다. 공적인 행위인지 사적인 행위인지의 구분은 더더욱 어렵다. 다산 정약용 선생은 야간에 공무를 볼 때에는 공용 초를 사용하였지만, 잠시라도 개인용무를 볼 때에는 공용 촛불을 끄고 개인 초를 썼다고 한다.

공사(公私) 엄격히 구별해야

본인이 일본에서 공관장으로 근무할 때 다카히데高秀 요코하마 시장 내외가 사적 모임에 부인의 소형차를 손수 운전하고 온 이유를 물은즉슨, 사용私用에 공용 차 사용은 절대 금물이란다.

일곱째, 무無원칙적인 인사운용으로 인한 공무원 조직의 사기저하를 들 수 있다. 능력 있고 참신한 인재의 발탁·등용의 길이 막혀 있을 뿐 아니라 다른 자치단체나 상위 관청으로 진출할 수 있는 기회도 사라지게 되었다. 능력과 인품보다는 '누구 줄에 섰었느냐', '표를 얼마나 가지고 있느냐'가 선정의 기준이 되고 있다고들 말한다. 공무원 조직에서 가장 중요한 '인사의 원칙과 기준'이 무엇이며, '단체장의 인사 전횡을 막을 수 있는 장치'는 과연 어떤 것이 있는지 돌이켜 봐야 한다.

여덟째, 각종 지방선거로 인한 소지역주의, 혈연·학연·지역 간의 반목과 편 가르기, 자기 줄에 서지 아니한 공직자에 대한 인사상 불이익 조치, 관官의 영향권에 있는 수많은 단체에 내 사람 심기 등 차기 선거를 의식한 사람 바꾸기가 끊이지 않는다, 상대편 또는 경쟁 관계에 있는 자에 대한 음해·모함·험담은 이제 예삿일이 되어 버렸다. 이와 같이 잦은 선거가 몰고 온 후유증은 소지역일수록 심하다. 장점을 얘기하고 감싸주며, 덕담하고 칭찬하는 분위기가 점점 사라져 가고 있음이 안타깝기만 하다.

아홉째, 기초단체장은 지역 문제 해결을 위하여 상위 민선의원 등과의 긴밀한 유대관계가 필요하다. 도의원, 국회의원, 도지사에 대한 응분의 도덕적 예우를 갖추어 주어야 함은 물론, 주민의 불만의 소리를 함께 듣고 숙원사업, 민원의 해결을 위해 상호협의, 협조를 구하는 노력을 다하여야 할 것이다.

민선의원과 유대 필요

왜냐하면 이러한 공동노력은 관할지역 발전을 위해 큰 힘을 발휘할 수 있기 때문이다. 다 같은 민선이라는 명분 아래 이들을 경쟁 상대자나 자기 관할 간섭자로 보아 적대시하거나 의도적으로 활동을 제한하는 행위가 있어서는 안 될 것이다. 이들 간의 비협조, 또는 불편한 관계에서 오는 불이익의 몫은 모름지기 주민 모두에게로 돌아오기 때문이다.

국제화에 관심을 가져야

열째, 기초단체장은 국제화에 대한 감각과 어느 정도 이에 대한 전문지식이 요구 된다. 국제관계에서 외교, 국방, 안보 등은 국가 차원에서 이루어지고 있으나 자본 및 노동의 이동, 상거래, 청소년 교류, 문화, 관광, 학술 교류 등은 실질적으로 모두 지 방차원에서 이루어지고 있기 때문이다. 오늘날 우리는 매우 빠른 속도로 진전되어 가 고 있는 국제화, 세계화, 정보화를 통해 지구촌 시대에 살고 있다. 그러므로 넓은 안 목 없이 무관심 속에서 자기 관할구역 내부에서만 맴돌고 있어서는 안 될 것이다.

열한 번째, 각 기초단체는 직장생활을 마감한 출향인이 은퇴 후 자기향리로 돌아 와 노후 소비생활을 다 할 수 있도록 주거환경을 조성해주는 등 적극적인 유치 노력 을 다해야 한다. 이리하여 그들로부터 조언을 듣는 등 외부 바람을 불어넣으면 지역 민 중심의 배타적 사상, 폐쇄적 지역 분위기의 전환 효과에 이어, 지역문화 창달, 인 구유입 효과, 지역균형 발전, 재래시장 육성 등 지역 경제 활성에도 도움이 될 것이다.

국가 차원의 재정기반 확충

끝으로, 대부분의 기초자치단체는 재정적 기반이 취약하다. 따라서 중앙재정에 의 존할 수밖에 없다. 이런 상황하에서 지방자치 본연의 기능과 역할을 제대로 구현할 수 있겠는가? 이는 국가 차원에서의 획기적인 지방재정 확충, 재정상태가 극히 빈약 한 기초자치제를 통폐합하는 방안 등도 함께 강구되어야 할 것이다. 기초자치단체는 최일선 행정기관이다. 따라서 다른 선출직에 비해 창구에서 직접 주민과 맞닿는 위치 에 서 있다. 그러므로 언제나 모범적인 몸가짐과 흠집 없는 깨끗함, 고도의 도덕성, 종합행정을 능히 수행할 수 있는 자질을 갖추고 있어야 할 것이다.

차제에 전국의 기초자치단체장들은 정치인의 '자기 잇속 챙기기를 위한 희생물'이 라고만 몰아붙일 것이 아니라, 국민과 정치권의 이러한 비판의 목소리를 겸허한 자세

로 수용하고, 자기반성과 성찰의 성숙된 모습을 보여 주어야 할 것이다. 이렇게 해야
만 우리의 지방자치는 풀뿌리를 튼튼히 내리고 주민의 호응을 얻을 수 있다. 이 과정
에서 지방자치 선진화의 문턱으로 진입하는 길이 열릴 것이며, 임명제로의 전환 시도
를 미리 잠재우는 데에도 큰 도움이 될 것이다.

시도별 재정자립도(%)	
평균	51.1
서울	87.7
인천	64.6
울산	62.7
경기	60.1
대전	52.2
부산	51.8
대구	46.5
광주	40.1
세종	38.8
경남	34.4
제주	30.0
충남	29.4
충북	27.4
경북	22.1
강원	21.7
전북	19.1
전남	16.3

▲ 시·도별 재정자립도 현황(2013년 기준)

인권과 행복추구권, 그리고
눈치 안 봐도 되는 사회

(2001년 8월 예천문학 기고문)

인권운동가, 인권변호사, 인권선언, 인권옹호…

우리는 일상생활 속에서 인권과 관련된 말을 자주 접한다. 또 최근에는 우리나라에도 새로이 '국가인권위원회'(정부조직)가 설립되었다. 그렇다면 도대체 '인권人權'이란 말의 본래 의미는 무엇이며, 나아가 우리의 인권을 보장받기 위해서는 무엇을 어떻게 해야 하는지 생각해 보자.

16세기 말엽에 자연법학자들이 처음으로 제창한 '인권人權'의 내용을 살펴보면 '인간은 태어나면서부터 일정한 권리를 갖는다'는 소위 천부인권설天賦人權說로 거슬러 올라간다. 천부인권설에서 말하는 일정한 권리란 생존할 수 있는 권리와 행복을 추구할 권리 등 가장 기본적인 권리를 의미한다.

1948년 12월, '세계 인권선언'에서는 '인간의 존엄성은 불가침이므로 이를 존중하고 보호하는 것이 모든 국가권력의 의무'라고 규정한 바 있다. 또한 동 선언은 인간에게 '법 앞의 평등'과 '신체의 자유'를 비롯한 전통적인 자유권은 물론, 참정권, 사회권 등을 보장하고 있다.

우리 헌법 또한 기본권 보장에 대해서 '모든 국민은 인간으로서의 존엄과 가치를 가지며, 행복을 추구할 권리를 가진다. 국가는 개인이 가지는 불가침의 기본적 인권을 확인하고 이를 보장할 의무를 진다.'고 명확하게 규정하고 있다.

이와 같이 인간 기본권의 본질 중 하나는 행복을 추구할 권리이다. 하지만 우리는 세상을 살면서 행복을 추구하는 데 있어 어려움에 부딪힐 때가 많다. 우리의 일상생활과 연계하여 주변에서 일어나고 있는 행복추구권의 침해 사례는 어떤 것이 있는지 한번 살펴보자.

지방자치제가 도입된 이후 직능별 기관의 장이 시민의 투표에 의하여 직접 선출되기 시작했다. 하지만 우리는 이로 인해 사회 각 분야에서 활동하는 데 행동의 제약을 받게 되는 경우가 많이 생겨났다. 어떤 경우에는 이 눈치, 저 눈치 봐 가며 행동해야 하고, 또 어떤 경우에는 이편저편으로 갈라져 눈에 보이지 않는 편 다툼을 해야 한다. 이런 과정은 매사에 신경을 써야 하는 피곤한 계층을 만들어 냈다.

인사권에 영향을 받는 공공기관, 지방정부 예산에서 보조금을 받고 있는 사회단체, 지방정부 예산과 연계되는 사업으로 혜택을 받게 되는 마을 주민, 이러한 선량한 계층이 선의의 피해자라고 생각된다.

각종 행사에 초청하거나 식사에의 초대, 초청 인사의 소개를 하거나 안내할 때, 강사의 초청, 동창회의 초청 참석, 각종 친목단체 구성원의 선정 등등의 과정에서 어느 특정인의 눈치를 살피면서 행동해야 하는 공직자나 주민이 있다면 이들은 일상생활에서 잠재적 피곤이 누적되어 행복한 삶과는 거리가 멀어질 것이다.

▲김주일 (왼쪽 첫번째) 위원이 한나라당 국가혁신위 회의장에서 이회창 총재에게 민생복지 관련 정책건의를 하고 있다.

▲ 국가혁신위 활동 모습

우리 스스로 정당한 사고와 당당한 행동을 누구의 간섭이나 제약 없이, 자유로이 선택하고 행동할 수 있는 사회분위기가 형성되지 못 한다면 이것은 기본적인 인권이 유린되고 있는 사례이다.

몇 차례 같은 선거에

서 동일인의 양자구도로 치러진 지역(우리 지역, 예천군)에서는 더더욱 편 가르기의 골이 깊다. 그 결과 여기에서 오는 역기능인 지역발전 장애는 곧 시민의 몫으로 고스란히 돌아오고 있다.

편 가르기와 눈치 보기로 피곤한 계층이 없는 사회, 자기 책임과 의사로 자유로운 삶을 누릴 수 있는 환경과 분위기가 조성되는 사회, 화합과 협력이 넘쳐나는 사회, 이는 곧 지방자치 시대에 살고 있는 우리 시민 모두가 바라는 행복한 사회가 아닐까?

한나라당 국가혁신위원 재임 시

3년 전 공직생활을 마감하고 낙향해 찾은 것이 농사일이다. 지금 농업인들 사이에는 '농업은 희망이 없다'는 말들이 회자되고 있다. 마땅히 심을 작물이 없는데다 값싼 중국산 농산물이 국내 농산물시장의 질서를 뒤흔들어 놓더니 이젠 남미산 값싼 과일도 몰려올 채비를 하고 있다.

농산물가격이 폭락하는데도 농업인들의 생활에 가장 민감한 기름값·전기요금·학자금·인건비·농기자재·의료비와 같은 각종 서비스 요금은 계속 올라만 가고 있다. 반면 농토값은 계속 떨어지고 있다. 순수하게 농민의 입장에서 보면 농토값 하락이 농산물 원가 하락으로 이어져 경쟁력 향상이라는 효과도 있으나 자기 토지자산의 감소에 따른 허무감은 크다.

2월에 출범하는 새 정권이 이 같은 농촌·농업인 문제 해결을 위해 해야 할 우선 과제를 제시해본다.

첫째로는 노동력이 많이 드는 밭의 경지정리에 많은 예산이 배분돼야 할 것이다. 밭농사는 품이 많이 들고, 농촌인구의 노령화로 종사할 인력이 부족하다. 밭농사의 기계화를 위해선 경지정리의 확대를 추진하는 것이 절실하다.

둘째, 도시 자본이(출향인을 중심으로) 농촌으로 흘러들어올 수 있도록 해야 한다. 농토 및 농촌주택 취득에 대해 세제상의 혜택을 주는 한편 생활환경 조성에 대한 배려가 있어야 할 것이다. 이를 위해서는 농토 투기를 막기 위해 현재 거미줄처럼 얽힌 매매 절차상의 규제를 과감히 풀어 손쉽게 사고 팔 수 있게 해야 한다.

셋째, 농산물 수입 개방에 따른 가격 하락을 막을 제도적인 장치가 시급하다. 수입 농산물의 원산지표시를 엄격하게 하고, 농산물 공판장의 확충 및 운영의 공정성, 농산물 유통구조 개선 등이 마련돼야 한다.

넷째, 금리 하향 추세에 맞춰 농가 금융부채에 대한 금리도 과감히 내려야 한다. 현재 농가의 농산물 판매수입으로는 정책금리 상환만도 큰 부담이다.

다섯째, 농촌 인구의 노령화에 따라 공공의료시설을 확충하고, 일할 능력이 있는 노인층에 일자리를 마련해주는 대책이 있어야 한다.

여섯째, 농민 자녀가 주로 다니는 지방 대학의 질을 높이고, 졸업생이 그 지방에서 취업할 수 있도록 일자리를 많이 마련해줘야 한다.

물론 이 모두가 한꺼번에 해결되리라고는 기대하지 않는다. 농촌 실정을 정확히 파악하고 면밀히 분석해 차근차근 풀어나가겠다는 굳고 강한 의지를 보여줘야 농사꾼의 불안과 초조한 심정이 해소되고, 농정에 대한 신뢰도 높아질 것이다.

처칠의
'영감을 주는 리더십'

(2008년 7월 25일)

▲ 78세의 나이에 다시 총리로 복귀한 '윈스턴 처칠'

2002년 BBC 방송은 시청자들에게 전화와 인터넷으로 '위대한 영국인'이 누구냐고 물었다. 100만 명 넘게 참여한 조사에서 1위는 처칠이었다. 그는 셰익스피어, 다윈, 뉴턴, 엘리자베스 1세, 넬슨, 크롬웰 등 영국과 세계 역사를 장식한 인물들을 따돌렸다. 설문에서 BBC가 제시한 다섯 가지 위대한 이유들 중에서 응답자들이 처칠의 위대한 점으로 가장 많이 든 것은 '리더십'이었다.

처칠이 두 차례 총리로 재임한 기간은 영국이 매우 혼란스럽던 시기였다. 그는 유럽 대륙이 점차 독일 손에 넘어가고 있던 1940년 5월 총리가 돼 존망의 기로에 선 영국을 승전으로 이끌었다. 1945년 총선에서 패배해 물러났던 그는 1951년 다시 총리로 복귀해서는 '수정 보수주의'를 통해 오늘날 영국의 기본 틀을 다졌다. 처칠이 정부와 국가를 성공으로 이끈 방식은 리더십 연구자들의 단골 연구 주제다.

이명박 대통령이 처칠의 외손녀가 쓴 '우리는 결코 실패하지 않는다'를 청와대 직원들에게 선물했다. 처칠의 저서와 연설문, 편지, 메모, 일화 등을 통해 처칠의 리더십을 14개 항목으로 정리한 책이다. 제목은 처칠의 총리 취임 후 첫 의회 연설에서 따왔다. "제가 바칠 수 있는 것은 피와 노력, 그리고 눈물과 땀밖에 없다"는 전설적 문장도 이 연설의 일부다.

이 대통령은 책을 선물하면서 "직원들이 희망을 잃지 않고 최선을 다한다면 결코 실패하지 않을 것"이라고 말했다고 한다. 취임 반년 만에 큰 어려움에 직면한 이 대통령은 "굴복하지 말라", "용기를 가져라", "당당하게 맞서라", "실패를 무릅써라", "희망과 자신감을 불어넣어라"는 메시지에 감명을 받은 것 같다. '돌파의 CEO 윈스턴 처칠'이라는 부제副題도 마음에 들었을 것이다.

그러나 처칠의 리더십 바탕엔 국민의 애정이 있었다. 우편물에 '살아 있는 가장 위대한 영국인에게, 런던'이라고 쓰면 그에게 전달될 정도로 존경을 받았다. 굵은 시가를 물고 캔버스 앞에서 그림을 그리는 처칠의 모습을 영국인들은 사랑했다. 저술가 앤드류 로버츠는 히틀러의 '카리스마적 리더십'에 비교해 처칠의 리더십을 '영감을 주는 리더십'이라고 표현했다. 청와대 직원들은 대통령이 선물한 책을 읽으며 "사람들을 감동시켜라", "균형 잡힌 시각을 가져라", "열린 마음을 지녀라", "실수에서 배워라"는 메시지도 유심히 새겨야 할 것 같다.

만약 윈스턴 처칠이 조기에 은퇴했다면 세계 역사는 상당 부분 달라졌을 것이란 얘기가 있다. 처칠은 65세에 영국 수상 자리에 올랐다. 20세기 위대한 정치가의 한 사람으로 꼽히는 그의 대부분의 업적은 수상이 된 후에 쌓은 것이다.

고목에 꽃을 피운 사람이 처칠뿐이겠는가. 괴테가 '파우스트'를 완성한 나이가 81세, 코코 샤넬은 85세에도 패션 디자인 공장을 이끌었다. 74~88세까지 수상을 지낸 독일의 아데나워, 아서 루빈스타인은 89세 때 뉴욕 카네기 홀에서 생애 가장 성공적인 독주회를 가졌다. 90세에도 왕성한 작품 활동을 펼친 파블로 피카소, 93세에 희곡 '억지 우화'를 저술한 버나드 쇼도 빼놓을 수 없다.

노익장을 과시하기로는 일본 정계도 유명하다. 오죽했으면 자민당이 '전국구 73세 정년' 제도까지 만들었을까. '세대교체'와 '젊은 피 수혈'을 위한 고육책일 것이다. 하지만 85세의 나카소네, 84세의 미야자와 등 두 전직 총리는 이 제도에도 불구하고 다음 중의원 선거에 출마할 것이라는 보도다. 팔순을 바라보는 나이에도 "서산을 붉게 물들이고 싶다"는 우리의 노정객이 들으면 무릎을 칠 이야기다.

그에게 무슨 할 일이 더 남아 있는지는 모르겠으나, 지금 우리 사회는 사회에 첫발도 내딛지 못하는 '청년백수', 겨우 물이 오르기 시작한 나이에 서랍을 정리해야 하는 쓸쓸한 퇴장이 너무나 많다.

한 온라인 채용정보업체의 조사에 따르면 직장인들의 '체감정년'이 평균 36.5세로 나타났다. 희망정년으로 제시한 65세와는 무려 30년이나 벌어졌다. 직장마다 정해 놓은 정년은 그야말로 '그림의 떡'이다. 어느 시사 만화가는 이런 현상을 '사오정' '오륙도'를 지나 '삼팔선'으로 표현했다. '38세도 명퇴신청을 선선히 받아 준다'는 의미의 풍자란다. 노·장·청 조화는커녕 '젊은 노인'을 양산하는 사회해체가 어디까지 갈지 두렵기만 하다.

우리나라 국가경제, 재정전문通,
폭넓은 인맥을 갖춘 일본通

(1993년 3월 영우저널 158호 향토순례 경북 예천군 편)

1961년 경제기획원이 발족하던 해에 입사, 30여 년간 경제기획원에서 중추적 역할을 해온 김주일(국회 예산결산특별위원회) 수석전문위원은 경제개발계획의 입안, 對日 청구권 및 경제협력사절단 등 대외경제협력 업무, 청와대 경제비서실, 올림픽재정, 중화학공업지원시설 및 서울 지하철 건설 등의 예산을 담당했다.

특히 그는 공무원 생활 30여 년의 절반 이상을 나라 살림을 맡아하는 예산 편성과 집행, 예산 관련 제도의 개선, 재정 개혁 및 예산 편성 기준의 제도화, 중앙정부와 지방정부 간의 역할과 기능의 재정립 등 국가재정제도 발전 및 운영에 많은 역할을 해왔다. 이는 그가 국내는 물론, 우리나라 재정제도와 유사한 일본의 와세다대학원에서 일본의 재정학을 전공했기 때문이다. 또한 일본 대학원에서 사회정책론과 사회보장론 및 호주에서 사회복지를 공부한 연유로 우리나라 의료보험 및 노령연금제도 도입에 직접 참여할 수 있었다. 그는 이러한 지식과 경력 덕택에 지난 2월에 있었던 인사 발령에서 현 국회 예결특위 수석전문위원(차관보급) 직으로 영진하게 되었다.

김 위원은 고향 예천에 대한 애향심 또한 남다르다. 본가 고평리에 노모와 친척이 살고 있고, 6남매가 이곳에서 태어나 풋풋한 고향인심 속에서 고향산천과 어우러져 자란 탓에 인간적인 품성을 지니고 있다. 그동안 국가예산 편성 업무를 직접 담당하면서 명분과 균형과 원칙에 맞으면 예천지역 발전을 위한 예산지원에 심혈을 기울여왔다. 그는 호랑이도 늙으면 제 소굴을 찾아 가듯이 공직생활이 끝나면, 고향에 대한 깊은 관심을 가지고 고향 발전과 고향에 도움이 되는 일을 찾아 노모가 계시는 본가로 돌아갈 것이라고 말하였다.

매사에 정확하고, 철저하며, 책임감이 강한 행정관리의 면모와 일본(동경 와세다대학원)에서 예산제도 관련 학을 전공한 학구적인 면에서 순수한 만년공직자상을 지닌 김 위원은 "항상 남을 배려하는 마음을 갖고, 정직하고 부지런히 일하자"는 그의 좌우명이 말해주듯 오늘도 그렇게 살아가고 있다.

가족은 내조의 공이 큰 부인 장명대張明代 여사(약사)와 외무고등고시를 합격한 1남 준구駿求, 이화여대 재학 중인 일녀 성은成恩이 있다.

▲ 1997년 4월 26일, 요코하마 총영사로 부임한 본인이 시즈오카현 지사와 부임 인사를 나누고 있다.

▲ 1995년 6월 21일, 본인이 도쿠시마현 지사와 환담을 나누고 있다.

◀ 1998년 12월 12일, 이치츠루카이(一鶴会) 회원 부부모임 (뒷줄 오른쪽 세 번째부터 후쿠이 일본은행 총재, 히라자와 요코하마은행장, 고오덴 국제경제연구소 이사장, 본인, 다카히데 요코하마 시장, 다무라 일본은행 이사, 왼쪽 첫 번째 이와이 학원 이사장)

오늘의 일본
왜 이러나
(2013년 7월 1일)

본인은 일본 대학(와세다대학)에서 공부를 했을 뿐 아니라 외교관으로 주 일본 한국 공관公館에 근무한 기간도 비교적 긴 편이다. 그렇기 때문에 일본 사회 각계각층에 다수의 우인友人을 두고 있고, 일본에 대해서 누구보다 잘 알고 있다. 소위 사람들이 말하는 지일파知日派이다.

일본의 근대 역사에서 세계사적인 의미를 가지는 장면은 메이지明治유신이다. 중세에서 근대로 전환하는 시기에 시대의 변화에 적극 대처하지 못하고 바쿠후幕府 체제를 유지하려다가 미국에 의한 문호 개방 압력에 굴하여 개국을 하면서 일본 열도는 대혼란기에 빠진다. 시대의 흐름을 바로 읽고 새로운 나라를 세우려는 세력과 기득권을 지키려는 낡은 도쿠가와德川 지배세력 간에 내전을 치르면서 결국 새로운 일본을 건국하려 한 세력이 승리한다. 오늘의 일본은 바로 이 메이지유신으로 태어난 것이다. 일본이 근대 국가를 완성시키는 이 이야기는 역사적인 사건 이전에 대업大業의 완성이라는 대의大義를 위해 개인의 생명과 소리小利를 초개같이 던져버리는 수많은 인간이 만들어낸 감동의 드라마다. 그 주인공들의 애국적인 이야기는 실로 전율을 일으키는 감동의 연속이었다. 그러나 오늘날의 일본의 역사적 인식은 과거 유신 지사들이 쌓아 온 커다란 스케일의 그것과는 사뭇 다르다.

2012년 12월 26일, 일본에는 아베安倍 내각이 출범하면서 (일부 극우 인사들이) 과거 일본이 한국과 중국을 침략하여 인명 학살과 문화 훼손을 자행하고 한국을 식민 지배까지 한 역사에 대하여 잘못을 인정하기는커녕 패배한 나라가 문제이지 침략한 나라가 왜 문제냐 하는 식의 발언을 서슴지 않고, 한국의 독도를 일본 땅이라면서 영토분쟁을 일으키고 있다. 일본 극우 집단의 하나인 일본유신회日本維新會에서 내세운 하시모토 도루橋下徹 오사카 시장은 조선과 중국 여성을 끌어가 일본 군인들의 성노예로 삼은 패륜적인 죄악에 대하여 반성은커녕 이 여성들이 원한 것이라거나 미국도 그랬다는 식으로 합리화하려 한다. 뿐만 아니라 한·일 간의 젊은이들의 소통과 문화 교류에서 새로운 현상으로 생겨난 한류韓流에 대하여 고의적으로 폄하하고 역으로 한국 혐오감을 불러 일으키는 세력들도 있다. 더욱 비열한 것은 이런 혐한嫌韓운동에 조선인 출신을 이용하고 있다. 과거 일본이 조선 땅에서 해오던 그릇된 방식과 같다.

이러한 행위들은 중국의 등장과 한국의 발전으로 일본이 아시아에서 과거의 패권적 지배력을 상실하게 된 상실감과 전 세계로 뻗어나가던 과거의 개방적인 분위기가 자국 중심의 자폐적인 고립주의로 빠져들면서 나타난 현상이다. 이를 극복하기 위하여 한국과 중국 그리고 동남아시아를 침략한 과거 제국주의와 군국주의를 새로 부활시켜 일본 국민들의 상실감을 달래고 침체된 사회 분위기를 회복하려고 하는 것이다. 그러나 이는 처방이 잘못된 것이다.

아베 내각의 일부 인사나 일본유신회와 같은 극우 집단들이 선거를 의식하여 일본 국민을 선동하고 왜곡하고 있지만, 이는 세계 문명국가들의 지지를 얻지도 못하는 고립화 노선이고 그동안 일본이 만들어 놓은 문명 국가로서의 명성을 하루아침에 허물어뜨리는 일이다. 일본의 군국주의 침략을 미화하고 정당화하는 것은 시대착오적인 발상일 뿐이다. 아베 내각이 자국 이익만을 위해 대의를 버리는 행위나 극우 집단들의 이해할 수 없는 행동은 골목대장의 수준이지 과거 유신 지사들의 스케일에는 아예 미치지도 못하는 저급한 것이다. 국제사회에서 고립을 초래할 수 있는 이런 모습을 보다 못한 일본의 지성계와 정치권에서도 이제 비판의 목소리가 제기되고 있다. 이런 지성의 힘이 난국을 극복하기를 기대하며, 그동안 한·일 간에 많은 뜻 있는 사람이 공들여 만들어 놓은 선린과 우호의 탑이 좌충우돌하는 일부 인사들에 의해 무너지지 않기만을 바랄 뿐이다.

언론 기고문
(예천군 관련)

▲ 2010년 9월 10일 예천군청. 예천군정책자문위원회 위원장의 뜻을 담아 '지방행정도 경영이다.
국제화시대에 주민에 봉사하는 공직자상' 주제의 강의를 하고 있다.

▲ 2010년 9월 10일 예천군청. '지방행정도 경영이다. 국제화시대에 주민에 봉사하는 공
직자상' 주제의 강의를 경청하고 있는 예천군청 공직자들

장년(壯年)이 된 예천군의회에 거는 기대

(2011년 12월 '예천군의회지' 제7호 축사란 게재)

주민에 의한 직접선거를 통하여 1991년 제1기 지방의회가 구성되었고 이로부터 4년 뒤인 1995년에 제1기 민선 군수가 탄생했습니다. 이리하여 20년이 지나 장년이 된 예천군의회도 그만큼 성장하여 본궤도에 오르게 된 것을 우선 경축慶祝합니다.

뒤돌아보면 예천군의회의 성장 과정에서 어느 한 시기, 의회 의원의 능력과 자질 부족으로 집행부 수장首長의 종속기관처럼 전락한 듯한 시기도 있었습니다. 그래서 주민의 불신을 받을 때도 있었음을 부인할 수 없다고 생각합니다. 또한 의정활동에 있어서도 공사公私 구분이 혼재混在하여 명예욕과 사욕이 넘쳐나고, 행정이 감정적으로 흐르기도 하였다고 봅니다.

이제 성인成人이 된 예천군의회는 의장님, 부의장님, 의원님 모두가 힘을 합쳐 지난날의 굴곡을 바로 잡고 진일보한 정책 입안 능력을 갖추는 데 애를 쓰고 있습니다. 또한 주민 속으로 한발 다가가 집행부 장과의 대등한 위치에서 통제균형 관계를 구축해 가고 있습니다. 이에 더하여 우리 예천군의 새로운 수장은 의회를 대등 관계로 인식하고, 이를 존중하고 있습니다. 또한 의회와 주민 모두와의 소통을 중시하고 여론을 경청·수렴하는 데에도 게을리하지 않고 있습니다.

의회와 집행부 사이에 상호 협조, 견제 균형 관계가 원만해지면, 이는 곧 자치 행정의 선진화로 이어지고 그 결과는 군의 발전과 군민 모두의 혜택으로 우리에게 돌아옵니다.

마지막으로 한 가지 더 바라는 점이 있다면, 의회는 의회의 활동 상황, 실상과 운영에 대한 정보가 주민에게 더욱 상세히 전달될 수 있도록 그런 방안을 마련하는 데 노력해 주시기 바랍니다.

예천군 정책자문위원회 위원장

김주일

▲ 2011년 7월 예천군의회 정기회의 장면
윗줄 가운데 김영규 예천군의회 의장, 의장 기준으로 전면 박재혁 과장, 오른쪽 김한기 의사담당, 왼쪽 남효봉 과장, 오른쪽 줄 (차례대로) 김영규 의원, 이철우 의원, 안희정 의원, 가운데 줄 (차례대로) 권영일 의원, 장대복 의원, 정영광 의원, 왼쪽 줄 (차례대로) 권점숙 의원, 이준상 의원, 조경섭 의원

군(郡)사업추진계획 발표 신중해야

(1996년 8월 10일: 예천신문 김도영 사장과의 인터뷰)

김주일 주일본 공사가 지난 8일 여름휴가차 잠시 귀국하여 본가인 고평리에서 마을 어른들을 초청, 간단한 다과회를 마련하고 12일 근무처인 일본으로 귀임했다.

김 공사는 "1992년 12월 외무고시에 합격한 큰아들(김준구, 미주국 북미2과 근무)에게 보내 준 고향민들의 후의에 인사도 못 드렸다."고 하면서 인사차 이번 자리를 마련하게 되었다고 밝혔다. 특히 김 공사는 현재 예천군에서 계획 추진 중에 있는 각종 사업에 대해 긍정적으로 받아들이고 있으며, 행정책임자는 모든 사업에 대해 섣불리 발표하지 말고 신중을 기해 발표해 줄 것을 덧붙이기도 했다.

본사(예천신문) 김도영 대표이사와 잠시 시간을 내어 그간의 근황과 몇 가지 얘기를 나누어 보았다.

얼마 만에 귀국이며 특별한 일이 있어서 귀국했는지요?

특별한 일은 없습니다. 준구(큰아들)가 외무고시에 합격한 후 고향 어른들께 인사를 많이 받았는데, 이에 대한 답례를 하지 못해 이번 휴가를 이용하여 인사드리러 온 것입니다.

일본에서는 어떻게 보내고 있는지요?

고향에 대한 애정은 일본에 있든 미국에 있든 변함없이 갖고 있습니다. 공직자로서 국가와 국민, 고향을 위해 할 수 있는 일에 최선을 다하고자 늘 노력 중입니다.

작년에도 예천 출신 농민후계자를 비롯 과수농가에서 일본을 방문했습니다만, 더 많은 젊은 농촌지도자들이 일본 농업을 견학하고 기술을 배워 안목을 넓혀갔으면 좋겠습니다.

현재 예천군에서 추진 중에 있는 여러 가지의 가시적인 사업들에 대해서 김 공사께서는 어떻게 생각하십니까?

예천은 공업계통보다는 농업 쪽으로 가야 한다고 봅니다. 예천은 맑은 물과 공기로 대표되는 청정지역이므로 휴양 전원田園도시로서 최적의 입지를 갖추었다고 볼 수 있습니다. 그리고 예천군에서 많은 사업들을 계획·추진하겠다는 발표를 하는데, 타당성 검토, 실현 가능성 등 면밀한 검토 없이 너무 성급하게 발표하는 경향이 있다고 봅니다. 이러한 사업들이 무산될 경우 군민들은 엄청난 허탈감과 실망감에 빠질 것입니다. 예를 들어 몇 년 전에 발표되었던 공단 유치가 그런 경우입니다. 그 당시 군수, 국회의원 모두 공단이 곧 유치될 것처럼 발표하더니 훗날 모든 것이 수포로 돌아가지 않았습니까. 이렇게 되면 군민들의 실망과 허탈감은 이만저만이 아닙니다. 특히 공직자들은 내일 어떤 일이 일어나더라도 '있는 그대로'를 군민들에게 얘기해야 합니다.

군민 모두가 여러 가지 사업을 추진한다는 예천군의 발표에 상당히 들떠 있는 상태인데, 우리 군민들이 해야 할 일은 무엇이라 보십니까?

먼저 예천군 당직자나 각 사회단체, 정치하는 사람들에게 부탁하고 싶은 것이 있습니다. 어떤 사업이든 타당성 조사와 기본 설계, 그리고 재원이 확보되고 확실하게 할 수 있는 계획이 마련되기 전까지 일이 다 성사된 것처럼 발표해서는 안 됩니다. 그렇게 하면 군민을 속이는 것 밖에 안된다고 봅니다.

예천이 변모하자면 어떠한 사업을 유치해야 한다고 생각합니까?

예천 사람들은 너무 성급하게 서두르고 있는 것 같습니다. 과거에는 공단 유치가 유망해 보였으나 반드시 그런 것만은 아닙니다. 실례로 여천, 울산의 경우를 살펴봅시다. 장기적으로 보았을 때 내륙의 소지역 청정환경 농촌도시의 공업화가 바람직하지 않다는 점을 배울 수 있습니다.

앞서도 말했지만 누가 뭐래도 예천은 아름다운 청정환경 지역입니다. 이를 백분 활용하여 유기 특수 농업 쪽에 사업을 유치한다면 예천군의 미래는 밝을 것입니다.

앞으로의 계획은?

예천에서 둘째가라면 서러울 정도로 고향에 대한 큰 애정을 갖고 있습니다. 앞으로『현재 위치에서 어떻게 하면 예천이 더욱 발전하고, 군민 모두의 소득이 증대되어 행복한 삶을 누릴 수 있을까』에 대해서 연구해 보겠습니다.

군민들에게 당부하고 싶은 말은?

우리 군민들은 개인의 능력과 인격을 서로 존중하고 상호 신뢰하며, 타인을 배려하고 더불어 살아가는 마음을 지녀야 합니다. 또한 미래 지구촌 시대를 짊어지고 나갈 후세를 키우는 일에 한 치의 소홀함이 없어야 할 것입니다.

◀ 1996년 8월 10일, 지역 유지님들을 초청해서 오찬을 나눴다. 본인이 답례 인사를 하고 있다.(가운데 본인, 본인 기준 오른쪽 김수진 안동김 예천화수회 회장)

(2005년 5월 26일 예천신문 기고문)

'문화와 화합'의 제43회 경북도민체전

'문화와 화합'의 기치를 높이 들고 치른 제43회 경북도민체전에서 예천군이 군부 종합우승의 쾌거를 이룩했다. 이는 군민의 긍지를 한층 드높여 주었고 이 성취를 위해 선수와 임원진이 하나가 되어 피땀 어린 노력을 해 왔기에 가능한 일이었다.

우선 예천인의 일원으로 축하의 뜻을 담아 감히 노고를 치하한다. 나는 여기서 금번의 도민체전이 '문화와 화합'을 모토motto로 내걸고 개최되었다는 데 큰 의미를 부여하고자 한다.

이 얼마나 아름답고 시의적절時宜適切한 뜻을 내포하고 있는지 우리는 다시 한번 음미해 볼 필요가 있다. 오늘날 민선 지방자치제가 실시된 이래, 가시적 사업비(예: 마을 도로포장, 노인회관·경로당 건립 등) 투입은 표와 인기를 따라 흐르기 때문에 문화 관련 예산은 소홀히 다루어지기 십상이다. 또 어느 후보를 지지·선택했느냐에 따라 편가르기로 이어지기 때문에 일상생활에서 눈치를 살펴야 하는 피곤함과 불편한 심기를 갖게 되는 경우도 많다. 이러한 현실들 속에서 '문화와 화합'을 도민체전의 기본정신으로 부각시켰기에 그 의미가 더욱 가슴에 와 닿는다.

예천군이 '문화와 화합'을 기본정신으로 한 도민체전에서 우승한 군으로서, 경기의 성적 결과와 더불어 차기 이후에는 '문화와 화합' 차원에서도 기필코 우승하는 군이 되어 주기를 군민의 일원으로 간절히 기원해 본다.

'힘' – 군사력·경제력에서 '문화의 힘'으로 이동

우리는 으레 '힘'이라고 하면 군사력과 경제력을 손꼽던 부국강병의 시대를 생각하곤 한다. 그러나 오늘날의 '힘'은 사람의 마음을 움직이는 매력 즉 아름다움을 주는 '문화의 힘'으로 옮겨가고 있다.

아름다운 것이 왜 힘인가? 문화가 왜 힘인가? 그것은 물질은 나눌수록 쪼개어져 가난해지지만, 아름다움과 감동의 문화는 나눌수록 커지고 번성해가기 때문이다.

그러면 도대체 아름다움을 주는 문화란 무엇인가?

국어사전에는 '인류의 이상을 실현시켜 나아가는 정신 활동, 인지가 깨고 세상이 열리어 밝게 됨, 권력보다는 문덕文德으로서 백성을 가르쳐 이끎, 그 과정에서 이룩해낸 물질적 정신적 소득의 총칭, 특히 학문, 예술, 종교, 도덕 등의 정신적 소득을 가리킴'으로 적혀 있다.

이러한 뜻이 담긴 문화라는 용어가 앞에 붙은 단어를 찾아보면 문화가치, 문화경관, 문화유산, 문화혁명, 문화국가, 문화비, 문화사, 문화훈장 등 무수히 많고, 뒤에 붙은 단어 또한 선비문화, 양반문화, 향토문화 등 일일이 열거할 수 없을 정도로 많다.

문화의 힘은 내면적·정신적·무형의 윤리 도덕관

군사의 힘과 경제의 힘이 외형적-물질적-계량적인 데 비해, 문화의 힘은 내면적-정신적-무형의 윤리 도덕관이라고 말할 수 있다.

우리는 흔히 물질적인 경제 발전 정도에 따라 선진국의 개념을 정리할 때도 있지만, 정신적·윤리 도덕적인 문화의 가치 향유 정도에 따라 선진국, 중진국, 후진국을 분류하기도 한다. 따라서 우리가 말하는 선진국일수록 물질문화와 함께 정신문화의 향유가 고도화되어 있음을 엿볼 수 있다. 아마 문화의 기반, 기초, 토대 없는 선진국은 있을 수 없다고 해도 과언이 아닐 것이다.

　우리는 6·25 전쟁 이후의 폐허 속에서, '새마을 사업'과 같은 슬기와 용기로 배고픔을 극복해냈고, 이제는 예절, 윤리도덕, 질서와 같은 정신적 배고픔을 겪고 있는 국면이다. 이것을 해결하기 위해서는 지방·지역 중심으로 선비문화, 전통문화, 향토문화, 질서문화 등 말이 아닌 행동으로 우리의 문화에 대한 인식을 향상 발전시켜 나가지 않으면 아니 된다. 또한 세계화, 정보화로 대변되는 지구촌 사회의 주인공인 청소년을 문화군민으로 거듭나게 하기 위해서 기성세대의 헌신적인 뒷받침이 따라주어야 한다.

경도대학 겸임교수
김주일

세금의 쓰임새를 다시 한번 생각해 보자

(2003년 9월 2일 예천신문 기고문)

용문사 주지 스님의 법문(法問)을 듣고

삼존불과 후불평화 보물989호 개금 및 점안법회 봉행식이 불기 2545년 11월 25일, 우리 고장 사찰의 자랑인 유서 깊은 용문사에서 거행되었다. 본 행사에는 여러 사찰의 주지 스님과 수백 명의 신도가 참석하여 뜨거운 열기를 실감케 하였다. 특히 불교 법리에 초심자인 본인으로서는 이날 큰스님의 법문法問 내용에 깊은 감명을 받았다.

법문 내용은, 석가의 가르침에서 해서는 안 되는 하지 말아야 하는 다섯 가지와 적극적으로 해야 하는 꼭 실천에 옮겨야 하는 여섯 가지의 교리에 관한 것이었다. 그 교리 내용을 다 기술 할 수는 없으나, 어림잡아 이야기해 보면 거짓말하지 말고, 정직하게 행동해야 하고, 각자가 분수를 알고 자기 분수에 맞는 눈높이로 살아가야 한다는 말이었다. 우리가 일상생활 속에서 이 모두를 교훈으로 삼고 실천에 옮긴다면 우리 사회는 안정을 되찾고 한 단계 더 높은 도덕 사회로 발돋움할 것을 믿어 의심치 않는다.

본인은 이 법문의 교훈을 수첩에 메모memo하면서, 잠시나마 불심에 심취되는 기회를 가질 수 있었다. 법문 중에 유난히 마음에 와 닿는 설화說話가 하나 있어 지면에 소개할까 한다.

『강 한복판에 있는 모래섬이 홍수로 인해 점점 물에 잠기고 있는 가운데, 그 섬에 고립된 자가 살려 달라고 소리를 지르고 있었다. 그러나 아무도 그를 구해주려고 선뜻 나서는 사람이 없었다. 이때 이를 보다 못한 그 옆에 누군가가 저 사람을 구해주면 3천 냥을 주겠노라고 현상금을 내걸었다. 그러자 바로 구출자가 나타나서 밧줄을 이용해 어려운 역경을 이겨내고 그 사람을 구출해낸다. 구원을 받은 자는 구해준 사람에게 생명의 은인이라고 거듭 고마움을 표했다. 하지만 구출자가 말하기를 "앞에 나서서 구해준 것은 내가 한 것이나, 나로 하여금 이런 행동을 하게 한 원동력은 바로 이 뒷전에 계신 저분이 내걸은 3천 냥의 현상금이었습니다. 그러므로 생명의 은인이며, 감사를 받을 사람은 내가 아니고 바로 저분입니다."라고 말했다.』

이야기가 주는 교훈

이 이야기는 오늘 행사에 모인 우리에게도 시사하는 바가 크다. 이날 행사장에서 사회를 맡으신 스님은 말할 것도 없거니와 주최하는 주지 스님께서도 자신들의 사찰에 대한 시설물 설치와 보수 등 예산지원을 해 준 사업시행책임관(군수)에 대한 감사의 표현에 긴 시간을 할애하는 극진함을 보였다. 앞의 이야기를 음미해 보면 뒷전에서 그 비용을 부담해 주어 이런 공사가 가능하도록 세금을 내준 납세자에게도 함께 감사하는 마음을 가져달라는 교훈이 아니었을까?

마을회관과 노인회관 건립으로 수혜를 받는 주민, 마을안길 포장으로 편익을 받는 동민, 건실한 물 관리 덕택에 올해도 풍년을 맞은 농민, 우리 모두 큰스님의 설화 속 교훈을 본받아 공공사업수행을 진행하는 공직자뿐 아니라, 그 원동력인 세금(재원)을 납부하는 납세자에게까지 감사하는 마음을 갖는 사려 깊은 사람이 되었으면 한다.

생명수 '물'
아끼고 절약하는 습관을

(2001년 6월 9일 예천군민신문 기고문)

요즘 서로 만나면 "가뭄이 대단히 심각하지요! 이런 가뭄 처음 겪지요" 하는 말들이 인사처럼 오간다.

우리 예천의 주류하천인 내성천乃城川과 한천漢川이 바닥을 드러내고, 논바닥의 모가 타들어가고 우리 지역의 특산물인 참깨, 고추, 콩이 시들어간다. 상수원이 말라 제한 급수를 해야 하고 어떤 지역은 식수를 공급 못 하는 지역도 있단다. 댐의 저수율도 최저를 기록하여 발전發電을 못 할 지경이다.

여든이 넘은 촌로의 말을 들어 보면 이런 가뭄은 생후 처음 경험해 본다고 한다. 물의 양만을 가지고 얘기하다 보니 아예 수질이 크게 나빠진 것은 꺼내지도 못하겠다. 본인이 정원에 심어 놓은 정원수와 잔디에 자체 지하수를 뽑아서 물을 주는 것도 즐거운 일과 중 하나인데 요즘은 그것마저도 농사짓는 이웃보기에 민망스럽고 눈치가 보인다.

우리 마을은 하나의 수맥을 다수가 사용하기 때문에 수압도 떨어져 분출량이 현저히 줄어들었다.

우리나라는 여름에 비의 70%가 집중적으로 내리는데다 하천의 길이가 짧고 경사가 급해 하류로 빨리 빠져나가므로 물을 붙잡아 두고 관리하는데 어려움이 많다.

이 때문에 여름철에는 홍수, 겨울·봄에는 가뭄이 잦다. 국제인구행동단체에서도 한국을 물 부족 국가로 분류하고 있다. 물 부족문제를 해결하려면 첫째, 아껴 쓰거나 둘째, 댐을 많이 건설하거나 셋째, 지하수를 개발하는 등으로 물의 양을 확보해야 한다.

물! 얼마나 소중하고 귀중한 생명수인가.

지구상의 모든 동물과 식물이 물이 부족하거나 없다고 하면 어떻게 될까. 오늘날과 같이 유례가 없는 가뭄을 되새기면서 다시 한번 물의 고마움을 생각해보자.

물이란 넘쳐흐르고 홍수가 나서 피해를 입을 때에는 그것이 흉물의 대상이나 극심한 한발이 계속되고 있는 이 시기에는 물 한 방울이 얼마나 고귀한가를 깨닫게 된다.

절약을 강조하는 일본사람들 사이에는 '마른 수건에서 물을 짜낸다'는 말이 오간다. 우리는 돈의 여유가 있을 때에는 그 돈의 일부를 은행에 저금해 놓고 필요할 때마다 빼내 쓴다. 이에 비유해 흘러가는 강물을 저장하는 수단으로 저수지를 만들기도 하고 큰 규모로는 댐을 건설하기도 한다. 여기에 저장된 물은 논에 물을 대는 데 쓰이기도 하고, 공장 가동에 필요한 공업용수로 사용되기도 하며, 수력발전용으로도 이용된다. 그러나 이보다 더 중요한 것은 우리가 일상 마시고 목욕하고 설거지하는 등의 생활용수로 사용되는 상수도의 원천源泉이다. 이 생활용수를 온수로 쓰고자 할 때에는 전기, 또는 기름을 사용하여 열량을 가해 뜨겁게 데워야 한다. 물론 이때 여기에 쓰이는 전력, 기름, 약품은 모두 외화로 나라밖에서 사와야 함은 말할 나위도 없다.

논이 비교적 많은 우리 예천이 이 가뭄에 어디서 물을 공급받아 모를 심을까 늘 의문을 갖고 있었다. 그러나 농사꾼의 힘은 참으로 위대하다. 장하고 용하다. 지금은 모내기가 거의 끝났다. 저수지 물이나 봇물을 받아 논에 모를 심은 원수답은 그래도 고통이 덜하다. 그렇지 못한 천수답(오직 빗물에 의해서만 모를 심을 수 있는 논)에는 지하수를 뽑아서 모를 심었을 것이다. 그러나 지금은 원수답이든 천수답이든 구분 없이 지하수에 의존해 마른 논에 물을 대서 모를 심는다. 밤낮으로 모터 돌아가는 소리가 요란하고, 농로 위를 가로지른 물 호수가 즐비하다.

그렇다고 지하수가 무진장 있는 것도 아니다. 같은 수맥의 이곳저곳에서 모터로 물을 뽑아 올리는 것도 한도가 있을 것이고, 벌써 세차게 나오던 수압이 현저히 떨어졌단다.

이 극심한 가뭄을 극복하기 위해서는 물을 아끼고 절약하는 방법, 저수지나 댐을 건설하는 방법, 지하수를 개발하는 길이 있다고 했다. 여기서 본인이 강조하고 싶은 것은 뒤의 두 가지 방안은 중·장기적으로 당국의 대책에 맡기기로 하고, 우리는 우선 한 방울의 물이라도 아끼고 절약하는 지혜를 짜내야 할 것이다.

물 부족국가로 분류된 우리나라에서 오늘을 사는 우리는 물론, 유년기에 있는 청소년들에게까지 '마른 수건에서 물을 짜내는 심정으로 생명수인 물을 아끼고 절약하는 습관'을 가르쳐 주자.

물의 귀중함, 소중함, 고귀함은 아무리 강조해도 부족하다.

(2000년 예천신문 기고문)

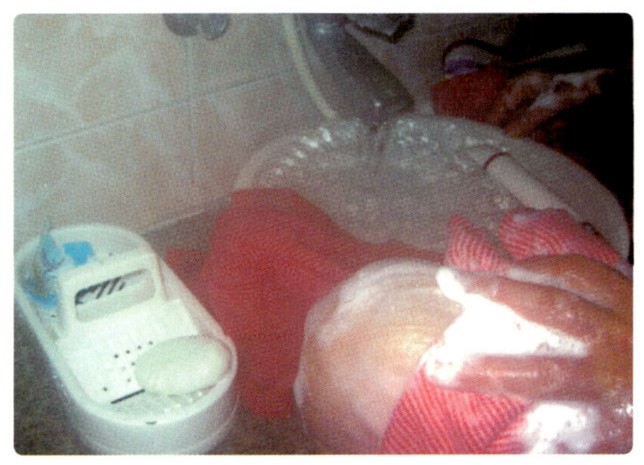

▲ 수도꼭지를 틀어 놓은 채 물을 흘려보내면서 목욕을 하는 모습

요즘 연일 폭설과 영하 10도를 오르내리는 강추위 속에서 온수를 많이 쓰는 계절을 맞이하였다. 또한 추위로 움츠린 몸을 녹이기 위하여 목욕탕을 찾는 손님이 많아지기도 한다. 공중목욕탕에 가보면 양치질이나 면도, 수건으로 몸을 닦는 동안 수도꼭지를 틀어 놓은 채 물을 흘려보내면서 목욕을 하는 장면을 많이 볼 수 있다. 마치 흐르는 강물처럼 목욕탕의 물이 수도꼭지에서 공짜로 나오는 것으로 착각하는 것은 아닌지?

물은 우리에게 생명을 유지할 수 있게 하는 대단히 귀중한 자원이다. 학창 시절 선생님으로부터 재화財貨를 둘로 나누면 '경제재'와 '자유재'가 있고, 경제재는 경제적 가치가 있어 경제행위의 대상이 되는 재화이며, 자유재는 햇볕, 공기, 물과 같이 노력이나 대가 없이 누구나 자유로이 얻을 수 있는 유용물有用物이라고 배웠다. 그런데 오늘날에 있어서는 어떠한가? 매연과 대기오염 속에서 화사하고 따스한 '햇볕', 맑고 깨끗한 '공기'를 과연 공짜로 얻을 수 있을까.

물은 이들보다 더더욱 많은 대가를 지불하고 나서야 쓸 수 있는 것이다. 우리가 일상 마시고 설거지하는 등 생활용수로 쓰여지는 상수도 원源만 해도 그러하다. 상수원으로부터 수질 좋은 물을 얻기 위해서 막대한 비용을 들여 상수원보호구역을 설정하고 이를 엄격히 관리한다. 여기에서 물을 취수하여 전력의 힘으로 배수관을 거쳐 정수장으로, 다시 이곳에서 소독 처리된 물은 각 가정과 대중목욕탕으로 공급된다. 그 보급과정에서 많은 양의 누수를 감수해야 함은 물론이다. 또한 목욕탕의 물은 전력 또는 기름을 사용하여 열량을 가해 뜨겁게 데워야 한다.

이와 같이 각 단계마다 많은 비용을 들여가면서 내 앞에 와 있는 물을 어찌 함부로 흘려보낼 수 있을까.

그대로 흘려보내는 온수의 생산비용도 비용이거니와 상수도생산 시설보다 네 배나 더 드는 하수종말처리장에서의 처리비용을 감안하면 참으로 가슴 아픈 일이 아닐 수 없다.

일본 사람들의 절약을 강조하는 말 중에 '마른 수건에서 물을 짜낸다'는 표어가 있다. 공짜로 얻어지는 자유재가 아닌 귀중한 물, 처리 과정마다 외화가 듬뿍 들어간 목욕물을 수도꼭지를 틀어 놓은 채 그대로 흘려보내는 것을 보면 자꾸만 불편한 심기가 들어 옆 손님을 쳐다보게 된다.

일할 맛 나는
생산적인 조직의 선행 조건

(2001년 5월 7일)

얼마 전 용문면의 농협단위조합장 이취임식에 참석한 바 있다. 이는 근래에 볼 수 없었던 참으로 흐뭇한 한 편의 드라마를 보는 느낌이었다. 임기를 마치고 물러나는 조합장에게는 그간의 업적과 공덕을 칭송해주고, 새로 취임하는 조합장에게는 농협을 더욱 육성해주기를 바라는 기대를 걸고, 신구 조합장이 다 함께 서로에게 보내는 찬사는 장내를 가득 메운 면민들의 가슴에도 아름다운 미덕으로 남았을 것임에 틀림이 없다.

이날 본인의 마음에 찡하게 와 닿는 한 장의 편지 낭독이 있었다. '퇴임하는 조합장의 부인이 남편에게 드리는 편지'로서 인생의 동반자인 아내가 남편에게 보내는 극진한 사랑, 화목한 가정에 대한 애정, 역경 속에서도 부부애로 극복해온 삶의 보람, 이웃과 더불어 살아가는 베푸는 마음들이 담겨있었다.

이 삭막하고 메마른 우리 농촌 들녘에 퍼지는 얼마나 아름답고 고귀한 순애보純愛譜인가. 본인은 이 식장에서 덕담과 칭송, 찬양과 미덕의 정이 넘쳐흐르는 분위기가 조성된 원인에 대해 한번 생각해 보았다.

아마도 그 하나는 당해 면은 고래로 예학에 뿌리가 깊고, 정도를 걷는 선비의 정신을 기본으로 하여 일찍이 순수한 예술과 문학에 눈을 떴기 때문일 것이다. 다른 하나는 흔히 선거풍토에서 볼 수 있는 것과 같이 후보자 간의 치열한 경쟁 속에서 편 가르고, 눈치 보고, 시기 질투하고, 비방이 난무하는 현실 선거에 의하지 아니하고 지역 유지가 합심하여 학식과 덕망을 갖춘 농업 전문경영인을 영입했기 때문이 아닐까 싶다. 장내를 가득 메운 면민들이 마지막 점심 식사가 끝날 때까지 자리를 떠나지 않는 장면도 인상적이었다. 하지만 이 훈훈한 식장이 모두 아름답고 긍정적인 것만은 아니었다. 조직에서는 각자가 맡은 역할이 있다. 기능직이 할 일, 감독관이 할 일, 계장과 과장이 할 일, 읍·면·동장이 할 일이 구분되어져 있다는 말이다. 모두가 각자 자기 맡은 일에 대한 책임감과 권한을 갖고 일할 맛이 나서 같이 움직일 때 그 조직은 생산적이고, 능률적이며, 선진화로 진입하는 행정조직이 될 수 있다. 이와 같은 맥락에서 볼 때 이날의 면단위 행사에 있어서 장세후張世厚 면장의 역할과 위상의 문제를 다시 한번 생각해보지 않을 수 없다.

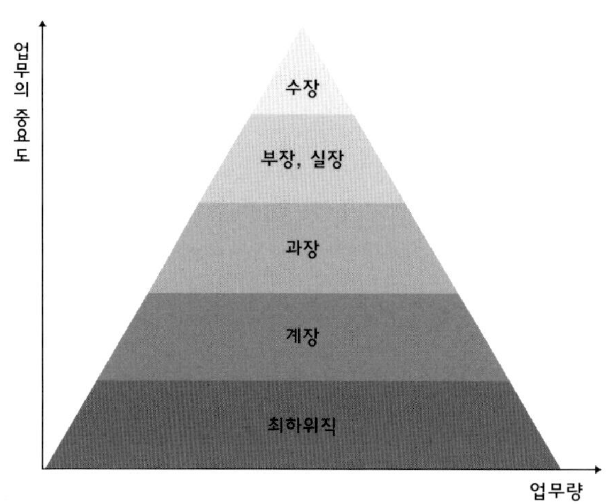

▲ 각 계급마다 소관 업무량과 중요도에 따라 그 책임과 권한을 나누어 가져야 한다.

마을 단위 행사, 읍·면 단위 행사 등 지방의 크고 작은 행사에 읍·면장이 관내 기관장으로서 제 기능을 다하지 못하고, (인사권을 갖고 있는)상위기관장의 안내와 뒷바라지하기에 급급하다면 그 하부 보조기관은 물론이고, 읍·면민이 읍·면장에 대한 존경과 응분의 예우를 해줄 수 있을까. 활동할 수 있는 인생의 전부를 공직에 바친 노면장老面長의 품위유지와 체면을 어떻게 세워주어야 할 것인가. 다시 한번 곰곰이 생각해볼 필요가 있다. 풀뿌리 시민자치는 밑바닥과 저변이 튼튼해야 한다. 튼튼한 풀뿌리가 밑바닥에서 버팀목이 되어 주어야 그 조직은 생동적이고, 봉사적 생산성이 높아질 수 있다. 이 원리는 기업에 있어서도 마찬가지이다.

읍·면장을 우습게 보는 풍토가 아닌, 읍·면장이 읍·면민에게 존경받고 읍·면인의 버팀목이 되어줄 때 그들도 신바람이 나서 일할 맛이 나지 않겠는가.

오만(傲慢)과 독선(獨善)적인 행정 행위, 그 피해자는 주민이다

(2009년 12월)

공직에 몸담고 있는 동안에 인맥이 형성된다

나라 살림살이의 금전적 뒷받침이 되는 예산은 어디까지나 공정하고 균형 있게 편성되어야 하고, 엄격한 원칙과 기준의 잣대가 중요시된다. 예산 담당관은 국가의 곳간을 건전하게 지키고, 꾸려 나가야 하는 최후의 보루이기 때문이다. 그러나 때로는 인정사정과 향토애鄕土愛에 끌려 이런 중요한 잣대가 빗나갈 때도 있기 마련이다.(정치권의 영향력은 논외論外) 본인이 「예천 지역발전」을 위해서 예산지원의 노력을 한 일들의 일부가 이에 속한다고 할 것이다.

누구든 공직에 몸담고 있는 동안 상사, 동료, 부하직원 간에 끈끈한 인맥이 형성되기 마련이다. 이러한 상부상조하는 인맥은 공직을 떠난 후에도 그 유지가 계속된다. 다만 시간이 갈수록 그 끈끈한 정과 유대관계는 점점 거리감이 생기게 된다. 본인의 경우도 예외일 수는 없다. 국가 예산 편성업무에 공직생활의 반을 몸담아 오는 동안 여러 그룹의 인맥이 형성되었다. 그리고 공직을 떠난 지 십여 년이 지난 지금에 와서는 그 당시 중간관리층에 재직하던 부하직원이 장·차관으로 재임하고 있거나, 퇴직한 상태에 있는 경우도 있다.

시간이 흐르면 인맥의 힘도 줄어든다

이젠 행정부에 이러한 관계의 연결고리와 우정을 이어온 인맥의 힘이 점점 사라져

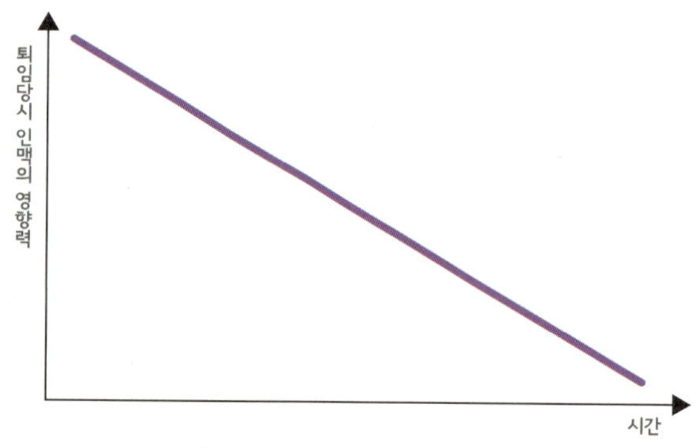

▲ 시간의 흐름에 따라 감소되는 인맥의 영향력

가고 있는 터라, 우리 향토 발전에 도움을 주고자 하여도 그 인맥과 안면顔面도 한계에 도달한 것 같다. 하지만 뒤에서 힘을 보태줄 수 있는 여력이 있었을 때에는 배타적, 독선적, 권위주의적 민선장이 자리를 차고앉아 있어, 지원을 하고 싶은 사안이 눈에 뻔히 보여도 그냥 지나쳐 버릴 수밖에 없는 아쉬움이 한두 번이 아니었다. 그래서 본인은 그 시간을 '잃어버린 12년'이라 칭하고 싶다.

지자체장의 자질, 높이 뜬 새가 멀리 본다

▲ 높이 뜬 새가 멀리 볼 수 있다.

주민에 의한 직접선거로 지방자치단체장이 선출되는 지방자치제도하에서는 민선 수장首長의 능력과 자질, 역할의 범주가 지역의 발전도에 크게 영향을 미칠 수밖에 없다. 특히 중앙정부에 대한 의존도가 높은, 즉 재정자립도가 낮은 지자체일수록 더욱 그러하다.

지방재정 교부금과 포괄적보조금, 또는 목적보조금과 같이 국가가 부담하는 고정비용 지원은 법적 기준에 의하여 중앙정부로부터 자동적으로 배분되어 하달된다.

문제는 민선 지자체장이 모든 수단과 방법을 동원해 최대한 능력을 발휘하여 국가가 법률에 의하여 지원하는 고정비용(의무적 경비) 이외에, 더 많은 지원을 받아올 수 있도록 해야 하는 것이다. 오만과 권위주의적 행정운영을 버리고, 능력과 영향력 있는 지역 국회의원과 출향인을 활용하는 방법도 있고, 사업계획서를 들고 관련 중앙부처에 직접 가서 설득하는 방법도 있다. 가령 수해水害가 발생했다고 치자. 이때 지방자치단체장은 신속히 수해복구계획서를 작성하여 중앙정부의 복구비 예산지원 부서를 찾아가 복구비 예산확보에 전력투구해야 한다. 수해현장을 돌아다니면서 위로慰勞 악수만 하고 있어서는 복구에 아무런 도움이 되지 않는다. 그런데 여기서 중요한 것은 민선 지자체장이 수해 관련 예산지원이 어떤 부서에서 어떤 절차에 의하여 지원되는가의 지식 정도는 갖추고 있어야 한다는 것이다.

이때 주민 의식도 문제다. 왜 수해현장에 위로차 수장이 나타나지 않느냐가 중요한 것이 아니라, 민선 지자체장이 현장에서 시간을 허비하지 말고 수해복구비 예산확보를 위해서 중앙지원부처로 가도록 독려해야 한다. 이것이 곧 선진 지방자치제도하의 주민의식 수준이다.

우산 밑에서는 바깥세상을 볼 수 없고, 숲 속에서는 숲 전체를 볼 수 없다. 높이 뜬 새가 멀리 볼 수 있고 넓은 시야를 확보할 수 있는 것이다.

민선 지자체장이란 높이 뜬 새와 같이 멀리 넓게 볼 수 있는 자질과 능력을 갖추고 민생民生을 돌봐야 한다. 그러나 과거, 자기 관내管內에서만 활동했던 경력자, 지역 토착출신 수장은 과연 높이 뜬 새처럼 멀리 조망眺望하는 안목을 가지고 있었던가? 물론 법적으로 내려오는 예산으로 마을 안길을 포장하고 경로당, 노인정을 지어 줌으로써 당장은 주민의 환심을 얻었을지 모른다. 그러나 후세대를 위하여 사과나무를 심고 가꾸어 열매를 맺게 하는 행정행위와 선심행정과는 거리가 너무나 멀다는 것을 우리는 깨달아야 한다.

이를 깨닫기 위해서는 주민의 생각과 의식 수준도 한 단계 앞서 가는 방향으로 진화해야 함은 물론이다.

못 이룬 지역사업들:
아쉬움이 남다

(2010년 7월)

예천군의 아쉬운 지역사업

• 우리 군 내郡內에 일찍이 설립된 공군비행장이 있다. 여기에서 출퇴근하는 군軍 간부의 숙소시설이 문경으로 옮겨 가더니, 뒤이어 그 엄청난 규모의 국군 체육시설도 문경에 건설되고 있다. 한편 골프장(한맥CC)은 예천에 있으면서 같은 회사가 설치 운 영하는 '골프대안학교'도 문경에 설립하게 되었다. 예천의 장래를 긴 안목에서 보면 두고두고 아쉬움과 안타까움, 미련이 함께 남는 일이 아닐 수 없다. 고향에 대한 남다 른 사랑과 향수를 느끼고 있는 본인에게는 더더욱 그러하다.

• 어디 그뿐인가? 국가보조로 시공(2007년도)되는 농공단지 신규조성(상주, 안동, 의 성, 영주, 울진 각 1개소, 문경은 2개소), 농특산물, 각종 특화산업, 기업도시 혁신도시 지 정도 예천군만 하나도 지정받지 못하였다.

• 2002년도 낙후된 경북 북부지역의 개발 계획 일환으로 '유교문화권 개발' 사업 선정에 있어서도 안동, 영주 등 인접 시군에 집중적으로 배정된 것 또한 많은 아쉬움 이 남는다.

예천읍 상수도 수원(水源)은 경천댐 물을

• 예천읍 상수도 수원은 상·하리와 용문에서 내려오는 개울물을 사용하고 있다. 용문과 지내리의 벼는 경천댐의 청정수를 먹고 자라는데, 예천읍민은 개천물을 마시

는 형편이다. 본인이 한국농어촌공사 비상근 이사(2004년 4월 20일~2007년 6월 25일) 재임 시 이에 대한 검토를 시킨바, 경천댐 물을 예천읍 상수도 원源으로 사용하여도 수량 면에서 아무런 문제가 없다는 결론을 얻은 바 있다. 하지만 이 사업은 추진되지 못하였다.

▲ 2013년 7월, 현재 예천읍 상수도 원

• 또한, 다 낡아버린 한국농어촌공사 예천지사 건물 신축을 위한 건설 부지를 물색하는데 2년 이상이 걸렸다. 왜 그랬을까? 그도 전액 국비로 표준설계도에 따라 신축하는 것인데 말이다. 이는 유독 예천지사 건물만 호화롭게 짓는다고 지방언론에서 야단법석을 떨었기 때문이다.(이에 대해서 본인이 신문에 사실관계를 해명한 기사記事를 첨부해 둔다. P. 452 참고)

예천⇔제주 간 소형 저가 민항 운항을

• 예천공항 신청사를 470억 원의 국비 예산을 투입하여 준공했다.(2002년 12월) 그러나 내륙고속도로 개통(2001년)으로 2004년 5월 민항 운항이 중단되었다. 그리하여 신청사는 공항청사로서는 무용지물이 되고 말았다.

여기서 신청사를 두 가지 용도로 사용할 수 있는 길이 있었다. 그 하나는 국가재산이 용도가 불필요하게 되었을 경우 지방정부가 이를 타당한 목적에 활용코자 할 때,

국가는 이 재산을 지방자치단체에 관리 전환하여 이관해 준다. 이 현대식 건물(지금은 공군 격납고로 사용 중)은 넓은 주차장 시설까지 갖추고 있다. 이를 개량 정비 확장하여 아웃렛OUTLET(주로 유행이 지난 특정 브랜드의 재고품을 염가로 판매하는 가게) 판매장으로 활용했다면 지금쯤은 전국 대도시에서 질 좋고 값싼 수입명품을 찾는 고객들로 북적 댔을 것이다.

▲ 소형 저가 항공사의 여객기

다른 하나는 예천⇔제주 간 민항을 운항하게 하는 방법이었다. 제주도가 자연보존 명소로 떠오르면서, 경북 북부지방에서 제주도로 여행을 희망하는 관광객 수요도 크게 늘고 있다. 주변 지자체장들과 지역 국회의원들이 협력하여 소형 저가 민항을 운항하도록 했어야 했다.

• 용두리 휴게소도 막대한 군비로 휴양시설을 잘 만들어 놓았으나, 활용방안은 모색해 보지 않고 어느 분재업자에게 임대해 주고 있지 않은가? 이곳은 고랭지 배추생산의 적지이며 고추 농사를 짓기에도 안성맞춤이다. 또한 맑은 물이 흐르고 있는 청정지역이기도 하다. 이들 재료를 원료로 한 김치 공장을 이곳에 설립하여 예천공항을 이용한 항공편으로 전량 일본으로 수출하는 길이 있었다. 처음에는 고랭지 배추를 한국으로부터 수입(일본 배추는 물기가 많아 김치용으로 부적합)하여 일본에서 김치 공장을 설립하려던 일본 업자 3명에게 이곳 상리면上里面을 견학시켜준 적이 있다. 그들이 "여기서 직접 생산해서 전량 일본으로 직수출을 하는 것이 좋겠다"고 말한 기억이 아직도 뇌리에 생생하여 못내 아쉬움을 안고 있다.

• 엘리자베스 여왕의 예천공항에서의 영접, 일본 영남총영사(부산 소재)의 예천 방문(로-타리 강연과 예천 남성과 결혼한 일본 여성과의 간담회) 시에도 의전상 행정당국이

제 몫을 다하지 못했다고 생각된다.

• 지자체 예산을 심의 확정하고 조례를 제정하여 집행부를 감시·감독하는 군 의회와의 관계에 있어서도 본래의 지방자치제도 도입 의의와 운영 원리와는 거리가 멀게 느껴진다. 우리 군 발전의 기초를 다지고 터전을 마련할 수 있었던 허다한 절호의 기회를 놓친 이 아쉬움들은 많은 시간이 지난 지금에도 내 가슴 한편에 남아 있다.

일반적으로 권위주의적, 독선적, 오만에 가득 찬 사고를 가진 자는 소통을 통해 상대방을 이해하거나 창조적 발상이나 타인의 의견을 귀담아들으려 하지 않는 속성이 있다. 잃어버린 12년의 부정적인 결과표結果標는 지금부터 하나, 둘씩 나타날 것이다. 내 편, 너 편으로 갈라놓은 볼썽사나운 면모가 다시 한마음이 되어 함께 협력하고, 배려하며 우리 삶의 보람을 찾아야 하는 것도 지금부터다. 이러한 성적표는 곧 주민과 후세대의 몫으로 돌아온다는 것을 잊지 말아야 한다.

'주민의 행복한 삶의 길'
무엇이 행복지수를 높이는가

(2011년 2월 17일 예천신문 기고문)

인간의 삶의 궁극적 목적은 행복한 삶의 추구에 있다고 본다.

우리는 행복지수니, 복지지수니 하는 용어를 가끔 듣는다. 가만히 있는 사람을 불행하게 만드는 대표적 예로는 "사촌이 땅을 사면 배가 아프다"는 상대적 빈곤을 들 수 있다. 하지만 물자의 부유함과 빈곤함을 측도로 행복한 삶을 단정 지어서는 아니 된다. "나물 먹고 물 마시고 팔을 베고 누웠으니 대장부 살림살이 이만하면 족하도다"라는 공자의 말처럼, 비록 부유하진 않더라도 목자牧者나 농부의 목가적牧歌的 삶에 만족하는 소박함이 오히려 행복한 삶을 불러올 때도 있다.

세계 143개국을 대상으로 행복의 필수조건인 기대수명, 삶의 만족도, 환경지표 등을 기준 삼아 국가별 행복지수를 산출한 결과 유럽의 소국 '덴마크'가 1위에 오르고 인도의 서북쪽과 티베트의 서쪽에 위치한 조그마한 나라 '부탄'이 8위에 올랐다. 부탄은 인구 68만 명, 면적은 한반도의 1/5, 국민소득 1천2백 달러의 가난한 나라이지만, 히말라야 산맥의 아름다운 자연경관 속에서, 이웃 간 끈끈한 신뢰관계로 뭉쳐있고, 전통적인 문화방식으로 평화로운 삶을 누리고 있기 때문에 국민 대다수가 행복하다고 한다. 물론 설문방식에 따라 다를 수 있겠지만, 조사 대상국 143개국 중 세계 최고의 부를 갖는 패권국 미국은 114위로 하위권에, 독일은 51위, 프랑스는 71위, 인도는 35위, 우리나라는 68위로 중간쯤에 속한다. 이로 미루어 볼 때, 경제적인 부富를 가진 힘센 나라가 반드시 행복을 누리고 있다 할 수는 없다. 오히려 정신적, 도덕적, 문화적으로 남에게 인정받는 생활환경이 삶의 행복을 가져다준다는 것을 시사한다.

덴마크는 나라와 인구도 적다. 주위에는 스웨덴, 독일, 프랑스와 같은 강대국에 둘러싸여 있고 국민부담도가 60%(세금+사회보장부담, 한국은 26.3%)나 되는 등 물가도 비싸 외식 한번 하기가 쉽지 않다고 한다. 또한 자연환경도 열악해 낮 시간도 짧고 우중충한 날씨가 대부분인 나라다. 그럼에도 불구하고 어떻게 이런 나라가 국민 행복지수 세계 1위일까? 그 답은 이러하다. 국민부담이 대단히 많기 때문에 유치원부터 대학까지 학비는 물론, 병원비도 무료이다. 이보다 더 큰 요인은 다른 사람을 인정해주고 존중해주는 사회 분위기이다. 덴마크에서는 어릴 때부터 집에서, 학교에서 가장 먼저 가르치는 것이 남을 존중하고 남에게 피해를 주어서는 안 된다는 것이다.(일본교육과 유사) 이와 같은 교육으로 인해 내가 그렇듯이 남도 나를 존중해 주고 내게 피해를 끼치지 않는다. 남을 존중한다는 것은 부정이나 불법으로 부당한 이득을 보지 않는 것과도 통한다. 사회구성원이 단단한 신뢰관계의 고리로 연결되어 있어 '남을 배려하고 존중하는 사회'를 만드는 것이다. 그래서 사는 것이 즐겁고 특히, 저녁과 아침 시간에 더욱 삶의 보람을 느낀다고 한다.

이제 우리 지역으로 눈을 돌려 실상을 살펴보자. 한 시대 독선과 권위주의가 주민 위에 군림했고, 내 편 네 편으로 나누어진 상황에서 누군가의 눈치를 보며 살아온 과거는, 삶의 만족도 면에서 행복과 거리가 멀었다.

중앙으로부터 법적 기준에 의하여 배정되는 예산으로 길을 개보수하고, 노인정과 같은 생활편의시설을 늘리는 것도 중요하지만, 이보다 더 중요한 것은 주민에게 친근하게 다가가 주민과 소통疏通하는 길을 넓히고 배려와 경청, 겸손과 신뢰의 연결고리의 끈을 튼튼히 하는 것이라고 생각한다. 이럴 때 진정 주민은 주인의식을 갖고 군 행정에 스스로 협조할 수 있게 된다. 이런 면에서 볼 때 우리 지역의 현실상은 한때의 독선의 탈을 벗고 한층 선진화되어가고 있다는 점에서 고무적임에 틀림없다. 특히 소통은 선제적으로 정보와 민원을 제공받으며 비판과 질책도 수렴하게 되는 상생相生의 길이다. 또한 조직 내부적으로는 조정역량을 키울 수 있는 좋은 기회이기도 하다. 새로운 군정책임자가 주민과의 소통역량을 넓혀 가면서 친민수록親民水綠 정책에 행정의 중심을 두고 있다는 것은 가히 좋은 현상이다.

▲ 2002년 7월 소백산 연하봉, 예천 등산 동호인들과 함께

이에 더하여 우리 지역에 필요한 몇 가지 사안을 정리해보면 이렇다.

① 중앙의 관계, 재계, 정계 등 각계각층에 영향력 있는 출향인을 방문해 군정숙원
  사업에 대한 지원과 협조를 당부하는 출향인 인사풀제도 확립
② 농촌도시인 우리 지역 농·특산품의 판로를 해외로 돌려 보고자 특히 이 분야의
  최대수입국인 일본시장 개척
③ 생활체육과 유아놀이마당 마련을 위한 일본 규슈 지자체의 녹지공원조성 실태
  파악(즉, 친수록親水綠 시책의 시찰·연구)
④ 관계, 언론계, 학계 등 전문분야에서 활약한 바 있는 출향인들의 경험과 지식
  등 노하우를 군정발전에 접목(브레인스토밍)시키고자 군정정책 자문위원회 설치
⑤ 우문, 쓴소리, 귀에 거슬리는 소리도 경청하고 현답賢答을 찾으려고 노력하는
  자세 갖기

이와 같은 주민중심의 행정 방향 전환은 실용적 환경조정과 더불어 주민과의 소통

을 원활화하게 하는 데 좋은 효과를 얻을 수 있다. 또, 사회구성원 사이의 신뢰관계를 단단하게 만들어 '남을 배려하고 존중하는 사회'로 시민의식이 점진적으로 업그레이드되는 데 큰 보탬이 되어 줄 것이다.

이리하여 우리 군민의 삶의 만족도도 한 단계 높아질 것으로 확신한다.

▲ 2010년 8월 5일, 규슈(九州) 나가사키현 도시공원 내 수로(水路) 조성 시찰 장면(왼쪽부터 이현준 군수, 본인), 친민수록(親民水綠) 정책을 펴나가기 위해서다.

▲ 2010년 8월 5일, 규슈(九州) 나가사키현 도시공원에서
(왼쪽 두 분 도시공원 관리인, 왼쪽 세 번째부터 이현준 군수, 본인, 권기창 교수, 박완기 건설계장, 사진촬영 김시동 총무계장)

예천지역을 빛낸
현존인물 선정의 의미

(2005년 1월 예천신문 기고문)

공적, 업적 기여한 내용 명기되어야

예천신문 1월 24일 자 기사에 의하면 용문 출신으로 명망 높고 신뢰성이 돋보이는 각계의 원로들로 구성된 '용문을빛낸인물선정심사위원회'(위원장 장찬주 용문초등학교 동창회장)가 '용문을 빛낸 사람들' 5명을 선정, 금년 5월 3일 용문초등 개교 85주년을 맞이하여 시상식을 갖기로 하였다고 한다.

용문은 자고로 예향의 고을이며 선비의 고장으로 널리 알려져 문화예술계, 학계, 관계, 재계, 정계 등 각 분야에 걸쳐 많은 인물을 배출한 인재의 고장이기도 하다.

본인은 영주의 '선비촌'과 같은 종합역사문화 마을이 '금당실 맛질'에 들어서야 했다고 늘 아쉬운 생각을 갖고 있었다.

연전에 국사와 동양사에 등장하는 인물사와 풍수지리설과의 관계에 조예가 깊은 김병일金炳日 전 기획예산처 장관(서울대 사학 전공: 현 안동 국립국학진흥원장)과 함께 이 지역의 유례에 대해서 폭넓은 지식을 갖춘 지대길池大吉(용문농협 전 상무) 씨의 안내로 '금당 맛질 마을' 초간정, 병암정, 용문사, 권씨 종택 등을 두루 답사하는 기회를 가졌었다.

이와 같이 유서 깊은 인재의 고장에서 누가 보아도 공감이 가는 공적과 업적, 국내 외적으로 활동한 주요 경력 등을 참조해 객관적 기준에 의하여 선정, 이들의 공덕을 후세에 남겨 귀감이 되게 하고자 하는 아름다운 정신은 높이 평가받아야 할 것이다.

이 자리를 빌려 변우량邊禹亮 교수 및 권영하權寧河 회장과 서예가 권창륜權昌倫 씨 등 선정된 다섯 분에게 경의를 표하며 아울러 장한 일을 하신 장찬주張贊周 위원장께도 존경의 의를 드린다.

한편 2004년 12월 발행된 '예천향교지'(편집위원장 이채우, 전 예천군기획감사실장) 599쪽을 보면 '예천을 빛낸 현존인물' 143명의 명단이 수록되어 있다. 그 내용을 살펴보면 '구분란'에는 고시합격, 저명인, 체육인, 군장성, 기술사 등으로 '공적 연도'가 있고 '공적 내용란'이 있다.

공적 내용란에는 현 직장, 직책, 표창, ○○시험합격으로 기술되어 있으나 공적, 업적, 예천을 빛낸 활동사항은 찾아볼 수 없다.

애매한 선정기준

선정기준에 관해서는 편집후기(1082쪽)에 '현대인물 예천을 빛낸 인물 편에는 접수분 만을 가지고 수록하였으므로…'라고 설명되어 있다. 이를 보면서 몇 가지 생각이 떠오르는 것이 있다.

첫째, 현존하는 예천을 빛낸 인물 선정은 용문에서 했던 것과 같이 덕망 높은 지역민을 대표한 심사위원회에서 엄격한 기준과 원칙에 의한 심사와 평가를 거듭하면서 예천에 기여한 공적이 부각되도록 했어야 할 것이다. 왜냐하면 전국적 조직의 사단법인인 향교의 전통적 권능과 예천향교가 발행한 '예천향교지'의 공신력 때문이다. 따라서 역사적 기록으로 후세에 전수될 것이기 때문에 신중에 신중을, 엄선에 엄선을 거듭하면서 선정에 많은 고민이 뒤따라야 했을 것이나 접수분만을 수록했다는 의미는 과정이 부적절하다고 볼 수 있다.

둘째, 50년 혹은 1백 년 후에 현세에 살고 있는 우리 모두는 사라지고 그들의 2세나 3세가 "예천향교지에 우리 선조가 예천을 빛낸 인물로 기록되어 있던데, 어떠한 공덕이 있었길래?"라고 문의해 온다면 예천향교는 기록에 의한 공적과 업적을 바탕으로 이 질의에 구체적인 답을 할 수 있는 자료를 갖추어야 할 것이다.

성균관 정관과 향교의 정관에 의하면 향교는 공자의 종지宗旨를 받들어 유도儒道의 윤리와 도의를 후세에 전수함을 목적으로 하고 있기 때문에 더더욱 신중을 기해야 했을 것이다.

셋째, '예천향교지'의 책임을 맡은 편집위원장은 때늦은 감이 있긴 하나 '예천을 빛낸 인물'을 역사적 기록으로 후세에 남기게 될 중대성에 비추어 볼 때, 모든 군민이 납득할 수 있도록 선정과정과 의의, 예천을 빛낸 공덕 등에 관하여 공개적으로 구체적인 설명을 표해야 한다. 이를 통해 군민의 공감을 얻도록 하는 조치도 있어야 할 것이다.

살기 힘들면
떠난다
(2008년 1월)

예천공항 제주노선을 살리자

국내외를 오가는 비행기 안에는 응당 공항 표시 지도가 있다. 'YECHEON' 공항 표시가 있었을 때에는 "이 공항 주변에 우리 집도 있구나" 하는 향수를 느끼곤 하였는데 어느 사이엔가 '예천공항 표시'와 '항로 노선 표시'가 사라졌다. 참으로 아쉽고 허전하다. 신설 고속도로, KTX 등 쾌속 교통수단의 발달로 공항이 폐쇄된 곳은 유일하게 예천뿐이기 때문에 더더욱 예천군민의 자존심을 상하게 하고 있다.

유교문화권의 중심인 경북 북부지역에 유일한 하늘의 관문 '예천공항'은 국내는 물론, 국외에 예천을 알리는 효과가 가장 큰 민간공항이었다.(군사 목적은 별도)

최근 들어 하루에 만여 명의 일본 관광객이 한국을 방문한다. 이들은 이제 서울, 부산, 경주 등에는 별로 흥미를 느끼지 못한다. 대신에 한문, 성 쌓는 기술, 불교·유교 문화를 일본에 전수한 본고장에서의 역사탐방을 원한다.(청소년들의 수학여행 포함) 이들 관광객을 예천을 중심으로 한 유교문화권으로 유치하는 노력이 절실히 필요하다. 제주도를 관광한 후 예천으로 들어오는 루트를 개설하면 버스터미널에 줄지어 한가히 대기하고 있는 택시도 줄어들 것이며, 공항으로 손님을 태우고 오가는 풍경으로 지역 경제에도 도움이 될 것이다.

수년 전 제주도~예천 노선에 138인승 여객기가 취항했을 때, 평균 40~60명 정도의 승객이 탑승했었다. 고유가 시대에 80% 이상의 탑승률을 유지해야 수지타산이 맞을 텐데 35% 전후의 탑승률이었기에 취항중단은 당연한 경제논리이다.

그러나 지금은 그때와는 사정이 크게 다르다. 제주항공, 한성항공, 에어코리아 등 저가 소형 항공기(50~60인승)가 운항 중에 있고, 영남항공 등 5개사가 신규운항을 계획하고 있다. 더구나 주말이면 서울에서는 제주도 항공권 구하기가 '하늘의 별따기'만큼 어렵다고 한다. 또한 우리 지역 승객 수요도 그동안 많이 늘었다. 그렇기 때문에 470억 원의 국민 세금으로 건설한 예천공항 청사를 다시 활용하는 방안을 강구해야 한다. 경북 북부지역 경제 활성화, 특히 관광 특수 붐을 위해서도 민선정치인, 경북 북부지역 단체장들이 힘을 합쳐 나서면 충분히 재취항이 가능할 것이라 확신한다.

일거리가 없으면 사람들은 그 지역을 떠난다. 요즘 예천 인구가 자꾸만 줄어든다는 걱정스러운 얘기를 많이 듣는데 일거리, 먹거리, 구경거리가 많으면 사람들은 나가라고 쫓아도 안 나간다. 오히려 모여들기 마련이다. 하지만 이런 것들이 없으면 누가 머물러 있겠는가!

군민 모두가 기대를 걸고 있는 상리 양수발전댐이 50%의 공사 진행률을 보이고 있다. 하지만 일각에서는 이를 중단해야 한다는 의견을 신문과 방송을 통해 크게 보도하였다. 양수발전소 건설이 예천지역에 미치는 긍정적 효과가 대단히 크다는 것을 알고 있는 군민 모두의 실망은 참으로 컸다. 이미 완공된 6개 양수발전댐의 평균가동률이 4%(1년에 15일 가동)에 이른다고 하니 추가 건설의 중단은 충분히 예견될 만하다. 밤에 남는 전력을 이용하여 낮에 쓸 전력을 생산하는 양수발전소 가동에 필요한 전력이 밤에도 여유가 없어졌기 때문이다.

신규 농공단지 조성에 예천은 없다

또한 경북도가 농어촌지역 경제 활성화와 일자리 창출을 위해 대규모 농공단지 6곳(안동, 영주, 문경 2개소, 울진, 상주)을 새로 조성하기로 결정했으나 그 한가운데 있는 예천만 쏙 빠졌다. 기업도시, 행정중심도시, 경제자유지역, 지역특화발전특구, 혁신도시, 신도시 등 다양한 명칭의 전국 각종 지역개발계획에도 예천은 보이지 않는다.

왜일까? 예천의 지형 탓일까? 인물 때문일까? 대외협상력 부족 때문일까? 아니면 특히 배타적, 폐쇄적, 독선적 성향이 강한 예천의 지역 특성 탓일까?

옛말에 '우는 아이에 젖 준다'는 속담이 있다.

젖 달라고 여기저기 관계요로에 찾아가서 많이 울어보기는 하였는가? 매년 수십조 원의 보상비가 중앙에서 지방으로 배정된다. 이들 개발계획으로 막대한 보상비를 지급받는 시·군은 큰 혜택을 받게 됨은 물론, 새로운 일자리가 생겨난다. 이것이야말로 농촌 지역경제 활성화에 엄청난 유발효과를 가져오는 것이다.

공군부대 비행기의 요란한 소리는 예천 하늘을 뒤덮고 있건만, 공군부대 숙소도 국군체육부대(대규모시설)도 문경으로 모두 옮겨 갔다. 한맥개발의 골프 꿈나무를 키우는 선진체육문화시설 '골프대안학교'도 문경에 설립되고, 새로 조성하는 농공단지도 문경에는 산양과 가

은 두 곳에 설치된다. 정서적인 면에서는 지난 18대 총선결과 또 다른 차원으로 편이 갈라져 반목의 골을 걱정하는 지역민의 소리가 이곳저곳에서 들린다. 눈치 보면서 살아가야 하는 고달픔과 피곤함의 소리이다.

우리 고장 곳곳에 '새로운 도약. 희망찬 미래. 예천경제를 살립시다' 하는 표어를 흔히 볼

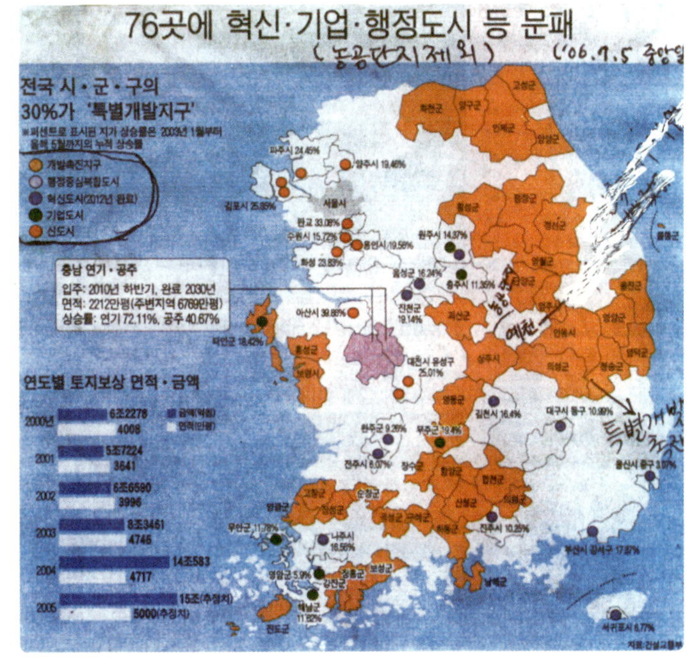

▲ 개발촉진지구, 특별개발지구, 신도시, 기업도시, 혁신도시, 행정중심복합도시, 국가지원농공단지 등으로 지정이 되지 않으면 지역개발의 낙후는 물론, 토지 보상 등 주민의 직접적인 혜택도 받을 수 없게 된다. (예천은 모든 혜택에서 제외되었다.)

수 있다. 그러나 희망찬 미래가 기대되고 예천경제가 살아날 수 있는 가시적인 사업은 지금도 보이지 않는다. 인물의 고장, 충효의 고장, 선비의 고장, 예향의 고장인 예천의 민선 정치인, 행정가, 군유지郡有志, 출향인 등 예천을 빛낸 많은 인물(향교지에 현존 인물 143명 수록) 모두가 합심하여 '예천에 힘 불어넣기 운동'을 전개해야 할 때가 온 것이다.

생각을 바꾸면
미래가 보인다

(2002년 11월 7일 예천신문 기고문)

예천은 자고로 인재의 고장

본인은 예천과 서울을 비롯한 대도시를 오가면서, 그리고 해외를 드나들면서 다양한 계층의 출향인과 대화를 나눌 기회가 비교적 많았다. 이들 가운데에는 우리 고장의 군세郡勢와 대외 이미지에 대해 우려와 걱정을 하는 뜻 있는 분들도 더러 있었다.

우리 고장 예천은 자고로 선비의 고장, 충효의 고장, 인재의 고장, 예절의 고장, 예향藝鄕의 고장, 여기에 더하여 아름다운 자연이 잘 보존된 금수강산을 자랑하고 있다. 하지만 이런 긍정적인 면이 있는가 하면 제2의 개성, 물속으로 30리를 기는 예천인, 중국집이 발 못 붙이는 곳으로 불릴 만큼 매우 개인적이며, 이기적이고 배타적, 폐쇄적인 군민성을 나타내는 부정적인 측면도 함께 지니고 있다.

의회의 기능과 역할은 이래도 되는가?

최근에 사적 모임 등에서 지금과 같이 인구가 매년 줄어들게 되면 장래에 우리 지역이 주변 몇 개 시市에 흡수된다는 루머가 퍼진 적이 있다. 또한 공공행정의 집행부와 이를 감시 감독해야 할 의회 간에 때로는 동업자적인 협력관계가 있기도 하고, 때로는 마찰음으로 요란한 소리가 난 적도 있다. 작금에 와서는 공공사업 집행절차와 관련하여 중간 관리층에 있었던 몇몇 공직자가 사법 처리되는 사건이 언론에 보도되기도 하였다. 이런 불미스러운 일들이 벌어진 것에 대해 예천군민의 한 사람으로서 참으로 씁쓸하고 가슴 아픈 일이 아닐 수 없다.

더불어 살아가는 마음가짐과 외지인에 대한 배려를

우리 지역에 몇 분들의 권유, 유치 노력에 의해 재일교포 한진열韓鎭列 씨가 골프장을 건설하기 위한 실시 설계까지 마친 상태에서 뜻을 이루지 못하고 철수한 일, 세계적인 천문학자가 후학을 키우기 위하여 노년에 우리 지역에 정착, 천문관을 건립·운영해오다 영오囹圄의 신세가 된 일(재판 결과는 모두 무죄), 우리 지역의 자랑거리가 될 도립경도대학이 심한 분규에 휩싸이더니 급기야는 교수가 구속되고 학장이 몇 달도 안 되어 도중 하차한 일, 그 후임으로 중앙 관서의 장을 역임한 고매한 인품을 갖춘 학장이 새로 부임하였지만 이에 대한 음해성 투서사건이 일어난 일 등등…

이러한 일련의 사태들은 외지인이 우리 지역에 발을 붙이도록 감싸주고 배려해주는 군민의 역량이 부족함에서 벌어진 일들이다. 이는 선거의 후유증에서 오는 편가르기식 반목과 더불어 살아가고자 하는 시민의식 부족에서 오는 배타적 지역 정서와도 무관하지 않을 것이다.

골프장은 지역 경제 활성화의 촉매제

우리나라 전국에 200여 개의 골프장이 있다. 또 지금도 전국 여러 곳에서 건설 중에 있다. 인구 유입과 지역 경제 활성화를 위하여 골프장 건설과 운영보다 더 큰 파급 효과를 가져다주는 프로젝트는 드물다.

▲ 한맥CC & 노블리애(본인이 초대 운영위원장을 역임)

건설 시에 투입되는 그 많은 건설 기자재 및 각종 관상수 구입, 토목·건축인력의 고용, 그리고 완공 후 운영 시에는 클럽하우스와 코스잔디밭 관리에 고용되는 인력, 매일 하루 200~300명의 내장객이 소비하게 될 지역 특산물, 여기에다가 그들이 지불하게 될 교통비, 음식비, 숙박비 등은 지역 경제에 큰 파급효과를 몰고 온다. 대도시 주변은 그만두더라도 속초, 선산, 평창, 봉평, 횡성, 정선, 연기, 진천 등을 보면 군郡 지역에 골프장이 있기 전과 건설 운영 후, 그 지역 경제가 어떤 모습으로 바뀌었는지 실제로 큰 차이를 보여준다.

지역민의 지적 수준 향상과 고급인력 양성, '대학'의 존재

우리 지역에 대학이 있음으로써 지역민의 지적 수준 향상과 고급인력 양성에 크게 이바지하고 있음은 모두 알고 있는 사실이다. 타 지역에서 온 학생 등의 체류로 인한 소비생활로 재래시장에도 큰 도움을 주고 있다. 그러므로 우리는 관민이 일체가 되어 본 대학의 육성, 발전을 위해 힘을 모아 정신적, 물질적 후원을 아끼지 말아야 할 것이다.

급속한 농촌 인구의 고령화, 젊은이들에게 일자리를 마련해 주자

인구가 매년 줄어든다고 한탄하는 소리가 들린다. 일할 능력이 있는 젊은이들이 생활환경과 일할 여건이 더 좋은 곳으로, 더 발전할 수 있는 가능성이 있는 곳을 찾아 이주를 한다. 이들이 군 내에서 타 지역으로 옮기든, 또는 국경을 넘든 이민으로 인해 인구가 줄어드는 것은 사실이다. 이리하여 우리 지역은 65세 이상의 인구가 20.6%(전국 최고 수준)로 전국 평균 7.3%보다 훨씬 높다. 따라서 일할 능력이 있는 젊은 계층의 유출을 막기 위해 새로운 일자리 창출과 쾌적한 생활환경 개선이 지속적으로 이루어져야 할 것이다.

청소년들에게 꿈과 희망을 안겨주는 우주 천문관

「세상은 넓고 할 일은 많다」는 어느 기업가의 저서가 생각난다. 광활하고 고고한 우주 공간에 비교하면 우리가 살고 있는 지구의 크기는 볼펜의 점 하나만도 못하다. 미래의 주인공이 될 청소년들에게 우주 천체에 대한 기초 교육은 가슴을 넓게 펴도록 도와주고 무한한 희망과 포부, 그리고 꿈을 키워 줄 수 있는 길잡이이다. 이러한 산교육장의 주인, 천문학의 세계적인 노老 교수(나일성 관장)가 사법 처리되어 철창 신세(재판 결과 모두 무죄)가 되었다는 언론보도를 보니 참으로 안타까움을 감출 수 없다. 앞으로의 「예천 나일성 천문관」의 유지 관리 운영은 어떻게 되는 것인지, 전세버스를 타고 교사의 인솔하에 천문관 교육장을 찾아오던 꼬마 학동들은 계속 오는 것인지 걱정이 앞선다. 천문관을 잃는다는 것은 예천의 큰 소실이며, 예천의 애향민으로서 실망 또한 크다고 아니할 수 없다.(본인이 그 실체적 진실을 알아보기 위해 청주지검 담당 검사를 면담한 바, 모든 모함성 투서가 예천으로부터 전달된 것이라는 사실을 전해 들을 수 있었다.)

고정관념을 버리고 원점에서 다시 생각해 보는 자세를

요즘 차를 몰고 거리를 지나다 보면, 이런 가운데에서도 밝은 앞날을 그려 보는 표어들이 눈에 띈다. 이것은 참으로 다행스러운 일이다. 「생각을 바꾸면 미래가 보인다」이 얼마나 창조적이고 발전적인 뜻을 담고 있는가. 우리는 머릿속에 깊이 자리 잡은 지난날의 고정관념과 동결현상凍結現像 때문에 날로 변해가는 새로운 시대 조류에 적응을 하지 못하고 있다. 이를 타파하려면 원점에서 다시 생각해 보는 습관을 갖도록 해야 한다. 이뿐만이 아니다. 「도약하는 예천」, 「희망찬 예천」, 「21세기 풍요로운 예천 건설」 이러한 표어들 또한 얼마나 가슴 뭉클한 미래 지향적인 캐치프레이즈catch-phrase인가. 하지만 우리가 여기서 주목해야 할 점은 미사여구의 표어가 중요한 것이 아니라 그 말이 의미하는 바를 직접 실천하는 데 있다.

믿고 따를 수 있는 미래의 희망찬 비전 제시를

이제 우리는 지난날의 어려웠던 한 시대를 청산하는 의미에서 '또 한 번 도약'하는 '희망찬 예천'이 되어야 한다. 이를 이룩하기 위해서는 실현 가능성이 있는 비전을 제시하여야 하며, 말 치장만이 아닌 성숙된 군민의 중지衆智를 모아 실천 계획을 담은 그림을 보여주어야 할 것이다. 말 그대로 '21세기 풍요로운 예천 건설'이 실현되도록 우리 스스로 만들어 나가야 할 때이다.

도립경도대학 출강의 뜻을 담아 작성

예천에 일본 수출 전용
김치 공장을

(2000년 10월 12일 예천신문 기고문)

음식은 훌륭한 관광자원

우리나라도 개인소득이 늘어나고, 세계화 바람에 힘입어 나라 밖을 드나드는 기회가 많아졌다. 흔히들 해외에 처음 나가면 그 나라 도시의 유명 고적지를 돌아보고, 두 번째 여행 때는 가까운 교외郊外의 아름다운 자연경관을 감상한다. 그리고 세 번째 나가게 되면 그 나라의 맛있는 음식을 즐긴다고 한다. 그래서 일본의 '생선 초밥', 프랑스의 '송아지 고기 요리', 미국의 '비프스테이크', 이탈리아의 '스파게티' 등 그 나라를 대표하는 음식은 그 자체가 훌륭한 관광자원이며 국제경쟁력이 될 수 있다.

한국의 맛, 예천 김치

한국을 자주 드나드는 일본인 관광객들은 늘 똑같은 볼거리와 놀 거리에 질려 이제는 새로운 곳으로 눈을 돌리기 시작했다. 시골 농촌을 여행하면서 일찍부터 일본 사회에 널리 소개된 불고기, 비빔밥, 삼계탕, 냉면, 김치 등 한국 음식을 본고장에서 마음껏 즐기는 관광에 관심이 쏠리기 시작한 것이다. 연전에 후지산 밑 고덴바시御殿場市 한·일 친선협회 회장단 일행이 예천을 방문했을 때에도 그들은 한국의 음식에 많은 관심을 갖고 있었다.

여기서 한 걸음 더 나아가 어느 여행사는 아예 관광코스에 '김치 담그기 강좌'를 집어넣기도 했다. 몇 년 전 경주 벚꽃축제 때 일본인 관광객을 대상으로 한 김치 담그는 방법을 가르쳐 준 강좌는 큰 호평을 받았었다.

일본인 입맛에 맞춰야

본인이 일본지역 공관장 재임 시 주재국의 외교 · 경제 관료, 한국과 거래가 있는 기업인, 언론계 · 정계 인사들을 관저에 초청하여 한국 전통 요리를 대접할 기회가 자주 있었다. 이때 요리는 물론 구절판, 빈대떡, 청포묵 등 한국 고유 음식도 많이 내어 놓았는데, 그중에서 특히 김치는 초청된 이들 모두가 예외 없이 즐겨 먹었다. 이 김치의 재료 중 마늘과 고춧가루, 멸치젓, 참깨 등은 예천에서 직접 가져다 사용하였다. 햇볕에 말린 예천 고춧가루는 색깔이 곱고 단맛이 나면서도 별로 맵지 않아 일본인의 구미에 맞는 맛있는 김치를 담글 수 있었다. 이리하여 우리 공관 관저의 김치는 맛이 좋다고 소문이 나 관저에서 내자가 김치 담그는 모습을 촬영해 일본 TV에 소개된 적도 있다.

▲ 1999년 4월 16일, '일본 TV도쿄'에 출연하여 본인과 내자가 한국의 김치를 소개하고 있다.

▲ 1999년 4월 16일, '일본 TV도쿄'에 방영된 내자의 김치 담그는 모습

이는 김치의 맛을 내는 재료의 주원료인 예천 고춧가루와 향이 좋은 예천 마늘, 그리고 상리의 고랭지 배추 덕택임에 틀림없다.

자랑스러운 한국의 맛

우리의 음식문화는 참으로 자랑할 만하다. 그중에도 김치는 발효식품이라 소화기관에 좋고 지방질과 콜레스테롤이 전혀 없어 뛰어난 건강식품이라고 미국 언론에 소개된 바 있다. 또 갈수록 많은 미국인들이 김치의 다양하고 깊은 맛에 관심을 갖는다고 보도되기도 했다. 이런 우수한 식품을 세계인의 입맛에 맞도록 상품화하고(매운 맛에 익숙하지 않은 외국인에게는 매운맛을 옅게 해야 한다), 한국의 맛을 감상하면서 우리 음식을 즐길 수 있는 방법을 널리 알려야 한다.

상리(上里) 김치 공장 최적지

이제 음식은 그 나라의 식생활 문화뿐만 아니라 하나의 산업으로 커 가고 있다. 이런 시점에 우리가 우리 음식 문화의 성장 잠재력을 개발하지 않는다면 우리 고유의 음식이 일본의 발 빠른 상혼商魂에 의해 주인이 뒤바뀔 수도 있다. 우리나라를 대표하는 음식인 '불고기'와 '김치'가 일본의 음식인 '야키니쿠燒肉'와 '기무치'로 세계에 알려져서는 결코 아니 된다. 청정지역 예천의 고추와 마늘, 그리고 상리의 고랭지 배추 생산을 장려해 일본인의 구미에 맞는 '예천산 김치' 브랜드를 만들어 도리어 일본의 커다란 김치 시장(현재 한국 김치는 일본인 김치 소비량의 4%를 차지함)을 공략해 보는 것은 어떨까? 일본 '야키니쿠' 시장에 예천산 한우韓牛를 수출하는 것도 좋은 방법 중 하나일 것이다.

▲ 2002년 11월 8일, 본인이 예천로터리클럽 회원 당시 '일본 영남 총영사'(부산 소재) 아베 타카야 씨를 초청, '한·일 지방 간 교류협력'에 관한 강연회를 가졌다.

▲ 용두리휴게소 전경(상리 김치 공장 최적지, 10년 이상 휴관)

예천도 명품 특산물, 향토 자원 많이 있는데…

(2009년 12월)

감천 토마토·호명 참외·지보 참깨·참기름·한우·사과·배·고추 등등… 예천에도 지역 명품 특산물이 많이 있다. 본인은 대외적으로 이것들에 대한 자랑은 물론, 가끔 가까운 지인들에게 계절에 따라 이것들을 선물로 보내기도 한다.

그런 예천 특산물 자랑을 들은 바 있는 누군가가 '경상북도의 지역특구, 지역경제 활성화의 원동력입니다'라는 경북도청 신문광고(2009년 11월 26일 자 한국 경제)를 보여주면서 "경북도 전 시·군 중에 유일하게 예천군만 지역특구와 관련한 특산물이 없다"고 의문을 제기해 왔다.

경상북도의 지역특구,
지역경제 활성화의 원동력입니다

향토자원		
·안동 산약(마)특구	·상주 곶감특구	·김천 포도산업특구
·문경 오미자산업특구	·울진 로하스농업특구	·김천 자두산업특구
·경산 종묘산업특구	·영양 고추산업특구	·포항 구룡포과메기특구
·청도 반시나라특구	·칠곡 양봉산업특구	·고령 대가야농촌문화체험특구

유통/물류	관광레포츠
·영천 한방진흥특구	·영양 반딧불이생태체험마을특구
·성주 참외특구	·영덕 대게특구
·의성 마늘산업유통특구	·봉화 파인토피아특구
·상주 고랭지포도특구	

교육	산업&연구
·영주 글로벌 인재양성특구	·영덕 청정에너지특구

▲ '경상북도의 지역특구, 지역경제 활성화의 원동력입니다' 경북도청 신문광고

이 말을 듣는다면 농업도시 예천군 농민의 자존심이 참으로 크게 상할 만도 하다. 왜 이런 결과가 나왔을까.

이는 행정 당국 책임자와 국회의원을 포함한 선출직 의원, 영향력 있는 출향인과 지역 유지 등이 뜻을 같이하지 못한 데서 비롯되었다고 본다. 또 함께 정보를 교환하며 유기적으로 연계성을 갖고 지역발전에 도

움이 될 중지衆智를 모음에 소홀했기 때문은 아닐까. 이것은 선출직이 높은 곳에 가서 아쉬운 소리를 할 필요가 없다는 오만과 독선이 빚어낸 결과일지도 모른다.

이 모든 것은 아마, 책임자 한 사람의 능력에 전적으로 의존하고 있는 조직시스템 운영에서 온 결과라고 봐도 무방할 것이다.

바라건대 당국자는 군민과 군 농민에게 이에 대한 속 시원한 해명과 그렇게 된 이유에 대해 정확히 설명을 해 주어야 한다. 또한 지금이라도 좁은 우물 안에서 나와, 다양한 조력자와 많은 군민들과 '함께' 소통하며 교류·협력하는 현명한 지도자가 되어야 할 것이다.

▲ 예천은 장구한 역사를 지닌 '농업 도시'이며, '농·특산물'의 산지이기도 하다. 예천산 메주, 참기름, 마늘, 쪽파, 사과, 배, 참외, 토마토, 고추, 감자, 인삼, 한우 등은 예로부터 명성이 자자하다.

▲ 예천의 적두, 녹두, 땅콩, 참깨, 찹쌀, 현미, 기장 등은 그 품질이 매우 우수하다.

행정구역 통합 필요하다

전국 곳곳에서 생활권이 겹치는 20여 지방자치단체 간 통합논의가 활발하다. 행정구역 개편은 주민의 편익 증진과 삶의 질 향상을 위한 우리 사회의 큰 과제 중 하나이기 때문이다.

현재 행정구역은 100년 전 머리 상투하고 짚신 신고 걸어서 혼인신고, 호적 떼러 가던 농경문화시대에 이뤄진 것이다. 그동안 산업화시대를 거쳐 이제는 지구촌시대, 정보화시대에 이른 오늘날, 이에 걸맞지 않는 행정구역의 통폐합 논의는 너무도 당연하다 할 것이다.

첨단정보통신시대에 생활권이 같고, 역사적 지리적으로 공통점, 유사성이 많은 자치단체 간에 합리적으로 힘을 합쳐 주민의 삶의 질 향상을 위해 광역적인 노력을 기울여 보자는 분위기가 무르익어 가고 있다.

오늘날 인구 몇만의 행정자치구가 안고 있는 소小지역주의하에서 나오는 배타적, 이기적인 문제점도 간과할 수 없다. 이는 네 편 내 편으로 이분하여 눈치 보며 삶을 누려야 하는 주민의 피로감 또한 커졌다는 말이다.

지금 국회에서 자율통합에 관한 의원 입법이 발의됐고, 대통령이 직접 나서 범정부 차원에서 획기적인 지원계획도 발표한 바 있다. 지금이야말로 광역적 행정구역 개편 논의와는 별도로, 생활권이 같고, 유사성, 공통점을 공유하고 있는 예천군과 안동시가 우선 하나로 뭉쳐 지역의 특성을 조화 있게 키워갈 좋은 기회라고 확신한다.

물론 이를 달성하는 과정에서 넘어야 할 험난한 산이 한둘이 아니다. 통합 절차, 도시 명칭, 행정청의 위치를 조율해야 할 것이고, 흡수통합으로 인한 지역 정서 악화, 상권 위축, 공무원 감축 등 적지 않은 피해와 마찰도 예상된다. 한편 안동 입장에서 보면, 보다 소득 수준이 낮은 예천으로 세금이 새어 나갈 것 아니냐 등등의 우려가 있는 것도 사실이다. 그러나 이런 걱정과 마찰보다는 양 도시 주민이 공존할 수 있는 대의적 장점이 훨씬 많다는 것을 확실히 말할 수 있다.

생활권이 겹치는 행정구역이 통합해야 할 당위성

예천과 안동은 자타가 공인하는 같은 생활권, 유교문화권의 중심 도시이다. 특히 안동은 교육문화시설, 각종 주민편익시설, 지구촌에 자랑할 만한 관광자원 등이 풍부하고, 경북 북부지역 교육·교통의 중심 도시이다.

예천 또한 안동보다는 다소 뒤진다 할 수 있으나 유교·불교문화 등 유물유적과 아름다운 자연경관을 지니고 있어 관광자원이 풍부하고, 예로부터 예향의 고장, 인재를 많이 배출한 농촌도시로 알려져 있다. 이 두 도시가 통합한다면, 상호보완적 도농복합도시로 그 상승효과는 매우 크다 할 것이다.

이에 더하여 금후 경북도청이 예천과 안동 접경 지역에 들어선다는 것은 통합의 당위성과 촉진을 뒷받침하기에 충분하다. 예천·안동 통합의 입장 차이가 있을 수 있으나 행정의 군살을 뺀 행·재정의 능률화, 광역화로 인한 대형시설물의 효율적 이용과 설치 및 배치, 도시이미지 상승에서 오는 주민들의 자부심 고양은 양 도시를 명품도시로 비상시켜 줄 밑거름이 될 것이다.

백여 년 전 일본의 기초지자체가 1만 6천 개, 1961년도에는 3천5백 개, 현재는 1천7백 개로 통합된 것을 예로 보더라도 지역 통합이 주민 편익과 삶의 질 향상에 얼마나 큰 기여를 해왔는지 실증實證으로 알 수 있다.

　안동은 예천과 비교할 때 수위水位도 높고 수량도 많다. 예천의 낮은 수위는 수위가 높은 안동 쪽에서 조금만 흘러내려도 양 도시의 수위가 수평을 이루게 된다.(소득과 생활 수준)

　그동안 본인이 예천과 안동의 여론형성 지식인, 지도층에 있는 많은 분들과 이와 같은 통합의 취지를 제언하였던 바, 예천 측에서는 흡수 통합된다는 우려의 의견도 없지는 않았으나 안동 측에서 오히려 찬동·동조하는 분위기를 읽을 수 있었다.

　이 절호의 기회에 후손, 후세대를 위한 지혜로운 조상이 되기 위하여 하루속히 군 행정대표, 의회대표, 주민대표, 시민단체대표 등으로 구성된 『예천·안동 통합협의회』를 설립하고, 비교 우위에서 약자에 있는 예천 측에서 또 한 번의 도약을 위한 의지를 갖고 적극적으로 여론을 공론화하는 계기를 마련해 주기를 희망한다.

　(도청 이전이 끝난 뒤) 교육, 문화, 전통, 풍속 등이 같은 공동 생활권 지역을 통합하는 것은 주민 편익 제공과 후세대의 생활 수준 향상, 그리고 시민 의식 고취를 위한 선진화의 길이 될 것이다.

국립안동대학교 대학원에서

'지방정부개혁론' 일부 강의 내용에 기초하여

예천⇔제주 간
비행노선을 살리자

(2003년 1월 13일 경북일보 기고문)

얼마 전 회의 참석차 예천비행장에서 제주도를 거쳐 일본을 다녀왔다. 이전까지만 해도 예천에서 국외로 나가려면 반드시 인천 영종도 국제공항까지 가서 거기서 비행기를 타야 하는 불편이 있었는데, 이에 비하면 너무도 편리해졌다. 그런데 유감스럽고 안타깝게도 본인이 예천에서 제주도로 나갈 때는 38명, 제주도에서 예천으로 돌아올 때는 25명만이 비행기에 탑승해 있었다. 138명 좌석에 이 정도 승객만이 탑승하였으니 비행기 운영회사와 승무원은 말할 것도 없거니와 승객의 한 사람인 본인의 마음도 편할 리 없었다. 138명의 좌석이라면 적어도 평균 90명 이상의 승객이 확보될 때 항공노선이 유지될 수 있거늘, 이런 수준의 승객으로서는 노선 유지가 어렵다는 것이 관계자의 대답이었다. 이렇게 편리한 예천⇔제주 간 항공노선의 중단 없는 유지를 위해서는 이 비행장 이용권 내에 거주하고 있는 주민과 민선 자치단체장을 포함한 관계기관의 특단의 배려와 지혜를 짜내는 노력이 수반되어야 할 것이다.

본인은 이 노선에 첫 비행기가 뜨던 지난해 8월 20일 첫 출항기를 타고 제주도에 갔다 온 일이 있다. 이때 첫 출항을 기념하는 행사가 예천비행장에서 있었다. 이 행사장에는 도지사, 지역 국회의원과 이 비행장을 이용할 수 있는 북부권역의 기초단체장이 다수 참석하여 저마다 이 노선의 중요성과 유치의 공을 내세웠다. 그때의 그런 정신으로 이 노선의 중단 없는 운항에 전력투구해 주기를 바라는 마음 간절하다.

일본은 오래전부터 시행하고 있지만 우리나라도 주 5일 근무가 급속도로 진행 중에 있다. 한·일 간에는 하루에 평균 만 명의 승객이 내왕을 한다. 다른 국내 비행기나 한·일 노선은 비행기 좌석 예약이 그토록 어려운데 하루 한 편밖에 없는 예천공항의 이용객은 왜 이렇게 한산할까. 역시 경북 북부지역의 주민 생활이 어려워 해외를 여행할 수 있는 여력이 없어서일까.

▲ 예천공항 신청사(2002년 12월 준공, 2004년 5월 폐쇄)
국가로부터 관리전환 받아 아웃렛(outlet)으로 활용하는 방안도 있다.

여행은 소비가 아니라 투자다. 여행은 삶에 애착과 활력을 심어주고 삶을 되돌아보는 여유를 갖게 해주기 때문에 또 다른 '생산 활동'이라고 볼 수 있다. 본인이 외국에서 공관장으로 재임하는 동안 보고 느낀 대로 여행자에게 주문하고 싶은 말이 있다. "나는 왜 여행을 하는가" 하는 여행 목적의식이다. "남들이 가니까" 혹은 "그래도 거기쯤은 갔다 와야겠지", "친구나 친목단체에서 가니까"와 같은 생각으로 여행을 시작하면 보람된 여행을 할 수 없다. 쇼핑에 많은 시간을 할애해 여행을 짜증 나게 하지 않는 것도 중요하다. 한 가지 더 추가하자면 동일 기간, 동일 일정에 가격이 다른 여행사에 비해 파격적으로 저렴할 경우엔 현지에서 드는 비용이 많아 결과적으로 비용이 더 커진다는 것이다. 이는 싸다고 좋은 게 아니라는 말이다. 여행 기간과 가격, 일정, 숙소 등급 등이 비슷할 때 어떤 상품과 여행사를 선택할 것인가를 고심해야 한다.

머지않아 473억 원이라는 막대한 예산을 투입한 예천공항 신청사가 준공되는 것으로 알고 있다. 그렇다면 더더욱 예천⇔제주 간 노선의 중요성을 강조하지 않을 수 없다. 지금 당장은 승객이 적더라도 금후 승객이 점점 늘어나 신청사가 활력을 되찾는 공항이 되기를 바라는 마음 간절하다.

부실 공사 추방
원년으로 되돌아가자

(2000년 11월 17일 예천신문 기고문)

한국인은 뛰면서 생각하고 일본인은 앉아서 생각만 한다?

흔히들 한국과 일본 사이에는 몇 가지 갭(격차)이 있다고 한다. 그중 하나는 국민성과 문화의 차이를 들 수 있다. 한국인은 뛰면서 생각하다 보니 도중에 생각(방침)이 바뀌는 경우가 많다. 이에 반해 일본인은 앉아서 생각만 하고 너무 신중하게 대처하다 보니 일의 진행속도가 늦다고 한다. 그러나 일본인은 일단 움직이기 시작하면 한 치의 오차誤差도 없을 만큼 일을 꼼꼼히 해낸다.

이와 같은 양국인의 사고방식 차이는 한·일 양국이 파트너가 되어 공동으로 일을 할 때도 반드시 극복해야 할 장애물이다.

오늘은 앞서 언급한 '뛰면서 생각하는 성급한 한국인'과 '생각만 하느라 느리게 움직이지만 한 번 움직이면 그 결과를 완벽하게 해낸다는 일본인'의 건축문화에 대해 살펴보고자 한다.

본인이 주일본국 한국공관에 5년여 근무하는 동안, 고향 선·후배를 만나 일본 도시의 고적지와 근교의 자연 명승지를 안내할 기회가 가끔 있었다. 그때마다 본인은 늘 이곳의 건축물이나 토목구조물은 물론 도로시설, 표지판, 간판 하나에 이르기까지 터지고, 금이 가고, 잘못 붙여지고, 비뚤어지고, 물이 새는 곳을 찾아내면 상賞을 주겠노라고 농담을 했었다. 그만큼 일본의 건축문화는 꼼꼼하며 조금의 흐트러짐도 찾기 어렵다는 말이다.

△ 현 서울역 청사, 한국은행, 신세계백화점, 연전에 철거된 중앙청 건물 △ 우리 고장에서는 예천읍 사무실, 간혹 보이는 것이긴 하지만 토사방지를 위해 사방사업한 산언덕, 철거된 지 오래된 경북선 예천·안동 간 철교 기둥 흔적 등등…

지금도 일제강점기 때 세워진 이 모든 시설구조물은 한 치의 오차도 없이 건설 당시의 완벽한 시공 모습을 보여주고 있지 않는가.

우리는 개발도상국으로서 선진국을 따라잡기 위해 바쁘게 빨리 뛰어야 했다. 이때 부족한 예산으로 많은 사업을 벌이려고 하니 물리적으로 시공과정에 무리가 생겨, 완공 후 부실한 결과를 초래하기도 하였다. 하지만 정작 더 큰 문제는 다른 곳에 있었다. 일부 시공사 간의 담합 행위, 과도한 수주 경쟁, 적정 이윤 이상의 영리 추구, 원칙과 기준이 엄격히 지켜지지 아니한 계약 행위, 이로 인해 부실공사를 벌인 시공사에 대한 응징이 없음이 아마 가장 큰 원흉이었을 것이다.(일본에서는 이러한 부실공사로 사회에 피해를 끼친 건설회사에 대한 제재 및 응징이 너무도 엄격하다.)

1994년으로 기억한다. 성수대교가 부실 공사로 인해 무너지는 큰 사건이 있었다. 이때 각 공사장마다 '부실 공사 추방'이라는 플래카드를 내건 적이 있다. 건축물 설치, 도로 확포장, 경지 정리 등을 함에 있어 건설인들이 이제부터는 부실공사를 하지 않겠다고 결의한 것이다. 이 당시 '부실 공사 추방'에 관한 사회적 열기와 이슈는 대단했다. 하지만 시간이 지나면서 이런 사실들이 점차 우리들의 기억 속에 사라져가고 있다는 것은 참으로 안타까운 일이다.

개심사지 5층 석탑 등 우리 고장 유적에서 얻는 교훈

옛 선인이 이룩한 위대한 건축문화를 되돌아보고, 이를 교훈 삼아 예술적 가치가 깃든 시설물을 온전히 후세에 물려주기 위해 '부실 공사 추방 원년'을 다시 생각해 보자.

경주 불국사의 청운교, 백운교는 신라 경덕왕 때 건설된 다리이나 천 년이 훨씬 넘게 그 형태를 굳건히 유지하고 있다. 또 가보지는 못했지만 정몽주가 피를 흘리고 죽었다는 개성의 선죽교 역시 고려시대에 만든 다리라는데 지금도 멀쩡히 버티고 있다.

　굳이 먼 곳에 있는 것을 거론할 필요도 없다. 아주 가까운 곳에 있는 우리 고장의 동본리 석불과 석탑은 삼국시대와 통일신라시대에 세운 것이고, 남본리 개심사지 5층 석탑은 고려 때 만든 것이다. 이는 천 년 전 우리의 옛 선조가 남긴 건축문화의 수준을 잘 보여주고 있다. 아마도 그 시절은 '부실 공사'라는 단어가 없었던 모양이다.

　하지만 오늘날의　△ 20년이 채 되기도 전에 재개발을 해야 하는 집단주택　△ 틈 사이로 강물이 스며드는 대소하천 개수　△ 홈이 파진 농로 사이로 배수시설을 제대로 갖추지 못해 농기계의 출입이 어려운 경지 정리　△ 벽에 금이 가고 물이 새는 공공건물　△ 보조기층이 드러나는 시·군·면·리 간 도로　△ 토사가 무너져 내려오는 임도 등의 시설은 우리의 부끄러운 건축문화를 여실히 보여주고 있다.

　앞으로 우리는 건축물 관리 감독을 철저히 해 다시는 이러한 형태의 부실 공사가 이뤄지지 않도록 만전을 기해야 한다. 그것은 우리 선조들이 오늘을 살아가는 우리들에게 물려준 토목, 건축문화 유산의 교훈에 보답하는 길이기도 하다.

농경지로 개간될 뻔한 회룡포(回龍浦) 이야기

(2010년 9월)

1960년대까지만 해도 우리 농촌에는 비가 와야 모를 심는 천수답天水畓[1]이 많았다. 그로 인해 날이 가물면 하늘만 쳐다보고 애타는 마음으로 기우제祈雨祭를 지내는 등 비 오기를 학수고대하면서 벼농사를 짓곤 했었다. 정부는 이러한 농촌의 어려움을 타개하고자 1968년부터 농어민 소득증대 특별사업(농특산업)이라는 이름으로 농촌진흥시책을 발표하였다. 이는 농산물, 특히 벼 중심 증산 시책이기도 했다. 이로 인해 산지 개발, 간척지 매립, 하천의 고수부지 농경지화, 포락지浦落地에 제방을 쌓는 등 한 톨이라도 더 많은 곡물을 생산하려는 '농지확대정책'이 시작되었다.

이 시절 '농지확대정책'에 관련된 한 가지 일화를 소개하고자 한다.

지금은 고인이 되셨지만 용궁 향석리에 대대로 살고 계셨던 지방유지 권혁배權赫培(일본 유학)씨를 중심으로 이 지역 주민이 예산국에서 근무하고 있던 본인을 찾아온 적이 있다.

이들의 주장은 회룡포를 휘감아 흐르는 내성천을 직선으로 펴서 전답을 늘리자는 의견이었다. 즉, 내성천을 휘돌아 가게 하는 부분에 절개토로 제방을 쌓으면 강물이 흐르는 강 유역 모래사장을 전답으로 활용할 수 있다는 착상이었다. 본인 역시 이것

---

1) 천수답: 빗물에 의해서만 벼를 심어 재배할 수 있는 논

은 참 좋은 발상이라고 생각했다.

　그 당시는 회룡포가 명승 관광지로 알려지지도 않았고 환경단체도 없었으며, 오직 농토 확장, 식량 증산만이 지상 과제였던 시기였다. 본인은 이에 검토해 볼 만한 가치가 충분히 있는 사업이라고 판단하였다. 그리하여 하천을 관장하는 건설부 하천국 관계관과 농림부 농지개발국 관계관 간에 협의를 중재하기 시작했다.

　농림부 관계관은 많은 농지가 새로 조성되기 때문에 이 계획에 적극 동조하는 반면, 건설부 관계관은 얘기가 좀 달랐다. 건설부 관계관의 이야긴즉슨 내성천이 회룡포를 휘감아 흐르므로, 홍수 시 급류의 속도를 줄여주는 역할을 하고 있는데 이를 직선화하면 급류의 속도가 가속되어 하류의 홍수 피해가 커진다는 의견이었다. 수문학水文學적으로 볼 때 물의 흐름을 함부로 바꾸어서는 안 된다는 논리에 힘이 실려 결국 이 시안은 원점으로 돌아가고 말았다.

　지금 회고해 보면 참으로 아찔한 이야기이다. 자연이 그대로 보존된 예천의 자랑거리인 명승지 회룡포가 자칫하면 한순간에 농경지로 바뀔 뻔한 순간이었으니 말이다.

▲ 예천의 명승지 '회룡포'

▲ 본인이 재일교포 민족은행인 요코하마 상업은행 합병식장에서 축사를 하고 있다.

▲ 1997년 3월 1일, '도쿠시마 국제화와 한국⇔도쿠시마 교류협력' 강연 현장 모습

▲ 1995년 5월 9일, 사카다항과 부산항 간 정기 컨테이너선 취항 기념식장에서 축사를 하고 있다.

▲ 1997년 10월 10일, '재일 한국인 학생 우리말 이야기 대회'에서 축사를 하고 있다.

▲ 1999년 1월 25일, 일본 요코하마 로터리 초청 강연을 하고 있다.

▲ 1999년 1월 3일, 요코하마 가나가와현, 시즈오카현, 가와사키시 합동 신년회에서 축사를 하고 있다.

◀ 1997년 3월 2일, 부산⇔도쿠시마 컨테이너 정기화물선 취항식(오른쪽부터 본인, 엔도 지사, 운수성 철도국장)

◀ 민간 차원의 한·일 지방 간 교류협력의 중요성을 강조하고 있다.

中高生 모두에 다시 校服 입혔으면

外部유혹-脫線방지 보호막 역할하게

▲ 1990년 2월 12일,
"중고생 모두에 다시 교복 입었으면" 조선일보 기사

제673호　(第3種 郵便物(가)급認可)　'90. 9. 25 (火) 中　央　經　濟　新　聞

"경제정책 無原則" 비판에 할말있다

상황변화 따른 彈力的 對應은 당연

▲ 1990년 9월 25일,
"경제정책 무원칙, 비판에 할 말있다" 중앙경제신문 기사

경제 부강과 국가경쟁력

연초부터 노동관련법 개정을 둘러싸고 야기된 노조 파업으로 나라 경제가 삐끄덕거리고 대외적으로도 국가 체면이 말이 아니더니, 요즈음은 한보철강의 특혜 대출 비리 의혹 사건 파문으로 국내외가 시끄럽다. 필자는 이러한 일련의 사태를 나라 밖에서 지켜보면서 뒤늦게나마 최근 몇년 동안 외쳐온 우리의 국가경쟁력 수준을 다시 한 번 생각하게 된다.

국가경쟁력이란 무엇인가. 매우 추상적인 개념이긴 하지만 이해하기 쉽게 간단히 말한다면, 우리 상품이 세계시장에서 다른 나라 상품보다 값싸고 질이 좋다는 평가를 받아 소비자로 하여금 선호하게 하는 힘일 것이다.

우선 경쟁력이 있기 위해선 값이 싸야 한다. 값싸게 팔기 위해선 생산하는 비용이 낮아야 한다. 이번에 부도를 낸 한보철강은 공장 건설에 직접 투입해야 할 재원을 다른 용도에 낭비적으로 썼다고 한다. 한때 세계적인 경쟁력을 자랑했던 포항제철이 어떻게 그러한 경쟁력을 가질 수 있었는지 한 번 되돌아보자.

포항제철은 물론이고 당시 조선·석유화학·자동차·전자 등도 비슷한 경우로, 중화학공업 육성 정책에 따라 지원 기능인 항만·공업용수·진입 도로·단지 조성 등 대부분의 기반 시설이 정부 지원에 의해 건설됐다. 이러한 기반 시설의 대부분을 기업이 자기 부담으로 건설하는 외국의 경우에 비하면 포항제철 등은 공장 건설 비용을 그만큼 절감할 수 있었으며, 따라서 원가 구성 면에서 보면 그만큼 값싸고 양질의 제품을 생산할 수 있는 큰 요인의 하나가 되어 경쟁력을 갖출 수 있었던 것이다.

한보철강에 거액 대출을 해준 대가로 뇌물을 받은 은행장들이 구속됐다고 한다. 은행의 경우도 마찬가지다. 은행이 경쟁력 있는 기업에 돈을 빌려 주는 게 아니라 검은 뒷돈을 주는 기업에게 대출을 해주어서는 대출을 받은 기업도, 대출을 해준 은행도 경쟁력을 가질 수 없을 뿐 아니라 치열한 국제 경쟁 사회에서 공멸의 길만을 자초할 것이다. 선진국의 금융기관에 비한다면 규모·업종·경영 면에서 구멍가게에 불과한 우리의 많은 은행들, 이러한 금융

김주일
駐日 요코하마총영사

> 국가경쟁력은
> 정부 노력만으로
> 강화될 수 없고,
> 기업의 노력만으로도
> 올라가지 않는다.
> 정부·기업·가계·근로자·
> 소비자 등
> 모든 경제 주체와
> 각계 각층이 한 마음이 돼
> 다같이 노력해야만
> 가능한 것이다.

기관의 경쟁력 제고 또한 한시가 급한 일이다.

필자는 일본 기업의 우리나라에로의 투자 유치를 위해 개선된 투자 환경을 설명하고 다니고 있다. 그런데 이곳 기업인들이 우리나라에 투자하기를 꺼리는 이유로, 가장 먼저 공통적으로 노사문제를 지적하고 있다. 지금 세계는 바야흐로 생산 환경이 좋은 곳이라면 국경을 넘어 기업이 이동하는 글로벌 경영 시대로 접어들었다. 그러한 시대에 외국 기업인들이 우리나라에 투자하길 꺼린다는 것은 우리나라 경쟁력의 수준과 취약성을 대변해 준다.

얼마 전 일본의 한 자동차공장을 방문했을 때, 여지껏 노조가 임금 인상을 위해 파업을 한 경우가 단 한 차례도 없었다고 해서 깜짝 놀란 적이 있다. 80년대 이후 전자산업과 함께 일본 경제 발전의 견인차 역할을 해온 일본 자동차산업 발전의 이면에는 근로자 모두가 회사와 더불어 성장한다는 마음가짐과 회사 발전이 곧 나의 발전과 이익이 된다는 근로자들의 자제력이 있었던 것이다.

국가경쟁력은 정부 노력만으로 강화될 수 없고, 기업의 노력만으로도 올라가지 않는다. 정부·기업·가계·근로자·소비자 등 모든 경제 주체와 각계 각층이 한 마음이 돼 다같이 노력해야만 가능한 것이다.

우리의 국가경쟁력을 높이기 위해선 우리 사회의 전반에 걸쳐 구석구석 모든 낭비적 요소를 제거해 생산성을 높이는 일이 시급하다. 따라서 지난해부터 추진중인 「경쟁력 10% 제고 운동」은 모든 분야, 모든 경제 주체, 모든 지역, 모든 계층이 다시 한 번 말하거니와 「마른 수건에서 물을 짜내는 각오」로 추진해 나가지 않으면 안된다고 생각한다.

70년대 전국 방방곡곡으로 전광석화처럼 번져나갔던 새마을운동처럼, 88서울올림픽을 성공적으로 치러 1등 국민임을 세계 만방에 보여주자는 국민적 공감대가 형성됐을 때처럼, 21세기를 준비하는 이 시점에서 우리에게 무엇보다 절실히 요청되는 것은 바로 우리 상품의 국가경쟁력 높이기 운동이란 사실을 몇 번이고 강조해도 부족한 것이다. **"M"**

▲ 1997년 3월 12일,
"경제 부강과 국가경쟁력" 주간매경 기사

발언대

국가경쟁력 좀먹는 便法대출

연초부터 노동관계법 개정을 둘러싸고 야기된 노조파업으로 나라경제가 삐걱거리고 대외적으로도 국가 체면이 말이 아니더니 요즈음은 한보철강의 특혜대출비리 의혹사건 파문으로 국내외가 시끄럽다. 이러한 일련의 사태를 나라 밖에서 지켜보면서 우리의 국가경쟁력 수준을 다시 한번 생각해 본다.

그동안 정부는 국가경쟁력 강화를 기회있을 때마다 외쳐왔지만 지난해 우리의 무역수지적자는 사상 최대 규모인 2백억달러를 넘어섰다. 한마디로 우리경제가 세계시장에서 경쟁력을 상실한 증거라고 아니할 수 없다. 국가경쟁력이란 무엇인가. 간단히 말한다면 우리의 상품이 세계시장에서 다른 나라 상품보다 값싸고 질 좋다는 평가를 받아 소비자로 하여금 선호하게 하는 힘일 것이다.

경쟁력이 있기 위해서는 우선 값이 싸야 한다. 값싸게 팔기 위해서는 생산비용이 낮아야 한다. 이번에 부도를 낸 한보철강은 공장건설에 직접 투입해야 할 재원을 타용도에 낭비적으로 썼다고 한다. '마른 수건에서 물을 짜내는 각오'로 원가를 절감해야 하는 상황에서 말이다.

한보철강에 거액대출을 해준 대가로 뇌물을 받은 은행장들이 구속되었다고 한다. 은행의 경우도 마찬가지일 것이다. 은행이 경쟁력있는 기업에 돈을 빌려주는 것이 아니라 검은 뒷돈을 주는 기업에 대출을 해주어서는 대출받은 기업도, 대출해준 은행도 경쟁력을 가질 수 없는 것이며 치열한 국제경쟁사회에서 공멸의 길만을 자초할 것이다.

경쟁력있는 기업에 대출을 해줘야 그 돈으로 투자수익을 남겨 원리금을 제대로 상환받을 수 있는 것은 평범한 상식이다. 일본 금융기관의 경우 은행의 윗사람에게 갈 것까지도 없이 중간관리층이 철저한 경영논리에 입각해 대출대상 기업을 객관적으로 선정하고 있다는 사실을 모르는 이는 거의 없을 것이다.

金周鎰
〈주일대사관
경제공사〉

국가경쟁력은 정부의 노력만으로 강화될 수 없고 기업의 노력만으로도 올라가지 않는다. 정부·기업·가계·근로자·소비자등 모든 경제주체와 각계각층이 한 마음 되어 다같이 노력해야만 가능한 것이다. 돌이켜보면 여태껏 우리의 국가경쟁력은 경제주체 전체가 아닌 그 일부에 의존해왔던 것이 사실이다. 자원배분의 효율성을 높이기 위해 중소기업보다 대기업을 지원육성했고 농촌보다 도시를, 지방보다 중앙을 중심으로 한 불균형 성장방식이 경제개발 전략으로 용인됐다.

이 전략은 고도성장의 결과를 가져왔지만 부작용도 많이 낳았으며, 지금 우리가 안고 있는 많은 문제의 근본원인이 되고 있는 것도 부인할 수 없는 사실이다. 우리의 경쟁상대는 과거처럼 개발도상국이 아니라 이제부터는 일본과 같은 선진국이다.

▲ 1997년 2월 12일,
"국가경쟁력 좀먹는 便法대출" 중앙일보 기사

청록의 신변잡기 (身邊雜記)

나의 사랑, 나의 향리
'예천'

▲ 2013년 2월 22일, 예천군 정책자문위원회 회의를 마치고(오른쪽에서 다섯 번째 이현준 군수, 여섯 번째 본인)

▲ 1995년 12월 19일, 예천농산물 일본시장 수출촉진을 위한 생산자와의 간담회에서 본인(주일본 한국대사관 경제공사)이 인사말을 하고 있다.(일본 농산물수입자협회(MIFRO) 일행 초청)

공직을 마치고 고향에 돌아와서

(1996년 11월)

38년이란 긴 세월 동안 공직 생활을 하며 타향과 이국(호주, 일본)땅을 전전하다 예순이 넘어 고향에 돌아왔다. 돌아온 고향의 산천, 공기, 물과 훈훈한 인정은 한없이 반갑고 나에게 활력을 북돋아 준다. 20대 초반 예천군청 내무과에서 공직을 시작해 행정·경제부처, 국회사무처를 거쳐 주일대사관 공사, 주 요코하마 총영사(특2급대사) 외교통상부 본부 대사직을 끝으로 공직에 봉직하는 동안 향리 예천에 대한 애정은 언제나 잊은 적이 없었다.

지난 연말 퇴임을 하고 고향에 돌아와 보니 좁은 도로가 확·포장되고, 경지정리로 바둑판처럼 말끔히 정돈된 들판이 무척 인상 깊었다. 또 자동차가 농촌 골목길마다 세워진 것을 보고 고향도 옛날 고향이 아니구나 하는 생각이 들었다. 그러나 한편으론 농촌인구가 줄어 어린 시절 정답게 지내던 이웃들과 친구들이 보이지 않고, 지방자치로 인한 선거 때문인지 혈연·학연·지연 등으로 갈라져 친구, 선·후배 간에 서로가 서로를 시기하고 질투하는 현실은 고향을 찾은 본인의 마음을 아프게 했다.

10여 년간 일본에서 외교관으로 근무하며 느낀 점은 일본인들이 우리보다 규율과 질서를 잘 지키고 남을 배려할 줄 안다는 것이다.

특히 조직을 우선으로 여기며 오순도순 살아가는 저들의 자치제도 운용은 배울 점이 많다. 고향 발전을 위해 민·관이 화합하고 영향력 있는 출향인에서부터 주민 하나하나의 의사를 반영시켜 말 그대로 풀뿌리 지방자치제를 실현해나가는 모습이 한없이 부러웠다.

21세기는 지구촌 시대라고 한다. 싫건 좋건 지구촌의 여러 나라 사람과 호흡을 같이하고 어울려 살아야 하는 마당에 소지역 이기주의, 배타적 폐쇄적 개인주의에 사로잡혀 이웃끼리 친구끼리 아옹다옹 다툼만 한다면 무엇을 이루고 발전시킬 수 있을지 의문이 앞선다.

이제 디지털 지구촌 시대에 발맞춰, 우리 기성세대들부터 마음을 더 넓게 열고 음식문화, 자동차문화, 질서문화, 목욕문화, 향토문화, 소비문화 등 생각의 방향과 폭을 넓혀야 하지 않을까. 그래야 우리를 보고 자라나는 청소년들의 꿈과 희망도 폭이 넓어져 미래 지구촌 시대에 우리나라를 이끌어 갈 주인공이 될 수 있는 것이다. 38년 만에 귀향한 고향의 품에서 이를 위해 내가 무엇을 할 수 있을지 곰곰이 생각해 본다.

개심사지 5층 석탑과
고평들 물바다의 추억

(2011년)

예천읍 남본리에 초라하게 서 있는 보물 제53호『개심사지 오층석탑』건립 1천 년을 맞아 봉축다례제가 열렸다고 한다. 또한 금후 원형으로 복원하는 계획도 세웠다고 들었다.

60여 년 전, 내가 당시 허리에 책 보따리를 두르고 4km나 되는 시골 길을 걸어서 예천초등학교에 다니고 있을 때였다. 산 넘고 고개 넘어 오솔길을 걷다 보면, 남산 모퉁이를 오갈 때마다 무논(물이 가득 담긴 논) 한가운데 홀로 외로이 서 있는 오층석탑을 눈여겨보게 된다. 그때마다 이름도 모르는 이 탑에 호기심이 생겨, 가서 만져보고 조각도 자세히 들여다보고 싶지만 탑으로 갈 수 있는 길이 없었다.

또 이와는 별개로 고평들 기름진 들판에 벼가 한창 익어갈 무렵이면 매년 예외 없이 홍수로 인한 내성천乃城川 흙탕물이 들판을 물바다로 바꾸어 놓았다. 이때 강우량의 정도에 따라 물이 빠져나가는데 소요되는 시간도 다르다. 하루나 이틀이면 무방하지만 그 이상 벼가 물에 잠겨 있으면 녹아버려 그해 농사를 망치는 경우가 생긴다.

이때면 모든 들판에 있는 메뚜기가 헤엄쳐 제방(둑)으로 모이게 된다. 물바다가 된 그 넓은 들판에 제비들이 때를 만난 듯 어지럽게 물을 박차고 허공을 가른다. 어른들은 애타는 가슴으로 하늘을 원망하지만, 우리 초동樵童들은 신이 나서 부대와 까꾸리를 갖고 제방으로 헤엄쳐 온 메뚜기를 잡는 데 열중했다. 그 당시 산은 잦은 도벌로 인한 벌거숭이 민둥산이 대부분이어서 토사가 빗물에 쓸려 내려오는 것을 막아주지 못했다. 때문에 비가 조금만 내리면 내성천乃城川 강물은 고평 들판으로 밀려들어 오기 일쑤였다.

이처럼 버림받고 있는 솔개들 '오층석탑'과, 비옥한 '고평들판'이 홍수로 물바다가 되는 애석한 추억은 내 마음 깊이 자리 잡고 있었다.

세월은 흘러, 내가 나라 살림살이를 꾸려가는 예산편성과 집행을 담당하는 공직자(경제기획원 예산국)의 자리에 올랐을 때, 나는 이 두 가지 사업을 해결해야겠다고 작심했다. 그리하여 개심사지 오층석탑의 진입로 개설과 철책을 둘러치는 예산을 책정하였고(당시는 문교부 문화재관리국 소관), 홍수 시 내성천 강물이 고평들로 밀려들어 오는 것을 막는 수문 설치를 위한 예산을 계상하였다. 내가 이를 해결한 것은 고향을 아끼고 사랑하는 마음도 컸지만, 나 자신이 직접 그 애환과 고난을 경험했기 때문이기도 하다. 이들 문제 해결의 보람은 지금도 잊혀지지 않는 추억의 한 토막으로 내 가슴에 남아 있다.

50년 전에 설치한 고평들의 홍수막이 철문을 기록으로 남겨두기 위하여 현장을 찾았더니, 녹슨 철문은 이제 아무런 역할을 못하고 있었다. 대신 한국농어촌공사에서 설치한 현대식 배수장이 그 역할을 대신하고 있었다. 또 내성천 금모래를 수십 년간 건축용 자재로 채취해간 덕택에 하상河床이 현저히 낮아져, 이제는 홍수가 나도 강물이 예전처럼 들판으로 역류하지 않게 되었다. 반대로 비가 많이 왔을 때 들판의 물을 내성천으로 흘려보내기 위하여 배수 펌프장을 설치해 놓은 것이 인상적이었다.

▲ 2011년, 진입도로와 철책이 설치된 현재의 개심사지 5층 석탑

▲ 2011년, 내성천 침수 방지를 위한 고평들 철문

예천읍 상수도 시설 추진 과정,
남기고 싶지 않은 실체

(2002년 1월)

1970년대 초의 일이다. 당시 상수도 시설을 갖추지 못한 시市를 우선으로 강릉, 이리 등 5개 시가 '상수도 시설 지원사업'에 선정되었다. 이때 본인은 건설부 담당사무관으로 이 사업을 전담하고 있었다. 원칙과 기준은 시 단위의 상수도 시설이 우선적이었지만, 본인은 이 사업에 예천읍을 포함시킬 궁리를 모색하였다. 이것은 예천지역에서 요청이 있어서도 아니었고, 단지 본인의 자발적인 애향심에서 비롯된 행동이었다.

인사와 예산 책정은 '코에 걸면 코걸이, 귀에 걸면 귀걸이'라는 말이 있듯이, 이는 합리화하는 방법의 문제다. 시안試案에 예천읍을 포함하여 6개 도시로 안을 잡아놓고 당시 한창 잘나가고 있던 우리 지역 출신 황병태黃秉泰 차관보를 찾아가 "5개 시市 외에 예천읍 상수도 시설을 계획에 포함시켰으니 예천 공군비행장에 상수도 인입이 급하다는 이유를 붙여 태완선太完善 장관께 미리 말씀드려 주십시오"라고 부탁을 드렸다.

그는 곧바로 장관실을 다녀오더니, "결심(양해)을 받았으니 그렇게 계획대로 진행하라"고 말씀하셨다. 그리하여 예천읍을 포함하여 시안대로 결정이 났다.

이로부터 몇 년이 지난 후 훤칠한 키에 목부터 아래로 단추를 단 양복(그때는 넥타이 대신 이런 상의를 많이 입었다.)을 입은 청년이 "건양사 김수남입니다. 선배님, 부탁이 있어서 왔습니다"라며 찾아왔다.

이때는 예천읍 상수도 시설과 이에 소요되는 예산이 이미 책정되어 있었고 어느 건설회사가 그 사업을 집행하느냐에 관심을 두는 것은 예산당국자로서 절대 금기시해야 했다. "부탁이 무엇입니까"라고 물었더니 "예천읍 상수도 공사를 제가 맡게 되었는데 1억 정도(본 예산액은 3억) 부족하므로 부족분에 대한 추가 지원을 해 주십시오" 하는 것이었다. "그럼 알았으니 기다려보라"고 대답하고 그를 돌려보냈다.

곧이어, 본인은 건설부 상수도담당 허맹열許盟烈 과장에게 "예천 상수도 완공을 위해서 1억 원 정도가 추가 소요된다는데 검토해보고 상수도시설기금에서 우선 지원해 주면 다음 예산 편성 때 응분의 조치를 취해주겠노라"고 부탁 겸 지시를 했더니 "잘 알겠습니다"라고 허 과장은 흔쾌히 받아들이겠다는 의사를 표하고 돌아갔다.

이로부터 두 달이 지났는데도 건설회사, 건설부 양쪽 모두 조치 결과에 대한 연락이 없었다. 그리하여 건설부 상수도과장이 예산국에 온 기회에 "내가 모처럼 고향 사업 하나 부탁했는데 그렇게 모르는 척하고 지나가기냐"며 기분 나쁜 표정으로 책망을 했더니, 그는 본인의 손을 덥석 잡으면서 "그때 지시받고 바로 조치했다"고 말했다. 일반적으로 이런 경우(건설업자가 예산담당자에게 연고, 인맥 등으로 직접 부탁했을 때)에는 해당 부처가 필요 조치만 취해주고 모르는 척, 내색은 안 하는 것이 관례였다.(업자와의 관계 때문에) 그 후 그 건설업자와는 예천서 가끔 지나치는 경우가 있었지만, 그 건과 관련해서는 이렇다 할 한마디 말도 없이 지내왔다.

훗날, 그 건설업자(건양건설 사장)는 민선 기초단체장이 되었다. 그리고 2000년 1월 30일, 본인의 초청으로 용문『궁전식당』에서 김교용 이사장, 황수만 선생, 오부군수, 병장우 과장, 윤호인 읍장 등이 자리를 함께하여 저녁 식사를 하는 자리를 가졌었다. 이때 과거 본인이 예천읍 상수도 건설공사에 추가 소요 1억 원을 조치해 준 이야기가 나오게 되었다.

물론 본인은 건양사 책임자(지금의 민선 기초단체장)와 처음 만난 일화를 좋은 분위기 속에서 일과성一過性으로 얘기한 것이지만, 이 화제話題가 윗전에 환심을 사기 위해 어떻게 확대 보고가 되었는지, 그 일이 빌미가 되어 본인은 그 민선 수장에게 엄청난 보복을 당해야 했다.

그때 현직 민선 수장으로부터 예천 경찰서 앞 부녀회관(2층은 행정 동우회 사무실) 안에서 "이제 와 그때 그 상수도 예산지원 건으로 생색을 내느냐"는 등의 언어적, 물리적 폭행을 당한 일은 지금 생각해도 정말 치가 떨리는 일이다. "배은망덕", "은혜를 원수로 갚는다"라는 옛 현인賢人의 말 한마디 한마디가 딱 들어맞는 경우가 아닐까?

윤리 도덕성이 무엇인지도 모르는 그때 그 민선 수장의 악의에 찬 모습, 본인이 겪은 치욕과 모독은 분노와 함께 어우러져 잊을 수 없는 여운을 남기고 이 사건은 막을 내리게 된다.

▲ 2009년 8월 20일. 상수도 보급을 관장하고 있는 한국수자원공사 직원과 본가 상수도 개통식을 하고 있다.

보문면 고평동을
예천읍으로 편입시킨 뒷 이야기

(2002년 1월)

전국구 행정구역 개편 시급하다

지금의 우리나라 행정구역은 100여 년 전 일제강점기에 책정된 것이다. 10년이면 강산도 변한다고 하였거늘 100년이면 강산이 10번 넘게 변했다는 말이다. 이렇다 보니 옛 촌락村落이 도시로 변화한 곳도 있고, 이와 반대로 옛 도시가 조그마한 마을 형태로 축소된 곳도 있다. 한 세기가 흘러가는 동안 행정구역별로 인구의 유입流入, 유출流出의 변화(도시로의 집중 현상) 역시 다양하다. 이는 교통의 발달, 공·산업단지 조성 등 산업화 과정으로 인해 생긴 결과물이기도 하다. 따라서 행정구역은 예나 지금이나 변함이 없는 그대로인데, 행정관청은 중소 도시를 막론하고 구역 내에서 이전된 곳을 많이 찾아볼 수 있다. 주민을 위한 행정관청이 주민 위주가 아니고 관청 편의로 설립되어 왔기 때문이다.

본인이 내무법사예산과장 재임 때였다. 물론 행정구역 책정을 관장하고 있는 내무부도 본과에서 담당했다. 본인이 태어나서 성장한 고평동高坪洞(옛 동명은 高士坪)은 원래 보문면普門面에 속해 있었다. 고평동민 모두는 교육 및 생활시설(시장 등)을 사용함에 있어 3.5km 거리(비교적 가까운 거리)의 예천읍을 이용했는데, 유독 호적과 출생·사망 신고, 인감증명 발급 등 행정서비스는 강 건너 7km 거리에 있는 보문면사무소를 이용해야만 했다. 본인은 이와 같은 불편과 모순을 시정하기 위해 내무부에 요청하여 현지 사정을 살펴보고 오도록 했다. 현장을 다녀온 실무자 두 명의 현장 보고서는 정확했다. 이곳의 행정구역 재편성 이유가 설득력이 있다는 보고였다. 그리하여 1983년

2월 행정구역 개편으로 인해 고평동은 예천읍으로 편입되었으며, 1988년부터 동洞이 리里로 변경됨에 따라 지금의 고평 1리, 2리로 나누어졌다.

백 년 전에 책정된 행정구역, 현실에 맞게 재개편을

이는 본인이 이곳에서 태어나 성장 과정에서 직접 겪은 경험과, 현재의 직책(내무부 담당)이 있었기에 실현 가능한 일이었다. 하지만 어디 전국적으로 살펴보면 개편해야 할 곳이 이뿐인가. 이보다 훨씬 절박한 곳은 한두 곳이 아닐 것이다. 가령, 예를 들면 경북 상주시의 함창읍을 들 수 있다. 함창읍은 문경시청에서 1km 정도 떨어진 곳에 위치해 있다. 하지만 함창읍민은 행정서비스를 받기 위해 바로 옆 문경시청을 두고, 20km 이상 떨어진 상주시청(관할구역)을 찾아가야 한다. 이는 합리적이지 못한 행정구역 책정에서 온 결과로서, 주민에게 많은 불편을 끼치고 있다.

본인은 이에 원론적, 총체적이긴 하지만 재정과 인력이 허용되는 범위 내에서 주민편익 위주로 행정구역 책정의 대대적인 개편이 있어야 한다고 주장한다.

'예천터미널 신예천교 간 시가지도로' 국비로 확포장하게 된 경위

(2002년 1월)

1991년 이상화李相和 예천군수 재직 때 있었던 일화다. 본인은 경제기획원 예산국에서 연 18년 근무하는 동안 예천군을 위해 가장 열심히 일한 군수로 이상화 군수를 꼽고 싶다. 그는 일에 대한 의욕과 열정이 대단했을 뿐 아니라 중앙정부와의 연계성을 갖고, 출향인을 활용하여 그 능력을 최대한 발휘시키는 데 많은 노력을 쏟았다.

당시 오상환吳相煥 예천군 과장이 군수의 명을 받아, 중앙정부의 지원을 요청하는 '지역 사업계획서'를 들고 본인을 찾아왔다. 그중 특기할 만한 사업계획 중 하나가 옛 엽연초제초장 앞 터미널에서 한천 다리(신예천교)까지 약 1.5km의 시가지도로를 확포장하는 사업이었다.(4차선 확장 계획)

본인 역시 추석, 설 명절 때 고향 집을 오가며 이 지역의 교통체증을 직접 겪어 왔기에 누구보다 이 사업의 절실함을 잘 알고 있었다. 추석이나 설 명절 때면 안동 교통량과 합류하여 이 구간을 통과하는데 30분 내지 1시간이 걸릴 때도 있었다.(이때는 물론 고속도로나 4차선 국도가 없었다.) 더러는 이 지역 교통체증 때문에 다른 길로 멀리 우회하는 경우도 많았다.

원래 어느 도시건 '시가지도로', '가로街路'는 지방자치단체가 자체 예산으로 해결해야 하는 기준과 원칙이 있다. 그러나 본인이 예산총괄국장 재임 시라 무리수인 줄 알면서도 모르는 척하고, 극심한 교통정체구간 해결대책비로 44억 원(보상비 포함)을 이에 포함시켰다. 그런데 그다음 해 초 막상 이 사업을 집행하려고 보니 앞에서 말한 기준과 원칙상의 문제가 발생하였다. 역시 이 구간은 '시가지도로'이기 때문에 건설부가 직접 시공(국비)할 수 없다는 것이었다.

▲ 1990년대 초에 확포장된 버스터미널 앞 시가지도로

건설부 중간 관리층과 해결책을 찾기 위해 여러 각도로 궁리한 끝에 이 부분 구간을 용궁까지 연장(약 20km)하여 동일사업으로 시공하면 가능하다는 안이 제기되었다.(공사 구간이 시가지국도를 포함하기 때문에) 그리하여 다음 해에 180억 원을 추가하여 이 구간의 시가지도로 확포장 공사를 할 수 있게 되었고, 동시에 용궁 우회도로까지 함께 시공할 수 있었다.

본인이 계속해서 이 직에 있었다면 연장 공사로 삼거리 청복동, 양궁장까지 4차선으로 확포장이 가능했을 것이나, 그 이후 본인은 1급으로 승진됨과 동시에 국회 예산결산위원회 수석전문위원을 거쳐 주일본 대한민국대사관 경제공사로 자리를 옮기게 되었다. 때문에 연장 공사는 더 이상 이루어지지 못하고 도중에 중단되고 말았다.

20년이 지난 지금, 한창 그 연장 공사가 진행 중에 있는 것을 보니 참 다행스러운 일이 아닐 수 없다. 그리고 한편으로는 이제야 공사가 진행되는 것에 대한 아쉬움과 함께 감회가 새롭다.

'예천⇔영주 간 지방도'
전액 국비(세계은행 차관 포함)로
확포장하다

(1980년)

▲ 1979년 2월, 도로포장 차관 협의를 위해 세계은행 방문

도로의 종류에는 고속도로, 국도, 지방도, 시군도, 읍면도로가 있다. 이는 신규 건설, 기존 도로 확포장, 유지·관리 등의 주체 및 그 재원을 국가 또는 지방자치단체, 민간 자본 등 어느 쪽이 부담하느냐에 따라 구분하는 것이다.

따라서 우리나라의 지방도로는 전액 지방자치단체의 재원으로 확포장함은 물론, 유지관리도 마찬가지다. 반면 국도(고속도로는 도로공사가 통행료 수입과 국고지원으로 건설·유지·관리함)는 어디까지나 국가 재원(지금은 대부분 유류에 첨가하는 유류교통세)으로 신설·확포장 및 유지·관리되고 있다.

그러나 1970년대와 1980년대에는 국도 확포장, 댐 건설, 공항, 항만, 공업용수 등 사회간접시설 확충에 국비만으로는 재원 조달에 한계가 있었다. 그러므로 국비 외에 ADB 차관, IBRD 차관, 일본 ODA 차관 등의 외자 도움을 많이 받을 수밖에 없었다.

1970년대 말, 본인이 경제기획원 건설교통예산과장 재임 시, 제3차 IBRD(세계은행) 차관 포장사업 대상도로 선정을 계획하고 있을 때였다.

지방도이긴 하지만 예천⇔영주 산 노로 확쪼상을 이 사업대상에 넣기 위해 생각에 생각을 거듭한 결과 두 가지를 행동에 옮기게 되었다. 첫째로 '한국의 국도는 대부분 남북을 주축으로 포장된 반면, 남부지방에는 동서로 포장된 도로가 거의 없다'는 점에 착안하여 세계은행 당국에 비공식적으로 요청해 본 도로의 확포장이 필요하다는 공한을 받도록 했다. 둘째, 16공군비행단과 국방부에 요청하여 본 도로포장이 유사시 비상사태 대비 목적(일월산 공군 관측소)에 도움을 줄 수 있다는 공한을 받도록 하였다.

이를 첨부하여 이 지방도 확포장을 포함한 11개 노선을 선정(지방도는 예천⇔영주 간 도로가 유일), 최종 결재를 받았다.(당시 남덕우 장관 겸 부총리) 이때 각 결재 단계마다 본 지방도가 들어가게 된 이유를 설명하느라 진땀(?)을 빼야 했다.

▲ 1979년 2월, 세계은행 당국자와 도로포장 차관 협의 장면

본 지방도 확포장의 시공사는 '남강토건'이 선정되었다. 세계은행 포장기준[1]에 따

---

1) 당시 국비나 지방비로 확포장하는 도로는 대부분 보조기층 약 20cm 내외, 블랙베이스 10~15cm 정도로 시공하는 것이 관례였다.

라 '세계은행 용역단'에 의한 시공 감리·감독은 엄격한 국제기준에 의하여 진행되었다. 보조기층 30cm(자갈모래), 그 위에 까만 아스팔트(블랙베이스) 30cm를 맞추다 보니, 본 도로포장으로 인한 적자가 많이 발생하여 남강토건 회사의 존폐 문제까지 야기되기도 했다. 하지만 이와 같은 국제기준을 무시하고 국비 또는 지방비로 포장된 도로는 사후 문제가 많이 발생하였다. 특히 대형 화물차가 빈번한 곳은 2~3년 내에 갈라지고, 홈이 파여 오버레이(덧씌우기)와 페칭(짜깁기)을 거듭해야 했다.

이에 비해 세계은행 감리·감독하에 확포장된 예천⇔영주 간 지방도로는 폭이 넓고(7.6m) 굽이의 경사도가 과학적이어서 운전하기에 안정감을 줄 뿐만 아니라 30년이 지난 현재에도 유지·관리할 부분 없이 그 건실함을 뽐내고 있다.

▲ 1980년대 초에 세계은행 차관으로 포장된 도로(2012년 7월 5일 촬영)
지금도 이 모습을 그대로 유지하고 있다.

포장공사가 완료된 5년 후에 이 지방도는 국도 28호로 승격되어 동쪽으로는 영주까지, 서남으로는 지보, 의성을 거쳐 포항까지 연장되었다.

예천공설운동장 건설에 얽힌 일화

수해 입은 향석제방 개량·복구

아직은 더 긴 삶을 누릴 수 있는 나이에 안타깝게도 고인이 되신 '이병탁' 사장은 예천에 관련된 건설 사업을 참 많이 도맡아 왔다. 본인이 그분을 처음 만나게 된 것은 초등학교 동창인 오상환吳相煥(당시 예천군청 과장) 동문의 소개를 통해서였다.

1970년대 초, 그때만 해도 그분은 별 일거리 없이 의욕 하나로 동분서주東奔西走하고 있던 시기였다. 당시 용궁 향석제방이 홍수로 인하여 완전 유실된 후 긴급복구 수해대책비를 책정하고 있었다. 수해복구비는 긴급을 요하기 때문에 수의계약이 가능했고, 향석제방은 원상복구가 아닌 개량복구 공사로 전환했기 때문에 다액의 예산이 투입되는 사업이었다. 결국 본인의 도움으로 故 이병탁李秉啅(후일 경북양궁협회 회장) 회장이 이 사업을 맡게 되었다.

이 사업을 시작으로 이병탁 회장은 본격적인 예천 각종 건설 사업에 뛰어들었고, 1970년대에서 1990년대까지 예천군의 건설과 발전에 앞장섰다.

체육부 기준을 배로 늘린 예천공설운동장의 규모

1990년대 초, 예천공설운동장 확장 사업을 추진하게 되었는데 이 사업의 시공 역시 이병탁 사장이 맡게 되었다. 당시 표준규모 시공계획에 따라 체육부가 정해준 기준에 의거 예천공설운동장 시설비 예산을 책정하였으나, 예천공설운동장 건설을 맡게 된 이병탁 사장은 깜짝 놀랄 만큼 일을 크게 벌여 놓았다. 체육부가 정한 기준의 2배 정도 크기로 규모를 늘려서 이미 사업을 시작한 것이다.(1992년 2월 착공, 1996년 7월 완공: 18,556㎡⇒45,000㎡)

　그분이 예천군의 체육시설에 대한 장래의 안목으로 그런 결정을 내렸을 것이라고 긍정적 평가도 할 수 있으나, 건설 회사는 무슨 이유를 붙여서라도 일을 크게 벌이는 관습이 있기 때문에 부정적 시각도 생기기 마련이다. 물론 믿는 데가 있었기 때문에 그렇게 했을 것으로 짐작은 간다.(본인과의 인연: 당시 본인은 예산실 예산총괄국장 재임)

　결과적으로 본인이 어려운 고비를 넘겨가면서 추가 소요액을 뒷받침할 수 있었기에, 오늘날의 예천공설운동장은 그 규모로 세워질 수 있었다. 지금의 시각으로 바라보면 그 규모가 별것 아닌 것처럼 보이지만, 그 당시(20여 년 전) 군 단위 공설운동장 규모로는 유례없던 대규모 시설이었다.

▲ 1969년의 예천공설운동장

▲ 2012년 10월, 1996년 확장 후, 현재(2012년 10월)의 예천공설운동장

　이병탁 사장은 그릇이 큰 호인好人이었다. 만약 그분이 공부를 제대로 하고 정계政界에 입문했더라면, 정당의 당수를 맡을 수도 있었을 것이다. 그만큼 이 사장은 충분한 자질과 리더십을 갖추고 있었다. 다시 한 번 하늘나라에서 편히 쉬고 있을 故 이병탁 사장의 명복을 빌어본다.

▲ 군 단위 공설운동장 중 가장 규모가 큰 예천공설운동장(정면에 보이는 붉은색 좌석이 본부석이다.)

한때 본인이 민선 자치단체장 선거에 뜻이 있어 예천에 와 있을 때의 일이다. 마침 2000년 10월 16일 가을 군민체전이 개최되는 날이었다. 체전을 관람하기 위해 운동장 본부석(약 400석)으로 입장하려고 하는데, 안내하는 직원이 여기저기 두리번거리며 눈치를 살피더니, 본부석 입장은 안 된다고 제지하는 것이 아닌가. 당시 지역 군수와 본인의 관계를 감안할 때 상부의 눈치를 봐야 함은 이해하지만, 본인이 만들다시피 한 예천공설운동장에 본인이 입장하지 못한다는 것이 참으로 아이러니한 상황이었다.

시범구역으로 시작된 예천⇔안동 간 자동차 전용도로

(2002년 1월)

1990년대 초 이전의 국도 4차선 확포장은 교차로, 진출입구進出入口 등 필요한 곳에 반드시 신호등을 설치하도록 되어 있었다. 가까운 예로 충주⇒수안보⇒점촌⇒예천 구간을 보면 알 수 있다. 이때만 해도 일반적으로 고속도로가 아닌 국도에는 당연히 진입로와 출구에 신호등이 있는 것이 필수라고 생각됐다. 본인이 경제기획원 예산총괄국장 재임 시 예산총괄과장은 김광림金光琳(현 안동시 국회의원) 과장이었다. 그는 좀 더 멀리 내다보고 앞으로는 국도 확포장도 고속도로와 같이 신호등 없는 '자동차 전용도로'로 건설해 보자는 안을 제기하였다. 그리하여 30km 전후의 자동차 전용국도 확포장 시범지구를 선정하여 우선 한번 시도해 보자고 결론이 났다. 물론 공사비는 종전보다 두 배 가까이 증가되는 재원소요를 감수해야 했다. 그럼 어떤 노선을 선정할 것인가의 논란 끝에 팔은 안으로 굽는다고 예천⇔안동 간을 선정하게 되었다.

당시 안동 출신 국회의원은 김길홍金吉弘 의원이었는데, 그는 예결위원으로서 이 노선 선정에 국회 차원에서 많은 도움을 주었다. 그리하여 예천⇔안동 간 34호 국도 자동차 전용도로가 지금과 같은 모습으로 탄생하게 되었다.

그런데 문제가 전국 곳곳에서 발생했다. 불만이 여기저기서 터져 나온 것이다. 1990년대 초 이전에 확포장 된 전국의 국도는 확포장의 우선순위가 높았던 지역들이다.(통행량 기준) 이들 도로가 확포장 될 당시에는 감지덕지感之德之하던 그 지역 주민과 이용자들이 이제는 신호등에 대한 비교 우위에서 불만을 터트리는 것이었다. 전국의 모든 국도를 좀 더 뒤늦게 확포장했어야 했을까? 그 불만은 지금도 계속되고 있다. 이리하여 예천⇔안동 간 자동차 전용도로 건설 시범사업의 예에 따라, 그 이후로는 예외 없이 고속도로와 유사하게 신호등 없는 자동차 전용도로가 건설되고 있다. 최근에는 2009년 개통된 예천⇔영주 산(자동차 전용도로) 28호 국도가 그러했고, 영주, 봉화, 울진 간의 국도 36호도 이와 같이 건설 중에 있다.

그 이전에 신호등이 있던 국도에 비하여 시원스럽게 이 도로를 달릴 때마다 그 시절의 일들이 생각난다.

2008년 3월 7일 김광림 안동시 국회의원 후보 선거사무소 개소식 때(안동 역전 백암빌딩) 안동시민은 물론, 중앙에서 전직 고관 명사 출신들이 다수 참석하여 축사를 할 사람은 많았으나, 김 후보의 재치 있는 요청에 따라 본인이 첫 번째로 축사를 하게 되었다. 이 자리에서 본인은 예천⇔안동 간 자동차 전용도로 건설에 얽힌 이야기부터 시작한 바 있다.

(본인은 예산총괄국에서 김광림 후보자의 상사로 재임한 적이 있기에, 그가 안동·예천을 포함하여 경북 북부지방 지역사업 예산지원에 많은 노력을 한 것을 누구보다 잘 알고 있다. 때문에 본인이 안동시민들에게 실감 나는, 피부에 와 닿는 내용의 축사를 해 줄 것을 미리 알고, 이를 부탁했을 것으로 짐작한다.)

▲ 2013년 7월, 예천⇔안동 간 자동차 전용도로

'한국농어촌공사 예천지사 신축'
호화 신축 비판 언론보도와 관련하여

(2008년 11월 28일 예천신문 진실해명 기고문)

건축의 호화 개념은 긴 안목으로 판단해야

근자에 일부 인터넷매체를 포함하여 다수의 지방신문에 '한국농촌공사 예천지사 청사'가 분수를 넘어 화려하게 짓고 있다는 내용이 보도된 것을 알게 되었다.

본인은 이러한 기사와 여론에 관하여 이 지사 청사를 신축하게 된 경위와 실체를 군민 여러분에게 알려 이해를 구함과 동시에 생각나는 몇 가지를 홍보, 설득 차원에서 말씀드리고 싶다.

다 아시는 바와 같이 토목과 건축의 호화, 화려의 개념과 기준은 비교 시점과 시대의 변천 속도에 따라 각각 다르게 판단되고 생각을 달리할 수 있다고 본다. 건설되는 지금의 시점에서 그 시설 수준과 질을 볼 때와 10년, 30년, 50년 후일을 가상하면서 다시 생각해 볼 때 호화의 개념은 크게 달라질 수 있다.

예천 경찰서 신축 당시의 예

본인이 경제기획원 예산국(내무법사 예산과장) 재직 시 연도말 예산(경찰청) 집행 잔액을 모아 다 낡은 예천 경찰서를 시·군 경찰서 신축 표준설계도에 의거하여 개축한 바 있다. 그 당시 '경찰서를 그렇게 호화롭게 지을 필요가 있느냐' 하는 여론이 다수 있었다. 경찰청은 전국 노후 경찰서 신·개축 우선순위가 있으나 본인이 내무부(경찰청 포함) 예산을 담당하고 있는 중 무리해서 앞당긴 점은 사실이다.

그로부터 25년이 지난 지금에 와서 보면 어느 누가 감히 예천 경찰서를 호화롭게 지어졌다고 하겠는가. 오히려 지금에 와서 경찰업무가 더욱 '복잡·다양화' 되어가고 있기 때문에 인원 증가 필요성과 더불어 좀 더 수준 높게 지었더라면 하는 생각이 들기도 한다.

◀ 2011년 8월, 1984년 개축한 예천 경찰서의 현재 모습

▲ 1984년 12월 28일(준공일), 김우현 경북 경찰청장으로부터 예천 경찰서 개축 예산지원에 대해 감사장을 받고 있다.

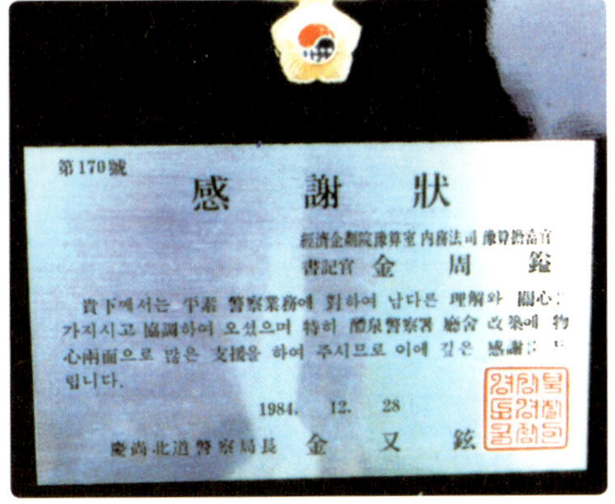

▲ 예천 경찰서 개축 예산지원에 대한 감사장

농민, 농촌, 농업만을 위한 예천농어촌지사

우리 지역에 농민과 농촌을 위해 복합적으로 농업의 육성발전을 전담하고 있는 중앙기관은 한국농촌공사 예천지사가 유일하다. 논과 밭의 경지정리, 농로개설과 포장,

보와 댐의 건설, 농업용수의 공급과 논물의 관리, 장기저리의 농지구입자금 대출, 농지은행으로 하여금 부재지주의 농토관리, 각종 농촌문화시설 운영 등 이 모두가 농민을 위한 값진 일이 아닌가.

우리 고장은 분명히 농업도시다. 예천여중 입구 건너편 국도를 지나다 보면 버려진 창고 같기도 하고, 낡은 주택 같기도 한 허름한 건물이 있다. 이를 자세히 들여다 보면 '한국농촌공사 예천지사' 라는 초라한 간판이 보인다.

지금의 한국농촌공사는 그 옛날 논에 물 대어 주고 물세稅 받던 농조農組와는 그 기능과 역할이 하늘과 땅만큼 다르다.

본인은 농조 때 사용하던 예천지사 사무실 앞을 지날 때마다 같은 정부 투자기관(공사公社)인 한전, 통신공사, 전매공사, 도로공사 등은 10여 년 전에 이미 현대식 청사를 건립하였건만, 농업도시인 우리 지역과 가장 밀접한 관련이 있는 농촌공사만이 물세 받던 그 옛 시대의 건물을 그대로 사용하고 있다는 것에 잦은 의구심이 든다. 또한 그 안에서 봉직하고 있을 직원의 사기와 환경에 대해 심히 걱정이 되기도 한다.

청사 신축은 표준설계도에 따라 전액 국비로

이와 같은 예천지사 청사의 열악한 사정을 알고 있는 본인이 때마침 한국농촌공사 비상근이사(2004년 4월~2007년 6월)로 취임하게 되었다.

2005년에 부지 매입비 예산(7.5억만 원)을 책정하였으나 그동안 부지 매입 지연으로 연기된 것이 사실이다. 이처럼 오랜 숙원사업이던 청사 마감 공사가 금년에 완공을 눈앞에 두고 있다는 것은 참으로 가슴 뿌듯한 일이 아닐 수 없다.

농업도시인 우리 고장의 농업은 영원하다. 새 청사는 노령화되어가는 농민의 미래에 대비한 각종 문화복지시설(농업정보 제공)도 함께 갖추어지며, 농촌공사의 업무 성격상 각종 장비의 보관 등 다른 공사公社에 비하여 부지가 넓어지는 것도 엄연한 사실이다. 또한 본 청사는 전액 국비로, 농촌공사 본부에서 미리 정해 둔 표준설계도면에 의하여 건축되고 있음에 이해가 필요하다. 이는 중앙정부가 영구적으로 우리의 농업,

농민, 농촌을 저버리지 않고 있다는 상징적인 의미를 담고도 있다.

아울러 타 시·군 농촌공사 지사 준공식 때 그러했듯이 우리 군 농민 여러분께서도 농민 여러분을 위하여 열심히 봉직하고 있는 예천지사 사원의 사기를 올려주시고 이들과 한가족이 되어 농업의 미래에 대비할 청사 신축에 기대와 환영의 박수갈채를 보내주시기를 바라면서 부정적인 여론에 이해를 구하고자 한다.

전 한국 농촌공사 비상근이사 및 사장 추천위원장

김주일

▲ 2009년 8월 16일, 우계동에 새로 신축한 한국농어촌공사 예천지사
농민휴게소(왼쪽 단층 건물)도 갖추고 있다.

▲ 2006년, 신축하기 이전의 한국농어촌공사 예천지사 건물 전경

'예천생산' 벽돌 최초로 일본으로 직수출 결정

◀ 1994년 8월 20일 삼한C1 생산 공장 회의실, 세계적으로 품질을 보장받은 삼한 황토벽돌 수출을 위한 일본 수입상과의 상담

◀ 삼한C1 생산 공장(풍양면)

예천생산 벽돌 최초로 일본으로 직수출 결정

일본기업가 ㈜삼한방문, 김주일 외무관리관 적극추진으로 성사

지난 20일 마쓰오건설(松尾建設) 마쓰오 끼오(松尾幹夫 54)사장등 일행 4명이 김주일(주 일 경제공사내정자)외무관리관과 함께 예천군 풍양면 낙상리 ㈜삼한(대표 한삼화 51) 현자공장을 방문했다.

김주일씨와 마쓰오 끼오(松尾幹夫) 사장단 일행은 오전 9시 30분에 도착하여 이회사 관계자들로부터 주품목인 건축용 벽돌, 보·차도 블럭의 상세한 설명을 듣고 전자동화시설로 된 공장을 둘러 보았다.

이번 상담을 적극 추진한 김주일 외무관은 이날 방문을 통해 『예천경제의 활성화와 이지역 주민들의 소득증대와 고용효과 등을 어떻게 하면 올릴수 있나를 항상 생각했다』고 하며 『국제화에 대비해서 군민 모두가 시야를 밖으로 돌려야 한다고 강조했다.

또한 김외무관리관은 이웃간의 경쟁에서 탈피하고 시야를 넓혀 예천의 실라를 찾아야 한다고 하며 경제공사로 나가게 되면 앞으로도 예천의 발전을 위해 국제회의 개최를 바룻한 무공해 야채류 등을 일본시장에 판매하는데 적극 힘써보겠다고 밝혔다.

지난 6월 대창중·고와 자매결연을 맺은바있는 구주홍학관 중·고 이사장이기도한 마쓰오 씨는 학원 직업훈련원 건설(주택, 토목부문)분야 종합상사등에 역점을 둔 1백여년의 전통을 가진 일본 굴지의 종합그룹 기업가 이기도 하다

한편 이날 상담을 통해 저제품으로 우선 벽돌, 보도블럭등 3만개(콘테이너 3대분량)를 수입하기로 결정했다.

이미 한달전에 이회사에서 샘플을 가져가 품질을 검사한 결과 제품의 성능면에서 우수품으로 인정 받았으며 향후 마쓰오상사를 통해 일본전역에 수출될 것으로 기대된다.

예천신문 <야태현 기자> (`94년 8월 25일)

▲ 1994년 8월 25일 예천신문 기사(예천생산 벽돌 최초로 일본으로 직수출 결정)

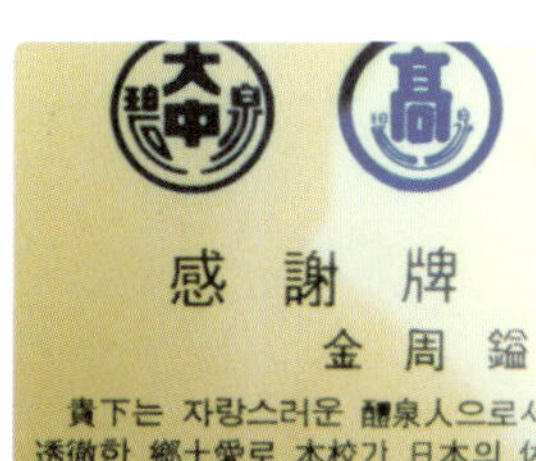

◀ 예천 대창중고등학교와 일본 규슈 사가현 명문사학 홍학관(弘學館) 중고등학교 간의 자매결연을 주선해 준 것에 대한 감사패(1994년 12월 9일)

◀ 일본여행, 3박 4일간의 기록(뒷줄 왼쪽 두 번째부터 시계방향으로 윤창호 제일화재보험 예천영업소장, 구문희 사장, 김주일 총영사, 김도영 예천신문 대표이사, 김문기 예천군 농업경영인회 사무국장, 정차모 환경일보 기자, 권오근 예천신문 기자, 한상경 예천농협 서기, 최철수 예천새마을금고 전무)

▲ 1997년 10월 14일, 하코네 온천수로 삶은 계란을 신기한 듯 까먹고 있다.(왼쪽에서 두 번째 본인)

▲ 1998년 10월 9일, 예천 신용협동조합 이사장이 요코하마 총영사관을 방문했다.(앞줄 오른쪽부터 함정규 씨, 오준식 씨, 노영호 씨, 인경술 씨, 본인, 기영월 씨)

외무부 승진 인사

정부는 15일 김정기(金正琪)외교안보연구원연구위원 김주일(金周鎰)주요코하마총영사 김일건(金日健)주알제리대사 등 3명을 특2급 대사로 승진 발령했다.

정부는 또 허방빈(許方彬)재외동포재단전무이사 김하중(金夏中)외무장관특별보좌관 유명환(柳明桓)외무부북미국장 최혁(崔革)주미대사관공사 임성준(任晟準)주이집트대사 등 5명을 외무관리관(1급)으로 승진시켰다.

〈문 철기자〉

▲ 1997년 11월 16일 중앙일보 기사, 외무부 승진 인사

예천 우수 농·축·특산품 전시·판매장 개관(천호역)

(2012년 9월 6일)

　　예천군은 농·특산물 판로 개척과 지역홍보를 위해 하루 25만여 명이 이용하는 특급 환승역인 서울 지하철 '천호역'에 예천군 농·축·특산물 홍보·판매관을 설치하고 6일 오전 11시 30분 천호역 현지에서 개관 기념식(이현준 예천군수 주관)과 테이프 절단과 동시에 영업에 들어갔다. 천호역 예천군 농·축·특산물 판매관은 농촌사랑과 도농교류를 솔선 실천해 오던 김기춘 도시철도공사 사장의 적극적인 협조와 이현준 예천군수 및 김주일 전 외무부 대사(전 서울시 투자관리국장)를 비롯한 예천출신 서울시 공무원 등이 적극 협조하여 최고의 상권에 예천 농·축·특산품 판매장이 들어서게 됐다.

▲ 김주일 예천군 정책자문위원회 위원장(전 서울시 투자관리국장)은 예천 농업인들에게 "강동구 주민과 서울시민들이 품질의 우수성을 알고 많이 이용할 수 있도록 질 좋은 농·축·특산품 생산에 최선을 다해 줄 것"을 당부하고 "서울시민 가운데 예천 출향인들이 고향냄새가 물씬 풍기는 이곳에 와서 고향 농·축·특산품을 많이 이용해야 한다"고 당부했다.

▲ 오른쪽부터 두 번째 권오호(權五虎) 전 서울시 내무국장, 여섯 번째 이해식(李海植) 강동구청장, 일곱 번째 이현준(李鉉濬) 예천군수, 아홉 번째 본인

▲ 2010년 8월 4일 규슈 사가현 현립공원, 예천 농·특산물(특히 야채, 과일, 화훼) 판로 개척 및 수로를 활용한 공원 조성 현지 시찰(오른쪽부터 김시동 계장, 권기창 교수, 이현준 군수, 본인, 박완기 계장)

2장

지나온 길을 돌아보며
(내 삶의 이모저모)

▲ 2012년 8월, 본인 관련 비디오테이프, 명함철, 중요 기록장

▲ 사진은 지나온 길의 보증인이면서 기록의 증인이기 때문에 더욱 소중하다. 그동안 쌓아온 사진첩을 처분하기 전에 한데 모아 보았다. 이 속에는 그동안 내 삶의 단면이 담겨 있다. 사진을 찍는 동안은 누구나 편안하고 즐겁다. 그래서 내 웃음 띤 얼굴을 남기려고 한다.

▲ 2012년 8월, 본인의 서적 진열장

나의 사병생활과
측근에서 본
박정희(朴正熙) 군수기지사령관

(2011년 5월)

올해는 5·16 군사혁명(본인은 쿠데타가 아닌 혁명으로 정의) 50주년이 되는 뜻깊은 해이다. 50년의 세월이 흘렀지만, 당시 5·16 군사혁명의 주역인 박정희 전 대통령의 기억은 내 머릿속에 또렷하게 남아있다. 박정희 대통령과 나는 군대에서 처음 만났다. 물론 나는 최말직 사병이었고 박 대통령은 사령관이었지만, 나는 운이 좋게도 박정희 대통령을 가까이서 자주 뵐 수 있었다. 오늘은 박정희 대통령을 모실 수 있었던 군수기지사령부 비서실 복무 시절 이야기를 풀어볼까 한다.

시간을 거슬러 올라가 1960년, 나는 잠시 동안 예천군청에서 근무한 후 군軍에 입대하여 논산훈련소에서 군사훈련을 받았다.(이때 4·19 학생혁명이 일어났다.) 훈련을 마친 후 나는 부산보충대를 거쳐 군수기지사령부에 배속, 비서실에서 말석 사병(일병)으로 복무하게 되었다. 내가 맡은 일은 매일 각 참모부의 업무수행 결과를 취합하여 비서실장에게 보고하는 일이었다.

당시 군수기지사령부의 인적 구성은 사령관 박정희 소장(1960년 2월 부임), 참모장 김용순 준장, 비서실장 윤

▲ 1960년, 군 훈련 중(가운데 본인)

필용 중령, 인사참모 박태준 대령, 헌병참모 김시진 대령, 행정비서관 손영길 대위, 공보비서관 이낙선 대위로 이루어져 있었다. 5·16 군사혁명사에 의하면 혁명 모의는 이때부터 이루어졌고, 연일 밀담이 계속되었다고 한다.

▲ 1960년 6월 19일, 군 포병훈련 중(왼쪽 본인)

▲ 1960년, 사격 훈련을 마치고(왼쪽 본인)

▲ 1960년 6월 13일~7월 23일, 논산훈련소에서 군사 훈련을 받았다.
포병훈련 동기들과 함께(앞줄 왼쪽 세 번째 본인, 두 번째 줄 왼쪽 네 번째부터 김인조, 이용주 교관)

▲ 1961년 5월 16일, 군수기지사령부 비서실 근무 당시 경주로 외출
을 나갔을 때 5·16 군사혁명이 일어났다.(오른쪽부터 본인, 김옥현 월
성군수 내외분, 아들 승년)

이와 같은 정보가 육군참모총장(송요찬)에게 흘러들어가는 바람에 박 사령관과 그의 참모들은 광주교육사령부로 좌천되었다. 곧이어 박 사령관은 대구2군 부사령관으로 전임되어, 이때 (1961년) 5·16 군사혁명을 일으키게 된다.

이 시기 나는 사병으로 군수기지사령부 비서실에 홀로 남게 되었지만, 당시엔 그러한 혁명 계획을 전혀 감지하지 못했었다. 그 후 혁명 비사 등에 의하면 그와 같은 일련의 회합은 사령관 관사가 있었던 동래에서 자주 이루어졌다고 한다. 뒤늦게 그때에 은밀한 활동의 분위기가 떠오른다.

▲ 5·16 군사혁명 당시 박정희
소장의 모습(박정희 소장 뒤 이낙
선 소령)

▲ 5·16 군사혁명 당시 '혁명 공약'을 발표하는 장면

박정희 사령관이 좌천된 후, 나는 그 후임으로 오신 박현수 소장을 모시게 되었다. 근시안적으로 두 분 사령관을 비교해 봤을 때, 사령부 최고 지휘관으로 사생활 면과 몸가짐에 있어서 서로 다른 점이 많이 있었다는 것을 지금도 생생하게 기억하고 있다. 근면·검소·절약, 강직한 지도력, 공公과 사私의 구분, 선공후사先公後私 정신, 결단력, 애국애족의 국가관 이것은 박정희 사령관을 대표하는 장점이자 특징이다.

5·16 군사혁명 당일 날, 나는 군에서 외출하여 경주에 있는 친척집(김옥현金玉顯: 월성군수 관사)에 머물고 있었다. 그런데 그날 새벽 갑자기 라디오에 "박정희 소장(이때는 대구 2군부사령관)이 이끄는 군軍병력이 한강을 건너 서울 중심부로 진군하고 있다"는 긴급뉴스가 보도되기 시작했다.

그 당시 민주당 정부(제2공화국: 의원내각제)는 실권實權 장면 총리를 내각수반으로 하는 신파와, 대통령 윤보선을 추종하는 구파로 이분되어 치열한 정쟁政爭을 벌이고 있었고, 이로 인한 정치, 사회, 경제 등의 혼란상은 극에 달할 때였다. 혁명이 일어나자 윤보선 대통령이 남긴 "올 것이 왔어. 우리나라는 아직 선의의 독재가 필요한 나라야."라는 말은 당시의 시국時局상을 잘 표현하고 있다.

박태준(朴泰俊)
포항제철 회장과의 인연(因緣)

본인이 박태준 회장을 처음 뵌 것은 1960년 7월『부산군수기지사령부』비서실에서 군 복무를 막 시작하고 있을 때였다. 이때 박태준 대령은, 동 사령부의 인사참모(대령)로 근무 중이었다.(이때는 박 대령이 와세다대학 출신임을 알지 못했음)

▲ 1990년 6월 27일 와세다대학 한국 총동창회, 본인의 경제기획원 경제교육기획국장 취임을 축하하는 장면(오른쪽부터 박태준 포철회장, 김상만 한국 총동창회 회장, 본인, 한건수 전국회 부의장)

그 후, 두 번째로 뵌 것은 1967년『청구권 및 경제협력사절단』(동경) 근무 당시 하네다 공항에 출영 나가서였다. 이때 박태준 회장은 포항제철의 사장으로 재직 중이었다. 그는 청구권자금의 일부를 포항제철에 사용할 수 있는가를 타진하기 위해서 동경에 왔었다.

세 번째로 마주한 것은 와세다대학 한국 총동창회(회장: 김상만金相萬 동아일보 회장) 석상에서였다. 이때 그는 포철 회장에 재임하고 있었는데 본인과 함께 학교에 대한 많은 정담을 나누었다.

네 번째 만남은 2007년 12월 7일 '자랑스러운 와세다인상'을 함께 수상할 때였다. 이때 박태준 회장은 포항제철의 명예회장을 지내고 있었는데, 이 만남이 우리의 마지막 만남이었다.

2011년 10월 13일 서거한 박태준(전 총리, 한·일 의원연맹 회장, 포철 명예회장) 회장은 박정희 대통령과 함께 나라의 운명을 바꾼 위대한 인물이었다. 이제는 두 분 모두 하늘의 별이 되었지만, 지금도 본인의 귓전에는 "나라를 위해 애국심을 갖고 일해 달라"는 두 분의 음성이 들리는 듯하다.

> 일본 국가를 개조하여 주식회사 일본을 일궈낸 일본번영의 중심인물 중 한 명인 세지마 류조瀨島龍三(2007년 작고)의 회상록回想錄(P. 419 일·한 관계)에는 박태준 회장의 이야기가 잘 기록되어 있다. 포항종합제철 회장으로서, 한·일 의원연맹 회장으로서, 민정당 대표위원으로서 그의 인간성, 국가관, 정직성, 한·일 양국의 우호 증진과 국익을 위한 애국심은 실로 모든 이들의 존경을 받을 만하다.

To. 박태준, 박태화

故 박태준 포항종합제철 명예회장님은 천국에서 국가발전상을 내려다보고 계시겠지요. 또한 박 회장님의 계씨季氏 박태화朴泰和(전 현대시멘트 대표이사) 선배 내외분!

언제나 남다른 우정으로 정도正道를 걸으시고, 남에게 폐를 끼치기를 꺼리시며, 남에게 베푸는 인정과 정담이 넘치는 타고난 천성天性은 주위 모든 이에게 호감을 사고 있답니다.

이는 일본에서 태어나 유년 시절 일본식 유아교육을 받은 탓인가요? 아니면 엄격한 윤리관과 규율을 갖추었으면서도, 한없이 따뜻한 마음씨를 지닌 형(박태준)으로부터 전수傳受받은 근본根本이 어우러져 형성된 인품인 것인가요?

늘 마음속 깊이, 진심으로 존경하고 있답니다.

▲ 2012년 8월 2일 아소(阿蘇) 프린스 호텔, 만나면 정담이 넘치는 박태화 회장 내외분과 함께

◀ 2009년 2월, 하와이 터틀베이 리조트 골프장 (오른쪽부터 박태화 회장 부부, 내자, 강경식 전 경제부총리 부부, 본인)

제16대 노무현(盧武鉉) 전 대통령과의 인연(因緣)

(2009년 11월)

고인이 된 노무현 전 대통령의 최종학력은 부산상고가 고작이지만, 그는 독학으로 사법고등고시에 합격하여 일시 판사를 지낸 인물이다.

그는 서민적이고 누구와도 대화와 토론하기를 좋아하는 보통 사람이었다. 그는 1988년도에 처음으로 국회의원에 당선되었고 2년 뒤인 1990년에는 예결위원회 위원으로 활약하였다. 그는 모든 일 처리에 있어서 꼼꼼하고 완벽하였는데, 특히 예산제도와 정부예산의 내용에 관하여 면밀히 파악하고 문제점을 지적하는 등의 학구적 노력이 돋보였다.

본인과는 부산상고 선후배 간이기도 했다. 당시 부산상고 출신으로 관계에 진출한 고위공직자가 별로 없었기에 경제기획원 예산실에서 근무하고 있던 본인과는 동창회 석상에서 대면할 때마다 남다른 친근감을 나타냈고 다양한 대화가 이루어지곤 하였다.

1991년 11월, 1992년도 정부예산(안) 심의가 막바지에 이를 때였다. 하루는 최각규崔珏圭(강원도지사, 국회의원) 경제부총리께서 본인을 찾으신다는 전갈이 왔다. 이때 본인은 예산총괄국장 직에 있었으므로 국회 예산심의에 전력투구하고 있을 때였다. 최 장관께서는 "김 국장! 노무현 의원을 잘 설득해야 명년도 예산이 순조롭게 넘어갈 것 같습니다. 김 국장과 같은 부산상고 후배이고 하니 자주 만나서 설명을 잘해보세요."라고 지시하였다.

사실 노무현 의원과는 그때만 해도 자주 만나는 사이였다. 노 의원은 예산과 관련하여 일반적인 사안부터 예기치 못했던 사안에 이르기까지 전문적인 지식과 논리정연論理整然한 질의로 예결위원 중에서는 단연 돋보이는 인물이었다.

또한 그는 본인을 예산전문가로 인정해 오던 터라, 본인이 예산심의 방향, 문제점 해결방안 등을 제시했을 때 이를 잘 경청해 주었으며 이해 역시 빨랐다.

시간이 흘러, 그가 16대 대통령으로 당선된 후 본인은 그를 세 번 만날 기회가 있었다. 그 첫 번째는 당선 후 취임 전 최초로 대구를 방문했을 때였다. 본인은 호텔에서 잠깐 동안 그의 당선을 축하하는 대화를 나눌 수 있었다.

두 번째는 대통령 취임 후인 2006년 4월 11일, 본인이 일본민단중앙본부 서울사무소장으로 일하고 있을 때였다. 신임 민단중앙본부단장(하병옥河丙玉)과 임원 일행이 인사차 청와대를 방문하게 되었다. 본인은 이때 역대 대통령들과 너무도 다른 노 대통령의 손님맞이에 깜짝 놀랐다. 영접 예의와 면담 및 회의장 분위기를 부드럽게 만들어 참석자 모두의 마음을 편안하게 해주는 것은 권위의 상징인 청와대의 분위기와는 사뭇 다른 느낌이었다. 노무현 대통령은 이날 참석한 사람들이 하고 싶은 얘기를 마음껏 나눌 수 있도록 손수 대화를 이끌기도 했다.

◀ 2006년 4월 11일, 신임 민단중앙본부단장(하병옥)과 임원 일행이 인사차 청와대를 방문. 노무현 대통령과 본인이 반갑게 악수를 하고 있다.

노 대통령의 모습에서 '오만'이나 '권위주의적인 면'은 조금도 느낄 수 없었다. 우리 일행은 자리에 앉게 하고, 대통령이 직접 한 바퀴를 돌면서 한 분 한 분 방문 환영 인사를 하고 다녔다. 이때 단장이 본인을 소개하려 하자 자신이 먼저 "김 선배는 제가 일찍부터 너무 잘 알지요. 내가 가장 존경하는 고위관료 출신 모교 선배이지요."하면서 "요즘 무엇을 하고 계십니까."라고 질문을 던졌다. 본인이 "민단 서울사무소장으로 민단에서 봉사하고 있습니다."라고 대답했더니, 그는 "그건 보고받아서 이미 알고 있고요"라며 멋쩍게 웃어 보였다. 그 모습이 아직도 내 눈에 선하다.

세 번째 만남은 같은 해 6월 7일, 『해외한민족대표자회의 회장단』 일행이 청와대를 방문했을 때였다. 오찬이 끝나고 기념사진 촬영하는 순간을 포착하여 "11월 말로 임기가 끝나는 해외동포재단 이사장 후보에 제가 신청하고자 합니다."하고 노무현 대통령에게 희망 사항을 말씀드렸더니 "예! 동포재단 이사장이요? 그럼 그렇게 하시지요."하는 긍정적인 답변이 돌아왔다. 이에 본인은 곧 후보신청(신청자 19명)을 마쳤으나, 인사보조 책임자들의 언질에 의하면 "(대통령과) 같은 고교 출신이라 곤란하다."는 역차별성의 의도로 고배를 맛보게 되었다. 당시 부산상고 출신을 요직에 너무 파격적으로 앉힌다는 분위기가 팽배했고, 실제로 자격 미달 동문이 요직에서 일하며 오류誤謬, 실책失策, 지탄指彈을 받는 경우가 많았다.

지나온 길을 되돌아보면 정한 목표를 향하여 전력투구하였으나 중도에 좌절을 맛본 것은 그때가 처음인 것 같다.

제17대 이명박(李明博) 전 대통령과의 인연(因緣)

(2012년 1월)

'울산 중화학공업지원시설과 현대건설' 예산지원에 얽힌 이야기

1973년 중화학공업기지 건설이 본격화되면서 정부의 재정도 이들 지원시설에 집중적으로 투입되고 있을 때였다. 본인은 당시 건설교통예산과장으로 주로 중화학공업기지 지원시설 예산을 담당하고 있었다.

6개소의 중화학기지 건설 중 『포항종합제철』 다음으로 울산공업기지 건설에 대한 정부지원의 규모가 컸다. 즉 울산의 조선, 자동차, 석유화학공장 건설을 위한 지원시설로 공업용수(2개의 저수 댐), 진입도로, 단지조성, 항만 등이 그것이다. 이들 정부지원시설은 현대건설이 주로 맡아서 시공하게 되었다.

조선소(지금의 현대중공업) 건설을 위한 부지 조성은 당해 기업이 자체적으로 해결함이 당연하다. 문제는 항만 준설과 방파제 건설을 '당해 기업이 할 것인가, 정부예산으로 할 것인가'를 놓고 이명박 현대건설 전무와 논쟁을 벌이게 되었다.

현대중공업 방파제는 항만법에 따라 정부예산으로

이곳 미포만은 수심이 깊어, 항만 준설에는 별문제가 없으나 방파제 건설에는 많은 예산이 들어가야 했다. 방파제 시설비 부담의 주체를 놓고 장시간 논의를 하던 중 본인은 '항만법'을 살펴보게 되었다. 지금의 '항만법'은 어떻게 개정되었는지 잘 모르겠으나 그 당시 항만법에는 '방파제를 포함한 항만시설은 국가만이 할 수 있다.'로 규정되어 있었다.

그리하여 결국 방파제 건설은 정부의 예산으로 시공케 되었다. 또한 다른 지원시설(공업용수, 진입도로, 단지조성 등) 예산책정과 관련하여 울산 현지답사차 이명박 전무(이사→상무→전무→부사장→사장→회장)와 단둘이서 끊임없이 울산 현지를 드나들던 기억이 생생하다.

▲ 1978년 9월 29일, 부산항 제2단계 준공식 및 제3단계 컨테이너 부두 신축 공사장 시찰(오른쪽에서 두 번째 이명박 현대건설 사장, 세 번째 본인)

▲ 1978년 9월 29일, 부산항 제2단계 준공식 및 신축 공사장 시찰을 마치고 환담을 나누는 장면(앞줄 왼쪽 첫 번째 현대건설 사장, 뒷줄 왼쪽부터 본인, 이명박 현대건설 사장)

그때 미포만에서 저 멀리 서쪽으로 바라본 전하만田下灣과 그 주변의 마을풍경은 마치 한 폭의 그림처럼 너무 아름답고 평화로웠다. 지금은 그 자리에 '미포조선소'가 들어서 그 당시의 아름다운 마을 모습은 형체조차 찾아볼 수 없음이 매우 안타까울 뿐이다.(본인은 2001년 3월 17일부터 3년간 미포조선소 사외이사 역임)

울산 산업기지 개발의 인연으로 시작된 이명박 회장과의 만남은 그 후에도 계속되었다. 가끔 뚝섬경마장 주위 9홀 골프장을 돌면서 함께 골프를 치기도 하였고, 사당↔금정 간 사철私鐵 건설 시도를 두고 일본 측 회사와 협상을 진행할 때에도 같은 자리에 있었다. 몇 해 전에는 한나라당 국가혁신위원회 회의장에서 함께 토론을 하기도 하였다.

이명박 전 대통령이 서울시장 재임 시, 국가경영전략연구원NSI에서 강의를 한 적이 있다. 강의가 끝난 후 본인이 "여기 모인 회원은 대부분 이 시장님 팬들이니 별도로 자리를 옮겨 차 한잔 나누시지요."라고 권유를 했더니 이 시장은 흔쾌히 승낙하였다. 비록 다음 일정 때문에 긴 시간을 함께할 수 없었지만 이것이 본인이 이명박 전 대통령과 함께한 마지막 만남이었다.

그리하여 그 이후 대통령 당선(2007년 12월)과 취임(2008년 2월) 후에는 한 번도 대면하지 못하고 오늘에 이르렀다.

◀ 1970년 '전하만(지금의 미포조선소 자리)의 아름다운 풍경'(오른쪽 첫 번째 허상목 건설부 예산과장, 두 번째 본인)

지암 남덕우(芝巖 南悳祐) 회장님과의 네 차례 인연(因緣)

지암芝巖 남덕우南悳祐(제14대 국무총리) 현 한·일 협력위원회 회장님과 처음 인연因緣을 맺게 된 것은, 50년대 말 국민대학(야간부)에서 경제원론, 미시경제학 강의를 들을 때였다.

나는 처음 대학에 진학할 때, 성균관대학(야간부)에 입학하려고 마음먹었었다. 하지만 "국민대학 남덕우 교수의 경제학 강의가 명名강의로 평판 자자하니 남 교수 밑에서 경제학 공부를 하는 것이 좋겠다."는 친구의 권유가 있어 국민대학으로 발걸음을 옮기게 되었다. 과연 평판은 그대로였다. 남덕우 교수의 강의는 당대 최고의 경제학 강의라 불릴 만큼 내용이 알찼고 이해하기도 쉬웠다. 그때 국민대학에서의 경제이론 수강이 오늘날 나의 기초경제 논리에 관한 지식의 전부라 해도 과언은 아닐 것이다.

두 번째 인연은 내가 경제기획원에서 근무 할 당시였다. 대학의 은사님이셨던 남덕우 교수가 경제기획원의 부총리 겸 장관으로 부임하신 것이다.(1974년 9월 18일 ~1978년 12월 2일: 최장수 E·P·B 장관) 나는 이 기간 예산국실에서 중화학공업건설 지원시설(도로, 항만, 공업용수, 단지조성, 댐, 공항)예산 담당과장으로 근무했기 때문에, 직접 남덕우 장관님에게 보고 또는 결재받는 일이 많았다.

▲ 1997년 5월, 안경모 건설부 장관께서 남덕우 장관님을 사업 현장으로 안내하고 있다.(뒷줄 오른쪽 첫 번째 본인)

남덕우 장관님은 한국경제의

성장과 발전을 이룩한 개발연대의 중심에서 국정을 이끌어 오신 분이라고 서슴없이 말할 수 있다. 또 내가 겪은 남 장관님은 외유내강外柔內剛하고 온화한 인품을 지닌 정이 많은 분이셨다. 내가 장관님을 모시는 동안 나는 한 번도 그분이 화를 내거나 짜증을 부리는 모습을 보지 못하였다. 그러면서도 자신의 주장을 관철시키기 위해 큰 목소리를 내거나 타인을 비방하는 일 없이 은근히 소기의 목적을 성취하는 리더십을 가지고 계셨다.

세 번째 인연은 나의 외아들 준구의 결혼(1995년 12월 23일) 주례를 맡아 주신 것이다. 남덕우 회장님은 나랏일에 바쁜 와중에도 친히 발걸음 해주시고 거기에 감동적인 주례사까지 선물해 주셨다. 그때의 주례사는 신랑·신부는 물론, 많은 하객들에게 깊은 감명을 안겨주었다.

지난해 초 "아들 준구가 주미 워싱턴 대사관에 참사관으로 부임하게 되었다"고 자랑스레 말씀드렸더니 "거참 잘되었군. 축하해!" 하시며 빙그레 웃으시던 모습이 지금도 내 가슴에 와 닿는다.

▲ 2011년 6월 5일 뉴-오타니 호텔, 한·일 협력위원회 회의장에서(오른쪽부터 남덕우 회장님, 아베 신조 전 총리, 이대순 전 장관, 본인)

네 번째 인연을 맺게 된 것은, 현재의 한·일 협력위원회에서 회장과 이사의 관계로 마주한 것이다. 2006년 한·일 협력위원회는 일본 측 일·한 협력위원회로부터 존경받아온 거성 신현확 申鉉碻 전 총리(2007년 타계)에 이어, 남덕우 전 총리께서 한국 측 회장직을 맡게 되었다.(일본 측 회장은 나카소네 야스히로 전 일본 총리대신이 맡고 있다.)

현재까지도 한·일 양국 간의 복잡하고 껄끄러운 사안들은 상존하고 있지만, 남 회장님의 온화한 인품과 상호 신뢰를 바탕으로 한 소통의 리더십 발휘로 인해 한·일 협력위원회만은 변함없는 우호적 분위기 속에서 교류협력이 계속 진행되어가고 있다. 감히 졸수卒壽를 넘어서신 남 회장님의 만수무강을 기원하는 마음 간절하다.

▲ 2011년 5월 23일 그랜드인터콘티넨탈 호텔, 지암 남덕우 미수(米壽) '서예·사진 전시회'에서(왼쪽부터 본인, 남덕우 회장님, 기병태 회장)

※ 이 책의 원고 집필 당시 故 남덕우 회장님은 아직 작고(2013년 5월 18일)하시기 이전임을 밝혀둡니다.

가까이서 모셨던
고마운 상사님들

인생의 치열한 경쟁과 이해관계利害關係 속에서, 크고 작은 사건들을 마주할 때마다 이를 어떻게 해결하면 좋을지 고민하던 시간이 많았다. 하지만 이런 굽이굽이 마다, 길을 밝혀 주시고 뒤에서 밀어주신 고마운 분들이 있었기에 나는 지금의 이 자리까지 올 수 있었다.

▲ 2007년 12월 26일, 세종문화회관 미술전람회장에서(왼쪽 유종하 전 외교부 장관, 오른쪽 본인)

내가 공직에 몸담아 최하위 직급에서 시작해 주사, 사무관, 과장, 국장, 관리관, 외무관리관을 거쳐 특2급 대사로 승진昇進하기까지 10번의 승진이 있었다. 이에 결정적인 역할을 해주셨고, 또 공직 퇴임 후에도 각종 분야에서 봉사하고 활동할 수 있도록 보살펴 주신 고마운 상사님들에게 감사의 인사를 전하고 싶다.

먼저 내가 『경제기획원 물동계획국 시설투자과』에 처음 둥지를 틀 때(1961년 9월 16일), 조직의 일원으로 직장 분위기에 익숙해지도록 조언助言과 배려配慮를 아끼지 않으셨던 이만용李萬用 선배(후일: 상공부 국장), 그 당시 나의 진로에 결정적인 영향을 주신 강용순姜甬淳 과장님(후일: 총무과장, 수산청장), 『청구권 및 경제협력사절단』으로 추천해주신 유병호俞炳晧 총무과장님, 예산국에서 일하게 해주신 김주남金周南 예산국장님(후일: 건설부 장관), 나의 동향 선배이신 황병태黃秉泰 차관보님(후일: 외국어대학 총장, 국회의원, 주중 대사)과 박청부朴淸夫 예산실장님(후일: 보사부 차관), 김학열金鶴烈 차관님(후일: 경제부총리), 김봉환金鳳煥 국회법사위원장님, 김영준金榮俊 차관보님(후일: 농림부 장관, 한전 사장), 민충식閔忠植 청구권 및 경제협력사절단장님(후일: 호주 대사, 한전 사장), 총무과장으로 전보해주신 김흥기金興起 차관님, 서울시 투자관리국장에서 본가인 경제기획원 경제교육기획국장으로 복귀시켜주신 이진설李鎭卨 차관님(후일: 건설부 장관), 어려운 고비마다 큰 도움을 주는 등 40년 넘게 우정을 이어 온 강경식姜慶植 경제부총리님(후일: 재무부 장관, 대통령비서실장, 국회의원), 무슨 일이든 마다하지 않고 자문에 응해주신 인자한 이응선李應善 국장님(후일: 과학기술처 차관, 국회의원)과 이원경李源京 체육부 장관님(후일: 외무부 장관), 국회 예결위 수석전문위원(차관보급)으로 영진시켜주신 최각규崔珏圭 경제부총리님(후일: 재무부 장관, 강원지사, 국회의원), 신현확申鉉碻 국회의원 겸 보사부 장관님(후일: 경제부총리, 총리), 은사恩師이신 남덕우南悳祐 경제부총리님(후일: 총리), 변함없이 다정한 친구처럼 나에게 많은 도움을 주는 김인호金仁浩 경제수석님(후일: 공정거래위원장), 서울시의 최고 책임자 직에서 많은 일을 추진할 수 있도록 힘을 실어주신 염보현廉普鉉, 김용래金庸來(후일: 총무처 장관), 고건高建(후일: 총리) 서울특별시장님, 한결같이 따스한 정을 베풀어주시고 무슨 일이든 긍정적인 방향으로 떠밀어주신 유종하柳宗夏 외교통상부 장관님(후일: 대한적십자사 총재), 공직 퇴임 후 많은 면에서 지도해주신 정몽준鄭夢準 의원님, 동명이인이신 김병일金炳日 기획예산처 장관님과 김병일金炳日 공정거래위원회 부위원장님, 박태화朴泰和 회장님, 임조홍林祚弘 교우님. 아마 이분들은 평생 잊을 수 없는 은인恩人으로서 길이 기억에 남을 것이다.

내가 오늘 이 모습으로 여기에 있게 도와주신 고마운 분들, 인생행로人生行路의 험난한 길목에서 나의 든든한 버팀목이 되어 준 그 커다란 은혜恩惠를 반추해 보면, 내가 세상에서 얼마나 축복받은 사람인지 새삼 느끼게 된다.

◀ 2009년 1월 30일, 힐튼 호텔에서(뒷줄 왼쪽부터 황병태 총장, 강용순 전 수산청장, 김용래 전 서울시장, 본인, 앞줄 왼쪽부터 내자, 황병태 총장 부인, 강용래 전 서울시장 부인)

◀ 1988년 3월 7일, 이원경 체육부 장관(오른쪽 첫 번째), 이응선 차관(오른쪽 두 번째), 손명현 국장(왼쪽에서 첫 번째)과 함께

▲ 1988년 4월 5일, 이응선 홍천 국회의원 후보가 선거운동을 하고 있다.(뒷줄 왼쪽에서 네 번째부터 손명현 국장, 본인)

▲ 1967년 8월 일본 지바현, 김영준 차관보(왼쪽 첫 번째)와 함께

▲ 1997년 ADB 총회, 후쿠오카 호크 호텔
본인이 주일본 한국대사관 경제공사 재임 시 일본 경
제의 흐름에 대해 강경식 경제부총리에게 설명하고
있다.

▲ 1993년 2월, 한갑수 차관으로부터 업무 지시를 받고
있다.

◀ 1995년 4월
23일 공사 공관,
김인호 철도청장
(오른쪽 두 번째),
김병일 경제협력
관(오른쪽 첫 번
째)과 함께

▲ 1988년 12월 30일, 고건 서울시장으로부터 '홍조
근정훈장'을 수여받고 있다.

▲ 2013년 2월 13일 NSI, 강창희 국회의장과 함께

◀ 강경식 경제부총리와 김인호 경제수석은 1997년 당시 IMF 외환위기의 주범으로 몰려 호된 곤욕을 치렀지만 결국 전 과정 무죄 판결(최종)을 받을 수 있었다. 이때 최후진술에서 강 부총리의 소방수 논리와 김 수석의 계백장군 정세 논리는 역사에 길이 회자될 풍자적 용어가 되었다.

1999년 9월 5일 요코하마 총영사관, 무죄판결을 받고 첫 나들이(왼쪽 본인, 김 수석 내외분, 강 부총리 내외분, 내자)

▲ 이즈반도 산정에서, 청구권 및 경제협력 사절단 발령 시 본인이 직접 모신 김주남(金周南, 고인) 예산국장과 함께

▲ 1986년 4월, 남서울CC에서(오른쪽 첫 번째부터 다다이 NCB 상무, 니시후지 노보루 경제기획청 국장, 본인, 다케시타 와타루 수상 비서관)
본인의 일본인 친구 3총사. 이들과는 오랜 기간 함께하면서 돈독한 우정을 쌓았다.

▲ 2009년 5월 12일, 홍학관(弘學館) 정문 입구에서(왼쪽 본인, 오른쪽 마츠오 회장)
마츠오 건설은 100주년 기념사업으로 사회 환원의 의미를 담아 명문사학 '홍학관'을 설립하였다.(1987년 4월)

▲ 2007년 5월 12일, (뒷줄 왼쪽부터)강경식 전 부총리(현 동부그룹 고문), 김인호 전 장관(현 시장경제연구원 원장), 김휘동 안동시장, 김주영 영주시장, 유종하 전 외무부 장관(2011 대구세계육상대회 유치위원장), 유한섭 전 신세계백화점 회장과 함께(앞줄(부인들) 왼쪽부터 조삼진 씨, 김진자 씨, 서복자 씨, 내자, 정경화 씨: 이날 서울에서 오신 세 내외분은 본가에서 숙박)

일본경제신문(日本經濟新聞)과의
연(緣)

(1998년 11월)

일본경제신문이 많은 도움이 되다

▲ 1982년 4월, 본인이 일본경제신문을 정독하고 있다.

다들 알다시피 '일본경제신문'은 일본이 경제대국으로 발돋움하기 시작한 100여 년 전에 창간된 일본 제일의 경제신문이다.(내용, 신뢰도, 정보력, 전 세계 경제 흐름)

내가 1966년도에 일본(청구권사절단)에서 근무할 당시 민충식 단장께서 일본경제신문을 구독할 것을 권장하였다. 그리하여 일본경제신문을 애독한 덕택에 나는 일본경제, 세계 각국의 경제 흐름에 대해 많은 지식을 접할 수 있었다. 물론 이는 일본어를 공부하는 데에도 많은 도움을 주었다. 특히 1967년도 와세다 대학원에 입학하기 위해 '일본경제신문 사설'을 필사하는 노력을 열심히 했는데, 이것은 훗날 7:1의 대학원 입학경쟁시험에 합격하는데 큰 밑거름이 되었다. 그 후로도 이 신문을 계속해서 애독하게 되었고, 지금은 연간 구독료 140만 원이 부담스러워 자비로는 구독할 수 없게 되었다. 때문에 이 신문을 정기 구독하는 회사에 가끔 들러 이를 훑어보곤 한다. 오랜 시간을 '일본경제신문'과 함께 했기 때문에, 지인知人 중에는 일본경제신문과 관련된 인물들(일본경제신문 본사 사장·전무, 일본경제신문연구소, 일본경제신문 서울특파원 등)이 특히 많다.

일본경제신문 교유초(交遊抄)에 3회 게재되다

일본의 대표적인 일간 경제지 '일본경제신문'이 주최한 '1999년도 일본경제의 전망' 강연회(시마다 동同 신문 편집국장)가 성황리에 개최되었다(장소: 랜드마크 회의실). 이 행사에는 다카히데 요코하마시장과 쓰시마 경제인연합회회장 등 요코하마시, 가나가와현, 가와사키시 저명인사들이 대거 참석하였다.

강연회가 끝나고 만찬이 이어진 후, 별실에서 환담회를 가졌다. 이 자리에서 쓰기모토杉本 일본경제신문 요코하마 지국장은 "대사직인 김 총영사는 본지 교유초交遊抄에 세 번 대일 교우 인물로 소개되었다."고 나를 소개했다.(대사관 경제공사 재임 시부터 알고 지내는 관계임) 이때 쓰루타 타쿠히코 일본경제신문 회장은 "동일인이 교유초에 두 번 소개된 사례도 없는데, 세 번이나 교유 인물로 등재되었다면 이는 일본경제신문 백 년사에 기록을 세운 것이다."라며 놀라워했다. 또 "이는 김 총영사가 일본에 많은 인맥을 두고, 대일 교류관계에 있어 활발하게 활동하고 있다는 것을 입증한다."며 칭찬을 아끼지 않았다.

▲ 1995년 6월 22일, 벳쇼코로 일본 외무성 북동아과장(왼쪽 첫 번째, 현 주한 일본국 대사), 미모리 일본경제신문 편집국장(오른쪽 첫 번째), 쓰루타 타쿠히코 일본경제신문 회장(오른쪽 세 번째), 김태지 대사(오른쪽 네 번째)와 함께

▲ 1995년 1월 20일, 필자 마츠오 회장(왼쪽)

▲ 1997년 5월 22일, 필자 엔도 사무차관(왼쪽)

▲ 1993년 12월 9일, 필자 다다이 상무(왼쪽)

新しい日韓関係

松尾　幹夫

九州の経済人が、アジア全体に目を向けている中で、私は韓国専門。それも、ご主人と一緒のことが多いのところ年に四、五回は訪れている。一昨年は佐世保のハウステンボス、昨年は宮崎のシーガイアにご案内した。おみやげには必ず有田の焼き物を使う。もともと朝鮮半島の文化だったのを、秀吉が陶工を連れて来てこちらで発展させたからだ。その恩を忘れてはならない。

金氏の小中学校の恩師、金教容先生には昨年六月、私の会社が作った学校、弘学館で講演してもらった。親孝行や年長者を敬う儒学の話に、私も生徒たちも強い感銘を受けた。それがきっかけで弘学館と、金教容先生が現在校長をしている醴泉の大昌中高等学校との交流が始まった。弘学館の生徒が大昌中高等学校を訪問する修学旅行が検討されている。私が始めた新しい日韓関係が、若い世代にまで広がればと願っている。

日本と朝鮮半島の友人・金周鎰氏がいるからだ。金氏が九州に来られることも多い。パック旅行では入らないルートに入らない韓国の美しい田舎だ。

金氏の生まれ故郷、慶尚南道の醴泉（レイチェン）に行くことも多い。金氏は、机の上に家族の写真を常に飾るほどの家庭人。年をとった母親のために故郷にとどまり年長者を敬う孝行息子である。昔の日本にあった家族や年長者を大切にする美風が、韓国には今でも残っていることを実感し、忠州湖の水面と湖畔の奇岩を加えた景色は、まさに墨絵の世界だ。ここでとれるマツタケがすばらしい。秋のシーズン、金氏に何度も二人で訪れ、長い。

（まつお・みきお＝松尾建設社長）

大切なチング

遠藤　安彦

日本の自治省と韓国の内務部は毎年、それぞれの次官を長とする代表団を相互に派遣し、両国の内政問題について活発な討議をしている。制度が始まったのは九一年で、その時に韓国内務次官として来日したのは崔仁基氏だった。包容力の大きな人柄で、自治省にも多くのファンがいる。内務次官からいきなり農林水産部長官に栄進し、閣僚としても大いに辣腕（らつわん）を振るった。

現横浜総領事の金周鎰氏は内務部ではなく経済企画院の出身だ。ソウル五輪の時に「地下鉄建設に地方債を導入したい」と自治省を訪ねてきた。以来、親しくしている。

韓国銀行は、朝鮮銀行の本店だった建物を復旧して金融資料館として永久保存を決め、日貯銀は朝鮮銀行の資料をそっくり寄贈し、ともに朝鮮銀行を前身とする韓国銀行と日貯銀の共同事業は、各方面から評価された。

ちょうどな日本人で、人情に厚い。日本語に堪能で、内務部きっての名ゴルファーとして知られた同氏とは近く手合わせをする約束があり、楽しみである。金氏にとって大切なチング（親旧）という、この四人は私にとって大切なチングである。

（えんどう・やすひこ＝自治事務次官）

過去乗り越えて

多田井　喜生

終戦で閉鎖になった朝鮮銀行には、正史がなく、資料も四散している。八四年秋に、ある国会の専門委員に転じた金周鎰氏とは、日本留学時代から家ぐるみのつき合いが続いている金尚栄先生を指さして、「下の枝にいる虫は、上を見て、『日が当たっているし、柔らかくておいしそうな葉があるので、一生懸命に登っていきます。でも上に着くと、日射しは強いし、風も雨も吹きつける。後悔しても、後戻りはできません。役所も、会社も、同じですね」。

金氏は、酒が入ると「おれは河原の枯れすすき……」と、船頭小唄を歌う。かすれ気味のその声に、愛が太くて角張った韓国人特有の顔から、朝鮮戦争、軍政時代と過酷な五十余年を耐え抜いた強靱さと、悲哀が入り交じる。

終戦で閉鎖になった朝鮮銀行には、当時総協会のセミナーで来日、韓国と日本経済の明日を語って、経済企画院の局長から、先ど俸（ろ）むことを知らない。韓国産業政策研究所を主宰している金尚栄先生で、今はる今年の夏、東京に来た彼は、街路樹を指さして、こんな話をした。もと韓国銀行副総裁の権昌洛、朴聖相の両総裁や大勢の方との打合会に、金先生はいつも同席され、われわれは、植民地時代の暗い記憶を乗り越えて、自国の歴史を真っ正面から理解しようという韓国側の姿勢に、感動を受けた。

（ただい・よしお＝日本債券信用銀行常務）

▲ 일본경제신문 교유초(交遊抄)에 게재된 본인의 기사

◀ 언제나 다정한 일본인 친구 3총사와 본가에서의 저녁식사(왼쪽부터 니시후지 노보루, 다케시타 노보루, 다다이 요시오, 본인)

金周鎰(韓日協力委員會 運營委員/慶道大 兼任敎授)

존경하는 나카야마 요시가츠 중의원 의원님, 오치 미치오 일한친선협회 중앙회 이사장님(전 중의원 의원). 이 자리에 참석해주신 일본국, 사회 각계의 지도자 여러분!

잘 아시는 바와 같이 올해는 (한국 입장에서 볼 때) '광복 60주년이 되는 해'이며, '한·일 국교정상화 40주년이 되는 해'이기도 합니다.

이런 연유로, 올해를 『한·일 우정의 해』로 정하고, 문화, 스포츠, 청소년 교류 등 다양한 행사가 준비되어 있는 것으로 알고 있습니다.

이러한 뜻깊은 해에 대한민국과 일본국 간의 우호 증진과 친선 교류를 위한(양국 지도자 간) 자매결연식장에서 한국 측을 대표해 인사 말씀을 드리게 된 것은 저에게 대단히 의미 있는 일이라 생각됩니다.

존경하는 양국 사회 저명인사 여러분!

주지하시는 바와 같이, 한·일 양국은 지리적으로나 문화적으로 매우 가까운 이웃입니다. 지금 양국 간에는 매년 400만 명 이상이 서로 왕래하고 있습니다. 이는 곧 하루에 1만 명 이상이 오가고 있다는 뜻이기도 합니다. 또한 양국 간에는 대부분의 문화가 개방되어, 일본국에는 한국으로부터의 『韓流』가 한국에는 일본으로부터의 『日流』가 흐르고 있습니다. 뿐만 아니라, 금년 말을 목표로 '한·일 FTA협정 체결'을 위한 협상이 진행 중에 있습니다. 이리하여 한·일 양국 간에 공동시장이 형성된다면,

인적, 물적, 문화적 교류는 더욱 증대될 것으로 기대됩니다.

오늘 이 귀중한 자매결연식에 참여한 우리 모두는 한·일 양국이 지리적으로 가깝고 정신적, 문화적으로도 가까운 이웃으로 거듭나기 위한 노력과 선린 우호 증진을 위하여 각자의 영역에서 가일층의 분발과 책임을 다해 나가지 않으면 안 된다고 생각합니다.

존경하는 양국 지도자 여러분!

전 생애生涯를 통해 교육자로서, 초 종교적인 세계평화운동가로서, 언론정론가로서, 문화예술가로서, 전 인류의 화합과 세계평화통일의 실현을 위하여 몸바쳐 오신 『세계평화통일가정연합』 창시자 문선명文鮮明 총재님과 부인이신 한학자韓鶴子 총재님께도 이 자리를 빌려 무한한 감사와 진심 어린 존경을 표하는 바입니다.

끝으로 오늘 이처럼 성대하고 뜻깊은 자리를 마련해주신 유정옥 일본총회장님과 오야마다 회장님께 심심한 사의謝意를 드립니다. 또한 이 자리에 참석해주신 한·일 각계각층의 저명인사 여러분 가정에 참사랑과 건강이 항상 함께 하시기를 기원합니다.

대단히 감사합니다.

▲ 2005년 3월 30일 동경 오쿠라 호텔, 한·일 우호 친선 증진을 위한 양국 지도자 결연식장에서 본인이 한국대표로 인사하는 장면

국회의원이
코앞까지 온 이야기

1993년 2월 김영삼金泳三 대통령 취임 후, 예천을 포함하여 명주·양양, 철원·화천 등 3개 지역 보궐선거가 치러지게 되었다. 이때 민자당 공천은 곧 당선을 의미하는 것이기도 했다. 예천 지역은 본인을 포함하여 15명이 공천 신청을 했다. 민자당 공천심사7인위원회에서는 명주·양양은 김명윤金命潤, 철원·화천은 이용삼李龍三, 예천은 김주일, 반형식 복수로 결정하였다.

5월 14일 대통령 최종결정을 앞두고 13일 언론계, 특히 MBC 방송과 TV 뉴스에서는 예천은 김주일로 거의 확정되었다고 보도됐다. 하지만 최종결정날 막상 뚜껑을 열어 보니 김 대통령은 반형식 씨의 손을 들어주었다. 민자당 내 경북도에서만 민주계가 한 명도 없으니 예천에서는 민주계를 내세워 교두보를 확보해야 한다는 논리(황명수黃命壽 사무총장)로 반형식潘亨植 씨를 공천한 것이다. 이때 본인은 국회 예결위와 국제경쟁력강화 및 경제제도개혁에 관한 특별위원회 수석전문위원으로 재임 중이었기 때문에 다소 유리한 위치에 있었으나, 최종결정에서는 고배를 맛보게 되었다.

후일 본인이 일본 대사관 근무 시 일본을 방문한 박관용朴寬用 당시 대통령비서실장으로부터 김 대통령의 공천 결정과정을 전해 들을 수 있었다. 김 대통령은 반형식 씨에 대해서는 부정적인 입장이었으나 황 사무총장이 강하게 주장하여 그렇게 결정되었다는 것이다.

선거 결과 민자당 공천을 받은 자는 모두 당선되었다. (3개 지역 여당 공천)

▲ 1993년 5월 9일 영남일보
1993년 국회의원 보궐선거 민자당 공천에 대한 신문 기사

490

이런 일 하는
자치단체장이 되고 싶다

(2002년 2월 7일)

> 본 란은 본인이 제3회 전국동시 지방선거에 출마하기로 결심한 사유를
> 예천신문에 기고한 것임

▲ 하루 종일 강렬한 빛을 발하고 서산으로 지는 태양이 다시 한 번 온 천지를 붉게 물들이고 있다.

하루 종일 강렬한 빛을 발하고 서산으로 지는 태양이 다시 한 번 온 천지를 붉게 물들이는 것처럼, 저는 마지막으로 서쪽 하늘을 불태우는 찬란한 태양이 되고 싶습니다.

본인은 오랜 기간 공직에서 일하는 동안, 다양한 경력에서 익힌 경험과 준비된 지식을 바탕으로 몸과 마음을 바쳐 내 고장의 발전과 번영을 위해 또 한 번 봉사하고자 하는 강한 의지를 갖고 있습니다. 그리하여 군민 모두의 힘을 빌려 내 생애 마지막 고향 봉사의 기회를 얻고자 출마를 결심하게 됐습니다.

본인은 ① 국제화·정보화·세계화 시대에 적응할 수 있는 청소년을 키우는 일 ② 농촌인구의 급속한 노령화에 따른 노인복지 시책 ③ 일자리가 없는 사람에게 일할 곳을 만들어 주는 일 ④ 출향인이 살기 좋은 고향으로 되돌아오게 하는 일 ⑤ 향토문화가 전승되고 쾌적한 생활환경이 잘 보전되는 예천을 가꾸기 위해 모든 노력을 쏟아 부을 것입니다.

본인은 예천군청에서 공직생활을 시작하여 주로 경제기획원 예산실에서 예산의 편성과 배정을 담당하는 일을 하였으며, 마지막으로 외교통상부 대사로 퇴임하였습니다.

38년간 중앙관저에서, 해외공관에서 공무를 수행하는 동안 맺어진 관계·재계·학계·정계의 인맥을 백분 활용하여 우리 지역발전을 위한 중앙예산을 끌어오는 일, 우리 군 농민이 애써 지어 놓은 각종 농·특작물을 해외시장에 판매하는 일, 취업을 알선하는 일, 빚이 많은 군 재정을 건전화하는 일 등을 혼신의 힘을 다해 추진할 것입니다. 이로써 낙후된 예천 지역경제를 되살려 우리 군민 소득 증대에 공헌하고 싶습니다. 또한 지금의 본인은 그럴 능력(힘)을 충분히 갖추고 있다고 자부합니다.

본인은 경제기획원에서 나라 살림을 종합적으로 꾸려 나가는 일에 18년간 근무하는 동안(예산총괄국장 재임), 우리 지역의 하천 개수, 도로 확포장, 경지 정리, 공공건물 신축, 문화재 개보수 등에 본인 나름대로 힘닿는 데까지 중앙예산을 배정하기 위해 노력했습니다. 하지만 이제는 예천 현장에서 군민 모두와 합심해 손에 손을 맞잡고 호흡을 같이 하면서 군민숙원사업을 차근차근 풀어나가고자 하는 의욕이 누구보다 앞섭니다.

이것이 본인의 출마의 변이기도 합니다.

이제 본인은 벼슬이 탐나거나 명예를 얻고자 하는 것이 아닙니다. 다만 아직도 일할 수 있는 여력이 있기에, 매년 우리 지역 인구 감소에서 오는 집값·땅값 하락과 인구유출을 막는 방안 등을 강구하여 진정한 지역발전을 이룩하는 것이 본인의 마지막 소임이라고 생각합니다. 이는 변화와 화합을 갈구하는 군민 여망에도 부응하는 길일 것입니다.

지방자치단체는 '주민통치 기관'이 아닙니다. 어디까지나 '주민에 대한 종합행정의 서비스 기관'입니다.

본인은 현 정부의 잘못된 정책에 대해 대안을 제시하고 미래의 국가 비전을 수립하는 한나라당 국가혁신위원회의 민생복지분과 위원으로 환경·교통·주택·의료·사회복지 분야를 담당하고 있습니다.

한나라당의 기본이념인 '다 함께 공통적으로 법과 규율에 의해 지배되고 원칙과 제도와 기준과 질서가 지켜지는 정직하고 깨끗한 정의로운 사회 구현'은 본인의 평소 생활신조와도 뜻이 같아 이에 한나라당 당적을 갖게 된 것입니다.

위로부터의 이러한 인맥과 연결고리는 종합행정수행, 행정에 경영원리도입, 국제 감각까지 겸비한 본인의 능력에 군민 모두의 도움을 더하여 정과 땀이 서린 내 고장 예천을 아름다운 숲으로 가꾸어 나가는 데 큰 힘이 될 것입니다.

자치단체장 입후보의
변(辨)

(2002년 5월 23일)

> 본고는 필자를 포함하여 예천 민선 지자체장 선거에 입후보할 예정자를 대상으로 『예천신문사』가 던진 질의에 대해 본인의 의견 및 소신을 밝힌 기사 내용을 원안 그대로 옮겨 놓은 것임

군청 청사 이전 신축에 대한 의견은?

현재 예천군청 청사는 우리 군의 종합행정 서비스 기관의 총본산으로서는 시대감각時代感覺에 뒤떨어질 뿐만 아니라 공간도 협소해 여러 곳에 분산 배치된 상태로 있기 때문에 행정능률이 떨어지고 주민 불편이 많다. 더구나 우리 군의 주도산업인 농업유통분야 사무실이 열악한 위치에 떨어져 있어 농민에게 불편과 소외감을 주고 있지 않은가.

저는 우리 군민 최대 다수인이 최대 희망하는 바에 따라 군민의 의견을 수렴, 최대 다수가 원하는 바에 의거해 위치를 결정하겠다. 그리하여 현 청사 자리이건, 구엽연초공장 자리이건, 반드시 현대식 새 청사를 임기 내 새로 지음으로써 우리 군민의 자존심을 높이겠다. 이에 필요한 재원은 대부분 중앙정부로부터 지원을 받아 충당, 군민의 직접 부담을 최소화하겠다. 이 점이 재정전문가인 본인의 장점이기도 하다.

지금의 예천군청 청사와 같은 모양의 지방자치단체 건물을 전국 시·군 어디에서 찾아볼 수 있는가?

채무액 관련

우리 군이 안고 있는 빚 문제는 대단히 중요한 사안이다. 우리 군 재정 규모나 경제수준에 비추어 볼 때 이 빚의 규모는 과도하다. 이런 엄청난 빚을 우리 후세에게 떠넘기는 못난 조상이 되어서는 안 된다.

빚이 늘어난 이유는 면밀한 사업성 검토 없이 한건주의로 무리하게 사업을 추진하였거나 중앙으로부터 예산을 따와서 충당하고자 하는 노력 부족과 임기 동안 과시적 선심성 전시사업을 여과 없이 수행하는 등 안이하게 대처한 데 그 원인이 있다고 본다.

저는 우리나라 살림살이를 총괄하는 예산을 오랫동안 편성, 집행한 경험을 가진 자타가 공인하는 재정경제 전문가다. 어떻게 하면 기왕에 진 빚을 점차적으로 갚아 나가면서 더 이상 남의 돈 빌리지 않고 부족한 돈은 중앙에서 보조받아 군정을 이끌어 갈 수 있는지 그 방법을 누구보다 잘 알고 있다. 한꺼번에 이 엄청난 규모의 빚을 해결한다는 것은 불가능하다. 단계적으로 차근차근 해결해 나가겠다.

노령인구가 급속히 늘어나는데
이에 대한 대책은?

고령자 직업상담실 설치·운영으로 기능이 있고 일할 능력이 있는 노인에게는 그들의 희망과 능력에 따라 적당한 일에 종사할 수 있는 기회를 마련하겠다. 지역 단위 공중위생 활동의 최일선 기관인 보건소의 노인건강관리증진, 질병예방, 환경위생의 개선사업을 일층 강화하여 노인회관을 지역 단위로 묶어 점차 의사와 간호사를 배치하는 등 보건 의료활동을 높이겠다.

노인생활, 건강상담, 생업 및 취업지도, 기능회복 훈련, 노인친목활동클럽 조성, 노인복지센터 설치·운용, 민간에 의한 노인 유료 홈 및 시범적으로 노인실버타운 설치, 중장기적으로는 노인전용병원을 설치·운용하겠다.

쓰레기 매립장 설치 대책은?

쓰레기 매립장 설치는 없어서는 안 될 필수적, 필연적 시설이다. 혐오시설인 쓰레기 매립장 설치 장소를 피하고 있는 지역정서를 감안, 주민피해를 최소화할 수 있는 지역을 군민 전체와 해당 지역 주민이 공감하는 장소로 선정, 이때 형평의 원칙에 의하여 조금이라도 피해와 불이익을 입는 지역과 주민에 대해서는 토지보상 외에 또 다른 차원의 지역개발로 복지혜택을 추가해 주는 등 무리 없는 장소를 선정하겠다.

한편 쓰레기양을 줄이는 지혜와 분리수거, 소각, 재활용 등 군민의 자발적인 협조도 구할 것이다.

문화예술

우선 신선한 충격을 주는 이러한 질문을 내놓은 예천신문에 감사드린다.

지역발전의 기본은 각 분야별로 균형된 발전이 있을 때 튼튼한 기초가 세워진다. 그러기 위해서는 예산의 배정이 산업 분야, 사회시설 분야는 물론, 문화예술 등에 이르기까지 소외된 분야가 없이 골고루 균형 있게 배분되어야 한다. 그러나 현실은 표를 의식한 인기 분야에 집중적으로 투입하는 반면, 문화예술, 전통예능 분야는 그렇지 아니하다. 농악, 문예, 미술, 조각, 음악, 무용, 연극, 전통예능 등 각 부문에 걸쳐 활동이 활발히 전개되도록 하겠다.

저는 어려운 환경에서 창작활동을 하고 있는 우리 지역 문학예술가, 문화예술단체의 자유로운 창작 활동을 돕기 위하여 예술문화 관계자와 학식 경험자로 예천지역 문화예술진흥운영위원회를 설치하여 공비公費와 민간자금 도입에 의한 지원을 게을리하지 않겠다.

이리하여 군민문화제 국내외 교류, 전시 발표, 감상회 등으로 문화예술 활동에의 참가분위기를 높이고 새로운 예술문화의 창조를 촉진하겠다.

또한, 군에 산재한 귀중한 지정문화재의 보호를 철저히 하며 우리 고장 전통문화예술의 보관, 전시를 위한 향토민속박물관을 새로 건립하겠다.

예천 지방자치단체장 입후보 뜻을 거두면서

(2002년 5월 27일 예천신문, 군민신문 광고란 게재)

지금 사회는 나라 안팎으로 매우 빠른 속도로 변하고 있습니다. 그러므로 우리의 생각과 대민 봉사 행정수행 방법도 시대 흐름에 맞게 변해야 합니다.

저는 장래에 대비하여 우리 군민 모두와 손잡고 중앙정부와의 연결, 외국과의 교류협력을 통해 더 살기 좋은 내 고장 예천을 가꾸고, 키워나가고 싶었습니다.

제가 예천군청·경제기획원·청와대·보건복지부·국회사무처·재외공관·외교통상부 등에서 봉직하는 동안 익힌 경험과 지식, 폭넓은 인맥을 활용하여 ① 우리 농민이 피땀 흘려 지은 농·축·특산물을 도시와 외국에 내다 팔 시장을 확보하고 ② 일할 능력이 있어도 일할 곳이 없는 이에게 일 할 곳을 만들어 주며 ③ 매년 인구 감소로 농지값, 집값이 떨어지는 데 대한 대책을 세우고 ④ 많은 빚을 안고 있는 어려운 군 재정을 건전화하는 일과 ⑤ 전·현직 간의 연이은 선거전으로 두 갈래로 나뉘어 버린 군민의 깊은 골을 하나로 화합해야 하는 일 등 우리 예천이 안고 있는 현안문제를 근본적으로 해결하기 위한 기본 틀을 만들고자 우리 군 지자체장에 입후보하기로 결심한 바 있습니다.

그러나 이러한 저의 이상과 의욕만이 앞섰을 뿐, 저의 뜻하는 바를 군민 모두에게 알리기에는 현실의 벽이 너무도 높다는 것을 실감하게 되었고 한계를 느꼈습니다. 더구나 상대적으로 짧은 기간 동안 저의 노력과 능력, 설득력 부족으로 소기의 뜻을 펴지 못하게 된 아쉬움을 남긴 채 금회 입후보 등록을 하지 않기로 마음먹었습니다.

어려운 주변 여건 속에서도 반듯한 예천을, 도덕과 양심이 살아 숨 쉬고 정직하게 더불어 살아가는 예천을 함께 가꾸어 보고자 그동안 저와 뜻을 같이해 주신 모든 분들의 격려와 성원에 머리 숙여 감사의 마음을 전하는 바입니다. 이 모든 분들은 평생 제 가슴 속에 '고마운 분'으로 기억하겠습니다.

거듭 저를 도와주신 분들의 뜻과 기대에 부응하지 못하고 중도에 물러서게 된 데 대해 송구스러운 마음 금할 길 없습니다. 존경하고 사랑하는 군민 여러분, 그리고 출향인 여러분 모두에게 그간 저에게 보내주신 성원에 대해 다시 한 번 감사의 인사를 드립니다.

내 별명이
'난노호가 곤나호가 아루카'가 되다

(1967년)

何の法がこんな法があるか

내가 사는 아자부주반麻布十番 니노하시二ノ橋에서 사무실이 있는 히비야산신日比浴三信빌딩까지는 출퇴근하는데 궤도전차都電로 약 20분(일곱 정거장)이 걸린다. 물론 출퇴근할 때마다 매번 전차 표를 사는 것은 아니고 한 달, 두 달, 3개월, 6개월, 1년간의 패스권pass을 이용한다.

이때 나에게 가장 급한 것은 일본어를 익히는 것이었다. 그리하여 도로 위를 달리는 전철을 타면 바로 '기초 일본어' 책을 꺼내 들고 열심히 외우는 것이 하나의 습관이 되었다.

하루는 일어 공부 삼매경에 몰입하다 보니 하차 역 구간을 한 정거장 지나쳐 버렸다. 그래서 산노하시三ノ橋역(양 정차장 사이는 300m 정도 거리)에서 내리려는 순간, 역 차장이 다가오더니 한 구간 초과한 비용 기본요금(15엔)을 더 내라는 것이었다. 서투른 일본 말로 손짓, 발짓 다 해가며 사정을 해 보았으나 패스권 구간을 초과하면 규정상 기본요금을 추가해야 한다며 차장은 단호한 자세를 취하였다. 원칙상으로는 당연하다고 생각했지만, 나는 외국인에다가 일어 공부하느라고 단 한 정거장을 지나쳤을 뿐인데… 내 사정을 애기했으나 차장은 막무가내였다.

이때 내 입에서 반사적으로 튀어나온 말 "난노호가 곤나호가 아루카", 우리말로 직역하면 "무슨 법이 이런 법이 있어"라는 뜻이다.

그리하여 15엔을 추가로 지불하고 표를 살려는 순간, 나도 오기가 생겼다. '차내에서 표를 판 돈은 기껏해야 잔돈 몇 푼뿐일 것이다'라고 생각한 나는 15엔을 주머니에 넣고 다시 만 엔 권을 내주었다. 그러자 차장은 "아까 꺼낸 잔돈을 달라"는 것이었다. "잔돈을 내든 고액권을 내든, 선택은 표를 구매하는 나에게 있는 것 아니냐"며 반문했더니 그럼 종점까지 같이 가자고 하는 것이 아닌가. 어이가 없어진 나는 "난 바쁜 사람이다. 표를 팔고 거스름돈을 주는 것은 너의 책임이자 의무이다"라며 서투른 일어 실력으로 차장에게 따지기 시작했다. 결국 나는 "그럼 내 명함을 줄 테니 여기로 청구를 하시오"라고 명함을 건네주고 하차하게 되었다. 하지만 그 후 끝내 청구서는 오지 않았다.

그 다음날 사무실에 출근하여 어제 전철 안에서 일어난 경위를 얘기했더니 사무실 안이 한바탕 웃음바다가 되었다. 그 후 故 우용해禹容海 구매부장에 의하여 내 별명은 "난노호가 곤나호가 아루카"가 되고 말았다. 또 옆에 동료는 "찬물 한잔 주시오"를 "사무이미즈잇빠이 구다사이(추운물 한잔 주십시오)"라고 말하는 등 초기 청구권 사절단에 있었던 배꼽 잡는 얘깃거리는 한두 가지가 아니다.

경로연금대상자가 된 감회

(2002년 8월 25일 예천신문 기고문)

현금 카드로만 예금을 인출해 쓰는 것에 익숙해져 있다가, 며칠 전 통장정리를 해 보니 뜻밖에도 '경로연금' 명목으로 2만 5천2백 원이 입금되어 있었다. 아마도 경로연금을 받는 일정한 나이(65)에 도달하면 세금을 재원으로 한 예산에서 교통비 등 용돈의 일부를 복지제도 측면에서 지급해 주는 것으로 알고 있다.

여기에서 본인은 두 갈래의 다른 감회를 느끼게 된다. 그 하나는 '내 몸과 마음, 생각과 활동영역은 예나 지금이나 다를 바 없거늘, 어느새 노령인구의 한 사람으로서 공공기관으로부터 사회복지비의 지급대상이 되었구나' 하는 덧없는 생각이다. 그리고 다른 하나는 소득(수입)이 기본생활을 꾸려 나가는데 하등의 부족이 없는 나에게 중앙정부든 지방정부든 그 어려운 재정형편에도 불구하고 이와 같은 구민救民 시책금이 지급되는 데 대한 죄책감과 제도의 모순을 함께 생각하게 된다.

어디 이뿐인가. 지하철을 이용하려면 경로우대권(무임승차권)도 받을 수 있고 국립공원, 고궁, 온천장 등 공공시설물을 이용할 때에는 할인요금(또는 무임)으로 입장할 수 있는 제도상의 혜택이 주어진다.

본인은 나라 살림살이를 총체적으로 관리, 운영하는 재정분야에 오랫동안 종사한 경력이 있다. 지하철 건설비 재원조달을 위해 나라 안팎으로 그 많은 빚을 얻어다 충당한 결과 그 원리금 상환만으로도 엄청난 적자의 원인이 되고 있음을 잘 알고 있기 때문에 지하철 매표소 앞에 서서 "무임승차권 한 장 주십시오"하는 말이 쉽게 나오지 않는다. 더욱이 재정자립도가 현저히 낮은 지방자치단체가 빚을 내어 설치한 각종 지방 공공시설물(온천장, 시·도립공원 등)을 할인요금으로 입장할 때도 이런 생각은 마찬가지다. 온천장 입장권, 철도승차권 등 경로우대는 무임이 아닌 할인 혜택을 주기 때문에 그래도 덜하다.

서구의 복지국가에서와 같이 세금부담과 사회보장부담(노령연금, 의료보험, 실업보험, 산재보험 등)이 국민소득의 반 이상이 되는 복지사회구조 아래서는 이 같은 제도가 가능하다. 국민이 많이 부담하는 대신 노령자에게는 최저 생활을 철저히 보장해 주는 것은 당연하다 할 것이나 우리나라와 같이 서구선진국의 절반밖에 안 되는 국민 부담(세금+사회보장부담금)으로 그러한 혜택을 다 누릴 수는 없다.

국민 부담이 적으면 그것을 재원으로 하여 베푸는 혜택이 적어짐은 당연한 것이다. 그러므로 우리도 중장기적으로 사회복지비, 의료보험급여수준, 노령연금 재정을 건전화하고, 합리적인 사회보장제도의 개선을 위해 노력하여야 한다. 일정한 연령(65)에 도달하였다 하여 무조건적, 획일적으로 경로 대책을 수행할 것이 아니라 국가와 지방정부의 재정형편, 일정한 연령에 도달한 구민대상자 개개인의 재산과 수입상태, 소득수준을 평가해 본인과 같이 일정액 이상의 수입이 있고 부담능력이 있는 노령자에게는 정당한 요금을 내게 하는 수익자 부담 원칙의 선진국 제도를 채택해야 할 것이다. 이렇게 하여 절약되는 돈과 추가수입은 복지재정의 건전화 외에 노동능력과 소득이 없는 노령자에게 더 많은 혜택이 돌아갈 수 있도록 하는 제도 개선이 바람직하다고 생각한다.

또한 부담 능력이 있는 65세 이상 경로대상자도 무임승차 시나 공공시설물 이용 등 할인요금 혜택을 받을 때에는 온표를 사는 손님(그중에서는 노령자보다 더 어려운 생활자가 많이 있음)에게 언제나 감사한 마음, 미안한 생각을 함께 갖는다면 우리 사회는 더욱 미덕이 넘쳐흐르는 아름다운 사회로 나아갈 것이다.

'이런 인생 저런 인생' 녹화 방영: 안동 MBC

(2000년 4월 16일 오전 7시 20분부터 50분간 녹화 방영)

안동 MBC-TV가 과거 공직, 기업, 언론계, 공공기관, 학계 등에서 책임자 직에 있었던 명사들의 국가 및 사회에 대한 기여도, 공헌, 업적, 어려웠던 시절, 보람 있었던 일, 남기고 싶은 이야기 등을 담은 「이런 인생 저런 인생」을 방영했다. 이와 같은 맥락에서 김주일 전 외교통상부 대사의 일대기를 화면, 사진, 인터뷰 형식으로 50분간 방영했다.

예천신문 기사

▲ 2000년 4월 8일, '이런 인생 저런 인생' 촬영 모습(내자)

▲ 2000년 4월 8일, '이런 인생 저런 인생' 촬영 모습(본인)

▲ 2000년 4월 16일, '이런 인생 저런 인생'에 소개된 본인의 영상(유년 시절)

▲ 2000년 4월 16일, '이런 인생 저런 인생'에 소개된 본인의 영상(군대 시절)

3장

박정희(朴正熙) 대통령에 대한 향수

▲ 박정희 대통령 가족사진

▲ 1970년 7월 7일, 경부고속도로 개통식에 참석한 박정희 대통령 내외(왼쪽부터 이한림 건설부 장관, 박 대통령, 육 여사, 정주영 현대건설 회장)

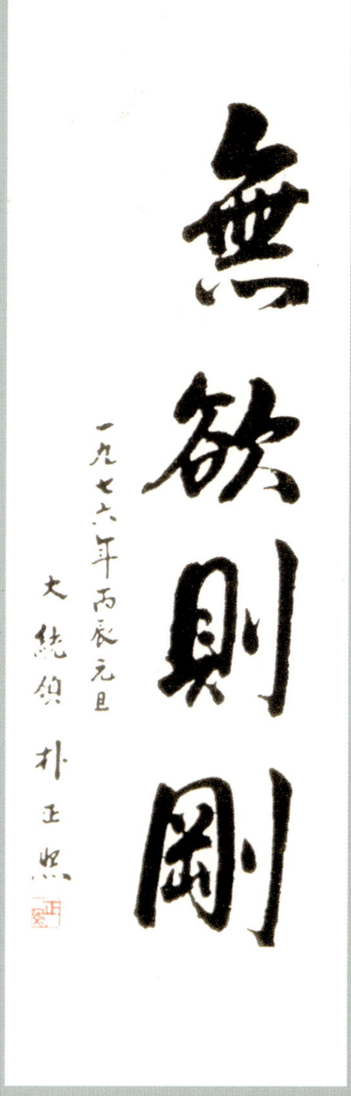

▲ 박정희 대통령 친필 휘호

박정희(朴正熙)의 철학:
우리도 할 수 있다

(2010년)

▲ '내 일생 조국과 민족을 위하여' 박정희 대통령 친필 휘호

50년 전, 5·16의 주역은 단연 박정희였다. 박정희는 또한 1960년대와 1970년대의 주역이기도 하다. 시대의 주역이었던 만큼 그는 세상에 많은 공과功過를 남겼다.

혹자는 '민주주의를 제약한 것이야말로 그의 최대의 과오가 아닌가'라고 이야기하지만 그에게는 분명 그런 '과過'를 뛰어넘는 '공功'이 있었다. 대한민국의 민족혼을 일깨운 것보다 더 큰 공이 어디 있으랴. 우리는 힘과 지혜가 부족해 일제로부터 식민 지배를 받았고, 해방 후에도 통일국가를 이룰 수 없었다. 또한 6·25전쟁에 의한 참화 속 우리의 현실은 참담했다. 패잔병처럼 해도 안 된다는 패배의식이 팽배했고 고작 할 수 있었던 것은 '엄마 친구 아들'을 부러워하듯 서구의 선진국과 폐허 속에서 일어난 일본, 독일을 부러워하는 일이었다.

박정희는 이 상황에서 '우리도 할 수 있다'를 부르짖었다. 소박했지만 참으로 무서운 사자후를 토해냄으로써 패배주의 민족의식의 종결자가 된 것이다. 하나의 민족이 깨어나는 것은 산을 옮기는 것처럼 엄청난 일이다. 한두 사람의 선각자는 있을 수 있으나, 민족 전체가 깨어난다는 것은 겨울잠을 자던 개구리가 경칩을 계기로 일제히 깨어나는 것과 조금도 다를 바 없는 기적인 까닭이다.

역사는 이런 경우를 종종 보여준다. 독일 통일의 주역이었던 비스마르크도 잠자고 있던 게르만 민족을 깨우고 싶었다. 그래서 "우리는 신 이외엔 누구도 두려워하지 않는다"고 포효했다. 결국 이것이 게르만 민족 전체를 움직여 통일국가를 만들고 프랑스까지 패전시키는 매직파워가 되었다. 기독교 문화가 낯선 박정희에게 신을 거론할 여지는 없었다. 하지만 '우리도 할 수 있다'는 그의 목소리는 광야에서 부르짖는 외로운 목소리가 아니라 사람들의 마음을 사로잡는 매직워드Magic Word가 되었다. 지금 우리가 박정희를 정치인 가운데 최고 등급인 '국가인'으로 꼽는 것도 바로 이 매직워드로 민족 전체에 마법을 걸었기 때문이다. 우리는 그 마법에 홀렸다. 미친 듯이 일했고 미친 듯이 만들었으며, 그 결과 번영이 찾아왔다.

▲ 하천 제방 쌓기 새마을운동(농지조성)

▲ 2013년 6월, 본가 마루에서 바라본 제방과 경지정리로 잘 정돈된 바둑판 같은 고평(高平)들

실무자가 겪은
그가 이룬 업적과 치적(治績)

(2010년)

진정한 혁명가 박정희

나의 종교宗敎, 박정희朴正熙 전 대통령. 그가 앞장서서 개척한 개발연대開發年代, 산업화産業化, 근대화近代化의 길목에서 그와 함께 공직생활을 할 수 있었던 것은 내게 큰 보람이었다.

조선왕조에서 가장 훌륭한 리더를 뽑자면 '세종대왕'을 들 수 있겠지만, 대한민국에서 가장 훌륭한 리더를 말하라면 그것은 분명 '박정희 대통령'일 것이다.

그의 육신肉身은 비록 비명으로 떠났지만, 그의 애국적 개발독재開發獨裁는 오늘날의 잘 먹고 잘 사는 대한민국을 있게 하였다. 박정희 대통령은 새마을운동을 통해서 5천 년 이어온 우리 가난의 사슬을 끊었다. 가난은 부지런히 일하면 벗어날 수 있다는 사실을 국민들로 하여금 깨닫게 한 것이다. 이는 국민이 분발奮發하고, 단결團結하면 무엇이라도 극복할 수 있다는 자신감을 주었고, 긴 잠에 빠졌던 국민을 일깨워 경이로운 세상으로 변화시켜 놓았다.

▲ 5·16 혁명 그때 그 장면

박정희 대통령의 '새마을운동'은 명실공히 국가

발전의 시금석試金石이었다. 한숨과 눈물로 얼룩진 희망 없는 국민들에게 '하면 된다' '할 수 있다'는 자신감의 역사를 새로 쓰게 했다.

이것은 정부와 국민이 혼연일체渾然一體가 되어 이룩해 낸 조국 근대화近代化였다. 박정희 대통령의 머릿속은 하루속히 자주 경제를 확립하여 남의 도움 없이 우리나라 살림을 우리 스스로 해나가는 숙원을 이룩해야 한다는 집념밖에 없었다.

박정희 대통령이 일깨워 준 근면勤勉, 자조自助, 자립自立, 협동協同의 새마을 정신은 우리가 계승繼承해야 할 민족의 정신유산精神遺産이요, 통치철학統治哲學이다.

박정희와 김일성의 비교

김일성으로 시작해, 오늘날 탐욕貪慾의 세습독재世襲獨裁가 이뤄지고 있는 북한의 종착은 어디가 될까 생각해 본다.

박정희가 김일성보다 역사적으로 훌륭한 인물이었다는 것은 그 죽음을 비교해보면 잘 알 수 있다. 장수를 즐긴 김일성은 1994년 82세의 나이로 세상을 떠났다. 심장병에 의한 편안한 병사였고, 장소는 호화스러운 묘향산 별장이었다. 그러나 박정희는 1979년 61세 때 측근의 총에 맞아 죽는다. 김일성보다 뒤에 태어났으면서 먼저 세상을 떠난 것이다. 그 죽음은 국정을 둘러싼 정치적인 갈등 속의 정치적인 죽음이었다. 이것은 장렬한 '전사'라고 할 수 있다.

사후도 흥미롭다. 김일성의 시신은 거대한 금수산 기념궁전에 영구 보존되고 신격화되어 국내외 인사들에게 숭배를 강요받고 있다. 한편 박정희는 국립묘지에 안치되어 있을 뿐이다. 고향에도 보잘것없는 기념관이 있을 뿐이고 그 외에는 아무 것도 없다. 그 검소하고 소박한 모습이야말로 혁명가 박정희에 잘 어울린다 하겠다.

박정희 대통령에 대한 평가

박정희 대통령이 서거한 지 한 세대가 흘렀으나 그의 공과를 둘러싼 논란은 아직도 계속되고 있다. 긴 역사의 안목에서 볼 때 30년의 세월은 한국 근현대사의 한 페이지를 창조한 특출난 지도자의 생애를 가늠하기엔 너무 짧은 기간이다. 박정희의 족적足跡에 관한 공방이 이토록 뜨겁고 광범위하다는 것은 역설적으로 그가 역사에 미친 영향이 그만큼 심대하다는 반증이기도 하다.

박정희에 대한 토론은 끊일 날이 없었으나 특히 좌파정권 10년을 거치면서 큰 전환점을 맞았다. 한 마디로 이 기간 중의 박정희 평가는 진실의 왜곡을 넘어 거의 역사 날조의 수준에 이르렀다. 5천 년 가난을 극복한 지도자, 오늘의 한국을 있게 한 지도자가 후손들에 의해 그토록 모질게 폄훼 당한 예는 세계사에 없다. 기이한 일은 박정희를 매도하면 할수록 그의 진수가 더욱 광채를 발휘한다는 점이다. 대부분의 한국인들은 이를 간파하고 있다. 좌파들은 경악했다. 박정희 매도로 얻은 것은 열등감의 심화와 국민의 응징뿐이었다. 좌파들은 과거사를 바로잡는다며 촛불시위를 하고, 치졸한 포퓰리즘을 동원했다. 그러나 그들은 실패했다. 국민들은 2007년 12월 보수정권을 선택함으로써 좌파들의 광기에 종지부를 찍었다.

이명박 정부가 등장한 것이다. 새 정부에 대한 국민들의 기대는 매우 높았다. 이 기대 속에는 박정희에 대한 정당한 평가를 기다리는 소망도 포함되어 있었다. 그러나 새 정부의 누구도 박정희 얘기를 꺼내지 않았다. 참으로 다행스럽게도 한국의 근현대사를 바로 쓰겠다고 출범한 '교과서포럼'의 양심적인 지식인들이 〈한국 근현대사〉라는 대안교과서를 만들어 지금까지 좌편향의 교과서에 잘못 기술된 근현대사를 사실 위주로 바로잡는 쾌거를 이룩했다. 좌파들은 즉각 거품을 물고 반발했다. 대안교과서 자체를 놓고도 또 한바탕 파란이 일어날 게 뻔하다. 그러나 건국 60년의 역사를 목격한 다수 국민의 눈에는 좌파들의 시비가 소극笑劇으로 비칠 뿐이다.

이 책은 박정희의 친일론도 일축했다. 오히려 일본 교육을 받은 그가 조국 근대화를 위해 일본을 얼마나 잘 활용했는가를 명쾌하게 설명했다. 그동안 어설픈 정치목적을 위해 민족을 팔고 박정희를 모욕한 세력에게는 뜨끔한 일침이다.

대안교과서는 5·16에서 근대화 혁명 완성까지의 박정희를 다루었다. 이 책에서

'박정희 진실'은 사실적으로, 함축적으로, 은유적으로 그리고 냉철한 역사관으로 농축되어 있다. 대안교과서 속의 박정희를 만나는 역사여행에 오르는 마음이 왠지 설레는 것은 거기에 담긴 진실의 향기 때문이다.

5·16은 근대화의 출발점

1960년 말 우리나라의 외환 보유고는 2천3백만 달러, 수출대금은 3천3백만 달러, 수입대금은 3억 4천4백만 달러를 기록했다. 이때 수입대금은 원조자금 2억 3천2백만 달러를 뺀 나머지를 공공원조자금으로 충당했다. 1인당 국민소득 60~80달러의 최빈국, 이승만李承晚 정부의 부패로 인한 사회적 혼란, 미국 원조 삭감, 민주주의 정착기반으로서의 시민사회 결여, 4·19로 인한 극심한 사회혼란, 4·19 이후 정권을 잡은 지도자(민주당)들의 무능無能 등 이것이 5·16 당시 우리의 자화상이다. 이런 상황에서 조국 근대화는 불가능했다. 그렇기 때문에 새로운 지도세력(5·16세력)이 등장한 것이다. 5·16세력은 경제발전을 가장 시급한 국가적 과제로 삼았다. 이는 역사의 조류를 제대로 파악했다는 말이다.

이들이 합법적 정부를 무력으로 전복했다는 호된 비판과 도전을 받은 건 사실이다. 그러나 동요하지 않고 특유의 추진력과 실용주의로 경제발전을 지속적으로 추진하여 1961년 82달러였던 국민소득은 1987년 3,218달러, 1995년 1만 달러를 달성했다. 35년간 연평균 7~8%의 성장을 한 셈인데 이는 세계사에 유례가 없는 것이다.

경제개발은 권위주의를 수반했으나 바로 이때문에 성장 잠재력을 극대화하는 역설적 결과를 낳았다고 생각한다. 그의 집권기에 한국은 고도성장의 이륙take-off을 달성함으로써 한국 사회는 혁명에 가까운 커다란 변화를 겪었다. 박정희는 5·16과 경제성장이라는 두 가지 혁명을 모두 성공시킨 셈이다.

고도성장의 시동

박정희 경제는 1961년 경제기획원 설립으로 시동이 걸렸다. 경제기획원(예산편성과

물가, 외자 관리 등)은 경제개발이라는 국정 목표에 모든 우선권을 부여했다. 바로 다음 해에는 제1차 경제개발 5개년(1962년~1966년)계획에 착수하여 농업, 전력, 시멘트, 비료, 정유, 제철과 같은 성장 인프라 구축에 전력을 경주했다. 사회 간접자본을 어느 정도 구축한 정부는 마침내 1963년 한국경제를 도약시키는 일대 정책 전환을 단행했다. 그것이 수출주도형 경제정책의 추진이었다. 모든 행정능력은 오로지 수출에 맞춰졌다. 이어 1965년에는 대통령이 주관하는 '수출진흥확대회의'를 매월 1회 개최하여 수출 진작을 위한 모든 아이디어를 집약했다. 초기에는 소수 엘리트 관료만 참석했으나 점차 민간 수출업자들도 포괄하는 관민 합동회의로 발전했다. 수출을 위한 대내적 준비를 대충 완료한 정부는 1967년 '관세 및 무역에 관한 일반협정GATT'에 가입했다.

이로써 한국은 세계경제를 상대로 고도성장을 하는 데 필요한 시장, 원료, 부품, 자금 등의 조건들을 확보했다.

한·일 수교로 조국 근대화 자금 확보

1951년부터 단속적斷續的으로 진행된 한·일 수교회담은 5차 회담까지 진행되었으나 일본의 대일 청구권 불인정과 이승만 정부의 의지 결여로 결렬되었다.

대일수교에 강한 의지를 보인 박정희는 '굴욕외교'라는 온갖 비난을 무릅쓰고 1965년 6월 22일 일본과의 국교 정상화를 위한 한일협정을 조인하고 국회의 승인을 받았다. 이는 경제개발 5개년계획에 필요한 자금의 일부를 일본에서 도입하겠다는 박정희의 굳은 의지의 일환이기도 했다. 강한 의지로 똘똘 뭉친 그에게 수교반대의 목소리는 이미 들리지 않았다.

그 결과 무상 3억 달러, 유상 2억 달러(공공차관), 상업차관 3억 달러 등 총 8억 달러의 자금이 확보되었다. 1964년 수출고가 1억 1,900만 달러였던 시절에 8억 달러는 상상을 초월하는 거금이었고, 이것이 대한민국 성장의 종잣돈seed money이 되었음은 누구도 부인할 수 없다.

한·일 수교는 개발 자금 애로를 타개하는 것 이상의 의의가 있었다. 한국경제는 일본 시장에서 중간재와 부품을 수입하여 국내의 값싼 노동력으로 가공, 조립해 미국 등 동남아 시장에 수출함으로써 생산 및 시장의 국제 네트워크를 구축하게 되었다.

여기서 우리는 산업구조, 국민직업구조, 국방안보, 전원개발, 농업개발, 새마을운동, 고속도로, 치산치수, 관광개발, 중화학공업정책, 과학기술개발, 기술인력양성, 교육·사회 등 각 분야에 걸친 변화·발전의 발자취를 엿볼 수 있다.

안보와 실익을 위한 월남 파병

박정희는 야당과 학생들의 강력한 반대를 무릅쓰고 1965년 10월 베트남 전쟁에 2만 명의 국군을 파병했다. 월남전 개입은 주한미군 일부를 베트남으로 이동하려는 미국 일각의 시도를 차단하고 한국에 대한 미국의 안보 공약을 공고히 하는 두 가지 효과를 얻었다.

종전까지 파병된 국군은 총 31만 2,853명으로 이 중 4,624명이 전사했다. 그러나 이들의 희생은 전쟁물자를 한국에서 구매하고 각종 건설사업에 한국기업들이 참여하는 길을 열었다.

그 결과 베트남으로의 수출이 급증하여 총 2억 8,300만 달러의 이익을 냈다. 베트남에 파견된 군인과 노동자의 봉급 소득 그리고 베트남에 진출한 한국 기업의 사업 수익은 1965년부터 1972년까지 총 7억 5천만 달러에 이르렀다.

고도성장 궤도 진입

한국경제는 1960년 후반부터 고도성장의 길에 들어섰다. 1인당 국민소득은 1961년 82달러에서 박정희가 사망한 해인 1979년에 1,647달러로 증가했다. 이 기간 중 농업, 임업, 어업 등 1차 산업비중은 39.1%에서 19.0%로 줄어든 반면, 광업, 제조업, 건설 등 2차 산업비중은 19.9%에서 38.8%로 크게 증가했다. 성장의 동력은 투자와 수출에서 나온 것이다.

1962~1979년 사이에 152억 달러의 공공차관과 상업차관이 도입되었는데 이는 당시 GDP의 20%에 달하는 것이다. 막대한 차관자금은 수출에 날개를 달았다. 수출은 연평균 40%씩 늘어 1964년 1억 달러였던 수출고는 1971년 말에 10억 달러 고지를 돌파했다. 수출상품은 주로 미국과 일본으로 갔다. 두 나라는 우리 대외무역의 3분의 2를 차지할 정도였다.

수출 드라이브에서 경부 고속도로와 포항제철은 불가결의 역할을 했다. 수출주도의 약진을 거듭하던 경제는 1970년대 중화학 공업으로 또 하나의 도약을 맞았다.

◀ 본인은 경제기획원 건설예산담당관 재임 시 포철 건설 지원사업으로 ① 공업용수 공급을 위한 영천댐 건설(용수로 19km 터널), ②방파제 2400m 건설 및 준설, ③안벽 건설, ④진입도로 건설 등에 소요되는 예산편성을 담당했기에 이 장면을 보는 감회가 남다르다.

신(新)행정수도 이전 구상

(2011년)

　박정희 대통령 정권 시절, 청와대(오원철 수석전담)에서 '신행정수도 설치'에 관한 위치 선정과 규모, 소요 비용 추정 등에 관한 사항이 극비로 진행된 적이 있다. 이는 사례를 찾아보기 힘든 거대한 예산이 투입되는 대규모사업으로 그 내용을 알고 있는 사람 역시 관련 관료 등 극히 제한적이었다.

　지난 몇 년 동안 정권 차원에서 행정수도 이전문제를 놓고 극심한 찬·반 논란이 일었었다. 이때 박근혜朴槿惠 전 한나라당 대표가 새로운 행정수도 이전에 앞장서서 찬성한 것은 1976년 박정희 대통령의 신행정수도 이전 구상과 무관하지 않다고 짐작된다. 그리하여 2012년 7월 1일 '세종특별자치시(박정희 대통령 구상과 거의 같은 위치)' 승격 규정이 확정되었고, 공사기간 5~30년, 면적 465km, 인구 50만 규모로 2012년 말까지 총리실을 위시하여 6개 부서가 우선 입주토록 계획되어 있다.

◀ 중화학공업 육성과 함께, 이미 36년 전에 신행정수도 이전을 시도한 박 대통령의 선각자적인 면모는 후세에 귀감이 될 만하다.

역사적 공과(功過)는
그 시대의 잣대로 평가해야

박정희에게 정치란 특별한 의미를 갖는 소명행위였다. 물론 그는 매달 한 번씩 열리는 '무역진흥확대회의'를 직접 주관할 정도로 경제개발(수출진흥)에 열성적이었다. 그러나 이것은 단순한 경제적 리더십의 발현이 아니었다. 그는 정치를 소명의식을 가진 자들만이 할 수 있는 영웅적인 행위로 보았다. 흔히 영웅은 전쟁터에서 만들어진다. 전쟁이 없었더라면 어떻게 아킬레우스와 헥토르가 영웅이 되었겠는가.

우리는 박정희에게서 그런 면모를 본다. 그는 정치에 목숨을 걸었다. 대통령이 되어 추진한 수많은 프로젝트에서 비현실적이라는 반대와 비아냥에 부딪힐 때마다 그는 굴하지 않았다. 고속도로 건설이 그러했고, 종합제철, 자동차, 조선, 석유화학, 기계 등 중화학공업 육성이 그러했다. 그는 매 순간 이룰 수 없는 꿈을 꾸고, 사랑할 수 없는 사람을 사랑하며, 이길 수 없는 적과 맞서고, 견딜 수 없는 고통을 감내하며, 딸 수 없는 밤하늘의 별을 따기 위해 혼신의 힘을 다했다.

우리는 민주정치라고 부를 때 그런 영웅적인 요소를 빼놓기 일쑤다. 4년이나 5년마다 한 번씩 투표를 통해 대표자를 뽑지만 한결같이 평범한 권력의지의 소유자들뿐이다. 여기엔 정치인들의 원죄가 크다. 그들은 스스로 민주정치인이라고 하면서 시민들이 원하는 것만 추구할 뿐 거기서 한 걸음도 더 나아가려고 하지 않는다. 인기 있는 것, 표票가 될 만한 것들만 관심사다. 그러다 보니 꿀 수 없는 꿈을 꾸고, 갈 수 없는 길을 가려고 하는 사람은 없다. 하지만 인기 있는 것, 표가 되는 것들만 쫓아다니는 것은 정치인들의 미덕이 아니라 악덕일 뿐이다. 많은 사람들이 원치 않아도 이를 설득해 넘을 수 없는 장애물을 넘게 하는 것이 정치인들의 책무가 아니겠는가.

권력을 갖고 뭘 하겠다는 비전도 없이 일단 권력만 잡고 보겠다는 정치인들이여! 이룰 수 없는 꿈을 꾸고 이길 수 없는 적과 맞서는 영웅적인 정치인이 되라고 하는 박정희의 메시지를 이번 기회에 한번 되새겨보는 것은 어떤가.

▲ 새로 개발된 소형 경운기용 수확기를 시운전하시는 박 대통령

▲ 1951년 2월,
전쟁을 피해 남(南)으로 내려오는 자매

경제개발 자금 조달의 동력이 된
파독 광부, 간호사

5·16혁명 직후 미국은 혁명세력을 인정하지 않았다. 만약 이를 인정한다면 아시아, 또는 다른 나라에서도 똑같은 상황이 발생할 것이라는 우려에서였다. 그때 미국은 우리나라에 주던 원조도 중단했다. 당시 미국 대통령은 존 에프 케네디, 박정희 대통령은 케네디를 만나기 위해 태평양을 건너 백악관을 찾았지만 케네디는 끝내 박정희를 만나주지 않았다. 호텔에 돌아와 빈손으로 귀국하려고 짐을 싸면서 박정희 대통령과 수행원들은 서러워서 한없는 눈물을 흘렸었다. 가난한 한국에 돈 빌려주는 나라는 지구상 어디에도 없었다.

지푸라기라도 잡고 싶은 마음에 우리와 같이 분단된 공산국 동독과 대치한 서독에 돈을 빌리려 대사를 파견해서 미국의 방해를 무릅쓰고 1억 4,000만 마르크의 돈을 빌리는 데 성공했다. 우리는 서독이 필요로 한 간호사와 광부를 보내 주고 그들의 봉급을 담보로 잡혔다. 고졸 출신 파독 광부 500명을 모집하는 데 무려 4만 6천명이 몰렸다. 그들 중에는 정규 대학을 나온 학사 출신도 수두룩했다. 면접 볼 때 손이 고와서 떨어질까 봐 까만 연탄에 손을 비비며 거친 손을 만들어 면접에 합격하기도 했다.

1963년 11월 28일, 서독

▲ 1963년 11월 28일, 서독으로 파견되는 간호원 1진이 김포공항을 떠나고 있다.

항공기가 그들을 태우기 위해 온 김포공항에는 간호사와 광부들의 가족, 친척들이 흘리는 눈물로 바다가 되어 있었다.

▲ 경제개발 자금 조달의 동력이 된 파독 광부

낯선 땅 서독에 도착한 간호사들은 시골병원으로 뿔뿔이 흩어졌다. 말도 통하지 않는 여자 간호사들에게 처음 맡겨진 일은 병들어 죽은 사람의 시신을 닦는 일이었다. 어린 간호사들은 울면서 거즈에 알코올을 묻혀 딱딱하게 굳어버린 시체를 이리저리 굴리며 닦았다. 하루 종일 닦고 또 닦았다. 남자 광부들은 지하 1,000미터 깊은 땅속에서 그 뜨거운 지열을 받으며 열심히 일했다. 하루 8시간 일하는 서독 사람들에 비해 열 몇 시간을 지하에서 석탄 캐는 일을 했다.

서독 방송, 신문들은 대단한 민족이라며 가난한 한국에서 온 여자 간호사와 남자 광부들에게 찬사를 보냈다. "세상에 어쩌면 저렇게 억척스럽게 일을 할 수가 있을까?"해서 붙여진 별명이 '코리안 엔젤' 이라고 불렸다.

1년 뒤, 서독 뤼프케Lubke 대통령의 초대로 박 대통령이 방문하게 되었다. 그때 우리에게 대통령 전용기는 상상할 수도 없어, 미국의 노스웨스트 항공사와 전세기 계약을 체결했지만, 쿠데타군에게 비행기를 빌려 줄 수 없다는 미국 정부의 압력 때문에 그 계약은 일방적으로 취소되었다. 그러나 서독정부는 친절하게도 국빈용 항공기를 우리나라에 보내주었다. 어렵게 서독에 도착한 박 대통령 일행을 거리에 시민들이 플래카드를 들고 뜨겁게 환영해 주었다. 코리안 간호사 만세! 코리안 광부 만세! 코리안 엔젤 만세! 영어를 할 줄 모르는 박 대통령은 창밖을 보며 감격에 겨워, 땡큐! 땡큐! 만을 반복해서 외쳤다.

▲ 1964년 12월, 서독 함보른 탄광을 방문한 박정희 대통령은 파독 광부와 간호사들 앞에서 "우리 후손들을 위해 번영의 기틀이라도 만들어 놓자"고 호소했다.

서독에 도착한 박 대통령 일행은 뤼프케 대통령과 함께 광부들을 위로, 격려하기 위해 탄광에 갔다. 고국의 대통령이 온다는 사실에 그들은 500여 명이 들어갈 수 있는 강당에 모여들었다. 박 대통령과 뤼프케 대통령이 수행원들과 함께 강당에 들어갔을 때, 작업복 입은 광부들의 얼굴은 시커멓게 그을려 있었다.

대통령의 연설이 있기에 앞서 우리나라 애국가가 흘러나왔을 때, 이들은 목이 메어 애국가를 제대로 부를 수조차 없었다.

대통령이 연설을 했다. 단지 나라가 가난하다는 이유로 이역만리 타국에 와서 땅속 1,000미터도 더 되는 곳에서 얼굴이 시커멓게 그을려 가며, 힘든 일을 하고 있는 제 나라 광부들을 보니 목이 메어 말이 잘 나오지 않았다.

"여러분! 이게 무슨 꼴입니까! 여러분들의 새까만 얼굴을 보니 내 가슴에서 피 물이 납니다. 여러분! 아직까지 우리는 어렵게 못살지만 후손들에게는 잘 사는 나라를 물려줍시다. 열심히 합시다. 나도 열심히 하겠습니다. 우리 꼭 좋은 나라 만들어 봅시다!"

이때 광산촌을 찾아가 그들 앞에서 행한 박 대통령의 연설문은 그것이 연설演說이 아니라 통곡痛哭이었다고 한다.

우리 광부들이 탄광에서, 간호사들이 병원에서 그토록 근면勤勉하고, 성실誠實하게 일하지 않았던들, 우리는 서독정부로부터 재정원조를 받지 못했을 뿐 아니라 박 대통령의 서독방문도 성공적으로 이루어지지 않았을 것이다.

당시 서독은 이미 '라인 강의 기적Wirtschaftswunder'을 이룩하였고, 그 후 우리는 이러한 노력의 결과結果로 '한강의 기적Miracle on the Han River'을 이룩하였다.

궁핍한 시대, 배고픔을 해결하고자 했던 개발연대의 가난한 역사는 박정희朴正熙라는 강력한 지도자의 "할 수 있다"는 리더십leadership과 지지리도 못 살던 가난에서 벗어나고자 했던 국민들의 "잘 살아보자"는 집념이 합쳐져 이뤄낸 '대한민국 혼魂'의 위대한 승리였다.

이 어려운 시기에 태어나 보릿고개의 가난을 몸소 겪으며 성장한 본인도 개발연대開發年代, 조국祖國 근대화近代化에 참여하여 일익을 담당했다고 생각하니 이는 후대에 길이 남을 가슴 뿌듯한 성과였음이 틀림없다.

10월 유신의 배경이 된
안보위협과 중화학공업 육성

1972년 10월 17일 발표된 유신체제는 대통령의 절대 권력과 종신집권 가능성을 허용한 측면에서 많은 비판을 받았다. 그러나 유신 선포 당시의 한반도와 주변상황을 살펴보면 말로 설명할 수 없는 불가피성을 읽을 수 있다. 우선 북한은 1968년부터 한국에 대한 안보위협을 가중했다. 닉슨은 주한미군 철수 계획을 발표했다. 이런 상황에서 안보를 튼튼히 하고 북한의 어떤 위협에도 대처할 수 있는 준비가 필요했으며 이 필요성은 절대적 행정권력과 안보초석 마련을 위한 중화학공업 구축이 필수적이었다. 이러한 배경에서 박정희는 5·16에 이어 '10월 유신'이라는 또 하나의 정변을 감행했다. 이후 그는 자신에게 집중된 국가역량을 총동원하여 자주국방과 중화학공업화를 강력하게 추진했다.

1973년 1월 선언한 중화학공업 계획에 따르면 철강, 비철금속, 조선, 전자, 화학공업을 6대 전략 업종으로 선정하고 차후 8년간 총 88억 달러를 투입하여 1981년까지 전체 산업에서 중화학 비중을 51%로 늘려 1인당 국민소득 1,000달러와 수출 100억 달러를 달성한다는 청사진을 제시했다.

박정희는 이 계획이 국내외의 반대에 직면하자 청와대에 중화학추진기획위원회를 설치하고 비서실장 김정렴金正濂과 중화학기획단장 오원철吳源哲에게 핵심 역할을 맡겼다. 민주주의 체제하에서 이 계획을 추진했다면 온갖 반대와 갈등으로 실패했을 것이나 유신체제 덕분에 성공할 수 있었다.

비판자들의 부정적 판단과는 달리 중화학공업은 순항했고 1973년~1979년 한국경제는 고도성장을 지속했다. 그 기간 제조업은 연 평균 16.6%라는 경이로운 성장을 했다. 1980년 전체 제조업에서 중화학 비중은 54%, 공산품 수출에서 중화학 제품의 비중은 88%에 달했다. 이런 공업구조 변화는 선진국에서는 100년 혹은 수십 년에 걸쳐 진행되었으나 한국은 최단기간 내에 목표를 달성했다. 수출 100억 달러 목표도 4년을 앞당겨 1977년에 달성했다.

때마침 찾아온 오일 쇼크(1973년 10월)는 걸음마 단계의 중화학 산업에 시련을 주었으나 동시에 중동건설 붐이라는 기회를 제공하여 1975년~1979년 중동건설로 벌어들인 외화는 205억 달러로 총 수출액의 40%에 육박했다. 유신체제는 그 밖에도 산림녹화와 4대강유역개발 등 국토개발을 추진하는 데 필요한 자원과 행정지원을 제공했다.

유신기간 중 삼성, 현대, 럭키, 대우 등 수출 주도의 10대 기업집단이 탄생한 것도 주목할 일이다. 이들의 매출은 총 국민소득의 42%를 차지했다.

▲ 1970년대 중반중화학공업 육성과 안보위협 대비

새마을운동과
녹색혁명

(1965년~1977년)

새마을운동은 처음에는 관官 주도로 시작되었으나 뒤에 민간의 적극적 참여로 성공한 농촌개발운동이었다. '근면, 자조, 협동'을 기본정신으로 한 새마을운동은 경쟁 유발적 추진방식이 특징이다. 즉 잘하는 마을에는 지원을 많이 하고, 실적이 나쁜 마을에는 덜 지원하는 방식이다.

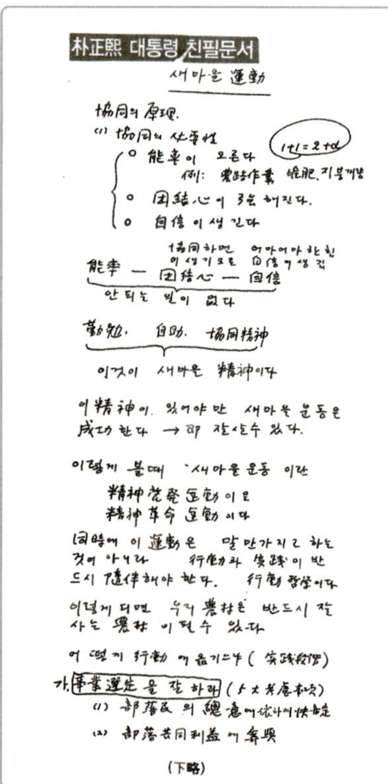

▲ 새마을운동과 관련된 박정희 대통령 친필문서

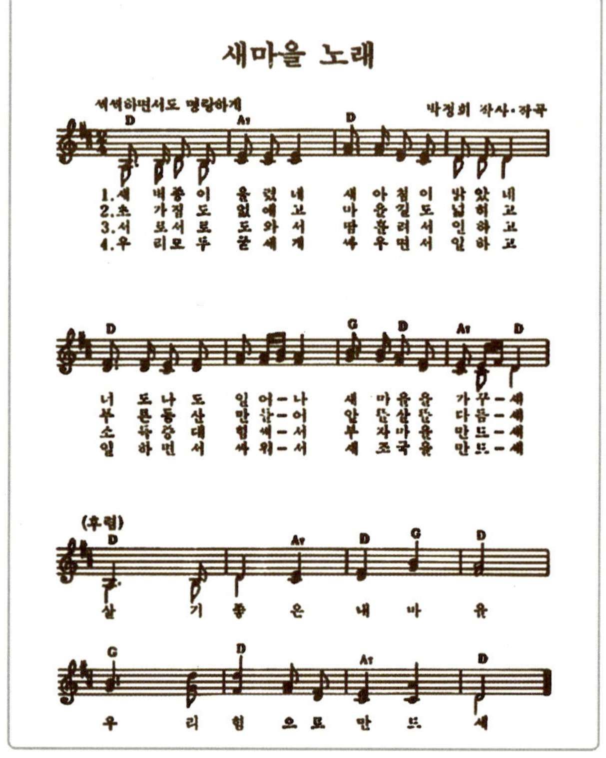

▲ 새마을 노래

▲ 근대화 전 낙동강변의 초라한 농촌

▲ 새마을운동으로 정돈된 농지

◀ 농촌 새마을운
동 임야 정비 작업

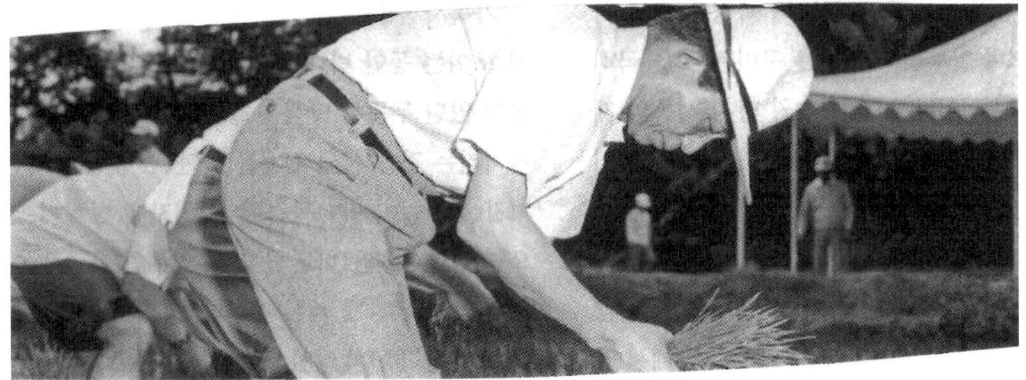

▲ 농촌에서 태어나, 농민과 함께 하며, 농민의 입장에서 정책을 폈던 박정희 대통령. 지도력을 결집시켜 농촌부흥을 이룩했던 그의 족적을 따라가 보면, 남다른 농민 사랑과 피 끓는 지도자의 동포애를 만나게 된다.

1971년부터 1982년까지 새마을운동에 투입된 자금은 총 2,583억 달러인데 이 가운데 정부가 51%, 농촌주민이 49%를 담당했다. 이 비율을 보면 새마을운동은 일부에서 말하는 관 주도 운동이 아니라 민관 합동운동이었음을 알 수 있다. 새마을운동 출발 당시 농가소득은 도시 근로자 소득의 79%였으나 1982년에는 103%로 늘어 도시근로자 소득을 능가했다.

새마을운동은 녹색혁명을 수반했다. 녹색혁명Green Revolution은 1960년대 후반 동남아에서 신품종 개발로 식량을 자급한 혁명으로, 새마을운동이 조성한 환경이 아니었다면 불가능했다. 벼의 품종개량, 특히 통일벼의 개발로 1977년 꿈에 그리던 식량자급시대를 개막했다.

▲ 1970년대 중반, 박 대통령은 국토보존의 원대한 계획아래 일찍이 그린벨트 정책을 도입하여 아름다운 자연을 그대로 지켜낼 수 있었다. 발전에 중점을 두던 이 시기(개발연대)에, 이는 참으로 경이로운 시책 중 하나라 할 수 있다.(다른 한 가지는 의료보험제도 도입을 들 수 있다: 공무원, 군인, 사립학교 교원의 연금제도 도입은 1960년대 초)

위대한 지도자
박정희

위대한 지도자를 만난 민족은 번영하고 그렇지 못한 민족은 쇠퇴한다. 김일성·김정일의 북한, 카스트로의 쿠바, 후세인의 이라크, 밀로셰비치의 유고슬라비아를 보면 한 지도자의 비전과 역량이 민족의 운명을 어떻게 좌우하는지를 알 수 있다.

오늘의 한국을 만든 역사의 중심에 박정희가 우뚝 서 있다. 그의 공과를 놓고 찬반이 엇갈리고 있지만, 조국 근대화에 관한 한 그의 업적을 부인할 수 없다. 그는 반민주 독재자로 자주 매도된다. 그는 민주주의를 희생시켜 경제 성장을 이룩했다. 민주주의를 먼저 했어도 경제성장이 가능했다고 주장하는 사람들이 있지만 역사는 그 가능성을 부인한다.

주일 대사를 지냈던 미국의 에드윈 라이샤워 교수의 말은 교훈을 준다. 그는 한국 민주화의 첩경은 경제 발전이라고 충고했다. 경제 발전이 가져오는 풍요가 민주주의를 동반한다는 것이다. 그의 예언은 한국에서 많은 비판을 받았으나 결과적으로 적중했다. 한국은 그가 예측한 대로 되었다. 우연의 일치라고 말하는 사람도 있다. 하지만 역사는 우연보다는 필연에 의해 움직인다. 한 나라의 발전이 결코 우연으로 이룩될 수는 없다. 박정희는 20세기를 마감하는 언론의 특집 기사에서 아시아의 가장 위대한 지도자의 하나로 선정되었다. 유신 종점에서 맞은 그의 비극적 말로末路마저 경제 성장의 위엄 속에 '영웅의 아름다운 최후'로 용해되었다.

▲ 경북 선산군 구미면 상모동에 위치한 보수되기 전의 박 대통령 생가
소 키우는 외양간이 아니었나 싶을 만큼 초라하다.

애림사상(愛林思想)과
산림녹화(山林綠化)

▲ '국민 식수'로 명칭이 바뀐 '식목 행사'는 어느덧 온 국민이 참여하는 개념으로 자리 잡았고, 직장단위 조림도 활발하게 시행되었다. 당시의 식목권장 표어: "심고 돌아보니 마음까지 푸르구나", "청산(靑山) 밑에 쌀이 나고, 적산(赤山) 밑에 홍수난다"

박정희 소장이 이끄는 혁명정부는 혁명공약 중에서 5대 사회악을 밀수, 마약, 도벌, 깡패, 사이비 기자로 규정했다. 도벌盜伐을 5대 사회악 명단에 넣을 만큼 박정희는 혁명 초기부터 산림 황폐에 각별한 관심을 갖고 있었다.

박정희 정부는 1967년 1월 농림부 산림국을 산림청으로 승격하였다. 식량 증산에 필요한 수자원을 확보하는 치수治水사업은 먼저 치산治山에 근거를 두어야 함을 알고 있었기 때문이다.(산림녹화사업)

이는 제2차 세계대전으로 폐허가 되었지만 그곳에서 울창한 숲을 가꾸어낸 일본과 독일을 보고 큰 교훈을 얻은 결과이다. 오늘날 우리나라 방방곡곡의 산야가 울창한 숲으로 뒤덮일 수 있었던 것은 이때의 식목, 사방사업, 도벌방지, 대체연료(무연탄) 공급 등이 있었기 때문이다.

◀ 1960년대 중
반, 조림과 사방
공사를 돕는 여
학생과 부녀자들

◀ 1972년, 초등
학교 어린이들이
고사리 같은 손
으로 새로 식목
한 묘목을 위해
물통으로 물을
날라 가뭄 극복
에 한몫을 하고
있다.

◀ 1969년, 농촌
진흥청으로부터
영농기술혁신과
식량증산계획에
관한 설명을 듣
고 있다.(오른쪽
본인)

1970년대 관광정책

1960년대의 관광정책을 바탕으로 자신감을 얻은 우리나라는 1970년대에 접어들면서 더욱더 적극적이고 과감한 관광정책을 추진하기 시작했다. 경부고속도로의 개통(1970년)으로 전국에 걸쳐있는 관광지원을 1일 생활권으로 앞당기는 효과를 보게 되었고, 산재되어 있던 관광자원들을 개발하고 보전·발굴하는데 활기를 띠기 시작했다. 박 대통령은 경제장관간담회(1975년)에서 관광산업을 국가전략산업으로 격상시키고 수출산업에 준하는 세제감면혜택과 금융·행정지원을 지시하는 등 특단의 조치를 취하였다. 뿐만 아니라 제도상으로도 종전의 관광사업진흥법을 폐지하고 관광기본법과 관광사업법으로 분리 제정·공포하였다. 이 시기에 외화획득을 위한 국제관광 진흥 정책의 일환으로 국민관광을 활성화하겠다는 선언을 한 것 또한 우리나라 관광사에 특이할 만한 사건이라고 할 수 있다. 관광지 개발에서도 괄목할만한 성장이 있었다. 박 대통령 재임 중에 경주 보문단지(1973년)와 제주 중문단지(1976년)가 개발되었고, 이러

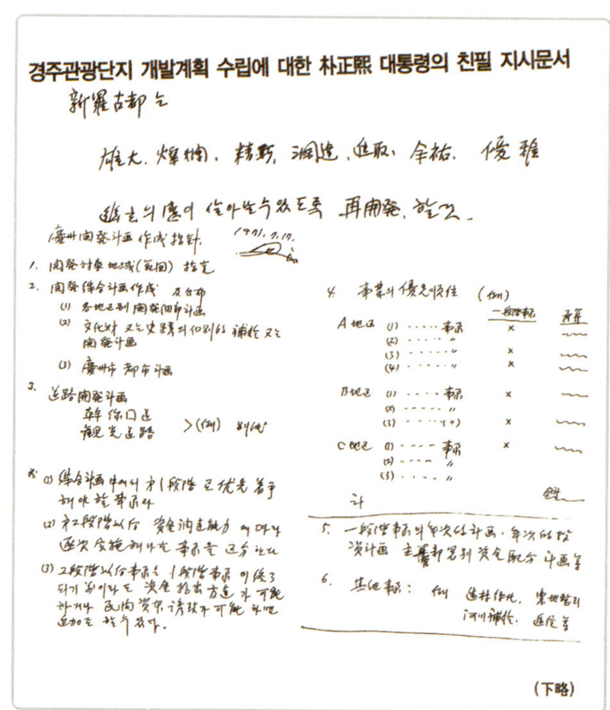

▲ 경주관광단지 개발계획 수립에 대한 박정희 대통령의 친필 지시문서

한 노력의 결실로 1978년에 우리나라 관광 역사상 기념비적인 해외관광객 100만 명을 돌파하여 아시아에서 5번째 관광국으로 우뚝 서게 되었다. 관광수입 4억 달러라는 결실을 맺게 되어 관광입국으로서 기틀이 다져졌고 관광선진국으로 도약해 나갈 수 있는 능력이 갖춰졌다.

▲ 1978년 4월 9일, 경주관광단지 종합개발 완공에 이어 제주관광단지 개발계획 후보지 물색 중 중문지구(中文地區)를 적격지로 선정했다.(왼쪽부터 본인, 정영훈 교통부 관광국장, 김용한 예산국장, 건설부 도시개발국장)

▲ 서귀포 동쪽 남원지구도 후보지 중 하나였으나 모래사장이 없어 제외되었다.

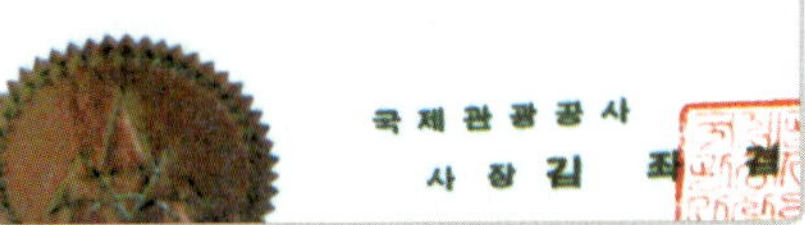

▲ 1979년, 경제기획원 건설교통예산과장 재임 시 국제관광공사로부터 받은 감사장

애석하게도 1979년 박 대통령의 갑작스러운 변고로 인해 그 이후 계획적이고 체계적인 관광발전을 찾아볼 수 없게 되었지만 박 대통령의 관광정책이 아시아게임(1986년), 올림픽(1988년), 해외여행자유화조치(1989년), 월드컵(2002년) 등의 대형 행사를 성공적으로 개최할 수 있는 계기를 마련했다고 해도 과언은 아닐 것이다.

무역(수입+수출) 규모 1조 달러 시대

(2012년 1월)

6·25전쟁이 끝난 1953년 우리나라의 무역규모는 3억 8,500만 달러였다. 수출 3,960만 달러, 수입 3억 4,540만 달러로 수입이 월등히 많았다. 수입의 60%는 미국과 유엔의 무상원조물자가 차지했다. 우리가 해외에 팔 수 있는 상품은 중석과 철광석 같은 광물과 생사生絲, 해산물 정도밖에 없었다. 제조업 제품은 거의 없고 1차 산업 품목에만 기대는 후진국형 무역구조였다.

1950년대엔 전후戰後 복구사업과 함께 이른바 삼백三白산업으로 불리는 제분·제당·면방을 중심으로 수입대체 공업화가 이뤄졌다. 그렇게 해서 기본 생필품 수요는 웬만큼 충족하게 됐지만 여전히 세계 시장에 내놓을 수 있는 상품은 없었다. 1959년 수출액은 1,920만 달러로 전란 중보다 더 줄었다.

1960년대 국가 시정목표는 '수출·증산·건설'이었다. 우선 수출을 하고, 모자라면 생산을 늘리고, 그래도 부족하면 공장을 더 짓는다는 것이었다. 박정희 정부는 1965년부터 1979년까지 대통령이 주재하는 '수출진흥확대회의'를 152차례나 열었을 만큼 수출 제일주의 정책을

▲ 1977년 12월 22일 장충체육관, 수출 100억 불 기념식장

밀어붙였다. 덕분에 수출은 1964년 1억 달러, 1971년 10억 달러, 1977년 100억 달러 고지를 넘어서면서 한국 경제의 고도성장을 이끌었다.

◀ 1977년 12월 22일, 100억 불 수출 달성 유공자에게 '수출의 탑' 수여

◀ 개발연대 초창기(1964년 5월 ~1972년 1월) 경제개발을 이끈 부총리(경제기획원 장관)들 (왼쪽 장기영, 오른쪽 김학렬)

　　요즘은 예전처럼 수출에 목을 매는 분위기는 아니지만 수출이 한국 경제를 떠받치고 있는 가장 중요한 기둥이라는 사실엔 변함이 없다. 1997년 외환위기와 2008년 세계 금융위기에서 한국 경제가 예상보다 훨씬 빨리 회복할 수 있었던 것도 전적으로 수출과 건전재정 덕분이었다.

2011년에 우리나라는 수출 4,674억 달러, 수입 4,257억 달러, 무역흑자 417억 달러로 모두 사상 최대치를 기록했다. 수출은 세계 7위, 무역규모는 세계 9위로 뛰어올랐다. 올해는 수출이 5,000억 달러를 넘어서면서 수입을 포함한 무역규모 1조 달러 시대를 맞는다고 한다. 1953년과 비교해 58년 만에 2,600배나 불어난 규모다. 그러나 한편으론 무역의존도가 국내총생산GDP의 90%를 넘어 한국 경제가 대외 변수에 쉽게 휘둘리는 약점이 있다. 대일對日 무역역조와 대중對中 수출 의존, 중소기업의 수출 비중 하락도 문제다. 한국이 '무역강국'에서 '경제강국'으로 또 한 번 도약할 수 있는 새로운 경제·산업·통상 전략이 나와야 할 때가 온 것이다.

▲ 박 대통령의 가족 사진(1960년대 초, 오른쪽 두 번째 박근혜)

박근혜 전 한나라당 대표와의 만남(2009년 12월 1일)을 계기로 2010년 8월 27일 '한누리 포럼 회칙'을 확정했다. 이때 본인은 고문 겸 경북지역 본부장 직을 맡게 되었다.

▲ 2011년 한누리 포럼 11월 정기회의(앞줄 가운데 박근혜 전 한나라당 대표, 박 전 대표 기준 오른쪽 정승렬, 왼쪽 이문자 공동회장, 앞줄 왼쪽에서 두 번째 유정복 의원, 두 번째 줄 오른쪽에서 첫 번째 본인)

한누리 포럼이 지향하는 목표는 박근혜 전 대표의 뜻을 받들어 『① 대한민국의 발전과 국민의 행복한 삶을 위해 ② 국민이 안심하고 살 수 있는 세상을 위해 ③ 세대, 지역, 계층 간 화합하는 사회를 위해 ④ 청소년들이 꿈꿀 수 있는 희망찬 세상을 위해 ⑤ 소통하고 배려하는 대한민국의 미래를 위해 ⑥ 꿈과 희망의 선진 복지 국가 건설을 위해』로 정하고 격월로 회합 및 토론회를 가졌다.

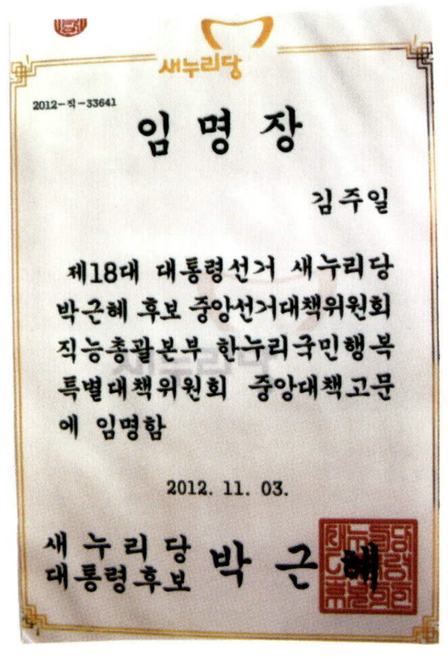

▲ 제18대 대통령선거 새누리당 박근혜 후보 중앙선거대책위원회 한누리 중앙대책고문 임명장

회장단, 임원, 회원이 일체가 되어 전국적으로 세 확장을 위하여 열성적으로 활약한 결과 2012년 12월 초에는 약 15만 명의 회원을 확보할 수 있었다. 그리하여 이들 모두는 박근혜 18대 대통령 후보를 당선시키는 데 뜻을 같이하였다.

본인이 오래전부터 박 전 대표에 호감을 갖는 이유는 한번 정한 원칙과 기준, 약속을 지키고자 하는 책임감이 강하고, 소통과 경청에 인색함이 없으며, 남을 배려하고 안정감을 주려는 진정성이 엿보이기 때문이다.

제18대 박근혜 대통령 당선자의
국정과제

(2012년 12월 22일)

▲ 박근혜 전 한나라당 대표(왼쪽)는 1974년 8월 15일 육영수 여사 서거 후, 1979년 10월 26일 박정희 대통령 작고 시까지 퍼스트레이디 역할을 수행했다.

2012년 12월 19일 선거과정을 거쳐 제18대 대통령으로 박근혜 후보가 선출됐다. 이제 우리 국민 모두는 박근혜 대통령 당선인이 크게 성공한 대통령이 될 수 있도록 적극 성원하고 힘을 모아야 한다. 그리고 박근혜 당선인은 범국민적 기대와 성원 그리고 시대적 사명에 부응할 수 있는 국정운영방안과 구체적 실천계획을 하루속히 내어놓아야 한다.

이러한 구체적 국정운영방안 마련 과정에서 반드시 명심해야 할 것이 있다. 국민대통합, 민생안정, 중산층 복원, 복지확충, 청년일자리 등 주요 공약은 침체된 경기의 활성화와 경제성장을 통한 고용증대의 기반 위에서만 실현 가능하다는 사실이다. 물론 '고용 없는 성장'은 있을 수 있다. 그러나 '성장 없는 고용'은 오래갈 수 없다. 따라서 '고용친화적 성장' 혹은 '일자리친화적 성장'이 국정의 기본목표가 되어야 한다. 이러한 차원에서 취업유발 효과가 높은 보건의료, 관광, 교육, 소프트웨어 개발 등 각종 서비스산업이 더욱 활성화되도록 해야 할 뿐 아니라 창업, 특히 젊은이들의 창업활동이 활성화될 수 있는 여건을 만들어줘야 한다. 그리고 현재 크게 저하된 우리 경제의 성장잠재력을 배양하는 일에 국정의 우선순위가 주어져야 한다는 점도 강조되어야 한다. 또한 국정 우선순위 설정과정에서 세계 속의 대한민국의 역할과 책임, 그리고 적절한 글로벌 리더십 발휘의 중요성을 간과해서는 안 된다. 또한 이러한 주요 국정 과제들을 효율적으로 실천할 수 있는 정부 조직개편 방안도 마련해야 한다. 특히 정부부처 간 정책조정기능과 국가발전 중장기 기획기능 강화를 위한 조직개편 방안이 마련되어야 한다. 오늘날의 정부행정은 각 부처 간 연계성이 더욱 커지고 있어 정책조정기능 강화를 필요로 한다. 또한 급격한 기술변화, 세계화와 지식기반사회의 심화에 따른 정책 패러다임의 빠른 변화에 선제적으로 대응하기 위해 중장기 기획기능 강화도 필수적인 것이다. 이러한 정책조정과 기획업무를 관장할 부총리제 도입(개발연대의 경제기획원과 같은)도 고려할 만하다고 본다.

현재 우리나라는 정치·사회·경제·안보·국방 등 모든 국정 분야에 걸쳐 위기 내지 비상시非常時적 상황하에 있다 해도 과언이 아닐 것이다. 박근혜 차기 대통령은 위기를 기회로 승화시키는 리더십을 발휘하여 부디 성공한 대통령이 되어주길 기원하는 마음 간절하다.

▲ 2011년 5월 11일 라마다르네상스 호텔,
제46회 5·16 민족상 수상식장에서 본인이 박근혜 전 대표와 악수를 나누고 있다.

4장

농촌생활에
삶의 즐거움이 있다

▲ 2005년 7월 30일 본가 정원, 본인 직계가족과 동생들 가족이 바비큐로 즐거운 한때를 보내고 있다.

▲ 1986년 7월 28일 한라산 구상나무 군락지, 아들 준구, 딸 성은이와 함께

▲ 2011년 7월, 내자와 함께 감자와 옥수수를 수확하고 있다.

情과 땀이 서린
故鄕山河가 좋아

(2010년 5월 5일)

▲ 2011년 7월 31일, 현관에서 바라본 성하의 정원

▲ 2013년 1월 2일, 현관에서 바라본 눈덮인 정원

故鄕山河가 좋아, 都會地를 떠남이여 !

歸去來辭를 읊을 수 없어도, 周遊天下가 아니어도,

태어난 故鄕집에 情이 끌려,

山이 좋아, 江이 좋아, 들녘이 좋아,

古色이 蒼然한 太古의 숲 속, 이끼 낀 바위가 그냥 좋아,

내 손때 묻은 庭園樹石이 그리도 좋아,

철 따라 피고 지는 아기의 웃음 같은 꽃 香氣가 마냥 좋아,

내 뛰놀던 고장, 情과 땀이 서린 故鄕 땅이 또한 좋아,

엎드려 雜草를 뽑아도 허리 아픈 줄 모르고, 그저

즐겁기만 하네.

이 모두가 내 側近의 벗님이시니, 나는 결코 외롭지 않네.

▲ 2012년 3월 31일, 정원수 전지하는 모습
내자가 이를 도와주고 있다.

▲ 2006년 5월 21일, 정원석 사이로 모란과 작약 꽃이
만개했다.

▲ 2004년 7월 12일, 새로 심은 소나무에 지주목을 세
우고 있다.

▲ 1993년 5월 16일, 동생 완일과 정원에 잔디를 깔고
있는 모습. 뒤에서 어머니가 물끄러미 바라보고 계신다.

▲ 본가의 정원에는 농약을 일체 사
용하지 않는다. 때문에 메뚜기 등의
곤충이 많이 서식하고, 각종 아름다
운 새들이 이들 양식을 구하기 위해
곳곳에서 찾아온다.

▲ 본가 정원의 바위에 앉은 새가 먹잇감을 주시하고 있다.

농촌생활에
삶의 즐거움이 있다

(2007년 가을)

자연이 좋아

나는 농촌, 산촌, 강촌을 유난히 좋아한다. 농촌에서 태어나 유년시절 농사일을 거들면서 자란 탓일까? 사계절 자연경관의 변화에 대한 느낌이 사뭇 남다르다고 할 수 있다. 그래서 나는 중·고등학교 국어 교과서에 실린 이양하李敭河 선생의 신록예찬新綠禮讚과 정비석鄭飛石 선생의 산정무한山情無限의 명 구절을 암송하기 즐겨 한다.

산山으로 들野로 강河으로 바다海로 돌아다니고 싶은 마음은 고희를 지나 나이가 더 들수록 간절해진다. 이런 마음은 곧 국내외 여행으로 이어지는데, 나는 늘 여행의 4대 요소를 건강, 시간, 돈, 동반자partner로 꼽는다. 하지만 이러한 4대 요소를 다 갖추고 있을 시기는 일생에 그리 길지 않다. 그러므로 조건이 허락될 때 부지런히 자연을 벗 삼아, 우주에서 가장 아름다운 별 지구의 이곳저곳을 방문해 봐야지 않겠는가.

"I was never born, I never died, I just visited this world from '36'"

인도의 철학자 '라즈니'의 명언을 다시 한 번 음미해 본다.

해외여행을 간다든가 서울에서 특별한 용무가 있을 때를 제외하고는 주말이면 고색古色이 창연한 태고太故의 향기가 그리워 고향 본가를 찾는다.

11월 첫 주말에는 온 산하 만산풍엽이 전부 연지 빛이더니, 둘째 주말에 왔을 때는 각양각색의 낙엽이 정원 잔디 위에 이불을 덮어 놓은 듯 곱게 쌓여 바람결에 휘날리고 있었다.

▲ 내자가 일본에서 장기 거주한 덕분에 꽃꽂이 기법이 수준급이다. 본가 정원의 야생화들이 각기 다른 꽃병에 장식되어 있다.

▲ 2011년 5월 23일, 정원 내 연못에 창포가 만개했다.

▲ 2005년 3월 1일, 응접실의 산수 수석

▲ 2009년 8월 14일, 본가 정원에 피어 있는 들국화

▲ 2011년 7월 2일, 본가 정원에 피어 있는 지오글라디오스

▲ 2005년 4월 20일, 본가 정원에 만개한 라일락

▲ 2009년 7월 1일,
본가 정원에 피어 있는 초롱꽃

▲ 2012년 4월 14일,
본가 정원에 목련이 활짝 피었다.

한때는 선출직에 뜻이 있어 향리 본가를 자주 찾곤 하였다. 하지만 이제는 그것도 아닌데 무슨 재미로 틈만 나면 고향 집에 가느냐고 주변 지인들이 가끔 묻는다. 그럴 때마다 나는 벼슬했던 옛 선인들이 낙향하여 자연을 벗 삼아 읊은 글귀를 떠올린다. 그 대표적 예로 '산수간 바위아래 띠 집을 지으려 하니 나의 뜻을 모르는 남들은 비웃는다 한다마는 어리석고 시골뜨기인 내 뜻에는 이것이 내 분수인가 하노라'고 한 도산 윤선도尹善道 '만흥漫興'의 시심에 동의하게 된다.

고향본가 정원 가꾸기

사과, 배, 복숭아 등 과수는 이른 새벽 주인의 발걸음 소리에 열매가 익어가고, 논의 벼는 주인의 삿가래와 논물 보러 오는 발걸음 소리에 자란다는 옛이야기가 있다. 어린 나이에 나는 이 말을 도통 이해할 수 없었다. 하지만 시간이 흘러 내가 직접 정원을 관리하며 채마밭을 가꾸는 지금에서야 그 뜻의 진의를 알 만하다.

나는 고향 본가에 과수목과 관상수, 그중에서도 특히 상록수常綠樹를 심고 가꾸는 것을 참 좋아한다. 어느 때는 오랫동안 본가에 들르지 않다가, 대문을 열고 정원에 들어서면 "어디 가셨다가 이제야 오시느냐?"고 주인을 원망하는 야생화가 있는가 하면 "늦게나마 찾아와 주셔서 반갑다"고 인사하는 키 큰 나무도 있다.

▲ 2009년 5월 10일, 본가 정문 밖의 겹벚꽃

▲ 본가 정원에 피어 있는 고목이 된 철쭉

▲ 본가 정원에 피어 있는 나리꽃

▲ 본가 정원에 피어 있는 야생화-1

▲ 본가 정원에 피어 있는 야생화-2

백일홍, 천일홍, 국화와 같이 오래 피어있는 꽃도 있지만 목련과 모란, 벚꽃처럼 며칠 만에 피고 지는 꽃도 있다. 주인이 없는 동안에 피었다가 진 꽃들은 일 년에 단 한 번 자기 나름대로 아름다운 자태를 주인에게 보여주기 위해서, 또 보살펴 준 은혜에 보답하기 위하여 피는데 주인이 관상해 주지 않았다고 잔뜩 성이 나 있는 것을 보면 자연의 오묘함을 느낄 수 있다. 어찌 식물뿐이겠는가. 손때 묻은 정원석庭園石도 주인이 앞에 서면 친근한 인사를 건네는 것 같다.

이 정원 안에 형형색색의 잘 정돈된 꽃이며, 정원수며, 정원석 할 것 없이 내가 직접 심고 가꾸어 왔기 때문에 내 정성과 손때가 묻지 않은 것은 하나도 없다. 물과 거름을 주고 잡초를 뽑아주며, 병충해를 막아주고 전지를 해주는 등 자식 키우듯 '혼'魂을 불어넣는 심정으로 애정을 갖고 돌봐주었다.

▲ 2001년 1월 7일, 본인이 직접 삽을 들고 정원 마당에 쌓인 눈을 치우고 있다.

▲ 2004년 3월 5일, 정원석 위에 하얀 눈 이불이 덮여 있다.

▲ 2004년 3월 5일, 본가 정원의 설경(雪景)

▲ 2004년 3월 5일, 정원석 위에 하얀 눈 이불이 덮여 있다.

▲ 2004년 3월 5일, 장독대 위에도 하얀 눈 이불이 내렸다.

그러니 말 못하는 식물과 수석이라고는 하나, 어찌 주인을 섬기고 반갑게 대화하고 인사하지 않겠는가. 문득 "가을바람이 땅에 낡은 잎을 뿌리면 봄은 다시 새로운 잎으로 숲을 덮는다"고 한 '호머'의 시 한 구절이 떠오른다.

서울에서 이리저리 헤매고 다니면서, 또 밖에서 돌아오는 비행기 안에서도, 늦가을 추위에 떨고 있을 내 손때 묻은 정원수들을 생각하면 "금주 말에도 내려가서 어루만져 주어야지"하는 생각에 마음이 조급해진다.

수필집 'Why를 위해 살아라'
젊은이를 위한 자전적 수상隨想 기고문

▲ 2004년 11월 28일, 본가 옆에 황토벽돌 별채를 짓고 있다.(왼쪽 본인, 오른쪽 건축 기술자)

▲ 신구시대(新舊時代)가 교차하는 이런 모습도 농촌에서는 흔히 볼 수 있다.(자전거+지게+아스팔트 도로)

◀ 2013년 8월 15일, 정원의 수석틈을 비집고 올라온 꽈리 열매

▲ 1994년 5월 14일, 수동식 잔디깎기를 사용해 정원의 잔디를 정리하고 있다.

▲ 1994년 7월 21일, 현관 입구로 이어지는 길을 수석으로 장식하고 있다.

▲ 1994년 12월 31일, 동생들이 정원 조성에 도움을 주고 있다.(오른쪽부터 본인, 정일, 조카 문종, 그의 아버지 완일)

▲ 2003년 7월 15일, 본가 정원 주변을 수석과 잔디로 장식하고 있다.

▲ 1994년 7월 14일, 새로 구입한 남한강 오석의 위치를 정하고 있다.

▲ 2003년 8월 4일, 정원석과 수석으로 연못을 꾸미고 있다.

▲ 2006년 4월 23일, 수령이 약 150년으로 추정되는 노송(老松)을 본가 정원에 옮겨 심고 있다.

▲ 2008년 3월 20일, 연못의 물이 새서 보수작업을 하고 있다.(오른쪽부터 한원재 씨, 양성진 씨, 본인)

▲ 2003년 6월 22일, 자연이 수놓은 정원석(구름 위로 용이 승천하는 형상)을 본가 정원에 배치하고 있다.

▲ 2003년 8월 21일, 단양계곡에서 수집된 정원석(예수의 얼굴 형상)을 상당한 고가로 매입해 본가의 정원에 배치하고 있다.

◀ 2005년 5월 5일 본가 정원, 김인호(전 공정거래위원장, 청와대 경제수석), 장양수(전 교수, 현대칼라 사장) 내외분을 초청해 텃밭에서 생산한 각종 싱싱한 야채로 오찬을 나누고 있다.

5월은
계절의 여왕이다

(2009년 5월 20일)

▲ 1989년 5월 1일, 내자와 아들 준구와 함께 부모님 산소 참배

▲ 2004년 5월 1일, 20년 전 본인이 직접 식수한 흰철쭉이 흐드러지게 피어 있다.

세월의 흐름이 빠르다는 표현 중에 '화살 같이', '눈 깜짝할 사이', '천 년도 수유須臾'라는 말이 있다. 또한 송나라 태조 조광윤趙匡胤은 '인생은 흰말白馬이 문틈 사이를 잠깐 지나는 것과 같다'면서 권세權勢도 이와 같아 눈 깜짝할 사이에 시든다는 말을 후세에 남겼다. 두고두고 음미해 볼 말이다. 그런 의미로 우리는 화무花無는 십일홍十日紅이요, 권불權不도 십 년十年이라는 말을 자주 쓴다.

날로 푸름을 더해가는 새싹과 내 손때 묻은 각양각색 정원의 야생화가 오랜만에 찾아온 주인에게 고맙다는 인사를 하듯 활짝 피어 보인다.

5월은 우리 인간에게 자연의 아름다움을 다시 깨닫게 하는 초여름의 문턱이다. 또한 어린이날, 스승의날, 어버이날, 부부의날, 바다의날 등 이 모든 날의 행사가 5월에 이루어지고 있다. 그래서 어느 시인은 '5월은 계절의 여왕'이라고 이름 붙인 것 같다.

　나는 이때가 되면 중·고교 시절 국어시간에 가장 즐겨 읽던 이양하李敭河 선생의 신록예찬新綠禮讚과 민태원閔泰瑗 선생의 청춘예찬이 떠오른다. 비록 짧은 한 편의 수필이지만 이 글 속에는 마음에 담아 둘 인생철학이 깃들어 있다. 그래서 나는 5월이 되면 이를 새롭게 읽어보면서 마음을 가다듬는다.

▲ 2006년 5월 21일, 목단과 작약이 본가 정원을 아름답게 물들이고 있다.

▲ 2009년 3월 13일, 연약하고 아름다운 제비꽃이 가장 먼저 봄의 시작을 알리고 있다.

▲ 2009년 3월 21일, 야생화의 대명사 할미꽃이 봄을 알리는 전령사로 고개를 내밀고 있다.

▲ 2009년 3얼 25일, 돌단풍꽃이 정원석 틈바구니를 비집고 피었다.

▲ 2009년 3월 25일, 금낭화가 정원석 틈바구니를 비집고 나와 봄이 왔음을 알리고 있다.

▲ 2009년 4월 1일, 진달래와 담쟁이넝쿨이 이끼 긴 바위를 뒤덮고 있다.

▲ 2009년 4월 26일, 봄의 대표적인 꽃 철쭉이 본가 정원을 분홍빛으로 수놓고 있다.

눈을 들어 하늘을 우러러보고 먼 산을 바라보라. 어린애의 웃음같이 깨끗하고 명랑한 오월의 하늘, 나날이 푸르러가는 이산 저산, 나날이 새로운 경이를 가져오는 이 언덕 저 언덕, 그리고 하늘을 달리고 녹음을 스쳐오는 맑고 향기로운 바람. 푸른 하늘과 찬란한 태양이 있고, 황홀한 신록이 모든 산, 모든 언덕을 덮는 이때 기쁨의 속삼임이 하늘과 땅, 나무와 나무, 풀잎과 풀잎 사이에 은밀히 수수授受되고, 그들의 기쁨의 노래가 금시라도 우렁차게 터져 나와 산과 들을 흔들 때라고 했다.

〈신록예찬 中〉

지난주 내성천을 거쳐 호골, 신골 송림松林의 능선을 타고 흐르는 자연경관이 빼어난 '한맥CC 푸른 초원'에서 운동(골프)을 하였다. 경이로운 자연, 잃어버린 청춘을 함께 음미하면서 5월의 신록과 하늘, 바람, 구름을 벗 삼아 대자연에 도취되니 그야말로 무릉도원武陵桃源이 따로 없었다.

'신록예찬'에는 인간세속이 대자연의 거룩하고 아름답고 영광스러운 조화調和를 깨뜨림에 안타까움을 나타냈다. 인간이란 세속에 얽매여 머리 위에 푸른 하늘이 있는 것을 알지 못하고, 주머니의 돈을 세고, 지위와 명예를 생각하는 데 여념이 없거나, 오욕칠정五慾七情에 사로잡혀, 서로 미워하고 시기하고 질투하고 싸우는 데 마음에 영일을 가지지 못함을 아쉬워했다. 1948년에 벌써 이런 수필을 후세대에 남긴 이양하 선생의 교훈을 새삼 되새겨 본다. 흉중胸中에도 신록이요, 안전眼前에도 신록이다. 유년에는 유년의 아름다움이, 장년에는 장년의 아름다움이 있다고 했다. 5월은 신록의 계절, 여왕의 계절, 잠시나마 무장무애無障無礙, 무념무상無念無想의 겸허한 마음으로 남을 배려하고, 어려운 이웃의 고통을 함께 나누는 그런 5월이 되었으면 하는 마음 간절하다.

사월(양력 5월)이라 맹하孟夏되니 입하立夏·소만小滿 절기로다. 떡갈잎 퍼질 때에 뻐꾹새 자로울고, 비온 끝에 볕이 나니 일기도 청화淸和하다.
보리이삭 패어나니 꾀꼬리 소리한다.

〈농가월령가農家月令歌(정학유) 中〉

5장

여행은 즐거워

▲ 2010년 6월 10일 캐나다 로키산맥 '마린레이크', 임조홍 회장 내외분과 함께

▲ 2009년 7월 12일, '실크로드' 둔황 월하천(月河泉) 앞에서

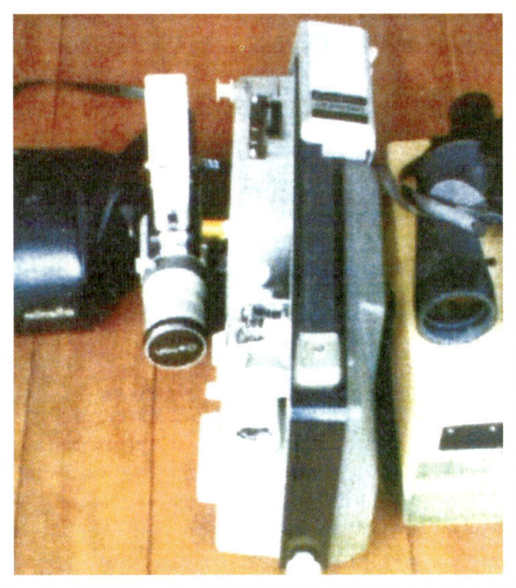

▲ 1960년대 중반 8mm 촬영기를 소지하면 모두가 부러워했다. 이때(일본 근무 중) 촬영한 5분 분량의 필름(80통)을 하나의 비디오에 압축했다.(주로 준구, 성은 성장기) 그때의 최첨단 영상기 카메라. 보안렌즈, 슬라이드, 영사기 등이 지금은 장롱 서랍 속의 고물이 되어버렸다.

지구는 크고,
세상도 넓더라

　광활廣闊한 우주, 총총히 반짝이는 저 하늘의 별들을 보고 있자면 지구촌은 너무나도 작은 존재가 아닐까 하는 생각이 든다. 또 하루 만에 이 나라 저 나라를 이동할 때면 가끔 지구는 돌고 있다는 코페르니쿠스의 지동설地動說을 의심하는 환상에 빠질 때도 있다. 지금은 인공위성, 항공교통, IT산업이 발달하고 국제간의 거래가 자유롭게 이루어지고 있기 때문에 '지구촌 시대'라고 하지만, 본인의 발로 직접 세계 여행을 다니다 보면, 이 지구가 얼마나 웅장하고 거대한 것인지 금세 깨닫게 된다.

　여행이나 정원 가꾸기는 본인에겐 빼놓을 수 없는 늘그막의 취미이며 즐거움이다. 이러한 본인의 취미에서 오는 행복감幸福感이 앞으로도 계속되기를 소망하는 바이다.

　본인이 여행을 좋아하는 가장 큰 이유는, 국내외로 새로운 환경을 접해 보고자 하는 호기심, 지구의 아름다운 대자연大自然 경관을 두루 다녀보고 싶은 끌림에서 비롯된다. 어릴 적부터 절약정신과 검소한 생활습관이 몸에 밴 본인이지만 여행에 드는 비용은 아까운 줄 모르는 것을 보니 정말 여행을 좋아하긴 하나 보다.

▲ 창고에 방치된 구형 여행용 가방

▲ 현재 사용 중인 신형 여행용 가방

공직에 있을 때나 공직을 떠난 지금에도 본인은 기회만 있으면 외국에 나가는 것을 좋아한다. 정원 관리에 심취할수록 여행을 통하여 선진 외국의 자연경관을 집안으로 끌어들일 지혜를 익히는 것 또한 즐거움 중 하나이다.

한번 가면 절대로 잊을 수 없고, 때로는 삶의 지혜를 바꿔 놓기도 하는 기이한 경관, 그 여행길에는 바다와 강, 호수와 빙하산, 조물주의 조화로 이루어진 산과 설경, 언덕과 골짜기, 마을과 도시 등 다양한 풍경들이 아우르고 있다. 또한 본인의 여행에는 걷기와 기차, 자동차, 배船는 물론 비행기까지 여러 가지 교통수단이 이용되는데 이 역시 여행의 큰 낙樂이라 할 수 있겠다.

▲ 1996년 7월 22일, 노르웨이 동계올림픽 개최지 릴레함메르에서

▲ 1999년 9월 5일, 일본 이토 스시 식당(하루에 한 팀의 손님만 받음)에서

▲ 2006년 4월 7일, 마츠오 회장의 선대가 현에 기증한 일본 사가현립공원에서 봄나들이(오른쪽부터 본인 내외, 김인호 청와대 경제수석비서관 내외분, 유종하 전 외교부 장관 내외분, 강경식 전 경제부총리 내외분)

▲ 2009년 2월, 하와이 호놀룰루 와이키키 해변에서

지금까지 헤아릴 수 없을 정도로 수없이 많은 해외여행을 다녀보았으나, 아직 가보고 싶은 여행지가 너무나 많이 남아 있다. 지금까지 다녀온 여행지 중 인상 깊었던 여행지를 소개하자면, 가까이는 일본의 오키나와 등 7개 섬, 북해도의 와카나이稚內와 그 주변 시레도코知床 반도(유네스코 지정 자연 명승지)에서 보는 오호츠크해의 거대한 얼음덩어리, 이시리도, 레이문도禮文島, 가고시마현의 야쿠시마屋久島(유네스코 지정 자연 문화유산), 대마도, 후지산 등반, 중국의 황산, 장가계, 원가계, 베트남의 메콩강과 하롱베이, 필리핀의 민다나오, 남태평양으로는 호주의 골드코스트와 브리스번의 발가락을 간질이는 해안의 고운 모래, 뉴질랜드 남섬, 북섬의 아름다운 천혜天惠의 대자연, 하와이 7도島의 푸른 하늘과 온화한 기후 등이다.

유럽으로는 체코 프라하 근교에 있는 체스키 크룸로프Cesky Krumlov, 프랑스 지중해 연안의 니스 해변과 모나코의 연결도로, 그리스의 에게해와 유적, 이탈리아의 로마와 유물·유적, 스페인의 토래이도성城, 바다처럼 느껴지는 러시아의 바이칼호와 주변 수목이 있다.

아시아로는 동양문화와 서양문화가 교차되는 터키의 이스탄불, 인도의 불교문화,

◀ 2009년 7월 15일 고비 사막, 구름 한 점 없는 사막의 하늘이 강한 태양열을 내뿜고 있다. 태양열을 피하기 위해 단단히 무장한 모습(왼쪽부터 강경식 전 부총리 내외분, 본인 내외)

중국의 실크로드Silk Road(고비사막의 오아시스 도시 뚠황敦煌, 천불동, 명사산鳴砂山), 월하천月河泉, 트루판吐魯番, 우르무치烏魯木齊, 이집트의 피라미드와 룩소의 유물·유적이 있다. 특히 사막은 산과 마찬가지로 인간의 정신을 깨끗하게 정화시켜 준다. 사막의 텅 비어 있음이 우리를 겸허하게 만들고 경탄하게 하기 때문이다.

▲ 1996년 7월, 노르웨이 피욜드 빙하가 녹아내리는 모습

흰 눈 덮인 천산산맥을 넘어 우즈베키스탄의 타슈겐트와 사마르칸트, 미주로는 나이아가라폭포, 애리조나주의 선인장, 캐나다 로키산맥의 보석 '레이크루이스'와 '마-린레이크', 알래스카 매킨리 마운트의 빙하와 설경, 미국과 멕시코 접경에 있는 낭만적인 도시 샌디에이고, 자연이 만든 조물주 그랜드캐년, 노르웨이의 피욜드, 그리스의 파르테논 신전神殿, 스위스의 융프라우, 오스트리아의 다뉴브강과 호오랜타우랜 국립공원, 잘츠부르크 및 인스부르크(아들 준구가 오스트리아 대한민국대사관 참사관으로 재직 중 아들가족과 함께 여행) 등이 기억에 남는다.

여행은 신비한 대자연으로부터 받는 감동, 자연의 섭리와 인간의 위대한 역사를

▲ 1996년 7월 20일, 노르웨이 오슬로에서

되돌아보게 하는 기회를 부여해 준다. 또한 세계 각국을 돌아다녀 보면 우리나라의 국력國力, 즉 한국 국가 브랜드의 위상을 실감할 때가 많다. 국가 브랜드는 하루아침에 이루어지는 것이 아니며, 단일 요소에 의하여 결정되는 것도 아니다. 국가 브랜드는 그 나라의 경제 수준, 정치 역량, 문화적 호감도, 국제사회 기여도 등 단일민족 환상에서 과감히 벗어나야 하는 국제화된 포용 역량에서 이루어진다고 봐야 한다.

본인이 외국에 첫발을 디딘 것은 1966년 5월 13일 일본(동경: 청구권 및 경제협력사절단 부임)이었다. 그 당시 한국인에 대한 일본인의 시각과 지금의 그것과는 하늘과 땅만큼 다르다는 것을 느낄 뿐 아니라 이는 세계 어느 나라를 여행해보아도 마찬가지다.

오늘날 간단한 인사말과 함께 친근한 우리말을 구사하는 외국인 여행자들, 지구촌 친구의 미소 짓는 모습 앞에서 한국인의 뿌듯한 자긍심을 느낄 수 있다.

▲ 1988년 8월 8일, 후지산 정상에 오르다. 전날 오후에 출발해 산 중턱에서 휴식을 취하다가 일출(日出) 시각에 맞춰 정상에 올라 해뜨는 모습을 바라봤다. 계절은 여름(8월)인데도 불구하고 후지산 정상은 −4℃의 매서운 날씨였다.(본인의 뒤로 환한 태양이 고개를 내밀고 있다.)

▲ '후지산'에서 '한라산'의 삼다수를 마시는 것 또한 이색적인 경험이자 보람이었다.

다시 가보고 싶은 관광지

특히 다시 가보고 싶은 여행지로는 알래스카 앵커리지에서 서쪽으로 비행거리 50분 정도에 위치한 코디악섬KODIAK(미국에서 두 번째로 큰 섬, 하와이 빅아일랜드섬 다음)을 꼽는다. 이곳은 떼 지어 이동하는 연어 무리와 웅대한 빙하산이 정말 장관이었다. 또한 크로아티아의 드부로브니크Dubrovnik와 오스트리아 알프스 산정에 쌓인 설경과 빙하가 조화를 이룬 『호우렌타우렌 국립공원』은 가히 절경絕景이었고 북유럽 핀란드, 스웨덴, 노르웨이 3국의 숲, 호수, 바다, 피욜드는 지구의 아름다움에 극치라 칭할 만했다.

▲ 2007년 7월 22일 오스트리아 호우렌타우렌 국립공원, 알프스산맥의 동쪽 끝자락에서

오늘은 최근(2011년 7월 15일~23일)에 다녀온 북유럽의 숨은 보석, 발틱 3국Balticstates에 관한 여행 소감을 기록해 보고자 한다. 본인이 '발틱'이란 단어를 들어본 것은 러시아의 천하무적 발틱함대를 일본 해군이 한·일 해협에서 격멸시킨 쓰시마(대마도)해전 정도이다.

유럽을 동서남북으로 나누어 보면, 비교적 잘 알려져 있어 사람들이 여행을 많이 가는 남·서유럽(영국, 프랑스, 이탈리아, 스위스, 스페인 등), 동유럽(체코, 헝가리, 오스트리아 등) 그리고 북유럽(덴마크, 핀란드, 스웨덴, 노르웨이, 러시아 등)으로 구분할 수 있다. 본인이 이번에 탐방한 곳은 발틱해를 끼고 강력한 동·북유럽 국가들과 인접해 있는 이름도 낯선 리투아니아Lithuania, 라트비아Latvia 그리고 에스토니아Estonia라는 나라들이다.

발틱 3국은 수백 년 동안 3국을 둘러싸고 있는 강대국들에게 나라의 주도권을 빼앗겼지만 그 사실을 믿기 어려울 만큼 나름대로 오랜 역사와 독특한 문화, 각기 다른 문자와 언어를 가지고 있다. 1인당 국민소득도 1만~1만 9천 달러에 이르며, 최근 유럽 연합에 가입하는 등 본격적으로 국제무대에 등장한 신생국가이기도 하다.

세 나라 모두 역사적 사연이 많고, 오랜 전쟁 속에서도 중세의 건축물이 고딕, 로코코 양식으로 조화를 이뤄 아름다운 모습을 보존하고 있었다. 사람들의 외양으로 그 나라의 본질을 단정 지을 수 없겠지만, 외모 면에서는 북유럽 민족처럼 늘씬하고 인물이 출중하였다. 세 나라의 경제도 최근 안정적이며 비약적인 발전을 이루면서 전체 유럽의 중간 정도로 생활 수준이 향상되었다고 한다.

이들 발틱 3국을 여행하면서 우리나라 국력 수준에 걸맞는 외교사절기관(대사관 또는 총영사관)이 아직 들어서지 못하고 있다는 점에 아쉬움이 남았다. 그리하여 귀국 후 관계 당국 고위층에 이들 3국 중 어딘가에 대한민국 공사관을 설치하여 발틱 3국(에스토니아의 탈린, 또는 라트비아의 리갈)과 외교관계를 수립하는 것이 국익에 도움이 될 것이라고 건의하게 되었다.

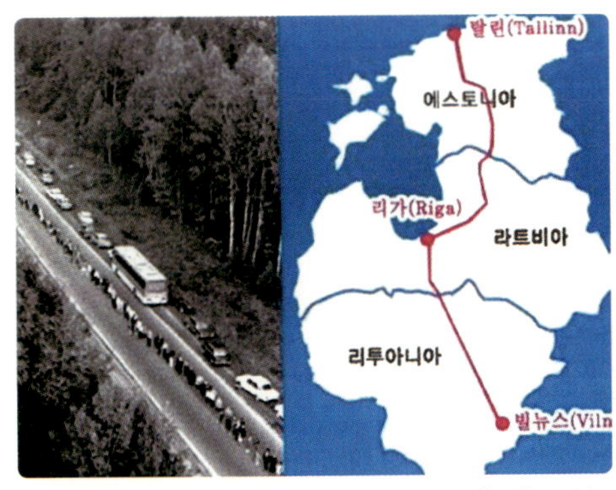

▲ 발트 3국의 인간띠(독립운동의 상징) 길 도열 모습

▲ 위에서 내려다본 탈린(에스토니아의 수도) 구시가지와 발트해

◀ 발틱 3국 지도

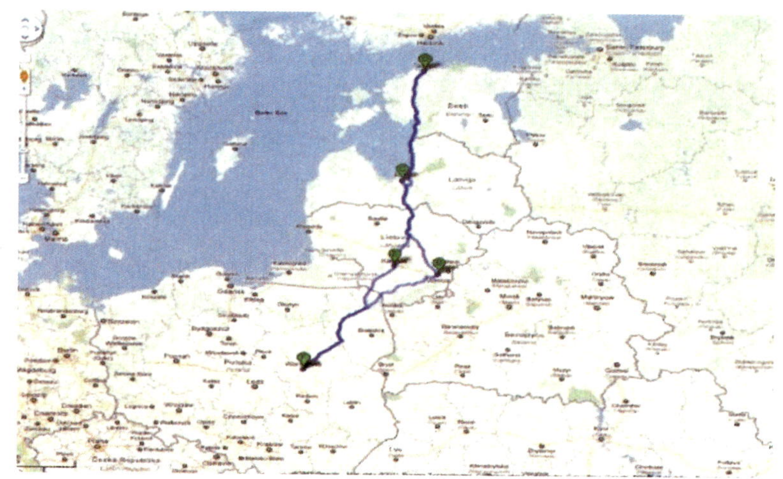

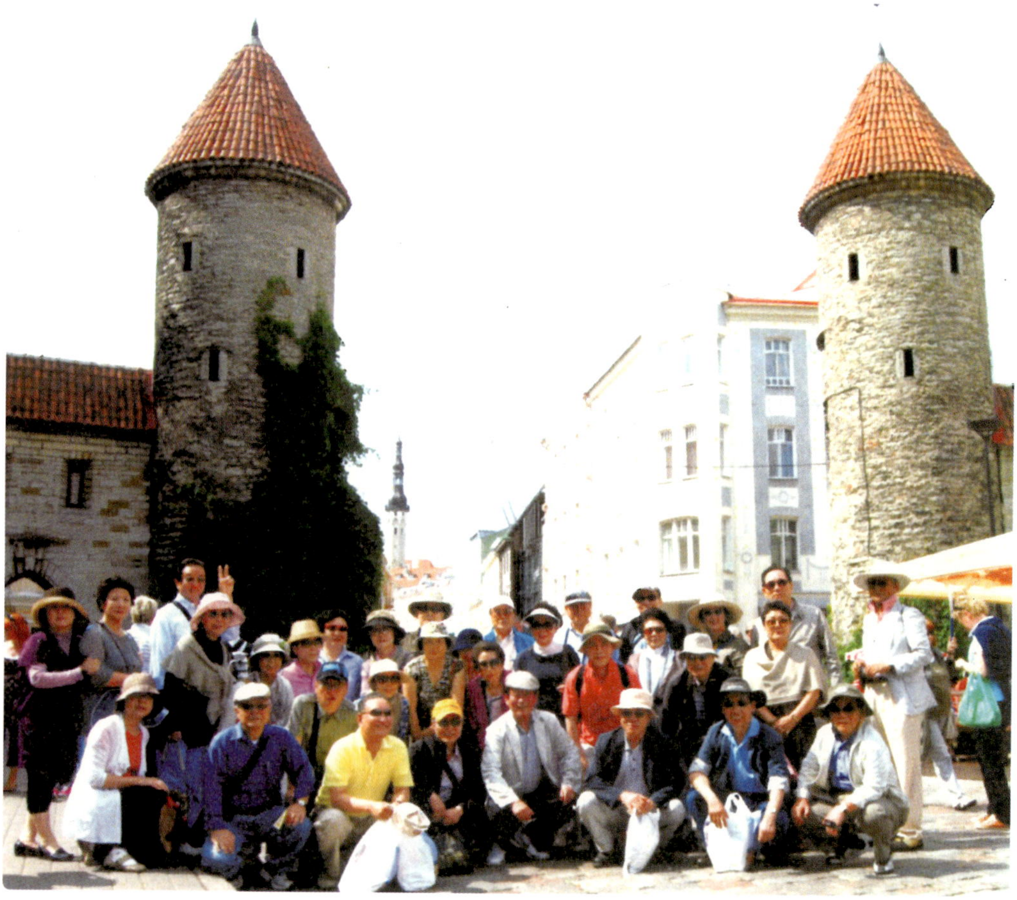

▲ 2011년 7월 20일, 에스토니아 수도 '탈린' 비루문에서

아직도
가보고 싶은 여행지가
너무 많이 남아 있다

고색古色이 창연한 태고太古의 자연이 그대로 보존된 미개발국未開發國, 숲을 잘 가꾸어 놓고 여행객을 유혹하고 있는 아름다운 관광선진국.

나는 아직도 가보고 싶은 나라, 화면으로만 보는 관광지가 너무나 많이 남아 있다.

나는 여행의 4대 요소를 건강健康, 시간時間, 돈錢, 동반자同僚라고 생각한다. 하지만 이와 같은 4대 요소를 다 갖출 수 있는 시기는 우리 인생에 있어 그리 길지 않다. 그래서 우리는 때가 되었을 때 지체 없이 여행을 떠날 수 있는 '용기'를 지녀야 한다. 이는 "앞으로도 할 일은 많고 세계는 넓다"는 김우중金宇中 회장의 포부처럼, 우리의 시야를 넓게 갖고 행동을 적극적으로 해야 한다는 말이다.

아직 한 번도 발붙여보지 못한 남미의 대자연 아마존강과 안데스산맥, 잉글랜드의 워즈워드Wordworth레이크와 정원들, 스코틀랜드의 하일랜즈Highlands와 골프, 웨일즈Wales, 아일랜드Island, 탄자니아의 킬로만자로Kilimanjaro, 호주의 퍼어스Pertn, 과테말라Guatemala와 멕시코, 보헤미아의 마야문명Mayan civilization과 사원들, 잠비아, 짐바브웨, 파라과이 빅토리아의 니가스폭포, 네덜란드의 튤립과 암스테르담, 이스라엘의 성지, 러시아의 모스크바와 상트페테르부르크, 미국의 요세미티Yosemite와 마이애미, 남아프리카의 야생동물 사파리 등 내가 아직 가봐야 할 곳은 손에 꼽기도 어려울 만큼 너무나 많다.

이외에도 내가 모르는 숨은 보석 같은 관광지가 이 넓디넓은 지구 어딘가에 분명 존재하고 있을 것이다. 나에게 주어진 일생一生이란 시간은 이다지 짧은 것인데, 내가 가봐야 할 곳은 이리도 넘쳐나다니… 이에 나는 오늘부터 또 여행의 각오를 새롭게 다져본다. "고기도 먹어본 사람이 잘 먹는다"는 말처럼 여행도 가본 사람이 더 잘 갈 수 있는 것이다.

한 손에 막대 잡고 또 한 손에 가시 쥐고

늙는 길 가시로 막고 오는 백발 막대로 치렸더니

백발이 제 먼저 알고 지름길로 오더라

〈고려 말 우탁禹倬(1263~1342)의 시조 '한 손에 막대 잡고'〉

국내외 여행 중
희귀한 돌(石), 야생화(花) 수집

본인은 오랫동안 향리생가鄕里生家의 넓은 정원에서 관상수, 정원석, 크고 작은 조약돌, 계절 따라 피고 지는 형형색색形形色色의 야생화를 길러 왔다. 때문에 이들(石·花)을 아끼고 돌보는 버릇이 여행 중에도 그대로 나타난다. 여행 중 낯선 곳(산, 들, 강, 사막, 바닷가, 숲, 유물·유적지)을 지나거나 머무는 동안 수집하고 채취할 만한 가치가 있다고 생각되는 신비스러운 조약돌, 발끝에 차이는 유물 조각을 집어오는 것이다. 또한 야생화를 남몰래 슬그머니 캐 비닐봉지에 싸서 가방 속에 숨겨 갖고 올 때도 있다. 이리하여 지구 여러 곳에서 수집한 유물 조각, 특유한 질과 모양새의 돌(그 위에 채집한 나라 이름, 장소, 수집 일자를 기재)을 집안 곳곳에 진열하는 것 또한 본인의 빼놓을 수 없는 취미 중 하나가 되었다. 가끔 그것이 불법이 아니냐는 일행의 근심스런 충언도 듣지만, 본인은 이를 크게 상관하지 않고 넘겨 버린다. 2003년 12월, 평소 우정 두터운 임조홍林柞弘 사장 내외분과 캄보디아 앙코르와트 여행 중 깨어진 벽돌 한 조각을 가방에 넣고 오다가 공항에서 압수당한 부끄러운 기억이 있지만… 나는 이것도 하나의 추억(?)이라고 생각한다.

▲ 국내외 여행 중 수집한 희귀한 조약돌, 모래, 광석 등

▲ 국내외 여행 중 수집한 꽃병

크루즈로 떠난 서부유럽여행

(2013년 6월)

서부지중해 연안 항구도시

▲ 서부 지중해 연안 항구도시 여행 경로

2013년 6월 7일, 인천국제공항에서 출발하여 이탈리아 밀라노국제공항에 도착하는 것으로 13일간의 서부지중해 (4개국 6개 지중해 연안 항구도시) 관광 여정이 시작되었다. 본인의 희수를 기념한 여행이기도 했지만, 오랫동안 돈독한 우정을 쌓아온 임조홍 내외분과 함께한 여행이기에 그 분위기와 의미는 더욱 색다른 보람으로 가득했다.

이탈리아의 제노바 항구(밀라노 교외), 프랑스의 마르세유, 스페인의 바르셀로나와 발렌시아, 튀니지의 수도 튀니스 등 서부지중해 연안의 항구도시들은 그 모습 자체로도 아름다웠지만, 일찍부터 인류 문명의 유산인 궁전, 사원, 대성당, 광장, 정원, 공원, 인공호수와 분수, 박물관 등이 잘 보존되어 있어 관광객들의 눈을 즐겁게 해주었다. 또한 푸른 바다와 하늘, 맑은 공기와 따사로운 햇살, 황금빛 모래사장을 마주하고 있자니 대자연大自然의 아름다움은 그 어떤 것과도 비할 수 없다는 말을 새삼 깨달을 수 있었다.

밀라노 교외에 위치한 코모호湖의 고급 별장을 등지고 제노바 항구에서 스플랜디다MSC Splendida(13만 8천 톤)호에 승선, 지중해 최대 항구인 마르세유(프랑스)와 노트르담 대성당, 아비뇽의 교황청과 요새, 프티 팔레 미술관을 방문했다.

◀ 2013년 6월 11일 스페인 발렌시아, 스플랜디다호를 배경으로 임조홍 내외분과 함께

사그라다 파밀리아 성당

이번 여행에서 특히 인상 깊었던 것은 세계적인 건축가 가우디Gaudi의 걸작 '사그라다 파밀리아 성당Sagrada Familia'이었다. 1882년 건립되기 시작한 이 성당은 가우디가 살아있는 40년 동안 겨우 동쪽 문(유네스코 지정 문화재) 하나만을 완성하는 것에 그쳤는데, 이는 자신의 작품에 모든 노력과 정성을 쏟는 가우디의 예술가적 장인정신을 엿볼 수 있는 대목이었다.

사그라다 파밀리아 성당은 두 세기를 건너뛴 지금까지도 여전히 공사가 진행 중에 있다.(2026년 완공 예정) 3세기에 걸친 이 아름답고 웅장한 건축물에 가우디의 혼이 담겨 있다고 생각하니 보는 내내 경건한 마음에 고개가 절로 숙여졌다.

튀니스(Tunis): 튀니지의 수도

프랑스와 스페인을 경유해 우리는 아프리카 최북단에 위치한 튀니지에 도착했다. 튀니지의 수도 튀니스는 고대 도시 카르타고 유적지로 유명한데, 카르타고의 '한니발

장군'은 당시 강력한 제국 로마에 맞서 많은 전투에서 승리할 만큼 용장 중의 용장이었다. 하지만 한니발의 활약에도 불구하고 결국 훗날 카르타고는 로마에 의해 점령당한 뒤 멸망하게 된다. 때문에 튀니스에는 카르타고 유적을 중심으로 로마시대의 유적이 많다.

튀니스를 거쳐 이탈리아 로마 교외에 위치한 치비타베키아 항구에 기항, 1시간 30분 동안 버스를 타고 로마로 이동했다. 로마에 도착한 후 관광지로 유명한 콜로세움과 성 베드로 광장, 트레비 분수, 나보나 광장 등을 관광한 뒤 저녁 비행기를 타고 인천으로 귀국했다.

▲ 2013년 6월 13일, 항구도시 튀니스를 배경으로 내자와 함께

여행은 '생산 활동'이다

사람들은 흔히 여행을 '소비 활동'으로 생각하기 십상이지만, 여행은 소비가 아니라 투자다. 여행은 삶에 애착과 활력을 심어주고 삶을 돌아보는 여유를 갖게 해주기 때문에 또 다른 '생산 활동'이라고 볼 수 있는 것이다.

육로 여행에 익숙한 본인에게 이번 크루즈 여행은 삶에 활력과 생기를 불어넣어 주는 색다른 경험이 되었다.

희수를 눈앞에 두고 있는 지금, 앞으로도 본인의 생산 활동과 아름다운 동행이 끝나지 않고 계속 이어지기를 희망해 본다.

> 본인은 내년(2014년)에 금혼식(결혼 50주년)을 기념하여 유럽 동부지중해로 여행을 떠날 계획이다.

민둥산을
푸른 숲으로 가꾼 이야기

(2013년 7월)

2013년 7월 27일부터 30일까지 3박 4일의 일정으로 여름휴가를 보내고 왔다. 오랫동안 존경해 온 유종하 전 외교통상부 장관 내외분과 동행한 여행(겸 골프)이라 그 의미는 더욱 깊었다.

장소는 북해도 '루스츠 토야코 국립공원' 언저리에 있는 휴양지였는데, 이곳은 울창한 원시림과 맑고 고운 호수, 상쾌한 공기가 어우러져 아름다운 자연의 배경을 그대로 간직하고 있었다.

자연은 저렇게 싱싱하고 푸르거늘, 인생의 늘그막에 서 있는 내 자신이 한순간 초라하게 느껴졌다. 그나마 여든이 가까워 오는 후기 고령자(유종하 전 대한적십자사 총재 내외분과 함께)가 이틀 연속(28일, 29일) 27홀을 할 수 있었다는 것은 아직도 내 신체상에 활력이 남아 있다는 것을 입증하는 바이니 그나마 거기서 위안을 받을 수 있었다.

돌아오는 내내, 비행기 안에서 '루스츠 토야코 국립공원'의 푸른 숲을 떠올려 보았다. 내 인생은 지금 시들어가지만, 내가 개발연대를 살아오며 이룬 업적들과 후세에 전해 줄 이야기들은 늘 저 푸른 숲처럼 싱싱하고 활기차게 그 자리를 지켜줄 것이라 믿어 의심치 않는다.

▲ 루스츠 토야코 국립공원

6장

나의 골프 사랑
47년

▲ 1992년 9월 28일. 미국 하와이 마우나 라니 베이 골프클럽에서

금요일 오전에 수업이 끝나면 오후에는 과중한 홈워크(homework)를 마치고, 그 다음날 토요일, 일요일은 예외 없이 골프장으로 나갔다. 또 일주일간의 방학 때는 거의 매일 나가다시피 했는데, 이때가 본인의 골프 전성기였다. 비교적 어린 나이인 30대 중반에 이런 호기를 맞아 강훈련을 한 까닭에 내 골프 실력은 일취 월장(日就月將)으로 향상되고 있었다.

−1972년 호주(시드니) 유학 시절

골프를 시작하게 된
동기

(2011년 10월 10일)

▲ 1982년 12월 28일 미국 하와이 쉐라톤 마카하 리조트 골프클럽, 내자와 함께(난생처음 골프 카트를 탔다.)

1965년 6월 22일 한·일간 국교가 정상화되고 그로부터 1년 후에 동경에 『청구권 및 경제협력사절단』을 두기로 했다. 본인은 1966년 5월 13일에 동 사절단(11명)의 일원으로 현지에 부임할 수 있는 행운을 얻게 되었다.

그로부터 한 달 후 서인수徐仁壽 기획과장이 예산 및 회계를 담당하고 있는 본인에게 "오는 일요일에 민충식閔忠植 단장이 외무성 고위층과 골프를 치기로 약속되어 있으니 그 비용을 지불해 주십시오."하고 요청했다. 본인은 생전 처음 들어보는 골프라는 단어를 이해할 수 없어 '골프'가 대체 뭐길래 그 비용을 우리가 부담하느냐고 부정적으로 응수하였다. 훗날 알고 보니 그것은 청구권자금 사용 인출의 구체적 내용을 협의하는 외무성 고위층과의 중요한 협상의 장場이었고, 본인이 선뜻 조치를 해드리지 못한 데 대한 반성과 함께 골프가 어떤 것인지 알게 되었다.

청구권 사절단 근무 당시 퇴근 시간이 지나면 곧바로 퇴근을 하거나 잔무를 처리하는 동료도 있으나, 대개는 사무실 2층(사무실은 1층이나 임시시설로 2층 문서창고)에서 포커poker를 하는 때가 많았다. 하지만 포커, 화투놀이 등 돈을 걸고 내기하는 동안 시비가 자주 있고, 사이좋은 우정에도 금이 가는 장면을 본인은 많이 보아 왔기 때문에 내기놀음(사행 행위)은 될 수 있는 한 멀리해 왔다.

▲ 1996년 7월 6일, 일본 하코네 센고쿠CC에서

하루는 민충식 단장이 저녁 늦게 사무실에 들른 일이 있었다. 이때 직원들은 2층에서 포커로 돈 내기를 하고 있었는데, 그는 그 장면을 보고 아무 말 없이 그냥 나가버렸다. 이로부터 며칠이 지난 후 민충식 단장(대사관 경제담당공사 겸직)은 모두에게 골프 하프Half세트 하나씩을 사주면서 지금부터 일과 후 여

과시간이 나거든 옥상에 설치돼있는 연습장에서 골프 연습은 물론 에티켓과 정확한 룰을 함께 익히면서 부지런히 연마鍊磨하라고 지시하였다.

당시만 해도 일본은 가와시키 정구채는 생산했지만 골프 세트를 만들지는 못했다. 주로 초보자는 미제 스폴딩 하프세트(우드 1번·3번, 아이언 3번·5번·7번·9번, 센드웨지 이렇게 7개에다 퍼터를 더한 것)를 사용하였다. 그리하여 포커 게임에 참여하지 않던 본인이 가장 열심히 연습한 결과 수위를 달릴 수 있었다. 이리하여 골프를 치는 모임이 있을 때마다 자리가 하나 비면 민충식 단장은 본인을 곧장 데려가기도 하였다.

▲ 청구권 및 경제협력사절단 근무 당시(1967년), 민충식 단장으로부터 선물받은 골프 하프(Half 세트)

한 번은 당시 상공부 심의환, 배상혹 국장 두 분이 업무차 동경에 오셨을 때 민閔 단장, 두 분 국장, 본인 이렇게 한 조가 되어 일본에서 가장 유서 깊고 명성 높은 이즈伊豆반도, 가와나川奈 골프장에서 라운딩한 바 있다.

그동안 값싼 하천 퍼블릭코스, 매립지에 임시로 만든 9홀, 험한 산악지대에 있는 골프장에서만 플레이해 온 본인은 그 아름다운 해안선을 따라 바다를 끼고 잘 정돈된 정규 코스에 놀라지 않을 수 없었다. 각종 화초나무와 조경수, 그 안에 위치한 호텔 등… "아! 이렇게 아름답고 경관이 빼어난 골프장도 있구나"하며 감탄하던 그때의 장면이 지금도 기억에 생생하다. 그 후 그곳을 지날 때면 당시의 골프장을 다시 보고 싶은 마음에 클럽하우스에 들러 차 한 잔 하고 떠난 때도 몇 차례 있었다.

이 시기에는 사전예약할 필요도 없고, 라운딩 제한도 없기 때문에 토·일요일, 우리나라와 일본의 국경일에는 45홀을 돌 때도 있었다. 이때는 모두가 막 골프를 시작한 초보자이기 때문에 필드에서 일어난 각종 에피소드, 실책, 룰 위반, 중간방향 표시 깃발을 향해 어프로치를 하는 등 웃음보 터지는 일이 한두 번이 아니었다. 물론 그 당시에는 프로 코치도 없었다.

▲ 일본 동경 주재 '청구권 및 경제협력사절단' 친선 골프대회 우승 트로피

▲ 1968년 11월, 일본 동경 주재 '청구권 및 경제협력사절단' 친선 골프대회에서 본인이 티샷을 날리고 있다.

　　핸디 18의 실력으로 골프에 한창 재미를 붙이고 있던 중, 본인은 1969년 9월 27일 귀국하게 되었다. 귀국하여 국내의 골프에 대한 분위기도 잘 모르는 상태에서 동양석판 손열호孫烈鎬(인척) 회장을 따라 서울CC(지금의 어린이 대공원)에 출장하여 라운딩 중, 앞 조로 나가던 황병태黃秉泰 차관보, 정소영鄭김永 장관 등과 그늘집에서 마주치게 되었다.

　　이때 본인은 존경하는 황병태 차관보로부터 호되게 꾸중을 들었다. "자기 신분에서도 여기에 오는 것이 눈치 보이는데 하물며……"

▲ 세계적인 골퍼 '마크 오메라'와 본인의 티샷 자세 비교(왼쪽 마크 오메라, 오른쪽 본인: 오메라에 비해 눈이 볼에서 먼저 떨어지는 결점을 보인다.)

어학연수를 위해
골프의 천국 호주(시드니)에 가다

(1993년)

골프의 천국 호주

▲ 1972년 12월 5일, 호주 시드니 무어파크 골프장에서

1971년 초 콜롬보플랜Co-lomboplan(1950년 영국이 제창, 영연방의 동남아시아 개발계획: 자본 및 기술원조가 주목적)에 의하여 일 년 정도 호주 시드니대학 부설 어학연수원에 유학 갈 수 있는 행운을 얻게 되었다. 물론 이것은 본인이 동경 근무 시 존경하던 민충식 전 단장이 호주대사로 재임 중이었기에 가능한 일이었다.(전 행정부처에서 3명으로 결정되었으나, 민충식 대사의 노력으로 1명 더 늘림) 드디어 골프 천국의 계단에 올라서게 된 것이다.

시드니 유학은 일본 유학 시절에 버금갈 만큼 힘든 나날이었다. 주중에는 잠시도 쉴 시간이 없을 정도로 수업 일정이 짜여 있어 열심히 노력하지 않으면 따라 갈 수 없을 만큼 과중한 일과였다.

자취방을 연수원 근방에 정하고 보니, 바로 도보로 20분 이내에 도달할 수 있는 시립 무어파크MORE PARK가 있고 공원 내에는 시市가 직접 운영하는 18홀의 퍼블릭코스 골프장이 있었다. 사용료는 오전에 가면 호주 달러로 1달러, 오후에 가면 그 반인 50센트로 아주 저렴한 그린피였다. 물론 캐디도 그늘집도 없는 모두 셀프시스템이었다. 이 퍼블릭 골프장이야말로 본인의 운동장이며, 골프 훈련장이고, 여가 선용의 장이었다. 나는 이곳에서 호주인들과 함께 어울려 그곳 풍습과 영어회화도 익힐 수 있었다.

금요일 오전에 수업이 끝나면 오후에는 과중한 홈워크homework를 마치고, 그 다음 날 토요일, 일요일은 예외 없이 골프장으로 나갔다. 또 일주일간의 방학 때는 거의 매일 나가다시피 했는데, 이때가 본인의 골프 전성기였다. 비교적 어린 나이인 30대 중반에 이런 호기를 맞아 강훈련을 한 까닭에 내 골프 실력은 일취월장日就月將으로 향상되고 있었다.

우리나라에서는 4인이 1조가 되어 7~8분 정도 간격으로 스타트하는 것이 보편화되어 있으나, 그 당시 호주에서는 8분 안에 1명이 오던, 2명이 오던 그 시간에 온 플레이어가 선착순으로 모이면 한팀이 되어 라운딩하게 된다. 따라서 최소는 혼자, 최대는 5명이 같이 치게 되는데 여기에는 나이 든 부부가 출장하는 경우가 많으므로 때로는 골프가 끝난 후 아주 귀한 동양인(이때는 호주의 백호주의로 동양인은 거의 없고 한국인은 양모수입업자, 지질학자, 파일럿 등 20명 정도에 지나지 않았다)을 만났다며 자기 집으로 초대를 해 그곳에서 저녁을 얻어먹는 경우도 가끔 있었다.

한번은 나이 든 호주인 부부와 함께 라운딩하다가 스코어가 70대 나오는 내 실력을 보고 "한국인은 팔힘이 세냐. 그래서 권투도 잘하고 골프 거리도 많이 나가느냐"며 부부가 본인의 손목을 만져보기도 하였다.

골프 때문에 경고를 받다

본인 입장에서는 주어진 학업과정은 한 치의 빈틈없이 충실히 이행하고, 여가 시간이 나면 골프를 즐긴다고 생각했는데 본부로부터 난데없이 경고성 주의 전화가 걸려왔다. 이유인즉 공부는 하지 않고 골프만 친다는 것이었다.

이때 같이 어학연수(각기 다른 장소)를 받고 있는 4명 중 본인을 뺀 다른 3명은 여유 시간만 있으면 늘 함께 모여 포커를 즐겼다. 그 당시 다른 동료들은 골프를 할 생각조차 못할 때였다. 함께 어울려 주지 못한 데서 오는 일종의 시기라고나 할까, 이 경고성 주의에 대해서는 정말 억울하다고 생각한다.

앞에서 서술한 바와 같이 일본 청구권 사절단 근무 시 포커 때문에 골프를 시작하게 되었고, 포커판에 어울리지 않는 것이 화근禍根이 되어(추측) 경고를 받았으니 그놈의 포커하고는 선악이 교차되는 인연을 가지고 있는 것 같다.

모스배일 골프장에서의 우승

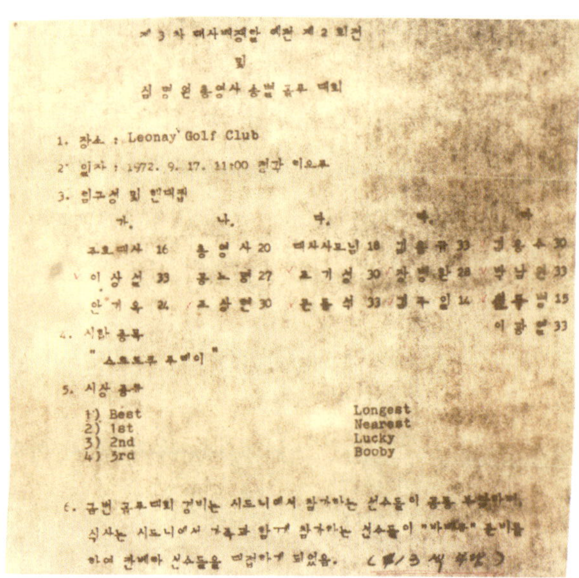

▲ 호주 유학시절 열린 '제3차 대사배 쟁탈 골프대회' 운영표 (민충식 대사, 공노명 참사관, 김용규 서기관, 이상설 코트라 시드니 지사장, 신명원 총영사, 신두병 영사 등 16명이 참가했다.)

▲ '제3차 대사배 쟁탈 골프대회' 우승 트로피

앞에서도 기록한 바와 같이, 본인이 호주에 어학연수를 갈 수 있었던 것은 동경에서 모시고 일했던 민충식 단장이 힘써주었기 때문이다. 민 대사는 일본 5고五高(구마모토熊本) 출신에다 동경대학(재학 중 일본 패전) 출신이며, 영어 능력, 신속정확한 일 처리 능력, 대내외 관계 등에 훌륭한 인품人品을 갖추고 계셨다.

본인이 호주에 유학하던 당시 민충식 호주 대사(대사관 캔버라 소재) 및 시드니 총영사(총영사: 심명원) 주최로 매월 번갈아 가며 주호 한인 골프대회가 열렸다. 1972년 9월 17일 수도 캔버라와 시드니 중간쯤에 있는 Leonay 골프장에서 본인은 이 대회 우승을 차지한 경력도 가지고 있다.

골프 금지령

이후 귀국하여 상사들과 어울려 몇 차례 골프를 치게 되었다. 하지만 이때만 해도 골프는 돈 많은 기업 중역이나 공직의 고위직만이 하는 사치스러운 고급운동으로 인식되어왔다. 때문에 중하위층의 보통사람은 숨어서 골프를 치거나 때로는 골프 금지령이 내릴 때도 있었다. 이럴 때는 예약, 프런트에 등재할 때는 물론 골프 가방에 가명을 사용해 가면서 출장出場하는 골프광도 있었다.

골프 금지령이 내려졌을 때는 관할 경찰서 형사가 프런트에 임석臨席하거나 내장객 등록부를 복사해 가기도 하였다.

▲ 빼어난 경관, 아름다운 골프 코스도 있다.(미국 하와이 빅아일랜드에 위치한 마우나 라니 베이 골프클럽)

주한 일본대사관 공사
송별 골프가 문제가 되다

(1993년)

1980년 4월, 주한 일본대사관 경제담당공사(대장성 야마구치)가 본국으로 귀임하게 되었다. 그는 평소 한·일 양국 간의 인적, 물적 경제 관련 사항에 대해 늘 긍정적이고 교류·협력의 입장을 취해 왔다. 따라서 자연스레 당시 대외경제조정실 이강두 국장과 본인과는 공사 간에 두터운 우정을 쌓을 수 있었다.

우리는 일본대사관 공사, 참사관, 본인, 이강두李康斗(후 러시아 공사, 국회의원) 국장 이렇게 4명이 한 조가 되어 일요일 일본 공사의 차를 타고 오산골프장(지금은 한원CC)에서 그간의 정담을 나누며 석별의 정을 나누는 유익한 시간을 가졌다.

▲ 1992년 5월 16일 한성CC 외무부 간부진과 함께(오른쪽부터 김종록 국장, 권영민 국장, 이석채 실장, 노창희 차관, 본인, 김경철 실장, 김인호 실장, 이종무 국장)

하지만 여기서 사건이 터졌다. 그때는 때마침 골프 금지령이 내려진 시기였던 것이다. 다음 날 출근을 했더니, 이성기李宜基 차관과 이한빈李漢彬 장관으로부터 집무실로 오라는 호출이 내려왔다. 정보 보고 내용은 다음과 같았다. "외국인 업자와 외국인 차를 타고 외국인 업자 부담으로 오산 골프장에서 골프 접대를 받았다"

물론 동기, 경위 내용 등 자초지종은 대충 설명하였으나 엄중한 질책과 함께 주의를 받게 되었다. 그 후 집무실을 나서기는 하였지만 억울한 생각은 쉽게 가시지 않았다. 지금 생각해보면 아무것도 아닌 오히려 양국 간 교류, 협력, 우호 증진에 기여한 외교적 행위가 질책으로 끝나다니 본인은 이 문제에 대하여 지금도 당당하게 생각하고 있다. 우리는 세상을 살면서 이처럼 동기와 과정은 제외된 채 결과만 부각되는 부당한 경우를 참 많이 접하게 된다.

처음 해 본 'Hole in one'의
짜릿한 감동

'홀인원'이란 42.67mm의 작은 골프공을 파 3홀에서 단 한 번의 티샷으로 그린 위에 있는 10.8mm의 직경 구멍에다 집어넣는 것인데, 그 확률이 2만 5천분의 1이라고 한다. 따라서 엄청난 행운이 따르지 않고서는 가히 할 수 없는 일이라 하겠다.

본인은 주일본 요코하마 총영사(특2급대사) 재임 시(1997년 7월 5일) 하코네 센고쿠箱根仙石 CC 골프장의 마지막 홀인 18번 홀에서 홀인원의 감격을 맛보았다. 본인과 내자 그리고 전임술金壬戌 회장(요코하마 상공회의소 회장, 무궁화훈장 수상자, 2005년 작고)과 그의 아들, 이렇게 한 조가 되어 플레이했을 때였다.

▲ 녹슨 골프 퍼터들

이때는 참으로 신기한 예감이 들었다. 자꾸 본인이 홀인원을 할 것만 같은 느낌이 드는 것이다. 그리하여 본인은 보험기간 3년, 보험료 3만 엔, 홀인원하면 70만 엔의 보험금을 받는 골프 보험에 가입했다. 이로부터 3개월이 지난 후 본인의 예감은 적중해 '홀인원'이라는 행운이 찾아 왔다.

흔히들 '홀인원 한 번 하고 나면 집안 기둥뿌리 빠진다'는 말이 있다. 이것은 참 이상한 관습慣習이다. Hole in one 하면 당사자가 축하를 받아야 마땅하거늘 유독 일본과 우리나라만이 턱을 내야 한다. 즉 기둥

뿌리 빠질 정도로 돌아가며 한턱을 내야 하는 이상한 풍속, 이것은 언젠가 뒤바뀌게 고쳐져야 할 날이 올 것으로 생각한다.

홀인원한 보험 혜택은 현금으로 주는 것이 아니고 각종 회식 비용, 선물 비용 등 홀인원의 행운을 안게 된 잔치 비용을 지불해 주는 것을 의미한다. 이는 기둥뿌리 빼는 대신으로 생긴 보험 취지이므로 70만 엔에 상당하는 지출 비용 영수증을 첨부해서 보험금 신청을 하면 된다. 소문이 나면 날수록 더 많은 비용이 들게 되므로, 본인은 이 홀인원에 대해서 소문내지 말 것(?)을 파트너에게 부탁하였다. 때문에 본인 같은 경우 비용을 대폭 줄일 수 있어 남은 돈으로 골프채 한 세트를 구입할 수 있었다.

지금도 그때 보험금으로 구입한 골프 세트가 구형이 된 채 지하창고에 보관되어 있다. 또한 지금은 고인故人이 되었지만 그 인품 훌륭하고 존경스러운 전임술 회장님이 기증해 주신 Hole in one 기념패가 장식용 찬장에서 찬란히 빛을 발하고 있다.

▲ 1997년 7월 5일 일본 하코네 센고쿠CC, 전임술 회장과 함께 홀인원 기념촬영(캐디를 동반하지 않은 홀인원은 인정해주지 않는다)

▲ 홀인원 기념패

골프와 관련된 일화
세 가지

(2002년)

▲ 2011년 8월, 일본 아소(阿蘇) 프린스 호텔 골프클럽에서(오른쪽부터 본인, 강경식 전 경제부총리, 김태준 전 공진청장)

• 골프는 남성의 경우 왼손에만 장갑을 낀 채 그립을 잡고 골프채를 휘두르는 운동이다. 따라서 왼손은 본색 그대로 희고, 오른손은 햇빛으로 검게 타게 된다. 그리하여 양손은 완연하게 흑백으로 구분된다. 때문에 골프를 치는 사람은 손만 봐도 알 수 있다. 숨어서 골프를 치던 시절 결재를 받으러 윗전에 갔을 때 골프를 치던 흔적을 가리기 위해 오른손을 왼쪽 손 밑으로 포갠 채 결재판을 내미는 속임수를 썼다. 윗전 결재 상사는 이를 알면서도 모른척 했을까…?

• 1970년대 초 강경식姜慶植 예산총괄과장과 본인(사무관)은 둘이서 틈만 나면 종로2가 YMCA 2층에 있는 골프연습장을 가곤 하였다. 이를 알게 된 당시 최동규崔東奎 예산국장(후일 동력자원부 장관, 고인)은 우리에게 핀잔을 주기 일쑤였는데 특히 최 국장과 조원형趙源永 사무관은 테니스광이었다. 그들은 늘 "날아오는 공도 자유자재로 보내는데 한 자리에 고정시켜 놓고 치는 골프, 그거야말로 누워서 죽 먹기지"라며 우스

갯소리를 했다. 그러던 조 사무관은 훗날 골프를 경험하더니, 태도를 바꾸며 자신이 너무 골프를 얕봤었다고 실토하였다.

• 골프에 한창 열을 올리던 1970년대 초, 그때는 출근하기 전 골프장에 들러 라운 딩을 하고 출근을 하기도 하였다. 장장하일長長夏日의 여름, 골프를 치는 날이면 새벽 에 택시를 타고 날이 새기도 전 관악골프장(지금의 관악구 서울대학 자리)에 도착한다. 아직 문도 잠겨 있는 정문에 서서 날이 밝기를 기다리다가 겨우 몇 홀을 돌고 있는데 (9홀만 마치고 출근함) 시간 개념에 있어 칼 같았던 김학렬 장관께서 강경식 예산 총괄 과장을 호출하는 전화를 강 과장 댁으로 걸어 왔다. 사모님 조삼진趙三珍 교수가 안절 부절 부리나케 택시를 타고 현장으로 달려와 한바탕 난리를 겪기도 하였다.

삐삐도 핸드폰도 없었던 그 시절을 돌아보니, 지금에 와서야 핸드폰의 기능성과 유용성에 대해 새삼 고마워진다.

▲ 본인이 지난 오랜 세월 동안 사용해 온 골프 모자들

새로운 골프 동우회가 탄생할 때
초대 회장은 본인 몫이다

(2009년)

골프는 룰과 에티켓을 중시하는 종목

골프는 스윙 기술로만 이루어진 스포츠가 아니다. 정확한 룰과 앞뒤 팀 및 동반자를 함께 배려하는 매너, 동반자의 잘못을 지적해주는 용기와 또한 감싸줄 줄 아는 아량, 존경과 우정이 함께 수반되는 스포츠이다. 이는 다시 말해 골프는 스포츠 중에서도 가장 룰과 에티켓을 중시하는 종목을 뜻한다는 말이다. 이와 같은 골프의 모든 것을 남들보다 한발 앞서 익힌 골프 경륜 때문일까. 본인 주변에 골프 동우회가 발족될 때마다 초대 회장은 응당 본인의 몫이었다.

▲ 2009년 2월 14일, 베트남 하노이 근교 피닉스 리조트에서

본인이 1966년도에 '청구권 및 경제협력사절단'의 일원으로 근무차 동경에 도착,

그다음 해부터 골프를 시작했으니 경력으로 보면 47년간의 구력을 갖고 있다. 그 당시는 연습장에 가도 지금과 같이 프로 코치가 없었다. 다만 일본 사회가 그렇듯이 골프 룰과 에티켓은 정확히 엄격하게 배웠고 지켜 왔다. 때문에 이를 어기는 플레이어를 보면 지적해 주거나 상을 찌푸리는 것이 습관화되고 말았다. 하지만 이제 본인의 나이 70대 중반에 이르고 보니 체력 면이나 정신 면에서도 예전과 같지 않고, 비거리는 점차 줄어들고 때로는 룰도 엄격히 준수함이 없어졌다. 스코어에 개의치 않고 다른 동반자를 배려해주는 범위 내에서 미스샷이 나면 "스몰"(자기 스스로 몰건 받아 한 번 더 치는 것)을 외치기도, 아프롯치도 "스몰", 퍼터도 가끔 "지케이"(자기 스스로 오케이)를 외치곤 한다.

『全王戌叙勲祝賀会懇親ゴルフ会』様　成績表　2003/10/30

RANK	PLAYER'S NAME	OUT	IN	GROSS	HDCP	NET
優勝	平川　友子	42	39	81	8.4	72.6
準優勝	朴　誠文	37	41	78	4.8	73.2
3位	朴　小栗	43	47	90	16.8	73.2
4位	岡本　郁也	45	44	89	15.6	73.4
5位	金　周鎬	39	37	76	2.4	73.6
6位	岡本　晋子	44	44	88	14.4	73.6
7位	岩田　寿	44	42	86	12.0	74.0
8位	金　正秀	40	46	86	12.0	74.0
9位	鄭　永姫	47	47	94	19.2	74.8
10位	金山　安雄	44	47	91	15.6	75.4
11位	李　正一	42	42	84	8.4	75.6
12位	張　明代	48	48	96	20.4	75.6
13位	岡本　和宏	46	43	89	13.2	75.8
14位	WOONG K CHO	41	47	88	12.0	76.0
15位	文　敬淑	46	48	94	18.0	76.0
16位	金　德龍	47	47	94	18.0	76.0
17位	崔　培植	45	42	87	10.8	76.2
18位	崔　済中	42	44	86	9.6	76.4
19位	平川　千寿	47	45	92	15.6	76.4
20位	青山　泰秀	41	44	85	8.4	76.6
21位	高山　茂雄	44	45	89	12.0	77.0
22位	張　斗會	46	49	95	18.0	77.0
23位	森島　一夫	44	44	88	10.8	77.2
24位	高木　裕司	48	45	93	15.6	77.4
25位	張本　好美	47	52	99	21.6	77.4
26位	南　洪祐	47	51	98	20.4	77.6
27位	柳　箕桓	47	51	98	20.4	77.6
28位	李　源達	49	42	91	13.2	77.8
29位	仝　玉相	45	45	90	12.0	78.0
30位	仝　文洙	47	49	96	18.0	78.0
31位	楊　昶榮	48	41	89	10.8	78.2
32位	金　宰淑	46	49	95	16.8	78.2
33位	鄭　相植	45	43	88	9.6	78.4
34位	宮本　岩次郎	53	47	100	21.6	78.4
35位	金　太智	51	48	99	20.4	78.6
36位	李　源京	50	49	99	20.4	78.6
37位	宮本　勲	45	46	91	12.0	79.0
38位	崔　廷守	47	49	96	16.8	79.2
39位	薛　海潤	48	46	94	14.4	79.6
40位	金城　甲昨	52	47	99	19.2	79.8
41位	鄭　度淳	51	54	105	25.2	79.8
42位	SUE H CHO	53	53	106	25.2	80.8
43位	朴　東鎭	51	48	99	18.0	81.0
44位	竹中　光男	51	50	101	19.2	81.8
45位	高山　恵子	48	57	105	22.8	82.2
46位	松原　四郎	57	55	112	27.6	84.4
47位	河村　建宇	57	53	110	25.2	84.8

HOURIN COUNTRY CLUB

▲ 2003년 10월 30일 일본 지바현 홀인 CC, 퇴임 후 가장 좋은 성적(Best Score)을 기록했다.(39.37 : 76타)

골프는 고급·사치 운동인가, 대중 스포츠인가

골프가 한때 고급·사치 운동으로 치부되면서 접대의 사교장으로 사회의 지탄을 받던 까닭에 골프를 치는 것을 숨기던 시절이 있었다. 지금도 거금의 내기 골프와 같은 도박성 플레이어 때문에 부정적 시각으로 바라보는 분위기가 남아있는 것도 사실이다.

한때 골프 인구에 비하여 골프장의 부족으로 수요 공급 면에서 문제가 있었던 것도 사실이지만 지금은 전국 지방 각 곳에서 경쟁적으로 많은 골프장이 설치 또는 건설 중에 있다. 골프의 대중화와 더불어 국민건강에 매우 유익한 운동으로 노후 건강관리를 위해 특히 필요한 대중 스포츠로 인식이 바뀌고 있음은 다행스러운 일이 아닐 수 없다.

다만 골프장들이 경쟁하듯 엄청난 건축비를 투입하여 건립하고 있는 호화로운 클럽하우스와 그늘집 등의 규모는 좀 축소해야 하지 않을까 싶다. 운동 후에는 샤워만 가능하도록 목욕탕 시설도 재고되어야 하겠다. 세계 어디에 다녀 봐도 골프장에 목욕탕 시설이 갖춰진 곳은 한국과 일본밖에 없다. 또한, 골프장 음식값은 질에 비해 너무 비싸 골퍼들의 주머니를 가볍게 만드는 것도 골프 대중화를 역행하는 길이다. 아울러 골프에 드는 전반적인 비용을 더 줄이는 노력이 필요하다고 생각한다.

▲ 1996년 1월 16일, 일본 이즈반도 이나토리CC에서

▲ 1995년, 센디에이고 근교 토리파인CC에서

골프는 스포츠 중에서도 가장 룰과 에티켓을 중시하는 운동이다. 2004년부터 개정된 골프규칙 에티켓 부문을 보면 그동안의 권고 형태에서 페널티는 물론 실격까지 판정을 내릴 수 있는 규정으로 강화되었다. 이는 아마도 골프 인구 저변이 나날이 확대되면서 기본적으로 갖추어야 할 에티켓에 대한 준비가 매우 소홀하고, 기술적인 부분만 중시되는 경우가 많기 때문일 것이다.

동반자가 누가 되든 공이 안 맞으면 안쓰러워 옆에서 꼭 한마디 거들거나, 또는 하고 싶은 충동에 입이 간지러움을 느낄 때가 있다.

비록 공은 잘 치지 못해도, 보는 데는 대개 일가견이 있는 것이 골프다. 본인은 47년의 골프 경력으로 한때는 수준급일 때도 있었으나 이젠 "스몰"과 "지케이"를 거듭하면서 운동을 한다. 그러나 초보자든, 중견자든 가릴 것 없이 미스샷이 났을 때는 그 이유가 백여 가지가 넘는다고 한다.

스윙이 빠르군, 헤드업이야, 팔로만 치지 마, 방향이 그쪽을 향했어 등등 수많은 골프의 훈수(?)는 하나같이 다 맞는 말들이고 옳은 지적이지만 라운딩하면서는 정답을 구할 수 없는 것이 골프라고 생각한다. 듣는 플레이어는 더욱 혼란스럽고 혼돈 속으로 빠져들 뿐이다.

본인의 경험상 공이 잘 안 맞는 이유 중 분명한 것은 단 두 가지이다. 그 하나는 "테이크백할 때 어깨에 힘이 들어가는 것"이고 다른 하나는 "볼이 맞는 순간 공에서 눈이 먼저 떨어지는 것"이다.(소위 헤드업)

그리하여 본인은 가끔 옆에 서서 분위기에 따라 이 두 가지 이외에는 어떠한 훈수도 듣지 않는다.(많은 훈수는 상대에게 혼란, 혼돈을 주기 때문이다.) 즉 이 두 가지만은 꼭 명심하고 치라는 뜻에서다.

▲ 1995년, 센디에이고 근교 토리파인CC에서

7장

나와 나의 가족
이야기

▲ 1964년 12월 2일, 결혼식을 마치고

▲ 1992년 제28회 외무고등고시를 합격한 아들 준구, 딸 성은(이대 재학 중), 내자와 함께

▲ 2005년 7월 23일, 본인의 고희(古稀)를 기념하며 직계가족들과 함께

어머니,
그리운 나의 어머니

(1998년 9월 24일)

며늘아기가 한창 재롱을 피우는 일 년 반 된 예쁜 손녀를 데리고 시부모를 찾아왔다. 모처럼 만에 온 식구가 손녀딸 재롱 하나에 즐거운 한때를 보냈다.

나는 요즘 젊은 주부들이 그 편리하고 다양한 베이비 용품들의 혜택을 한껏 누리면서도, 육아의 어려움을 겪는 것을 볼 때마다 '나의 어머니는 그 어려운 시기에 집안일, 들일까지 해가면서 우리 육 남매를 어떻게 키우셨을까'하고 되짚어 보게 된다.

반세기 전, 모든 물자를 가정단위로 자급자족해 쓰던 그 시기에 우리네 농촌 어머니들의 공통된 삶은 늘 버거웠다. 목화솜에서 실을 뽑아 베틀로 무명천을 짜서 온 식구들의 옷을 만들어 입혀야 했고, 텃밭 채소 가꾸기, 땔감 나무 구하기에 이르기까지 오늘을 사는 젊은 주부들은 상상도 할 수 없을 만큼 많은 일을 해야 했다. 그러면서도 많은 자녀를 낳아 기르고 교육시켰으니 참으로 불가사의不可思議한 일이 아닐 수 없다.

나의 어머니도 예외는 아니었다. 농촌의 하루는

▲ 1975년 4월. 본인의 어머니

새벽 해뜨기 전부터 시작된다. 추운 겨울날 새벽 온돌 불기가 다 식은 왕골자리 위에서 눈을 떠보면 어머니는 벌써 자리에 안 계신다. 어머니의 하루일과는 대가족 식구들의 아침밥 준비를 위한 우물물을 길어 오는 일부터 시작된다. 낮에는 집안일, 들일, 밤이면 희미한 호롱불 밑에서 바느질과 숯불 윤디, 다리미질로 하루를 마감하신다. 육남매를 낳아 길러주신 나의 어머니의 고난은 그 시대(보릿고개 시절)의 우리 농촌어머니들이 공통적으로 겪은 고된 삶이었지만, 나의 어머니는 우리 형제들 앞에서 힘들다는 내색을 단 한 번도 하신 적이 없었다.

자식들이 성장해서 다들 객지로 떠나고 혼자 시골집에서 집안일을 도맡아 하시던 외로운 나의 어머니.

설과 추석, 본가를 찾아 명절의 예를 마치고 떠나가는 우리들에게 헤어지는 허전함과 서운함, 적막함을 내비치기보다는 직장생활에 지장 없게 시간 맞추어 가도록 재촉하셨던 나의 어머니.

몸이 불편하거나 본인 신변에 아무리 어려운 일이 있어도, 멀리 떨어져 사는 자식들 걱정 끼치고 부담 줄까 봐 기별조차 하지 않으시고 인내심으로 참으시며 스스로 해결하시던 나의 어머니.

남에게 폐 한번 끼치는 일 없이 이웃에 베푸는 것을 즐거움으로 삼던, 그러면서도 결코 생색을 내거나 내색을 하지 않으시며 살아온 나의 어머니.

그 많은 형제 중 아무도 임종을 봐 드리지 못한 불효不孝가 가슴에 맺혀 한恨이 된다.

나의 어머니는 영원히 돌아올 수 없는 하늘나라로 떠나가셨지만 언제나 이웃을 사랑하고, 남을 배려하며, 무언의 행동으로 몸소 그것을 실천하신 '어머니의 일생'은 우리 형제자매에게 값진 교훈을 남겨 주었다.

▲ 1983년 4월 5일 개축하기 前 본가, 어머니와 외동 딸 원자(뒷채는 가려져 보이지 않는다.)

▲ 1992년 11월 29일, 선대로부터 물려받은 본가 舊 가옥을 헐고, 그 자리에 어머니의 생활이 불편하지 않 도록 현대식 건물을 개축하고 있다.

▲ 1992년 11월 21일, 개축한 본가에 조경 식수를 하 는 모습(오른쪽부터 박찬경 씨, 김정렬 씨, 김창일 씨, 한 사람 건너 본인, 김종일 씨, 오상환 씨)

▲ 1995년 7월 24일, 이웃을 사랑하고 베푸는 것을 낙 으로 살아오신 어머님이 하늘나라로 가시던 날, 우리 형 제자매는 물론 이웃 모두가 애도하고 눈물 흘렸다.(장손 준구가 앉아서 오열 하고 있다.)

▲ 어머니가 작고했을 때, 먼 예천 본가까지 문상을 와 주신 모 든 분들에게 감사의 마음을 전한다.(왼쪽부터 본인, 윤대희 씨, 이상훈 씨, 장석준 씨, 김인호 씨, 오상환 씨, 최종덕 씨)

▲ 1995년 7월 23일, 어머니 문상을 와 주신 신국환 장관(오른쪽 첫 번째)과 이진설 장관(왼 쪽 두 번째)

본고는 작가 박경옥朴慶玉(예천여중, 이화여고 졸업 후 많은 수필집을 펴냄) 씨가

본인의 '차 한 잔의 명상' 제하에 '고향 노인정 이야기'를

「영남저널」에 실은 것임

고향 노인정 이야기

풍채 좋은 우리 할배는,

우뚝 솟은 학가산鶴駕山 국사봉우리가, 하이얀 모래위 내성천乃城川물굽이가

기름진 고평들이 훤히 내려다보이는 이 곳 양지바른 언덕위에 정좌正坐하여,

용한 풍수 모셔다가 여기 집터 보였더니, 이곳이 바로 明堂자리라고 감탄하면서,

이 터전위에 집을 지어 안착하면 자자손손子子孫孫밝은 앞날 예언豫言하셨다네.

우리아배와 어매는 앞뒤 두 채 초가집에서,

우리 여섯 남매 낳고 키워, 신식 글 배워주시니

제 각기 자기능력, 적성 따라 뿔뿔이 흩어져, 하는 일을 보람으로

오늘을 살아가는 원천源泉이 바로 이 생가生家터전 덕분이라네.

팔순을 눈앞에 둔 우리 어매,

아직도 고향집 떠나 헤어져 사는 자손들 생각.

남은 소원 거처居處 편한 농촌 집에 살고파하시니, 우리 여섯 남매 정성 모아, 사연
많은 古家집 그 자리에, 아담한 신식 집 한 채 지어 살게 해 드리니, 표정 없는 우리
어매 지병으로 찌푸린 얼굴, 표가 나게 밝아지셨네.

젊은이는 다 어데가고, 어매또래 동네 할매들만 밤낮으로 모여 드시니
여기가 바로 老人亭이 아닐런가,

신식 글 못 배운 외로운 할매네들, 창문만한 텔레비전은 켜 놓은 채,
밤새는 줄도 모르시고, 무슨 할 얘기가 그리도 많으실까.

긴 머리 늘어 딴 꿈 많던 소녀시절,
봄나물, 쑥, 나생이, 코따지, 꼬들치, 고사리 가득담은 소태구리 머리에 이고
노고지리 뱉뱉 노래 소리 흥겨워, 버들가지 홀때기 구성지게 피리불면서,
아지랑이 아늘아늘 춤추는 들판을 지나오던 牧歌的 그 시절의 懷古談일까,
수줍어 고개도 제대로 못 든 채 꼬꼬재배 婚禮치르고,
가마타고 시집가던 첫날밤, 新房 안에 촛불이 켜지니,
문창호지 침침鍼주어 뚫은 문구멍으로
킥킥 소리 내며 들여다보는 시집 동네처녀들 눈을 피하여,
서방님 얼굴 처음 봤다는 가슴 설레이던 그때 그런 얘길까.
그 옛날 희미한 호롱불이 어른거리던 단칸방에서 아들 딸 낳던 産苦의 고통이며,

물래, 배틀, 삼베, 무명길삼, 숯불윤디, 다래미질,
바늘귀에 실 꿰매느라고 쩔쩔매던 그때 그 시절은,
이웃 간에 인정 넘쳐 품앗이하던 情겨운 미담을 나누실까.
목화, 담배, 수수, 콩, 조밭 매느라고 무릎 이물고
허리아파 고달팠던 그 시절의 哀歡을 나누고 계실까,

숙뿌리, 송구껍데기, 산나물떡, 도토리묵으로
자식 배 채워주던 보릿고개 시대, 허기졌던 고난담일까,

▲ 1946년, 내성천 외나무다리 건너 땔감을 머리에 이고 제방길을 따라 오는 그 시절 아낙네의 애환

풀뿌리쑥밥, 무쇠 솥에 넣어두고, 놋쇠그릇, 누룩, 담근 막걸리술, 집가래속, 마루
밑에 숨겨놓고, 밀주 단속반에 들킬까봐 숨죽이고 가슴 두근거렸던 그런 얘기로 웃음
보가 터지는 것일까,

구멍 뚫린 시루에 콩깍지 태운 독한 재를 차곡차곡 넣고
그 위에 맑은 물 부어 밑으로 양잿물 받아
삼배, 무명옷 빨래하여 흰밥죽으로 풀매기든 그 고생담.

모심을 때, 논맬 때 참 · 점심 방티에 담아 이고가다가 발을 잘 못 디뎌
쏟아진 음식을 주어 담느라고 애태우던 그때를 回想하는 것일까.

오일장날 채소 ,땔나무, 참깨, 고추, 마늘, 달걀 팔아 장터국밥으로 점심 요기하고,

연필, 공책, 꼬등애, 꽁치, 새우젓, 고무신 사들고,
어스름한 산골길 재 넘어 모퉁이 돌 때

낙엽지는 바람결이 산짐승 발자국 소리로 들려
식은땀 흘렸던 호랑이 담배피우든 그때 그런 옛 애길까.

늦가을 「虎골」 신골, 묏골가서 갈비, 싹다리, 소나무단 머리이고,
　바람 부는 날에 내성천 외나무다리 건널 때 흘러가는 물살보곤 마치 그 다리가 움
직이는 양 어지러워, 후들후들 두 다리 떨며 애간장 타는 고달팠던 얘기일까.

초복, 중복, 말복 절후 찾아 콩국수 건져다가 벼논, 참외, 수박밭에 차려놓고, 주렁
주렁 많이 달리기를 땀흘려가며 告祀 지내던 그 정성,
　세불논 다매면 힘든 농사일 다 끝났다고 하늘 높고 강 푸른 좋은 날 따로 받아,
　풋구먹고, 꽹매치며, 풍년을 빌던 그 시절이
　그래도 좋았다고 그리운 회상을 하는 것일까.

우리 어매방 노인정에 계신 할매네들 安息處가 따로 없으니
남은 여생 편안히 쉬시면서 사연 많은 喜怒哀樂 못 다한 옛 얘기.
　안아주고 싶은 손자도, 반겨주는 며느리도, 그렇다고 볼 일 있어 찾는 賓도 없으니
두고두고 오래오래 밤새도록 이야기 꽃을 피워가소서.

그리하여 오늘을 사는 젊은이들에게는
그런 옛 얘기 듣지도 보지도 그 의미도 잘 모르니,
　할매네들 가시기전에 口傳으로 흘러 흘러 傳說이 되게 하소서.

그렇게 지내고 계시면 우리 여섯 남매는
여름휴가철, 추석명절, 설날 민속절 찾아 온가족 다 데리고, 한 보따리씩 떼를 지어,
　갈대숲 우거진 내성천 맑은 물에 강수욕이 그리도 좋아,
　고평들 메뚜기, 살찐 물고기 매운탕 맛을 잊을 수가 없어,

내 고장 正氣를 한 몸에 지닌 학가산 등산이 또한 좋아,

뒷동산 언덕에 피고 지는 이름 모를 야생꽃에 마음이 끌려,

고향마을, 고향인심, 고향산하, 고향친구가 은근히 좋아,

우리 모두 생명의 원천 영원한 삶의 터전,

求心點의 대들보인 이 곳 본가本家로 다시 돌아오겠소.

이젠 우리농촌도 시대 따라 삶의 기본시설을 갖추어 놓으니,

도시생활 부러울 것 없어,

농상일 힘들다고 쟁기·가래 팽개치고 도회지로

무작정 농촌집 떠난 고향마을 동무들,

▲ 1993년 6월 20일, 본가(노인정) 앞에서
(왼쪽부터 뒷줄 어머니, 한 사람 건너 박찬정 母,
안승배 母, 황재구 母, 숙모, 외숙모, 앞줄 왼쪽부
터 박찬요 母, 박찬남 母, 황재도 母, 김성일 母)

▲ 개축 당시의 본가

태어난 고향집이 애타게 그리워도

북쪽하늘만 바라보는 失鄕民도 허구 많은데,

마음만 먹으면 대번에 달려 올 수 있는 어릴 적 같이 뛰놀던 옛 벗님네들,

정과 땀이 서린 그리운 내 고장 산하를 지금도 못 잊거든,

더불어 사는 마음가짐으로 이 곳 향리로 다시 돌아와

고향마을을 가꾸는 일꾼이 되어보지 않겠소.

고향의 老人亭 이야기를 쓴 작가 김주일(57) 씨는 예천군청에서 공직생활을 시작해 경제기획원 예산총괄국장, 경제교육기획국장, 국회 예산결산특별위원회 수석전문위원을 거쳐, 현재 외무부 외교안보연구원 연구위원이다. 정부재정담당으로 30년간 경제기획원에서 잔뼈가 굵은 경제통임은 널리 알려진 사실이다. 또한 와세다대학원 경제학과(석사)를 나왔고 日本 학계, 재계, 관계, 정계에 많은 지인과 교감을 갖고 있는 日本通이기도 하다. 그런 관계로 금년 8월에 주일 경제공사로 부임하게 되었다.

그의 敍詩「고향 老人亭 이야기」는 전형적인 예천 사투리와 애수가 담긴 우리 옛 여인들의 운명적 삶의 일대기를 노래한 것이다. 이러한 詩想은 촛불이 타면서 촛농이 녹아내리는 심정으로 작가의 애향심의 발로가 드러난 大敍事詩라고 할 수 있다.

작가 김주일 씨가 태어나서 자란 고향 예천읍 고평리는 드넓은 고평들과 낙동강 상류 한천을 따라 이어지는 내성천이 유유히 흐르고 있다. 눈부신 모래사장과 무성한 갈대숲, 싱그러운 버드나무 행열, 철길처럼 끝없이 이어지는 방천둑을 끼고, 어린 시절 그는 고추잠자리처럼 훨훨 날아다니며 고향의 꿈을 먹고 자랐음을 짐작할 수 있다. 그리고 부모님에 대한 효성 또한 지극해 이름난 효자이기도 하다.

감성이 남달리 풍부한 그에겐 情과 知, 양면을 함께 지닌 표본적 知性人이라고 아낌없이 말할 수 있다.

아들아! 사랑하는 아들아! "공무원은 시작하는 그 날부터 퇴임하는 날까지 예산과 인사에 직면하는 관계는 모면謀免할 수 없다"는 말이 있단다.

오늘(2011년 11월 22일) 중앙일보 지면에 '2012년도 예산 계수조정을 하고 있는 국회 638호실' 복도 사진이 실려 있었단다. 사진 속에는 복도에서 서성이는 너의 모습이 보였지.

◀ 국회 예산결산특별위원회 계수조정소위원회가 열린 2011년 11월 21일, 정부부처 및 산하기관 직원들이 정갑윤 예결위원장실인 636호에서부터 소위 회의장인 638호실 앞까지 줄지어 대기하고 있다.(왼쪽 첫 번째 아들 준구)

혹, 너의 부(외교부)의 예산심의가 불리하게 돌아가는 것은 아닌지, 근심스런 표정을 하고 서 있는 너의 모습을 보니 지난날 정부예산편성 및 국회 예산심의 실무책임자로 공직생활의 그 절반을 몸담아 온 아비의 감회가 새롭게 떠오르는구나.

아비가 경제기획원 예산총괄국장 재임 시에는 그 방 안에서 정부예산(안)에 대해 예산편성원칙과 기준에 턱없이 위배되는 증·감액을 체크하기도 하고, 특별한 명분 없는 증액에 대해서는 별도 관리하곤 했단다. 왜냐하면 예산은 하나를 건드리면 그것만으로 끝나는 것이 아닌 경우가 허다하단다. 이는 공평성과 균형을 유지해야 하기 때문이지. 예산회계법에 의하면, 국회는 국민의 대표로서 국민의 부담(세금 등)을 줄이기 위한 삭감(감액)권은 부여되어 있으나 증액은 정부의 동의 없이는 할 수 없게 되어 있단다. 일반적으로 각 상임위(너의 소관은 외교통상통일위원회)에서는 감액보다 증액 부분이 많은 것이 상례란다. 지금 외교통상부 예산도 국회상임위에서 감액보다는 증액된 액수가 월등히 많을 것이야. 너는 직책상 외통위에서 증액된 예산안이 그대로 통과되기를 기대하고 있겠지. 아마 지금쯤 너와 같은 입장에 있는 행정부, 입법부, 공공기관, 보조단체 등의 기획예산담당 책임자들은 신경을 곤두세우고, 이곳저곳을 분주히 다니면서 탐색전을 벌이고 있을 것이야.

▲ 본인이 예산총괄국장 재임 시, 1993회계연도 예산심의 장면(앞줄 왼쪽부터 서상목 의원, 신재기 의원, 뒷줄 왼쪽부터 본인, 장승우 국장, 김병일 국장, 이석채 실장)

너의 아비는 오랫동안 행정부 차원에서 국회 예산심의에 대처하기도 했으며, 그 후 한때 정부예산(안) 최종 심의의 주역인 국회 예결위원을 뒷받침하는 위치에서 일한 바도 있단다. 이는 행정부(예산편성권을 가진 경제기획원 예산총괄국장)에서 승진하여 국회 예산결산위원회 수석전문위원(국회의장 임명: 차관보급)으로 자리를 옮겼기 때문이지. 수석전문위원은 국회 입장에서 계수조정소위원회의 심의 결과를 최종적으로 정리하는 역할을 가지고 있단다. 또한 예결위 전체회의에서 전문위원 종합 검토의견을 붙여 심사 결과를 보고하기도 하지.

　그러던 아비의 아들이 외교통상부 기획재정담당관으로 국회 예산심의의 계수소위 방 앞 복도에서 대기하고 있는 장면을 보노라니, 우리 부자父子는 아무래도 나라 살림살이하는 일과 인연을 갖고 공직에 입문했나 보다.

　부디 매사에 한 치의 흐트러짐도 없이 똑바른 자세로 주어진 업무에 책임감을 갖고 전력투구하거라.

▲ 1993년 11월 19일, 본인이 국회예결위 본회의장에서 '1994년도 정부예산(안) 수석전문위원 검토 보고'를 하는 장면

　우연의 일치로 때마침 오늘 오후 4시경 한·미 자유무역협정FTA 비준 동의안이 마침내 우리 국회를 전격 통과했단다. 이로써 왼쪽은 EU, 오른쪽은 미국 그리고 후방에는 아세안을 배치한 한국 통상무역의 삼각 편대가 완성되었단다. 국회에서는 최루탄이 터지고 의원들의 고함과 눈물이 뒤엉켰지만 2011년 11월 22일은 한국이 미래를 위해 현명한 결단을 내린 날로 역사에 기록될 것이야. 이로 인하여 명년의 국회 예산심의가 순조롭게 국회 본회의를 통과하기는 어렵게 되었단다. 한·미 FTA 그 효과의 극대화는 특히 외교통상부의 몫이기도 하지. 앞으로 너의 책임이 심히 무겁겠구나.

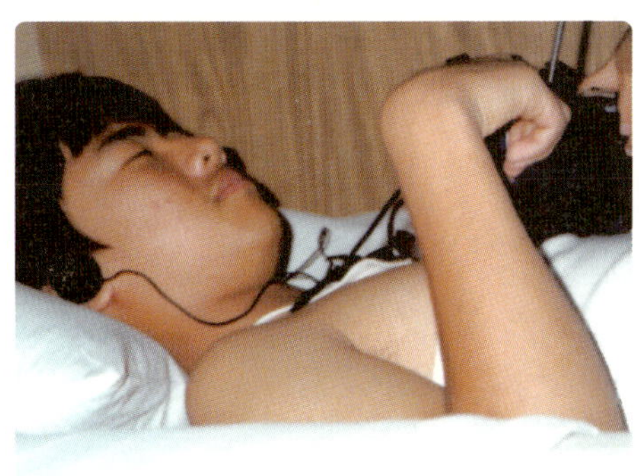

▲ 1982년,
근심 걱정 없이 평화로운 모습의 아들 준구

▲ 2013년 2월 11일 KBS 9시 뉴스 방영 장면, 주미 한국대사관 참사관으로 근무하고 있는 아들 준구가 김성환 외교통상부 장관을 수행하고 있다.

아비의 부족함을
자식에게 채우려고 욕심부린다

(2011년 11월)

나의 자랑스러운 아들 준구와 딸 성은

회갑 지난 아들에게 "길 건널 때 차 조심하라"고 언제나 어린애 취급만 하듯, 세월이 지나도 모성애母性愛를 털어버리지 못하는 것이 부모정父母情에서 우러나오는 심정이다. 자식에 대한 부모父母의 극진한 교육열에 부응하여, 그 뜻대로 따라 준 아들 준구駿求, 딸 성은成恩이가 부모에게는 자부심自負心과 활력소活力素가 되었고, 이는 늘 대견스럽고 자랑스럽게 생각하고 있다.

▲ 1989년 2월 25일, 아들 준구 서울대 외교학과 졸업 기념

서울대학교 외교학과를 졸업하고, 1992년도에 외무고등고시에 합격하여 외교통상부에 입사, 외교관이 된 아들. 지금껏 성실하게 공직생활에 전념하고 있는 아들. "장한 아들 두었다"고 칭찬을 들을 때마다 나에게는 듣기 좋은 소리로 그저 받아넘기고는 하지만, 그러면서도 속내는 액면 그대로 받아들이고 싶은 것이 부모의 심정일 것이다. 그러나 지금까지는 외교부 내 일부의 전문분야에서 업

무에 정진했을 뿐, 외교부 전체의 숲은 보지 못했다. "높이 나는 새가 멀리 볼 수 있다"는 말과 같이 지금은 숲 속에서 나뭇가지만 봐 왔던 종전과는 달리, 외교부 숲을 다 볼 수 있는 장관보좌관, 기획재정담당관 직에서 근무하고 있는 것 또한 보약이다.

사랑하는 가족들에게

▲ 아들 준구 가족사진

아들 준구야.

외교관이면 누구나 한 번쯤 근무하고 싶어 하는 주미합중국 대한민국대사관 참사관으로 발령받은 것을 큰 영광으로 생각해라. 현재 네가 봉직하고 있는 기획재정담당관 직은 지금까지 일해 온 분야와 크게 다르다는 것을 느낄 것이다.

외교부 본부와 산하기관은 물론이거니와, 재외공관 또한 대부분의 활동이 금전을 수반하는 예산사업이기 때문에 이들 기관, 사업과의 협의, 지원, 독촉, 설득을 해야 할 때가 많을 것이고, 밖으로는 법률과 예산심의의결권을 갖고 있는 국회와도, 정부예산을 직접 편성하고 있는 기획재정부는 말할 것도 없고, 이와 연계된 종적縱的, 횡적橫的 부처와의 협의도 해야 하는데 이 모두가 언제나 순탄하게 흘러가지만은 않을 것이다. 이와 같은 업무는 단순을 넘어 복잡한 일이기 때문에 일 처리는 물론, 대인관계, 협상, 설득능력과 논리를 키우는데 좋은 기회가 될 것이다. 멀리 보면 오늘의 복잡다기성 업무가 벅차기는 하겠지만 후일의 값진 경험과 체험이 될 것이다.

아버지는 공직생활의 과반을 국가 예산편성과 집행을 맡아왔다. 또 예산결산위원회와 국제경쟁력강화 및 경제제도개혁에 관한 특별위원회(겸직) 수석전문위원의 경력

이 있기 때문에 지금의 너의 입장, 너의 어려움을 잘 알고 있단다. 지금의 쓴 보약補
藥의 효과가 주미합중국 대한민국 대사관 참사관參事官으로 일할 수 있는 기회를 갖게
된 것임을 명심해라.

▲ 1988년 2월 12일, 딸 성은 이화여대 입학 기념

또한 하나밖에 없는 딸 '성은成恩'이도 역사와 전통을 자랑하는 이화여자대학교를 졸업한 훌륭한 딸이며, 정직하고 착하게 자라 오늘에 이른 것 또한 자랑스럽다.

외손녀 위소정魏김婭, 외손자 준상峻祥 다들 각자의 재능이 뛰어나고 건강하게 잘 자라는 모습이 귀엽기만 하다. 친손녀, 외손자녀 모두 지금은 타고난 행운아로 부모 따라 미국 등 해외에서 교육을 받는 것 또한 할아버지의 자랑거리며 너희 가족의 장래가 기대된다.

　사위 위승훈魏承勳 씨 또한 상사라면 누구나 신뢰성과 능력을 인정할 수밖에 없는 뛰어난 자질을 갖추고 있다. 업무에 있어 민첩하고 근면하며, 무슨 일이든 맡기면 척척해내기에 40대 초반에 '삼정 KPMG'의 중견간부(전무)로 승진할 수 있었던 것이다. 또한 그 회사에서 없어서는 안 될 간부라고 칭찬의 소리를 들을 때마다 참 듣기가 좋더라. 그리고 맏손녀 나연娜延, 둘째 도연度延 두 자매 모두 착하고, 귀엽고, 정숙하며, 건강하게 자라줘서 고맙구나. 또한 명랑하면서 공부도 열심히 하고 있으니 이 또한 할아버지의 축복이 아니겠니? 이 모두는 우리 가정의 사랑이요, 믿음이요, 자부심이다.

항상 사물의 밝은 면을 보거라

세상은 거울과도 같다. 우리들이 웃으면 그도 웃고, 우리들이 찡그리면 거울의 얼굴도 찡그린단다. 붉은 안경으로 세상을 보면 모든 것이 붉게 보이고, 푸른 안경을 통해서 세상을 보면 모든 것이 푸르게 보이는 것이다. 또한 뿌연 연기를 통해서 세상을 보면 모든 것이 흐려 보일 수밖에 없다. 그러므로 항상 사물의 빛나는 밝은 면을 보도록 해야 한다. 또 겸허하고, 창조적 발상으로 미래를 보도록 하거라.

선현先賢들은 지식인의 행동거지는 네 가지 성품에서 우러나와야 함을 강조한단다. 온아溫雅, 교결皎潔, 정민精敏, 관박寬博이 그것이다.

'온아溫雅'라 함은 온순하여, 거칠거나 흐트러지지 않는 성품이다. 고정관념에 빠져 고집을 부리거나 과도한 언행으로 무례를 범치 않는다.

'교결皎潔'이라 함은 문학작품에서 '달빛이 교교皎皎하다'는 표현을 종종 듣지 않니? 이는 맑고 깨끗한 성품이 교결이다.

'정민精敏'의 뜻은 정확하고 민첩한 성품으로 '온아溫雅'와 대조적인 것 같으나 온아하되 얼마든지 정민할 수 있다.

마지막으로 '관박寬博'이다. 너그럽고 큰 마음, 관용이라 할 수도 있겠다. 교결하고 정민하면서도 관박寬博 할 수 있도록 노력해야 한다. 이런 성품들을 갈고 닦는 지식인은 인仁의 도리를 체득해 나간다 할 수 있다.

고난 속에 인생의 기쁨이 있다

아들『준구』야! 딸『성은』아! 인생은 끊임없는 각고刻苦와, 노력의 연속이란다.

언덕이 있고 내가 흐르는가 하면, 진흙 밭도 있다. 평탄한 길만 있는 것은 아니다. 먼 곳으로 항해하는 배가 바람과 파도를 만나지 않고 평탄하게만 갈 수는 없다. 풍파는 언제나 전진하는 자의 벗이다. 차라리 고난 속에 인생의 기쁨이 있다고 생각하여라. 인간은 불가능해 보이는 것을 극복할 때 발전한다는 사실은 역사가 우리에게 가르쳐 주는 소중한 교훈이지 않니?

잔잔한 항해, 그 얼마나 단조로운가! 고난이 심할수록 네 가슴은 희망에 대한 기대가 클 것이다. 별 들은 가장 캄캄한 밤에 가장 밝게 빛난다. 복숭아는 복숭아즙 틀에서 깨어질 때 가장 진한 향기를 발하고, 어린나무들은 바람이 가장 세차게 불 때 더욱 뿌리를 깊게 내린다. 금과 은 또한 굳세게 문지를 때 더욱 윤이 나는 법이다. 역설적이긴 하지만 세상 모든 것들은 가장 심한 시련을 받을 때 가장 큰 승리를 거두고 가장 큰 고난이 닥쳤을 때 가장 큰 영광을 얻게 된단다.

아들아! 너의 동기와 선후배 모두는 인생의 마지막 항구를 향해 저마다 자기 배를 출발시키고 있는 것이다. 이는 누가 먼저 배를 출발하였는가의 차이뿐이다. 처음에는 배에 사랑도 싣고, 희망도 포부도 싣고, 또 양심과 정의, 의리와 우정도 싣는다. 그러나 그 배에 너무나 많이 실었다고 느껴질 때, 잘 나아가지 못할 수도 있을 것이다. 그리하여 쉽게 나아가기 위해서 사람들은 하나둘 버리기 시작한다. 양심良心을 버리고, 희망을 포기하고, 사랑도 정의도 버리며 짐을 줄여나간다. 이렇게 홀가분해진 배는 그런대로 항해하기 시작한다. 그렇게 인생의 마지막 항구에 도착하면, 결국 남아 있는 게 하나도 없이 배는 텅 비고 만다.

사랑, 희망, 양심, 정의, 의리, 우정 다 버리면
배는 텅 비고 만다

이때에야 후회하고 탄식한들 무슨 소용이 있겠느냐? 그래서 인간은 저마다 인연因緣을 소중히 여기고 용기와 희망의 자유를 지니려 진력한다. 진실하고 굳건한 정신과 인내심을 갖지 않는 한, 그 무엇도 참다운 뜻을 전하거나 받을 수 없단다.

인간의 삶을 보람 있게 이어가기 위해서는 어디든 신뢰信賴와 우애友愛가 뿌리 깊게 내리도록 힘써야 한다. 삶은 하나의 축복祝福이며, 이를 깨닫는 이에게 세상은 빛이 가득한 곳이 되리라.

하나밖에 없는 아들아! 딸아!

아비는 늘 내 자신의 부족함을 탄식하면서, 자식에게는 그 부족함을 채우라고 욕심을 부린단다. 겸손함, 신뢰, 배려, 미래 지향적인 노력과 사고를 쌓으라고 말이다. 그래서 때로는 나의 그러한 욕심을 부리는 데 대하여 너희들로부터 동의하지 않는 핀잔을 들을 때가 있지 않았니? 부디 이런 이 아비의 욕심을 너희가 이해해주기 바라는 마음이란다.

◀ 1975년 4월, 딸 성은 유치원 입학 기념

▲ 1982년 일본 동경 궁성 앞, 가족사진

▲ 1982년 한라산 중턱, 준구(고등학교 1학년)와 성은(중학교 1학년)

가장 아끼고 기대했던
막내 동생을 잃고

(2011년)

네가 태어난 고향 집에서 정원庭園을 관리할 때면, 또 텃밭에서 야채를 가꿀 때면, 20년 전에 너를 잃고 난 슬픔과 원통함 그리고 애석愛惜함이 문득 머릿속을 스쳐 지나가곤 한다.

1992년 가을 네가 하늘나라로 가던 해, 그 당시의 가슴 찢어지는 듯한 통탄痛嘆을 지금 어찌 다 말할 수 있겠느냐. 유난히도 그 해는 배 농사가 잘되었지.

그 해 배를 팔면 네가 그토록 갖고 싶어 하던 승용차를 사기로 나와 약속約束했었지. 작업용 1톤 트럭에 네 식구 모두를 태우고 다니기에 얼마나 불편했겠니. 지금 형은 그 일을 가슴 아프게 후회後悔하고 있단다. "그 전 해에 승용차 구입을 한 해 늦추라"고 했던 것 말이다.

네 사랑하는 아내 남홍숙南洪淑, 귀엽고 사랑스러운 두 딸 고운高恩과 예은叡恩이, 그리고 태어난 지 3개월 지난 민구珉求를 두고 하늘나라로 떠난 너, 배왕裵王이 되겠다는 부푼 꿈을 다 이루지도 못한 채 40의 젊은 나이에 먼저 간 너를 생각하면 내 마음은 너무나 슬프단다.

하늘나라에서 영원히 쉬고 있는 종일아! 네가 그토록 귀여워하고 사랑스러워하던 맏딸 고은이는 호주에서 대학을 졸업하고, 한국에서 직장에 잠시 다니다가 다시 호주로 가 대학원 공부를 계속하고 있단다.

그리고 예은이도 약학대학에 재학 중이고, 네 생전 태어난 지 3개월 된 기대주 민구珉求도 어느덧 대학 진학을 앞두고 있단다.

네가 두고 떠나기에 너무도 애석하여 미련이 골수에 맺힌, 사랑하는 내조자 남홍
숙南洪淑은 네가 영원히 떠난 후에도 강한 의지로 고난과 역경을 이겨내며 호주(브리
스번)에서 굳건히 세 자녀를 훌륭하게 키우고 있단다. 이 모두가 드높은 하늘나라에서
네가 지켜보면서 보살펴 준 덕택이 아니겠니? 많이많이 축복祝福해 주거라.

▲ 1989년 4월 23일 평택시 진위면 배과수원, 본인
이 동생 종일과 배나무 전지를 하고 있다.

▲ 1994년 4월 23일, 만개한 벚꽃나무 아래서(어머니와
병일, 완일, 손자들과 손녀들) 하늘나라로 일찍 떠난 막내
아들 생각에 가슴 아픈 표정을 짓고 계신 어머니의 모습
이 보인다.

▲ 1992년 3월 일본 시즈오카현 원예 시험장, 동생 종일(왼쪽 첫 번
째)이 배 재배기술을 배우고 있다. 본인(왼쪽 두 번째)이 동생에게
일본어 통역을 해 주는 모습

▲ 1994년 4월 23일, 민구와 본인
생후 3개월 된 맏아들 '민구'와 사랑스러운
두 딸 '고은', '예은' 자매를 두고 젊은 나이
에 사고로 생을 마친 동생 종일을 생각하
면 지금도 가슴이 아려 온다.

문단에 등단한 제수씨의 수기

하얀 배꽃을 피우는 여심(女心)

1986년 1월 12일 웨딩마치가 울려 퍼졌으니 벌써 결혼한 지도 6년이 넘었다. 내가 6년째 근무하던 면사무소에 온통 국화향기가 가득하던 85년 9월 어느 날, 민원실로 양복을 정갈하게 차려입은 젊은 청년이 들어섰다.

"실례지만 남홍숙 씨 되십니까?"
"네, 그런데요"

친정 언니와 남편 셋째 형수의 소개로 남편과의 만남이 이렇게 시작되었다.

그는 평택에서 3천 평의 밭에 수박 1만 포기를 재배한다고 했다. 수박이 한포기에 두 덩이씩 달리면 5백만 원씩만 받아도 1년에 1천만 원의 소득을 올릴 수 있다는 그의 설득과, 평택에서 내가 살고 있는 경북 예천까지 왕복 8시간의 거리를 멀다 않고 오가는 정성이 고마워(?) 결혼을 하게 됐다. 나 자신이 농부의 딸이긴 하나 학교와 직장에만 다녔고 힘든 농사일을 해보지 않아 두려웠지만, 남편이 시키는 대로 열심히 뒷바라지를 하며 최선을 다하리라 마음을 굳게 먹고 제2의 인생을 출발했던 것이다.

그러나 수박농사는 생각했던 것 만큼 그렇게 쉽지가 않았다. 3월 말경부터 1만 개의 포트에 흙을 넣고 포트 하나하나마다 씨앗을 심어 6~7일 후에 싹이 트면 아침저녁으로 물을 줘야 하며, 저녁에는 동해凍害를 입지 않도록 거적을 덮어줘야 했다. 떡잎이 4~5장 나오면 밭에다 정식을 해야 하는데, 동네 아주머니 10명이 5일 정도 심어야 했다. 난생처음으로 밥 광주리를 이고 다니기란 여간 고된 일이 아니었다. 한번은 새참으로 국수를 삶는데 물을 적게 잡아서 국수가 떡이 되어 다시 삶기도 했다. 가끔 남편에게 힘들다고 투정이라도 부리면 시골에서 밥하는 건 아무것도 아니라며 핀잔도 받았지만, 속이 깊은 남편은 밥 광주리도 날라다 주고 이것저것 많이 도와주었다.

당시 우리는 소 7마리를 키우고 있었으므로 남편은 꼭두새벽부터 쇠풀을 베어다 먹이는 등 비가 와도 쉴 겨를이 없었다. 너무나 성실하여 동네 아주머니들이 '일 귀신'이라고 부르는 남편은, 1등 농사꾼이 되어 10년 후에는 매스컴에 오르내리는 것이 꿈이라고 했다. 나도 농촌생활에 빨리 익숙해져서 남편을 도와 꼭 성공해야겠다는 결심으로 남편이 들에 나갈 때마다 따라 나갔다. 비가 오면 수박 순에 흙이 들어가지 않도록 순을 걷어 올려주고, 5일에 한 번씩 곁순을 잘라 세력이 열매로 많이 가도록 해야 했다. 열매가 어느 정도 굵어졌을 때 장마가 오면 열매마다 짚을 깔아주고 물이 고인 비닐은 구멍을 뚫어 배수를 시켜야 하는 등 수박농사는 잔손이 많이 갔다.

농촌생활이 비록 힘이 들고 도시 주부들처럼 깨끗한 생활은 할 수 없으나 고된 중에도 나날이 달라져 가는 수박밭을 보면 보람을 느꼈고, 힘든 일도 척척 해내는 자신이 스스로 대견해질 때가 많았다. 수박농사에는 거름이 많이 필요하다며 남편은 비오는 날도 쉬지 않고 트랙터를 몰고 3km나 떨어진 돼지 농장에서 돼지 똥을 싣고 와 수박밭 공터에 쌓아 놓았다. 동네 아주머니들께서는 "새댁이 돼지 똥 냄새나는 신랑과 어떻게 살 수 있을까" 수군대기도 했고, 길바닥에 돼지 똥을 흘려 놓았다고 나무라기도 했다.

　신혼생활 10개월쯤 됐을 때 농사꾼의 애환과 즐거움을 KBS 라디오 〈황인용·강부자〉 코너에 투고해 그 글이 방송으로 나왔을 때는 고된 중에도 너무나 기뻤으며, 원고료로 받은 5천 원으로 남편의 장화를 사주기도 했다.

　아침저녁으로 수박밭에 붙어 일한 결과 농사가 잘돼 수박이 채 익기도 전에 밭떼기 장사꾼이 연신 드나들며 7백만 원까지 주겠다고 제의했으나, 남편은 1천만 원의 소득을 바라보고 지은 첫 농사라며 팔지 않았다. 진짜 고생은 그때부터 시작이었다.
　새벽부터 수박을 따서는 차 운임을 아끼기 위해 수원에서 목장을 하시는 형님네 1톤 트럭을 빌려와 싣고 평택·송탄·오산·수원을 돌며 상회에 판 뒤 집에 돌아오면 밤 12시가 보통이었다. 그러나 수박 값은 예상했던 것보다 절반도 받지 못했다. 상회에서 제값을 주지 않기 때문이었다. 한 트럭에서 15만 원도 못 되는 값으로 수박을 따서 실어다 파느라 우리 부부는 지쳤으나 품삯과 씨앗 값 등으로 투자한 4백만 원의 절반도 아직 건지지 못했기에 시간을 가리지 않고 열심히 일했다. 그런데 수박을 3분의1밖에 수확하지 못한 상태에서 20여 일 동안 장마가 계속됐다. 장마에 견디지 못한 수박이 모두 갈라졌다. 아침에 수박밭에 나가면 밭은 벌겋게 핏빛을 띠고 줄기는 누렇게 변색돼 있었다.

　어느 날 저녁, 장대 같은 소나기가 온 밭을 집어삼킬 듯이 퍼부어댔다. 수박밭 공터에 쌓아놓은 돼지거름이 떠내려가면 수박밭도 망가지고 아까운 거름이 유실될 것 같아 우리 부부는 잠도 자지 않고 밤 10시부터 손전등을 들고 나가 짚단으로 막았으나, 거름이 너무 많아 억수같이 퍼부어대는 비를 감당할 수가 없었다. 미친 듯이 이리저리 빗속을 뛰어다니며 비닐과 널빤지를 찾아서 갖다 대고 짚단을 날라서 막는 둥 떠내려가는 거름을 막다 보니 벌써 날이 밝았다. 몸은 온통 거름범벅이 되어 있었고, 돼지 똥 냄새에 절어 있었다. 남편과 나는 너무 서러워 서로 부둥켜안고 엉엉 울었다. 평소 강인하다고만 느껴졌던 남편도 눈물을 뚝뚝 흘리며 농촌에 시집와서 애쓰는 나에게 미안하다고 말했다. 그해 수박 농사에서 얻은 소득은 3백만 원밖에 되지 않아 품삯과 씨앗 값도 건지지 못하고 말았다. 그러나 실패는 삶의 밑거름이 된다고 생각하고 우리는 포기하지 않기로 하였다. 이 생각 저 생각 끝에 남편은 총각 때 해보았던 목장 일을 다시 해보겠다며 우사를 짓기로 했다.

▲ 제수씨 남홍숙

1986년 10월, 벽돌을 사서 트랙터로 싣고 와 직접 미장일을 하는 등 근 한 달 동안에 걸친 작업 끝에 60평의 우사를 지었다. 남편이 직접 할 수 있는 일은 밤낮을 가리지 않고 혼자 했는데도 후계자자금 6백60만 원이 다 들어갔다. 그러나 마당에서 눈비를 맞으며 지내다 가끔씩 달아나 수박밭을 망가뜨리던 소 7마리가 이젠 제집에 들어가 안정된 생활을 하다 다리를 편히 뻗고 잘 수가 있었다. 소들이 제집에 들어간 지 이틀 만에 나는 예쁜 딸을 낳았다. 그러나 그 기쁨도 잠시뿐이었다. 그해부터 소 값 파동이 시작돼 2백만 원이 넘던 소 값이 1백만 원 이하로 떨어졌다. 게다가 큰 소 한 마리가 고창증으로 죽었을 때는 하늘이 무너져 내리는 것 같았다. 사료 값을 댈 수가 없어 소를 반값도 안 되는 값으로 처분해 버리고 나자, 그토록 힘들여 지은 우사가 무용지물이 되어 버렸다.

이듬해에는 호박과 수박농사를 반반씩 짓기로 했다. 호박은 마디마디 열리는 채소여서 수량이 너무나 많았다. 20개들이 상자에 넣으면 1백 50여 상자가 훨씬 넘었는데, 비 오는 날에도 매일 수확을 해야만 했다. 그러나 값이 좋지 않아 20개들이 한 상자에 5백 원이 고작이었다. 시세가 나쁠 때는 인근 시장에서 아예 받아주지도 않아 운임을 들여 서울 가락동 도매시장에 가지고 가면 2백만 원밖에 쳐주지 않았다. 이를 본 서울 형님네랑 언니들이 이웃집에 팔아 주기도 했으나, 수량이 워낙 많아 반의반도 채 팔지 못하고 그대로 썩혀 버리기가 일쑤였다. 그대로 밭에 버려진 호박을 보면 나 자신의 몸이 썩어가는 것처럼 가슴이 아려왔다. 수박도 농사는 잘 지었으나 중간

상인의 농간으로 시원한 값이 나오지 않아 겨우 씨앗 값만 건졌다. 수박을 끝내고 시금치를 해보았으나 시금치 또한 물량이 넘칠 때 출하를 한 탓으로 씨앗 값도 건지지 못한 채 헛수고만 하였다.

지금에 와서 실패 원인을 분석해 보면, 채소농사는 남이 안 할 때 수확하도록 해야만 제값을 받을 수 있는데 물량이 넘칠 때 시장에 내다 팔려고 하니 팔리지 않아 밭에서 그대로 썩힐 수밖에 없었던 것 같다.

87년 11월 첫 애의 돌을 맞아 우리 집에 오셨던 시어머님께서 "남에게 맡겼던 배 과수원을 가꿔보라"고 하신 말씀에 우리는 커다란 전환점을 맞게 됐다.

우리는 과수원 경험은 전혀 없었지만 호박농사와 함께 해보기로 하고, 서점을 뒤져 책을 사고 농촌지도소를 통해 참고서적을 얻어와 밤을 지새우며 읽었다. 이웃에 배 과수원을 경작하고 계신 분을 찾아 물어보는 등 배나무의 생리를 파악하는 일을 게을리하지 않았다. 이웃집 아저씨께서는 "비록 배나무 수는 3백 주라고 하나 모두 40년생인 고목이며, 6년 동안 줄곧 남의 손으로만 경작해 수확이 시원치 않을 것"이라고 일러 주셨다. 그동안 거름을 한 번도 주지 않고 화학비료만 줘 나무세력이 좋지 않았다. 남편은 시간이 날 때마다 돼지 똥을 실어와 구덩이를 파고 한 나무에 두 손수레씩 푹푹 집어넣었다.

이듬해 4월 15일이 되자 배꽃이 눈이 부시도록 하얗게 만발해 달빛 쏟아지는 밤의 배 과수원은 너무나 아름다웠다. 5월에는 열매를 솎아주고 6월 초부터는 배 봉지를 씌워야 하는데, 봉지 씌우는 아주머니들이 없어서 밤에 3km나 떨어진 다른 동네에 가서 이집저집 다니며 일손을 구해 와야 했다. 곡식은 주인의 발소리를 듣고 자란다면서 남편은 예나 지금이나 한밤중에도 눈만 뜨면 과수원을 한 바퀴씩 돌아본다. 그리하여 지금은 배나무마다의 특성을 훤히 알고 있다.

남편이 배농사에 전력을 쏟자 이웃집 아저씨께서 배 재배업자 모임인 「이화회梨花會」에 가입시켜 주셨다. 회원 25명으로 구성된 이화회는 김헌웅 초대회장님의 결단력 있는 리더십과 회원들의 단결력이 뛰어나 나날이 발전하였다. 임원들은 바쁜 농사일에도 회원들의 과수원을 번갈아 찾아다니며 지도를 해 주었다.

특히 배에 관해서는 『백과사전』이라고 별명이 붙은 김 회장님께서 남편의 성실함에 감동, 거의 일주일에 한 번씩 20km나 떨어진 우리 과수원을 방문해 기술지도를 해 주셨다. 남편도 모르는 것이 있으면 단숨에 달려가 배워오곤 했다. 그리고 우수하다는 농장을 찾아다니며 선진기술을 습득했다. 배나무밭에 자란 풀은 제초제를 살포하지 않고 20일 간격으로 1년에 5회씩 낫으로 잘라 버렸다.

과수원 일은 수박농사에 비해 여자에겐 힘든 작업이었으나 묵묵히 일했다. 열심히 농사지은 결과 배는 굵고 맛도 좋았다.

그대의 혼으로 과일이 익었습니다

드디어 배를 처음 수확하던 날, 이화회 김 회장님께서는 배 광주리 10개와 의자 5개를 손수 사 오셔서 하루 종일 일을 같이하시며 배 포장 방법과 배 수확하는 방법에 관해 소상히 가르쳐 주셨다. 그날 일은 너무나 고마워 평생 잊혀지지 않을 것이다. 배 시세도 좋고 농사도 잘되어 그해 배에서 나온 총수입이 1천5백만 원이나 됐으며, 호박농사에서도 2백만 원의 소득을 올렸다.

배 과수원을 경영한 지 올해로 꼭 4년이 된다. 그사이 배나무 묘목 1천 그루를 수박농사 짓던 곳에 심어 올해부터는 적은 양이나마 수확을 할 수 있게 됐다. 남편이 '어린 배나무는 우리들의 꿈나무'라면서 배 가지마다 햇볕이 골고루 들도록 줄로 가지를 묶어놓아 보는 이마다 마치 관상수같이 예쁘게 자랐다고 칭찬한다.

가을에 배를 수확한 뒤에는 곧바로 구덩이를 파고 거름을 줘 나무의 세력을 그대로 유지하도록 하며, 전정도 남편의 뜻대로 나무를 만들기 위해 남의 손을 빌리지 않고 직접하고 있다. 남편을 보면 최선을 다하는 것이 얼마나 중요한가를 새삼 느끼게 된다.

이화회에서는 매년 11월에 선의의 경쟁을 위해 자체 품평회를 하는데, 우리가 배 농사 10년 이상의 회원을 물리치고 해마다 2·3등을 한다. 남편은 매년 1등만 하는 김 회장님을 이겨 보는 것이 꿈이라고 한다.

과수원을 경작해본 결과 농사를 잘 짓는 것도 중요하지만 포장도 그에 못지않게 중요하다는 사실을 알았다. 우리는 남편과 내가 직접 배 포장을 하면서 조금이라도 흠집이 있으면 2등품으로 포장한다. 그 대신 배 값은 다른 농장의 배보다 한 상자에 1만 원 정도 더 받고 있다. 지난해는 〈신고〉 2천 상자를 생산해 6천6백만 원의 소득을 올려 남편 이름이 「농민신문」에 올랐다. 남편은 10년 안에 우수독농가가 되어 매스컴을 타보겠다던 꿈이 실현되었다며 너무나 좋아했다.

이화회에서는 1990년 7월에 5박 6일 일정으로 일본농촌현장을 견학했으며, 1991년 7월에는 전남 나주원예시험장과 호남의 선진 배 과수 농장을 견학하는 등 과학영농에 힘쓰고 있다. 남편 또한 다 같이 잘살아야 한다며 우리 마을 과수재배 농가들에게 과수농법에 관해 지도, 우리가 과수원을 경영한 후부터는 이웃집 농사까지도 덩달아 풍년이다. 모두들 남편의 말을 잘 따라주니 어느덧 지도자의 위치에 올라있는 듯하다. 반면 과수원 경작 4년 동안 쓰라린 경험은 얼마나 많았던가.

89년에는 숙기에 접어든 〈신고〉에 황분충이 발생해 다른 과실에 더 이상 번지지 못하도록 3백 그루의 나무마다 병든 과실을 따내고 이미 떨어진 과실을 주우니 90여 상자나 되었다. 그것을 과수원 모퉁이에 땅을 파고 묻을 때의 느낌이란…. 또 90년에는 반도 채 수확하지 못한 상태에서 태풍이 몰아닥쳐 시련을 겪었다. 숱한 시련을 이겨내면서 남편과 나는 각자의 소중한 꿈을 키워가고 있다. 남편은 1등 농사꾼이 되는 것이고, 나는 남편의 뜻을 잘 받들어 촌부로서의 몫을 다해가며 1남 2녀를 훌륭히 키우는 것이다. 앞으로 3년 후 우리들의 꿈나무가 다 자라게 되면 연간 순수익 1억 원 이상의 소득을 올릴 수 있을 것이다.

누구나 노력만 하면 땅은 결코 주인을 속이지 않는데도 요즘 젊은 사람들은 너무 도시로, 도시로 향한다. 우리 농촌이 보다 더 잘사는 날이 빨리 와서 도시로 향하던 발걸음들이 농촌으로 되돌아왔으면 좋겠다. 아니 그런 날은 꼭 오리라고 믿는다.

제2의 고향인 평택에 살게 된 지 올해로 7년째인 나는, 성실한 남편과 함께 마을 어른들의 신임을 받으며 농촌에서 살아가는 것에 큰 보람과 자부심을 느끼고 있다.

우리는 내일도 땅을 일구며 그 무엇과도 바꿀 수 없는 진주 이슬방울과 풀내음을 벗하며 우리 농촌을 묵묵히 지켜나갈 것이다. 흙과의 쉼 없는 대화를 나누며….

▲ 2002년 12월 9일, 남홍숙 출판 기념식장
'그대의 영혼으로 과일이 익었습니다'

▲ 2002년 12월 9일, 성은 내외가 숙모인 저자에
게 축하 꽃다발을 건네고 있다.

남홍숙

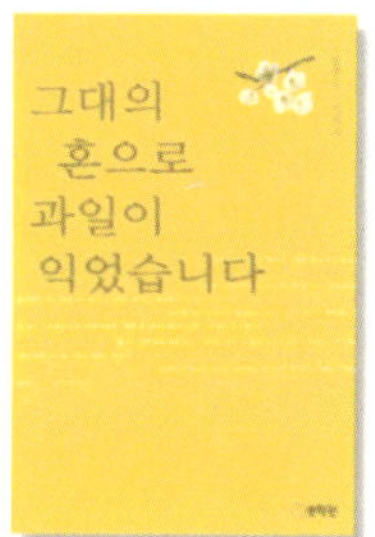

남홍숙 지음 / 8,000원

- 경북 예천 출생
- 아주대학교 대학원 국문과 졸업
- 「현대수필」 등단
- 한국문인협회, 한국수필학회 회원, 전 현대수필 편집위원
- 수필집 「그대의 혼으로 과일이 익었습니다」

◀ 2002년 12월 9일
출판, 남홍숙 수필집
'그대의 혼으로 과일
이 익었습니다'

▲ 2006년 12월 15일, 남홍숙 에세이 '물빛' 출판

▲ 2006년 12월 15일 출판, 남홍숙
에세이 '물빛'

나에게 힘을 실어준
내 가족

62세 3개월까지 공직생활을 무난히 마감할 수 있었던 것은 쓴 맛bitterness, 단 맛 sweetness, 희로애락喜怒哀樂 모두를 겪으며 나와 함께해 준 동반자 아내의 역할이 중요했다. 또한 튼튼한 버팀목이 되어 준 동생들, 아들 준구駿求와 딸 성은成恩이에 대한 기대감 역시 내 삶의 큰 의지가 되었다.

"내 남편 힘내세요"

"형님 힘내세요"

"아빠 힘내세요"하는 외침이 귓전을 울려, 용기와 끈기를 갖게 해 준 동력動力이 된 것이다.

▲ 1995년 12월 23일, 아들 준구와 며느리 정은숙의 결혼식(앞줄 왼쪽부터 신부 정은숙과 본인, 내자와 신랑 준구, 여동생 원자)

▲ 1964년 8월, 약혼 기념

▲ 1964년 12월 2일 세종문화회관, 결혼식

▲ 1964년 12월 2일 세종문화회관, 결혼 기념촬영(양가 가족, 친지가 한 자리에)

▲ 1966년 12월 6일 제국 호텔, 아들 준구 백일 기념(오른쪽부터 이강우 씨, 오혁종 총무과장, 내자와 준구, 본인)

▲ 1968년 1월, 내자와 아들 준구와 함께

▲ 1955년 예천여중 8회 졸업식, 본인의 내자(장명대)가 졸업생 대표로 답사를 하고 있다.

▲ 1958년 이화여고 7회 졸업식, 본인의 내자가 고교 3년 우등상, 3년 개근상을 받아 안고 있다.

◀ 1994년 4월 13일, 이화여고 7회 졸업생 동창회 모임(왼쪽 줄 앞에서 두 번째가 내자)

▲ 1997년 9월 23일, 하코네 정상에서(내자와 그의 가까운 벗들: 수연 母, 경근 母)

▲ 1961년 9월 16일, 내자의 대학 재학 시절(친우들과 함께)

◀ 2003년 9월 18일, 내자 (앞줄 오른쪽 세 번째)의 약 학대학 동기생들 로마 여행 기념촬영

▲ 1982년, 가족 여행

▲ 1979년, 경주 불국사 관광(왼쪽부터 본인과 성은, 준 구, 내자)

▲ 1982년 7월 31일, 일본 규슈 오이타현 벳푸에 위치한 운전연습 놀이공원에서(왼쪽 아들 준구, 오른쪽 딸 성은)

▲ 1982년 7월 31일, 일본 후쿠오카에서(오 른쪽 준구, 왼쪽 성은)

▲ 1986년 7월 28일 한라산 백록담, 아들 준구(대학교 1학년 재학 중)

▲ 1986년 7월 28일, 한라산 등반(왼쪽부터 본인, 내자, 성은, 준구)

◀ 아들 준구의 테니스 실력은 수준급이다.(대학교 재학 중)

▲ 1995년 9월 14일, 미국 UC샌디에이고 기숙사 앞에서(준구 UC샌디에이고 유학 시절)

▲ 1995년 9월 15일, 미국 샌디에이고 교외 골프장 식당에서(준구 UC샌디에이고 유학 시절)

▲ 1995년 12월 23일, 아들 준구와 며느리 정은숙의 결혼식(주례: 남덕우 전 총리, 장소: 외교안보연구원)

▲ 1999년 7월 25일, 딸 성은과 사위 위승훈의 결혼식 (장소: 외교안보연구원)

◀ 1995년 12월 23일, 아들 준구와 며느리 정은숙의 결혼식(뒷줄 오른쪽부터 신부 정은숙 큰아버지, 준구, 정은숙, 본인, 앞줄 오른쪽 신부 정은숙 어머니, 왼쪽 내자)

▲ 1996년 9월 28일, 일본 아리다(有田) 도자기 도시의 시조 이참평(李參平) 도공 신사 앞에서(왼쪽부터 아들 준구, 며느리 정은숙, 내자, 본인)

▲ 1997년 7월 19일, 요코하마 미나토가 미에루오카공원에서(왼쪽부터 본인, 내자와 손녀 나연, 며느리 정은숙, 아들 준구)

▲ 2005년 9월 15일, 제주공항에서(왼쪽부터 딸 성은과 외손자 준상, 사위 위승훈과 외손녀 소정)

▲ 2003년 4월 26일 헝가리, 아들 준구 가족사진(준구 유고슬라비아 대사관 근무 당시)

▲ 2012년 2월 17일, 아들 준구 워싱턴 D.C. 한국대사관 참사관 부임 기념 직계가족 모임

▲ 2000년 1월 15일 뉴욕, 손녀 나연·도연 자매와 함께 즐거운 한때를 보내고 있다.

▲ 2002년 5월 25일 뉴욕공원, 손녀 나연 도연 자매의 행복한 모습

▲ 2012년 7월 23일, 할아버지의 76세 생신을 축하하는 두 손녀의 편지 (워싱턴 D.C.에서)

▲ 2009년, 외손녀 소정(Jenny)이의 추수감사절 감사문

▲ 2013년 7월 23일 할아버지의 77세 생신을 축하하는 외손자 준상의 편지

▲ 2005년 7월 30일 본가 정원에서(오른쪽부터 위준상, 김도연, 김나연, 위소정)

青綠(周鎰) 家系人的構成 (慶北 醴泉郡 醴泉邑 高平里)

2013.7.23. 현재

1:周 鎰

日本 早稻田大學 大學院 卒業
(經濟學碩士)
濠洲 시드니大 附設 語學硏究院 修學
經濟企劃院建設交通豫算課長,總務課長
對日請求權經濟協力使節團(東京)
青瓦臺 經濟首席 秘書官室
서울特別市 投資管理局長
經濟企劃院 經濟敎育企劃局長
經濟企劃院 豫算總括局長
國會豫算決算委員會首席專門委員(次官補級)
外交通商部 公使.總領事.(特2級 大使)
韓國農漁村公社 非常勤理事
大韓赤十字社 經營評價委員 兼 幹事
韓日協力委員會 運營委員.理事
安東金大宗會 副會長
早稻田大學 韓國總同門會 副會長

2: 正 鎰

高麗大學校 經營大學院 卒業
(經營學碩士). 經營指導士
農協中央會 서울江南營業本部長
○配偶者; 興海裵氏 京淑
安東敎育大學.서울敎育大學 卒業
盆唐亭子初等學校 校監

長男：度潤(泓求)
亞洲大學校 工科大學 卒業
三星電子(株) 代理
○配偶者：星州裵氏 細允
同德女子大學校 패션 마케팅 碩士
淸江文化産業大學校 講師

○配偶者：丹陽張氏 明代
梨花女子高等學校
曉星女子大學校 卒業(藥學士)

長男：駿求
서울大 外交學科 卒業
外務高等考試 合格
駐美韓國大使館 參事官

○配偶者：慶州鄭氏 恩淑
梨花女子大學校 卒業

長女：成恩
梨花女子大學校 卒業
日本NCB은행 勤務

○配偶者:長興魏氏 承勳
高麗大學校 卒業
公認會計士
三正KPMG 副代表

長女：成昱
梨花女子大學校 環境工學科 卒業
서울大學校環境大學院卒業
(環境工學博士)
西江大學校 待遇敎授

○配偶者：永川李氏 秉亮
高麗大學校 大學院 卒業 (行政學博士)
京畿大學校 副敎授 行政學科長

次女：成珉
서울大學校 人文大學
西語西文學科 卒業
워커힐호텔 課長

○配偶者：平山申氏 寅澈
檀國大學校 齒科大學 卒業
鉉正興産株式會社 常務

3: 炳 鎰

韓獨實業高校 自動車科 卒業
京畿工業專門大學
大韓航空(株) 部長
(株)에어로피스 本部長 勤務
○配偶者 : 密陽朴氏 渭男 (自營業)

長男 : 敬求
韓國産業技術大學校 卒業
韓國科學技術研究院 卒業
(HCI 및로봇應用工學 碩士)
휴맥스(株) 研究員
長女 : 成仁
延世大學校 英語英文學科 卒業
그래이커뮤니케이션(美國會社)日本支店課長

4: 完 鎰

漢陽大學校 卒業 (經營學 博士)
稅務法人 가나 代表稅務士
漢陽大學校 公共政策大學院 兼任敎授
韓國稅務士考試會 會長
韓國稅務學會 副學會長
企劃財政部 稅制發展審議委員會委員
國會立法調査處 立法調査支援委員
法制處 國民法制官
在京醴泉郡民會 監査
○配偶者 : 順興安氏 景姬
安東敎育大學. 漢陽大學校 敎育大學院
卒業(敎育學 碩士)
서울 慰禮初等學校 敎師

長男 : 汶鍾(相求)
延世大學校 理科大學 物理學科 在學
長女 : 兌恩
서울大學校 美術大學 東洋畵科 卒業
英國 Marangoni Institute 卒業
次女 : 材恩
梨花女子大學校 師範大學
社會課敎育科 卒業

5 : 宗 鎰

醴泉農業高等學校 卒業
佳谷農園 代表(1992年 作故)
○配偶者 : 英陽 南氏 紅淑
亞洲大學校 大學院 卒業(文學碩士)
隨筆家, 文學評論家

長男 : 珉求
濠洲 Queensland University of Technology, Bachelor of Business (經營學部 在學)

長女 : 高恩
濠洲 Queensland University of Technology, Masterof Accountancy 卒業 (會計學碩士)
會計士
次女 : 叡恩
濠洲 University of Queensland, Bachelor of pharmacy (藥學科 在學)

6 : 元子

○配偶者 : 安東權氏 大哲. 성림社 代表

안동김 예천군화수회 회장에 취임하다

2011년 3월 25일 취임(2년간)

안동시 서후면 태장리 태사공 휘(諱) 선평(宣平)의 묘단(墓壇)

취임식에 화환을 보내 주신 고마운 분들

강경식(전 경제부총리, 동부그룹 고문), 강보영(안동병원 이사장), 경만호(대한의사협회 회장), 권건춘(주식회사 건은 대표이사), 김광림(안동시 국회의원), 김관용(경북도지사), 김명년(안동김씨 대총회 회장), 김인호(시장경제연구원 이사장), 김주영(영주시장), 남덕우(전 총리, 한·일 협력위원회 회장), 신기옥(대한적십자사 경북지사 회장), 양수길(녹색성장위원회 위원장), 유종하(전 외교통상부 장관, 대한적십자사 총재), 유진(풍산그룹 회장), 이문자(영동레저산업 대표이사), 이상연(재경 대구·경북도민회 회장), 이성(서울시 구로구 구청장), 이원교(재경 예천군민회 회장), 임기주(한맥그룹 회장), 장윤석(영주시 국회의원), 장태평(농수산부 장관), 정승열(한누리 포럼 회장), 진념(전 경제부총리), 한갑수(제51대 농림부 장관), 한삼화(삼한C1 회장)

▲ 안동김 화수회 야유회
가운뎃줄 오른쪽 다섯 번째 내자, 여섯 번째 어머니, 뒷줄 열한 번째 본인)

崇祖堂 公園 造成 趣旨文

2013년 8월

    土着 農耕時代에서 産業化 社會를 거쳐 國際化·世界化 社會로의 變遷 過程에 있는 지금은 물론이거니와, 훗날에 있어서도 더더욱 우리 後孫들의 삶에 中心이 全國으로, 地球村으로 移動되고 있습니다. 이와 같이 時代의 흐름에 따라, 鄕里 名所에 널리 散在한 宗家先祖의 墓所를 保存, 管理, 參拜하기에는 至極히 어려운 環境에 놓여 있습니다. 이에 우리 後孫들이 時間과 場所에 구애됨 없이, 先代의 山所를 年年歲歲 參拜할 수 있도록 하고자, 이곳 南向 陽地바른 名所에 合掌된 崇祖堂 公園을 建立하는 바입니다.

始祖 宣平 三十一 世孫

藤菴公 家系 二十一 世孫

命南 入鄕祖 十一 世孫

大使, 靑綠 金周鎰은 글을 짓고,

藥師, 丹陽 張氏 明代는 글을 쓰다.

▲ 2013년 7월, 숭조공원 전경

▲ 2013년 7월, 숭조공원 입구 계단

❖

장롱 서랍 속의 먼지 묻은 앨범을 꺼내며

▲ 본인이 소지한 각종 음악 CD(2012년 8월 기준)

▲ 기록의 보고(寶庫) 일년 단위 휴대용 수첩(30년간 ▲ 88서울올림픽 기념주화
기입)

▲ 1960년대 중반 때 애용하던 촬영기, 슬라이드 등 광학기구

▲ 1992년 4월 10일, 예산실 실장 이·취임식 후 간부진(실장·국장·과장)이 한자리에 모였다.(앞줄 오른쪽부터 변양균 과장, 김병일 국장, 본인, 이석채 실장(신임), 박청부 실장(보사부 차관으로 영진), 김선옥 국장, 김광림 총괄과장, 뒷줄 오른쪽부터 김영주, 김춘석, 최원우, 김주영, 이영근, 송재빈, 왕정중, 이상훈, 신일성, 정해방, 손흥 과장)

◀ 1987년 3월 6일, 이원경 전 외무부 장관과 함께 티타임(오른쪽부터 정강정 씨, 본인, 손명현 씨, 이원경 전 장관, 이응선 의원)

◀ 1989년 11월 7일, 제14회 보통고시 합격자들의 모임 '보람회'(오른쪽부터 김수용 씨, 김동대 씨, 김경제 씨, 김덕래 씨, 본인, 도명정 씨, 김주봉 씨, 이순용 씨, 정채진 씨)

◀ 1989년 6월 15일, 윤백영 서울시 부시장과 함께(왼쪽부터 윤백영 부시장, 이형구 차관, 김인호 위원장, 본인)

◀ 1988년 4월 25일 동경도 도지사실, 서울시⇔동경도 간 우호협력도시 결연을 위해 동경도를 방문했을 때 스즈키 동경도지사로부터 기념품을 받고 있는 장면 (본인 왼쪽 박명현 과장, 원세훈 과장)

▲ 2003년 10월 29일, 전임술 무궁화훈장 서훈 축하회(앞줄 오른쪽부터 공노명 씨, 이원경 씨, 박동진 전 외무부 장관, 뒷줄 오른쪽부터 김태지 대사, 한 사람 건너 본인, 전임술 회장 부부, 이원달 대사, 정도순 대사)

▲ 1997년 5월 11일, ADB 총회에 참석하기 위해 후쿠오카에 오신 강경식 경제부총리 내외분과 함께(뒷줄 오른쪽부터 본인, 강경식 경제부총리, 마츠오 사장, 김우석 재경참사관, 앞줄 오른쪽부터 마츠오 사장 부인, 강경식 경제부총리 부인, 내자)

▲ 1997년 4월 1일, 데이고쿠 호텔에서 조찬 후(오른쪽부터 정우택 의원, 본인, 이완구 의원)

◀ 1981년 10월 10일, 충주댐 차관 공여 타당성 조사를 위해 세계은행 조사단이 방문했다.(본인 경제협력1과장 재임 시)

◀ 1989년 11월 26일, 고건 서울시장이 서울시의 지하철 건설과 운영을 위해 일본 동경도 지하철 실태를 시찰하고 있다.(가운데 고건 시장, 그 뒤 본인)

▲ 2007년 7월 29일, 오스트리아 잘츠부르크 울프강, 손녀들과 함께

▲ 2005년 1월 21일 호주 시드니 보터니 가든, 김태준 원장 내외분과 함께

▲ 1998년 7월 11일, 요코하마 민단 간부진 골프 라운딩 후 기념촬영(앞줄 왼쪽부터 본인, 전임술 회장, 이종대 회장, 김석규 대사 내외분, 내자, 이천수 회장, 뒷줄 왼쪽 첫 번째부터 이준규 씨, 한 사람 건너 박기윤 씨, 홍체식 씨, 김홍근 단장, 한 사람 건너 황창주 회장 등)

▲ 1998년 8월 8일, 일본 후지산 정상에 올라 일출을 바라보고 있는 본인

▲ 1998년 8월 8일 일본 후지산 정상, 이정수 영사와 함께

▲ 1995년 6월 2일, 신격호 롯데그룹 회장(오른쪽)과 정재문 의원(왼쪽)과 함께

▲ 1998년 11월 24일, 요코하마선 쓰시마 회장과 함께(서울시 지하철 건설을 위한 자본참여 의사를 타진하고 있다.)

▲ 1998년 11월 7일 일본 요코하마 총영사관 관저, 김찬진 의원과 이영애 대법관(전 춘천법원장) 내외분과 함께(왼쪽부터 김찬진 의원, 이영애 대법관, 내자, 본인)

▲ 1996년 2월 제국 호텔, 조순 서울시장 내외분 환영 만찬 자리에서 본인이 인사말을 하고 있다.

▲ 2012년 9월 18일, 광화문이 복원된 뒤 경복궁 경내를 둘러보았다.(오른쪽부터 본인, 정철 씨, 장명석 부인, 정철 부인, 내자, 장명석 씨)

▲ 2007년 10월 18일 용문면 초간정, 김병일 전 장관 내외분과 함께

▲ 1986년 10월 12일, 남서울CC에서(왼쪽부터 본인, 시시토 일본경제신문 특파원, 문희갑 차관, 다케시타 와타루 비서관, 다다이 NCB 전무, 요타 일본대사관 경제참사관, 우치타 일본대사관 경제참사관, 주형돈 씨)

◀ 1993년 7월 7일, 예천군 지방행정동우회 총회를 마치고 기념촬영

▲ 1988년 10월 2일, 88서울올림픽 폐막식장에서

▲ 1988년 7월 26일, 서울시에 대한 중앙정부 지원 업무 협의 중(왼쪽부터 본인(서울시 투자관리국장), 김영태 씨, 박청부 씨, 박유광 씨, 표세진 씨, 박진호 씨)

▲ 1996년 3월 12일, 현오석 재경원 국장 일행이 주일 한국대사관을 방문했다.(왼쪽부터 김병일 경제참사관, 한 사람 건너 현오석 국장, 본인)

▲ 1981년 1월 8일, 본인이 건설교통예산과장에서 경제협력1과장으로 전보 발령장을 받고 있다.(왼쪽 신병현 경제부총리, 오른쪽 본인)

▲ 1987년도 경우회 송년모임, 남덕우 회장이 송년 인사말을 하고 있다.(오른쪽에서 네 번째 본인)

▲ 1981년 10월 10일, 세계은행 도로포장 차관 도입 조사단 방문(왼쪽에서 두 번째 본인(경제협력1과장), 오른쪽에서 첫 번째 사무관)

▲ 1989년 6월 23일, 임조홍 사장 내외분과 함께

▲ 1996년 10월 27일 일본 긴자 초밥집, 장영철 장관(왼쪽 첫 번째)과 이종무 의원(왼쪽에서 세 번째)과 함께

▲ 1996년 5월 6일 일본 가고시마현, 일본의 한국계 도예가 15대 심수관(沈壽官)과 함께

▲ 1996년 7월 13일, 이진설 안동대학 총장이 시마네대학과의 고고학 연구 교류협력을 위해 일본을 방문했다.(오른쪽부터 이진설 총장, 본인, 다케시타 와타루, 왼쪽부터 시마네현 지사, 시마네대학 총장)

▲ 1999년 11월, 아들 준구가 유엔 한국대표부 근무지를 따라 준구 가족이 출국하는 모습(사위 위승훈과 딸 성은이도 공항에 나왔다.)

▲ 노벨문학상을 수상한 가와바타 요시나리의 유키구니(雪國) 중 명문 시구(詩句), 본인은 이 시구를 가끔 읊으며 그 뜻을 음미해보곤 한다.

▲ 1962년 10월, 교우 장명석과 함께 춘천행 기차로 단풍구경을 떠났다.

나의 취미 생활

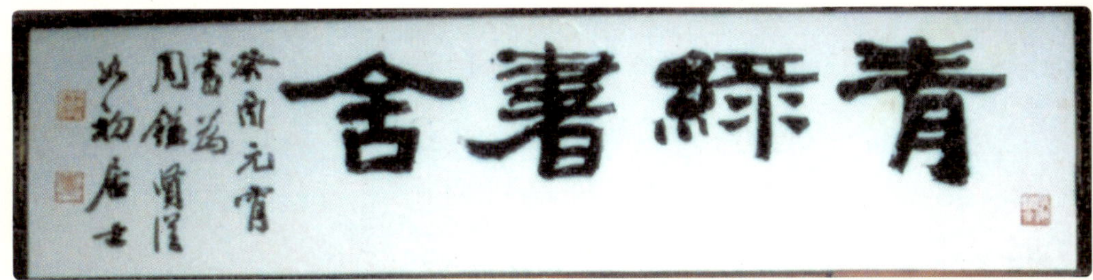

▲ 1992년 10월 9일, 서예 대가 여초 김응현(金応顯) 회장(안동김 종친회 중앙회)이 기증해 주신 친필 서도

▲ 지나온 삶에서 애용했던 손 떼 묻은 생활용품과 장식품들(위에서 두 번째, 세 번째, 네 번째 사진)

▲ 모두 다른 종류의 꽃병에 철따라 피고 지는 꽃을 꽃꽂이 해 놓았다.

▲ 아리다 야키(마츠오 회장 처갓집)의 대표적인 작품. 12개월 중 각 월의 대표적인 꽃을 타일에 조각했다.(1月 '남천'부터 12月 '양란'까지: 다이잔 가마, 이와오社 作品)

▲ 술은 전혀 마시지 못하지만, 각종 명품 양주를 오랫동안 진열해 놓고 있다.

▲ 해외여행을 하면서 세계 여러 나라의 꽃병을 수집하는 것도 취미 중 하나이다.

▲ 2011년 7월 31일, 찬장에 보관 중인 각종 상패와 기념패, 그리고 귀한 화병과 도자기, 휘귀석들

세계 각국을 여행하면서 모은 수집품들

❖

초종교 초국가 가정연합 문선명 총재 내외분과 함께
(2005년 8월 7일~17일 알래스카 코디악 섬)

▲ 2005년 8월 9일 미국 알래스카 코디악 섬, 본인이 잡은 고기를 들어 올리고 있다.

▲ 2005년 8월 11일 미국 코디악 섬, 통일교 창시자 문선명 총재(앞줄 왼쪽), 한학자 총재(앞줄 오른쪽)와 함께 (오른쪽 첫 번째 본인, 왼쪽 끝 곽정환 회장)

▲ 2005년 8월 11일, 천주연합전용기로 북미에서 가장 높은 산인 캐나다 메킨리산(6800m)을 비행하였다.

▲ 2005년 8월 9일 미국 알래스카, 어로 탐지기가 부착된 천주연합전용선을 타고 바다낚시를 하는 모습

◀ 2005년 8월, 한국 국가지도자 특별 세미나에서 문선명, 한학자 총재가 합창을 하는 장면

농촌생활에 삶의 즐거움이 있다

▲ 내성천 맑은 물에는 각종 청정 민물고기가 서식하고 있다. 이 민물고기를 잡아서 끓인 매운탕은 고기 맛을 보기 어려웠던 가난한 시절에 잊을 수 없는 일품요리였다.

▲ 1990년 7월 20일 내성천, 강봉균(康奉均) 차관보와 함께 어망으로 물고기를 잡고 있다.

▲ 1993년 1월 22일, 내성천에 남은 마지막 외나무다리를 아들 준구와 함께 건너고 있다.

▲ 2004년 8월 9일 내성천, 손녀(나연, 도연)에게 물고기를 잡아 주고 있다.

◀ 내성천은 금모래 백사장으로도 유명하다. 지금은 공사용으로 모래를 파낸 결과, 강의 수심과 하상이 현저히 낮아졌다.

▲ 2007년 9월 25일, 동서 넷이서 추석 차례를 준비하는 모습, 송편을 빚으면서 환담을 나누고 있다.(막내 동서는 세 자녀 교육을 위해 호주로 이민을 가 불참)

▲ 1994년 9월 18일, 본가의 입구를 포장하기 위해 삼한 CI(본인이 고문) 황토 벽돌을 운반하고 있다.

▲ 2002년 5월, 본가 앞에 연못을 조성하여 연(묘목)을 옮겨 심고 있다.

▲ 2012년 7월 1일, 동생들과 붉은 감자를 수확하고 있다.(오른쪽부터 창일, 정일, 완일, 본인)

▲ 2004년 3월 28일 본가 현관, 본인의 직계가족이 한자리에 모였다.

▲ 2012년 7월 30일, 내자와 옥수수를 꺾고 있다.

▲ 2008년 4월 20일 본가 정원, 딸 성은과 사위 위승훈, 외손녀 소정, 외손자 준상

▲ 2008년 4월 20일 본가 정원, 외손녀 소정이 아빠와 동생이 보는 앞에서 골프 스윙을 하고 있다.

▲ 2009년 4월 28일, 본가 정원에 핀 야생화

▲ 2009년 8월 1일, 바위틈에서 핀 야생화

◀ 2012년 11월 19일, 늦가을 국화와 난초열매

▲ 2013년 7월, 현관 입구에서 본 본가 정원 전경

▲ 여름꽃 능소화와 담쟁이넝쿨이 담을 뒤덮고 있다.

▲ 2013년 7월 16일, 여름 꽃 해바라기

▲ 본가 정원의 야생화

▲ 2013년 7월, 정면에서 바라본 본가

▲ 2013년 7월, 나리꽃이 소나무 가지 사이에서 피었다.

▲ 본가 정원에 여름꽃이 화사하게 피었다.

▲ 2011년 10월 4일, 정원의 장미꽃

▲장미는 달콤한 향기를 지니고 있지만, 이 때문에 많은 벌레들이 꼬이게 된다. 그래서 장미에 필요한 농약은 무수히 많다.

❖

본가를 찾아주신 고마운 손님들

▲ 1987년 1월 31일, 본가를 찾아주신 권영하 회장(오른쪽 첫 번째)과 강경식 전 부총리(오른쪽 두 번째), 심우영 전 장관(오른쪽 세 번째)과 함께

▲ 1994년 5월 15일, 본가를 찾아주신 장명석 부인(가운데)과 이이강 부인(왼쪽 세 번째)과 함께

◀ 2000년 9월 2일, 본가를 찾아주신 마츠오 미키오(松尾 幹夫) 회장 내외분과 함께

▲ 1993년 7월 18일, 유년시절 단오에 그네를 타던 것을 회상하며(오른쪽부터 본인, 김인호 전 장관 내외분, 내자, 임조홍 사장 내외분)

▲ 김인호 전 장관 부인이 수준급의 그네 실력을 보여주었다.

▲ 1996년 8월 10일 본가 현관 입구, 아들 준구, 딸 성은의 친구인 이승희(뒷줄 왼쪽 두 번째), 안태근 검사(뒷줄 왼쪽 첫 번째) 부부

▲ 1996년 8월 10일 본가 마루턱, 예천지방행정동우회 간부회원들과 함께

▲ 2005년 4월 2일, 본가를 찾아주신 강경식 전 부총리, 장양수 회장 내외분과 함께

▲ 2012년 8월 17일, 이혁 필리핀 대사(보문면 신월 묵은열 출신)가 부임하기 위해 필리핀으로 출국하기 전, 송별 골프 라운딩을 마친 뒤 본가를 방문했다.(오른쪽 첫 번째 이혁 대사, 세 번째 이 대사 부인)

▲ 2012년 8월 31일, 본가를 찾아주신 신기옥 대한적십자사 경북지사 회장(가운데, 이명박 대통령 동서), 경만호 대한의사협회 회장, 김용현 제니엘 그룹 부회장(전 대한적십자사 사무총장)

▲ 2012년 7월 12일, 한맥CC에서 골프 라운딩 후 본가를 찾아주신 최각규 전 부총리(오른쪽 세 번째)와 김태승 청장(오른쪽 두 번째), 박상규 청장(오른쪽 세 번째)과 함께

◀ 2012년 5월 21일, 한맥 CC에서 골프 라운딩 후 본가를 찾아주신 유명환 전 장관, 박석환 전 차관, 장재룡 전 UN대사 내외분

◀ 본가를 찾아주신 유종하 전 외교부 장관(현 대한적십자사 총재) 내외분과 함께

◀ 본가를 찾아주신 유명환 전 외교부 장관 내외분과 함께

❖

본가 정원에 피어 있는 상사화(相思花)
(2013년 8월 10일)

상사화는 늦가을에 잎이 나기 시작해 겨울을 나고 봄·여름 6월까지 잎이 나 있다가 잎이 가장 무성해야 할 여름에 그 잎이 진다. 그 후 잎들이 다 사라진 뒤, 한참후에 씩씩한 꽃대가 솟아 올라 8월경부터 9월 초까지 찬란한 꽃을 피운다. 하지만 그 꽃대 주위로 잎이 하나도 없으니 '잎과 꽃은 서로를 그리워한다'하여 '상사화(相思花)'라 이름 붙여졌다.

상사화(相思花)

이해인

아직 한 번도
당신을 직접 뵙진 못했군요

기다림이 얼마나 가슴 아픈 일인가를
기다려 보지 못한 이들은 잘 모릅니다

좋아하면서도 만나지 못하고
서로 어긋나는 안타까움을
어긋나보지 않은 이들은 잘 모릅니다

날마다 그리움으로 길어진 꽃술
내 분홍빛 애틋한 사랑은
언제까지 홀로여야 할까요

오랜 세월 침묵 속에서
나는 당신께 말하는 법을 배웠고
어둠 속에서
위로 없이도 신뢰하는 법을 익혀왔습니다

죽어서라도 꼭 당신을 만나야하지요
사랑은 죽음보다 강함을
오늘은 어제보다 더욱 믿으니까요

"예천여중 총동창회 창립"

동문 1백30여명 참석…장명대 씨 회장으로 선출

예천여중 총동창회 창립총회가 지난 20일 모교강당에서 이명희 예천여고 총동창회장을 비롯한 각기별 동문 1백30여명이 참석한 가운데 성황리에 개최됐다. ▶ 관련기사 7면

이날 창립총회에는 은사인 엄대일, 황하량, 김수한, 장병옥, 김성규, 황옥선 씨를 모신 가운데 이란영(26회) 동문의 사회로 진행됐다.

류동을 교장은 인사말을 통해 "오늘날의 교육은 학교와 지역사회, 학부모, 동창회가 하나되어 만들어가야 폐쇄적 교육에서 벗어난 열린교육이 가능해 진다"며 "오늘 창립총회를 계기로 모교발전을 위해 전동문이 나서달라"고 당부했다.

이어 경과보고가 있었으며, 후배들의 깜짝 공연에서는 조돈미, 이경미(여중3) 양이 코믹댄스를 펼쳐 주위를 온통 웃음바다로 만들었다.

또한 초대회장단에는 회원 만장일치로 장명대(8회) 준비위원장을 초대회장으로 임명했으며 나머지 임원에 대해서는 회장에게 일임했다.

장명대 초대회장은 인사말에서 "오늘 역사와 전통을 간직한 예천여중 총동창회가 창립되어 초대회장으로 선출되니 책임감이 앞선다"며 "1만 3천여명의 동문들이 하나되는 날까지 최선을 다해 회를 이끌며 모교의 발전을 위한 초석을 다지겠다"고 다짐했다.

이어서 동문들은 교가를 합창하며 창립총회 대단원의 막을 내렸다.

▲ 2013년, 내자의 모교 예천여중 '여성의 전당 기념비'(내자 기증) 앞에서(본인이 잡고 있는 소나무는 정원에서 본인이 손수 기른 것을 옮겨 놓았다.)

장명대 예천여중 총동창회장

'정직'을 좌우명으로 평생을 살았다는 예천여자중학교 총동창회 장명대(62·8회) 초대회장.

"총동창회 준비위원장으로 창립총회를 준비하며 동분서주한 몇 달간이 정말이지 꿈같이 흘러갔다"며 "모교와 동문들의 발전을 위해 최선을 다하겠다"고 취임소감을 밝혔다.

장 회장은 예천읍 남본리가 고향으로 예천초등학교(40회), 예천여중(8회), 서울 이화여고, 효성여대 약학과를 졸업했다.

현재 안동 명당약국 근무약사로 일하고 있으며, 틈틈이 시간이 날 때면 서예를 통해 마음을 다스린다.

남편인 김주일(65) 전 외교통상부 본부대사와의 사이에 준구, 성은 남매를 두고 있다.

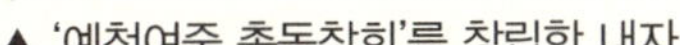

▲ '예천여중 총동창회'를 창립한 내자

▲ 1982년, 내자와 함께

외교燈

오순도순 함께 한 시간들이 모여 한 권의 책이 되었
네요! 언제라도 뒤적이보면 좋은 뜻있는 주인이 되기
를... A

고생스럽기보다는 즐겁고, 배운 것도 많았어요.
편집인들의 땀과 노력으로 멋진 책 한 권이 만들어졌
어요. HJ

봄에 뿌려 놓았던 씨앗들이 하나하나 열매를 맺어 가
고 있습니다. 맛있는 경험을 갖게 해준 한해였습니
다. 고맙습니다. KSue

눈으로 보고 상상으로 맛있게 맛보는 책.
외교등 20호... Ya

실례임으로 시작된 빈 공간들이 맛있는 소리들로 가
득해졌습니다.
좋은 사람들과의 만남으로 행복했습니다. J

벌써 가을이 깊어서 외교등과 헤어지려니 나무 섭섭
합니다. 뮈니지의 디저트들이 아직도 눈에 아른거리
는데요.... C

식문화 주제에 의한 변주곡, 모든 이의 노력과 정성
으로 만들어진 아름다운...
즐거있습니다. SiS

'오래만에 '보람'을 느낄 수 있었던 값진 시간이었습
니다. E

편집위원

편 집 장 이선화 (안호영 통상교섭본부 조정관 부인)
편집위원 임지아 (김해용 FTA교섭국장 부인)
　　　　　최정애 (김상일 청와대 의전 행정관 부인)
　　　　　이선희 (조태익 인권사회과장 부인)

정은숙 (김준구 북미2과장 부인) **: 뒷줄 가운데 며느리**
윤경숙 (김진욱 FTA정책기획과장 부인)
신혜주 (이동렬 북미1과 일등 서기관 부인)
최유경 (견종호 경제기구 환경과 일등 서기관 부인)

▲ 외교燈 편집위원으로 활약한 며느리

▲ 호주(브리스번)에서 살고 있는 조카 고은이(가운데)

▲ 2009년 7월 26일, 조카 고은이의 집에서 다 함께 맥주 한잔

▲ 2009년 7월 24일, 호주 브리스번 '마운틴 크로스티 파크'에서 바비큐판을 벌리고 있다.(고은, 예은, 민구, 제수 씨 남홍숙, 본인과 본인 형제들)

▲ 2009년 7월 28일, 호주 브리스번 제수씨네 집 정원에 4형제가 기념식수를 하고 있다.

▲ 2009년 7월 28일, 발가락을 간질이는 브리스번의 해안가 모래

▲ 2009년 7월 28일 골드 코스트, 4형제가 함께

1997년 8월 요코하마 총영사관 관저 앞, 준구 가족과 함께

▲ 2011년 8월 5일, 본인(앞좌석 왼쪽)과 외손녀 위소정(본인 기준 오른쪽)

여행은 즐거워

▲ 1982년 10월 17일 일본 북해도 마슈코 호수(유네스코 자연경관보존 지정지), 내자와 함께

▲ 1982년 10월 12일~21일, 10월 중순경 단풍이 절정인 북해도 일주 여행
가와유 온천과 유황산, 마슈코(摩周湖) 호수의 절경이 너무나 아름다웠다.

▲ 1982년 10월 18일, 일본 북해도 원주민 '아이누족'과 함께

▲ 1983년 1월 11일 일본 시모다항, 내자와 함께

▲ 1982년 10월 18일, 일본 북해도 북쪽 시레토코 반도에서. 일·러 간에 영토분쟁이 첨예한 4개 섬이 보인다.

▲ 1982년 7월 21일 벳푸, 가족 첫 일본여행

▲ 1988년 5월 24일 모나코, 서울시⇔동경도 간 우호
도시 협정 최종협의를 위해 이스탄불로 가던 도중

▲ 1988년 5월 27일, 이스탄불 토카피에서

▲ 1988년 5월 28일, 방콕 사원 궁전에서

▲ 1990년 10월 10일, 그랜드캐니언에서(IBRD 회의 참
석차)

▲ 1994년 1월 21일 이집트 룩소르, 기원전 3000년 전 유물과 유적이 아직도 고스란히 보존되어져 있다.

▲ 1994년 1월 21일, 이집트 룩소르에서(오른쪽부터 본인, 박계동 의원, 이강두 의원)

▲ 1994년 1월 22일, 이집트 카이로 피라미드에서 꽃가마 낙타 타기

▲ 1994년 9월 12일, 미국 라스베이거스 가는 길

▲ 1994년 9월 11일, 미국 라스베이거스에서(준구 외무부 파견 유학 중)

▲ 1995년 6월 10일 일본 교토, 김병일 경제참사관(국장급) 내외분과 함께

▲ 1995년 6월 10일 일본 닛코국립공원, 김병일 경제참사관 내외분과 함께
따스한 날씨에 미츠바시 꽃이 만개했다.

▲ 1996년 3월 2일, 일본 오키나와 닛코 호텔 정원에서

▲ 1996년 4월 22일 미국 샌디에이고, 내자와 며느리

▲ 1996년 7월 24일, 노르웨이 빙하 앞에서

▲ 1997년 4월 29일, 일본 요코하마 산케이엔에서

▲ 1999년 1월 16일 요코하마 MM21, 본인이 존경하는 박정수 장관, 이범준 의원 부부와 함께
지금은 두 분 모두 하늘나라에서 쉬고 계신다.

▲ 1999년 9월 5일 일본 시즈오카 최고(最高)이자 최고(最古)인 시즈오카 가와나 호텔 정원(골프장과 이어져 있음)에서(오른쪽부터 김인호 전 장관 내외분, 강경식 전 부총리 내외분, 내자)

▲ 2000년 3월 3일, 미국 뉴욕 UN 본부 앞에서(아들 준구 UN 한국대표부 근무 중)

▲ 2002년 7월 6일, 크로아티아 아드리드 해변에서(준구 유고슬라비아 대사관 근무 중)

▲ 2000년 3월 7일 도미니카공화국 산토도밍고, 배진 도미니카공화국 대사 내외분과 함께(왼쪽부터 내자, 배진 대사 부인, 본인, 배진 대사, 신 사장)

▲ 2007년 7월 러시아 시베리아 바아칼 호수, 천경송 전 대법관 내외분과 함께

▲ 2005년 7월 14일~17일 NSI 중국여행, 황산(黃山) 등반-1

▲ 2005년 7월 14일~17일 NSI 중국 여행, 황산(黃山) 등반-2

▲ 2005년 7월 14일~17일 NSI 중국여행, 황산(黃山) 등반-3

▲ 2005년 7월 14일~17일 NSI 중국여행, 황산(黃山) 등반-4

◀ 2005년 7월 14일~17일 NSI 중국여행, 황산(黃山) 등반-5
중국 옛말에 '황산을 보지 않고 산을 논하지 말라'는 말이 있듯이, 황산의 웅장함과 위엄은 실로 대단했다.

▲ 2002년 7월 6일 크로아티아 아드리드해, 손녀 나연과 함께

▲ 2002년 7월 7일, 크로아티아의 성곽도시 두브로브니크에서

▲ 2002년 7월 7일, 몬테네그로의 해안도시 부드바에서

▲ 2003년 12월 7일 베트남 하롱베이, 임조홍 내외분과 함께

◀ 2005년 1월 23일, 시드니 보터니 가든에서(이곳은 1970년대 초 시드니 유학시절 자주 산보하던 곳이다. 뒤로 멀리 하버 브릿지가 옛 추억을 뒤새겨 준다.)

▲ 2007년 1월, 말레이시아 다마이라우트 리조트에서

▲ 2007년 1월 15일, 미국 하와이 호놀룰루 와이키키 비치에서

▲ 2007년 7월 14일, 헝가리의 수도 부다페스트를 지나는 '다뉴브강'의 아름다운 모습

▲ 2007년 7월 24일 오스트리아 카프론, 유럽에서 가장 긴 크림믈 폭포(Krimml Falls)에서

▲ 2007년 7월 28일, 오스트리아 비엔나 시내를 흐르는 '다뉴브강'

▲ 2007년 7월 28일, 알프스의 동쪽 끝자락 '카프론' 호반에서

▲ 2009년 1월 25일, 하와이 마우이섬 화산 분화구 앞에서

◀ 2009년 6월 26일, 스페인 마드리드 교외에 위치한 톨레도에서

▲ 2009년 6월 26일 스페인 톨레도, 멀리 톨레도 대성당이 보인다.(오른쪽부터 김성이 전 보건복지부 장관, 한갑수 전 농수산부 장관, 본인)

▲ 스페인 톨레도 대성당 내부, 이 성당에서 살펴본 천당가는 절차와 도달하는 단계가 본인의 마음을 정화시켜 주었다.

◀ 2003년 12월 7일, 캄
보디아 앙코르와트에서

▲ 2003년, 마케도니아 부드바 항구에서

▲ 1982년 10월 17일, 일본 홋카이도 가와유 온천에서

▲ 2007년, 두만강 도문대교에서(뒤로는 북한 지역)

◀ 1996년 3월 2일, 일본 오키나와에서

▲ 1998년 5월 2일, 일본 홋카이도 최북단에서

▲ 1988년 5월 28일, 타이 방콕 궁전에서

▲ 1993년 7월 23일 일본 나가사키, 강경식 전 장관 가족과 마츠오 사장 가족과 함께

▲ 2012년 4월 9일, 일본 규슈 최남단 야쿠시마(屋久島)(유네스코 지정 자연유산)에서(오른쪽부터 임조홍 회장 부인, 임 회장 처남 댁, 내자, 임 회장 처남, 임조홍 회장, 본인)

▲ 몽골 테렐지 국립공원, 몽골의 전통 주택 '게르' 앞에서

▲ 2012년 10월 10일, 몰 빌리지 프로젝트(GPF 주관)를 위해 필리핀 마닐라 방문(마닐라 근교 마을에 구호물자 전달), 급류를 타고 이동하는 모습

◀ 2013년 6월 10일 스페인 바르셀로나, 검은 마리아상이 유명한 몬세라트 대성 당에서(오른쪽부터 본인, 임조홍 내외분, 내자)

❖

NSI 역사탐방 '실크로드를 가다'
(2009년 7월 11일~18일)

▲ 동서양의 물질, 정신의 통로를 실크로드로 명명

▲ 오른쪽부터 김태준 원장 부인, 내자,
강경식 전 부총리 부인, 전용배 회장 부인

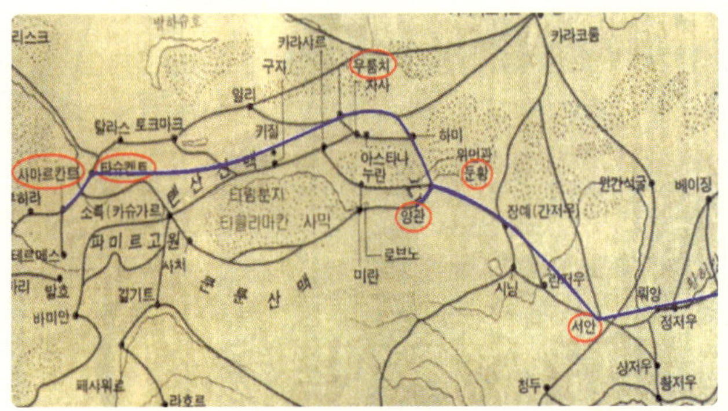

▲ 8일간의 이동경로

▲ 고비 사막에서 내자와 함께

▲ 고비 사막 '모래 썰매 타기 대회'에서 본인이 우승
했다.

▲ 막고굴 앞에서 기념촬영(앞줄 오른쪽에서 두 번째, 세 번째 본인 내외)

▲ 가도 가도 끝없는 고비 사막(앞에서 두 번째, 세 번째가 본인 내외)

나의 골프 사랑 47년

▲ 1980년 12월 19일, 필리핀 민다나오 델몬트 골프클럽에서

▲ 1982년 12월 28일, 미국 하와이 쉐라톤 마카하 리조트 골프클럽에서

▲ 1982년 12월 28일 쉐라톤 마카하 리조트 골프클럽, 일본과 한국에서와 달리 '카트'를 타고 골프를 친 것은 이때가 처음이다.

▲ 1987년 3월 22일 덕평CC, 예구회 월례 골프모임 후 황병태 회장이 인사말을 하고 있다.(오른쪽부터 장명석, 구범모 씨, 김문선 씨, 본인, 현봉수 씨, 황병태 회장, 박도진 씨, 전재희 씨, 박영환 씨)

▲ 1987년 4월 19일 일본 요미우리CC, 다케시타 와타루와 미모의 캐디

▲ 1992년 9월 28일, 미국 하와이 마우나 라니 베이 호텔에서

▲ 1989년 4월 16일 안양CC, 벚꽃이 만개했다.(오른쪽부터 본인, 마츠오 미키오 사장, 김용래 서울시장, 최종무 도시개발본부장)

▲ 1992년 9월 6일 남성대CC, 국회 예결위원들과 함께(앞줄 오른쪽부터 안병달 국장, 이석채 실장, 뒷줄 오른쪽부터 본인, 이순재 의원, 허삼수 의원, 정영훈 의원, 강신조 의원)

◀ 1992년 9월 28일, 미국 하와이 마우나 라니 베이 골프클럽에서 본인이 다녀 본 골프장 중 국내외를 통틀어 가장 아름다운 골프장이라 생각한다.

▲ 1992년 11월, 봉평 피닉스파크CC에서(오른쪽부터 반기문 미주국장, 권영민 서구국장, 한 사람 건너 본인)

▲ 1994년 1월 28일, 호주 NSW 골프클럽 챔피언 코스에서

▲ 1994년 11월 6일 일본 미야자키 피닉스 리조트, 언제나 다정한 일본인 친구 마츠오 사장 내외분과 함께

▲ 1996년 5월 19일, 나리타CC에서(오른쪽부터 윤종용 삼성전자 사장, 장대환 매일경제 회장, 김태지 대사, 본인)

◀ 1996년 10월 20일 일본 가와고에CC, 대사관 경제팀 10월 월례 친선 골프대회를 마치고

▲ 1997년 2월 8일, 일본 동경 근교 요미우리CC에서(오른쪽부터 본인, 김태지 대사, 신격호 롯데그룹 회장)

▲ 1998년 10월 20일, 일본 하코네CC에서(오른쪽부터 본인, 홍채식 한인상공회장, 이원경 장관, 박동진 장관, 이원달 대사, 전임술 전 한인상공회장, 정도순 대사)

▲ 1999년 1월 16일 일본 이즈반도 이나토리CC, 존경하는 박정수 장관, 이범준 의원 내외분과 함께

▲ 1999년 5월 13일, 이치츠루카이 골프회 친목모임 기념촬영

▲ 1999년 5월 13일, 이치츠루카이 골프회 친목모임 후 한국 총영사관 관저에서 만찬(오른쪽 첫 번째 본인, 왼쪽 첫 번째 다카히데 요코하마 시장, 두 번째 요코하마 은행장)

▲ 2000년 3월 7일, 도미니카공화국 카사데 캄포CC에서

▲ 2000년 3월 7일 도미니카공화국 카사데 캄포CC, 배진 대사 내외분과 함께

▲ 2000년 3월 7일 도미니카공화국 카사데 캄포CC, 내자의 티샷 테이크업 자세

▲ 2000년 3월 7일 도미니카공화국 카사데 캄포CC, 내자의 티샷 피니쉬 자세

◀ 2000년 7월 6일 천안 상록 리조트 골프장, 서울대 법대 17회 골프모임(회장: 심우영 전 장관)에 초대 손님으로 참가(오른쪽부터 정철 회장, 심우영 전 장관, 본인, 노형권 사장) 이날 80타를 쳐서 싱글패를 받았다.

▲ 2005년 9월 10일, 미국 샌디에이고 토리 파인스 골프클럽에서

▲ 2009년 1월 20일, 세계적으로 유명한 골프장 중 하나인 하와이 '터틀 베이 리조트 골프장'에서

▲ 하와이 터틀 베이 리조트 골프장, 2009년 1월 20일부터 SBS오픈이 시작된다.

▲ 2012년 2월 1일, 미국 하와이 호놀룰루 코올리나 CC에서(오른쪽부터 전용배 DTR 회장 겸 NSI 이사, 강경식 NSI 이사장, 김문희 전 헌법재판소 재판관, 본인)

▲ 2009년 2월 7일, 일본 다이 하코네CC에서

▲ 2009년 3월 18일 일본 사가현 텐잔CC에서, 강경식 전 경제부총리 내외분과 함께

▲ 2009년 11월, 베트남 하노이 근교 골프장에서(왼쪽부터 본인, 유종하 대한적십자사 총재, 내자, 김우중 회장 부인, 유종하 총재 부인, 임홍재 베트남 대사 부인, 김우중 회장)

▲ 2012년 8월 2일 일본 아소 그랑비리오CC, 강경식 전 경제부총리 내외분과 함께

▲ 2012년 8월 31일, 한맥 노블리아CC에서(오른쪽부터 김용현 전 대한적십자사 사무총장, 신기옥 경북적십자사 회장, 본인, 왼쪽 첫 번째 경만호 대한의사협회 회장)

▲ 2007년 6월, 캐나다 휘슬러 아놀드파마CC에서

▲ 1998년 10월, 시즈오카현 명문 골프 코스 '클럽 500'에서(오른쪽 첫 번째 엔도 야스히코 전 자치성 사무차관, 세 번째 본인, 네 번째 사카모토 참의원)

▲ 1999년 7월 5일, 요코하마 콕사이CC에서(뒷줄 오른쪽부터 본인, 다카히데 요코하마 시장, 김석규 대사)

▲ 2010년 6월 13일 캐나다 로키산맥 레벨스톡 리조트, 언제나 즐거운 여행 동반자 임조홍 내외분과 함께

'나의 삶과 걸어온 길'을
마감하면서

나누고 싶은 이야기, 간직하고 싶은 추억을 담아 내 자신의 삶과 걸어온 길을 되돌아보며 서투른 기록을 남겨 보았다.

내 자신의 삶과 걸어온 길을 되돌아보면 때로는 어려운 시련과 고난의 순간들이 참 많았다. 나는 그때마다 끈질긴 인내와 노력, 근면과 성실로 이러한 역경을 극복하였다고 말할 수 있다.

평탄한 모래사장의 강물은 앞뒤 질서를 유지하면서 유유히 흐른다. 하지만 홍수나 급류를 만나면 그 때는 앞뒤 질서도 없어지고, 걷잡을 수 없는 소용돌이에 휘말리게 된다. 앞지른 급류도 폭포를 타면 앞뒤가 뒤바뀌기 마련이다. 뒤따라오던 강물이 급류나 폭포를 타고 앞서 가기도 하고 앞에 가던 강물은 어느새 물구덩이에서 맴돌게 되는 경우가 많이 있다. 그러다가 맴돌던 그 물은 다시 급물살 대열에 끼여 앞서 가는 강물을 따라 잡아 제자리로 돌아오거나 오히려 당초 순위보다 빨리 갈 수도 있다.

유년 시절 성장의 운동장과도 같았던 본가 앞을 흐르는 내성천乃城川(봉화와 풍기가 수원의 분수령)이 있었다. 금모래 위 갈대숲을 유유히 흘러가는 맑은 내성천 강물처럼 내 남은 여생도 순리에 따라 격돌의 급류나 풍랑, 폭포를 만나지 아니하고 종착역인 바다에 무사히 도달하기를 기원해 본다.

지나온 발자취를 되돌아보면, 고맙게도 주위의 많은 분들로부터 지원과 도움을 받았다는 것을 새삼 깨닫게 된다. 성취와 고난을 늘 함께해준 아내와 자기 몫을 다하며 열심히 살아가는 동생들, 그리고 나의 지인들 모두와 함께 회상록(기록집) 출판의 기쁨을 같이 나누고 싶다.

끝으로 이 책을 내는 데 격려와 조력을 아끼지 않은 많은 분들께 감사의 인사를 전하며, 아직 이야기 하지 못한 많은 사연과 아쉬움을 가슴에 품은 채 이만 筆을 놓는다.

우리가
나아가야 할 길

우리는 산업화와 민주화를 가장 압축적으로 이뤄낸 나라라는 평가를 받고 있다. 이러한 평가는 우리의 자긍심을 높여주고 있으나 정작 우리는 우리 사회가 오늘날 어디에 서 있게 되었는지에 대해 깊이 성찰하지 못하고 있다.

우리가 산업화에 성공한 것은 분명하다. 오늘날 우리의 조선·전자·반도체·철강·섬유·석유화학이 모두 세계 5위 안에 들고 있다. 또한 수출은 세계 7위이다. 삼성이 소니를 꺾었고, 현대가 포드를 제쳤다. 1960년 인구의 63%를 차지하던 농업인구는 이제 6%로 줄었다. 그러나 압축적 산업화는 경제력 집중, 부와 소득격차의 확대, 계층의 고착화를 가져왔다.

세계 15위 경제대국이 되었으나 우리 사회의 범죄율, 자살률은 오히려 크게 높아졌다. 또 민주화로 국민의 인권과 자유는 신장되었으나 국가기능은 위축되었다. 개인과 이해집단의 목소리는 커졌으며 공동체의 방향에 대한 중요한 의사결정은 지연되고 실종되었다. 위기를 맞고서야 외부의 힘에 의해 겨우 필요한 개혁이 이뤄지게 되기도 한다.

결국 자유경쟁은 공정경쟁이 되지 못했고, 사회적 평등은 후퇴하게 되었다. 민주화로 약화된 공권력의 공간을 사적 권력이 차지하며 우리 사회 전반적인 부문에 대기업의 영향력이 크게 확장된 것이다. 언론·법조·학계·의회·정부·문화계 거의 모든 부문에서 그러하다. 산업화와 민주화의 심화는 결국 금권을 우리 사회의 가장 중요한 권력으로 부상시키는 결과를 가져왔다.

산업화와 민주화는 서로 보완적이기도 하고, 때로는 대립적이기도 하다. 이들이 공통적으로 추구하는 자유경쟁이라는 가치는 시장의 효율성을 높이고 혁신을 자극한다. 그러나 이는 또한 사회의 평등을 쉽게 무너뜨리기도 한다.

정치에서는 개인의 지식과 정보력, 판단력, 사회적 결정을 준수하는 책임의식 등에 상관없이 '1인 1표'를 기본으로 한다. 그러나 시장에서는 자본력, 개인의 생산성, 계약을 실현할 수 있는 능력에 따라 생산과 분배에 대한 결정력이 달라진다. '1원 1표'인 것이다. 더구나 한국의 자본주의는 '1원 1표'보다 더 많은 권력을 대기업의 지배가족들에게 부여하고 있는 것이 사실이다.

산업화 50년, 민주화 25년, 이제 한국은 새로운 정치·경제의 틀을 찾아 나서야 할 때가 되었다. 1960년대 초반 우리는 정부조직의 광범위한 개혁과 더불어 우리의 땀과 피와 눈물로 산업화를 이룩했다. 그리고 1980년대 후반 우리는 피를 흘리며 민주화 역시 이뤄냈다. 그것이 합쳐져 오늘날 한국의 경제구조, 정치형태의 모습을 갖추게 된 것이다.

하지만 지금 한국 사회는 여기서 또 한 번의 도약을 해야 한다. 그것은 외부로부터의 단순한 모방이 아닌 새로운 국가 권력구조, 시장경제제도를 창출해 나가려는 노력으로 시작되어야 한다.

『민둥산을 푸른 숲으로 가꾼 이야기』를
출간하며

도서출판 행복에너지
대표이사 **권선복**

모두가 불가능하다고 생각했습니다. 대한민국이 다시 살아나는 것은 불가능하다고 국제사회에서 이미 대한민국에게 사망선고를 내린 뒤였습니다. 하지만 기적은 일어났습니다. 1950년대 국민 소득이 1인당 60달러밖에 되지 않았던 최빈국 대한민국은 60년 만에 국민 소득 2만 3,000달러라는 업적을 달성해냈습니다. 전 세계는 이를 '한강의 기적'이라 일컫지만 실제로 온 국민의 눈물과 피땀으로 일군 노력의 결실이었습니다. 말 그대로 '사람이 이룬 기적'입니다.

그 기적이 이루어지는 과정을 담은 자료를 양손에 들고 김주일 대사님은 2013년 2월 초의 어느 추운 겨울날, 저희 출판사를 방문하셨습니다. 대사님이 건네주신 자료를 받아 꼼꼼히 읽어보니 무엇과도 바꿀 수 없는 대한민국 역사의 보물이었습니다. '경제개발 5개년 계획' '5·16 혁명' '경제기획원의 설립' '88서울올림픽' 등 대한민국의 근현대사를 직접 수기로 정리하신 원고들과 사진 자료들은 '한강의 기적' 그 자체와도 같았습니다. 하지만 우리 경제 발전사의 실무자적 주역이자 산 증인이신 대사님은 묵묵히 입을 다물고 계셨습니다. 하얗게 센 머리와 깊게 팬 주름이 대사님의 연세를 짐작케 했지만 눈빛만큼은 여느 청년 못지않을 만큼 청청하게 빛나고 있었습니다. 그 모습은 바로 '대한민국을 잘사는 나라로 만들겠다.'는 열망 하나로 자신의 평생을 바쳤던 우리들의 아버지이자 영웅, 그대로의 모습이셨습니다.

　열악한 출판환경이었지만 이 엄청난 자료를 내버려 둘 수는 없었습니다. 책으로 만들어서 당당한 대한민국의 발전사를 김주일 대사님과 함께 후세에 알려야겠다는 사명감으로 출간을 결심하였습니다. 곧바로 최고의 편집자와 디자이너를 배정하여 작업에 들어갔습니다. 자료를 정리하는 시간만 삼 개월이 소요되었고 기억이 나지 않을 만큼 많은 회의를 진행했습니다. 힘든 작업이었지만 후손들에게 우리 대한민국의 역사를 알린다는 그 열정 하나만으로 한시도 쉬지 않고 작업을 진행해나갔습니다. 대사님께서도 먼 길을 마다하지 않고 중요한 회의가 있을 때마다 참석해주셨습니다.

　책이 만들어지는 과정 또한 한 편의 '기적'과도 같았습니다. 처음에는 정신없이 자료를 정리하는 데에만 치중하던 몇몇 직원들조차 편집을 진행하면서 점점 책의 내용에 감화되어가기 시작했습니다. 모두가 대한민국 역사의 위대한 족적을 책으로 남기겠다는 마음으로 하나가 되었습니다. 프로젝트에 참여한 직원 모두 '전 세계의 경제 위기와 계층 갈등으로 위기를 맞은 대한민국 사회가 지금 이 순간 가장 필요로 하는 책을 만들고 있다.'라는 사명감으로 일했습니다.

　8개월에 이르는 산고 끝에 드디어 『민둥산을 푸른 숲으로 가꾼 이야기』가 세상에 태어났습니다. 688페이지에 이르는 방대한 분량 속에 박정희朴正熙 대통령 시절부터 경제기획원의 핵심 간부로, 또한 서울시의 투자관리국장으로, 이후 주일본 대한민국 대사관의 경제공사, 요코하마 총영사로 활발하게 국위선양을 해온 대사님의 거대하고도 거룩한 행보를 오롯이 담아내려 최선을 다했습니다. 이 책은 분명 그 존재만으로도 현대 한국사의 중요한 사료이자 후대의 행복한 미래를 위한 교본이 되어줄 것이라 확신합니다.

　김주일 대사님은 자신의 삶에 대해 이렇게 고백하셨습니다.
　"돌이켜 보면 나는 성공한 공직자도 아니고, 성공한 외교관도 아니었다. 경제전문가로서 자신의 소신과 미래를 조망하는 창조적 아이디어가 넘쳤으나, 그것을 실현할 수 있는 정치적·행정적 한계에 부딪치어 주위 환경에 타협하는 정부 관료에 불과할 뿐이었다. 다만 내가 걸어온 공직의 길은 한국경제 근현대사에 있어서 가장 중요한 시기임이 분명했고, 그 일은 민둥산을 푸른 숲으로 바꾸는 보람찬 일이었다."라고….

진정한 영웅은 자신의 치적을 한껏 떠벌리거나 내세우지 않습니다. 대사님 역시 담담히 자신이 걸어온 삶의 이야기를 풀어놓으셨을 뿐이었습니다. 대사님은 미래의 세대들이 이 책을 보고 어렵고 가난했던 시절을 극복하고자 했던 전 세대들의 피땀이 담긴 노력과 열정을 조금이나마 이해해 주기만을 바라셨습니다.

지금은 어디를 둘러보나 푸른 숲이 가득합니다. 하지만 불과 오십여 년 전만 해도 이 땅은 발가벗은 민둥산의 나라였습니다. 대한민국이 겪은 혹독한 시련과 가난의 상징 민둥산이, 어떠한 과정을 거쳐 푸른 숲으로 바뀌었는지 우리는 알아야 합니다. 모두가 기적이라 불렀던 과정이 인간의 힘, 노력의 결과였음을 알아야 합니다. 이 책 『민둥산을 푸른 숲으로 가꾼 이야기』에 그 모든 이야기와 사진 자료가 들어있습니다. 이 책의 출간이 부디 한국경제와 공직에 몸담고 있는 공직자들의 성공에 조금이라도 도움이 될 수 있기를 기원합니다.

김주일 대사님처럼 묵묵히 대한민국을 위해서 공직을 마치신 분들의 책이 릴레이로 출판되기를 바라며 대한민국 방방곡곡에 기쁨의 행복에너지가 넘치기를 기원 드리겠습니다. 감사합니다.

2013년 10월 1일
도서출판 행복에너지 대표이사 **권선복** 드림

'행복에너지'의 해피 대한민국 프로젝트!
〈모교 책 보내기 운동〉

대한민국의 뿌리, 대한민국의 미래 **청소년·청년**들에게 **책**을 보내주세요.

많은 학교의 도서관이 가난해지고 있습니다. 그만큼 많은 학생들의 마음 또한 가난해지고 있습니다. 학교 도서관에는 색이 바래고 찢어진 책들이 나뒹굽니다. 더럽고 먼지만 앉은 책을 과연 누가 읽고 싶어 할까요?
게임과 스마트폰에 중독된 초·중고생들. 입시의 문턱 앞에서 문제집에만 매달리는 고등학생들. 험난한 취업 준비에 책 읽을 시간조차 없는 대학생들. 아무런 꿈도 없이 정해진 길을 따라서만 가는 젊은이들이 과연 대한민국을 이끌 수 있을까요?

한 권의 책은 한 사람의 인생을 바꾸는 힘을 가지고 있습니다. 한 사람의 인생이 바뀌면 한 나라의 국운이 바뀝니다. **저희 행복에너지에서는 베스트셀러와 각종 기관에서 우수도서로 선정된 도서를 중심으로 〈모교 책 보내기 운동〉을 펼치고 있습니다.** 대한민국의 미래, 젊은이들에게 좋은 책을 보내주십시오. 독자 여러분의 자랑스러운 모교에 보내진 한 권의 책은 더 크게 성장할 대한민국의 발판이 될 것입니다.

도서출판 행복에너지를 성원해주시는 독자 여러분의 많은 관심과 참여 부탁드리겠습니다.

도서출판 **행복에너지** 임직원 일동

문의전화 0505-613-6133

인생 네 멋대로 그려라

이원종 지음 | 304쪽 | 값 15,000원

전 서울시장·충청북도지사, 내 인생은 남이 그려 주지 못한다. 내가 그려야 한다. 내가 하고 싶고 나만이 할 수 있는, 독특한 내 멋대로의 인생을 그려 가야 한다. 이왕이면 대작, 천하를 호령하는 걸작을 그려 가야 하지 않겠는가? 자신이 느끼고 체험했던 사실들이 인생의 초행길을 가는 젊은이들에게 자그마한 등불이 되길 바라는 저자의 마음을 느껴보자.

공감 소통 공유

장규홍 지음 | 378쪽 | 값 17,000원

기자가 만난 사람들의 삶과 세상을 보는 눈.
싸이부터 박근혜까지. 정치, 경제, 문화 등 이 시대가 주목하는 각계의 저명인사에게 듣는 공감과 소통의 이야기.
20년 기자생활을 집대성한 SBS CNBC 장규홍 보도본부장의 역작이다.

위대한 대통령 박정희

정만섭 지음 | 312쪽 | 값 15,000원

가난한 농민의 자식으로 태어나 위기의 조국을 수호하는 군인으로, 헐벗고 굶주린 국민들의 눈물을 기억하는 거듭난 박정희 대통령. 저자는 무거운 신념과 의지로 대한민국의 뿌리 깊은 빈곤과 부패를 걷어낸 위대한 그의 행보를 다시 되짚어본다.

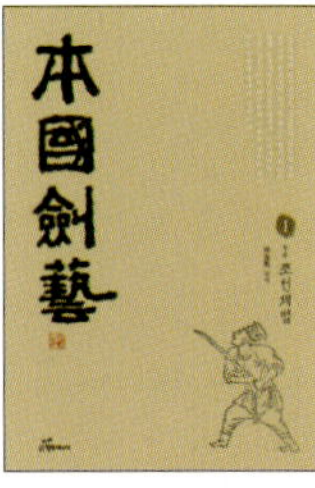

본국검예 1 조선세법

임성묵 편저 | 560쪽 | 값 48,000원

'조선세법朝鮮勢法'은 단순한 무예서가 아니다. 상고시대 한민족의 신화와 정신문화가 선진문화였음을 밝히는 중요한 사료이다. 조선세법의 전모가 드러나면서 전통무예사의 이론과 철학이 부재한 우리 체육계에 커다란 선물과 숙제가 함께 안겨졌다. 정체성을 잃고 헤매는 우리에게 『본국검예』는 대한민국이 일류국가로 도약할 수 있는 정신적 기둥이 되어주고, 미래를 밝히는 민족혼의 불길을 세울 것이다.

하루 7분 기적의 글쓰기

김병규 지음 | 256쪽 | 값 15,000원

참 '말' 많은 세상이지만 정작 몇 줄 글을 제대로 쓰는 사람은 찾아보기 힘든 세상이다. 책 『하루 7분 기적의 글쓰기』는 누구나에게 익숙한 장르인 수필을 중심으로 쉬운 글쓰기의 진수를 보여준다. 하루 5분은 이 책을 읽고 2분은 자신만의 글을 쓴다면 글쓰기는 더 이상 두려움을 대상이 아닌, 삶의 맛을 더욱 풍성하게 해주는 향신료로 다가올 것이다.